李健吾译文集

上海译文出版社

● 高尔基戏剧集

1966年夏在江西等老区访问

 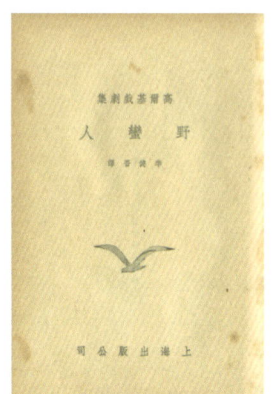 

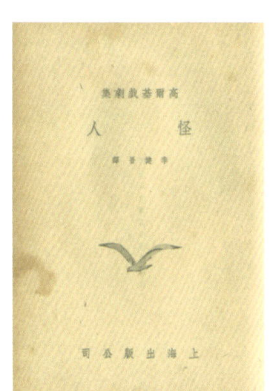  

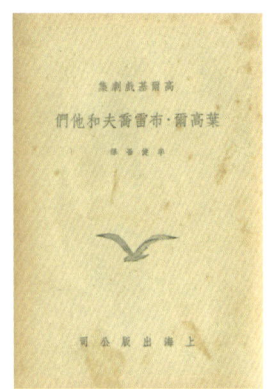

上海出版公司1949年初版高尔基戏剧集《底层》、《野蛮人》、《仇敌》、《怪人》、《瓦莎谢烈日诺娃》、《日考夫家人》、《叶高而布雷乔夫和他们》

目 录

底层 ………………………………………………… *001*

野蛮人 ……………………………………………… *101*

仇敌 ………………………………………………… *221*

怪人 ………………………………………………… *319*

瓦莎·谢列日诺娃 ………………………………… *403*

日考夫一家人 ……………………………………… *477*

叶高尔·布雷乔夫和他们 ………………………… *573*

·底 层·

人　物

米哈·伊万诺夫·考斯梯列夫　　　　　五十四岁，店主。

瓦西丽萨·喀尔波芙娜　　　　　　　他的太太，二十六岁。

娜塔莎　　　　　　　　　　　　　　她的妹妹，二十岁。

阿布辣穆·伊万尼奇·麦德外借夫　　她们的叔叔，一个警察，五十岁。

瓦西里·皮皮尔　　　　　　　　　　二十八岁。

安得赖·米特芮奇·克列实奇　　　　一个锁匠，四十岁。

安娜　　　　　　　　　　　　　　　他的女人，三十岁。

娜丝佳　　　　　　　　　　　　　　一个无家可归的姑娘，二十四岁。

克瓦实妮雅　　　　　　　　　　　　将近四十岁，一个女卖包子的。

布柏诺夫　　　　　　　　　　　　　一个做便帽的，四十五岁。

沙丁　　　　　　　　　　　　　　　约四十岁。

戏子　　　　　　　　　　　　　　　约四十岁。

男爵　　　　　　　　　　　　　　　三十三岁。

路喀　　　　　　　　　　　　　　　一个香客，六十岁。

阿列实喀　　　　　　　　　　　　　一个尚鞋匠，二十岁。

克芮渥伊·饶布　　　　　　　　　　码头小工。

鞑靼人　　　　　　　　　　　　　　码头小工。

第 一 幕

一间地窖似的地下室，沉重的弓形天花板，让烟熏黑了，有些地方泥灰落掉，显出一块一块补葺的痕迹。亮光从观众那边过来，也从右边墙头一个方方的窗户下来。薄薄一片隔板把右犄角割开，后边做成皮皮尔的屋子。靠近这间屋子的门口，是布柏诺夫的木板床。左犄角有一个大俄罗斯炉子。左边石墙是通厨房的门，克瓦实妮雅，男爵和娜丝佳住在里头。在炉子和门之间，沿墙立着一张宽床，有一幅龌龊的印花棉布幔子挡住。贴墙处处都是木板床。靠近台口，挨近左墙，竖着一块木头，上面安着一个铁砧子，还有一副虎头钳子。克列实奇坐在它前面一块小木头上，忙着拿钥匙在试旧锁。地板上放着两团铅丝穿在一起的钥匙，一把砸坏了的锡茶壶，一把榔头和若干锉子。地下室中心立着一张大桌子，有一个茶炉，两条长板凳和一张方凳子——都没有上过油漆，肮肮脏脏的。克瓦实妮雅在桌子跟前倒茶，男爵在嚼一块黑面包，娜丝佳坐在凳子上，靠着桌子，读一本破书。安娜躺在幔后床上，传出咳嗽的声音。做便帽的布柏诺夫坐在他的木板床上，腿当中夹着一块帽子木头，拿一条破裤子在上头比来比去，看怎么样下剪子才好。在他旁边扔着一个撕破了的帽盒子，里面放着便帽檐，油布条幅，和破烂衣服。沙丁躺在一个木板床上，正好醒过来，发出响亮的咕噜声音。观众看不见戏子在炉顶上面①翻来翻去直咳嗽。

初春的早晨。

男　爵　　下文呢？

克瓦实妮雅　啾，不，我的好人，我就说，别跟我蘑菇啦。我先头经见过，我就说，现在呀，你就是送我一百条煎龙虾，你也没法子拉我去拜天地。

布柏诺夫　（向沙丁）你哼唧些什么？

〔沙丁继续哼唧下去。

克瓦实妮雅　我呀，一个自由自在的娘儿们，逢事自己作得了主，我就说，会拿自己填进别人的身份证，去做什么男人的奴才——不干！啾，才不！哪怕他是亚美利加的国王，我也不嫁！

克列实奇　扯淡！

克瓦实妮雅　怎么？

克列实奇　扯淡。你还不是嫁了阿布辣穆喀拉倒。

男　爵　　（抢过娜丝佳的书，念书名）《致命的爱情》——

〔他笑了。

娜丝佳　　（伸出她的手）得，拿书给我——来！——别胡闹！

〔男爵逗她，拿书在空里摇着。

克瓦实妮雅　（向克列实奇）你是红毛儿老山羊②，正是你！扯淡！你怎么敢这样儿糟蹋我！

男　爵　　（拿书砸娜丝佳的头）你活脱脱儿一个傻瓜，娜丝喀！——

---

① 俄罗斯的炉盘很宽，可以当床用。
② 山羊有色鬼的意思。

娜丝佳	（从他手里把书抢过）拿书给我！——
克列实奇	看那份儿阔太太样子！——可是你呀！还是嫁给阿布辣穆完事！——你巴得一直就是这个。
克瓦实妮雅	噢，是呀，当然喽！怎么着？——像你哪，把女人朝死路上逼。
克列实奇	住口，母狗！不关你的事！——
克瓦实妮雅	噢喝！你呀，一砸真话就炸！
男　爵	他们又吵上啦！娜丝喀，你待在什么地方？
娜丝佳	（并不仰头）噢，滚开！
安　娜	（从幔后把头伸出）又是一天！为了上天的缘故——别嚷嚷——别吵闹了罢！
克列实奇	又在哀唧！
安　娜	见天儿吵！——你们起码也该让一个人安安静静地咽气才是！
布柏诺夫	一点点儿吵闹不会拿死吓跑了的——
克瓦实妮雅	（走向安娜）我的可怜人儿，你怎么会跟这种恶鬼过活？
安　娜	由着我——走开——
克瓦实妮雅	哼。活活儿把你折磨死！——今儿个胸口好点儿吗？
男　爵	克瓦实妮雅！好赶市啦！——
克瓦实妮雅	就走。（向安娜）你要不要来点儿好吃的热肉包子？
安　娜	不，谢谢啦——吃济得了什么事？
克瓦实妮雅	尝尝看。来点儿好的热的——轻轻你的咳嗽。我留几个在这碗里头，想吃的时候，你一伸手就成。来呀，贵人——（向克列实奇）去——去！你这个鬼！
	〔走进厨房。
安　娜	（咳嗽）天呀——

男　爵　（狡诈地推了一下娜丝佳的头）放下，小傻瓜！

娜丝佳　（呢喃）滚开！——我没搅你。

〔男爵跟随克瓦实妮雅走出，吹着一个调子。

沙　丁　（从木板床上坐起）昨儿夜里谁揍我来的？

布柏诺夫　谁不谁的有什么关系？——

沙　丁　没关系，我想——可他们干吗揍我？

布柏诺夫　你斗牌来的？

沙　丁　斗牌来的——

布柏诺夫　所以他们揍你——

沙　丁　这些浑蛋！——

戏　子　（头伸到炉沿）他们总有一天把你揍死的——

沙　丁　你是蠢驴。

戏　子　凭什么？

沙　丁　杀人呀不必两回，一回就成。

戏　子　（稍缓）为什么不成？我不明白——为什么不成。

克列实奇　（向戏子）爬下炉子，把这儿打扫干净——怕把手弄脏了？

戏　子　不关你的事——

克列实奇　有胆子等瓦西丽萨进来再打扫——她会叫你知道是谁的事！

戏　子　瓦西丽萨地狱里去！今天轮到男爵打扫——男爵！

男　爵　（从厨房出来）我没辰光打扫——我跟克瓦实妮雅赶市去。

戏　子　那呀跟我不相干——你高兴坐监牢就坐监牢，我不在乎，可是地板呀，该你揩——别人的活儿我不干——

男　爵　啵，鬼捉了你去！娜丝喀会扫地板的——嗨，你，致命的爱情！醒醒！

〔抢去娜丝佳的书。

娜丝佳	（站起）你要怎么着？还给我！你这人真滑稽，亏你怎么把自己叫做贵人来的！
男　爵	（还书）娜丝佳，替我扫扫地板，好孩子。
娜丝佳	（走进厨房）没得说！——偏不干！

〔克瓦实妮雅在门口出现。

克瓦实妮雅	（向男爵）来呀。他们没你，一样会弄干净的——喂，戏子，人家请你做嘛，你就行行好呗——做不断你的背脊骨的。
戏　子	哼！一来就是我——我真不明白——
男　爵	（进来，挏着一个木头担子，一头挂着一个篮子，里头放着破布蒙住的大瓦盆）今儿够重的。
沙　丁	冲你生下来就是男爵，配罢？——
克瓦实妮雅	（向戏子）听着，记住扫地板。

〔她先让男爵走出，自己跟在后边。

戏　子	（爬下炉子）吸土对我有害。（说话带着骄傲）我的器官中了酒毒。

〔他坐在一张木板床上，沉沉在想。

沙　丁	器官——官能——
安　娜	安得赖·米特芮奇——
克列实奇	这会儿又怎么啦？
安　娜	克瓦实妮雅给我留了些包子在那儿——你吃了罢。
克列实奇	（走向她）你要不要吃？
安　娜	不，我不想吃。我做什么吃？你干活儿——你需要吃。
克列实奇	你怕吗？别怕。说不定——好得起来的——
安　娜	去把包子吃了罢。我不成啦。像就快啦——
克列实奇	（走开）别搁在心上——你爬得起来的——有时候会这样

子的。

〔走进厨房。

戏　子　（高声，好像忽然醒了过来）昨儿个，在医院里头，医生对我讲：你的器官，他说，完全中了酒毒——

沙　丁　（微笑）官能——

戏　子　（坚持地）不是官能，是器——官——

沙　丁　席看布尔①——

戏　子　（冲他摇手）你呀，尽瞎捣蛋！我是在认真讲话——真的。假如我的器官中了酒毒，那么，扫地板对我就有害处——把土吸进去——

沙　丁　Macrobiotics②——哈！

布柏诺夫　你在嘀咕什么？

沙　丁　字——这儿还有一个——trans-scen-deptal——

布柏诺夫　这说什么？

沙　丁　不知道——早就忘啦。

布柏诺夫　那你干吗讲它？

沙　丁　好玩儿——哥儿们，我听厌了人们使用的字，我们所有的字！我听这些字听了足有一千回了。

戏　子　《汉穆莱提》里头有一行："字——字——字！"③一出好戏。我演那个挖坟的。

克列实奇　（从厨房出来）你什么时候开始扮扫地板的？

---

① 席看布尔 Sicambre 是古代日耳曼野蛮民族之一，得名于席看河 Sica，或日耳曼语根"勇敢"secg，据有中部莱茵河两岸，纪元一世纪为罗马所败，流徙比利时各地。
② 意思是"长寿术"。
③ 引自《汉穆莱提》第二幕第二景。

戏　子　　　不关你的事。（挺着他的胸脯）
　　　　　　美丽的奥菲丽雅！祷告的时候，
　　　　　　仙子，愿你想起我所有的罪过！①

　　　　　　　〔台外远处什么地方传来一阵嘈杂的声音——随即是呼喊和警笛。克列实奇坐下工作，拿起他的锉子发出锉东西的响声。

沙　丁　　　我爱那些希奇古怪我不明白的字。我做小孩子的时候，在一家电报局做事——念了许许多多书——

布柏诺夫　　你还当过电报生？

沙　丁　　　当过。那儿有些好书——有许多怪字。我是一个受过教育的人，你知道。

布柏诺夫　　这我听过一百回了。是又怎么样？——过去的事，有什么好说的——譬方我罢。我从前开过皮作坊。铺子是我自己的。我的手为了染皮，一来就是黄的——连手带胳膊，一直黄到肘子。我当时还以为就这样黄下去，黄到我死那一天为止。我心想我会带着黄胳膊死的——好，现在看呀——还不照样儿肮脏——哼。

沙　丁　　　好，怎么样？

布柏诺夫　　不怎么样。就这个。

沙　丁　　　你说这话是什么意思？

布柏诺夫　　没什么特别。也就是想到说说——意思就是呀，不管你拿外头染成了什么，全要蹭掉的——可不，全要蹭掉的。

沙　丁　　　啾，我的骨头真疼！

――――――――
① 引自《汉穆莱提》第三幕第一景。

戏　子	（坐起，兜住他的膝头）教育算不了什么；要紧在才分。我从前认识一个演员——念词儿呀也就是一个字儿一个字儿念，可是他一演起来了啊，观众看得才叫开心，戏园子震天价响，整个儿摇晃。
沙　丁	布柏诺夫，借我五个考排克①
布柏诺夫	我只有两个。
戏　子	才分，我说，做演员的要的就是这个。才分的意思就是相信自己，相信自己的能力——
沙　丁	给我五个考排克，我就相信你是天才，是英雄，是鳄鱼，是警官——克列实奇，给我五个考排克。
克列实奇	见鬼！你这种人这儿多的是。
沙　丁	你咒什么？难道我不知道你一个考排克也没搞到？
安　娜	安得赖·米特芮奇——我出不来气——堵得慌——
克列实奇	喊我就有用啦？
布柏诺夫	拿过道儿的门开开。
克列实奇	是啦，当然。你那儿坐在你的床上，我可坐在地板上——我跟你掉换掉换地位，你再开门——我已经冷得架不住啦。
布柏诺夫	（安详地）要开门的不是我——是你女人——
克列实奇	（悻悻然）一个人要的东西多着哪——
沙　丁	家伙，我的头直嗡嗡在响！——人为什么要你搥我的头，我搥你的头呢？
布柏诺夫	不单只头——身子别的地方他们也照样儿搥。（站起）出去买点儿面包——奇怪，我们的店东家跟他太太今儿这么久

---

① 考排克等于中国一分钱。

还没露面——说不定他们没命啦。

〔走出。

〔安娜咳嗽。沙丁躺着动也不动,胳膊放在头底下。

戏　　子　（忧悒的眼睛四面看了看,走向安娜）觉得难过?

安　　娜　气闷得很。

戏　　子　你喜欢的话,我把你扶到过道儿。来,起来。（他帮安娜起来,拿一件破衣服扔在她的肩上,扶她出去）来,来——走稳了。我自己就有病——中了酒毒——

〔考斯梯列夫在门道出现。

考斯梯列夫　出去散散步?好一对儿,羊羔儿跟母羊——

戏　　子　腾腾路——你看不出我们是病人?

考斯梯列夫　过去,请。（鼻子里哼唧着一种教堂的调子,不相信地张望一遍屋子,然后把头朝左转去,好像在听皮皮尔屋子的动静。克列实奇恶意地弄着钥匙响,一边使大劲儿拿锉子锉,一边偷偷观察店主东的行止）往小里锉,是不是?

克列实奇　什么?

考斯梯列夫　我说,往小里锉?（稍缓）哼——可不——我要问你什么来的?（迅速,低声）我太太在这儿吗?

克列实奇　没看见她——

考斯梯列夫　（小心翼翼朝皮皮尔屋子移动）你占了老大一块地方,一个月两个卢布就行啦?一张床,还有一个地方坐。哼。起码也值五个卢布,这才公道。你得再掏半个卢布——

克列实奇　干脆掏根绳子把我吊死——腿都立不牢啦,还直想多捞半个卢布!——

考斯梯列夫	我吊死你做什么?便宜得了谁?主保佑你,你就快快活活儿活下去罢。不过我还是要加你半个卢布——帮我圣像的灯盏多买点儿油——油点在圣像前头,帮我赎罪,也帮你赎罪。你从来不想到你的罪过,难道你现在想来的?啾,你这人真坏,安得路实喀!你女人病得要死,就因为你吝啬——没人喜欢你,没人敬重你——你在铁上头锉来锉去,锉得人人头疼——
克列实奇	(嚷着)你来这儿难道就为气我?

〔沙丁吼着。

考斯梯列夫	(惊)家伙,我的天——

〔戏子进来。

戏 子	我把她搀到过道,包得严严的——
考斯梯列夫	你心慈,哥儿们。做好事——你有好报的——
戏 子	哪天?
考斯梯列夫	在阴间,哥儿们。——那儿,样样儿事,样样儿小善行,都算进去的——
戏 子	我为人善,也许此时此地你就奖我一番。
考斯梯列夫	这我怎么做得来?
戏 子	拿我欠的债勾掉一半——
考斯梯列夫	嘻——嘻!你真会开玩笑,你真会拿人耍子!——倒像心慈也好拿钱奖赏!在种种善缘里头行好顶大。可是债到了儿是债,这就是说,必须归还——对我这样儿一个老头子行好,你就不该朝奖赏上头想——
戏 子	活活儿一个无赖,正是你,老头子!——

〔戏子走进厨房。克列实奇站起,向过道走出。

考斯梯列夫	(向沙丁)锉呀锉的那小子——跑掉啦。嘻——嘻!他不喜

	欢我——
沙　丁	除掉魔鬼，谁能够喜欢你？
考斯梯列夫	(戏谑地)你怎么好对我说这种话？我爱你们，全爱！——难道我不知道你们是我的哥儿们，我可怜的，不走运的，沦落的哥儿们？(忽然，迅速地)啊——瓦斯喀在——不在家？①
沙　丁	看去——
考斯梯列夫	(过去叩门)瓦西里！

〔戏子在厨房门口出现，嚼着东西响。

皮皮尔	(在台外)谁在那儿？
考斯梯列夫	是我——我，瓦西里。
皮皮尔	(在他的屋子)你要什么？
考斯梯列夫	(往后退)开开门——
沙　丁	(不看考斯梯列夫)他开开门，她在里头——

〔戏子拿鼻子哼唧。

考斯梯列夫	(不安，放低声音)什么？谁在里头？你说什么？
沙　丁	你在问我？
考斯梯列夫	你方才说什么？
沙　丁	没什么——在跟自己讲话。——
考斯梯列夫	当心，哥儿们！玩笑归玩笑，也得看时候！(高声砸皮皮尔的门)瓦西里！

〔皮皮尔开开门。

皮皮尔	怎么？你做什么搅我？
考斯梯列夫	(眯着眼往屋里看)我——你知道——你——

---

① 瓦斯喀是瓦西里的昵称。

皮皮尔	你带钱来啦?
考斯梯列夫	我有事跟你商量——
皮皮尔	你带钱来啦?
考斯梯列夫	什么钱?等一下——
皮皮尔	那只表的钱,七个卢布。在哪儿?
考斯梯列夫	什么表,瓦西里?——我的天,你——
皮皮尔	听着!昨儿,当着众人,我卖给你那只表,讲好十个卢布——三个卢布付现,七个改天给。现在给我。你干吗直冲我眨眼睛?你这儿兜圈子,搅别人,倒把生意丢下了不谈。
考斯梯列夫	唑——唑!别急,瓦西里!表——那是——
沙　丁	偷来的货——
考斯梯列夫	我不收偷来的货——你怎么敢——
皮皮尔	（抓住他的肩膀）你干吗吵醒我?你要什么?
考斯梯列夫	我?可,没——什么事也没。我这就走——你喜欢的话。
皮皮尔	出去,给我拿钱来。
考斯梯列夫	家伙!这种粗人!——

〔走出。

戏　子	真正一出喜剧!
沙　丁	好。我就喜欢这个——
皮皮尔	他来这儿干什么?
沙　丁	（笑）你猜不出?寻找他太太——你干吗不把他干掉,瓦西里?
皮皮尔	像他那种死猪,不值得我拿命换!——
沙　丁	只要周密,你就好娶瓦西丽萨,收我们的租钱——
皮皮尔	那也就是滑稽!我心一柔呀,知还不知道,你们就拿我的

	全部财产连我喝过精光——(坐在一张木板床上)老浑蛋——叫醒了我。我正在做一个好梦:我在钓鱼,钓到老大一条梭鱼!大的不得了,梦外头就甭想遇得着。鱼待在线尽头,我直担心竿子要断,准备好了网子——现下,我想,马上就要——
沙 丁	不是梭鱼——是瓦西丽萨——
戏 子	他老早就把瓦西丽萨钓到手了——
皮皮尔	(发怒)你们统统给我滚进地狱去——外带瓦西丽萨!
	〔克列实奇从过道进来。
克列实奇	妈的外头真冷!
戏 子	你怎么不带安娜进来?她要在那儿冻死啦——
克列实奇	娜塔实咯把她领到厨房去啦——
戏 子	老头子要把她撵出来的——
克列实奇	(坐下工作)那,娜塔莎会领她回来的。
沙 丁	瓦西里!借我五个考排克!——
戏 子	(向沙丁)哼!——五个考排克!瓦西里!借我们二十个考排克。
皮皮尔	还是趁早儿给你们的好,回头就成一个卢布了。拿去!
沙 丁	直布罗他!①贼是世上顶好的人!
克列实奇	(悻悻然)钱来得容易——不干活儿——
沙 丁	许多人钱来得容易,可是出也出得容易,人不多罢——说到干活儿,干活儿是一种愉快,有活儿干,我就许干——哼。也许。工作成了一种愉快,人生就是一种欢乐。工作成了责任,人生就是苦差事。(向戏子)来,萨

---

① 地中海和大西洋之间的海峡要塞,隶属英国。

	尔达纳牌路斯①！走罢！
戏　子	走罢，尼布甲尼撒②！我要灌个够——像四万酒鬼！

〔沙丁和戏子走出。

皮皮尔	（打呵欠）你女人怎么样？
克列实奇	你明白，不会久的——

〔一顿。

皮皮尔	我简直不明白，你那儿锉来锉去到底为了什么。
克列实奇	你要我干什么？
皮皮尔	什么也别干——
克列实奇	那我吃喝什么？
皮皮尔	别人也想法儿活下去了——
克列实奇	这儿这些人？你把他们也叫做人？游民！渣子！混混儿！我是一个干活儿的——朝他们一看，我就羞得慌。自打记得来起，我就在干活儿。你以为我爬不出这地方？我要爬出的。哪怕锉掉我的肉皮，我也要钻出这个窟窿。等着看好啦——我女人不久就死——我在这儿才不过住了六个月——可是呀，活活儿就像六年——
皮皮尔	我们全跟你一样好，所以，讲这种话，无聊。
克列实奇	一样好！他们没荣誉，没良心——
皮皮尔	（无所谓地）有什么用——荣誉跟良心？它们不是靴子，你

---

① 萨尔达纳牌路斯 Sardanapalus 是纪元前七世纪亚述的国王，根据亚力山大时期的作家，后人在他的陵寝上立了一座半醉舞俑的雕像，写道："行人，吃，喝，玩儿乐；此外一无所谓。"通常把他看做一位奢华荒淫的君主。现代考古学家已经证明这种传说不大确实：他是一位爱好文学的战士。

② 尼布甲尼撒 Nebuchadnezzar 是纪元前六七世纪巴比伦的国王，《旧约》一再说到他的战争和统治，在《但以理书》里面，他触怒天父，被赶出宫外，吃草如牛，发长如鹰毛，指甲长如鸟爪。他在传说之中同样成了酒肉之徒的代表。

先穿不上脚——也就是那些有权有势的人们需要荣誉跟良心——

〔布柏诺夫进来。

布柏诺夫 喝——喝——喝！我冻僵啦。

皮皮尔 布柏诺夫！你有良心吗？

布柏诺夫 什么？良心？

皮皮尔 正是。

布柏诺夫 要它干吗？我不是阔人。

皮皮尔 我正也这么说：只有阔人需要荣誉跟良心。可是克列实奇在这儿直骂我们。我们的良心呀，他说——

布柏诺夫 做什么用？借一个良心来？

皮皮尔 噢，用不着，他自己有一个好的。

布柏诺夫 （向克列实奇）那么，你要拿它卖掉？好，你要在这儿找到买主可就邪门儿啦。要是什么旧牌的话我倒有意——就是这个，也得赊账。

皮皮尔 （教训地）你是一个傻瓜，安得路实喀！说到良心呀，你应当听听沙丁——或者甚至于男爵才是。

克列实奇 他们没什么好教我的——

皮皮尔 就算他们是酒鬼——比你头脑也多。

布柏诺夫 一个人醉了还聪明，就算双奖到手——

皮皮尔 沙丁说，人人要他邻居有良心，可是自己不要——倒是真的。

〔进来娜塔莎。她后面跟着路喀，挂着一根拐杖，背上驮着一个行囊，腰间挂着一只罐子和一把茶壶。

路　喀 大家好啊，正经人。

皮皮尔 （打着他的髭）啊，娜塔莎！

布柏诺夫	（向路喀）我们从前是正经人——是前年的事罢。
娜塔莎	这是一位新住宿的——
路　喀	对我全一样。坏蛋我也尊敬。照我的想法儿看，哪怕是一个跳蚤，也有跳蚤的好处。全发黑，全跳蹦——我的亲爱的，你打算叫我待到什么地方？
娜塔莎	（指着厨房门）那里头，老公公——
路　喀	谢谢你，姑娘。你说那儿，就是那儿——对这把子老骨头呀，那儿暖和，那儿就好。
	〔路喀走出。
皮皮尔	娜塔莎，你带来了一个怪老头子——
娜塔莎	比你有趣多啦！——安得赖，你女人坐在我们厨房——回头去把她搀进来。
克列实奇	好罢——就来——
娜塔莎	你眼下待她该和善点儿——你看得出来，不会久啦。
克列实奇	我知道——
娜塔莎	光知道还不够。你得明白。说到了，死怪怕人的——
皮皮尔	我就不怕——
娜塔莎	卖嘴！——好好儿一个人谁信！——
布柏诺夫	（吹着口哨）线呀烂了！①——
皮皮尔	真的，我不害怕。我现下就可以死，立刻来好了，你拿起那把小刀，照准心口扎——我到死不喘一口气。因为是一只干净的手干的，我简直高兴。
娜塔莎	（往外走）你在骗谁！
布柏诺夫	（带着哭腔）这根线呀烂了——

---

① 希腊神话认为司命女神们拿人的生命当线纺，线一割断，人就死了。

娜塔莎　　（在过道门口）安得赖，别忘记你女人——

克列实奇　好罢——

〔娜塔莎走出。

皮皮尔　　这才是个姑娘！

布柏诺夫　不坏。

皮皮尔　　她怎么——那样对我？不跟我好——她待在这儿只有毁——

布柏诺夫　要毁呀也就是为你——

皮皮尔　　凭什么为我？我——可怜她。

布柏诺夫　像狼可怜小羊——

皮皮尔　　瞎扯！我非常可怜她。她在这儿活不下去。我看得出来。

克列实奇　瓦西丽萨要是逮住了你跟她讲话呀，再看好啦。

布柏诺夫　瓦西丽萨？哼。拿东西白送别人，她不是那种人——一个狠娘儿们！——

皮皮尔　　（躺在一张木板床上）你们俩呀全给我地狱里去！——一对儿预言家！

克列实奇　看好啦——你等着罢——

路　喀　　（在厨房，唱歌）

　　　　　半夜阴沉沉的

　　　　　看不见大路——

克列实奇　他喊些子什么？新来的客人！——

〔走进过道。

皮皮尔　　我真腻得慌！——是什么让我有时候这样起腻？你一天又一天活下去，样样儿好。冷不防，你就像招了凉——腻烦得要死——

布柏诺夫	腻烦？哼！
皮皮尔	是呀，是呀！
路　喀	（在厨房唱歌）
	啊，啊！看不见小路——路！——
皮皮尔	嗨！老头子！
路　喀	（从厨房探出头来）你是喊我？
皮皮尔	是你。别唱啦。
路　喀	（进来）你不喜欢？
皮皮尔	唱得好，我就喜欢——
路　喀	那么，我唱得坏？
皮皮尔	差不离罢——
路　喀	真也是的！我一直以为自己嗓子好。总是这样子：一个人心里想——我现下这样儿做不挺好吗？可是偏偏别人就不喜欢！——
皮皮尔	（笑）这倒是真的！——
布柏诺夫	你方才直嫌腻烦，现下你笑啦。
皮皮尔	管你什么事？老蛤蟆！——
路　喀	什么？谁腻烦？
皮皮尔	我。是我觉得——
	〔进来男爵。
路　喀	真也是的！厨房那儿坐着一个姑娘，念一本书，直哭。真的。眼泪直往下流！我对她讲：什么事，我的亲爱的？她回答：可怜的人！什么人？我问她。她就说：这儿书里头。是什么让人偏拿这种东西消磨时光的？我猜，跟你一样，腻烦——
男　爵	她是一个傻瓜——

皮皮尔	啊，男爵！喝过茶啦？
男　爵	喝过啦——下文呢？
皮皮尔	高不高兴我请你喝半瓶酒？
男　爵	自然喽——下文呢？
皮皮尔	四条腿儿爬到地上，像条狗叫唤。
男　爵	白痴！你算什么？一位老板？还是酒喝醉啦？
皮皮尔	来罢，汪汪两声，我就开心啦——你是一位贵人——当初有一时期，你看我们这种老百姓就没当做人看——
男　爵	好，下文呢？
皮皮尔	好，所以我今天吩咐你四条腿儿爬到地上学狗叫唤，你就叫唤——听见了没有？
男　爵	好罢，你这个傻瓜！我就叫唤！不过，我一明白我变得比你还下贱，我看不出你有什么好开心的。我比你高的时候，你怎么也不会吩咐我四条腿儿爬——
布柏诺夫	有理！
路　喀	讲得好！——
布柏诺夫	过去的过去啦，剩下的也就是鸡毛杂碎。这儿没什么贵人不贵人的——颜色统统冲掉啦——剩下的只是赤裸裸的一堆人——
路　喀	换句话说，人人平等——不过你真是一位男爵，我的好人？
男　爵	问这干吗？你是什么人，你这个老妖精？
路　喀	（笑）我遇见过一位伯爵，还遇见过一位王爷——可是以先就没见过一位男爵，现下见到了，还是长了一身疥的——
皮皮尔	（笑）一位男爵！臊死我啦！——
男　爵	该是懂事的时候啦，瓦西里！

路　喀	嘻——嘻——嘻！我一看你们呀，哥儿们，你们这种过法儿——哼——
布柏诺夫	醒来一哼唧，睡觉一喉唧——我们就这样儿过活。
男　爵	我们也有过一回好日子——哼。我记得早晌醒过来，咖啡给我端到床上喝——咖啡带奶酪！——是呀，真的！
路　喀	我们是人，个个儿是人。尽管我们装腔作势，尽管我们要人相信，我们落下地来就是人，临到死还是人——就我看来，人越活越聪明，越活越有意思——他们日子越过得坏，他们越想活得好些——人呀生成固执的命！
男　爵	你是什么人，老头子？——你打那儿来的？
路　喀	我？
男　爵	你是一个香客？
路　喀	在这地球上，我们全是香客——我听见人讲，在星球里头，我们这个地球就是一个香客。
男　爵	（严厉地）是不是随它去，不过，你——你有通行证吗？
路　喀	（迟疑）你是什么人，侦探？
皮皮尔	（开心地）说了个着，老头子！这回你，男爵呀，你挨上啦！
布柏诺夫	哼。我们的贵人叫人对上点儿啦！
男　爵	（窘）怎么的啦？我不过是开开玩笑，老头子。我自己就没通行证——
布柏诺夫	瞎扯！
男　爵	是说——我有一张公文——不过，不济事。
路　喀	公文全是这样子——不济事。
皮皮尔	男爵！我们喝酒去——
男　爵	正中下怀！好，再见，老头子——你是一个坏蛋，正

是你！

路　喀　　世界是各色各种人做成的——

皮皮尔　　（在过道门口）好，要来，就来啊！

〔皮皮尔走出，男爵急忙跟着他。

路　喀　　他从前真是一位男爵？

布柏诺夫　谁知道？他的确是贵族出身——就在如今，猛一下子，贵族马脚还要露出来。习惯显然还没丢掉。

路　喀　　也许当贵族正跟长天花一样——人好啦，天花可留下啦。

布柏诺夫　他人不怎么坏——也就是有时候尥尥后蹄子——就像说起你的通行证。

〔进来阿列实喀，有些醉意，吹着口哨，拉着一架手风琴。

阿列实喀　喂，住户们！

布柏诺夫　你号个什么？

阿列实喀　原谅我——饶恕我。我天性是很有礼貌的——

布柏诺夫　又闹酒啦？

阿列实喀　倒也尽兴！才不多久，麦贾金副督察把我撵出了警察局，说：别叫我再在街上闻到你的气味——说什么也不饶你！他说。可我这人有个性！——我的老板哼我像只猫——可老板算个子什么？瞧，瞧！也就是误会！——他是一个醉鬼，我的老板——我是一个男子汉，什么都不在乎。我什么也不要！好，出半个卢布雇我。我什么也不要！送我一百万——我用不着！想想看，像我这种小伙子，会答应一个同伴儿支使我，他还是一个酒鬼？没得话！我不答应！

〔娜丝佳在厨房门过道出现，看着阿列实喀直摇头。

路　喀　　（和善地）小伙子，看你把自己搞成了个什么糟样子——

布柏诺夫	人就这样呆嘛！——
阿列实喀	（往地板上一挺）好，拿我吃了罢！我什么也不要！我这人天不怕地不怕！试试给我证明证明看，谁比我高？我为什么偏比别人坏？麦贾金对我说：别在街上走动，当心我把你揍个稀烂！可我偏出去！我偏出去躺到街中心——来，踩我呀！我什么也不要！
娜丝佳	可怜虫！——这样儿年轻，就拿自己在瞎搞啦！
阿列实喀	（发现娜丝佳，跪在地上）Mamsel! Parlez frangais? Merci! ……Bouillon! ①我开酒会来的——
娜丝佳	（高声耳语）瓦西丽萨！

〔过道门往开里一推，瓦西丽萨进来。

瓦西丽萨	（向阿列实喀）你又来啦？
阿列实喀	您好！请——
瓦西丽萨	狗东西，我早就对你讲过，别在这儿露你那张脸——你居然又来啦？
阿列实喀	瓦西丽萨·喀尔波芙娜——我给您奏一个送丧进行曲，好罢？
瓦西丽萨	（推他的肩膀）滚出去！
阿列实喀	（向门走去）等等——您不好这样做的。送丧进行曲——我才学会的！崭新的音调！——等等！您不好这样做的！
瓦西丽萨	我要给你看看我不好做什么！我要叫全街的人跟你作对——你这个信邪教的东西——你想冲我瞎汪汪呀，还嫌年轻了点儿！——
阿列实喀	我走就是啦！

---

① 法文。意思是："小姐！说法文？谢谢！——汤！"

〔跑出。

瓦西丽萨　（向布柏诺夫）别让我再在这儿看见他,听见了没有?

布柏诺夫　我不是你的看家狗——

瓦西丽萨　我不在乎你是什么东西。别忘记你靠赒济住在这儿。你欠我多少?

布柏诺夫　（安然）没数过——

瓦西丽萨　好,我会数的!

〔阿列实喀开开门。

阿列实喀　（嚷嚷）瓦西丽萨·喀尔波芙娜!你吓唬不了我!——你吓唬不了我——我!

〔他溜进厨房。路喀笑着。

瓦西丽萨　你是什么东西?——

路　喀　一个行路人——一个香客。

瓦西丽萨　住一夜,还是老待下去?

路　喀　看看再说——

瓦西丽萨　通行证!

路　喀　你要是——

瓦西丽萨　给我看!

路　喀　我会给你看的——亲自送到你的房门口给你看。

瓦西丽萨　行路人!一个流浪汉!这倒还像。

路　喀　（叹气）你这人真欠和善!——

〔瓦西丽萨走向皮皮尔屋子。阿列实喀从厨房探出头来。

阿列实喀　（细声细气)她走了吗?

瓦西丽萨　（转向他)你还在这儿?

〔阿列实喀吹着口哨,不见了。娜丝佳和路喀笑着。

布柏诺夫　　（向瓦西丽萨）他出去啦——

瓦西丽萨　　谁？

布柏诺夫　　瓦斯喀——

瓦西丽萨　　我冲你问他在那儿来的？

布柏诺夫　　可——我瞧你四处在看嘛——

瓦西丽萨　　我是在看东西搁对了没有，懂不懂？为什么这辰光点儿地板还不扫？我吩咐过你们多少回，把地方弄弄干净？

布柏诺夫　　今儿轮到戏子扫——

瓦西丽萨　　我不管轮到谁！万一卫生督查来了罚我，我把你们全扔出去！

布柏诺夫　　（安详地）那你靠什么活着？

瓦西丽萨　　别叫我看见这地上有一星星屑子！（走向厨房，在娜丝佳面前站住）你一直待在这儿干吗？脸肿了个十足。站在这儿像个木头人。扫扫地！没看见娜塔莎？——她在这儿吗？

娜丝佳　　我不知道——我没看见她——

瓦西丽萨　　布柏诺夫！我妹妹在这儿吗？

布柏诺夫　　（指着路喀）她带他来的——

瓦西丽萨　　还有那一个——他原先在吗？

布柏诺夫　　瓦西里？他原先在。娜塔莎跟克列实奇讲话来的。

瓦西丽萨　　我没问你她跟谁讲话！处处脏——龌龊！一群猪！把这地方打扫干净——听见没有？

〔她迅速走出。

布柏诺夫　　这娘儿们真够刻毒的！

路　喀　　急性子！——

娜丝佳　　什么人也会搞到这种地步的——拿人拴在她那种丈夫

　　　　　　身上——

布柏诺夫　她也没拴的怎么太紧——

路　喀　　她是不是总是这样火暴？

布柏诺夫　总是。你知道，她来看她的爱人，偏偏他出去了。

路　喀　　所以她一肚子怨气。（叹气）嘻——嘻——嘻！多少不同样儿的人支使着我们这个地球转——都拿可怕的危险吓唬人，结果还是没有秩序——还是龌龊。

布柏诺夫　他们需要秩序，可是他们缺欠头脑实现秩序。不管怎么着，地板得有人扫——娜丝佳！你为什么不扫？

娜丝佳　　啾，着啊！扫地。你把我看成什么，房间丫头？——（稍缓）我今儿要去喝个醉——烂醉！

布柏诺夫　这还像话——

路　喀　　姑娘，你干嘛要喝醉酒？前不久，你还在哭，眼下你说你要喝醉酒！

娜丝佳　　（挑战地）我要喝醉酒，醉了再哭——就是这个！

布柏诺夫　没什么了不起——

路　喀　　可是为什么呀？那怕一个小疙瘩，也有缘故——（娜丝佳不回答，仅仅摇摇她的头）嘻——嘻——嘻！这些人啊！赶明儿你们该怎么着？——好罢，我来扫地板。扫帚在那儿？

布柏诺夫　过道儿门后头。（路喀走进过道）娜丝佳！

娜丝佳　　什么？

布柏诺夫　瓦西丽萨干吗臭骂阿列实喀？

娜丝佳　　他一直对人讲，瓦斯喀讨厌她，想把她甩了，要娜塔莎——我要离开这儿，搬到别的地方。

布柏诺夫　干什么？搬到哪儿？

娜丝佳	我待够啦——这儿不需要我——
布柏诺夫	（安详地）就没地方需要你——就没人在这地球上被需要着。

〔娜丝佳摇摇她的头，站起来，静静地走进过道。进来麦德外借夫，后面跟着路喀，拿着扫帚。

麦德外借夫	我想我不认识你——
路 喀	可别人你全认识？
麦德外借夫	在我这一区，我想我全认识——可是我不认识你——
路 喀	那是因为地球没全落到你这一区，老叔——还有留在外头的——

〔他走进厨房。

麦德外借夫	（走向布柏诺夫）我这一区可能不怎么大——可是比哪一个大区都坏——就是方才不久，卸班以前，我把尚鞋的阿列实喀带到局子。谁想得到？他直挺挺的，躺在街中心，一边儿拉他的手风琴，一边儿叫唤：我什么也不需要！我什么也不需要！马在跑，还有各式各样的车辆。简直会把他压死什么的——活活儿一个浑人——可是我现下把他治住了——太也喜欢捣乱啦——
布柏诺夫	今儿晚晌下棋来？
麦德外借夫	行。哼——瓦斯喀——怎么样？
布柏诺夫	没什么特别——跟平常一样——
麦德外借夫	换而言之——还活着，捣蛋？
布柏诺夫	凭什么不？没理由他不该活着，捣蛋——
麦德外借夫	（不相信地）你这样想？（路喀提着一只桶，穿过屋子，走进过道）哼——有人在背后议论瓦斯喀——你听到没有？
布柏诺夫	我听到许多——

麦德外借夫	议论瓦西丽萨：像是——你注意到什么没有？
布柏诺夫	你说说看，到底是什么？
麦德外借夫	那——一般的。也许你知道，故意扯淡。人人知道——（严厉地）当心，千万别扯淡！
布柏诺夫	我何必扯淡？
麦德外借夫	有事情，反正！这些狗东西！他们讲瓦斯喀跟瓦西丽萨——你知道——可是跟我有什么相干？我不是她父亲——光是她叔叔。他们做什么取笑我？

〔进来克瓦实妮雅。

近来人们随便遇到什么事——就取笑人——啊！是你！——已经回来啦！

克瓦实妮雅	我顶顶尊敬的警察老爷！布柏诺夫！他又在市场跟我蘑菇，一死儿要我嫁他！——
布柏诺夫	做什么不？——嫁他好了。他赚得有钱，人也没老僵了——
麦德外借夫	我？喝！喝！
克瓦实妮雅	你，你这个老狼！就别勾起我的心事来罢。我经过一回，我的亲爱的！一个女人出门子呀，就像大正月天跳进一个冰窟窿。干一回，记一辈子——
麦德外借夫	先别下结论——丈夫不就都一样。
克瓦实妮雅	可是我总一样。我的心肝儿丈夫一咽气——但愿地狱里的火烧得他滋滋儿响！——我快活极了，一个人在屋子待了一整天：坐在那儿，试着相信我来的这份儿运气——
麦德外借夫	你丈夫要是不讲理打你——你好到警察局告他的。
克瓦实妮雅	我在上帝跟前告他告了整整八年。他就没帮过忙。

麦德外借夫	现下禁止打自己女人——现下禁得很严。有法律，有治安！不可以无缘无故就打人——只有维持治安才好打人——

〔进来路喀，领着安娜。〕

路　喀	你看，我们到啦——像你这样弱的身子骨儿，怎么好一个人乱走动？你躺在那儿？
安　娜	（指着她的床）谢谢你，老公公——
克瓦实妮雅	眼前就是一个嫁男人的。看看她！
路　喀	这个小女人身子骨儿坏透啦！——一个人在过道儿走，靠住墙，直哏唧——你们不该放她一个人走动的。
克瓦实妮雅	我们疏忽，好爷子，就原谅我们罢。她的丫头大概是串门子去啦。
路　喀	你以为说说好笑——不过，怎么好把这样儿一个人随便一丢不管？一个人不管怎么样，总是一条命啊——
麦德外借夫	你们得看好她。她一下子死了怎么办？就麻烦事由儿多啦——千万拿她当心！
路　喀	这话有道理，队长。
麦德外借夫	好，可——我还不就是队长——
路　喀	这话谁信！看你的外表，可不——活活儿一位真英雄。

〔过道发出一片喧哗和跺脚的声音。传来窒闷的呼喊。〕

麦德外借夫	有人打架罢？
布柏诺夫	声音满像——
克瓦实妮雅	我去瞥瞥看。
麦德外借夫	我也得看看去——嗷，没完没了的责任！我就不明白，人在一起打架，我们干吗把他们拉开！他们一打累，自己也

就不打啦——顶好还是尽他们你捶我，我捶你，一直捶个够——下回想起这个，他们也就不会急着打架啦——

布柏诺夫 （从他的木板床上站起）你应当拿这话讲给你的上司听——

〔门一下子敞得开开的，门限上出现考斯梯列夫。

考斯梯列夫 （嚷嚷）阿布辣穆！快来！——瓦西丽萨在打娜塔莎——要弄死她——快！

〔克瓦实妮雅，麦德外借夫和布柏诺夫跑进过道。路喀看着他们直摇头。

安　娜 哦，主！可怜的娜塔莎！

路　喀 谁在那边儿打架？

安　娜 我们的女东家——姐妹俩——

路　喀 （走向安娜）她们闹什么？

安　娜 没什么了不起——气力太足——也就是了。

路　喀 你叫什么？

安　娜 安娜——我一直在看你，你让我想起——我父亲来——非常柔顺和善——

路　喀 到处挨挤嘛。挤来挤去，就把我挤得非常柔顺了——

〔他发出一阵断续的笑声。

幕

第 二 幕

景相同。夜晚。沙丁,男爵,克芮渥伊·饶布和鞑靼人靠近炉子斗牌。克列实奇和戏子看他们斗牌。布柏诺夫在他的床上和麦德外借夫下棋。路喀坐在安娜床边一张方凳上。两盏灯照亮这个住所:一盏挂在墙上,靠近斗牌的地点,另一盏挂在布柏诺夫的床上。

鞑靼人　　我再斗一回,就不来啦——

布柏诺夫　饶布,唱歌!(唱)

　　　　　　太阳每天早晌出来——

饶　布　　(继续)

　　　　　　我的监房照样儿阴沉——

鞑靼人　　(向沙丁)洗牌——洗得好点儿!我们知道你那一手儿——

布柏诺夫和饶布　(一同)

　　　　　　不问白天黑夜,啊嗐!

　　　　　　禁子守着我的窗门——

安　娜　　挨打——挨骂——没别的——我一辈子就看见这个——就受到这个。

路　喀　　啊,我可怜的亲爱的,别烦!

麦德外借夫　嗨!你拿棋下到哪儿去啦?当心!——

布柏诺夫	哼！好——
鞑靼人	（冲沙丁直摇拳头）你干吗想拿牌藏起来？——我看见的！——你啊！
饶　布	别闹，阿深！他们反正要把我们骗光的！——布柏诺夫，再唱下去！
安　娜	我就不记得我从来吃饱过东西——数着一片儿一片儿面包——一辈子打抖擞，担心比别人吃多了——一辈子穿的只有破布条子——为什么？
路　喀	可怜的孩子！你累了罢？都会好的。
戏　子	（向饶布）出你的太子——你的太子，妈的！
男　爵	我们赢啦——国王！
克列实奇	他们总赢。
沙　丁	这成了我们的习惯——
麦德外借夫	国王！①
布柏诺夫	我也是——哈！
安　娜	我就要死啦——
克列实奇	你看，你看！别斗啦！王爷②，听我的，别斗下去啦。
戏　子	他本人不会来，要你帮腔？
男　爵	当心，安得路实喀，不然呀，我把你一直打发到地狱里去！
鞑靼人	来。再分牌。罐子装水，破掉——我也破掉。

---

① 这里的棋是"切司"chess，类似中国的象棋，纸盘分成六十四格，双方各走一组，每组十六棋，包含国王，王后，二主教，二武士，二炮和八卒，以围困对方的国王为胜利的目标。和另外四个人斗的"扑克"不同，通常中国人分做国王，王后，太子，十点……等等，共四组，除么点之外，国王最大。所以一边国王赢牌，一边国王被困，输棋。

② "王爷"是鞑靼人的绰号，他信奉回教，名子叫做阿深。

〔克列实奇摇摇头，走向布柏诺夫那边。

安　娜　　我一直在想：亲爱的上帝，到了另一个世界，我是不是还要吃苦下去？难道死后一样？

路　喀　　不会的，不会的。我的好孩子，那儿你就不会再受罪啦。好好儿躺着。样样儿都会好的。你在那儿会舒坦一下子的——就多耐心点儿罢——人人得耐心——耐心法儿不一样，全得耐心。

〔他站起来，小快步子走进厨房。

布柏诺夫　（唱）

看守我的窗门就看守——

饶　布　　（唱）

我决不逃出这个房间！

布柏诺夫和饶布　（一同）

虽说想望自由，啊嗜！

我扭也扭不断我的锁链！

鞑靶人　　（嚷嚷）啊哈！你拿牌往袖筒儿塞！

男　爵　　（有些窘）好——你要我往哪儿塞——朝你鼻子眼儿塞？

戏　子　　（说服地）你错啦，王爷——从来没人——

鞑靶人　　我看见的！骗子！我不斗！

沙　丁　　（收牌）走罢，阿深——你知道我们是骗子。既然知道，跟我们斗个什么劲儿？

男　爵　　输了二十个考排克，吵起来倒像三个卢布！——好意思把自己喊做王爷！

鞑靶人　　（发怒）斗牌得规矩！

沙　丁　　做什么？

鞑靶人　　你是什么意思，做什么？

035

沙　丁	我说的就是这个——做什么？
鞑靼人	你不知道？
沙　丁	不，我不知道。你知道？

〔鞑靼人唾一口痰，表示忿怒，同时大家笑着他。

饶　布	（和颜悦色）你这人真滑稽，阿深！你真就不明白，他们要是规规矩矩活下去的话，三天以里就得饿死？——
鞑靼人	跟我有什么相干？活着得规矩。
饶　布	说来说去就是这句老话。走，我们喝茶去——布柏诺夫！（唱）

　　啊，我的锁链，我的铁笼头——

布柏诺夫	（唱）

　　铁打的硬心肠的禁子——

饶　布	来，阿深！（走出，一边唱着）

　　我拿他们扔不掉也掰不开——

〔鞑靼人朝男爵摇着拳头，跟随他的朋友出去。

沙　丁	（笑着，向男爵）大人，你又坐了一回大腊。哼，一个受过教育的贵人，连牌往袖筒儿里塞也不会！——
男　爵	（耸耸他的肩膀）鬼知道我怎么失得风！——
戏　子	缺乏才分——缺乏自信心——没这个——不成。失败。
麦德外借夫	我赢了一个国王——你可两个啦——哼。
布柏诺夫	只要你下得好，一个国王也成——你走。
克列实奇	你已经输啦，阿布辣穆·伊万尼奇！
麦德外借夫	少管闲事——听见没有？住嘴！——
沙　丁	赢了——五十三个考排克！
戏　子	三个归我——可是，我要这三个考排克做什么？

〔从厨房进来路喀。

路　喀	好，你们把鞑靼人剥光啦，我猜，你们要去喝渥得喀了罢？
男　爵	跟我们一道儿来！
沙　丁	我很想看看你喝醉了是什么样子。
路　喀	不见得比我清醒的时候好！——
戏　子	来罢，老头子——我吟点儿东西给你听——
路　喀	什么东西？
戏　子	诗。
路　喀	诗？我要诗干吗？
戏　子	有时候引人发笑——有时候让人伤心——
沙　丁	你来不来，诗人？

〔沙丁和男爵走出。

戏　子	来——我会追你们来的！听听这个，老头子。这是一首诗上的——我不记得怎么开头儿的了——不记得啦！

〔他摸摸他的额头。

布柏诺夫	得！你的国王吹啦——走！
麦德外借夫	我不该走那儿——妈的！
戏　子	往常，老头子，我的器官还没中酒毒，我的记心挺好。可是现下，哥儿们——简直完蛋。从前我念这首诗，非常成功——满场喝彩。你不知道什么叫做喝采，我的朋友——喝采就像渥得喀。我常常出来，这样儿一站。（摆出一副架势）我就这样儿一站——（顿了许久）一句也不记得了——一个字也不记得了。我心爱的诗——糟透了，老头子，是不是？
路　喀	你心爱的东西你忘掉，自然不很好。你整个儿灵魂活在你心爱的东西里头。

戏　子	我把我的灵魂喝干了，老头子——我毁啦，朋友——我怎么会毁的？因为我对自己没有信心——我吹啦——
路　喀	没什么。你不妨医治医治看。你听到没有，眼下好喝酒也有法儿医。不收钱。有家医院，好比说，治疗醉鬼就不收费。他们认为，你明白，醉鬼跟别人一样也是人，看见他来医治，他们反而欢喜。所以你去好了。去罢——
戏　子	（思维地）哪儿去？那在什么地方？
路　喀	那在——在那么一个县城——叫什么来的？一个怪名子——没关系，我会告诉你的——同时你要拿自己准备好。别喝渥得喀。抖擞精神，坚持下去——过后儿毛病医好了，重新开始生活——有什么不好？重新来过。只要你下决心——一定去治！
戏　子	（微笑）重新来过——从头来起——可不，听起来倒挺像回子事——哼——重新来过。（笑）当然！我来得了！你看我成不成？
路　喀	有什么不成？一个人只要愿意，没办不到的——
戏　子	（好像忽然醒了过来）你在拿人开心，对不对？好，待会儿见。（吹着口哨）回头见，老头子。

〔走出。

安　娜	老公公。
路　喀	什么事，亲爱的？
安　娜	跟我说说话儿——
路　喀	（走向她）好罢，我们聊聊。

〔克列实奇看看他们，然后静静地走向他女人，看着她，打手势，像有话讲。

什么事，哥儿们？

克列实奇　　（细声细气）没事——

　　　　　　〔他慢慢走向过道，在门前站了几分钟，随即忽然走出。

路　喀　　（眼睛跟着他）你男人心里挺苦。

安　娜　　我眼下顾不到他啦。

路　喀　　他从前一来就打你？

安　娜　　才凶——他害我生得这个病——

布柏诺夫　　我女人从前有一个爱人。坏小子有时候下得一手儿好棋——

麦德外借夫　　哼——

安　娜　　跟我讲讲话儿，老公公——我觉得难过——

路　喀　　没什么。我的鸽子，人死以前就是这个样子。就会好的，亲爱的。你抱定希望就是了——这就是这样子——你一死，你明白，你就太平没事啦——你没什么好怕的了，什么也没。也就是太太平平，躺在那儿。死让样样儿东西安静下来，死成的，对我们这些可怜人慈祥着哪。死了就安息了，人这样讲。话有道理，我的亲爱的，因为在这世上，一个人好希望到什么地方寻找安息来啊？

　　　　　　〔进来皮皮尔。他微微有些醉意，头发蓬蓬的，心情抑抑不欢。他坐在门边一张木板床上，不言语，不动。

安　娜　　不过，到了那边儿——一个人到了那边儿也要受苦吗？

路　喀　　那儿什么也没。什么也没。信我的话。和平，平静，此外什么也没。他们把你喊到主跟前，说：看呀，主，你忠心的仆人安娜来啦——

麦德外借夫　　（严厉地）你怎么会知道他们那儿说些什么？你呀真有你的！

〔听见麦德外借夫的声音,皮皮尔仰起头来,用心听着。

路　喀　　　我既然说,那就是我一定知道,队长——

麦德外借夫　(妥协了)嗯——也许。我想,这是你的事——别瞧我还不就是队长——

布柏诺夫　　我跳两步——

麦德外借夫　妈的!——我希望你——

路　喀　　　于是主就看着你,和颜悦色,疼你的样子,说:我当然认识安娜!他就说,把我们的安娜送上天堂——他就这样说。让她将息将息——我知道她一辈子过得多么苦——我知道她多么累得慌——现下先让安娜养息养息——

安　娜　　　(喘气)噢,老公公。顶顶亲的老公公——真是这样儿就好了!只要我能够——安息——什么也不觉得——

路　喀　　　我的好孩子,你不会觉得的。什么也不觉得。信我的话。你现下应该高高兴兴地死啦,不必害怕。死对我们,我告诉你,就像一位母亲对小孩子们——

安　娜　　　可是——也许——也许我会好起来的罢?

路　喀　　　(微笑着,不赞成地)图什么,我亲爱的?多受受罪?

安　娜　　　活——多活一点点——也就是一点点。既然您说要是那边儿什么苦也没——我就忍受得了人世的苦——我忍受得了。

路　喀　　　那边儿什么也没。也就是——

皮皮尔　　　(站起)你的话有道理——不过也许——你错啦!

安　娜　　　(惊惧)噢,主!——

路　喀　　　什么事,我的漂亮朋友?

麦德外借夫　谁在嚷嚷?

皮皮尔	（走向他）我！怎么样？
麦德外借夫	你嚷嚷得没理儿，就是这个！一个人应当放安静才是——
皮皮尔	笨蛋！——还是她们的叔叔——喝！喝！
路　喀	（向皮皮尔，低声）别嚷嚷，听见没有？这女人在咽气——你看，嘴唇已经泛白啦。别搅她！
皮皮尔	为了你，行，老公公。你真是一个送死的好手，老公公。你扯谎扯得美——你的童话也好听。就扯谎扯下去罢——成。这世上真还没多少好听的！
布柏诺夫	这女的真就要死？
路　喀	看样子快啦——
布柏诺夫	这就是说，她不咳嗽啦。——她一咳嗽，没人安静得了——跳两步。
麦德外借夫	家活！鬼抓了你去！
皮皮尔	阿布辣穆！
麦德外借夫	谁说的，你也好叫我名字！——
皮皮尔	阿布辣实喀！娜塔莎是不是病啦？
麦德外借夫	跟你什么相干？
皮皮尔	告诉我的好。瓦西丽萨有没有把她打坏啦？
麦德外借夫	那不关你的事。人家闹家务——可你插一脚，算哪门子？
皮皮尔	别管我是哪门子，我要是下了决心啊，你就甭想再看得见娜塔莎！
麦德外借夫	（停住下棋）你说这话什么意思？你在说谁？你要是在想我的侄女儿——噢夫！你这个贼！
皮皮尔	我也许是贼，可你就没捉住我过！——
麦德外借夫	等着瞧！我总有一天捉住你的——好，不会久的！——
皮皮尔	你要是捉住我呀，你这个鸽子窠就算受上啦。你以为到

了法庭我会不作声？狼长着牙有不用的？他们一定问：谁教你偷的，谁指点地方给你偷的？米实喀·考斯梯列夫和他太太！谁收赃？米实喀·考斯梯列夫和他太太！

麦德外借夫　瞎扯。没人信你！
皮皮尔　　　他们一定信，因为这是实情。我把你也要拉进来——哈！我把你们统统害了，你们这群坏蛋！看好了！
麦德外借夫　（吓倒）扯淡！你——扯淡！我几时伤害过你？疯狗一般咬我！——
皮皮尔　　　你几时待我好过？
路　喀　　　啊哈！
麦德外借夫　（向路喀）你咕呱些什么？这关你什么事？人家闹家务。
布柏诺夫　　（向路喀）别搭理他。活结儿不是为你为我打的。
路　喀　　　（柔顺地）当然。我也就是说，一个人没好处给别人，就有害处给别人——
麦德外借夫　（听不出话是什么意思）家伙！我们这儿，彼此清楚。可你——算什么东西？

〔他活像一只生气的猫哼了一声，迅速走出。

路　喀　　　老爷发脾气啦——我的妈！你们的事由儿，哥儿们，就我看来，有点儿扯三扯四的！
皮皮尔　　　他跑去告诉瓦西丽萨说——
布柏诺夫　　你是个傻瓜，瓦西里。一来就逞勇！——当心！逞勇呀，你到林子里头捡香菌，也还罢了。这儿呀没意思——他们一转眼就把你的脑袋壳掰了。
皮皮尔　　　噈，不会的！雅罗拉司夫尔来的人，一个人甭想空着一双手就办得了！他们要斗呀，可有得斗的！——
路　喀　　　可是真的，小伙子，离开这儿，你不觉得好吗？——

皮皮尔	哪儿去？来，告诉我哪儿去——
路　喀	哪，譬方说，西伯利亚。
皮皮尔	有你说的！不干。要我去西伯利亚呀，得免费——
路　喀	你听我讲，去罢。那儿有新的路子给你走。那儿需要你这种人——
皮皮尔	我的路呀早就为我安排好啦。我父亲在监牢过了一辈子，我也没二路子走——我还是一个臭狗蛋的时候，人人就把我喊做贼，贼儿子——
路　喀	西伯利亚是个好地方。一个金子地方。就像暖房养黄瓜，只要你身子骨儿结实，头脑清楚，就算到了家啦。
皮皮尔	老头子，你干吗老撒谎？
路　喀	哎？
皮皮尔	耳朵聋啦。我说，你干吗撒谎？
路　喀	你以为我那些话全是谎话？
皮皮尔	句句儿谎——这儿好，那儿好——漫天谎。图什么？
路　喀	你权且相信我，亲自看去好了。你会谢我的。死待在这儿图什么？再说，你一死儿要实情做什么？不妨想想看——实情会像把斧子落到你脖子上——
皮皮尔	我不在乎。斧子就斧子，我捱得了。
路　喀	傻孩子。自己去找死！没这个理儿。
布柏诺夫	你们俩瞎嘀咕些什么？——瓦斯喀，你要的是哪类实情？做什么用？——难道你自己知道的还不算够？——人人知道——
皮皮尔	别咭呱。我要他告诉我——听我讲，老头子：上帝有吗？

〔路喀微笑着，只是不作声。

布柏诺夫	人活在世上——像废木头在河上——房子盖好，废料嘛，

　　　　　　由它们漂去——

皮皮尔　　好，有吗？说呀——

路　喀　　（平静地）你信，就有。不信，就没有。无论什么，你信，就有。

　　　　　〔皮皮尔不作声，惊奇地盯着路喀看。

布柏诺夫　我要喝茶去——你们有谁一道儿上馆子去吗？

路　喀　　你做什么直看我？

皮皮尔　　没什么——听我说——你意思是说——

布柏诺夫　那我就一个人去啦。

　　　　　〔他朝门走去，正好瓦西丽萨进来。

皮皮尔　　换句话讲，你——

瓦西丽萨　（向布柏诺夫）娜丝佳在不在？

布柏诺夫　不在。

　　　　　〔走出。

皮皮尔　　哼！——她来——

瓦西丽萨　（走向安娜）还活着？

路　喀　　别搅她——

瓦西丽萨　你待在这儿干什么？

路　喀　　必要的话——我好走的——

瓦西丽萨　（走向皮皮尔的屋子）瓦西里，我有话跟你讲——

　　　　　〔她走进皮皮尔的屋子，同时路喀朝过道门移动，开开，使劲儿一关，然后小心在意从一张木板床爬上炉子。

　　　　　瓦西里——这儿来呀！

皮皮尔　　我不要——我不要来——

瓦西丽萨　（出来）哼——怎么的啦？你干吗使性子？

皮皮尔　　我腻烦——听够了这种话由儿——

瓦西丽萨	也看够了我？
皮皮尔	对，也看够了你。（瓦西丽萨拉紧肩巾，手捺住胸脯，然后走向安娜的床，静静朝幔后窥了一眼，回到皮皮尔跟前）好罢——你有话讲就讲罢——
瓦西丽萨	有什么好讲的？我不能够逼着你爱我——再说，央求也不合我这种人的性子——谢谢你告诉我真话——
皮皮尔	什么真话？
瓦西丽萨	你看够了我——难道也许不是真话？（皮皮尔静静地看着她。她朝他走去）你干吗盯着我看？你不认识我？
皮皮尔	（叹一口气）你长得真他妈的好看，瓦西丽萨——（她拿胳膊放在他的肩上，他耸耸肩，把她的胳膊摇掉）可是你从来就没动过我的心。我从前跟你待在一起，好归好——就没喜欢过你——
瓦西丽萨	（细声细气）是这样子！——好——
皮皮尔	好——我们没什么话好讲！——一点也没！离开我算啦！
瓦西丽萨	爱上了别人？
皮皮尔	跟你有什么相干？——就算是，我也不会请你帮我把她搞到手——
瓦西丽萨	（俨有所指）那真可惜——或许——我可以帮你搞到手。
皮皮尔	（怀疑地）搞到谁？
瓦西丽萨	你知道——装假做什么？瓦西里，我这人是个直肠子——（声音放低）我不否认——你伤了我。无缘无故，你就像拿鞭子抽了我一鞭子——从前说你爱我，过后儿忽然——
皮皮尔	不是忽然——老早就这样子了——你这人没心，娘儿

	们——一个女人该有心的。我们男人是走兽——你们必须——你们必须教教我们——你拿什么教我来的？
瓦西丽萨	过去让它过去罢——我知道人做不了自己的主——你要是不再爱我的话——好，就这么着——
皮皮尔	这么说来，我们吹啦？各走各的路，安安静静，不吵不闹——好的。
瓦西丽萨	不见得！等一下！——你别忘记，从前跟你在一起的时候，我心想你会帮我跳出这个烂泥塘子——帮我离开我丈夫，我叔叔，整个这份儿生活。也许我爱的不就是你，而是这种希望，我这个念头——明白不明白？我过去一直在等你把我救出这个地方——
皮皮尔	你不是钉子，我不是钳子——我从前以为你那么精明——你是精明——你是聪明——
瓦西丽萨	（朝他俯过身子）瓦西里，来——彼此帮帮忙。
皮皮尔	什么忙？
瓦西丽萨	（细声细气，然而坚强地）我妹妹——我知道你喜欢她——
皮皮尔	所以你才那样打她？当心，瓦西丽萨！别碰她！——
瓦西丽萨	等一下。别情急。事情可以心平气静安排好，用不着发疯——你想不想娶她？我另外还给你钱——三百卢布。钱要是多的话，我还可以多给——
皮皮尔	（走开）做什么？——你为什么要这样做？
瓦西丽萨	帮我搞掉我丈夫——拿我脖子上的活结儿打开——
皮皮尔	（轻轻地吹着口哨）原来这个！啊哈！你真精明！——丈夫进了坟，爱人关进监牢，你嘛——
瓦西丽萨	瓦西里！为什么关进监牢？你用不着自己动手——可以找别人来。就算你自己动手，谁知道？娜塔莎——

	想想看——你有了钱——到远地方去——我永远自由——单就我妹妹来讲——离开我对她只有好。整天看着她我就受不了——由于你,我看着她就是气——我制不住自己——我折磨她——我打她——打她打到了我看见她都也哭了——可是我还是照样儿打她,打她,一直打下去。
皮皮尔	活活儿一只野兽。还直拿这个夸嘴。
瓦西丽萨	不是夸嘴。我说的是实情——想想看,瓦西里——你下过两回监牢,因为我丈夫——因为他贪财——他吸我的血像吸血的水虫子——足足吸了四年。他算什么丈夫?他虐待娜塔莎,欺负她,骂她叫化子。他是人人的毒药——
皮皮尔	你这人狡诈得很——
瓦西丽萨	样样儿清楚——你不懂我的好意呀,你是傻瓜——
	〔考斯梯列夫小心翼翼进来,偷偷朝前移动。
皮皮尔	(向瓦西丽萨)走罢!
瓦西丽萨	仔细想想看。(发见她丈夫)你要什么?找我来的?
	〔皮皮尔惊起,蛮横地盯着考斯梯列夫看。
考斯梯列夫	是我——我!你们俩在这儿——只你们俩!哼!——在谈心?(忽然跺脚,嘶叫着)你这臭娘儿们!瓦西丽萨!——你这叫化子!(看见别人全无反应,僵局的静默倒把他吓住了)噢!主宽恕我——瓦西丽萨,你又逼得我犯罪啦!——我在到处找你。(又嘶叫起来)是上床的辰光啦!你忘了给神像前的灯添油啦!妈的——你这个猪!——你这个叫化子!
	〔他冲她摇着他的一个颤索的手指。她慢慢走向过道门,用心看着皮皮尔。

皮皮尔	（向考斯梯列夫）滚开这儿！——出去！
考斯梯列夫	（嚷嚷）我是这儿的店东家！你自己滚开！你这个贼！——
皮皮尔	（声音紧张）滚出去，我告诉你。米实喀——
考斯梯列夫	你敢！我要让你知道知道我的厉害！我要——

〔皮皮尔抓住他的领子摇他。忽然炉顶传来响声，有人慢悠悠地打着呵欠。皮皮尔放松考斯梯列夫，后者喊了一声，跑进过道。

皮皮尔	（跳上炉子旁边的木板床）是谁？——谁在炉子上头？
路 喀	（探下头来）哎？
皮皮尔	你！
路 喀	我——正是我——噢，天上的主！
皮皮尔	（关上过道门，寻找门闩，但是找不到）鬼东西！——爬下来，老头子！
路 喀	就——就来！——下来！

〔他下来。

皮皮尔	（粗暴地）你干么爬到炉顶上头？
路 喀	我应该爬到哪儿去？
皮皮尔	你方才去了过道儿。
路 喀	对我这种老头子，那地方太冷——
皮皮尔	你——听见什么啦？
路 喀	我是听见啦。我怎么能够听不见？你也许以为我是聋子？啊，小伙子，你算碰上了运气——你叫走运哟！
皮皮尔	（怀疑地）什么运气？
路 喀	运气是我爬在炉子上头。
皮皮尔	啊——你在上头折腾什么？
路 喀	因为我觉得太热，就是这个——我这一折腾呀值得你说声

	谢谢。——我想,这小伙子现下要闯穷祸——会把老头子掐死——
皮皮尔	哼——我会掐死他——这个讨厌家伙——
路 喀	不足为奇。跟坐下来一样容易。人常常惹这种乱子——
皮皮尔	(微笑)说不定你从前就惹过这种乱子?
路 喀	听着,小伙子,听我对你讲。别跟那娘儿们在一起!撵开她!撵开!撵开!——用不着你帮忙,她自己会把她男人赶出这个世界,比你干得好!别听那女鬼的话!——看着我。秃啦,是不是?——怎么会的?还不都为了这些娘儿们——我认识许多娘儿们,说不定比我头上从前的头发还多。可这个瓦西丽萨呀,比什么坏娘儿们都坏。
皮皮尔	我不知道该我说句谢你,还是你——
路 喀	别说下去啦。你找不到比我方才说的再好的话。听我讲——这儿你喜欢的那个姑娘,挟在你的胳膊底下,带上路,走罢!离开这儿——越远越好!——
皮皮尔	(悻悻然)只要你看得出人们的好坏——哪些人好,哪些人坏,也就好了。我简直分不出来——
路 喀	有什么难?一个人不总一样。全看他的心朝哪方面想——他今儿好,明儿坏——不过,这女孩子要是真动了你的心,带她走就是了,没别的话讲——要不你就一个人走——你还年轻。有的是时候搞女人——
皮皮尔	(抓牢路喀的肩膀)老实对我讲,你说这话为了什么?——
路 喀	等一下——放开我。我要看一眼安娜——她方才出气直出不来——(走向安娜的床,拉开幔子,看,摸摸她的手。皮皮尔思索地看着他,显然心乱了)慈悲呀,主!慈悲为

049

怀，收下你仆人安娜的灵魂——

皮皮尔　（细声细气）死啦？

〔他身子朝前，不走过去，看了看床。

路　喀　（轻轻地）完了，她的痛苦——她男人在哪儿？

皮皮尔　在馆子罢，我想——

路　喀　我们得告诉他一声。

皮皮尔　（颤栗了）我恨尸首——

路　喀　（走向门）有什么好喜欢的？我们应当喜欢的是活人——活人。

皮皮尔　我跟你一道儿走——

路　喀　害怕？

皮皮尔　不愉快——

〔他们急忙走出。舞台空了，静了。过了一时，过道门外传来一声响——沉闷，听不清楚。最后戏子进来。

戏　子　（不关门，站在门限上，靠住旁边的柱子，喊着）嗨，老头子！你在哪儿？我现在记起来啦！——听着！（摇摇摆摆，朝前走了两步，然后，摆出一副工架，吟诵着）

朋友们，假如幸福的道路

在我们的世界找也找不到，

就拿荣誉送给疯子，因为

他有快乐的梦给人类编造。

〔娜塔莎在戏子背后门边出现。

老头子！

要是明天，太阳忘记了出来，

算不了什么，哈哈！明天一定

就有疯子要帮人类另外

	去找一个火把来用。①
娜塔莎	（笑）糊涂蛋！喝醉酒啦。
戏　子	（转向她）啊！是你？那老头子——那可爱的老头子那儿去啦？这儿像没人——再见，娜塔莎——跟你再见啦！
娜塔莎	（进来）你还没说句你好，已经就再见啦！
戏　子	（拦住她的去路）我要——离开，到远地方去——春天就来，我却不见啦——
娜塔莎	放我过去。你到那儿去？
戏　子	我去找一个城——治治病。你也得走——奥菲丽雅——进尼姑庵去！②——似乎什么地方有家医院，医治器官——医治醉鬼。一家好极了的医院——大理石——大理石地板——光明——有东西吃，而且清洁。不取分文。还是大理石地板。我要找到这家医院，拿病医好，然后重新——就像国王——李耳说的，我走着再生的路。③我作戏的名字是斯外尔奇考夫·雅渥耳日斯基——没人知道这个。没人。我在这儿就没名字——你明白一个人把名字丢掉多伤心吗？就是狗也有名字。
	〔娜塔莎小心在意地绕过戏子，走到安娜床边，往里看。
	没名字，就没这个人。
娜塔莎	看呀——朋友——她死啦！

---

① 这是法国著名民歌作者白浪翟 Beranger（1780—1850）的《疯子》Les Fous，共六节，这里截取的是第五节后四行和第六节后四行。这首诗表扬同代三位社会主义者，常人往往把前进的人们当疯子看。
② "进尼姑庵去！"这句话在《汉穆莱提》第三幕第一景内，是汉穆莱提装疯讽谕奥菲丽雅的话。
③ 戏子显然记忆凌乱，李耳王不曾在莎士比亚的悲剧说过这句话。

戏　子	（摇着他的头）不会的——
娜塔莎	（往后退）真的——看好啦——

〔布柏诺夫在门边出现。

布柏诺夫	看什么？
娜塔莎	安娜——死啦。
布柏诺夫	这就是说，她不咳嗽啦。（走向安娜的床，看了看她，然后回到自己的床位）得告诉克列实奇一声——这是他的事。
戏　子	我去——我去说——她丢了她的名字！——

〔走出。

娜塔莎	（站在屋子中央）我也——有一天——像这样儿——让人撵到地窖子——挨人踩——
布柏诺夫	（拿起破烂衣服铺在他的木板床上）什么？你在那儿嘀咕些什么？
娜塔莎	想我的事儿——
布柏诺夫	等瓦斯喀？当心！瓦斯喀要把你害了的——
娜塔莎	谁害不谁害有什么两样？就让他把我害了罢。他也许比什么人都强——
布柏诺夫	（躺下去）这是你的事——
娜塔莎	当然，她死了好——不过，也真可怜——天呀！——人活着为个什么？
布柏诺夫	人人是这样子——生下来，活一阵子，死了。我死——你也死。做什么可怜？

〔进来路喀，鞑靼人，饶布和克列实奇。克列实奇落在最后，慢慢走着，弯着腰。

娜塔莎	唑——唑！安娜——

饶　布	我们听说啦——现下她死啦,愿她安息——
鞑靼人	(向克列实奇)得把她抬出去。把她抬到过道儿。这儿不好搁死人的。活人在这儿困觉。
克列实奇	(声音平静)我们抬她出去——
	〔他们全走到床边。克列实奇隔着别人的肩膀,望他女人。
饶　布	(向鞑靼人)你以为她有臭味道发出来?不会——她活着的时候早就干瘪啦——
娜塔莎	主啊,你们少说也该可怜可怜她!——你们至少也该说句哀怜的话!你们这群人呀!——
路　喀	别就生气,亲爱的——别放在心上。我们怎么能够可怜死人?我们连活人都不可怜——我们连自己都不可怜,你还说什么死人不死人的!
布柏诺夫	(打呵欠)再说,你拿话吓不倒死的——病呀吓得倒,死呀吓不倒。
鞑靼人	(走开)喊警察来。
饶　布	警察?当然喽。克列实奇,你报告警察了没有?
克列实奇	没有。他们一定要我把她埋掉——我只有四十个考排克。
饶　布	这么看来,借点子罢——我们凑凑钱看——五个考排克,尽你们能掏的掏。不过赶快报告警察——不然呀,他们会以为你把女人害死了什么的——
	〔他打算靠鞑靼人躺下去。
娜塔莎	(走向布柏诺夫)我要做梦梦见她啦——我一来就梦见死人。我怕一个人回去——外头过道儿黑洞洞的——
路　喀	(跟着她)应当怕的是活人。听我的话。
娜塔莎	你陪我出去,老公公——

路　喀	来——来——我陪你。
	〔两个人下。一顿。
饶　布	喝——喝——喝！阿深！春天要来啦，朋友！——我们又要过暖和日子啦！村子里头，种地的已经在修补他们的犁，我们的耙。准备好了翻地。哼。我们呢？哎，阿深？——已经打鼾啦，该死的穆罕默德信徒①——
布柏诺夫	鞑靼人们就爱困觉——
克列实奇	（站在屋子中央，昏昏沉沉地看着前面）我现下该怎么着？
饶　布	睡觉，拉倒。
克列实奇	（轻轻地）可她怎么办？——
	〔没人回答他。进来沙丁和戏子。
戏　子	（嚷着）老头子，过来，我忠心的肯提！②
沙　丁	米克路哈·马克莱出世啦！③——哈！
戏　子	下了决心，有了结论！老头子！那个城在哪儿？——你在那儿？
沙　丁	空中楼阁！④老头子对你扯谎——没那当子事。没城。没人——什么也没！
戏　子	你扯谎！
鞑靼人	（从床上跳起）店东家在那儿？我看店东家。睡不着，不给

---

① "鞑靼人"信奉穆罕默德创立的回教。
② 肯提 Kent 侯爵是李耳王的忠心臣子，李耳不听他的劝告，把他流放了，后来李耳让两个女儿赶了出去，肯提改装，陪他漂泊到死。
③ 米克路哈·马克莱 Miklukha-Maklai（1846—1888）是俄国的旅行家，乌克兰人，在一八七一年与一八八二年之间，到东南亚做科学研究，极有成就。
④ 原文是 Fata Morgana，直译应做"冒尔嘎娜仙姑姑"。冒尔嘎娜是英国传说阿尔如 Arthur 王的妹妹。往常把麦西纳 Messina 海峡的云气唤做 Fata Morgana，认为是仙人的法术。

钱。——死人——醉鬼——

〔他冲了出去。沙丁朝他吹着口哨。

布柏诺夫 （惺忪地）上床罢，哥儿们。别一个劲儿吵啦！——夜晚是睡觉的。

戏　子 啊！这儿躺着一具尸首！——"我们的鱼网捞着了一具尸首！"——诗——白浪翟写的。①

沙　丁 （嚷着）尸首听不见！尸首觉不出！——所以喊罢，叫罢！——尸首听不见！——

〔路喀在门道出现。

幕

---

① 白浪翟没有这行诗。引自普希金的《淹死的人》，第一节第三与第四行。

第 三 幕

　　一座后院，长着野草，堆满乱七八糟的破东西。后面一道高高的防火砖墙把天挡住了。沿墙长着一丛黑果儿树。右手是木头建筑——或许是棚房或者马厩的一道黑墙。左手是考斯梯列夫的住宅，连着底层的客栈，泥灰剥落的灰墙，立在一个角隅，远处的墙角几乎突到舞台后部的中心，仅仅在房子和砖墙之间留出一条窄狭的走道，房子有两个窗户，一个在台口，属于底层，一个离地六尺多高，在舞台后部。靠着房墙放着一架旧木头雪车，底朝天，和一根十二尺来长的木头。右面堆在墙边的是些栋梁和旧木板床。

　　太阳快要坠了，朝砖墙投下一道红光。初春，雪新近才开始融掉。黑果儿树的黑枝子还没有冒芽。

　　木头上，肩并肩，坐着娜塔莎和娜丝佳。路喀和男爵坐在雪车上。克列实奇躺在右面的木材堆上。布柏诺夫的脸露在底层的窗口。

娜丝佳　　（眼睛闭住，头帮她的话打着拍子，声音单调）所以他照我们的安排，夜晚来到花园消夏的房子——我等他已经等了好久，又是怕，又是愁，直打哆嗦。他也是全身哆嗦，白得像张纸，手里握着一管连响枪——

娜塔莎　　（嚼着向日葵子）你看！人家讲，学生们心一横呀什么也敢来，这话是真的——

娜丝佳　声音充满了畏惧，他对我讲：我珍贵的爱人——

布柏诺夫　喝——喝！珍贵？

男　爵　别打岔！不喜欢，就别听——可别揭穿她的谎话——下文！

娜丝佳　我的珍贵的，他就说，我的心爱的！我父母不肯答应，他就说，让我娶你做太太——我要是爱你的话，就会咒我一辈子。为了这个缘故，他就说，我只有寻死——他手里握着那管大枪，里头装满了子弹——再见，心爱的女郎，他就说，我的心不会变的——没你我就活不下去！于是我就对他说：啾，我膜拜的朋友——我的辣欧耳！——

布柏诺夫　（一惊）什么？这是什么东西？格卢耳？

男　爵　（大笑）你忘啦，娜丝喀——上一回名字叫嘎斯东！

娜丝佳　（跳起）住嘴，废物！你们呀——也就是野狗！倒像你们也懂得爱情！真正的爱情。可是我——我有过——有过真正的爱情！（向男爵）你是一个不作数的人！——一个受过教育的人。还说你一来就在床上喝咖啡！——

路　喀　别闹，大家！别打断她！尽她说下去——话没什么要紧，要紧的是话里的意思。别理他们，姑娘，讲下去。

布柏诺夫　乌鸦插孔雀翎——好，我们就听下去。

男　爵　下文呢？

娜塔莎　别听他们的——他们算什么？也就是眼红，因为他们就没什么好说说自己的。

娜丝佳　（重新坐下）我不要讲。我再也不要讲给你们听——他们既然不相信我，笑话我——（她骤然停住，静了几分钟，然后，又闭拢眼睛，继续用一种热烈响亮的声音讲下去，好像谛听远方的音乐，用手打着拍子）于是我就对他说：我的生命的喜悦！我的灵魂的太阳！没你，我在人世也活不下去——因为我拿我的全灵魂爱你，只要心在这胸脯里头跳下去，我就爱你爱下去。不过，千万别毁灭你的生命，你亲爱的父母把你看做命根子，因为你是他们唯一的喜悦——忘掉我！还是由我一个人想念你，毁了我的生命好，我的心爱的！我就是一个人。我是——那类人。还是我毁了的好。反正都一样！我什么也不配——我什么也没有——什么也没有——

〔她用手掩住脸，静静哭了起来。

娜塔莎 （背开娜塔莎，细声细气）别哭——千万别——

〔路喀微笑着，敲着娜丝佳的头。

布柏诺夫 （笑）喝，你收了一个小娃娃，哎？

男　爵 （笑）你以为这是真的，老公公？统统是那本书里头的，《致命的爱情》——一片胡言乱语！由着她罢！

娜塔莎 管你什么事？主既然照你这样儿造了你下来，你呀，还是免开尊口罢。

娜丝佳 （激昂地）你这没救的灵魂！一个不作数的人！哪儿是你的心？

路　喀 （拿起娜丝佳的手）我们离开这儿，亲爱的。犯不上为这个生气。对的是你，不是他们。我知道——你要是相信你有过那种真正的爱情，那一定是你有过。当然有过！不过别跟你住在一道儿的男人生气。也许他笑完全由于眼红——也许他一辈子就没经过那种真正的爱情！也许他就什么也没经过。来罢——

娜丝佳 （拿手捺住她的胸脯）相信我，老公公！我赌咒真是那样

	子！——我说的话句句不假——他是一个学生——一个法国人——人家喊他嘎斯东——他有一撮黑胡子——穿着漆皮靴子——雷劈了我，这要不是真话。他多爱我！——多爱我啊！
路　喀	我知道。别难过。你说漆皮靴子？嘻，嘻，嘻！你也爱他？

〔他们绕着墙角消失了。

男　爵	活活儿一个蠢丫头！——心好，可是蠢得就叫人拿她没办法。
布柏诺夫	一个人这样说谎为了什么？赌咒这是真话，跟在法庭一样。
娜塔莎	因为说谎比说真话有意思。我也——
男　爵	你也？下文呢？
娜塔莎	我一直想东想西。等——
男　爵	等什么？
娜塔莎	(难为情地微笑着)我不知道——也许明天，我想——有人要来——有人——专为我来——不的话，也许要出什么事儿——也是专为我出的。我一直在等——总在等——不过，临了儿仔细一想，会出什么事儿呀？

〔一顿。

男　爵	(一副不赞成的样子微笑着)没事好等！——我，好比说，我就什么也不等。样样儿事吹了——过去了——完了。下文呢？
娜塔莎	不然的话——我就想明天我冷不防死啦——于是身子里头样样儿变成冷的。夏天是一个想到死的好季节，雷呀电的全在夏天，人一来就中电死掉。

男　爵	你过的是苦日子。全是你那位姐姐不好——性子也忒暴啦。
娜塔莎	可谁又日子过得好来的？人人坏——我有什么看不见的？——
克列实奇	（一动不动，显然漠不关心，如今听见这话忽然跳起）人人？瞎白！不见得人人！人人吃苦，倒也罢了——你也就不会在乎啦。
布柏诺夫	你中邪啦？——怪样儿喊叫！

〔克列实奇和方才一样，倒在木堆上，自己唧哝着。

男　爵	还是去跟娜丝佳说和说和——我要是不去呀，她会没钱给我喝酒的——
布柏诺夫	哼——人可真爱撒谎！——娜丝佳说谎，我倒明白。她一来就往她的脸上扑粉——所以她以为也可以给她的灵魂扑扑粉——抹抹胭脂——可是——别人扯谎为了什么？就拿路喀来说罢——一个劲儿扯谎——什么也不为——他呀一个老头子——他这样做为了什么？
男　爵	（一边往外走，一边猫一样哼着）他们的小灵魂全是灰的——全想往上头抹点儿胭脂——
路　喀	（从墙角那边进来）大人，你去吵人家姑娘做什么？由她哭闹好了——流眼泪是让她感到快乐，那碍你什么事？
男　爵	她蠢，老头子。吵得人烦——今儿是辣欧耳，明儿是嘎斯东——见天儿是那么回事。不过，说归说，我还是去跟她说和说和——

〔走出。

路　喀	去——对她要放和气。对一个人和气决没害处——
娜塔莎	老公公，你心真好——你怎么会这样和善的？

路　喀	和善,你说?很好,你要这样讲也成。(砖墙后面飘来手风琴和歌唱的悠柔的音乐)我的姑娘,人在世上必须和善——你必须对人同情。基督爱每一个人,吩咐我们也这样做——我拿真话告诉你,同情一个人,巧了的话,可以把他救了的。有一回,譬方说,我在一家别墅当看守,离陶穆司克不远,帮一位工程师干活儿。好,房子在树林子里头,孤零零的——赶着冬天,我一个人在房子里头——挺称心!真是这样子!可是有一天,我听见响声——有人要偷偷进来!
娜塔莎	贼?
路　喀	是贼。想爬进来——我拿起我的枪就出去了——果不其然有两个人——在开一扇窗户——他们只顾一个劲儿干,就没注意到我。我冲他们嚷嚷:喂,你们!——走开!——他们拿起一把斧子朝我奔了过来——我警告他们,你们不后退,我就开枪啦!——同时我拿起我的枪,一时瞄准这个,一时瞄准另一个。他们跪到地上,好像求我放他们一条活路。可是,当时我真火儿大发啦——为了那把斧子,我就对他们说:我吩咐你们走,你们这些死鬼不肯走——现在,我说,你们中间一个,到树上掰树枝子下来。树枝子掰好。现在,我吩咐道,你们中间一个躺下,另一个人抡起树枝子揍他。于是照着我的吩咐,你揍我,我揍你,他们彼此好不揍了一顿。这样照办了——他们对我道,老公公,他们说,看基督的面上,给我们点儿面包啃。我们空着肚肠子兜了来又兜了去——我的亲爱的,这就是你说起的贼!(笑)——还拿着一把斧子!其实,挺好的小伙子,两个全是——我对他们说:你们开口干脆就要面包,

不好多啦?——他们说我们开口开腻啦。你问人讨——讨——就没人给——这之后,他们跟我一直待过了一整冬天。中间一个,叫史泰潘的,常常拿了枪到树林子一去就去一整天。另一个人家喊他雅考夫,一直有病,咳个不停——我们三个就这样守着那所别墅。春天来了,他们说,老公公,再见!就走啦——奔俄罗斯去啦——

娜塔莎　　他们是不是——逃犯?

路　喀　　正是。逃犯——打囚禁的地方逃出来的——好小伙子!——我要是不可怜他们呀,他们就许把我宰了——要不跟这也差不到哪儿去——那么一来,他们就得吃官司,关监牢,发配到西伯利亚——算个什么?监牢教不出人好,西伯利亚也教不出,可是一个人——一个人可以教另一个人好,而且并不怎么难。

〔一顿。

布柏诺夫　哼。就我来说——我就说不来谎。何必说谎?依我看呀,照直把实情全撩出来才是。有什么好怕的?

克列实奇　(好像让火烧了,又忽然跳起,嚷着)实情?什么样儿实情?(拿手抓着他身上的破烂衣服)这儿就是实情!没活儿——没气力。这就是实情!没个住着的地方!——连一个挡挡风雨的地方也没有!什么也没有,有也就是跟狗一般死掉拉倒!——这就是你所要的实情,老家伙,我要你的实情做什么?我要的也就是一个机会,吸一口气——吸一口活气!我做过什么错事?——我要你的实情做什么?我要一个活着的机会,妈的!他们就不让你活着!——这就是你的实情!——

布柏诺夫　这小子哪儿来的这股子邪劲儿!

路　喀	上帝的母亲！——不过，我的朋友，听下去。你——
克列实奇	（因为激动而颤索）你们全在这儿穷聊什么实情！你，老头子，打算安慰每一个人！听我告诉你们，我恨每一个人！这就是实情，我巴不得永远把它打进地狱里去！你们明白不？该是明白的时候啦！你们的实情呀，滚到他妈的地狱里去！

〔兜着墙角冲出去，一边嚷嚷一边朝后看。

路　喀	嘻，嘻，嘻！看他急成了什么样子！——他奔到哪儿去？
娜塔莎	像走了神！——
布柏诺夫	不坏！跟戏一样好——有时候是有这种情形的——他对这种生活还不习惯——

〔皮皮尔慢慢从房后过来。

皮皮尔	和平，你们这群正经人！好，路喀，你这狡诈的老狐狸，还在讲你的童话？
路　喀	方才那家伙怎么样走掉，你应当看看才是！
皮皮尔	谁，克列实奇？他怎么的啦？我看见他跑着像有鬼在后头追他——
路　喀	心伤到那种地步，凭谁也跑！
皮皮尔	（坐下）我不喜欢这家伙——太小气，也太傲气。（模仿克列实奇）"我是——一个干活儿的！"好像人人跟不上他——你喜欢干活儿，干你的——那有什么好神气的？要是我们拿干活儿多少来较量人——马比人强得多啦——成天拉出拉进，也不出声儿。娜塔莎！你家里人在吗？
娜塔莎	他们到公墓去了——随后还打算去做黄昏的祷告——
皮皮尔	所以我直纳闷你怎么这样儿自在。
路　喀	（向布柏诺夫，思索地）实情，你说？——一个人受了无数

苦难，实情并不永远解除得了——你不可能总拿实情医治灵魂——譬方说，有一回，有这样一个例子：我认识一个人，他相信有真正公正的地方——

布柏诺夫 相信什么？

路　喀 真正公正的地方。他说，世上一定有一个真正公正的地方——那地方，他说，一定住着特殊的人——好人，彼此尊重，极小的事也互相帮助——这地方，样样儿事一定了不起的好。这位先生一直计划去寻找这真正公正的地方。他是一个穷人——日子过得苦——即使事情糟到不可收拾，只有躺下等死，他也决不就此罢手，反而微笑着，对自己说：行，我受得了。我多等上一会儿，我就丢掉这种生活，去那真正公正的地方——这是他一生仅有的喜悦——对这真正公正的地方的信心——

皮皮尔 怎么样，他可到了那地方？

布柏诺夫 什么地方？喝！喝！

路　喀 于是在他居住的村子——事情出在西伯利亚——政府流放来了一位很有学问的人——带着他全部的图书，和许许多多东西，因为他是一个做学问的人。我们这位先生就对那位有学问的人讲：请，费费心，告诉我这真正公正的地方在什么地方，怎么个去法儿。于是那位有学问的人立刻把书全搬出来，摊开他的地图，看了又看，可是找不着这个真正公正的地方。样样儿对，个个儿地方全在地图上——可是真正公正的地方就没一个地方是！

皮皮尔 （声音低沉）有你说的！没一个地方是？

〔布柏诺夫笑着。

娜塔莎 别笑——讲下去，老公公。

| 路　喀 | 这位先生说什么也不相信——他说，一定在什么地方——再细看看，因为要是没有真正公正的地方，你那些图书也就全不值钱了。有学问的人不高兴听这个话。我的地图，他说，是最最好的地图，不过你那真正公正的地方根本就没那个地方。于是可怜虫简直疯了。什么？他说。我在这儿活了又活，苦了又苦，因为我相信有这么一个地方，现在照你的地图来看，偏就没有这么一个地方！没别的，一定是骗术！于是他骂那有学问的人：你——你这个浑账东西。你是一个坏蛋，不是一个有学问的人——砰！他给了他一记耳光——砰！又是一记！（他停了停）这之后，他回到家——上吊啦。 |

〔全静默了。路喀看着皮皮尔和娜塔莎，微笑着。

皮皮尔	（细声细气）妈的！——故事一点儿也不开心！——
娜塔莎	他受了骗，支不住了——
布柏诺夫	（悻悻然）这也就是童话——
皮皮尔	哼——原来就没有什么真正公正的地方！——
娜塔莎	这个人也真可怜——
布柏诺夫	全是编排出来的！——喝！喝！真正公正的地方！全是他编出来的！喝！喝！

〔他从窗口走开了。

路　喀	（朝布柏诺夫窗户那个方向点头）他在笑。嗜，嗜，嗜！——（稍缓）好，朋友们——希望你们日子好！我没多久就要走啦——
皮皮尔	你现下要到哪儿去？
路　喀	到乌克兰去——我听说他们那儿出了一种新的信仰——我得瞧瞧去。人一直在巴望更好的东西，寻找更好的东

	西——愿上帝给他们耐心！
皮皮尔	你以为他们找得到吗？
路　喀	人这东西说不定就能够！他们会找到的。谁找，谁有——谁一心一意巴望，谁就找到！——
娜塔莎	嗷，只要他们找得到就好！——只要他们想得出来更好的东西就好！——
路　喀	他们想得出来的。我的亲爱的，不过我们得帮他们忙——得尊敬他们——
娜塔莎	我怎么能够帮忙？我自己先需要人帮忙——
皮皮尔	（决然）再——我要同你再谈谈，娜塔莎——就在这儿。当着他好了——他全知道。来——跟我走。
娜塔莎	哪儿去？一座监牢又一座？
皮皮尔	我对你说过，我洗手不干做贼这行子生意啦。我向上天赌咒我不干啦。说过的话算话。我认识字也会写字——找活儿干——他说我们应当自动到西伯利亚去——我们就去，怎么样？你以为我不憎恨这种生活？嗷，娜塔莎，我懂——我全知道。我一直哄自己说，所谓正经人偷东西比我偷得多多了——可是这帮不了我的忙。也不是我所需要的。我并不疚心——我也不相信良心发见这套子鬼话——不过我心里头深深感到一个东西：这不是活着的道路。你得活得好点儿。你得活得自己尊重自己。
路　喀	说得好，我的小伙子！愿主帮助你——愿基督保佑你。说得好：一个人得尊重自己——
皮皮尔	我打小时候起就当贼。人人把我喊做瓦斯喀贼！瓦斯喀，贼的儿子。啊哈！这样子？那就由你们喊去罢。我就是——贼！懂不？我当贼也许单单为了呕气。我当贼

	也许就因为从来没人想起另找一个名字喊我——你换一个名字喊我——娜塔莎，不吗？
娜塔莎	（忧愁地）我可不就相信——别人的话——而且我今儿个觉得不安——我的心直在跳，像我在巴着出什么事的样子。瓦西里，你今儿个不该发动这个谈话——
皮皮尔	要哪一天？我不是头一回说这个话——
娜塔莎	我为什么要跟你走？说到爱你的话——我就不能够说我爱你爱得厉害——有时候我喜欢你——有时候一看你我就讨厌——我猜我并不爱你——你要是爱一个人的话，就看不出他有什么坏处。可是我看得出你的坏处。
皮皮尔	别怕。你会有一天爱我的。我有法子教你爱我——只要你说声走就成。我在一旁看你看了一年多——我看得出你是一个多么认真的好女孩子——一个靠得住的人——娜塔莎，我爱极了你——

〔瓦西丽萨，花枝招展，在上面窗口出现，半个身子叫窗架挡住，站在那儿听着。

娜塔莎	你说你爱我——可我姐姐怎么着？——
皮皮尔	（窘）什么，她怎么着？她那样儿人多的是——
路　喀	我的亲爱的，别往这上头想。没面包吃的时候，一个人吃草——
皮皮尔	（抑郁地）可怜可怜我罢。这不是生活——是也就是狗的生活，没什么好开心的——像在一个烂泥坑——你抓到什么，什么就烂，就没东西顶得了事——你那个姐姐呀——我想她就不同了。她要是不那样贪财的话，我真许什么也为她干了出来。只要她肯归我一个人有——不过她有别的东西要——她要钱——要照她的样式过活——她的样

	式就是风流。她帮不了我什么忙——不过你——你像一棵小枞树,别看一来就弯,经得起风雨——
路 喀	我的劝告是,姑娘,嫁他。他不是一个坏孩子。只要你时时提醒他,他是一个好人,叫他别忘了这个。他会相信你的——你只要老对他讲瓦西里,你是一个好人。别忘记说这话!而且想想看,现在——你有什么地方好去?你那姐姐是一只恶毒的野兽。至于她丈夫——像他那样坏,你就没话形容——这就是你这儿见天儿过的日子——你有什么地方好去?他是一个强壮小伙子——
娜塔莎	我没地方好去——我知道——我想到这上头。只是——我对什么人也不相信——可是我又没地方好去——
皮皮尔	有一条路——不过我不要你走那条路——我宁可杀死你——
娜塔莎	(微笑)我还不是你女人,你就已经打算杀死我了——
皮皮尔	(拿胳膊围住她)忘了罢,娜塔莎!本来就是这个样子——
娜塔莎	(贴紧他)我有一句话讲,瓦里西——上帝做我的见证——你有一次举起手来打我——或者换一个法子欺负我——我决不心疼我的性命——我不弄死自己,就——
皮皮尔	我要是举起手来打你,愿我的手烂掉,断掉!
路 喀	放心,亲爱的,他需要你,比你需要他,厉害得多——
瓦西丽萨	(在窗口)婚事说定啦!爱情,荣誉,服从!
娜塔莎	他们回来啦!——噉,我的上帝,他们看见我们啦——啊,瓦西里!
皮皮尔	你怕些子什么?现在没人敢碰你啦!
瓦西丽萨	放心,娜塔莎,他不会打你的——打呀爱的他都没那份儿本领——我知道!

路　喀	（细声细气）这个娘儿们！——活活儿一条蛇！
瓦西丽萨	他呀也就是嘴头儿上挂劲——

〔进来考斯梯列夫。

考斯梯列夫	娜塔实喀！你这懒骨头！在这儿干什么？扯是非？抱怨你的亲戚？茶预备好啦？桌子摆好啦？
娜塔莎	（走出）可你们打算去教堂来的——
考斯梯列夫	我们怎么打算跟你不相干。你当心你自己的活儿——照吩咐的做！
皮皮尔	住口！从今她不是你的丫头！——别走，娜塔莎！——偏不做！——
娜塔莎	先别吩咐！——还没轮到你吩咐。

（走出。

皮皮尔	（向考斯梯列夫）撒开手！你欺负她也欺负得够数儿啦。她现下是我的啦。
考斯梯列夫	你的？你什么时候买下她的？你出了多少钱？

〔瓦西丽萨笑着。

路　喀	走罢，瓦西里——
皮皮尔	你们开心好啦！——当心回头别哭就是！
瓦西丽萨	我怕死啦！简直吓得死我！
路　喀	走罢，瓦西里！你不看她在拿话激你，想法子逗你火儿上来？
皮皮尔	啊——噢，可不！她在扯淡——你在扯淡！你别妄想你称心得了！
瓦西丽萨	瓦斯喀，我呀，偏偏不要称心不了！
皮皮尔	（朝她摇拳头）我们看好啦！

〔他走出。

瓦西丽萨	（离开窗口）好罢，我给你安排安排喜事！
考斯梯列夫	（走向路喀）你在这儿干什么，老头子？
路　喀	不干什么，老头子——
考斯梯列夫	好——听说你要走？
路　喀	是走的时候啦——
考斯梯列夫	哪儿去？
路　喀	跟着我的鼻子走——
考斯梯列夫	到各地流浪去——你在一个地方待得太久了就不舒服，哎？
路　喀	人家讲，没有水肯在一块石头底下流——
考斯梯列夫	那是讲石头，不过一个人应当在一个地方待下来——人不该跟蟑螂一样过活——高兴往哪儿爬，就往哪儿爬。一个人应当在什么地方住下去——不好处处全做生客。
路　喀	可是有人喜欢四海为家怎么着？
考斯梯列夫	那他就是一个流浪汉——一个没用的人——一个人必须有用——他得干活儿——
路　喀	卖嘴！
考斯梯列夫	难道还有别的路道？——请问，什么叫生客？一个生客意思就是一个生人，一个人不跟别人一样。假如他是一位香客，一位真正香客真知道点子什么——对人没用的东西——就算是什么地方捡来的真理罢——不过我告诉你，不是样样儿真理都值得知道——那他就给自己留着好啦。他假如是一位真正香客——他一定不言语。即使言语，也没人知道他讲的是些子什么——他不应当多心眼儿，管闲事，或者白白去搅人一场——别人怎么过活，他犯不上过问。——他过的应当是一种虔笃的生活——住在树林子里

面——没人看得见他的洞里头。他没理由过问别人的事，试着告诉他们什么对什么不对——要不也就是帮人祷告——为我们尘世的罪孽——我的，你的，人人的。所以他这才放弃尘世的虚荣——这样做，他才能够祷告。他应当这样做才是——（稍缓）可你——你算哪一类香客？连一张通行证也没——君子人一定有一张通行证。凡君子人全有通行证——

路　喀　　你明白这中间的差别——有君子人——另外，还有老百姓。

考斯梯列夫　得啦，别卖弄聪明。少来你的谜语——我不就比你笨。你说这话是什么意思——君子人，老百姓？

路　喀　　这不是谜语。我说的只是，有荒地——也有肥地——不管你在肥地上种什么，一定结得出果子——没别的——

考斯梯列夫　好，你这话是什么意思？

路　喀　　就拿你来说罢——假如主上帝自己对你讲：米哈，做一个人！——他也就是白费唾沫——你原来是什么样儿，你一定还老样儿下去——

考斯梯列夫　哼——你知道不知道？我太太的叔叔，他当警察。我要是——

〔进来瓦西丽萨。

瓦西丽萨　米哈·伊万诺维奇，茶好啦！

考斯梯列夫　（向路喀）滚开这儿，别让我在我的客栈再看见你！——

瓦西丽萨　可不，老头子，走你的罢！——你生了个长舌头——谁知道你不是一个逃犯什么的——

考斯梯列夫　今儿就给我滚，要不我——

路　喀　　喊你叔叔来？喊去好啦——告诉他你逮住了一个逃犯——

叔叔说不定会得奖——三个考排克什么的——

〔布柏诺夫在窗口出现。

布柏诺夫　　卖东西？什么东西卖三个考排克？

路　喀　　　他们吓唬我，说要拿我卖了。

瓦西丽萨　　（向她丈夫）进去！

布柏诺夫　　就为三个考排克？当心，老头子——他们会为一个考排克出卖你的。

考斯梯列夫　（向布柏诺夫）你爬出来啦？活像灶底下一个鬼！

瓦西丽萨　　（向外走）世上贼跟坏蛋可真多！

路　喀　　　我这儿希望您开胃——

瓦西丽萨　　（朝后一瞥）收收你的舌头——你这个老皱皮蘑菇！

〔她和她丈夫在房角后边不见了。

路　喀　　　我今儿晚晌离开这儿——

布柏诺夫　　走得好。趁着时候还早就走，总不差——

路　喀　　　话有道理。

布柏诺夫　　我知道我在说什么。我就许因为赶早儿走开，免除我牢狱之灾。

路　喀　　　有你说的！

布柏诺夫　　的确是。事情是这样子：我女人跟一个皮货商打交道——一个干家儿——会把狗皮染得活像浣熊——猫皮变成袋鼠——麝鼠——各式各样的皮毛。一个精明小子。我女人跟他打交道——两个人打得火热，我直怕他们随时毒死我，或者想出别的法子搞掉我。我有时候揍我女人，皮货商就揍我。他是一个打架的狠手。有一回他拔了一半我的胡子，还弄断了我一根肋骨。我也一来就光火儿——有一天我抡起火筷子就砍我女人的头——三个人打成一团，

	一场大战。我一看自己占不了上风——他们要把我收拾了，我就计划把我女人搞掉——我简直都计划好了。可是，我不到时候就醒了，一走拉倒——
路　喀	你这一走算是走对了——他们喜欢怎样把狗变成浣熊，由他们变去好了——
布柏诺夫	只是——作坊是我女人的——我一离开——你看，我就成了眼前这个样子。不过，说真话，我把铺子没喝光也差不离了。是我喝酒喝——
路　喀	酒？哼。
布柏诺夫	我喝酒喝得才凶。我一发酒瘾，身上除掉我这张皮，什么也喝它个一光二净。我人又懒。你就想不出我多恨干活儿。

〔沙丁和戏子进来，讨论着。

沙　丁	无聊！你哪儿也不去，听见了没有？——大白天说梦话！老头子！你对这家伙讲了些子什么？
戏　子	你呀瞎扯。老公公，告诉他，他瞎扯。我走。我今儿个干活儿来的——扫街。我没喝一口酒。怎么回事？这儿是——我的三十考排克，我清清醒醒的！
沙　丁	没得说，白痴。拿钱给我——我喝掉它——要不拿它赌掉——
戏　子	走开！我这是买车票用的。
路　喀	（向沙丁）你为什么一心要把他打正路拉开？
沙　丁	"告诉我，噢，法师，神们的爱人，我的后运是好是坏？"①我输光了，哥儿们！末一个钱也输啦。不过，人

---

① 引自普希金的《贤明的奥列根之歌》，第三节首两行。

世还有希望,老公公——有比我聪明的骗子。

路　喀　　你是一个快活人,康斯坦丁,还是一个有趣的人。

布柏诺夫　过来!戏子!

〔戏子走向窗户,弯下腰,和布柏诺夫低声谈话。

沙　丁　　我年轻时候怪好玩儿。回想一下过去挺好——一个好人家儿子弟!——舞跳得好。在戏台子上做戏,爱逗人笑——好极啦!

路　喀　　那你怎么走出正路的,哎?

沙　丁　　你这人可真好奇,老头子。你样样儿喜欢知道——做什么?

路　喀　　我喜欢了解人间种种情形——可是我看到你,就不了解你是怎么个路数。你这人很有教养,康斯坦丁,非常聪明!——也就格外叫人摸不着头脑——

沙　丁　　监牢,老公公!我在监牢关了四年又七个月——监牢一坐,就没人要你了。

路　喀　　啊哈!凭什么把你关进监牢的?

沙　丁　　为了一个坏蛋——我性子一起杀了他——我在监牢里头学会了斗牌——不算别的——

路　喀　　你杀他为了一个女人的关系?

沙　丁　　为我妹妹——不过,别缠我了。我不喜欢人盘问我——再说,这是好久好久以前的事——我妹妹——死啦——已经九年啦——是个可爱的妹妹。

路　喀　　你太没拿人生当回子事看。方才你应当听听锁匠前不久吼号了一阵子!哎!——

沙　丁　　克列实奇?

路　喀　　就是他。没活儿干!他嚷嚷——什么也没!

沙　丁	到时候就会惯了的——好，我自己现在该怎么着？
路　喀	（轻轻地）看！他来啦——
	〔垂下头，克列实奇慢慢进来。
沙　丁	嗨，没老婆的！鼻子搭拉在腿当中，干什么？想着什么？
克列实奇	我在想我该怎么办。没家伙——出丧把我出光了。
沙　丁	我帮你出主意。什么也别做。让你变成人世一个担负——
克列实奇	你说嘴容易——当着人我可难为情——
沙　丁	算啦！你日子过得不及一条狗，别人可没难为情过——想想看。你停着活儿不干，我停着不干——成千成百的人不干——人人不干！明白不？我们全停着活儿不干。没人伸出一个手指头干活儿！这样一来，会出什么漏子？
克列实奇	我们饿死拉倒。
路　喀	（向沙丁）像你这样想法儿的人，应当做逃亡教士①——世上有一种人叫做逃亡教士。
沙　丁	我知道。他们不就是傻瓜，老公公。
	〔考斯梯列夫住房的窗户传来娜塔莎的呼喊："干什么？停住！——我做下什么啦？"
路　喀	（惊惶）娜塔莎在叫唤？哎？啾，你——
	〔考斯梯列夫的房间传出人走动的响声，碟子砸碎了，和考斯梯列夫的尖锐的叫喊。
考斯梯列夫	（在后台）你这不信教的小鬼！——你这臭婊子！——
瓦西丽萨	（在后台）停住！——等等！——我来收拾她！——打死你！——打死你！

---

① 旧俄罗斯有一个教派，因为反抗政府，劝告人民逃出发生迫害的城市，于是被人称做"逃亡教士"。

娜塔莎　　（在后台）他们打我！他们害我！——

沙　丁　　（隔着窗户嚷嚷）嗨，你们来呀！

路　喀　　（跑来跑去）瓦西里！——叫来瓦西里就好了！——噭，主！朋友们——哥儿们——

戏　子　　（跑出）我来啦——我找他去——

布柏诺夫　他们近来一来就打她。

沙　丁　　来，老头子——我们做见证。

路　喀　　（尾随着沙丁）我这叫什么见证！我做不来！——瓦西里要快来才好！——

〔两个人走出。

娜塔莎　　（在后台）姐姐！——姐姐！——啊，啊，啊！——

布柏诺夫　他们拿东西堵她的嘴——我去看看——

〔考斯梯列夫的房间的喧嚣静下去了，显然是人全进了大厅。传来路喀的喊声："停住！"门砰地一响，活像一斧子斫掉了吵闹。舞台上一片沉静。黄昏。

克列实奇　（若无其事地坐在翻倒的雪车上，使劲儿搓手。然后他呢呢喃喃——开头听不清楚，慢慢听出）怎么得了——反正你得活下去，难道不要活下去？——（提高嗓子）落脚的地方！我要一个落脚的地方！——我没地方待！——我什么也没有！——单单一个人——孤单单的。麻烦出在这上头——没人帮他忙。

〔他弯着腰，慢慢走出。一片含有恶兆的沉静继续了好几分钟。然后，舞台后面什么地方传来一种模糊的音响，越来越近，逐渐变成嘈杂的叫嚣。各别的人声可以听出来了。

瓦西丽萨　我是她姐姐！我要打她！——

考斯梯列夫　你没权利。

瓦西丽萨　囚犯!

沙　丁　喊瓦西里来!——快——揍他,饶布!

〔传来一阵警察的胡哨。鞑靼人,右臂用绷带吊起,跑了进来。

鞑靼人　还叫法律——白天杀人。

〔饶布进来,后面跟着麦德外借夫。

饶　布　哈!我一拳头揍了他个狠!

麦德外借夫　你——你怎么敢打架?

鞑靼人　可你哪?你尽职来的?

麦德外借夫　(追饶布)站住!给我笛子!

〔考斯梯列夫跑了进来。

考斯梯列夫　阿布辣穆!捉住他!——他杀死——

〔从墙角那边走来克瓦实妮雅和娜丝佳,搀着披头散发的娜塔莎。沙丁走在后面,挡开瓦西丽萨,她伸出胳膊,直想打她妹妹。阿列实喀在她旁边跳来跳去就像一个小鬼,在她耳边吹着口哨,喊着,号着。他们后面跟着一群褴褛的男女。

沙　丁　(向瓦西丽萨)泼娘儿们,你是什么意思?——

瓦西丽萨　闪开,囚犯!我拼了我这条命,也要把她撕个粉烂!——

克瓦实妮雅　(带开娜塔莎)够啦,瓦西丽萨!——你害不害臊!——这样儿蛮不讲理?

麦德外借夫　(抓住沙丁)啊哈!——可把你逮住啦!

沙　丁　饶布!揍他们一个好看的!瓦斯喀!——瓦斯喀!——

〔他们在砖墙夹道附近吵做一团。娜塔莎被带到右边的木材堆,坐在上头。皮皮尔忽然冲出夹道,不作声,使劲儿在人群当中给自己挤出一条路来。

皮皮尔 娜塔莎在那儿？你——

考斯梯列夫 （躲到房角后头）阿布辣穆！捉住瓦斯喀！——哥儿们，帮他捉住瓦斯喀！贼！——强盗！——

皮皮尔 你——老淫棍！

〔他抡起拳头，照准老头子就打。后者倒在地上，只有上半身露在房角外边。皮皮尔奔向娜塔莎。

瓦西丽萨 打瓦斯喀，朋友们！——打贼！

麦德外借夫 （冲沙丁嚷嚷）走开！——人家闹家务！他们全是亲戚——可你算谁？

皮皮尔 怎么回事？——她怎么你啦——拿刀刺你来的？

克瓦实妮雅 这些畜牲真叫狠得下心！看呀，拿开水烫女孩子的腿——

娜丝佳 拿茶炉往她身上翻——

鞑靼人 也许是无意——先得弄清楚——别搞错了——

娜塔莎 （差不多晕了过去）瓦西里，带我走——把我藏开——

瓦西丽萨 我的上帝！看呀！他死啦！叫人打死啦！——

〔人人拥到考斯梯列夫躺着的夹道。布柏诺夫离开人群，走向皮皮尔。

布柏诺夫 （低声）瓦西里！老头子——完结啦。

皮皮尔 （看着他，听不出他的意思）喊救护车——把她送到医院——算账有我！

布柏诺夫 我是说有人把老头子干啦——

〔好像水浇熄了露营的火，舞台上的喧哗静了。偶而有人低声说着："当真？""糟糕。""哼。""离开这是非地。""活地狱！""当心！""趁警察没来散开。"人群逐渐少了。布柏诺夫，鞑靼人，娜丝佳和克瓦实妮雅奔向考斯梯列夫的尸身。

瓦西丽萨　（从地上站起，胜利地叫喊）谋害！——有人害了我丈夫！瓦斯喀下的毒手！我看见的，朋友们！我亲眼看见的！怎么样，瓦斯喀？你还是跟警察搞上啦？

皮皮尔　（离开娜塔莎身边）放我过去——别挡着我！（看了看死人，转向瓦西丽萨）怎么？你得意啦？（拿脚踢踢尸首）老狗，翘啦——你到了儿称心啦！——哼——我把你也打发上路就对啦！

〔他朝她奔去。沙丁和饶布连忙把他拦住。瓦西丽萨逃进夹道。

沙　丁　想想你在干什么！

饶　布　家伙！急点子什么？

〔瓦西丽萨回来。

瓦西丽萨　怎么样，朋友瓦斯喀！命里注定逃不掉的！——警察！阿布辣穆——吹你的笛子！

麦德外借夫　他们抢了我的叫笛儿，这些忘八蛋！——

阿列实喀　这儿不是！

〔他吹着笛子。麦德外借夫在后追他。

沙　丁　（把皮皮尔领到娜塔莎跟前）别焦心，瓦斯喀。打架之中把人打死——算不了回事。不会拿你怎么样的——

瓦西丽萨　捉住瓦斯喀！他杀了他——我看见的！

沙　丁　我自己也捶了他三四下子——用不着几下子他会完蛋的。我做见证，瓦西里——

皮皮尔　我急的不是自己脱身——我急的是把瓦西丽萨拉进来，——我一定拉她进来，上帝帮我！是她要这么做的——唆使我杀死她丈夫！——她唆使的！

娜塔莎	（忽然，高声）啊！——现在我明白啦！——原来是这样子，瓦西里！噢，大家听啊！他们在一起搞的！——他们订的计谋！好呀，瓦西里！——所以！你今儿跟我讲话——为了让她一五一十听见？大家听啊！她是他的姘头——这你们知道——人人知道。俩一块儿干的！——她唆使他杀死她丈夫——他碍他们的眼——我碍他们的眼——所以他们叫我做瘸子——
皮皮尔	娜塔莎！——你胡说些什么！
沙　丁	哼——活见鬼！
瓦西丽萨	扯谎！她扯谎！我——是他。瓦斯喀杀了他！
娜塔莎	俩一块儿干的！我咒你！俩全咒！——
沙　丁	这不是好玩儿的！——当心！瓦西里！你要挨吊！
饶　布	一锅粥，我简直，搞不清楚！——真不得了！
皮皮尔	娜塔莎，你真——你这话当真？——你怎么可以想我——跟她——
沙　丁	当然，娜塔莎——想想你在说些子什么！
瓦西丽萨	（在夹道）我丈夫叫人害啦——老爷。瓦斯喀·皮皮尔，一个做贼的——他下的毒手。督察，我看见他——人人看见他——
娜塔莎	（摇摇晃晃，几乎神志不清）大家听啊！——是我姐姐和瓦斯喀·皮皮尔下的毒手！听我讲，督察——是我姐姐——告诉他怎么样——唆使他干的——她的姘头——就是他，死了他的灵魂！他们杀了他！俩全拿下——全下到监牢！——我也拿下——下到监牢！为了基督的爱——把我下到监牢！——

幕

第 四 幕

景同第一幕。做成皮皮尔屋子的板壁拆掉,屋子不见了。克列实奇的砧子不在了。鞑靼人躺在原先是皮皮尔屋子的那个角落,翻过来,翻过去,呻吟着。克列实奇坐在桌子一边修理手风琴,有时候试试音键。桌子另一边坐着沙丁,男爵和娜丝佳,面前放着一瓶渥得喀,三瓶啤酒,和一些黑面包。戏子在炉子上面,发出移动和咳嗽的声音。

夜晚。舞台上点着一盏灯,放在桌子当中。外边风在刮着。

克列实奇　是呀——他在乱糟糟当中不见啦——

男　爵　一见警察就溜了个没踪没影——跟烟遇到了火一样——

沙　丁　跟疚心的人遇到了正人君子一样。

娜丝佳　他是一个好老头子!——可你们呀——你们就不是人。你们是——臭狗蛋。

男　爵　(喝酒)健康,我的贵夫人!

沙　丁　一个有趣的土老头子——娜丝佳,所以,就爱上他啦。

娜丝佳　是呀,我爱上他啦。真是这样子。样样儿事他看,他懂。

沙　丁　(笑)一言以蔽之,他是没牙的人的烂糊饭。

男　爵　(笑)像一张烂疮的膏药。

克列实奇　他可怜人——可是你们——你们就不知道什么是可怜——

沙　丁	我可怜你，你有什么好处？——
克列实奇	可是，你没心眼儿可怜别人——至少也该不伤他们的感情——
鞑靼人	（在一张木板床上坐直了，摇着他带伤的胳膊，像摇一个婴儿）他是一个好老头子——他知道灵魂的法律。谁知道灵魂的法律——就好。谁丢掉法律，就丢掉自己——
男　爵	什么法律，王爷？
鞑靼人	不同的法律——你知道——
男　爵	下文？
鞑靼人	不欺负人。就是法律。
沙　丁	这叫"刑事犯与感化犯惩治法"。
男　爵	还有"保安局厘订的惩治条例"。
鞑靼人	《可兰经》是法律——你们的《可兰经》也是法律——每个灵魂必须是《可兰经》——是的！
克列实奇	（试手风琴）哒，妈的！王爷的话有道理——人应当照着法律活——照着《福音书》——
沙　丁	讲下去——
男　爵	试试看——
鞑靼人	先前穆罕默德给《可兰经》，说：这儿——法律！照书上做。随后，时候来了——《可兰经》太小——新时候给新法律——每一个新时候给新法律——
沙　丁	话有道理。现在，时候来了，给"刑法"。——一种又好又结实的法律——要许久许久才磨得掉这种法律。
娜丝佳	（拿酒杯在桌子上砰地一放）干么——啾，干么我在这儿住下去——跟你们这些人？我走啦——随便哪儿也好——天涯海角。

男　爵	光着脚巴丫子，我的贵夫人？
娜丝佳	光着！四条腿儿爬着！
男　爵	那可好看喽，我的贵夫人——四条腿儿爬地！——
娜丝佳	我就这样走。只要甩得开你们，我怎么走都成——你们要是知道我多厌烦也就好了！——个个儿人！样样儿东西！
沙　丁	去时，带着戏子——他也想上路——他才听说，离地尽头半哩光景，有家医院治疗官能——
戏　子	（从炉边探下头来）器官，傻瓜！
沙　丁	官能中了酒毒——
戏　子	他要去的！可不，要去的——你看好了！
男　爵	谁是他，我的大老爷？
戏　子	我！
男　爵	多谢，女神的信士——她叫什么名字？——戏剧，悲剧的女神——她叫什么来的？
戏　子	笨蛋，缪丝！她是缪丝，不是女神！
沙　丁	赖基席丝？——席辣？——爱芙卢带蒂？——爱特洛坡丝？①——鬼晓得是哪个。男爵，全是那个老头子搞的——把戏子搞到这个地步。
男　爵	老头子疯啦——
戏　子	无知之徒！蛮夷之人！麦耳——坡——蜜——妮！②他一定去的，你们看好了！没心肝的东西！"快些跑呀，跑去大吃大喝！——"白浪翟的诗——他会给自己找到一个地

---

① 赖基席丝 Lachesis 是古希腊三个司命女神中间的一个。席辣 Hera 是宙斯天帝的皇后。爱芙卢带蒂 Aphrodite 是爱神。爱特洛坡丝 Atropos 是另一个司命女神。
② 麦耳坡蜜妮 Melpomene 是九个缪丝中间的一个，主管悲剧。

	方的,那儿没——
男　爵	什么也没,我的大老爷?
戏　子	对!什么也没!"我不活了,看上了这个窟窿。活到了老,身子又衰又累——"①那你干么活着?啵,干么?
男　爵	喂,《艾德芒德·肯或者放浪和天才》!②你就别嚷嚷了罢!
戏　子	扯蛋!我偏嚷嚷!
娜丝佳	(头从桌子上面仰起,摇着手)嚷嚷!叫他们听!
男　爵	什么意思,我的贵夫人?
沙　丁	随他们去,男爵!地狱收了他们去——让他们嚷嚷好了——让他们把脑袋壳掰得开开的——要紧的是:别干涉别人,老头子说得好——就是他,像块酵母,让我们同住的人发酵——
克列实奇	勾他们到什么地方去——然后路不指出来就溜了——
男　爵	老头子是个骗子——
娜丝佳	胡说!你自己才是骗子!
男　爵	住口,我的贵夫人!

---

① 引自白浪翟的《老流浪汉》Le Vieux Vagabond,原诗六节,第一节如下:
　　我不活了,看上了这个窟窿。
　　活到了老,身子又衰又累,
　　过路的人要说:喝醉了酒。
　　活该!他们不可怜我这个人。
　　我看见有人掉转了头,
　　有人冲我丢过来几个钱。
　　快些跑呀,跑去大吃大喝!
　　我没你也死得了,老流浪汉。
② 《艾德芒德·肯或者放浪和天才》Kean, ou Dèsordre et Génie是一出五幕喜剧,大仲马作,一八三六年上演。主人公是英国著名悲剧演员(一七八七年——一八三三年),私生活浪漫不羁,挥霍无度,贫困以终。

克列实奇 说到实情——老头子顶不待见，一死儿反对实情——是他有理儿。你们想想看，尽说实情，有什么用？没实情，就够堵得晃啦——就拿这儿王爷来说——干活儿干断了胳膊——眼看就得锯掉——这就是你们所说的实情。

沙　丁 （拿拳头打着桌子）别说啦！你们是一堆——牲口！木头虫——趁早儿别提老头子啦！（放平静了些）男爵，你呀顶顶糟———窍不通——还要扯蛋！老头子不是骗子。什么是实情？人！这就是实情！他懂得这个——你就不懂。你的头就像块砖头——可我懂得老头子。当然，他说谎——不过，由于可怜你们，鬼抓了你们去！许多人说谎由于可怜他们的弟兄们——我知道。我念过书。他们谎撒得才叫美，兴之所至，还真动人。有的谎话安慰人，有的谎话让人接受自己的运气——有的谎话帮那压坏了工人胳膊的重量辩白——责备一个饿死的人——我知道你们的谎话！只有软心肠或者仰仗别人血汗过活的那些人需要谎话——有人要谎话支持，有人躲到后头——然而一个做得了主的人，独立，不吸别人的血——他要谎话做什么用？谎话是奴才和东家的宗教！实情是自由人的上帝！

男　爵 好！说得妙！我全同意！你说起话来像——一位君子人。

沙　丁 既然君子人说起话来像骗子，为什么一个骗子有时候说起话来就不该像一位君子人？——是的——我忘了许多东西，不过我还记得一些些。老头子是一个有头脑的人——他呀——对我起作用，就跟酸碰着一枚又旧又脏的铜钱一样。我们祝他健康！斟上酒——

〔娜丝佳斟了一杯啤酒,递给他。他笑了一声,讲下去。

老头子靠自己的聪明过活——他看样样儿事经过自己的眼睛。有一天我问他:"老公公,人为什么活着?——"(模仿路喀的声音和姿态)"他们为更好的东西活着,我的朋友。好比,我们不妨说,就算木匠罢——全是废料。于是他们中间出来一个木匠——世上从来没见过那样一个木匠,没人比得上,人人让他比得黯无颜色。他在木工这行儿大显身手,一步就拿技巧整个儿朝前带动了二十年——同样是别的行艺——锡匠——鞋匠——你们所有干活儿的人——跟所有的庄稼人——甚至于贵人。他们全为更好的东西活着!人人心想他为自己活着,其实无时无刻不是为更好的东西活着。他们活一百年——也许还要多,为了做一个更好的人。

〔娜丝佳目不转睛看着沙丁。克列实奇停住不修手风琴,用心听着。男爵拿手指静静敲着桌子,头垂得低低的。戏子贴住炉子,小心在意,往底下木板床上溜。

"人人,我的朋友,每一个人为了更好的东西活着。所以我们必须敬重每一个人——因为你明白,我们看不透他是一个什么样儿人,他为什么生下来,他做得了什么——说不定他来到世上为了我们的幸福——为了好好儿帮忙我们一下——我们尤其得对小孩子和善——他们需要自由,小孩子。我们千万别干涉他们的生活——我们必须对他们和善。"

〔一顿。

男　爵	（思维地）哼！——为了更好的东西？这让我想起我的家庭——一个古老的家庭——溯回到喀特琳大帝①朝代——贵人们——武士们！从法兰西来——侍奉沙皇，一步一步高升——到了尼考莱一世，②这一朝我祖父居斯达夫·代毕耳③——做了大官——有钱——成百的农奴——马——厨子——
娜丝佳	瞎白！就没这档子事！
男　爵	（跳起）下——下文？
娜丝佳	就没这档子事！
男　爵	（嚷着）莫斯科有公馆！圣·彼得堡有公馆！马车——画着本家的标记！

〔克列实奇拿起手风琴，走到一边观看这场好戏。

娜丝佳	瞎扯！
男　爵	住口！听我说，跟班有好几打！——
娜丝佳	（兴高采烈）做梦！
男　爵	我要杀你！
娜丝佳	（准备逃走）一辆马车也没！
沙　丁	算啦，娜丝喀！别尽逗他——
男　爵	等着——娘儿们！我祖父——
娜丝佳	你连祖父也没！什么也没！

〔沙丁笑了。

| 男　爵 | （倒在长凳上，发怒发累了）沙丁，告诉她——这个婊 |

---

① 喀特琳 Catherine 大帝是彼得三世的皇后(1729—1796)，发动政变推翻丈夫后继位。
② 尼考莱 Nicolai 一世(1796—1855)。
③ 代毕耳 Débil 这个姓和"衰弱无能" débile 这个法国字同音，剧作者显有取笑他的意思。

087

	子——怎么，你也在笑？你也不相信我？
	（捶着桌子，绝望地喊着）全是真的，鬼抓了你们！
娜丝佳	（胜利地）啊哈！叫唤！你现在明白，人家不相信你是怎么个味道了罢！
克列实奇	（回到桌子跟前）我先以为会有一场好打——
鞑靼人	啊，蠢东西，太坏啦！
男　爵	我——我不许别人取笑我！我有——我能够证明。我有证件，鬼东西们！
沙　丁	忘掉罢！忘掉你祖父的马车！过去的马车——拖你拖不老远的。
男　爵	可是她怎么敢！
娜丝佳	想想看！她怎么敢！——
沙　丁	明明摆着，她敢。而且她有什么不如你的？她过去也许没马车，祖父，甚至于父亲母亲也没——
男　爵	（安静下来）鬼抓了你去！——你会平心静气地理论——我看我呀天生就没志气——
沙　丁	寻一个来——有用的——（稍缓）娜丝佳，你去医院来的？
娜丝佳	干什么？
沙　丁	去看娜塔莎。
娜丝佳	问晚啦，你老。她早就出院啦——出去——不见啦。别想有个影子——
沙　丁	那她敢是——化啦——
克列实奇	怪好玩儿的，看两个人谁顶害谁——瓦斯喀扳倒瓦西丽萨，还是换一个样子。
娜丝佳	瓦西丽萨脱得了的。她有的是心眼儿。瓦斯喀免不了西伯利亚走一趟——

沙　丁	不见得，打架打死人，判起罪来也就是坐牢——
娜丝佳	可惜。还是把他发配到西伯利亚好——把你们一股脑儿全发配过去——像扫垃圾一样扫掉——扔到什么粪坑里头。
沙　丁	（想不到）你说什么？你简直疯啦？
男　爵	就冲她这个狂劲儿——我得赏她一记。
娜丝佳	来试试呀，碰碰我看！
男　爵	我倒偏要试试！
沙　丁	算啦！别碰她——千万别欺负人。我脑子里头就忘不掉那个老头子！（笑）千万别欺负人！可是我叫人欺负了一回，一辈子为这一回受屈——又怎么办？难道我宽恕他们？不干！没人干！
男　爵	（向娜丝佳）别忘记你不配跟我比。你呀——我脚底下的烂泥！
娜丝佳	哟，你这败家子儿！你靠我过活——像一条虫子啃一只苹果！

〔大家哄笑起来。

克列实奇	啊，你这个小傻瓜！一只苹果！
男　爵	你怎么会跟她生气？——糊涂蛋！
娜丝佳	你们笑？自骗自！你们不见其真就觉得滑稽。
戏　子	（悻悻然）揍他们一顿就好了！
娜丝佳	我要是办得来呀，我——我——（掠起一只酒杯，朝地板上一丢）我就这样搞你们！
鞑靼人	干么砸碎碟子？哎——泼妇！
男　爵	（站起）嗷，不成！我要教她——点儿礼貌！
娜丝佳	（奔往门那边）你们呀地狱里去！

沙　丁　　（喊她回来）嗨！够啦！你吓唬谁？再说，搞些子什么？

娜丝佳　　狼！我希望你们噎死！狼！

　　　　　〔她不见了。

戏　子　　（悻悻然）阿门。

鞑靼人　　啾，贱女人——俄罗斯女人。任性——放肆。鞑靼女人不这样。鞑靼女人知道法律。

克列实奇　好好儿打一顿就好了——

男　爵　　骚娘儿们！

克列实奇　（试手风琴）成啦。可是琴主儿不在——小家伙一定又酗酒去啦。

沙　丁　　现在，喝酒来。

克列实奇　谢谢！到困觉的时候啦。

沙　丁　　跟我们待惯啦？

克列实奇　（喝酒，然后走向角落一张木板床上）不怎么坏——处处都是人，好像。开头你没注意到——随后，你仔细看他们一眼，原来他们是——人——不怎么坏。

　　　　　〔鞑靼人在他的木板床上摊开什么东西，跪下，开始祷告。

男　爵　　（向沙丁，指着鞑靼人）看。

沙　丁　　由他去。他是一个好人——别搅他。（笑）我今儿干么这样心慈？

男　爵　　你向来一喝醉酒，就心慈——心慈，聪明。

沙　丁　　我一喝醉酒呀——样样儿都像神啦——哼——他在祷告？好的。一个人信不信神，由他去。那是他的事儿。一个人有自由挑选——他样样儿破费自己——信，不信，爱，聪明。样样儿破费自己，所以自由。人——就是你的真理！

什么是人？——不是你，不是我，不是他们——不！而是你，我，他们，老年人，拿破仑，穆罕默德——合成一个。（在空中画一个人的形象）明白不？真是——大的不得了！包含全部首尾——样样儿——在人之中；样样儿——为了人！只有人存在；此外都是他的手和脑的作品！人简直神啦！这个字真叫高傲——人！应当尊敬人。用不着可怜——可怜拿人往下拉——尊敬，就对了！来，男爵，为人喝一杯（站起）一个人觉得自己是人，心里舒服！我站在这儿——囚犯，凶手，赌场上的骗子——就算全是！我走到街上，人们把我当做贼看——他们闪在一旁，斜眼儿看我。他们常常叫我：坏蛋！骗子！他们说，干活儿去！干活儿？做什么？为了塞饱我的肚子？（笑）我一向讨厌成天想着肚子的人。问题不在这儿，男爵。问题不在这儿。人比这高。人比他的肚子高！

男　爵　（摇头）你可以理论——很好——这一定让你的心温暖。我呀，搞不来。理论不来。（看看四周，小心翼翼，细声细气说话）有时候——我怕——明白不？怕。我一直在想——下文是什么呀？

沙　丁　（走来走去）无聊！一个人怕谁？

男　爵　你知道——自打我能够记东西以来——脑子里头就有一种东西像雾。我永远是什么也不了解。我——可也真怪——我觉得我一辈子都在换衣服——做什么？我说不上来。开头我当学生——穿一身贵族学校的制服。他们教了我点子什么？记不起来——结婚。穿一身礼服，又来一身睡衣——可是我挑了一个坏太太。我为什么娶她？也就是上天晓得——我花光了我的财产——穿了一件不像景儿的

　　　　　灰上身，褪色的裤子——我怎么落到这一地步的？没注意——来到衙门做事——又穿制服，制帽还有一个帽徽——盗用公款，人家给我穿一身犯人衣服——这之后，我就穿上这个——如此这般——像一场梦——不是吗？简直有点儿——滑稽——

沙　丁　　不很——与其说滑稽，不如说蠢。

男　爵　　对——我也觉得蠢——话说回来——我生下来一定为了点子什么——你不觉得？

沙　丁　　（笑了一声）大概是罢——一个人生下来为了更好的东西——（点头）正是。好——的。

男　爵　　娜丝喀这鬼东西！——她跑哪儿去啦？我去寻寻看。话说回来，她是——

　　　　　〔走出，一顿。

戏　子　　鞑靼人！（稍缓）王爷！（鞑靼人朝他转过头来）祷告——为我。

鞑靼人　　什么？

戏　子　　（柔柔地）祷告——为我。

鞑靼人　　（稍缓）你自己祷告——

戏　子　　（迅速爬下炉子，走向桌子，手哆哆嗦嗦给自己斟了一杯渥得喀，喝干，差不多跑着跑进过道）我去啦！

沙　丁　　嗨，席看布尔！你哪儿去？

　　　　　〔朝他吹着口哨。

　　　　　〔进来布柏诺夫和麦德外借夫，后者穿件女棉上身，全有一点酩酊。布柏诺夫一只手提着一串浦赖采耳，①另

---

① 浦赖采耳 pretzel 是一种松脆咸饼干，形如结。德国人喜欢用做下酒的食品。

一只手拿着几条小熏鱼，胳膊底下夹着一瓶渥得喀，还有一瓶露在衣袋外头。

麦德外借夫 骆驼是一种驴，不过没耳朵罢了——

布柏诺夫 算啦！你自己就像条驴。

麦德外借夫 骆驼就没耳朵——它拿鼻子眼儿听——

布柏诺夫 （向沙丁）朋友，你在这儿！我找你找遍了酒馆子。接住这瓶酒。我手满啦。

沙　丁 浦赖采耳放在桌子上头，你就空出一只手来啦——

布柏诺夫 确有道理；看看他，警察！精明，对不对？

麦德外借夫 贼全精明——我知道！不精明，就甭想活。一个好人嘛——蠢归蠢，他是好人。可是一个坏人呀——他就得精明着点儿。可是说到骆驼，你错定了。这是一种驮东西的牲口——没犄角——没牙——

布柏诺夫 人都哪儿去啦？这儿怎么没人？喂，爬出来！我请客！谁在那边儿犄角？

沙　丁 你要多久把你的钱喝个净光，你这个老稻草人？

布柏诺夫 不会久的。我这回省下的资本不怎么大——饶布！饶布那儿去啦？

克列实奇 （走向桌子）他出去啦——

布柏诺夫 汪，汪，汪！——你这毛毛狗！汪！呜！呜！别叫！别哼！喝酒，蠢小子。别站在那儿尽嘶声叹气！——我今儿晚晌请客！我就爱这个！我要是有钱呀——一定开家酒馆——不收费！信不信由你们！有音乐，还有合唱队——人人来，吃着，喝着，听着歌儿——心怀敞开！没钱？来——到酒馆儿来，不收费！说到你啊，沙丁，我要——送你——这儿，我一半儿的钱——拿去！我准这么做！

沙　丁　　　全给我——眼下！

布柏诺夫　　我的全部资本？就眼下？哈！拿去——一个卢布——又一个——二十个考排克——光蛋！

沙　丁　　　够啦！放在我这儿稳当多啦。我拿去赌一下子。

麦德外借夫　我是见证，钱交他保管。一共多少？

布柏诺夫　　你？你是一条骆驼——我们用不着见证——

〔进来阿列实喀，光着脚。

阿列实喀　　哥儿们！我脚湿啦。

布柏诺夫　　来！湿湿你的喉咙！——这就对你劲儿啦。小伙子，你唱呀耍的都行。可是喝酒嘛——不灵。这有害处的，兄弟——喝酒是有害处的——

阿列实喀　　你就是一个好例子。你只有一个时候像人，就是你喝酒喝醉了的时候——克列实奇！我的手风琴修好了没？（唱着，舞着）

　　　　　　噢，我这张脸蛋儿，

　　　　　　长得要是难看，

　　　　　　我那小姐就甭想

　　　　　　给我好脸子看。

　　　　　　哥儿们，我冻得慌。好冷！

麦德外借夫　哼——我可不可以问问谁是你那小姐？

布柏诺夫　　别搅他！现下，先生，少管闲事！你已经不是警察——不是警察，也不是叔叔！——

阿列实喀　　是也就是——太太的丈夫。

布柏诺夫　　一个侄女儿下到监牢——另一个正在咽气——

麦德外借夫　（傲然）胡说八道！她没咽气，仅仅是不见罢了。

〔沙丁笑了。

布柏诺夫　这有什么两样儿？侄女儿一没，你就当不成叔叔啦。

阿列实喀　大人！听听退职的小鼓手！

那位小姐——有的是钱，

我呀——一个子也没！

可我照样儿开心，

就这点儿神！

真冷。

〔进来饶布。直到闭幕，不时有男男女女进来。他们脱掉衣服，躺在木板床上，唧咕着。

饶　布　布柏诺夫！你做什么跑掉？

布柏诺夫　来，坐下，唱一个歌！我爱听的那个——哎？

鞑靼人　夜晚该睡。白天唱歌。

沙　丁　好，王爷。过来。

鞑靼人　你说好，什么意思？吵人——你们唱歌，吵人——

布柏诺夫　(走到他那边)胳膊怎么样，王爷？是不是割掉啦？

鞑靼人　做什么割掉？等一下——也许不用割掉。胳膊不是铁。要割的时候，说割就割——

饶　布　你完蛋啦，王爷。一个胳膊抵不了事。我们全仗胳膊跟背脊骨活着。哥儿们——没手，没人。完蛋啦——来，喝一杯——别摆在心上！

〔进来克瓦实妮雅。

克瓦实妮雅　喂，我亲爱的人们！天气，天气！冷！雨雪！——我的警察在这儿吗？

麦德外借夫　有！

克瓦实妮雅　你又把我的衣服穿上啦！看样子你喝酒来的，哎？什么意思?

麦德外借夫　赶着布柏诺夫生日——冷，雨雪——

克瓦实妮雅　当心点儿！——雨雪！——管你屁事！——床上去！——

麦德外借夫　（走进厨房）我就好睡的。我预备好啦——是时候啦。

沙　丁　你对他——不也严了点儿?

克瓦实妮雅　没别的办法，朋友。像他这种人，还非得往牢里钉不可。我接他跟我一道儿住的时候，我自己想：我也许搞点儿好处到手，说到归齐，他是一个军人，你们哪全是一群浑人——我只是一个可怜女人——可是一转眼他就喝上酒啦。我不受这个！

沙　丁　你挑错了人——

克瓦实妮雅　可，就没比他好的——你先不肯跟我在一起——眼睛哪儿有我啊！就算你肯，也不会久过一个礼拜——你会连我输个精光——我跟我的家当。

沙　丁　（笑）算你说对啦，娘儿们。我会连你输个精光——

克瓦实妮雅　你也知道? 阿列实喀!

阿列实喀　这儿——有。

克瓦实妮雅　你对人讲我什么坏话?

阿列实喀　可也就是真话。这才算得上一个女人哪，我说。真是神啦。油呀，骨头呀，肉呀——足足有十普德重，①可是脑子呀——两也没！

克瓦实妮雅　胡说八道。我有的是脑子——可你为什么说我揍我的警察?

阿列实喀　我心想你揪他头发的时候是在打他——

---

①　一"普德" pood 等于四十磅重。

克瓦实妮雅	（笑）傻瓜！倒像你看不出来。不过，干么拿脏衣服晾在外头？——再说，你伤他的感情——他喝酒就为你在外头瞎扯——
阿列实喀	那，人家说的一定是真话——就是小鸡也喝酒。

〔沙丁和克列实奇笑了。

克瓦实妮雅	啾——你这张嘴可真要不得！你把自己看做哪类人呀，阿列实喀？
阿列实喀	顶顶好的人！什么全来。鼻子朝哪儿，我就走哪儿！
布柏诺夫	（靠近鞑靼人的木板床）来！我们不会给你机会睡的！我们要唱——唱一整夜！饶布！
饶　布	唱？凭什么不唱？——
阿列实喀	我伴奏。
沙　丁	我们听。
鞑靼人	（微笑）好，鬼东西，布柏诺夫——拿酒来。喝。玩儿乐。死也就是一回。
布柏诺夫	沙丁，给他斟酒！坐下，饶布！一个人要的并不多！朋友们。我喝了一口酒，快活似神仙！饶布唱歌——我爱听的那个！我也唱——唱完了，哭！
饶　布	（唱）

　　太阳每天早晌出来——

布柏诺夫	（接唱）

　　我的监房照样儿阴沉——

〔门忽然打开。男爵站在门限呼喊。

男　爵	嗨——人们！来——来呀！——外面空地上——戏子——上吊啦！

〔静。全看着男爵。娜丝佳在他背后出现，睁大眼

　　　　　　睛，慢慢走向桌子。
沙　丁　　（柔柔地）扫兴！害得人唱不成——傻瓜！

　　　　　　　　　　　　　　　　　　　　　　　　　　幕

后　记

　　一九零二年八月，高尔基把他的剧本《底层》寄给莫斯科艺术剧院演出。原来的标题是《在人生的底层》，由于朋友建议，改做《在底层》，我们通常又拿"在"字取消了。背景应当是渥尔嘎河畔的一座什么大城。人物可以分做三群。一群是正经干活儿的：鞑靼人和克芮渥伊·饶布（意思是"歪脖子"）是码头小工。他们和锁匠克列实奇（没卖家当之前），或者卖包子的克瓦实妮雅（意思是"发面桶子"），甚至于好说两句怪话的布柏诺夫，做帽子的，都是规规矩矩干活儿的。另外一群是关过监牢的：沙丁，杀死了浑蛋妹夫；男爵，侵吞公款；皮皮尔，小偷儿世家；还有一个，就是在西伯利亚待过的那个"老公公"路喀，把自己说做一个香客，嘴上挂着温情主义，倒像一个写过悔过书的堕落天使。第三群自然是靠穷人过日子的店东一家大小。

　　不过，人生是错综的，到了戏里面，人物之间的关系就特别复杂起来。布柏诺夫比较接近沙丁，后者杀过人，前者没杀成人。皮皮尔和店东一家男女最是纠缠不清，偷来的赃物由考斯梯列夫收了去，先同他的年轻太太有往来，嫌她用情不专，最后爱上了她那丫头一般可怜的妹妹。真正一群弱者，应当有童心未死的娜丝佳，记性毁了的戏子，研究换衣服哲学的男爵，害痨病死了的安娜，甚至于路喀，时时刻刻想着安慰别人，一片谎言谎语，如果有人打破沙锅问到底，初是遁词，继而人也遁了。但是另外一群，沙丁是他们的代言人，穷归穷，堕落归堕落，他们不就没有骨气。这些住在"鸡毛店"的流浪汉，一样也有尊严。高尔基不仅仅是头一次打开旧世界一个角落给我们看，而且就是这不屑一顾的藏垢纳污之所，头一次指出这些"曾经是人的人们"还照样儿是人。旧世界一天不倒，他们就一天不是人。只有贵族出身的男爵是自上而下跌到他们中间的，可是，不跌进去又怎么办呢？——《樱桃园》的嘎耶夫，那位游手好闲的贵人，有谁知道最后去了什么地方？不远，应该就是《底层》的男爵。

这正是高尔基不同于契诃夫的所在，也正是《底层》划时代的意义所在。说高尔基是"破坏者"，如英美一般的批评，是因为他们不敢正眼接受高尔基的富有批判性和建设性的正面指示。有人嫌沙丁说多了话。然而，假如沙丁不开口，现实主义还不照样儿客观下去，如契诃夫，如福楼拜，人类甭想走得出那已然陈腐的旧世界。高尔基后来直嫌自己没有加重打击说谎话的布道人路喀（实际喜剧方式的促狭已然就是一种贬斥），尽管他这样指摘自己，《底层》把现实主义往前带走了一步，跨进了社会主义的大门，却也不假，而且未尝不靠沙丁指出了人有尊严这个事实。不是少数人而是人人。契诃夫偏要高尔基删掉那些主观性的议论，高尔基自然不肯。

《底层》这出戏最难翻译的两个对立的字眼儿，我认为一个是"真理"或者"实情"，另一个是"撒谎"或者"扯淡"，至于为什么忽而要译成"真理"，忽而译成"实情"，或者忽而译成"撒谎"，忽而译成"扯淡"，完全是译者了解原文和构造译文的双重结果。单就这两个对立的字眼儿来看，便明白《底层》的真正精神就在严肃地指出二者不得苟同。

高尔基一生写了长短将近二十个剧本。这里译出来七个；在思想上，艺术上，使命上，都有绝对崇高的成就。姜椿芳先生和吕铸洪先生，曾经受我之托，为《底层》和《布雷乔夫》补足注释，特此谢谢。《底层》，《仇敌》与《叶高尔·布雷乔夫和他们》，是根据莫斯科外文出版社的英文译本译出来的，此外四出是根据耶鲁大学出版社的英文译本译出来的。关于这些戏的参考资料，中文方面，首推时代书报出版社的两巨册《高尔基研究年刊》。

・野蛮人・

人　物

伊瓦金　花匠，养蜜蜂，五十岁。

叶菲穆　伊瓦金雇用的工人，四十岁。

马提外·高琴　一个乡下孩子，二十三岁。

董喀男人　一个没有一定职业的人，四十岁。

潘夫林·萨外里耶维奇·高劳瓦斯提考夫　六十岁。

玛丽亚·伊万诺芙娜·外席姚耳吉娜　当地邮政局局长的女儿，二十二岁。

波尔非芮·德罗比雅日琴　财政局一个书记，二十五岁。

阿尔西浦·佛米奇·浦芮提金　木材商，大约三十五岁。

马喀罗夫医生　四十岁。

马夫芮基·奥席波维奇·莫纳号夫　税官，四十岁。

丽狄雅·潘夫劳芙娜·包嘉耶夫斯喀雅　二十八岁。

娜结日达·波里喀尔波芙娜·莫纳号娃　莫纳号夫的太太，二十八岁。

皮拉琪雅·伊万诺芙娜·浦芮提吉娜　浦芮提金的太太，四十五岁。

塔杰雅娜·尼考莱耶芙娜·包嘉耶夫斯喀雅　城里一位有产业的贵妇人，丽狄雅的婶母，五十五岁。

瓦西里·伊万诺维奇·赖道汝包夫　议长，六十岁。

史泰潘·达尼劳维奇·鲁金　学生，伊瓦金的外甥，二十五岁。

谢尔琪·尼考莱耶维奇·契嘎诺夫　工程师，四十五岁。

安娜·菲姚道罗芙娜·切尔孔　叶高尔·彼特罗维奇·切尔孔的太太，二十三岁。

史提姚潘　切尔孔家里的使女，二十岁。

叶高尔·彼特罗维奇·切尔孔　工程师，三十二岁。

格芮莎　赖道汝包夫的儿子，二十岁。

喀嘉　赖道汝包夫的女儿，十八岁。

县长　四十五岁。

第 一 幕

　　河边一片草原。过了河,绿的花园情意殷殷地环绕着,立着一个外省的小城。正对观众是一座花园,有苹果树,樱桃树,山槐树和菩提树。树底下立着几个蜂房,一张泥在地里的圆桌,和几张土里土气的凳子。围着花园是一道坏了的柳条篱笆,上面挂着一双毡靴,一件旧上身,和一件红衬衫。沿篱笆是从河码头到邮车站的大路。花园里面,右手,突出一角旧小房子,靠墙有一个摊子,出售面包,环形的卷卷,向日葵籽,家造的啤酒。中央偏左,正在篱笆这面,有一所盖着草的建筑。花园一直向左延展出去。

　　是一个溽暑的下午。

　　时时传来一只布谷的鸣声,远处隐约飘来一管笛子的幽响。伊瓦金坐在花园房子的窗户底下,弹着一架六弦琴,秃头,一张和悦的脸,剃得光光的,看上去挺滑稽。他旁边是潘夫林·高劳瓦斯提考夫,一个拘谨的小老头子,穿着一件俄罗斯式长上衣,戴着一顶冬天的尖帽子。窗户上面摆着一个啤酒红坛子,和几只大玻璃杯子。年轻的农夫马提外坐在地上,靠近篱笆,嚼着面包。右手,邮车站那面,传来一个生病女人的没有气力的呼唤:"叶菲穆!"不见回答。董喀男人从左手大路那边走下来——一个说不出年岁的人,畏怯模样,衣服褴褛,"叶菲穆！"的呼唤重复着。

伊瓦金	嗨！叶菲穆！
叶菲穆	（进来，沿着有篱笆的花园那边）我听见她叫啦。（向马提外）你在这儿干什么？
马提外	没事。也就是坐坐。

〔第三回传来"叶菲穆！"的呼唤，现在成了一种发怒的声调。

伊瓦金	你为什么不回答，伙计？
叶菲穆	等一下。（向马提外）滚开！

〔从篱笆那边拿走红衬衫。董喀男人咳嗽，冲他鞠躬。

噢，是你！你有什么事？

董喀男人	我才打道院来，叶菲穆·米特芮奇。
叶菲穆	（走开）怎么，他们把你撵出来啦？你这个二流子！
伊瓦金	（向叶菲穆）伙计，在喊你，你还是去罢。（向潘夫林）他就好支使人。

〔叶菲穆向外走出。

潘夫林	人人好这个。
伊瓦金	可是受支使的人——偏就不喜欢人家平白无故地拿他们喊过来喊过去。当然不喜欢。
潘夫林	那，随你干什么，人总不喜欢。可是你照样儿得对人严。
伊瓦金	这首回旋舞曲①你也可以这样弹。

〔弹着。

---

① 回旋舞曲 waltz 是一种源自德国的双人舞蹈音乐。

董喀男人	啊,什么样儿一个人!他喊我出去,可我怎么的啦?
马提外	天热!
董喀男人	是,天热——不过,我不是在讲天热——就忍着罢。我是说,一个人有东西吃,就以为自己有权力好管别人。你胃口挺好!
马提外	谢谢!
董喀男人	你打乡下来?村子里头烘面包一定烘得好极了。
马提外	只要有面粉给他们烘,他们就烘得好。我这是打伊瓦金这儿买的。
董喀男人	当真?味道儿挺像乡下面包。我尝尝成吗?
马提外	我自己还不够吃哪——
	〔董喀男人叹气,静静地舔着嘴唇。〕
伊瓦金	之后——你还可以往慢里弹。
潘夫林	你说这叫做《疯狂牧师回旋舞曲》?
伊瓦金	就是这个名子。
潘夫林	可是,干么叫这种名字?我觉得这对牧师表示不敬,会把人引到罪过上的。
伊瓦金	你又来啦!潘夫林,你这人就爱挑眼儿。
潘夫林	你也太作难我啦。人人知道我这人多么厚道。我的脑壳不肯静着就是啦。
伊瓦金	毛病是人都不喜欢你。
潘夫林	为什么?因为我爱真理在一切之上。人嘀咕我。我不抱怨。我牢牢守定我的目的,要的只是真理。
伊瓦金	本来嘛,你还要什么?你有一所房子,一些钱——(左面传来声音。伊瓦金向那边望着)是邮政局局长的女儿。她到哪儿去?

潘夫林　　　　一只鹌鹑①——她没好结果的。

〔德罗比雅日琴和外席姚耳吉娜走来。

外席姚耳吉娜　我告诉你——她嫁了一个工程师。

德罗比雅日琴　（差不多绝望地）可是这种嘲笑的情调完全跟你的外表不一致！请相信我的话——丽狄雅·潘夫劳芙娜的丈夫是一家甘草厂的经理，她没有把他丢了——是他死啦，一根鱼刺把他卡死的。

外席姚耳吉娜　她把他丢了，我告诉你。

德罗比雅日琴　玛丽亚·伊万诺芙娜！我们在财政局什么事也知道。

外席姚耳吉娜　在邮政局呀，我们比你们知道的还多。我告诉你——他盗用公款，就要吃官司啦。她本人在里头也有份儿。就是这么一当子事！

德罗比雅日琴　丽狄雅·潘夫劳芙娜，你说？噢，玛丽亚·伊万诺芙娜——

外席姚耳吉娜　为了罚你拿话顶我起见，你得请我喝杯啤酒。

〔伊瓦金把这当做一声吩咐，站起来，走到墙角那边。

〔潘夫林拾起伊瓦金的六弦琴，往里看，拨拨弦子。

德罗比雅日琴　我欢喜请。不过我坚持丽狄雅·潘夫劳芙娜是一个寡妇。

外席姚耳吉娜　她是寡妇？很好。你会清楚的。

〔他们向右走出。

董喀男人　　听我讲，看上帝的名义，给我一个小钱儿。

马提外　　　你这人可真滑稽！你干么开头不这么说？你说尝尝——

---

①　鹌鹑往往指浪费而不贞的妇女，等于娼妓。

倒像有人要尝尝面包!

〔伊瓦金回来,往桌子上放下一坛啤酒和两个玻璃杯,然后站着朝远处望。

董喀男人　要面包吃,我觉得臊的慌。谢谢你!

伊瓦金　说,潘夫林,城可真美。像一锅煎鸡蛋——不像吗?

潘夫林　等他们把铁道搞好了再讲。那时候样样儿遭殃。

伊瓦金　遭殃?怎么会的?又学老鸹叫啦。

潘夫林　外乡人就一群一群带来啦。

〔外席姚耳吉娜和德罗比雅日琴又溜达过来。他们在桌子旁边坐下,喝着啤酒,低声谈话。伊瓦金和潘夫林走向房子角落那边。

马提外　你打哪儿来?

董喀男人　我住在城里头。

马提外　我总以为城里头人有钱。你怎么落到这步的?

董喀男人　我的钱丢光啦。我女人,董喀,把我害啦。董喀和我兄弟。起初她挺好——我们在一起很不错。她是一个好看活泼的姑娘。是的。后来她讲,"这种生活太沉闷啦。"她就开始喝酒。我也喝。

马提外　你也喝?

董喀男人　是呀。我这就叫没办法。这以后,她开始跟别的男人们打交道。我揍完了她再揍她。她跑啦。我有一个女儿——临到十四岁,她也跑啦。

〔他停住,沉沉在想。

德罗比雅日琴　(在桌子那边——高声)我抗议。玛丽亚·伊万诺芙娜!没这档子事!娜结日达·波里喀尔波芙娜和医生全是见解浪漫的人——

外席姚耳吉娜　哟——哟！别扯着嗓门儿嚷嚷！

马提外　她也在附近跑来跑去吗？

董喀男人　谁？

马提外　你女儿。

董喀男人　我不知道。我连她在什么地方都不知道。顶倒霉的是，有一回我喝醉了酒，人家捶我胸膛，就在靠心口的地方——这下子我可病了，做不成工了。我真是什么也不成了。

马提外　真有你的。你怎么过活？

董喀男人　我能怎么就怎么过活——

德罗比雅日琴　（跳脚）玛丽亚·伊万诺芙娜！可不得了——怕死人啦！纯洁和诚实的事你就不相信！

外席姚耳吉娜　别叫唤！你说起话来像一个疯子。

德罗比雅日琴　不对。相信丽狄雅·潘夫劳芙娜和县长——

外席姚耳吉娜　坐下——

董喀男人　说是工程师今天来。

马提外　造铁路？

董喀男人　对。造好了铁路，可是人没地方好去。

马提外　要有活儿啦，哎？干活儿真好！

〔潘夫林从房屋那边出现，向桌子走去。

外席姚耳吉娜　（低声）潘夫林来了……

德罗比雅日琴　啊，可敬的贤人！有新闻吗？

潘夫林　你们好？议长才渡过河——到这儿来——

外席姚耳吉娜　他来会儿那些工程师——就是这个。想想看！他那样儿一位骄傲的老公公——

〔伊瓦金进来——喘气。

109

德罗比雅日琴　是呀——天热，伊万·伊万诺维奇，不吗？

伊瓦金　（向远处望着）是热——

潘夫林　你不耐烦，所以体温高。我是什么人也不等，所以我就不热——

伊瓦金　医生和税官来啦。

外席姚耳吉娜　（拾起潘夫林的话）难道我们又等人来的？我不这样想。

潘夫林　我不是说你。他在等他的外甥。

德罗比雅日琴　那个大学生？

伊瓦金　对。浦芮提金也跟他们一道儿来啦。

外席姚耳吉娜　这可真好玩儿啦。我们城还是头回有个大学生。

德罗比雅日琴　现在，玛丽亚·伊万诺芙娜——你知道，他不算。那位拿枪打死自己的统计家——

外席姚耳吉娜　他离开了大学——

潘夫林　对。他在政治上乱搞，让开除啦。

伊瓦金　（有点儿粗野）他打死自己，因为你报告他。鬼知道你干么要这么搞。

〔他走开了。

潘夫林　（向他的后影）我要永远反对邪恶——我们的朋友伊瓦金性子粗暴——而且，也不太公道。我的的确确知道芮宾先生，统计家，打死自己，因为他对娜结日达·波里喀尔波芙娜的爱情绝望——

德罗比雅日琴　你怎么就全知道？

潘夫林　因为我观察仔细——

〔从左边沿路走来医生，莫纳号夫和浦芮提金。董喀男人悄悄地不见了。马提外站起，鞠躬。

浦芮提金　你原谅我，医生，不过，我不能够了解你钓鱼的乐趣。

医　生	（悻悻然）鱼不作声。
莫纳号夫	（向浦芮提金）请问，你了解什么来的？我敢说，很少你了解的。夏天游泳，冬天洗热水澡——这就是你知道的所有精神上的乐趣——

〔潘夫林走向房屋那边，给自己找了一个座位，靠篱笆坐下。

浦芮提金	人身子喜欢干净——
德罗比雅日琴	（高声）我们来在你们前头啦！
医　生	（在篱笆前面停住）德罗比雅日琴，要啤酒来。
德罗比雅日琴	（嚷嚷）伊瓦金！拿啤酒来——要多——当心要凉的！
浦芮提金	斗牌斗赢了也是一种乐趣——
莫纳号夫	当然——
浦芮提金	或者听听音乐。只要喇叭一吹，我就觉得像一个兵开步走。
医　生	（向莫纳号夫，带着一种严厉的微笑）他在拍你马屁哪——

〔德罗比雅日琴走向篱笆，站着静听。显然他想加入谈话，但是掺进去太晚了些。外席姚耳吉娜往后退，望着城，哼着一个调子。

浦芮提金	那对我有什么用？可是我一定要说，马夫芮基·奥席波维奇教会了救火队演奏音乐，在我们城里赢到了不朽的荣誉。谁能够否认这个？
莫纳号夫	那，我是跟他们在一起死用功来的。就像训练海豹——
浦芮提金	现在，我每回看到一个茶炉，马夫芮基·奥席波维奇，我就想到你。
医　生	（并不微笑）他像一个茶炉？

〔德罗比雅日琴笑着。

浦芮提金	不！不！我的思想是说，随便那一种铜东西就让我想到你。
医　生	他要拿他的恭维词儿搞死人的——
浦芮提金	我的意思是说，你的音乐作品——
莫纳号夫	是什么让你唱得这样甜蜜，我的朋友？

〔伊瓦金拿来啤酒，走向篱笆。

浦芮提金	假如我唱，我像百灵鸟儿唱，无所为。至于医生拿我开玩笑，他的性子一向乖戾，除去鱼，就什么人也不喜欢。
莫纳号夫	（向远处瞭望）我们这些位太太们，显然是累的慌啦。她们简直是一步也懒得移动。
德罗比雅日琴	特别难为了塔杰雅娜·尼考莱耶芙娜，想想她多大年纪，多重身子——
伊瓦金	请进来喝你们的啤酒——
医　生	那，我可不要兜圈子走路——

〔跨过篱笆。

莫纳号夫	至于丽狄雅·潘夫劳芙娜，你看得出来，她和我们在一起不怎么感到兴趣——
德罗比雅日琴	她是一位社交女子——日子过得神气——
浦芮提金	她骑起马来才帅——
莫纳号夫	是——是呀，她真懂得骑马——
浦芮提金	可也真是的！我们在谈人生的乐趣，偏就忘掉妇女。请问，还有什么更好玩儿的？当然喽，我不在讲我的太太——
莫纳号夫	（笑）来，浦芮提金，喝我们的啤酒去。

〔他们兜着篱笆走。

浦芮提金	好，好。可真晚啦——是邮车到的时候啦。现在我们可以

	看看这些工程师是个什么样儿啦——
莫纳号夫	是呀,挺有意思的。我相信他们一定喜欢斗斗牌——
浦芮提金	喝喝酒,我打赌。

〔他们拿起他们的玻璃杯,走开了。董喀男人出现。

马提外	他们来这儿为了会会工程师罢?
董喀男人	他们原来在别的村子赶集。不过,当然喽,有重要人物来,人人急着认识——

〔从右边进来丽狄雅·潘夫劳芙娜,穿着一身骑马的衣服,拿着一根马鞭子。

丽狄雅·潘夫劳芙娜　这——你们谁来看看我的马,好罢? 我给钱的——

马提外　成,太太。

丽狄雅·潘夫劳芙娜　谢谢你!

〔她向右走出。

马提外　好,你知道什么!

董喀男人　(表示妒忌和激烦)不是你在这儿,看马的一定是我——妈的! 她要是给你钱,你得分我点儿,哪怕是五个考排克,①成不成?

马提外　也许她给我的一归总就这么多。

〔两个人全跟着丽狄雅·潘夫劳芙娜,向右走出。同时,医生和外席姚耳吉娜在花园谈话。

医　生　(悻悻然)人年轻的时候才创造。

潘夫林　(一直坐在那边静静的,站了起来)许我插一句话,教会的圣父们年纪大了也创造——

---

① 一个考排克 kopeck 等于中国一分钱。

医　　生　　　怎么样?

潘夫林　　　没别的。

　　　　　　　〔从路上过来皮拉琪雅·浦芮提吉娜和娜结日达·莫纳号娃,后者是一个高身材女人,十分美丽,睁着大大的眼睛。塔杰雅娜·包嘉耶夫斯喀雅紧跟在她们后面。

娜结日达　　接着他就对她讲:艾莉丝!我的爱情到死不衰,只要我活着,我就是你的。

皮拉琪雅·浦芮提吉娜　　真好!我们的男人根本就不懂这种话。

娜结日达　　(坐在一块木头上)法兰西人不忠心,但是他热烈地,高贵地爱着。西班牙人爱起来活活儿发疯,意大利人永远在他爱人的窗户底下弹六弦琴。

包嘉耶夫斯喀雅　　娜结日达,先前人家就不该教你读书。

娜结日达　　塔杰雅娜·尼考莱耶芙娜,你是到了岁数,对这一切不感到兴趣了。可是我——

包嘉耶夫斯喀雅　　你也就是闲话三七——

娜结日达　　(严肃的声调)我要说的是——

皮拉琪雅·浦芮提吉娜　　我的亲爱的,我妒忌你。你晓得那么多爱情故事,全都那么动听——活像一个女孩子的梦。我的阿尔西浦哪儿去啦?

包嘉耶夫斯喀雅　　我好像望见丽狄雅的母马在那边——

娜结日达　　把我介绍给她——

包嘉耶夫斯喀雅　　给母马?

娜结日达　　不是,是丽狄雅·潘夫劳芙娜。

包嘉耶夫斯喀雅　　瞧,我的好太太——你念过一千部小说,可是你连一句简单的问话也说不正确——也就是让你自己可笑。

娜结日达　　没关系。各人有各人的聪明路数。

包嘉耶夫斯喀雅 （呼唤，她同时向右走出）丽狄雅！

皮拉琪雅·浦芮提吉娜 （低声）可真是的！她对你粗不过——

娜结日达 （安详地）贵人对我们平民讲话总是那个样子。就是在小说里面，比起在生活里面，样样儿都描画的好多了，贵族照样儿骄横。看，她不美吗？

〔包嘉耶夫斯喀雅和丽狄雅一同回来。

包嘉耶夫斯喀雅 亲爱的丽狄雅，娜结日达·波里喀尔波芙娜要我把她介绍给你——（娜结日达屈膝行礼）她连怎么样儿行礼都懂。

〔医生走近篱笆；女人们仍然站在外面。

娜结日达 我认识你。你每天骑着你的马经过我们的屋子。我看着你，景慕的不得了——你那样子就像一位伯爵夫人或者一位侯爵夫人。真是美极啦。

丽狄雅 我常常看见你的脸在窗户那儿，我也景慕你——

娜结日达 谢谢你。甚至于听另一个女人夸赞自己美丽，也是愉快的——

包嘉耶夫斯喀雅 一点儿也不羞人答答的，她是不是？

医　生 （悻悻然）一个男人夸赞不比一个女人夸赞格外愉快？

娜结日达 当然，只有男人能够完完全全地欣赏你的美丽。

丽狄雅 你说这话——很自信的样子——

浦芮提金 （远远嚷嚷）他们来啦！听。听见铃铛响没有？

〔人人在听。传来车铃的响声。

娜结日达 （向丽狄雅）你是不是急着要看看他们是个什么样儿？

丽狄雅 谁？婶婶，我们该回去啦。

娜结日达 工程师——

浦芮提金 （冲来）他们这就到——

丽狄雅　　　（向娜结日达）不，我不急。

包嘉耶夫斯喀雅　亲爱的，等一下。我累得很。

娜结日达　　我一直盼望他们来，就像盼放假。

皮拉琪雅·浦芮提吉娜　他们要是老头子可怎么着！

丽狄雅　　　（低声，向她的婶母）这太像一个官方的欢迎团体了，有点儿无聊——

包嘉耶夫斯喀雅　我们进花园儿去——我想喝点儿东西。来罢！

　　　　　　〔全跟着她。

浦芮提金　　医生，他们总算来啦。怪有趣的，对不对？

医　生　　　（寻常蛮横的模样）干么？他们走来的话，也许还有意思。可是，坐邮车——

娜结日达　　尽是蠢话！

包嘉耶夫斯喀雅　她巴不得看见他们骑着马，穿着铠甲，要不也披着大衣挂着剑——

　　　　　　〔他们全都向右走出。从同一方向进来议长赖道汝包夫，一个看上去严肃的老头子，灰胡须，高高的黑眉毛，慢慢走着，手放在背后。他停住，听着邮车站那边传来的声音。潘夫林出现了，不等走近赖道汝包夫前面，老远就摘掉他的尖顶帽子。

赖道汝包夫　喂——好啊？

潘夫林　　　我想您身体好？

赖道汝包夫　那得问我的医生。他们来了吗？

潘夫林　　　来了——人人等了好久的工程师。一个有了点儿年纪，脸刮得干干净净的，就留下上嘴唇的髭，像抹油来的。另一个还年轻，红头发，挺惹眼。他们有一位太太跟在一起——年轻，美丽——太太带着她的丫头——打扮得花枝招展的。他们坐了两辆车来。他们的行李和伊瓦金上学的外甥坐第三辆车来——

赖道汝包夫　他怎么会同他们碰在一道儿的?

潘夫林　那还用说,看他情况不好,出于好意,答应他附在一起来——

赖道汝包夫　那是丽狄雅·包嘉耶夫斯喀雅的马?

潘夫林　正是。这位小姐骑到佛基诺逛集,现在到达里雅·伊瓦基娜那儿收拾收拾自己去了——达里雅,您明白,做过他们多年的丫头——她母亲也当过他们的管家——

赖道汝包夫　(忍住不笑出来,但是讥诮地)她祖母的事你也知道?

潘夫林　不,那我说不上来。

〔浦芮提金急急忙忙赶来。

浦芮提金　瓦西里·伊万诺维奇,您好——

赖道汝包夫　(并不握手)喂——

浦芮提金　您来欢迎这位新来的客人?

赖道汝包夫　他们对我有什么好处?

浦芮提金　好处嘛,就一般而言,有的。他们对全城有好处。

赖道汝包夫　(走向车站)那呀,叫全城欢迎他们。

浦芮提金　(低声)他在做戏。

潘夫林　一定是。他希望搞到一张睡车的合同。

浦芮提金　老鬼。现在,潘夫林,我要你想法子结识他们的听差,看他们搞些什么行子——你知道我的意思——

潘夫林　我知道——我知道——

〔两个人全向车站走去。从同一方向进来伊瓦金,显然开心的模样,和他的外甥,史泰潘·鲁金。

史泰潘　怎么,全好?

伊瓦金	我身子好,你看得出来。一个人还需要什么?不过,我的孩子,你脸色发黄。你这个坏东西——你怎么搞的会坐监牢?
史泰潘	势所必然。这在今天成了一种大学服务,跟征兵一样。不过,这不值一谈,所以,我们也就不必再讨论了,老兄——同意罢?
伊瓦金	老兄!我喜欢这个——我是你舅舅,我不妨提醒你一声!
史泰潘	瞎扯!你不是舅舅。你是儿时一位朋友。再说,我倒长出来点儿鬓呀胡子的,看看你——光光的像个小娃娃——
伊瓦金	放尊重!喝你的啤酒,可是要尊敬你的长辈!(浦芮提金冲过来,四下里搜寻)什么事,阿尔西浦·佛米奇?
浦芮提金	那——嗐,孩子,这儿来!
马提外	(从右边出现)来啦。
浦芮提金	你认识我,不吗?跑到我城里的家,告诉他们打发两辆马车和那辆货车到码头运行李来。听明白了吗?现在快去!

〔浦芮提金跑回车站。

马提外	(急忙走开)朋友,看好马,成罢?
伊瓦金	外尔号波里这座城开始有生气啦!
史泰潘	那顶桥怎么的啦?
伊瓦金	下了几阵子大雨,桥给冲掉了。议长并不急着修理——他经营渡船。你认识那些工程师吗?
伊瓦金	我就要为他们工作。一切全好——你的蜜蜂——你的六弦琴——你钓鱼的家具?
伊瓦金	一切都好。

〔进来医生,莫纳号夫,德罗比雅日琴和外席姚耳吉

娜，谈着话。伊瓦金和史泰潘走出。潘夫林出现，四面张望，退出，但是在契嘎诺夫和董喀男人讲话的时候，他又露面了。

莫纳号夫　　（妒忌地）浦芮提金这个坏蛋。连忙把自己介绍给他们，不浪费一点儿时候——

外席姚耳吉娜　你注意到了没有，医生，年纪轻的那位就像一个火把？

医　　生　　你倒是什么地方见过火把来的？

外席姚耳吉娜　那，医生，我在人家出殡的时候见过。记得克芮雅斯切瓦提亲王出殡吗？

德罗比雅日琴　她的眼睛多好看！你注意到了没有，马夫芮基·奥席波维奇？

外席姚耳吉娜　胡说！她的眼睛一点儿也不希奇。

德罗比雅日琴　我不同意。它们非常富有诗意——

莫纳号夫　　在一位女子面前，谈另一位女子的美丽，很不礼貌。你应当懂得这个。

医　　生　　讨厌。人人朝他们跑，就像秋天的苍蝇朝火飞。

浦芮提金　　（在台后嚷嚷）医生！请你这边儿来一下！

医　　生　　干什么？

浦芮提金　　（在台后）要你来——你的生意！

医　　生　　（离开）啾，烦得死人！

莫纳号夫　　（妒忌地，向着走出的医生）现在你去会他们——

〔外席姚耳吉娜随着医生。她撞着契嘎诺夫。衣着时髦，他看上去像贵族，有点儿显出酒的影响。外席姚耳吉娜窘了，骤然转开身子，继续走出。契嘎诺夫吓了一跳，扬起眉毛。德罗比雅日琴朝他摘下帽子。

契嘎诺夫　　（碰碰他的帽子还礼）你好？不敢请教大名？

119

德罗比雅日琴　（窘）波尔非芮——那是说，财政局一个职员，波尔非芮·德罗比雅日琴。

契嘎诺夫　啊！荣幸！告诉我，这城有一家旅馆吗？

德罗比雅日琴　一家很好的旅馆——有一间弹子房。我们还有一所中等学校——为女孩子设的。

契嘎诺夫　一所中等学校？谢谢你，我眼前还不需要。你们有街车吗？

德罗比雅日琴　我们有三辆街车。停在教堂那边。

契嘎诺夫　（瞥了瞥城那边）我想我喊，他们听不见罢？

德罗比雅日琴　（微笑）听不见——相隔很有些路。

董喀男人　（在左边出现）大人，帮帮一个可怜的病人！

契嘎诺夫　（给他一枚铜钱）你拿去！

董喀男人　（高兴极了）老爷，谢谢你。上帝赐你福。

〔很快就不见了。

契嘎诺夫　他喝酒吗？

德罗比雅日琴　不喝。他真是一个可怜的病人。他的太太还把他丢了。

莫纳号夫　我斗胆——

契嘎诺夫　那儿的话——

莫纳号夫　马夫芮基·奥席波维奇·莫纳号夫。我是税官——

契嘎诺夫　荣幸之至。我是谢尔琪·尼考莱耶维奇·契嘎诺夫。

莫纳号夫　那家旅馆，我不妨对你直讲，脏极了，有臭虫——

德罗比雅日琴　也是真的。臭虫才叫多。

莫纳号夫　你应当住在包嘉耶夫斯喀雅的府邸——城里最好的房子——一所贵人住宅，你知道。我相信她现在就在这儿。我帮你来安排。

〔莫纳号夫很快走出。他路上走过安娜·菲姚道罗芙娜和她的使女史提姚潘。

契嘎诺夫　　你太好啦——不过,我不知道,当真——现在,等一下——

德罗比雅日琴　（连忙追出）我去叫他回来。

契嘎诺夫　　不,不！你别劳动！好,太晚啦！

安　娜　　出了什么事？

契嘎诺夫　　他们太也体贴入微啦——跟真的野蛮人一样。我可以给你道喜——城里没有旅馆——要有,也就是一家,不过,住满了臭虫。

安　娜　　就是进城也不容易——渡船出了毛病。

契嘎诺夫　　（拿手指头招唤）请,过来,好罢？（董喀男人出现）告诉我,伙计,你们有——你们城里有什么出名儿的东西吗？

董喀男人　　我们有蜊蛄——大极了的蜊蛄！

〔史提姚潘盯着看董喀男人。

契嘎诺夫　　这可能挺有意思——有时候。不过它们也许住在河里面,不是住在城里面——对不对？

董喀男人　　啾,是的——它们住在河里头。到了冬天,它们还是活蜊蛄。

史提姚潘　　（低声）安娜·菲姚道罗芙娜！那就是他——

安　娜　　谁？

史提姚潘　　我父亲。我怎么办好？

契嘎诺夫　　好,好——可是你们城里有什么？

董喀男人　　我们有救火队吹喇叭——税官教他们的。

安　娜　　别作声。站在我后面。

契嘎诺夫　　吵不吵得慌？

董喀男人　　他们吹起来像没了命！

121

史提姚潘	我要回到车站那边儿去。他没看见我。
契嘎诺夫	这样看来,住下去也不怎么开心。拿这去。
董喀男人	大人——

〔打算吻契嘎诺夫的手。

契嘎诺夫	(不屑地)大可不必,我的朋友——跑罢——
史提姚潘	(望着她父亲的后影)一个叫化子——我告诉过您,我遇见他来的。我早就知道我不该到这儿来。我没对您说吗?
安　娜	放心好了。我当心他不麻烦你就是。
史提姚潘	我怕他。他害了我母亲一辈子。这个叫化子!
契嘎诺夫	出了什么事,我好不好问问?
安　娜	那是她父亲——
契嘎诺夫	啾!可好啦。
安　娜	好就算数啦?史提姚潘,你到车站去。
契嘎诺夫	我们不许任何人伤害你。
切尔孔	(在台后嚷嚷)安娜!这儿来,安娜!
契嘎诺夫	(望着呼喊的方向)他在同谁讲话?怎么——家伙!我说什么也不相信!
安　娜	(一边走向切尔孔那边,一边向契嘎诺夫)你怎么的啦?
契嘎诺夫	(伸出他的手,带着一种喜悦的表情)丽狄雅·潘夫劳芙娜!是你——当真是你?
丽狄雅	(走来)谢尔琪!老朋友!
契嘎诺夫	你!在这 Tierra del Fuego,①野蛮人中间!怎么搞的?

〔外席姚耳吉娜回到花园。她踱来踱去,拿花扇着。
不久,德罗比雅日琴过去,两个人一同走着,用心听别人

---

① 西班牙文,意思是"火热的地方"。

谈话。

丽狄雅 我来跟我婶母待在一起。好，看见你，我很快活！我觉得你和从前一样喜欢跟女人们厮混。

契嘎诺夫 也和从前一样，不走运。我在这地方碰见的头一个人是税官！

丽狄雅 （向安娜那个方向点头，安娜不在台上）那是你太太？

契嘎诺夫 我太太？我一直没拿所有物妨害自己，将来也不会。不过你那位宝贝丈夫在什么地方？

丽狄雅 我相信我不知道。他的行踪跟我就没关系。

契嘎诺夫 好极啦！你总算离掉了。我对你的了解正确罢？离了没有？

外席姚耳吉娜 （指契嘎诺夫的话说）怎么样？我不对你讲来的？

〔德罗比雅日琴的模样显得窘。

丽狄雅 别嚷嚷——

契嘎诺夫 你遇见过我的同事没有？乔治！这儿来！这是一个你喜欢的男子！火一样红，就爱胡说八道。

〔切尔孔进来。

你知道这是谁，乔治？你记得我时常同你谈起的一位太太——

切尔孔 （和丽狄雅握手）是呀，我记得。他真是常常谈到你——

丽狄雅 我听了舒服——

切尔孔 可是我决想不到遇见你，特别是在这阴惨惨的鬼地方。

丽狄雅 你不喜欢这个城？

切尔孔 我不喜欢牧歌。

契嘎诺夫 他仅仅喜欢暴烈的刺激。

〔娜结日达·莫纳号娃在花园出现。她站在那里盯着

	看切尔孔,动也不动,像一尊雕像,脸和石头一样。
切尔孔	小房子藏在树里头就像鸟窠。静得叫人难过,美得叫人作呕。我的手指头直痒痒,真还想把这首田园诗弄乱了。
契嘎诺夫	把丽狄雅·潘夫劳芙娜介绍给你太太。
切尔孔	噉,是的。我可以介绍吗?
丽狄雅	我高兴认识她。不过,你对这个可怜的小城太凶了些——
契嘎诺夫	我相信此后你会欣赏我心情的温柔同我其他的好处啦。
切尔孔	我看见一样东西,我或者喜欢,或者不喜欢——
契嘎诺夫	这小子根本就没好处。
丽狄雅	一个人光有害处,至少界划分明。
契嘎诺夫	(注意到娜结日达)哼!不过,乔治,把丽狄雅·潘夫劳芙娜介绍给你太太——
切尔孔	现在安娜,我相信,喜欢这种可爱的景物。她就好休息,安静——她崇拜梦想。
丽狄雅	许多人从这里头找出诗来——
切尔孔	是的,所有懦夫,懒人,和贫血的软弱东西。
契嘎诺夫	谁是那位跟你太太一道儿来的庄重女人?
丽狄雅	那是我婶母。

〔安娜和包嘉耶夫斯喀雅进来。

切尔孔	安娜,见见丽狄雅·潘夫劳芙娜·包嘉耶夫斯喀雅。
包嘉耶夫斯喀雅	丽狄雅,我们的客人方才赁下了我们大房子的二楼。
安 娜	样样事安排得这样快,这样好,我非常高兴。
契嘎诺夫	给税官来三声欢呼!你得谢谢他。
丽狄雅	别那么大声。那边是他太太。
契嘎诺夫	那是他太太?哼!

〔望着娜结日达。

安　　娜　　　我累极啦——我巴不得就走到房子。

包嘉耶夫斯喀雅　马上就要过河。

〔娜结日达慢慢走开。

切尔孔　　　河那边那个生意人——叫什么名字来的？——把马已经给我们预备好了。

包嘉耶夫斯喀雅　浦芮提金是那家伙的名字。丽狄雅，我坐一个小铲子过河。我得布置布置去——把屋子给他们预备好——

安　　娜　　　请，别麻烦你自己——

切尔孔　　　我们还不就完全没有办法。

丽狄雅　　　(向她的婶母)等一下。(向安娜)你骑马吗？

安　　娜　　　不，我不骑马。

丽狄雅　　　真可惜。我原想把我的马借给你。河上头有一个地方好走的。

安　　娜　　　谢谢你，我怕马。有一回我看见一匹马踏死一个小孩子，从那以后，我就觉得，每匹马在等一个机会弄死人。

丽狄雅　　　(微笑)可是你不怕坐马车，不是吗？

安　　娜　　　不，不怎么怕。我跟马当中有一个车夫。

切尔孔　　　安娜，这也许很动人，不过，我告诉你，并不聪明。

安　　娜　　　我不想装聪明。

契嘎诺夫　　(向丽狄雅)我们又遇见啦！

切尔孔　　　(继续，向安娜)你就试一会会儿工夫，也不是坏事。

契嘎诺夫　　你知道这简直是一种神迹。

丽狄雅　　　也许这仅仅证明世界是太小了。

包嘉耶夫斯喀雅　(向安娜)来看看我们的小城。真是怪有趣的。

〔把安娜带到篱笆那边。

契嘎诺夫　　你比往常更美。你眼睛里头有一股子新表情。

丽狄雅　　　或许是腻烦。

切尔孔　　　你觉得腻烦？

丽狄雅　　　我不觉得人生太快活。

〔赖道汝包夫进来，从车站那边过来。他走近这群人，咳嗽，但是没有人注意到他。他把手举到他的尖顶帽子，好像致敬，但是很快就放下来了，害怕人家注意到他的举动。

切尔孔　　　我想不到你会——

丽狄雅　　　为什么不？

切尔孔　　　我不知道。不过我原以为你对人生另有一种观点。

丽狄雅　　　什么是人生？人生就是人。我看过许许多多的人——他们全都太相像了。

赖道汝包夫　我是本地的议长——瓦西里·伊万诺维奇·赖道汝包夫——议长——

切尔孔　　　（冷然）你要我们帮你什么事？

赖道汝包夫　我要同你们头儿谈话。你是头儿吗？

契嘎诺夫　　我们全是头儿——信不信由你。

赖道汝包夫　那么，好。你们饭车上用不用木材？

切尔孔　　　（干涩地）先生，再过一星期，我就可以谈生意了——早了不成。

〔稍缓。

赖道汝包夫　（惊）也许你没有听见？

切尔孔　　　听见什么？

赖道汝包夫　我说我是——议长——一城的头儿。

切尔孔　　　我听见了。怎么样？

赖道汝包夫　（抑制他的怒火）我六十三岁。我是教会的委员。全城听

	我吩咐——
切尔孔	你要我知道这些,是什么意思?
契嘎诺夫	先生,等我们稍微清醒一点,你那一切珍贵的头衔,我们自然就会加以相当的注意——
切尔孔	至于现在,你顶好还是离开我们。我们需要你的时候,会拜望你的。

〔赖道汝包夫上下打量着这两个人:眼睛射出怒火,大踏步走掉。

安　娜	叶高尔,①你何苦跟他撒野?他是一个老年人——
切尔孔	我知道这些钻营的家伙。一城的头儿,是吗?与其说是头呀,还不如说成一张愚蠢的贪婪的嘴好。我清楚这类人物。
契嘎诺夫	(向丽狄雅)这个红毛毛儿恶棍,你喜欢吗?
丽狄雅	说老实话,不很喜欢。
包嘉耶夫斯喀雅	丽狄雅,我们现在得走啦。
安　娜	我丈夫向来有点儿粗。不过心里头——
切尔孔	他又好又温柔——你是不是想这样讲?别相信她。我这人是表里一致。
丽狄雅	再见。啾!那个人就不懂调理马——

〔急急向右走出,后随包嘉耶夫斯喀雅。

包嘉耶夫斯喀雅	我们候你们来——
契嘎诺夫	多谢之至。我们不会久的。
安　娜	倒说,我们那位大学生来儿去啦?
切尔孔	(望着城)我不知道。

---

① 叶高尔是乔治的俄语。契嘎诺夫表示优异,拿外国语乔治呼唤切尔孔。

安　娜	你看我们好不好请他帮我们看看东西？我们不能够把史提姚潘留在这儿。
切尔孔	人家不是听差。
契嘎诺夫	乔治，你望着这座城，就像阿提拉①望着罗马。大人物真是一代不如一代！
切尔孔	一个丑恶的小城——那个女人有没有爱人？
契嘎诺夫	好怪的问话！
安　娜	你怎么的啦，叶高尔！
切尔孔	你受不了？你不知道许多女人都有爱人？
安　娜	这类事不好这样谈的。
切尔孔	别人不谈——对。可是我谈。你以为不道德？
安　娜	俗气——粗鲁。
切尔孔	噢，我原以为你说不道德。那么，谢尔琪，她有没有过爱人？
契嘎诺夫	朋友，我不知道。不过，我看不像有。就是有人对我讲，我也不信。

〔浦芮提金和董喀男人进来。

浦芮提金	请，全准备好啦。你们的行李全搬上船啦。你们就来，好吗？
契嘎诺夫	谢谢你。我们怕是太麻烦你啦。
浦芮提金	才不！才不！不值得说。再说，招待周到是我们的责任。
契嘎诺夫	说实话，你这人真了不起。告诉我，你们这儿喝些什么？
浦芮提金	全喝。

---

① 阿提拉 Attila(406—453)是匈奴可汗，称雄欧洲中部，四五一年侵入高卢，次年转掠意大利北部，未抵罗马而卒。

契嘎诺夫	可是顶喜欢什么？
浦芮提金	渥得喀。①
契嘎诺夫	嗜好不高明，但是健康。

〔他们走出。

切尔孔	（向安娜）我们走罢。
安　娜	（挎起他的臂）叶高尔，你怎么一下子就这样阴沉？
切尔孔	我累啦。
安　娜	不对。你从来就没累过。
切尔孔	那我是爱上人啦。
安　娜	（低声）叶高尔，你为什么这样粗野？为什么？
董喀男人	（走近）大人！
切尔孔	走开——
安　娜	（给了他一枚铜币）拿去——

〔切尔孔和安娜走出。

马提外	（从房子后面跳了出来）她给了你多少？
董喀男人	二十考排克。我一共搞到一个卢布二十。
马提外	你真走运！我也就是搞到手十考排克。
浦芮提金	（在台后呼喊）嗨！这儿！
马提外	我来啦——

〔他跑出。潘夫林跨过篱笆来。

潘夫林	你说，你搞到一个卢布二十？
董喀男人	（畏怯地）一个卢布二十。
潘夫林	我看。是——是的。对。凭什么，我倒问你？拿去，流氓，走开这儿！等一分钟。有一件事我倒要告诉你。你

---

① 渥得喀 vodka 是俄国人普遍嗜好的麦酒。

	要听吗？
董喀男人	我没做什么，潘夫林·萨外里耶维奇——
	〔赖道汝包夫回来。
潘夫林	走！走！别在这儿蘑菇。
	〔董喀男人离开。
赖道汝包夫	他们走啦？
潘夫林	是的。
赖道汝包夫	你同那个丫头谈了些什么？
潘夫林	噉，也就是这个那个——可是我就没法子打她那儿探听出话来。我还给了她一个卢布。
赖道汝包夫	你这是干吗？现在她倒好说你存心贿赂她了——
潘夫林	我也就是心里那么想。我跟自己商量。我给她一个卢布怎么样？我确定这不济事。这年轻女人叫人宠坏了——
	〔赖道汝包夫盯着城望，没有听。
	瓦西里·伊万诺维奇！她是董喀男人的女儿——跑掉的。她自己这样儿对我讲的——
赖道汝包夫	（忽然，严厉的声音）你知道省长本人和我握手来的？
潘夫林	（必恭必敬）我当然知道。人人知道。
	〔稍缓。窗户那边传来史泰潘·鲁金的声音。
赖道汝包夫	（低声）那讲话的是谁？
潘夫林	（耳语）伊瓦金的外甥——那个大学生——
赖道汝包夫	（耳语）别作声——
	〔他们用心在听。远处有一条狗在吠，一只布谷在鸣。
史泰潘	（在台后）等我们把新铁路造好——我们就好给你们腐旧的生活方式出殡啦——

〔他笑着。

赖道汝包夫　（低声）你听见这个啦?

潘夫林　（具有信心）瞎扯——

赖道汝包夫　好,记住他的话!

〔他走出,潘夫林随着他。

第 二 幕

塔杰雅娜·包嘉耶夫斯喀雅的住宅花园。树中间高高张着一块大布。下面摆着一张没有上漆的光光的大桌子。左边是一条宽阔的小道,通向房屋。台里一道篱笆把花园和外边隔开。

切尔孔在桌子那边工作。他前面堆着纸张,地图和画稿。树底下,右边,安娜坐在一张柳条椅子里面,手里捧着一本书。

安　娜　　(伸直了)你觉得热吗?

切尔孔　　不热又怎么着?

安　娜　　谢尔琪·尼考莱耶维奇又走开了。你永远担当大部分工作,可你们还永远在一起合伙儿做。为什么?

切尔孔　　(没有抬头)他比我更有经验,更有知识。

安　娜　　不过他那样——放荡。

切尔孔　　比起道德来,知识价值更大——
　　　　　〔稍缓。

安　娜　　这儿人可真好奇——偷听,偷看我们——他们天真烂漫透了。

切尔孔　　白痴——全是白痴。

安　娜　　就是这会儿工夫,有人在另一个花园的篱笆后面走动,隔

	着缝儿往里看。我看得见两只眼睛发亮。
切尔孔	由它们发亮去——我才不搁在心上。
史泰潘·鲁金	（进来）好，我雇妥马提外那个家伙。这儿是他的合同。
安　娜	我来收着。
切尔孔	不，别给她收着。她会拿它放到一个地方，过后儿问我哪儿去啦。太没有意思啦。
史泰潘	我必须说，本地人可真不得了。应该拿他们摆到一家博物馆才是。看到他们，你开始怀疑俄罗斯的未来。你一想成千乡村，成千城市住满了这种人，你就是好好儿的也变阴沉了——一百马力的悲观论。
切尔孔	对一个工作的人，悲观论是一种奢侈品，好比白手套一样。这个马提外是哪类家伙？
史泰潘	我想，不顶蠢。他在这儿。你要不要我待下来？
	〔马提外进来，衣服比在第一幕里面干净多了。
切尔孔	用不着。（史泰潘走出，向马提外）好，你有什么话讲？
马提外	先生，我要谢谢您，赏我活儿干。
切尔孔	我不是什么先生。我跟你一样也是一个农夫，我的名字是叶高尔·彼特罗维奇。我们谁也用不着谢谁。你做工，我发工钱。可是你要存心捣蛋呀，我就歇掉你，送你吃官司——清楚罢？
马提外	是，清楚。我帮您好好儿干就是——
切尔孔	我们看好啦。你现在好去啦。
马提外	（迟疑了一下）谢谢您啦。
切尔孔	（瞥了他一眼）好，什么事？
马提外	没别的啦？
切尔孔	没，没事。走。

〔静，马提外走出。

安　娜　叶高尔，你待人太粗。

切尔孔　他们从前待我就是这样子。

〔稍缓。

安　娜　你喜欢塔杰雅娜·尼考莱耶芙娜吗？

切尔孔　我倒是喜欢她侄女。

安　娜　你打定了主意气我。

切尔孔　别叫我气你。抗议。

〔格芮莎·赖道汝包夫的头在篱笆上面出现。

安　娜　(有点儿恐惧)看，看，叶高尔！

切尔孔　(一惊)你干什么？

格芮莎　(微笑)不干什么。我也就是——好奇——

切尔孔　你是谁？

格芮莎　我是你的邻居——赖道汝包夫——

安　娜　他笑起来怪和气的！叫他过来。

切尔孔　好，过来。我们做做朋友。

格芮莎　我爬不过篱笆。我太胖。

安　娜　(笑)你用不着爬。你绕到大门进来——

格芮莎　哼——你是说走大街来？好罢。

〔格芮莎不见了。契嘎诺夫进来。

安　娜　那么一个滑稽孩子！

切尔孔　现在你有解闷儿的啦——

契嘎诺夫　我打算睡一睡，家伙！就办不到！苍蝇嗡着你飞。扑——扑！一会儿打着窗户——一会儿碰着你的鼻子——逗你痒痒——痒痒——

切尔孔　顶要命的，我怕还是昨儿夜晚之后的头痛——

契嘎诺夫	啊，是的！小城欢迎工程师。就我来说，本来应该可以成功的。他们喝的那叫什么酒？
切尔孔	浦芮提金把那叫做杀象——
契嘎诺夫	当然搀着厉害的酒。倒说，乔治——我好像感到一阵奇怪的后劲儿。今天我忽然记起那个褐色头发小姑娘——她叫什么来的？她在一个歌唱班子唱歌——后来投了河——那个莫喀——你认识她，不是吗？
切尔孔	不认识。
契嘎诺夫	（思维地）她是一个小把戏——可爱的眼睛。前不久，我烧掉一个苍蝇的翅膀，就想到这个女孩子——她叫什么来的？
安　娜	（朝房子那边望）老天爷！看！那是什么？
契嘎诺夫	我看见什么啦？
切尔孔	主！这孩子疯啦！
格芮莎	（穿着一件厚皮衣）我来啦！哙！
切尔孔	你这滑稽人——什么怪主意？
格芮莎	（微笑）你是说我的皮衣服？是我父亲的主意。他要我多出汗，变成瘦子，软着没气力。今年秋天我该入伍，为了不入伍，他想这样儿把我的肉蒸发掉。
契嘎诺夫	他可真了不起聪明！
切尔孔	你就由他摆弄你，像一个傻瓜？
格芮莎	你就不可能跟我父亲理论。他出手太快。谁知道，我要是病了的话，也许他们真就不要我入伍了——
切尔孔	现在，注意——去掉那件皮衣服。看着真恶心。你不害臊？女孩子们全笑死了你。丑极啦。你得告诉你父亲，你偏不要在热天穿皮衣服。

格芮莎　　　你去对他讲——试试看！

契嘎诺夫　　现在，注意，小伙子。假定你父亲忽然有了一个怪主意，要马跨在你的背上，吩咐你在过节的日子把他背到街市，你肯不肯照他的话做？

格芮莎　　　他不会要我那样做的。他才骄傲，不会让人笑话他的。

切尔孔　　　脱掉你的皮衣服。

格芮莎　　　（脱掉）好罢，我就脱——不过我希望他别看见我这样子——

安　娜　　　你喜欢他不喜欢？

格芮莎　　　（稍缓）他上了年纪——不久会死的，我希望。那时候我就好自己做主啦。

切尔孔　　　回家叫他到这儿来。

格芮莎　　　叫谁来？我父亲？

切尔孔　　　对，当然。难道他不在家？

格芮莎　　　（窘）可我怎么可以对他讲这个？叫他来！他就叫他不来。他是市民领袖。

切尔孔　　　（跳脚）噢，地狱！

　　　　　　〔走向篱笆。

格芮莎　　　（声音带着畏惧）你到哪儿去？太太，他干什么？我就走。我在这儿只有给自己惹是非。家伙，他才不放松人！

切尔孔　　　别放他走，谢尔琪。（向篱笆那边嚷嚷）嗜！那边有人吗？

安　娜　　　（笑）叶高尔，真用不着——

格芮莎　　　太太，这要出乱子的！我是人引诱到这儿的——现在——不，我必须走。全错！

契嘎诺夫　　小伙子，放大胆子。静静儿等着。坐下。

切尔孔　　　（向篱笆那边）是你吗？请，过来。什么时候？就是现在！

赖道汝包夫	（在篱笆后面）格芮实喀！①格芮实喀！
格芮莎	（恐惧）他在喊我！啾，我的上帝！
切尔孔	他在这儿，跟我——

〔皮拉琪雅·浦芮提吉娜走进花园。

契嘎诺夫	（看见浦芮提吉娜）这儿又来了一种当地动物的样本——
格芮莎	是皮拉琪雅·浦芮提吉娜——啾，我的上帝！
契嘎诺夫	你需要喝酒。这帮你壮胆子的。
格芮莎	给我喝——快！啾，上帝！啾，上帝！
安娜	（笑）现在，来，来！你真是一个——怪孩子！史提姚潘！
浦芮提吉娜	下午好！
契嘎诺夫	（鞠躬）下午好！你问什么？
浦芮提吉娜	塔杰雅娜·尼考莱耶芙娜在家不在？
契嘎诺夫	这，对不住，我不知道。

〔史提姚潘走出房子。

浦芮提吉娜	喂，格芮莎！
格芮莎	（唧啾）这下子完啦——
切尔孔	一位太太跟你打招呼，你坐着动也不动——
安娜	（高声向史提姚潘）给我们拿点波尔提酒和里格尔。②
契嘎诺夫	（使女正要折回）也要高雅克③和渥得喀——
格芮莎	我认识她——
浦芮提吉娜	（向切尔孔）我们彼此一定认识。那位太太——她是你太太罢？她可长得真美——
切尔孔	关于塔杰雅娜·尼考莱耶芙娜，她同样没有消息给你——

---

① 格芮实喀是格芮莎的昵称。
② 波尔提 port 是一种葡萄酒。里格尔 liqueur 是一种香酒。
③ 高雅克 cognac 是一种法国白兰地酒。

137

〔史提姚潘端出一个盘子,上面摆着几瓶酒。

浦芮提吉娜　那倒的确没关系。说实话,我来看你们不是来看她——我随便什么时间都可以看她,不过,和你们相识是一种快乐。

切尔孔　安娜,我想这位太太要看看你。

契嘎诺夫　我相信她是说你——好,小伙子,你喝什么?

格芮莎　顶顶时兴的一种——

浦芮提吉娜　不,我是说你们全体。当然,我对太太的衣服感到兴趣,不过,你们先生们也很让我感到兴趣。

格芮莎　(喝了一杯里格尔)哙!真甜,简直把气给我带走啦!

契嘎诺夫　(向浦芮提吉娜鞠躬)承奖。小伙子,记好了——这种汁子叫做沙尔特斯[①]——

安　娜　(向浦芮提吉娜)请坐——

浦芮提吉娜　谢谢你。我老早就同阿尔西浦说,他是我丈夫:你这坏东西,把我引荐给工程师。他就吓唬我:他们非常拘谨,他说。可是你们一点儿也不拘谨,当然喽,你们受过教育,所以自然就骄傲了。好,人人喜欢骄傲。譬方说,我们有钱骄傲,你们有教育骄傲。一个人什么也没有,他算什么呀?他比一个小孩子才生了一年就死掉,也好不了许多——真是没什么好说的。我有一回生了一个小孩子,就像那样——

安　娜　(跳起)也许你愿意跟我到阳台那边儿走走?

浦芮提吉娜　高兴,我的亲爱的,奉陪。你这人这样温柔,这样热心,

---

① 沙尔特斯 chartreuse 是法国东部格洛劳布附近一座同名寺院的出品,香料合制的白兰地。

我非常喜欢你来，非常喜欢。我们这儿是一个亲爱的小城——这样美。四周全是——森林，田地，沼泽——和许许多多的越橘树。

契嘎诺夫 （望着走出的妇女）乔治，挺开胃。这个女人倒也有趣。

格芮莎 （大笑）她蠢！

切尔孔 什么？

格芮莎 她蠢，我说。在她那种岁数，嫁一个年轻人！她很有钱。可是她的钱全叫他搞到手里头，当然，追别个女人去了。他呀才叫玩儿得开！嗷，父亲来啦！我藏到你后头——顶好让我再喝一杯——

〔契嘎诺夫挡住格芮莎，同时格芮莎给自己斟满一杯里克尔，喝了下去；酒性发作了，他的眼睛瞪得圆圆的。赖道汝包夫进来，怒目看着切尔孔。赖道汝包夫后面是潘夫林，胳膊底下夹着一本厚笔记簿。

赖道汝包夫 （连头也没有对切尔孔点）格芮实喀！你在这儿干什么？

格芮莎 （露齿而笑）没事——

切尔孔 我请他来的。

赖道汝包夫 请来干什么？

切尔孔 我有话同他讲。

赖道汝包夫 他问我许不许来的？

切尔孔 他凭什么问？

〔他们彼此看着。

赖道汝包夫 我是他父亲——

切尔孔 好，我没有时间做长久的辩论。你儿子不许再穿这件可笑的皮衣服。简直是发痴！

赖道汝包夫 （惊）怎么啦？

〔潘夫林离开赖道汝包夫。

切尔孔　　　但是假如他穿下去的话，我就报告军事当局，你强迫你儿子逃避兵役——明白了罢？

格芮莎　　　父亲，我愿意当兵——真的，我愿意。

切尔孔　　　明白了罢，我说？这是一种犯罪的行为——

赖道汝包夫　（窘）等一下——你有什么权利？潘夫林，你是一个证人——回家去，格芮实喀——

格芮莎　　　父亲——我不要减轻体重——我真不要——

〔浦芮提金进来。他在左边徘徊，闪到树后面。

赖道汝包夫　（声调安静了一些）先生，你是来造铁路的。好，造罢。我不管你的事，顶好你也甭管别人的事。少拿你的绿眼睛朝我瞪。格芮实喀，走出这儿，我要控告——我去看省长——

契嘎诺夫　　发见你自己上公堂。一个六十岁的人，县议长，教会委员，救火队队长的亲戚，等等，等等，会到这种地方。一生踌躇满志，不料潦倒以终。你倒自己想想看——

赖道汝包夫　回家去，格芮实喀，你这不中用的东西！别听他们——看也不要看他们！

格芮莎　　　（醉了，哭着）他们要把你扔进监牢！还有我，也扔进监牢！

赖道汝包夫　（揪住他的胳膊）走，你这狗东西——

〔他连忙走出，揪着格芮莎。

切尔孔　　　（朝他们的后影，安详地）先生，你要是打你儿子，当心你要花大发的——

〔随他们下。

浦芮提金　　（意想不到）他会害怕！瓦西里·伊万诺维奇·赖道汝包

夫也会害怕！

契嘎诺夫　这家活喜欢人人后退，鞠躬，是不是？

浦芮提金　我敢说他是喜欢。他看见死人入土，享到应有的荣誉，他就妒忌的不得了，恨不得把他从棺材里面拖出来，自己跳了进去。你看见他房子外边的石头柱子吗？街都堵住啦。他要造一座伟大的门道，像克芮雅斯切瓦提亲王的门道，但是当局吩咐他不要妨害街道。他告到法院，案子一直悬在那儿，有七年啦——他不认输。他就从来不肯让人。

潘夫林　（向前，数着他的手指，记诵着）一个凶人，假如我可以这样说。他把一个太太逼死，另一个逃到道院；他有一个儿子发呆，还有一个不见了。

契嘎诺夫　对不住，你是谁？

潘夫林　我？这儿人人知道我——

〔史提姚潘回来，清理桌上的瓶子，捧走。

浦芮提金　赖道汝包夫的一个朋友——还是一个牛脾气。

潘夫林　我喜欢做人人的朋友——

契嘎诺夫　我有什么好效劳的？

潘夫林　这儿是我写的东西。因为你有学问，我很想知道你的见解，假如你肯告诉我，我一定感激。这部作品叫做"谈某些字，一位揭发虚伪，爱戴真理的大公无私者撰"。我用了九年写它——

契嘎诺夫　（接过笔记簿）你在你的作品里面谈了些什么？

潘夫林　我反对新字。人类的行为从古到今就没有变过，但是新名字倒起了不少。我不赞成。总之，我反对新字。

契嘎诺夫　你所谓的新字是什么？

潘夫林	譬方说，往常叫做诽谤者，现今叫做新闻记者——
浦芮提金	他在攻击一家报纸，因为他报告了一位教员，报纸伤了他几句。赖道汝包夫议长不管做什么，你决不反对，难道你反对过？
潘夫林	一堆矮树的影子罩不住一棵树。比起我来，他在城里是一位要人——攀不到的地方，你就攀不到——
契嘎诺夫	（向房子走去）好罢，我随后看一下你的稿本——
潘夫林	十二分诚心诚意地谢谢你——
契嘎诺夫	随便那一天你路过——
潘夫林	一定，我来——

〔契嘎诺夫、潘夫林和浦芮提金一同走出。从赖道汝包夫的篱笆后面，露出喀嘉的头，仔细观望花园。传来切尔孔的声音。切尔孔和安娜过来的时候，喀嘉消失了。

切尔孔	他们真坏——
安　娜	他们坏，是因为他们蠢——
切尔孔	好，你又谈到你心爱的主题上了——
安　娜	叶高尔，你就会扫人兴。
切尔孔	你扫兴？我简直厌烦。（坐在桌前）他们在等你——你那些客人。
安　娜	我就去。你不要亲亲我？
切尔孔	不要。

〔安娜骤然转开，走出。切尔孔继续他的工作。喀嘉在篱笆后面又站了起来。她朝切尔孔丢了一块石头，接着又丢了一根棍子，然后躲开了。

切尔孔	（对篱笆那个方向）嗨，你——野人！你胡闹呀，我偏不答应！

喀　嘉	（在篱笆后面）我看你真还看不上眼！
切尔孔	（站起）你是一个女人？
喀　嘉	不管你的事——胡萝卜头！
切尔孔	就凭你是女人，朝人丢石头总归是粗野，愚蠢——
喀　嘉	可你就有权利伤害别人？
切尔孔	什么人？
喀　嘉	倒像你不知道——我父亲和我哥哥——
切尔孔	噢，我明白啦！不管怎么样，躲在犄角打人，不好算是光明正大罢。你干么不出来？

〔史泰潘·鲁金走进花园，看着切尔孔，显出一种惊奇的表情。

喀　嘉	你以为我怕你？
切尔孔	那是我的想法儿。不过，你不出来，怕倒是因为，你长得太难看啦。
史泰潘	头儿，你在跟谁讲话？
切尔孔	一位女的。
史泰潘	（向四周望）她在哪儿？
切尔孔	在那边。
史泰潘	我纳闷儿死啦。县长要见你。
切尔孔	做什么？
史泰潘	我不知道。我去看看这个女的。
喀　嘉	你试试看！
切尔孔	（走向房子）当心过去。她朝人丢棍子的。
喀　嘉	专丢胡萝卜头。
史泰潘	那么，你不拿棍子丢我？
喀　嘉	爬上来，你自己看好了。

史泰潘	哼！我倒吓住了。好，我冒冒险看。
喀　嘉	（在篱笆那边出现）别动——停在你那儿。要是我父亲看见你，他一定结结实实给你一顿。你做什么？
史泰潘	不做什么。你做什么？
喀　嘉	等红脑袋壳回来，我拿一块大石头，照准他的鼻子砍他——
史泰潘	喝！他干下什么啦？
喀　嘉	我知道他干下什么。告诉我，那位美丽的太太是红脑袋壳的合法太太吗？
史泰潘	你做什么想知道？
喀　嘉	因为我想知道。他爱她吗？
史泰潘	你顶好问他——或者他太太——关于这个。
喀　嘉	倒像你不知道——
史泰潘	我对这类事没经验——
喀　嘉	扯蛋！大学生全荒唐；他们不信上帝，他们读禁书！我知道。你读禁书吗？
史泰潘	哎呀！我读。

〔进来契嘎诺夫。他站住，听着，微笑了。

喀　嘉	羞也不羞！你做什么读？
史泰潘	也就是习惯，你知道——
喀　嘉	（低声）借我一本有点儿内容的——成不成？我顶喜欢读书。噢！

〔不见了。史泰潘向四外瞭望。

| 契嘎诺夫 | 小伙子，恭喜。 |
| 史泰潘 | （难为情）你，还有你的结论！出了什么事？没事。她也就是问我要书。就算在篱笆上面要书——又怎么样？ |

契嘎诺夫　　我没说什么——

史泰潘　　是——不过你微笑——

契嘎诺夫　　好，我看得出来你还没有跌进爱情里头。你还照直说话。

史泰潘　　又来啦——爱情！为什么爱情？

契嘎诺夫　　我时常也冲我自己提出这句问话——为什么爱情？不过，小伙子，这帮不了我的忙，我还是照样儿跌进爱情里头。好，她很好看，你知道——头发乱乱的，一个可爱的小女妖精。我希望你成功。

〔他从桌上拿起一些地图，走出。史泰潘看着篱笆，开始往上爬。塔杰雅娜·包嘉耶夫斯喀雅和娜结日达·莫纳号娃进来。

包嘉耶夫斯喀雅　　你爬篱笆做什么，年轻人？

史泰潘　　我想拾我的便帽。我挂在上头，跌到那面去了。

包嘉耶夫斯喀雅　　可是你的便帽明明在你头上——

史泰潘　　噢，我丢的不是这顶。是另一顶。

包嘉耶夫斯喀雅　　我对你说了罢，你丢的是你的脑壳，不是你的帽子。娜结日达·波里喀尔波芙娜，会会史泰潘·达尼劳维奇·鲁金——

娜结日达　　（盯着看史泰潘）一个可爱的年轻人——

包嘉耶夫斯喀雅　　（燃起一枝香烟）好，由他爬他的篱笆去。别人就来了。噢，娜结日达，你只要肯少说几句话——别人就许以为你更聪明了。

〔史提姚潘从房里出来，带着一个篮子，里面全是盘子，柠檬水和里克尔的瓶子。她移开桌上的纸张，往上铺一张桌单子。医生，契嘎诺夫和安娜闲闲而来。

娜结日达　　（安详地）我很聪明。

145

包嘉耶夫斯喀雅　瞎掰。你一定以为——除去爱情，你还有什么题目好谈？

娜结日达　没有——

契嘎诺夫　(向医生)我们先喝一杯，医生！

医　生　随后，再来一杯。

契嘎诺夫　那还用说。史提姚潘，你全拿来啦？在这儿——

〔忙活瓶子。医生看着娜结日达，一种沉重的发呆的注视。安娜过来，坐在她旁边。

安　娜　你一定觉得这儿的生活很沉闷？

娜结日达　一定有人这样抱怨。不过，我倒不嫌它闷。我整天用在读书上，要不就坐着，想着——

安　娜　你读些什么？小说？

娜结日达　别的还有什么？往常这儿有一位在乡下当官差的——后来他拿枪打死自己——

安　娜　打死自己？为什么？

医　生　(带着悻悻的怨抑)因为他爱她——

包嘉耶夫斯喀雅　(责备地)你何苦插一脚进来——

娜结日达　(安详地)他常常给我别的书——不是小说——不过沉闷得很——我读不下去。

〔史提姚潘进去。

契嘎诺夫　可是在这地方，爱情故事会在真实生活里面发生吗？

娜结日达　为什么不会？人在这儿一样跌进爱情里面——

安　娜　一定是一种可怜的爱情。

娜结日达　假如是真正的爱情，不管什么地方，爱情全一样——

契嘎诺夫　什么是爱情？

娜结日达　那种为了生命——

契嘎诺夫	哼——是的！你一定念过许多小说——我想常常有人对你谈情说爱——
娜结日达	不，也不就太常常。那个打死自己的官儿一来就写信给我，在他以前，管理农民的那位先生说他爱我——（医生慢慢退到一边）但是说了以后，他打猎去了，喝醉酒招了凉，不到三天就死了——
安　娜	（打了一个冷战）死啦？
娜结日达	是的。我不喜欢他。他拼命喝酒，鼻子里头直呼气，还有一张红脸。现在，医生说他爱我——
包嘉耶夫斯喀雅	（责备地）啊，娜结日达！你就不会静着？

〔她站起，走进房子。医生站在树木之中，盯着看娜结日达。

安　娜	（抑室）你讲这些事情——那样简单！
契嘎诺夫	（严重地）你觉得他怎么样？
娜结日达	不怎么样。他像我男人——
契嘎诺夫	啾，不像。我一点儿也不觉得他像他——
娜结日达	不，他像。他们看上去不一样，但是心里头，他们是兄弟。两个人全爱钓鱼，任何人爱上了钓鱼呀，就算死了一半——他坐在水边，就像等死。
契嘎诺夫	（向安娜）她这话有点儿道理——
安　娜	叶高尔也许喜欢这个——
娜结日达	你丈夫的眼睛动人极了！他的头发简直跟火一样！他整个儿人也好——一次你看见他，你就忘不了他。这儿的人全是同样的眼睛——实际上，他们根本就像不长眼睛——
安　娜	（低声）你是一位怪女人。
契嘎诺夫	（慢慢地）可怕，我敢说。

娜结日达　　（第一次微笑）你真这样想吗?

契嘎诺夫　　我赌咒——

娜结日达　　医生也对我这样讲——

安　　娜　　（低声）可怜的医生!

〔莫纳号夫的声音从房子那边传来。他出来了，伴着他的有切尔孔，县长，丽狄雅和包嘉耶夫斯喀雅。

切尔孔　　你不肯多待一会儿吗?

县　　长　　谢谢你。第一次就这样久，够啦。你知道，谢尔琪·尼考莱耶维奇，我不当心，把你的谢芮①全喝光啦。好得很!

契嘎诺夫　　（茫然）等一下，不久我这类东西还要多——

县　　长　　我等——一百二十分焦急地!

〔笑着。

莫纳号夫　　（走向医生）好，怎么样，老朋友?

医　　生　　好罢。我想我要再喝点儿啤酒——

莫纳号夫　　好主意!（模仿一首流行的歌曲）"饮酒!你的痛苦就会没有——"

县　　长　　那么，我们明天到河上乘船玩儿?我派救火队的马在下午五点钟来接你们去。你们也喜欢音乐吗?

包嘉耶夫斯喀雅　　不必，谢谢你。把你的耳鼓震破，有什么快乐?再说，你城里头就许需要救火队队员——

县　　长　　干柴烈火!我不喜欢火焰——甚至于跟火焰一样热的天气也不喜欢，关于这件事——（笑）好，我要说再会了。我非常喜欢有你们这样的人住在我们城里——你们是——好，我不必往细里解说了——我向来不大会说话——

---

① 谢芮 sherry 是一种西班牙白葡萄酒。

娜结日达　　你的马车在吗?

县　　长　　在，夫人！我高兴送你到家——

契嘎诺夫　　干么回得这样早，娜结日达·波里喀尔波芙娜？再多待一会儿——

娜结日达　　是我回去的时候了。再见！我回家去，马夫芮基。再见，安娜·菲姚道罗芙娜。

莫纳号夫　　回家？好的，娜结日达——

安　　娜　　我永远喜欢看见你——

契嘎诺夫　　我也一样。

县　　长　　眼睛痛，看见她就好，对不对？你的胳膊，夫人！再见，安娜·菲姚道罗芙娜。别忘记，谢尔琪·尼考莱耶维奇，我等着你的东西！晚安，我的尊敬的塔杰雅娜·尼考莱耶芙娜！

包嘉耶夫斯喀雅　　你的礼行要比时间早上好些年——你真是太周到了——

县　　长　　对你就没有什么太不太的。倒说，安娜·菲姚道罗芙娜，有机会遇到你，我得多谢我们的议长。他这人就好吵闹，不过，他要是不控告你丈夫的话，上帝知道我要多久遇不到你。再见！

〔他和娜结日达下。

安　　娜　　（走向医生）医生，我们到花园那边儿散散步——

医　　生　　好——我不在乎——

安　　娜　　你至少可以说："我喜欢奉陪。"

医　　生　　我已经忘记怎么样说人话了。

〔他们谈着话走开。切尔孔和丽狄雅，两个人显得严肃，低声谈话，走向桌子。契嘎诺夫，一直盯着看娜结日

149

达走掉，给自己斟了一杯酒，喝着。莫纳号夫站在桌边，咂着嘴唇，表示赞成。

切尔孔　　谢尔琪，你要醉死！

契嘎诺夫　我的朋友，跟县长学学礼貌——

切尔孔　　（向丽狄雅）原谅我——（向契嘎诺夫）停停，谢尔琪。听我讲——那个愚蠢的女人，税官太太，一直瞪着一双饥饿的眼睛盯着我——

契嘎诺夫　乔治，你是一个傻瓜——

切尔孔　　不，认真点儿——这让我觉得窘——

契嘎诺夫　跑罢。女的在等着你。

〔切尔孔耸耸肩，回到丽狄雅那边。

来一杯里克尔，马夫芮基·奥席波维奇？

莫纳号夫　这种快乐，我就是临死，也不拒绝。

契嘎诺夫　这种精神最好。来枝雪茄？你斗牌，不吗？

莫纳号夫　那我长手干么用？

契嘎诺夫　嗷，你会说俏皮话！又有那么一个标致女人做太太——（莫纳号夫笑）像你这样儿一个好人——

莫纳号夫　（打断地）你要不要打一个赌？

契嘎诺夫　赌什么？

莫纳号夫　我一百卢布，你五十，赌你爱上了我太太。

契嘎诺夫　（注目看他，显出一种上流社会所有的文雅的骄傲）你不反对？

莫纳号夫　（在空里画一个零）决不！你有我的赐福！

契嘎诺夫　（加细考虑）假如她——我们不妨假定这种事可能——爱上了我呢？

莫纳号夫　我出五百，你出一百，我说她不会爱你。

契嘎诺夫 （笑）你这人真好玩儿。不过，我们现在还是听其自然，对不对？与其谈这个，不如斗牌去。叫医生来。那边有浦芮提金，在房子里头和我们的大学生在对账。我们找他来——正好给他多留点儿时间造假账骗我们，不是吗？

〔他走向房子，传出安娜在钢琴上弹着忧愁的音乐。

莫纳号夫 当然，正好。

契嘎诺夫 人越长越小，越弯越大。

〔莫纳号夫笑着。切尔孔和丽狄雅从树后闪出，慢慢走着，在桌边立定。他们一直站着。

切尔孔 你在这儿待得久吗？

丽狄雅 不知道。也许一个月——

切尔孔 我差不多要在这儿待到冬天——深秋——

丽狄雅 我不喜欢小城——住在这儿的人民才叫下贱。在他们中间，我不由得就问自己——他们也算人吗？

切尔孔 对。到了他们中间，力量就止住不流了。在大城里面，力量昼夜在起伏。你在那儿看见敌对的力量不断在磨擦——那儿，生活的战斗永不停止。光在那儿燃烧，音乐在那儿演奏。那儿，你有生活之中一切吸引人的东西——

丽狄雅 大城，我觉得，就像一个交响乐——像一个魔术家的百宝宫殿——无所不有，你要什么，你在那儿可以拾起什么。那儿，你有欲望活下去！

切尔孔 是的——活下去！我要活下去，完整地，贪婪地。我看到，我经见种种劳苦和垢秽。有一时为了吃饭，我得咽下我的骄傲。你再也想像不出，一个人因为衬衫不太干净，指甲没有正经当心，受到多少羞侮。

丽狄雅 我看得出你从前的生活并不幸福——

切尔孔	我不幸福。为了过去,我现在还得和人拆账——我是在这样做。我不怜悯,也忍不下去那些统治我们生命的贪得无厌的笨脑袋壳的走兽。看见有些人没办法,顺从忍受,我会发疯——
丽狄雅	你现在就不幸福,对不对?
切尔孔	现在?不——我说不来我幸福。
丽狄雅	(把手一挥)你应当有一个跟这个不同的局面——你需要的是一个宽阔的战场。我觉得你顶得住重要的大局面——你非常——直率,坚定。不过,你知道你自己的价值吗?一个人把自己的价值放到一个高的水准,这无所谓——一个人可以提高自己——跳上去扳住这个标记。但是把自己的价值放得低低的,等于弯下身子,让别人打你身上跳过去。
切尔孔	我明白——
丽狄雅	我相信一个人不必有的多。但是他有的那点儿东西——要它真正宏大。我们不必贪得无厌——我们必须不拿廉价不值钱的东西塞满我们的心。人生要想变得美丽,除非你学着想望那希有的珍宝——
切尔孔	你的见解怪浪漫的,是不是?
丽狄雅	那难道是件坏事?这来的人是谁?
	〔进来董喀男人,看上去比第一幕里面还要肮脏。他喝醉了,傲然走来。
切尔孔	你做什么?
董喀男人	(说话带有灵感的样子)让我告诉你——我是父亲!
切尔孔	谁的父亲?
董喀男人	她的——你的丫头的——史提姚潘的。她打我这儿逃走

	的。所以我要——因为我是她父亲。对不住——但是我有权利要——
切尔孔	我父亲有点儿像这样子——
丽狄雅	叫他走。怪讨厌的。
切尔孔	你要什么？
董喀男人	她的工钱。她是谁的女儿？我的。所以她的工钱也是我的，我好要的——要不然，我就带她走，因为是我女儿。潘夫林说，任谁不好留下别人的女儿，假如她是一个逃出去的女儿，父亲永远好要她的工钱的——潘夫林说——
切尔孔	你不是父亲。把孩子生在世上并不一定就说谁是谁的父亲。父亲是人。你也好把自己叫做人吗？
丽狄雅	（忍着不笑出来）你真年轻！他再也不会明白你在说些什么。
切尔孔	对。现在——走开这儿！
董喀男人	工钱怎么说？
	〔安娜走出房子。她站住听。
切尔孔	滚开！
董喀男人	（一害怕，有点儿醒了）好罢——我走。不过给我点儿钱——半个卢布，说——
丽狄雅	（扔过去一个铜钱）请。
切尔孔	走！快！
	〔董喀男人连忙退出，看也不往回看。安娜看着，一半儿身子藏在树丛后面。
丽狄雅	（微笑）这样简单。现在他为了一块小坏银子，就把他的女儿出卖了。可是世上有人要我们可怜，甚至于爱这类人。你同意吗？那帮不了他们忙。人怎么能够爱他们

	呢？啾！——安娜·菲姚道罗芙娜！你已经懒得招待你的客人啦？
安　娜	（干涩地）可不，用不着我照料。他们在斗牌。我出来看看——
切尔孔	（怀疑）看什么？
安　娜	我看见那个贱骨头走进花园——
丽狄雅	好，我回去了。我夜晚还看得见你们，所以我不说再见了。
切尔孔	啾，是的——我们今天夜晚见面——

〔丽狄雅离开。切尔孔望着她的后影。安娜看着他。咬着她的嘴唇。史提姚潘朝她跑了过来。

史提姚潘	他来——为我？
安　娜	不是，史提姚潘——是别的事——别怕。
史提姚潘	为上帝的缘故，别叫他把我带走！
安　娜	当然！你放心好啦，回房子里去罢。
史提姚潘	我将来进道院。他们不会放他进来的——他们不会，是不是？
切尔孔	别想着这个，史提姚潘！简直胡闹！他不会拿你怎么样的。
安　娜	我们不许他带你走的。
史提姚潘	（走向房子）啾，主！
安　娜	我想，叶高尔，无论如何，我们必须叫那个人明白——
切尔孔	（尖刻地）我们用不着"无论如何"。
安　娜	（恩爱地）叶高尔，你厌烦？
切尔孔	我不厌烦。不过我要告诉你——你对丽狄雅·潘夫劳芙娜的敌意，表示的太也公开了。

安　娜	我不明白。你怎么会起这种印象的？
切尔孔	撒谎永远不必需，特别在你我之间，安娜。我喜欢她——和她在一起有意思。你看出来了，所以害怕。
安　娜	（声调受惊）你害怕什么？我——我是什么也不害怕。
切尔孔	我没瞎，安娜。
安　娜	你看见什么？告诉我——快——不，别告诉我——我求你啦——别告诉。
切尔孔	（不愉快地）你在嚷嚷，安娜。
安　娜	别说什么了——我求你——让我对这种思想习惯习惯就好了。
切尔孔	思想好久好久就跟你在一起了，你就一直没习惯下来。
安　娜	可是，我习惯不了又怎么着？你明白，我爱你——我爱你——我饶恕你一切——
切尔孔	我用不着你饶恕——
安　娜	我是一个寻常妇女，一个沉闷的伴侣——我知道。不过我爱你。没你我活不下去——我真活不下去。难道为了这个我就应该惹人恨吗？或者就受人苛待——这样残忍吗？
切尔孔	我不恨你。那是假的。不过我不再爱你了。这是真的。
安　娜	可是你爱过我。不——你讲的话不就全和你的意思相符。
切尔孔	那份儿爱情已经烧干啦。和太太住在一起没有爱情，这种男人不荒唐——也一定虚伪。
安　娜	不，等等，等等。给我儿一点时间。我要试试——也许我会变得过来的——也许我就不这么没有意思。
切尔孔	安娜！你真就不害臊！你怎么好否认自己？
安　娜	我的最亲爱的！我的心爱的！我没你活不下去——
切尔孔	（坚定地）我有你活不下去——

〔走进房子。安娜,失掉生气,慢慢坐到桌子那边。有什么声响,好像有人攀绿篱笆。安娜没有听见。喀嘉从树后跳出。

喀　嘉　(拿胳膊拥住安娜)你可怜的好人——你千万别哭。他是一个坏人!

安　娜　(跳起)走开!你是谁?

喀　嘉　他是一个傻瓜。一个人怎么可以那样讲话——怎么能够不爱你?

安　娜　你是谁?你怎么会到这儿的?

喀　嘉　我是喀嘉·赖道汝包夫——街坊。离开他——你年轻,你会再爱——另爱一个和悦的好人的。至于他,我恨不得打他耳光。

安　娜　你为什么听?啾,我的上帝!

喀　嘉　这儿样样儿事我知道——我隔着一个墙缝看了好些天了——我真是爱你爱极了——爱极了!

安　娜　(有些恢复过来)这不顶好——偷听——

喀　嘉　为什么不顶好?一个人必须样样儿全看——这有意思。我要是不过来,你就许一个人坐在这儿直哭。现在,有我安慰你——

〔史泰潘·鲁金朝她们走来。

安　娜　什么也别说。记住——你知道——你什么也没听见——我求你!

喀　嘉　(一种煞有介事的样子)我明白。啾,是那个人来啦!

史泰潘　(摘下他的尖顶便帽,行礼)不是别人!您小姐是不是爬篱笆过来的?

喀　嘉　跟你不相干。你以为我爬篱笆就蠢?我跟你一样有脑

	筋。走开。
史泰潘	好家活!我干下什么啦,惹你生这大的气?
喀　嘉	住口!没人同你讲话。我们走!

〔架起安娜的胳膊。

安　娜	真对不起——可是我忙——
喀　嘉	我明白——我陪你——我们走。

〔把安娜带走了。史泰潘莫名其妙。赖道汝包夫和潘夫林出现,前者激动,头发蓬乱。

赖道汝包夫	你是一个证人,潘夫林。他们先勾引我儿子进来,骗他喝酒——现在他们弄走我的女儿。(向史泰潘)你是这家的听差,不是吗?喊你的主子们来——
史泰潘	我的朋友,你弄错啦。
赖道汝包夫	我不在乎。这是一个犯罪的窠,我告诉你。好,喊家长来。
史泰潘	我不干。
赖道汝包夫	什么?我告诉你的话你敢不做?

〔切尔孔走出房子。

潘夫林	他是一个大学生——
赖道汝包夫	我说的!全不是好东西!
切尔孔	(安详地)什么事?
赖道汝包夫	我女儿在哪儿?
切尔孔	我怎么知道?
赖道汝包夫	你撒谎。她在哪儿?
切尔孔	现在,注意。你女儿朝我砍石头——关于她我知道的就是这个。明白了罢?

〔喀嘉跑进来。

赖道汝包夫　这是谁？喀特芮娜，①谁许你来的？

喀　嘉　　好啦——好啦——放心罢——这边走。走，我说，别害怕。他不会跟我们走的——

赖道汝包夫　我的女儿，这儿不是你来的地方——

喀　嘉　　（向切尔孔）别跟我们走！你听见了没有？妖精！

　　　　　〔揪着她父亲，又匆匆走掉，史提姚潘笑。切尔孔看着他，微笑。潘夫林，闭拢嘴唇，望着，一副不赞成的样子。

切尔孔　　一切非常可笑——但是十分可爱！这女孩子怪好玩儿的！来到你家——支使你——喝！

史泰潘　　（笑）上帝！她真还挺特别的，头儿！

切尔孔　　我要同老头子谈谈。

　　　　　〔格芮莎在篱笆上空探出头来，显出一种害怕的表情。

潘夫林　　许我说句话——你简直把他收拾苦啦。

切尔孔　　（向史泰潘）他是谁？

史泰潘　　（忍着不笑出来）本地一位贤人，物各有分——

格芮莎　　我说，先生！

切尔孔　　什么？

格芮莎　　他没打我——他没——真的！

喀　嘉　　（跑了回来）嗨！你过来。父亲喊你。你张嘴笑什么？我看透了你——你这个胡萝卜头！

　　　　　〔她伸出舌头，跑开。史泰潘大笑。潘夫林莫明其妙。切尔孔微笑，追喀嘉。格芮莎小心在意地望着他。

　　　　　　　　　　　　　　　　　　　　幕

---

① 喀特芮娜即喀嘉。

第 三 幕

两个月以后。同一花园。黄昏。太阳在落。有色的灯装璜树木。桌上放着酒和点心。围着桌子是椅子，次序并不齐整。

史提姚潘在忙乱桌子，同时树木底下，马提外在开酒瓶子，样子整饬多了。在后边远远的地方，浦芮提金站在篱笆旁边。紧靠着他的是莫纳号夫，轻轻在吹箫。房子那边传来嘈杂的声音。有人拿一个手指头在钢琴上单单捺着 Chizhik，①偏偏一来就弹错了音符。传来县长的笑声。

马提外　　我已经攒了三百——

史提姚潘　　跟我什么相干？

马提外　　那表示我不是傻瓜——

史提姚潘　　我没说过你是一个傻瓜。可是你贪心——你总在谈钱——像所有的庄稼人。

马提外　　庄稼人——又怎么样？

〔切尔孔出现，走向桌子，后面随着娜结日达。

切尔孔　　史提姚潘，拿汽水来。（向娜结日达）你也到外头吸新鲜空气来的？那边儿气闷，是不是？

---

① Chizhik 是一种圆舞曲。

娜结日达	不怎么，那边儿挺好。
切尔孔	你为什么看着我——怪样儿看着我？
娜结日达	（低声）没什么怪。
切尔孔	（带着一种微笑）我给你倒一杯冷水——要不的话，来一杯汽水？
娜结日达	不，我什么也不要。
切尔孔	（转向房子）好，我去斗完我的牌——

〔娜结日达慢慢地随着他。

马提外	（固执地）我是庄稼人又怎么样？史泰潘·达尼劳维奇是位大学生，什么也知道。他有一回讲，人从前全是庄稼人。后来那些聪明的——就变成主子。你明白了罢？
史提姚潘	你给我走开——我没拿你这种人搁在心上。
马提外	我们一成亲，你就搁在心上了。我强壮，结实——
史提姚潘	（好像在同自己讲话）我进道院——

〔县长和契嘎诺夫两个人都有了酒意，出来，走向桌子。

马提外	（笑）你瞎扯！进道院，你？
县　长	（在桌前）这儿样样好玩儿——只有点心跟酒太不像样儿啦。
契嘎诺夫	（斟酒）她是一首史诗里面的女子——
县　长	你还在谈她？是——是的，她是一只野兽。我朝她进攻了两年——我这人不怎么讨厌，你想必同意，还不说我是一个军人等等。她怎么说？"你不是一位英雄。"为什么我不是一位英雄？不给理由。可是，什么又是英雄？可笑之至——小小一个县份，居然也有英雄！

〔莫纳号夫和浦芮提金向桌子这边走来。

包嘉耶夫斯喀雅　　（在后台，呼唤）雅考夫·阿列克谢耶维奇！轮你来啦！

县　长　　（向房子走去，拿着他吃剩下来的东西）我来啦——

契嘎诺夫　　（向莫纳号夫）我们在谈尊夫人。

莫纳号夫　　我听见了高兴——我可不可以问，你们谈些什么，假如不是秘密的话？

契嘎诺夫　　我们直想搞明白她到底是个什么样儿女人。我们没搞明白。

浦芮提金　　搞明白一个女人，向来就很困难——

莫纳号夫　　你是在说外席姚耳吉娜？

浦芮提金　　（直揪他的袖管）不，我是指一般而言——很少男子了解妇女——

莫纳号夫　　我的朋友，我需要，我就一定可以了解。我不需要，我就不会操这份儿心。

浦芮提金　　当然，那样讲，省力多了。不过，一个人决不可能件件事了解。

契嘎诺夫　　我的朋友，你在什么地方看到她的？

莫纳号夫　　我在教会学校做弥撒时候注意到她。

浦芮提金　　那不是她——朝这儿来啦——有医生在服侍——

〔他笑，莫纳号夫也附合着笑，但是不大诚心诚意。

契嘎诺夫看着他们，轻蔑地摇着他的髭。

莫纳号夫　　（向契嘎诺夫）我不妨告诉你一件事——她不赞成你的莫泊桑①——说他沉闷，什么都嫌太短。不过我喜欢他。他有些地方——好家伙！

---

① 莫泊桑是法国十九世纪的作家，以短篇小说知名。

〔娜结日达进来。

契嘎诺夫　娜结日达·波里喀尔波芙娜,再来一杯香槟。

娜结日达　好,劳驾。我非常喜欢。

莫纳号夫　当心,娜结日达,你会醉的——

娜结日达　你怎么这样粗!人家还当我从前喝醉过。你干么拿着那根手杖到处显派?

〔指着他始终带在手边的那管箫。

莫纳号夫　那,我回头就要吹了。

浦芮提金　(拿起莫纳号夫的胳膊)我们去看县长玩儿他的 trumps。①

〔他们走向房子,莫纳号夫并不情愿。

契嘎诺夫　(递给她一杯酒)你不喜欢箫?

娜结日达　我喜欢六弦琴——可以拉得很动人。箫发出声来总像受了寒。你喝得太多啦,医生——

医　生　我的名字是派外耳·伊万诺维奇。

契嘎诺夫　想想看!真怪——不是吗?——我头一回听说你的名字。

医　生　名字不算什么。可不,人在这儿就连一个人的灵魂也不注意——

契嘎诺夫　你为什么总是这样阴沉,我亲爱的派外耳·伊万诺维奇?

医　生　在搁尸首的地方没人笑得出来——

切尔孔　(在门内嚷嚷)谢尔琪!丽狄雅·潘夫劳芙娜要你——

契嘎诺夫　对不住——我来啦。

〔他走进。

医　生　(把他笨重的视线转向娜结日达)你喜欢这个人?

娜结日达　他挺有趣。他讲起话来有意思,衣服总是穿得整整齐

---

① trumps 是斗牌时取胜的一张或一组的特殊牌。

	齐的。
医　生	（低浊的声音）他是一个坏蛋。他想败坏你——他会这样干的，坏蛋！
娜结日达	你一来就骂人，你一骂人，就把坏牙齿露了出来——
医　生	（带着热情和痛苦）娜结日达——你跟这些人在一起，我实在看不下去。我会气死的。我求你，从我灵魂的深处——把他们扔掉！他们才叫心贪——对他们就没有神圣的东西——随便什么，他们也准备好了吞下去——
娜结日达	（站起）我不要你对我这样讲话——
医　生	别就走开！听我讲——你像地球——你多的是创造的力量——你心里头活着一种伟大的爱。给我一点点。我让热情压碎——压毁啦。只要我活着，我就以我全灵魂的火来爱你。
娜结日达	好老天爷！可我不喜欢你又怎么着？看看你自己——你也好把自己叫做爱人？完全是滑稽——
医　生	现在，等一下——记住这个——我会倒在你的路上的——你看好了！你已经杀过一个人——我要做第二个——我一看见这个恶人占有你——
娜结日达	（显出轻微的厌烦）你这人真是愚蠢透啦。随便什么人，假如我不要，怎么会占有我？再说，这跟你不相干——你把人腻死啦——简直不可忍受！
外席姚耳吉娜	（冲了过来）你们想得到吗？才叫惊人！安娜·菲姚道罗芙娜忽然走进来啦。我不明白是怎么回事。难道是说他们从来没有离婚？还是他们和好啦？丽狄雅·潘夫劳芙娜又怎么办？他爱她——真的！

〔医生走向桌子，定定地望着莫纳号夫从房里出来。

娜结日达　　（慢慢地）真有意思——只是我不相信——他爱丽狄雅·潘夫劳芙娜——

外席姚耳吉娜　你怎么好这样说？全城知道这是事实。

娜结日达　　没人知道这个，我的亲爱的，因为这在心里头。

外席姚耳吉娜　可也在眼睛里头，在声音里头——

娜结日达　　（思维地）可是为什么他太太回来？好，她不是一个危险的情敌——

医　　生　　谁的情敌？

娜结日达　　（稍缓，慢慢地）管你什么事？

外席姚耳吉娜　（向医生）你不舒服？看你的脸色——

医　　生　　（低声，回声一般）管你什么事？

外席姚耳吉娜　你真粗！来，亲爱的，我们去看一下到底是怎么回事——

〔她和娜结日达走进。莫纳号夫从树后闪出，走向医生，嘴唇挂着微笑。

莫纳号夫　　好，事情怎么样？

医　　生　　这句聪明问话你问我问了有一百次了——你想知道什么？请问？

莫纳号夫　　咝——咝！你是一个怪家伙。我什么也不想知道——我需要的我全知道——

医　　生　　（恶毒地）你知道——我爱你太太？

莫纳号夫　　（平静地，带着微笑）我的朋友，谁不知道这个？

医　　生　　（转身走开）那呀，到地狱里去！

莫纳号夫　　（揪住他的袖管）咝——咝！何苦把话说得这么凶？诗人说过，我们不是为了高血压才生下来。再说，我不喜欢戏剧化。

医　生　　　（平静地，然而尖锐地）你要怎么着？

莫纳号夫　　（神秘地）我要她遭遇到一种伤心的经验——受一次打击——可是，不要我给。也不要你给，我的朋友。我为你难过——我有一颗仁慈的心，你知道——我全——全——看见了。受一次打击，她就会柔和了——伤心使人柔和——你明白不明白我？

医　生　　　你喝醉啦？还是你——

莫纳号夫　　（忍着不笑出来）我醉过几次——跟人人一样。凭什么我不该醉？非常有趣。

医　生　　　（悻悻然）你呀，也就是一条蛇——

〔他快步走出。莫纳号夫走向桌子。一种奇怪的痛苦的微笑扭动他的嘴唇。他唧咕着，给自己斟酒。

莫纳号夫　　你受了伤，我的朋友？那我怎么着？

〔皮拉琪雅·浦芮提吉娜从房里出来，后随德罗比雅日琴和外席姚耳吉娜。

浦芮提吉娜　你听见这个消息没有，马夫芮基·奥席波维奇？

莫纳号夫　　什么消息？

外席姚耳吉娜　切尔孔太太回到他这儿来啦。

莫纳号夫　　她回来啦，是吗？哼！这件事怎么看才是？

浦芮提吉娜　你自己还看不出来？

外席姚耳吉娜　那，他爱丽狄雅·潘夫劳芙娜！

德罗比雅日琴（急于插进一句话）我以为他们是天造地设的一对——

莫纳号夫　　那可好啦——

浦芮提吉娜　什么好啦？

〔德罗比雅日琴四面瞥了瞥，从桌上拿起一只梨，偷偷吃着。

莫纳号夫	全好——好,因为他们是天造地设的一对——因为她回来——因为你们全是上等人——因为我是一个好人。主要的是谁也不干涉谁——

〔他笑着,走出。

浦芮提吉娜	他这话也对——他是一个好人。只是他不大了解——
外席姚耳吉娜	他太忙了,就甭想了解得来——他得守着他太太——
德罗比雅日琴	娜结日达·波里喀尔波芙娜这个女人谦和——
外席姚耳吉娜	你什么也知道。可不,她也就只是等一个机会,跟什么人发生恋爱——
德罗比雅日琴	人人想这样做——就是老母鸡也想这样做。
浦芮提吉娜	(叹一口气)对——人人想这样做——
外席姚耳吉娜	你爱你丈夫,皮拉琪雅·伊万诺芙娜?
浦芮提吉娜	我爱,爱得厉害。不过,他不怎么太喜欢我。那,你要怎么着?是我自己错——四十岁的女人不该嫁二十岁的男人。看,议长和我们的塔杰雅娜·尼考莱耶芙娜——老太太真招人爱!

〔从房子那边走来包嘉耶夫斯喀雅和赖道汝包夫,带着格芮莎和潘夫林。德罗比雅日琴立正了,做出一副恭敬的模样。格芮莎表示友谊,冲他做鬼脸,把外席姚耳吉娜逗笑了。

潘夫林	我对她讲——进道院容易,姑娘,可是你得捡起你那可憎的父亲,拿你的心温暖暖暖他,那就够担负的了,我说,那可就折磨死你了——
赖道汝包夫	你听见了没有,格芮实喀?
格芮莎	听见啦——不过我并不想进寺院。所以,那跟我有什么关系?

赖道汝包夫　　你是一个傻瓜！

浦芮提吉娜　　塔杰雅娜·尼考莱耶芙娜，你端出来的东西可真漂亮。许多东西——样样儿东西，那样考究，那样细致！啾，待在这儿才愉快！

包嘉耶夫斯喀雅　　你喜欢，我就喜欢——啾，真热！

浦芮提吉娜　　喝点儿柠檬水搀高雅克。契嘎诺夫先生教我喝柠檬水搀高雅克。真提神。

赖道汝包夫　　（疲倦地）你为什么请我到这儿来，塔杰雅娜·尼考莱耶芙娜？我待在家里就好了。潘夫林说，这是一种白夏萨尔的宴会——①

包嘉耶夫斯喀雅　　你要是不喜欢在这儿待，离开你的儿女，回家好啦。至于潘夫林，他那是胡说八道，就算他年纪大——

赖道汝包夫　　（忧郁地）他简直把我收服了！随便他要我做什么，我就做——我——赖道汝包夫！

包嘉耶夫斯喀雅　　好，他叫你少做许多傻事。你老早就应当约制约制。

赖道汝包夫　　好，我已经放倒我的柱子。我坚持了七年——花了一注大钱争取我的权利——

潘夫林　　柱子去了真可惜。它们是街上一种挺好的装饰——

包嘉耶夫斯喀雅　　瞎扯！

浦芮提吉娜　　它们妨害车马——要不然的话，也没什么。任谁看见它们，一定会问——这是谁家的柱子？——就这样，人人知道外尔号波里有一位议长——赖道汝包夫——

赖道汝包夫　　格芮实喀！你做什么一直瞪着酒瓶子看？

格芮莎　　我没意思，父亲——我只是想，瓶子可真多！

---

① 白夏萨尔 Belshazzar 即魔鬼。

包嘉耶夫斯喀雅　你做什么骂他？你把他搞成了一个傻瓜，现在你又冲他生气——

赖道汝包夫　你以为我看不见事情怎么样进展吗？眼前这些自由思想的人们——他们是野蛮人——破坏者！他们颠覆样样儿东西——样样儿东西一碰他们就倒——

包嘉耶夫斯喀雅　（打呵欠）那一定是原来就不牢实——

赖道汝包夫　你是一位贵妇人——你对什么全不难过。你们贵人做什么东西全拿别人的手——所以你们不在乎。可是我们必须操劳，勤劳——这就大不相同了！

包嘉耶夫斯喀雅　不对，我们不贪——这就对了。我们做好的东西，我的朋友，就待下去。现在，你死啦，留下的也就只有一块你住过的毁坏了的地，地还是抢来的。

赖道汝包夫　(乖戾地)离开这儿，格芮实喀！喀特芮娜哪儿去啦？

〔县长和浦芮提金走来。

喊她回家——两个人，都来！那不是浦芮提金——他有我好吗？可是待他就像我的平辈——

〔他走出花园，后随潘夫林。

包嘉耶夫斯喀雅　也许我不应该这样同老头子讲话。我真白痴！

浦芮提吉娜　亲爱的，他算得了什么？他方才讲什么来的？

县　　长　你的府上是一座乐园，塔杰雅娜·尼考莱耶芙娜，你自己就是一位女神。

包嘉耶夫斯喀雅　是呀，像的不得了，不是吗？

县　　长　所以我希望你庆祝你的生日，至少还有五十次之多。

包嘉耶夫斯喀雅　那不太多了点儿吗？

浦芮提金　他这话很有道理，塔杰雅娜·尼考莱耶芙娜。在别人家，赖道汝包夫会像一条狗来咬我——可是在你府上他不——

在这儿他不能够，因为人人尊敬你，就没有人能够做什么事——

包嘉耶夫斯喀雅　（安详地）他们知道我能够撵他们出去——

县　　长　好！

浦芮提金　（得意地）他们就不知道！

浦芮提吉娜　（叹息一声）一个人感到自己好让人家撵出去，就很好了！

浦芮提金　（向他太太，发作）你在说谁？

浦芮提吉娜　不就专指谁说。你以为我指你说？

浦芮提金　你没指我说就好。

县　　长　放安静！我们用过点心，我们喝过酒。现在是时候——

浦芮提金　赌牌了。

浦芮提吉娜　赌注下高些，我跟你来。

县　　长　你原谅我——

包嘉耶夫斯喀雅　当然。请，赌去好了。

〔客人们走进房子。包嘉耶夫斯喀雅坐在一张扶手椅里面，拿一条手帕扇着自己。从右边传来史泰潘的声音。马提外悬挂整理灯笼。史泰潘和喀嘉出现，肩靠肩地走着。和平常一样，史泰潘说话尖锐，有些嘲弄的意思。

史泰潘　理智的大火在那儿燃烧，正直敏悟的人，映着火光，看见生活极其腥䐃，极其零乱。

喀　嘉　（平静地）正直敏悟的人那边多吗？

史泰潘　（带着微笑）那，不太多。（包嘉耶夫斯喀雅静静地笑着）正由于这个缘故我才说——到那儿去！那怕只为献上你的青春的三年，来做一个新的生活的梦，来为这些梦奋斗。拿你的心的一小部分扔过来，一同抗议这庸俗的整洁和虚伪——

喀　嘉　　　（单纯地）我来。

史泰潘　　可能你一害怕，又回到你的烂泥坑——可是你会搞到点儿东西纪念你的青春——不管你拿出来的是什么东西，这总是一份好奖品。

喀　嘉　　　我不会回来的。

史泰潘　　那种生活从来就没有一点点音响传到这个地方——这个魔鬼的死水塘子。只要看看这儿人民是多么盲目，耳聋，愚蠢——

喀　嘉　　　（忽有所见）莫纳号夫和医生正像两只蛤蟆——

史泰潘　　你能在这儿做什么？假定你嫁一个岂有此理的商人，像你兄弟那种风度——

〔他发现包嘉耶夫斯喀雅，有点儿窘，理直他的尖顶便帽。

包嘉耶夫斯喀雅　（微笑）好，我的孩子？干么难为情？他话说得勇敢，喀嘉。他不许愿——这就好。他要是一许愿呀——千万别相信他——

史泰潘　　（真挚地，但是有点儿粗）你知道，你是一个好人——我发誓！

包嘉耶夫斯喀雅　别搁在心上！散你们的步去！活下去！（史泰潘和喀嘉走开）你们亲爱的人类哟！

〔丽狄雅出现，读着一个便条。她的眉毛直在动，神经上受到了什么。

亲爱的丽狄雅！

丽狄雅　　　噢，你在这儿。对那些人疲倦啦？

包嘉耶夫斯喀雅　活到我这年纪，人没多久就要疲倦的。来，我有话对你讲——坐下。你看，我在这儿住了十三年，远地方一次

	也没去过。我变野了,有许多事我现在就不明白。所以假如我要是把话说错了的话,你务必原谅我才是。
丽狄雅	(把手放在包嘉耶夫斯喀雅的肩上)我们顶好还是不谈这个的好。是关于我同切尔孔的关系,对不对?
包嘉耶夫斯喀雅	对。他们在这儿直翻他们的舌头,你冲我挤眼睛,我冲你挤眼睛。
丽狄雅	他们管我什么事?
包嘉耶夫斯喀雅	好——那么,没什么可说的了。
丽狄雅	(忧悒地)这儿——你关切的话——他太太给了我一张字条儿,她告诉我她对我没有恶感——类似这样的话。人们多无聊呀,不是吗?
包嘉耶夫斯喀雅	人们?是的。不过我替她难受——
丽狄雅	(微笑)我希望你不会以为我在抢一个叫化子仅有的那点儿面包屑子罢?
包嘉耶夫斯喀雅	亲爱的丽狄雅,你怎么好讲这话?你是一个包嘉耶夫斯喀雅,这就足够让你知道你的价值了——好,我歇过了。现在我回到他们那边儿去。告诉我——你喜欢他吗?
丽狄雅	也不就那样入迷。不过,和别人一比——
包嘉耶夫斯喀雅	他粗鲁——粗野。好,愿上帝给你幸福。
丽狄雅	啾,婶婶——假如我需要什么东西,我会自己动手的。
包嘉耶夫斯喀雅	(平静的声调)他们这边儿来啦。
丽狄雅	(耸耸肩膀)说话何必咬耳朵?

〔安娜,娜结日达和切尔孔从房子那边过来。

包嘉耶夫斯喀雅	你好啊,安娜·菲姚道罗芙娜?我加倍开心——你到啦——又赶着我的生日。
安　娜	(说话的时候,神经显得激动)给你道喜——你好啊,丽狄

	雅·潘夫劳芙娜?（丽狄雅和她握手，默不作声地微笑着）我觉得怪怪的——我这些月过得差不多就我一人，在一个偏僻乡下地方，十分平静。现在我活生生掉到热闹漩涡来了。我的头经这一来，发昏十二章。
切尔孔	（阴沉地）你应当去歇歇才是——
安　娜	等等——喀嘉在那儿？
娜结日达	（向丽狄雅）安娜·菲姚道罗芙娜变得非常好看——只要看她一眼就知道了。
丽狄雅	她从前也正这样美——我想——
喀　嘉	（冲进来）你来啦！嗷，真好——好人，看见你在这儿，我非常快活。可是你变得非常瘦——还有你的眼睛——
	〔他们吻抱着。切尔孔皱起眉头。娜结日达看着他同丽狄雅。外席姚耳吉娜和莫纳号夫穿过后面灌木林子散步。
安　娜	我的眼睛怎么样？
喀　嘉	眼睛是非常严肃——非常骚乱——
安　娜	告诉我，你近来过得好？
喀　嘉	过得好——非常有趣。我跟史泰潘散步。我父亲为这个在后头追我——嗷，他就烦叨个没完没了！可是史泰潘——好，他非常聪明。只有他同我谈起话来，好像我是一个小女孩子。他跟农夫说起话来好多了。我们去散散步好罢？
安　娜	（和喀嘉一同走开）他差不多自己就是一个农夫——
	〔契嘎诺夫出来。切尔孔盯着他太太看；莫纳号夫在树木那边朝他微笑。望见医生在花园更远的地方。丽狄雅削着梨皮，向自己咿唔着。

切尔孔	你做什么离开客人？
契嘎诺夫	娜结日达·波里喀尔波芙娜出来了——离开她，我觉得我待的不是地方——
娜结日达	你太会恭维人了——人真还想不出是怎么回事——
契嘎诺夫	谢谢你的恭维。
娜结日达	可是叶高尔·彼特罗维奇——他就从来不说好听的话——

〔丽狄雅走进房子。

契嘎诺夫	他是一个野人，没有礼貌——
娜结日达	马夫芮基！你那儿找到了什么？
莫纳号夫	一个蜘蛛——
娜结日达	真恶心！
莫纳号夫	我爱观察东西——很有教育意义——
契嘎诺夫	你从蜘蛛那儿学到什么？
莫纳号夫	好，它正捉住了一个甲虫。但是它很小，没有力量跟它斗。所以兜着它乱了半晌，他跑到街坊那边，好像对它讲：帮我吃掉它——
医　生	（在较远的地方，粗野的，厚重的声音）他的作法儿跟你一样，莫纳号夫——简直跟你一样——

〔他走开了。

契嘎诺夫	什么意思？
娜结日达	我的天！他简直吓坏了我。
莫纳号夫	他喝酒喝多了。人们一喝醉酒，常常就哲理一番——

〔奔往医生那个方向。

切尔孔	医生是一个粗野到了极点的走兽。
契嘎诺夫	你听见这位红萝卜先生怎么样说话吗？
娜结日达	他说的是真话——而且很好。叶高尔·彼特罗维奇说什

173

	么，什么就美——
契嘎诺夫	好，乔治，我觉得我们决斗一下才解决得了。来，我的女神，我们离开他——他对我的神经起一种坏作用。我们到花园走走，谈谈爱情——
娜结日达	（走向灌木林）叶高尔·彼特罗维奇从来就不谈情说爱——
契嘎诺夫	啊！不过，他这个人根本就缺乏热情——
娜结日达	他？我比你清楚。我喜欢你叫他乔治——可爱的很。

〔他们走开。切尔孔，样子烦乱，拿手指敲着桌子，吹着一种尖锐的音调。安娜，喀嘉和史泰潘在花园走了一匝回来。传来浦芮提金在房里的胜利的声音。安娜开始说到小孩子们的时候，浦芮提金，县长，浦芮提吉娜，莫纳号夫和格芮莎在桌子那边聚拢。格芮莎集中全部注意来研究瓶子上的标志。

浦芮提金	（在门道出现）老鬼赖道汝包夫从今以后可记住我啦——我全冲他说啦——哙！他真怕对我说错了话——可是我说啦——我真像这儿府上的人。

〔他笑。

安　娜	才过了两个月，就像好些年。真是可怕——
史泰潘	是——是的。那种生活不是什么好笑的事——
安　娜	你知道，喀嘉，有人拿打女人来作乐——揍她们的眼睛，她们的脸，直到血流出来——拿脚踢她们——你想得出吗？
喀　嘉	（稍缓，平静地）我知道。我父亲常常打我母亲。格芮莎是挨打长大的。
安　娜	（疲倦地）哎，上帝——我的宝贝孩子！
切尔孔	坐下，安娜。别刺激自己——

史泰潘	听你讲话,我觉得很好玩儿——活像你昨天才学会了看东西。
安　娜	村子里面有些小孩子们简直可怕。他们害着传染病——眼睛看上去发浑,发愁,好像出殡用的蜡烛。可是母亲打她们的孩子,咒她们的孩子,嫌他们生下来就有病。嗷,人们仅仅知道他们的生活建筑在什么样儿基础上面也就好了!
浦芮提金	我们知道。对你那是新闻,不过我们很清楚。村子里面的人也就是野兽——一年比一年坏下去。女人们也许有点儿不那么野,可是男人们呀,统统是土匪。
莫纳号夫	女人们也是。谁贩私酒的?
县　长	这是事实。你们知道她们怎么样毒死她们的丈夫吗?她们做一块白菜糕,放上砒霜,给男人吃。就是这个。
喀　嘉	(热烈地)丈夫尽打她们,她们不这样做又怎么着?毒死他们,活该。
浦芮提吉娜	(惊)我的亲爱的!你怎么可以说这种话?
县　长	(取笑)小姐,说这种话,我得把你关——
喀　嘉	别冲我出气——嗷!
安　娜	(窘)但是,假如你们全知道——
切尔孔	别做傻瓜,安娜——
史泰潘	(微笑)你希望这儿谁听了你的话会吃惊吗?
喀　嘉	我真恨你的微笑!你一来就笑,笑什么?
史泰潘	世界充满了形容不来的罪恶——罪人也从来没有受过惩罚。他们继续统治生活,而你所做的也就是喊一声嗷和啊。

〔县长挽起浦芮提金的臂,走开。

喀　嘉	可是怎么办？
安　娜	我们应当怎么做？

〔格芮莎四外看了看，拿起一瓶酒，不见了。

史泰潘	打开那些生下来就瞎了的眼睛——你没别的好做！
切尔孔	我们必须建设新的公路——铁路——铁是力量，可以毁灭这种愚蠢的、木头做的生活。
史泰潘	人必须自己也像铁，才能够毁灭这种生活。这我们做不到。连已经过时了的东西我们都毁灭不了——帮死的东西腐烂——这太靠近我们的心，我们太宝贵它了。好像轮不到我们创造新的东西——轮不到我们！我们越早了解这个越好——于是我们人人应当待在什么地位，就回到什么地位——
莫纳号夫	（向喀嘉）你的宝贝哥哥拿了一瓶沙尔特斯，看他在那儿——喝哪！
喀　嘉	（跑出去阻止）啾，这坏——！
莫纳号夫	那酒真是厉害。
格芮莎	（在台后）管你腿事？酒不是你的。走开——我才不把酒给你！
史泰潘	（匆匆走向吵闹所在）他可能揍她脑壳——
安　娜	谢尔琪·尼考莱耶维奇还在教育他吗？
切尔孔	我不相信谢尔琪教过他偷酒瓶子——
安　娜	他教他喝酒来的罢？（她四外张望了一下，开始迅快而又神经质地说着）叶高尔，为了样样儿事立刻有个交代，我回到你这儿——
切尔孔	过些时再谈这个——
安　娜	不，等一下。我已经可以接受我们是陌生人的念头——我

对你是一个陌生人——

切尔孔　　（平静地，带着微笑）一个陌生人？难道我们捆在一起单只为了接吻？

安　娜　　（疲倦地）不是——我不知道。我所能说的是，我觉得没有你生活困难。我愚蠢——没人帮助。我一无所知——无所能——

切尔孔　　听我讲——老老实实告诉我；你要我怎么着？

安　娜　　别打算伤我！我不是求施舍来的。是的，我爱你，叶高尔——我全心全意爱你。不过我知道——假如你决定下来——我知道说也没用。

切尔孔　　（放低声音）安娜，我们何苦一定要你撕烂我，我撕烂你？

安　娜　　我的爱也许渺小不足道，不过，折磨我也是真的——不，别走。我为我的爱情害臊。开头我觉得生气，受伤——我离开你的时候，我以为我会死的——

切尔孔　　（悻悻然）我有什么好同你讲的？我不明白你——

安　娜　　（畏惧，吁求）我没人帮助——软弱——单单剩下我一个人的时候，样样儿东西变得可怕——

切尔孔　　（坚定地）安娜，我必须知道你要什么——

安　娜　　我要的就是再多靠你一会儿——也就是一会儿。我不会妨害你的——你高兴怎么样过活就怎么样过活。不过，我需要——

切尔孔　　（悻悻地）你会不好受的——我警告你。

〔喀嘉回来。

安　娜　　（带着一种软弱的微笑）那我就走——就会走的。你看，我什么也不明白——从前随便什么事，我都不往严重里想，结果事情严重了。你必须教教我——

喀　嘉	你们在讨论什么？
安　娜	人生，我的亲爱的。（向切尔孔）你从前拿掉什么，你必须另外给我点儿东西替代——
切尔孔	我不晓得怎么样做才成。我不知道，安娜。我觉得为难——
喀　嘉	（不称心地）啾，为难！可来啦！（顿脚）啾，我恨男人！我有一天会甩掉史泰潘这家伙，他要记着我的！
安　娜	（微笑）我也为难——看着我这样子难受。可是我能够怎么着？我不知道。在我家里，样样儿事都和从前完完全全一样。他们全以为他们受了欺负，觉得生气——抱怨。旧的木器，旧书，旧兴趣——如今全冰冷，死了。有时候他们忽然就害怕了，开始急躁，开始怨天怨地，说起他们宠坏了的生活——有时候他们昏昏沉沉地走来走去，靠着回忆过活——

〔契嘎诺夫和娜结日达回来，走到桌子跟前。契嘎诺夫为自己斟了一杯酒。

我现在跟他们在一起生生的了——我不了解他们——

契嘎诺夫	（向娜结日达）跟你在一起，我的亲爱的，是又愉快又心惊，就像在悬崖上往下望——
娜结日达	你喝酒喝得真太多了——
喀　嘉	你们好了吗？
切尔孔	别告诉她，安娜。让她憋闷死。
喀　嘉	可是我自己看得出——啾，假如你是我丈夫呀——我握牢你就像这个！

〔握起她的拳头。

切尔孔	你别打算吓唬得了我——

安　娜	你真招人疼——
	〔莫纳号夫走过来。有一部分让树木挡住。
契嘎诺夫	我满想把毒药给你注射进去，气我的是，偏偏你就抵得住。真叫可惜！
安　娜	(忽然)喀嘉，我们离开这儿。
	〔挽着她的胳膊走开。
喀　嘉	好罢，可是别到房子里去！到亭子那边——
切尔孔	(微笑着，走向房子)谢尔琪，你做起事来也未免太公开了——
契嘎诺夫	只要愿意，欢迎全世界过来瞻仰——
娜结日达	(忧悒地)乔治——这个名字真有意思——马夫芮基，你要什么？
莫纳号夫	(走过来，冲桌子点头)也就是这个——
娜结日达	你一来就正待在我对面，不怎么好罢——
莫纳号夫	(温柔地)你不舒服啦？又肚子疼啦？还是闹鸡眼？
娜结日达	你懂不？他说这些肮脏粗话，就为把男人们打我这儿赶开——
契嘎诺夫	他这样子？一种有趣的方法。
娜结日达	(诚恳地，质直地)你要是知道他这人有多讨厌也就信了。有一天他说我出气臭——
莫纳号夫	(惊)没，没，娜嘉。①我对谁讲过这话？
娜结日达	(向他走去)要我提醒你吗？我可以——
莫纳号夫	(后退)娜嘉。喽，娜嘉。真地——我仅仅在开玩笑——
	〔他们在树木之中不见了。契嘎诺夫看上去疲倦，力

---

① 娜嘉是娜结日达的昵称。

竭,坐到一张扶手椅里面。德罗比雅日琴和格芮莎走向桌子。

德罗比雅日琴　谢尔琪·尼考莱耶维奇,我想问你一个问题:秘密罪恶是什么?

契嘎诺夫　这我可不要告诉你,我的朋友。我倒喜欢看见你的罪恶全露在外头。这种式样更动人,更美。

德罗比雅日琴　也有秘密道德吗?

契嘎诺夫　那一向好像就是这样子——我从来没有看见露在外头过。

格芮莎　头一天你给我喝的那瓶绿东西叫什么来的——记得吗?

契嘎诺夫　沙尔特斯,我的孩子——

〔格芮莎向自己重复着这个名字,微笑着。马提外穿过花园点灯。

德罗比雅日琴　谁是聪明人当中最聪明的人,谢尔琪·尼考莱耶维奇?

契嘎诺夫　关于这个主题,哲学史这样讲:从前有过三个聪明人。第一个主张世界是思想。第二个主张相反——我记不准确是什么了。但是我牢牢记得的是:第三个勾引上了第一个的太太,偷去了第二个的稿本,用自己的名字发表,头上戴着桂冠——

格芮莎　(欢然)喝!真机灵!

德罗比雅日琴　(不清楚说什么好了)是——是的——当然他占了便宜。

契嘎诺夫　现在,我的朋友们,我们来喝一杯。青春万岁!也就是年纪大了,人才明白年纪轻是多么个美法儿!

〔丽狄雅出现了,手里拿着一朵花。她在后边远处停住,望着这些喝酒的男人,显出一副蔑视的神气。

德罗比雅日琴　(思维地)我猜,谢尔琪·尼考莱耶维奇,将来人总要偷?

契嘎诺夫	要偷，我的朋友，要偷。除非来到那一天，人是样样儿东西也偷——你明白吗？——样样儿东西。然后，没有东西留下来好偷了，人就不得不规矩了。
格芮莎	（笑）人全脱光了走路——
丽狄雅	谢尔琪，好朋友！
契嘎诺夫	我的亲爱的，听候差遣。

〔德罗比雅日琴和格芮莎看见她过来，恭恭敬敬地回避，退出。

丽狄雅	你干么鼓励他们这样做？
契嘎诺夫	教这两个小猪崽子学学坏，你知道，我有一种快感。谁知道，罪恶可以让他们更像人类。
丽狄雅	谢尔琪·契嘎诺夫，享乐主义者，社会名人，最近还是时尚的仲裁人，饮酒寻欢——可是同什么样儿人在一起呀？
契嘎诺夫	还和税官太太作爱。是的，是的，地球转岔了路，宇宙的谐和有点儿参差——
丽狄雅	说正经，你受了什么委屈？
契嘎诺夫	（平静地）啊，什么样儿一个女人——妈的！
丽狄雅	你在戏弄人？
契嘎诺夫	我不是——
包嘉耶夫斯喀雅	（在台后）谢尔琪·尼考莱耶维奇！
契嘎诺夫	我来啦。你也来吗？
丽狄雅	不来。看你就沮丧——看你们全体，我必须说。我觉得直想离开这儿。
契嘎诺夫	因为有人来到这儿？
丽狄雅	何苦对我庸俗？

〔契嘎诺夫耸耸肩，向房子那边走去。丽狄雅朝右走

去，低声唱着歌，但是安娜急急忙忙过来截住她。

安　娜	你收到我的纸条子没有？
丽狄雅	你为什么写？
安　娜	我惹你生气？
丽狄雅	你在屈辱你自己——我想——
安　娜	那有什么要紧，如果一心相爱？
丽狄雅	你有话同我讲吗？
安　娜	（疲倦地，焦急地）是的，我有。别看不起我——眼前我就自己讨厌自己。我没地方好去——你明白吗？没地方。人生极其浩瀚。我就只能够靠近他活——
丽狄雅	（冷然）我凭什么必须知道这个？
安　娜	别这样说话。强壮的人们应当仁慈——我想问你一句话，可是我问不出口。你知道我想问你什么吗？
丽狄雅	是的。我想我知道。我爱你丈夫吗？对不对？不。我不爱他——

〔格芮莎小心翼翼地走近桌子，抓起一瓶酒，不见了。

安　娜	你不爱他？（抓住丽狄雅的胳膊）可是他呢？他爱你吗？告诉我！
丽狄雅	我不知道——我不相信他爱——
安　娜	（疲倦地）你怎么会不知道？
丽狄雅	我们是朋友。我们谈到许多东西——
安　娜	（傲然）啊！现在我自己也可以谈到许多东西。
丽狄雅	（微笑）那顶好！
安　娜	我是一个女人。我爱他。我要跟他在一起——
丽狄雅	我可以走了罢？

安　娜	（恳挚地）你看不起我？不过没有他我就活不下去——
丽狄雅	你原谅我，不过，我想你的爱情——那种爱情对他未免太重了点儿——
安　娜	他结实。他很结实。
丽狄雅	再见。

〔她走出。

安　娜	别看不起我——噢，好罢，没关系。噢，主，帮帮我——帮帮我！

〔进来县长和浦芮提金，两个人显然都有了酒意。安娜看出他们的情形，急急忙忙离开。

县　长	阿尔西浦，假定你是县长，到了你也该成亲的岁数。可是娶谁？问题就在这儿。
浦芮提金	你要是问我，我每回一定娶一个有钱女人。
县　长	那还用说！但是，假如两个女人都有钱——娜结日达和丽狄雅·潘夫劳芙娜。那怎么办？
浦芮提金	我一定选丽狄雅·潘夫劳芙娜。
县　长	哼——为什么？
浦芮提金	因为娜结日达已经嫁人了。倒说，那个大学生——他是，你知道——
县　长	鬼跟他在一起！他活脱脱是个小兽。你说她嫁人了——哼——倒也是的。可是她会做寡妇的——
浦芮提金	个个儿女人好做寡妇的——
县　长	（惊）正是——个个儿女人！上帝！这就是说我们全要死——你明白吗？
浦芮提金	我们没法子不死——我们全躺下等着——
县　长	正是这句话——躺下。你躺下，你待下——

浦芮提金　　你应当听听那家伙说些什么。真是可怕——

县　　长　　（忧悒地）别人去打猎——斗牌。但是你躺下去挺直了——落下这么一个结局。

浦芮提金　　你应当记下来才是。他说人民的血流干了——

县　　长　　胡说八道！

　　　　　　　〔德罗比雅日琴冲了进来。

浦芮提金　　可不——他是一个恶毒之人！

德罗比雅日琴　　雅考夫·阿列克谢耶维奇，请你过去一趟。医生照准鼻子揍莫纳号夫！

县　　长　　什么事？为什么？

德罗比雅日琴　　我不知道——

　　　　　　　〔三个人快步走进房子。董喀男人穿着破烂衣裳，由于时常喝酒，看上去发野，在树木中间出现。切尔孔挽着医生的胳膊进来，娜结日达在后面远远随着，在她后面又是史提姚潘。

切尔孔　　你得马上离开这地方——

医　　生　　（吼着）你是谁？你在这儿败坏每一个人——

切尔孔　　（平静地）住口！你应当看着自己臊死——

医　　生　　你和契嘎诺夫就像一对老鹰。可是我不是你们的烂尸首。你们要照撕赖道汝包夫那样子，拿我也撕成碎片片，办不到。你是谁，我问你？

切尔孔　　走罢——走罢。

　　　　　　　〔把医生送走。

娜结日达　　（向史提姚潘，带着一种喜悦的表情）你看见他怎么样对付他了没有？他不漂亮勇敢吗？他把事情做的有多简单！抓牢他，带着他走——

〔随切尔孔下。

史提姚潘　　（呼唤）叶高尔·彼特罗维奇！（看见她父亲。她是又怕又气）你又这儿来啦！干什么？你要怎么着？

董喀男人　　我是你父亲，史提姚潘——难道不是？所以，你得跟我走——

史提姚潘　　我不要！走开！我不要跟你走！

董喀男人　　那我只好叫警察来找你——

史提姚潘　　到坟里找——我要去就去这儿——

〔切尔孔，娜结日达，安娜，丽狄雅和契嘎诺夫出现。

你听见我说了没有？你不是我父亲——你是我的催命鬼——

切尔孔　　你又回来啦？你要怎么着？

董喀男人　　我来找她——带她走——

史提姚潘　　他找我的灵魂儿——他找的是这个——

安　娜　　到房间里去，史提姚潘。

切尔孔　　你顶好还是滚开这儿。

董喀男人　　你既然拿走我女儿——那么，给我点儿东西——一个卢布——

史提姚潘　　（她从衣袋抓出钱来，丢给她父亲，跑进去了）这儿！拿去！噎死你！

切尔孔　　当心——你假如再——

娜结日达　　嗷，你干么跟他讲话？

切尔孔　　你甭管，娜结日达·波里喀尔波芙娜——

娜结日达　　可是，你犯不上跟那样一个人讲话。（向董喀男人）你走开！明天我告诉县长把你除了——

董喀男人　　（拾起钱来）没人能够把我怎么样——我不怕——

〔走出。

契嘎诺夫	家伙挺有点儿么的，不吗？一直在长——
丽狄雅	他看到他的权力——软弱的权力——
安　娜	你一来就给他钱，谢尔琪·尼考莱耶维奇——你不应该。
契嘎诺夫	别担心思。我不会破产的——
娜结日达	（向切尔孔）今天对你真是也太难了——一个不愉快，又一个不愉快——
安　娜	（不由自主，仿佛回声）太难了——你累了吗，叶高尔？
切尔孔	好——叫这家伙不磨烦他女儿，我真不知道怎么做才好。我烦得慌。
娜结日达	你用不着怎么做。交我办好了。你自己先别激动——
契嘎诺夫	我的亲爱的，假如有谁激动的话，我想，那是你丈夫——
娜结日达	（好像一惊）他？
切尔孔	（忽然恨恨上来）他就像一个泥水塘子，你踩了进去——你这位丈夫——
安　娜	（低声，惊）叶高尔——你怎么好这样讲？
契嘎诺夫	（微笑）你也未免过甚其辞了，乔治——
切尔孔	（向娜结日达）我奇怪你跟那样一条猪打交道，也不害臊！
娜结日达	（差不多高兴到了出不来气）啾，你说这话！真对——真严厉！（向契嘎诺夫）这才是震人心魂的人——称得起人！
安　娜	（向丽狄雅，焦急地）老天爷！她不——怪吗？你不也这样想？
丽狄雅	我也这样想。我们还是走罢。
娜结日达	我并不怪。我景慕雄壮的力量——
切尔孔	（窘）这，我现在可真不明白。我去散散步——
娜结日达	我跟你一道去——

〔他们一同走出。

安　娜　　　（向契嘎诺夫，焦急地）她不是闹着玩儿？当然，她人很好，她也就是没有礼貌，不是吗？

契嘎诺夫　　（向安娜）你旅行下来，需要歇歇。这儿太吵闹——太杂乱——

安　娜　　　是的——我就进去。不过她——是那样一个怪女人——
〔匆匆向房子走去。契嘎诺夫燃起一枝雪茄，微笑着。——传来醉声和笑声——莫纳号夫，德罗比雅日琴和格芮莎走来。

丽狄雅　　　（蔑视地）事事儿招人反感。还有这个女人——两个女人——活活儿两个可怜虫。你笑什么？

契嘎诺夫　　假如她忽然找到了她的英雄，怎么着？哎？

丽狄雅　　　（稍缓）不会的，简直不可能。

契嘎诺夫　　（笑）那有什么不可能？

莫纳号夫　　他揍我？由他去——我不在乎。不过我活着，他呀不久就会完蛋的。

丽狄雅　　　醉鬼来啦。我走。

契嘎诺夫　　我也走。

格芮莎　　　（带着自信）我也能够——揍一个人——就像那样儿！

丽狄雅　　　不过为什么——他为什么在这种无聊的生活里头鬼混？

契嘎诺夫　　我的亲爱的，这是原始情况之下的自然要求——拿你吸了进去——跟一块磁石一样吸你。这种饥饿的本能，传奇的破旧衣服根本就遮不住——
〔他们走出。莫纳号夫向他们的伴侣眨眼睛。朝契嘎诺夫的方向摇着一个手指恐吓。

德罗比雅日琴　　干什么？他很有智慧。我真这样想。

莫纳号夫　　什么叫做智慧?

〔他笑着,德罗比雅日琴和格芮莎附和着。

幕

第 四 幕

  一间宽大舒适的休息室。左手，一个门通到过厅，两扇窗户；右手，一个门通安娜的寝室，另一个门通叶高尔的寝室。后边，一个门通到客厅。介乎客厅突出的墙壁和右角荷兰火炉之间的凹处，放着一张沙发。

  黄昏。灯燃着。

  契嘎诺夫躺在沙发上面，吸着烟。右边两门之间有一座钢琴。安娜很轻，很轻地弹着。包嘉耶夫斯喀雅坐在室中心一张桌子前面，独自玩着纸牌。切尔孔的门敞着。望见史泰潘的身影在打算盘响。切尔孔在休息室走来走去，集中思想。他有时候当窗停住，往黑暗里窥着。

包嘉耶夫斯喀雅　倒像有点儿冷。

安　娜　　　我给你拿条围巾来好吗？

包嘉耶夫斯喀雅　丽狄雅拿去啦。

契嘎诺夫　　别打算盘啦，小伙子。

史泰潘　　　就停——我一逮住他就停——

包嘉耶夫斯喀雅　你打算逮谁？

史泰潘　　　生意人浦芮提金——

包嘉耶夫斯喀雅　他欺骗？

史泰潘	买卖上。
包嘉耶夫斯喀雅	可不，生意人总归是生意人——就是作爱的时候他也欺骗——
契嘎诺夫	所有阶层的人都一样——严格地讲，我反对揭破骗子手的面具——那也就是帮他们磨尖他们的技巧。你干么一直在走，乔治？难道你在等谁？
切尔孔	（稍缓）也就是走走——干什么？
契嘎诺夫	就像检察官说的，我没话再问你啦。天气真要人命！
安　娜	他紧张由于辩论——
切尔孔	（干涩地）你怎么知道？
安　娜	我想——意见不同——人会激动的——
切尔孔	（嘲弄地）是吗？我给你道喜——你有极端独特的观察。
包嘉耶夫斯喀雅	好，那是一种有趣的辩论。我听不懂——不过有趣也是真的！
切尔孔	丽狄雅·潘夫劳芙娜理论起来也忒板滞。
契嘎诺夫	你说这话，真想不到！
包嘉耶夫斯喀雅	你们一走，就沉闷了——了不得地沉闷！
契嘎诺夫	跟我们走。你在这儿有什么好做的？
包嘉耶夫斯喀雅	那儿又怎么样？随便到什么地方我也没事好做，我的亲爱的人。我一辈子就没做事——
契嘎诺夫	你就错事也没做过？
包嘉耶夫斯喀雅	（洗牌）可不，错事也没做过。安娜·菲姚道罗芙娜，牌没有出来。
安　娜	（忧悒地）没有？真糟。我直盼它出来——
包嘉耶夫斯喀雅	我们再问一次命看——
史泰潘	（在门边——带着欣快的严肃）你们祸害不了命运——

切尔孔　　　是命运祸害人类。

史泰潘　　　特别对贪切的人们——

包嘉耶夫斯喀雅　你打你的算盘去罢——

〔丽狄雅拿着一条围巾进来。

契嘎诺夫　　只要命运没有把你的算盘打掉——

包嘉耶夫斯喀雅　谢谢你，亲爱的丽狄雅。你有没有听见——阿尔西浦·浦芮提金在跟玛丽亚·外席姚耳吉娜闹恋爱？

丽狄雅　　　真有意思，婶婶。

包嘉耶夫斯喀雅　可不——是好玩儿！

契嘎诺夫　　什么你也不感兴趣，我的亲爱的，除非是骑马。你过着一种奇怪的生活——不管什么天气，在田地里奔来奔去——一无所为！你变得太惊人啦——

丽狄雅　　　变坏啦？

契嘎诺夫　　当然。人从儿时起，就一直朝这个方向走。

丽狄雅　　　那么，有什么好惊人的？

契嘎诺夫　　我从前希望看见你，在罪恶的田野，长成一朵美丽的有毒的花——可是你——你现在怎么样？你寻找什么？你需要什么？

丽狄雅　　　等我找到，你就知道了。

史泰潘　　　你找呀，找错了地方！

包嘉耶夫斯喀雅　也许我在这儿碍你们大发议论，我的好人？

契嘎诺夫　　一点儿也不。为什么？

包嘉耶夫斯喀雅　那就好。有些人，你知道，当着我说粗话觉得难为情——比方说罢，不要说罪一位可敬的老太太呀什么的——

丽狄雅　　　你也太小家子气了，婶婶——和我在一起的人说的话要坏多了——

包嘉耶夫斯喀雅　还要坏？那么，我道歉。我不再在这儿自命文明啦。

契嘎诺夫　来，来！

〔喀嘉进来，非常匆忙。

史泰潘　（从切尔孔的房间一跃而出）好？怎么样？

喀　嘉　我走——

史泰潘　（赞成地）好！有你的！

喀　嘉　（走向安娜）真可怕。他哭——我父亲。他可怜到了——

史泰潘　这是他应得的惩罚。他一辈子欺压别人——

喀　嘉　（顿脚）别说这种话！你怎么敢？不干你的事——

安　娜　现在你放平静——就会好的——

契嘎诺夫　当然干他的事——是他把你带走的——

喀　嘉　别瞎掰啦！没人把我带走——我自己要这样做。不过，我替父亲难受——我爱他。我知道他粗鲁，残忍。不过人人粗鲁，残忍。就是你，史泰潘·达尼劳维奇——你也——

史泰潘　（激起，但是带着微笑）可能——又怎么样？生活安排成这样子，不得不残忍——

喀　嘉　我恨你的讥笑。住口！

安　娜　放安静——到我屋子来！

〔把她挽走。

切尔孔　（微笑）她是一只甜蜜的小老虎。

契嘎诺夫　小伙子！你娶的太太将来够你受的！

史提姚潘　（进来）史泰潘·达尼劳维奇——

史泰潘　（向契嘎诺夫，蔑视地）难道你总得粗野才成？

切尔孔　（把脸往上一抽）先生们！

史提姚潘　史泰潘·达尼劳维奇，马提外要见你——

〔史泰潘猛然身子一旋，往过厅退出，后面跟着史提

	姚潘。
契嘎诺夫	一个好斗口的年轻人。你为什么微笑,丽狄雅·潘夫劳芙娜?
丽狄雅	他们是一对好夫妻——
切尔孔	他们很好——
丽狄雅	他们前头是一片美丽的人生——
契嘎诺夫	不过,最可能的,倒是一片饥饿的人生——
丽狄雅	我喜欢这个年轻人。他有一股子冲劲儿——
契嘎诺夫	实际上,他那种大笑的优越方式就否定你的存在。
丽狄雅	否定人人的存在。

〔史泰潘回来,微笑着。马提外穿着一件农夫的新装,紧紧跟在他的脚后。马提外好像不知所措的样子,向史泰潘耳语着。

史泰潘	啾,不,先生,你自己同他们讲——
切尔孔	什么事?马提外,你要什么?
马提外	(难为情)好——我要娶媳妇儿——
契嘎诺夫	一种新颖观念。亏你怎么想到的?
马提外	啾,是时候啦。我二十三岁——
切尔孔	怎么样?讲下去——
马提外	请帮帮我的忙,叶高尔·彼特罗维奇!我会报答您的大恩的!我是庄稼人,我知道庄稼人的心坎儿,甭想欺得了我——
史泰潘	了不起,你的教育———个真正有公众精神的人——

〔喀嘉和安娜进来,站在钢琴旁边。

切尔孔	(并不热心)我怎么样可以帮你?
马提外	您明白——我看中了史提姚潘,可是她不肯——我不要嫁

	你，她说，她连动也不动。她是一个规矩孩子，不要乱搞，我希望。我知道我不能够叫她怕我——所以我要您跟太太吓唬吓唬她——
切尔孔	做什么？
马提外	叫她嫁我——要不，您告诉她，您要把她扔回给她父亲。她怕他就跟怕死一样。再说，我已经给了他半个卢布，让他把女儿丢给我——
喀 嘉	(脸白了)啾，活活儿一个坏蛋！
马提外	(惊动)您说什么？
切尔孔	(向史泰潘，干涩地)工钱算给他。
马提外	(惊呆)算给我？可是我——我干下什么来的？
史泰潘	细心想想，兄弟。
切尔孔	走。
马提外	(下跪)叶高尔·彼特罗维奇——
切尔孔	(尖锐地)起来！
马提外	(跳起)那，谢尔琪·尼考莱耶维奇，我干下什么来的？
喀 嘉	(胜利地)啊哈！现在换腔儿啦？
马提外	(抱怨)我没做错！啾，史泰潘·达尼劳维奇！你把我搞到这个地步！
契嘎诺夫	现在走罢。以后，可能——
切尔孔	(平静地)没什么可能——
马提外	(和史泰潘一同走出)先生，这不对。这不公道。愣不急急地，没个理儿——
契嘎诺夫	(向切尔孔)我觉得你的举动不就跟所罗门①一样——真还

---

① 所罗门 Solomon 是《旧约》里面的贤王，以判断公正知名。

	不一样！他已经偷够了钱——那么，辞他有什么用？他不是傻瓜——到时候他一定会变成一个乡村的富农。聪明人总是骗子手。
史提姚潘	（冲了进来，扑在切尔孔的脚前）愿上帝奖赏您，叶高尔·彼特罗维奇——
切尔孔	啾，为了上天的缘故，马上起来！
史提姚潘	（站起）我方才怕得直哆嗦，以为您要把我嫁给他。
喀 嘉	她真蠢——
安 娜	史提姚潘，没人能够把你嫁给别人。
史提姚潘	（还是害怕）可我就是一个人！人家怎么也好欺负我——他们会把我带走的——父亲跟这个人——他们一定会的！
安 娜	（走向史提姚潘）放安静，史提姚潘。
史提姚潘	我要进道院——他们不会到那儿带我走的。难道他们能够？
安 娜	（把史提姚潘领进她的房间）来——
喀 嘉	（向切尔孔）我喜欢你处理这件事的方式。应该这样做——一，二——顶头就是一记，梦吓醒了——
切尔孔	难得你临了儿夸我——
契嘎诺夫	（轻轻地打呵欠）他焦着心等这个等了好久——
切尔孔	可是我以同一方式给你爸爸一次教训——一，二——
喀 嘉	住口！父亲——那就不同了——
	〔跑进安娜的房间。喀嘉进去的时候，安娜出来，倒了一杯水。
安 娜	你做得真好，叶高尔——
切尔孔	（做了一个怪脸）别提了，安娜——
契嘎诺夫	对，乔治。一个英雄最最需要的，全都算上，是谦虚——

丽狄雅　　　不对，谢尔琪叔叔——你看，奖赏紧跟着行动就来了，才叫快！

安　娜　　　（走向她的房间）你们这些人呀，不管什么事也拿来取笑——

切尔孔　　　（悻悻然）你好像以为我就看不出人事的真正面目。

丽狄雅　　　（听）门铃？

切尔孔　　　（迅疾）是的，我开门去。

〔走出。

契嘎诺夫　　我打赌我知道他希望会见谁——

丽狄雅　　　你为什么这样静，婶婶？

包嘉耶夫斯喀雅　一个人不能够同时又想又说话——我在这儿用神哪——

契嘎诺夫　　我知道他在等谁——

包嘉耶夫斯喀雅　不知道那儿攒出一个皇后来，第五，还有第九，不见啦——

丽狄雅　　　这儿是第九——那也不是皇后，是太子——

包嘉耶夫斯喀雅　原来如此！我的天，是我的眼睛——好，那么——太子——

契嘎诺夫　　（唱着）是的，我知道——是的，我知道——

丽狄雅　　　谢尔琪叔叔，这不叫聪明。婶婶，你要在这儿待下去？一坐就这么久，对你很不好——

包嘉耶夫斯喀雅　（一心就在牌上）等一等——我再一会儿就完——我不会久的——

〔进来切尔孔和县长。

切尔孔　　　你还没有找到他？

县　长　　　（沈郁地）没有。只有上帝晓得他去了什么地方——离开县城，有什么地方好逃？晚安，丽狄雅·潘夫劳芙娜。你好啊，我亲爱的塔杰雅娜·尼考莱耶芙娜？

〔他同契嘎诺夫静静地握手。

包嘉耶夫斯喀雅 （并不看他）好，你的财政局书记怎么样啦？

县　　长 没有下落，这个坏蛋。找来找去，找个不停，我的喉咙都干啦！

契嘎诺夫 那容易挽救——（斟酒）他偷了多少钱？

县　　长 四百六十三个卢布三十二个考排克。蠢蛋！他应当全拿了去才是——共总有八千光景——傻瓜也就是拿了一捆钱去！话说回来——假定你偷——有什么关系？没什么特别——又不是暗杀！那么来忏悔好了。判刑会帮你往轻里判的。可是这个小傻瓜躲起来了，你看——必须九个人去寻找他。

切尔孔 小傻瓜对！

包嘉耶夫斯喀雅 （并不仰头）他偷钱就像一个叫化子——偷到考排克——

契嘎诺夫 好啊，塔杰雅娜·尼考莱耶芙娜！

〔丽狄雅和切尔孔笑。

县　　长 （看看他的表）好，我路过进来，谢尔琪·尼考莱耶维奇，把这全告诉你——还有别的——他犯罪那天你看见他来的——所以，对不起，将来你得——

契嘎诺夫 （严重地）我明白，有人疑心我是共犯——

县　　长 什么？噢！（笑）你就爱开个小玩笑！啊，我真爱跟你在一起——不过，我得走——有一个浑人打他老婆——

包嘉耶夫斯喀雅 （和方才一样）打她打到死？

县　　长 我想是罢。浦芮提金在什么地方？他跟我一起来的。我

197

	们先以为我们会斗牌的。
切尔孔	他跟史泰潘·达尼劳维奇在忙着——
县　长	（忧悒地）但是，到这儿来，一个巡警报告这件殴打的案子——噢，是的。你那位大学生——我希望你告诉他——管管他自己。外头对他有谣言——他会见工厂的工人——现在，他为什么会见他们？我们县城有那位虔诚的先生——潘夫林·高劳瓦斯提考夫，真正的害人精！我们自己都怕他。他什么也知道——连你做的梦也知道。我不愿意采取某些步骤——我不喜欢不愉快的事件——
契嘎诺夫	好罢。我当心就是。不愉快的事件对任何人都不愉快。
县　长	正是。好——大家再见！你是一个好人，谢尔琪·尼考莱耶维奇——我真是这个意思。
契嘎诺夫	（送他出去）虽说有人疑心他是窃盗政府三十二个考排克的波尔非芮·德罗比雅日琴的共犯？

〔县长笑了。从过厅传来浦芮提金甜甜的声音和史泰潘严酷的呼喊。

切尔孔	（向丽狄雅，低声）你有什么感想？
丽狄雅	你是说史泰潘·达尼劳维奇？
切尔孔	不，那是自然的。不过这个德罗比雅日琴——家伙！有什么好帮他的？说实话，是谢尔琪——你明白我的意思吗？
丽狄雅	（微笑）你不久就要成为一位相当受人尊敬的公民了——真的！
切尔孔	（严肃地）他败坏了这个孩子——还用说。难道这也好玩儿吗？
丽狄雅	你忘记你有一时想把县城搞个乱七八糟啦？

切尔孔	我?好,假定我有过。又怎么样?你有什么话要讲?
丽狄雅	我仅仅提醒你——你说你一定要把新观念,新爱好介绍给这个城。谢尔琪叔叔一言不发,可是你看,有多少死人在腐烂之中感谢他——
切尔孔	是的,我明白你——讲下去——
丽狄雅	好,你假定要带到这儿的任何新生活,我始终没看见带进来——不过我想,你自己倒是有点儿发暗了——
史泰潘	(在过厅)叶高尔·彼特罗维奇,你到这儿来一下好罢?
浦芮提金	(抗议)请,叶高尔·彼特罗维奇!
切尔孔	(离开)我要答复你——随后——
丽狄雅	啵,婶婶,你就别玩儿了罢。我们回家去,成不成?
包嘉耶夫斯喀雅	我在这儿很舒服——等一下。这儿件件事是又乱,又浑,又杂——这,我的亲爱的,是磨性子的最难的牌——这叫做"两种必要"——
丽狄雅	好,我走——

〔她走进过厅,上了台级。

包嘉耶夫斯喀雅 (俯向牌)你走——你走——可我怎么办?好,我不知道我有什么好做的。(抬起头来四面看)啵,全走啦——就留下我一个人啦。好,没关系。(看着牌,忽然把牌一搓)塔杰雅娜,我的亲爱的,你不久就要死——是的,你不久就要死,老糊涂,你就要——

〔她站起,朝过厅走去。浦芮提吉娜立在门道,头上蒙着一块帕子,脸和平常一样虚肿着,不施脂粉——整个儿看上去是一副可怜模样。包嘉耶夫斯喀雅倒退下来。是谁?你要什么?

浦芮提吉娜 (平静地)是我——

包嘉耶夫斯喀雅　是你，皮拉琪雅？

浦芮提吉娜　是呀——我。我丈夫在这儿吗？

包嘉耶夫斯喀雅　我想在罢。出了什么乱子？

浦芮提吉娜　（静静地哭着）他不要我啦——丢掉我啦。他见天儿夜晚在外席姚耳金那边和老头子斗牌——希望勾引他女儿——

包嘉耶夫斯喀雅　那，说话别像一个傻瓜——别信口瞎扯——他勾引人，真的？人要笑你的。跟我到楼上去——

浦芮提吉娜　他打我！他说，你毁了我的生活，你纸扎人，你老巫婆，他说。滚出去，他说。我有什么地方好去？我的财产统统过到他的名下——全在他的手心——我有什么好做，亲爱的？

包嘉耶夫斯喀雅　来罢——别吵——

浦芮提吉娜　（跟着她）我来。不过，请帮我出出主意，应当怎么样对付他。我现在怎么样过活？噉！我听见他的声音。让我先走，亲爱的——

〔她们不见了。差不多就在同时，听见一扇门往开里砰地一响，从过厅进来浦芮提金，样子激动，后面随着切尔孔和史泰潘。

浦芮提金　你不好这样对付我，学生老爷。我在本地是一个有名的人——我不久就要做议长——真的。可是你，假如我好这样说的话，你也就是一个年轻人——此外什么也不是。

切尔孔　对不起，这不是一个嚷嚷的地方。

浦芮提金　可是这地方叫我骗子手倒好？我凭什么是骗子手？凭什么？我倒喜欢知道。

史泰潘　（带笑讥嘲）这儿是证据——数目字——

浦芮提金　数目字？你高兴写什么数目字就写什么数目字。那不叫

	证据——
史泰潘	可是那正因为你先写了些数目字——你高兴写出来的数目字——解释给我听,譬方说,你先哪儿来的这六千三百卢布——
浦芮提金	叶高尔·彼特罗维奇,允许我不加解释——你相信我,我相信你,严格地。谢尔琪·尼考莱耶维奇就信任我。可是鲁金先生——我真不知道他要怎么样——
史泰潘	我要呀,兜你的底,欺骗——
浦芮提金	欺骗?不,我不要参加这种谈话——
切尔孔	(干涩地)我们可以留到明天谈——
浦芮提金	不,我不能够就这样儿把它搁着!我是一个规矩人。谢尔琪·尼考莱耶维奇知道我是。我的计算是对的——问他好了——他知道——
切尔孔	(发怒了,声音平静)住口!这儿来——好罢?
	〔他把浦芮提金带往他的房间。
浦芮提金	现在,真的——你不好这样推我——
	〔切尔孔先搡他进去,自己跟进去,把门砰地关上。史泰潘拿算盘往桌上一丢,手放在衣袋里头,走出。
史泰潘	(咬着牙说话)啾,这些骗子手!
	〔史提姚潘走出安娜的房间,手里拿着一本书,走向客厅。传来安娜高高读书的声音。过厅有语声和脚声。进来契嘎诺夫和莫纳号娃。
契嘎诺夫	我是一个人在平台上。有时望着天空,秋天给你一种难得的感觉——
娜结日达	人都哪儿去啦?
契嘎诺夫	(嘲弄地)你要的那个人一听见你的声音就来啦,不过,他

	什么也不会给你——在秋天，云——沉重的黑云——掠过天空——
娜结日达	我不喜欢黑。最重要的动人的颜色是红。皇后和各级贵族妇女穿的全是红的。
契嘎诺夫	我没见过，不过，我想一定是很美的——好，我不久就要走了，我的亲爱的——
娜结日达	（坐在沙发上）别的人也跟你一起走——
契嘎诺夫	别的人？你这是什么意思？你打定主意了吗？
娜结日达	做什么？
契嘎诺夫	（低声）跟我走？去巴黎？啾，巴黎——你想想看！侯爵夫人，伯爵，男爵，全是红的！你想要的东西你全有——我有的是东西给你！
娜结日达	（安详地）你也真够粗野的，谢尔琪·尼考莱耶维奇！倒像我是那类女人——
契嘎诺夫	你真可以！简直了不起！不由人不敬畏！我爱你——相信我——爱你像一个年轻人——你是——一种权力！你的未来有着什么样儿的幸福，什么样儿的快乐！
娜结日达	谢尔琪·尼考莱耶维奇，你干么说这种话？你眼看就五十，再有两年也许就整个儿脱顶，就不可能像一个年轻人作爱。至于旅行巴黎——假如我不可能爱你那又怎么能成？你是一个有趣的人，不过十足中年，不是我的对头。听你说起这种心思，原谅我这样讲，我简直不好受——
契嘎诺夫	（几乎带着一声哼唧）啾，诅咒！好——那么我们就结婚。我可以想法子叫你丈夫跟你离婚——
娜结日达	那没有丝毫差别。重要的是人，此外都不必考虑。你看不出来吗？不，请你由我去罢——你教了我许多东西——

	我变得更聪明，更勇敢——
契嘎诺夫	(恢复他的平静)那么，很好——我的朋友，我们就把这埋了罢。我对你发誓——那是我最后的努力——我没有时间再努力——也没有力气——简直没有力气！
娜结日达	这才好。你是一位有智慧的人——你明白，在一家操纵居奇的商店买不到力气的——
契嘎诺夫	(平常的态度)啾，是的，你这话说得对。好比你在一家百货商店买不到智慧一样——
娜结日达	现在你自己也看出来啦！

〔进来赖道汝包夫和潘夫林。赖道汝包夫看上去老了许多。

赖道汝包夫	喂！我女儿在这儿吗？
契嘎诺夫	我相信她在——

〔敲安娜的门。

赖道汝包夫	(向潘夫林)你看见了罢？他们全是成双成对的——哼——
安　娜	(在门边)啾，瓦西里·伊万诺维奇，你好啊？喀嘉！
娜结日达	晚安，安娜·菲姚道罗芙娜——
安　娜	啾——是你？
娜结日达	是呀。
喀　嘉	(进来，向她父亲)您做什么来这儿？
潘夫林	(平静地)他不放心你——
安　娜	(呼唤)史提姚潘！(向娜结日达)你喝茶吗？你喜不喜欢茶？
娜结日达	谢谢你啦——

〔进来史提姚潘。

安　娜	(向史提姚潘)倒茶来，史提姚潘，好罢？我去去就来。

〔回到她的房间。

契嘎诺夫　还有高雅克，史提姚潘。

〔走向娜结日达，低声同她说话。

赖道汝包夫　谁跟你在一起？只有她？

喀　嘉　别问啦。问得多蠢！

赖道汝包夫　回家去，喀嘉。这儿是你最后的日子——你应当在家里过日子——你不这样儿想吗？

喀　嘉　好罢。等一下，我马上就回来。

〔她快步走进安娜的房间。

赖道汝包夫　(坐下——向潘夫林)你看见了罢？她现在简直成了一个生人了。这些人把我女儿赢过去了——把我儿子弄成一个醉鬼——毁掉我的一生——他们倒什么事也没！

潘夫林　(柔柔地)别着急！等着看好啦。

赖道汝包夫　有什么好等的？我到什么地方申冤去？

潘夫林　他们把县长收买过去，可是没人买得了上帝——你明白罢？

赖道汝包夫　他们抬举浦芮提金，把我往烂里撕——现在，又轮到我女儿。她也许在那儿，跟那个大学生——可是我等着看。不，我偏不！(跳起脚来，嘶喊)喀嘉！

娜结日达　啾！出了什么事？

契嘎诺夫　我的好人，你在犯什么神经？

〔进来切尔孔，后面跟着浦芮提金，后者脸上一副痛苦的表情，好像一个人在害牙疼。喀嘉和安娜冲了进来。

喀　嘉　您在叫唤什么？

赖道汝包夫　离开这儿！

切尔孔　当心——这儿不是菜市——

赖道汝包夫　过来——打我——搞掉我！强盗！打我——

喀　嘉　　父亲！啵，上帝！

切尔孔　　现在，听好了，老头子——

赖道汝包夫　住口！别跟我讲话——到处应活儿的泥瓦匠！①喀特芮娜，回家去！好，阿尔西浦——你开心，是不是？下流的寄生虫！

浦芮提金　我没什么好责备的，瓦西里·伊万诺维奇！

赖道汝包夫　你没什么好责备的！你娶了一个有钱的老糊涂，抢了她的——现在你养女人啦——想做议长啦——你——寄生虫！

切尔孔　　现在，当心——假如你要咒人，骂人，到别的地方去——

喀　嘉　　（嚷嚷）走——要不，他们会赶您走的。您不出来？这伤我的心——这让我替您害羞——我将来怎么能够再见他们？要是他们赶您出去，我会恨您的——

赖道汝包夫　你说什么？

安　娜　　看——她替你难过——她在哭——她爱你！

赖道汝包夫　假如她爱我——她为什么离开我？

喀　嘉　　来——来，为了上帝的缘故，请。

〔她把父亲挽进过厅。潘夫林做出一种奇怪的举动，溜到门边，停在那儿偷听。

切尔孔　　你顶好也走，阿尔西浦·佛米奇——我们没话好讲啦。

浦芮提金　（叹气）好罢——我走。倒说，我挨史泰潘·达尼劳维奇这一下子，他记好了。他是本地人，我也是。这就成啦。

---

① 到处应活儿的泥瓦匠 freemason 有一个共济会的组织，类似中国的帮会，有行话和记号，来往各地，寻觅工作。

〔他走出。

安　娜　　啾，上帝——事情都多怪啊——

　　　　　〔这些时候，娜结日达一直待在角落，看着切尔孔，脸上挂着奇怪的坚定的微笑。契嘎诺夫吸着雪茄，摸着髭，眼睛随处看着。史提姚潘送上茶，怯怯地瞥着潘夫林，充满了恨。安娜看着娜结日达，不由自己，朝她走去，但是忽然一转，走进自己的房间。

契嘎诺夫　（向切尔孔）你跟他把账结清了吗？

切尔孔　　结清啦。我想同你谈谈。啾，娜结日达·波里喀尔波芙娜，你来啦？我就不知道你在这儿。好，你好吗？天气坏透啦，不是吗？

契嘎诺夫　显然，我们的谈话现在要挪后啦——

切尔孔　　自然。可你为什么坐在黑角落里头。我们到客厅去坐坐——

娜结日达　好的——我在这儿等你注意我——

　　　　　〔他们退往客厅，可以听到他们平静的谈话的声音。

契嘎诺夫　（向潘夫林）啾，你还在这儿？好，你在盘算什么？

潘夫林　　老头子算是完啦。他会让人家把他撵出去，当然喽，那样对待她父亲，喀嘉的傲气也不许她再到这家来。

史提姚潘　（平静地）啾，蛇！

契嘎诺夫　（想着心事，没有听潘夫林讲话）是——是的。好，怎么样？

潘夫林　　经这一来，一个人倒好按照环境决定怎么样去做啦——先生，关于我的作品，许我问你一句——你考虑过没有？（契嘎诺夫不作声，盯着他看。潘夫林后退）我是说，我的稿本——你有没有赏脸看过？

契嘎诺夫　　什么？噢，是的——(尖锐地)老头子，完全胡说八道——
潘夫林　　　(不相信地)我九年的心血是完全胡说八道？
契嘎诺夫　　(蔑视地)我去把你的那本哲学拿来——等着。(走进客厅)史提姚潘，斟一杯红酒给我暖暖肚子——
潘夫林　　　(平静地)好，姑娘，今天我见到你父亲——(史提姚潘拿手靠住桌子，眼睛盯着潘夫林)风在街上刮，下着毛毛雨，你父亲醉醺醺的，差不多光着，一边儿走一边儿哭——哭得惨透啦！
史提姚潘　　(声音像有东西噎着)你扯谎！你凭什么折磨我(拿起茶的炉火盖子照准他就丢了过去)打死你——这个魔鬼！——这个妖人！
　　　　　　〔安娜打开门。
安　娜　　　什么响？
潘夫林　　　(捡起火盖子)火盖子掉啦——想不到掉啦——
史提姚潘　　赶他出去！
　　　　　　〔契嘎诺夫进来。
契嘎诺夫　　(向潘夫林)这儿是——
史提姚潘　　赶他出去！
　　　　　　〔安娜走到她跟前，耳语着。史提姚潘离开。安娜站在桌边，听客厅的谈话，她的脸抽搐着，显出一种痛苦和厌恶的表情。
潘夫林　　　姑娘，用不着喊人赶我出去——我自己会走。那么你说，先生，这是胡说八道？
契嘎诺夫　　对。
潘夫林　　　那么，我九年的思想整个儿全错？承情之至，先生。难道不是你错？再见！

207

〔他走出。

契嘎诺夫　　他的确是一个真正的害人精,县长这样儿叫他有道理——天呀,你不舒服?

安　　娜　　(耳语)她在说什么? 听——

契嘎诺夫　　(平静地)遇到这种情形,我不许自己听——

安　　娜　　啾,她在做什么!

契嘎诺夫　　(高声)你们不过来,朋友们? 茶好啦。

切尔孔　　　就来。

安　　娜　　(柔柔地,带着一种痛苦的表情)你以为我在偷听? 那你就想错了!

契嘎诺夫　　不,不! 我没那么想。叶高尔,这儿来——

〔安娜跑进她的房间。切尔孔来到门边。

切尔孔　　　怎么? 什么事?

契嘎诺夫　　(平静地)进来。方才嫂夫人听见些话,很受刺激的样子——

切尔孔　　　(做了一个怪脸)啾,老调。娜结日达·波里喀尔波芙娜在说笑——如此而已。她跟我讲起各种人怎么样宣布他们的爱情——极其有趣——

〔他回去了。契嘎诺夫耸耸肩膀,碰碰他的髭,给自己斟了一大杯高雅克,一口气喝掉。然后,拿起他的帽子,他走向过厅。在他走到门口以前,莫纳号夫进来,样子看上去消沉而又忧愁。

莫纳号夫　　(柔柔地)晚安。

契嘎诺夫　　晚安。喝点儿高雅克?

莫纳号夫　　也好。天气冷。我的娜结日达在这儿不在?

契嘎诺夫　　另一位?

〔莫纳号夫不作声,点点头。契嘎诺夫吹着口哨。

莫纳号夫　(平静地)我来——带她回去——
契嘎诺夫　(微笑)我喊她来好罢?
莫纳号夫　不——不用。我还想来一杯——
契嘎诺夫　(仍然带着微笑)喝下去,好点儿,是不是?
莫纳号夫　别笑——事情没什么好笑的。
契嘎诺夫　可是我们打的赌怎么着?你记得吗?
莫纳号夫　那,你输啦,难道没输?
契嘎诺夫　可是你并不开心?啾,好啦。怎么的啦?别像这样子。
莫纳号夫　(哭)我伤心。我现在怎么好?我能怎么着?除掉她,我一无所有——一无所有!
契嘎诺夫　好啦,请。难受,假如你不得不难受,不过,别让你自己显得可笑或者难看——我的朋友,永远不要!

〔他们走进过厅。房间静了。从客厅传来娜结日达的猫叫一样的低鸣的声音。

娜结日达　真正的爱情什么也不抱怨——什么也不畏惧——
切尔孔　　好,我们可以不谈这个题目了——你今天尽谈这类东西了——

〔他在门口出现,兴奋地。娜结日达在他后面。

娜结日达　人对爱情就没什么可以说的。我方才告诉你的,是不同的英雄在小说里面宣布他们感情的方式。不过爱情——一个人必须在静默之中恋爱——
切尔孔　　(呢喃着)在静默之中?好——我们喝茶,好罢?
娜结日达　(平静地)你怕吗?
切尔孔　　我?怕什么?
娜结日达　怕我。我在先怎么也没想到——

切尔孔	那就够啦,真的——
娜结日达	我在先怎么也没想到你会怕——
切尔孔	(靠近她)看!
娜结日达	要我看什么?
切尔孔	(手放在她的肩膀上)你爱我?好,告诉我——你爱我吗?
娜结日达	(低而坚决的声音)是的,我头一眼看到你,就爱你。我的——乔治!你是我的,乔治!

〔她拿胳膊围住他。他做了一个撒身的动作。安娜走进房间。她的脸因为流眼泪成了湿的;她手里拿着一条手绢。看见她丈夫和娜结日达,她像一个拉紧的弹簧往里一收。

安　娜	(平静地)这可——真叫恶心!
切尔孔	(带着一种酩酊的微笑)安娜,别一下子就跳到结论。虽说完全一样!
娜结日达	对。现在完全一样!
安　娜	(对娜结日达表示反感)啾,你是一个兽——一个脏兽!
娜结日达	(安详地)因为我爱他?
切尔孔	(好像才醒过来)等一下,安娜,放安静——
安　娜	放安静?你贬低身价!我可以了解,假如不是这一位——假如是另一位——可是这只——这只走兽呀——
娜结日达	(向切尔孔)我们走,乔治——
切尔孔	娜结日达·波里喀尔波芙娜,注意——

〔过厅起了一阵骚乱。契嘎诺夫冲进来,后面紧跟着医生和莫纳号夫。

契嘎诺夫	拦住——拦住那个白痴!
医　生	(在门口,抓住门扶手,照准契嘎诺夫,摇着一管又大又

旧的轮转手枪)我要杀你!

〔他拉板簧,但是轧住了,子弹出不来。

契嘎诺夫　　笨驴!枪也放不来!

切尔孔　　(奔向医生)拿枪给我!

安娜和娜结日达　(一同)走开!他要杀你!

医　生　　(旋转子弹筒)该死!魔鬼——

娜结日达　　(从医生手里抢去手枪)你这个蠢人!

切尔孔　　你疯啦?

莫纳号夫　　丢掉家伙,娜结日达!

丽狄雅　　(冲进)出了什么乱子?

契嘎诺夫　　(显出激动)我自己的罪孽够啦,用不着替别人回话。野蛮东西!

安　娜　　(向丽狄雅)他方才在亲她——亲她!(向莫纳号夫)把这个女人带走——(向丽狄雅)他们在亲嘴——

丽狄雅　　(把安娜挽到她的房间)史提姚潘,喊婶婶来。

医　生　　她亲他?

切尔孔　　离开这儿!

契嘎诺夫　　(拿手绢包扎他的手指)他算明白过来啦——白痴!

医　生　　(疲倦地)亲爱的娜结日达,你看上了谁?

娜结日达　　(她一直看着他,带着满足的微笑)我不是你的亲爱的——

医　生　　你看上了谁?

娜结日达　　(指着切尔孔,骄傲地)他!

莫纳号夫　　(干燥的声音)娜嘉!娜嘉!你何苦来的?娜结日达!

〔进来包嘉耶夫斯喀雅,停也不停,走进安娜的房间。

包嘉耶夫斯喀雅　(一边儿走过去)你们搞到这种境地?吵架?

医　生	（向契嘎诺夫）你，我的温文高贵的君子！对不住！似乎是我弄错啦——我应该奔他才是——无论如何，全一样。你们两个人都是猛兽。可惜我没打死你们两个人——真可惜。
娜结日达	（并非不同情）你！你能够做什么？
医　生	对。我是什么也不能够做。我简直是烧干啦。
切尔孔	好，够啦，我说。
莫纳号夫	娜结日达，我们回家去！
娜结日达	（坚定地）他在哪儿，哪儿就是我的家——就是那儿。
医　生	我的心烧灼了整整四年——现在我成了什么？
契嘎诺夫	叶高尔，他站在这儿吹牛要吹多久？妈的，他抓掉我的指甲——
切尔孔	（向医生）你就这样轻轻松松发落啦，便宜你啦。走！够数儿的啦——
医　生	（恢复神志，简单地）再见，娜结日达，我爱你。原谅我——一切。再见。你跟他们在一起要毁的——我知道你要毁的。再见。再见，两只兀鹰—— 〔他走出。
契嘎诺夫	（向娜结日达）好，最后，你满意了罢？这跟小说一样——销魂的爱情，三个不快乐的可怜虫——准备放枪——血——（露出他包扎的手指给她看）妙，是不是？
娜结日达	（麻木地）现在他要怎么着？自杀，跟另一位一样？
契嘎诺夫	是我呀，羞死啦，拿枪把自己干掉——
莫纳号夫	（向切尔孔，平静地）把我太太还给我——请。我什么也没有——她在我等于一切——我拿我的生命全给了她——我为了她偷钱——

切尔孔　　　（尖锐地）好极啦——带她走！

娜结日达　　（向切尔孔，惊呆）你说什么？带我走？

切尔孔　　　（坚定地）我说的。注意，娜结日达·波里喀尔波芙娜——我请你原谅我——

娜结日达　　原谅你什么？

切尔孔　　　别看重我的举动——那是一时的闪烁——你自己点亮的——那不是爱——

娜结日达　　（声音紧涩）说明白——我好了解你。

切尔孔　　　我并不爱你！

娜结日达　　（不相信）可是，不可能！你亲过我——从来没人亲过我——只有你！

莫纳号夫　　亲爱的，那我算什么？

娜结日达　　（声调沉重）安静，死人！

切尔孔　　　就这么结束了罢。你了解我，不吗？原谅我——假如你能够。

〔他转身要走。

娜结日达　　（显出困惑的样子，忧悒地）不——不！让我坐下来——你，乔治，坐在我的旁边——好罢？叶高尔·彼特罗维奇——

切尔孔　　　我并不爱你——我不！

〔他走进自己的房间。娜结日达慢慢地跌进沙发。她像失掉感觉。契嘎诺夫又惊又喜，摸他的髭。莫纳号夫站在门边，看上去被揉成粉碎的模样。

契嘎诺夫　　（欣然）什么样儿一座痴骏的城！这儿样样儿事乱七八糟——医生应当救人——偏偏害人——

莫纳号夫　　娜结日达，亲爱的——

213

娜结日达	啊？
莫纳号夫	我们回家去——
娜结日达	（平静而安详地）一个人回去，死人——去！

〔莫纳号夫叹一口气，退往客厅。

契嘎诺夫	（低声）我的亲爱的，到巴黎去——哎？
娜结日达	他并不爱我？当真？
契嘎诺夫	当然！一个人爱的话，并不——
娜结日达	并不！我知道——
契嘎诺夫	所以该我开心啦。
娜结日达	（疲倦地）不过，或许——他也就是怕？
契嘎诺夫	（叹一口气）他有什么好怕的？
娜结日达	还有医生？你以为他要自杀吗？
契嘎诺夫	我不信。不过，假定他自杀——又有什么？你看惯了——这回是医生，下回，也许，是我——
娜结日达	（摇头）他拿什么东西自杀？这儿是他的手枪。
契嘎诺夫	他可以另来一管——
娜结日达	这儿没人卖手枪的——这间房子才气闷。啾，我觉得压得慌——我们到外头去。阳台就好——我们去吸点儿新鲜空气——来——
契嘎诺夫	跟你在一起，我什么地方也去——上房顶也成——你看我爱你——我真爱你！
娜结日达	不——别说这种话——（深深相信）假如他不能够爱我，你怎么能够？他！他害怕啦。像他那样儿一个人！不，没人能够爱我——没人——

〔他们走出。史提姚潘跑出安娜的房间，后面跟着丽狄雅。史提姚潘从书桌的抽屉取出什么东西。切尔孔进

来，看上去郁郁寡欢的样子。

丽狄雅　　十五滴，史提姚潘。

史提姚潘　我真怕——主，什么样儿生活。

丽狄雅　　跑——快给她用——

切尔孔　　安娜怎么样？

丽狄雅　　（耸肩）她——没什么。有什么可以说的？

切尔孔　　我——我是说，她，看见我会难过的——

丽狄雅　　你要她怎么着？

切尔孔　　请你帮我告诉她——娜结日达·波里喀尔波芙娜离开啦。我向她说明我为什么那样做，请她原谅我。她离开——不会回来了——

丽狄雅　　我不大明白。

切尔孔　　她——她激起我的兽性——那，我亲她——我管制不住自己——那女人有的是吸力。

丽狄雅　　（嘲弄地）啾！原来是她错！你让她勾引啦！可怜的男子汉！

切尔孔　　（平静地）你——你觉得我厌气？

丽狄雅　　（平静地，但是有力地，报复地）我是厌恶——而且看不起！

切尔孔　　啾，你不必。你看见我要堕落，为什么你不——

丽狄雅　　我不从毁灭之中救人。自己救不了自己的那些人，顶好毁灭！这可以恢复生活——毁掉多余的部分——也就是多余的部分！

切尔孔　　我过去有一种感觉——你在冲我寻找什么东西。我非常景慕你，好，现在，我可不敢这样说啦——

丽狄雅　　是呀，你不敢说了！我是寻找来的——我以为我可以找到

　　　　　　一个男子，真诚，坚定，受人尊敬——我寻找了许久许久——寻找一个我可以低头的男子——我可以跟他靠在一起走。或许这是一个梦，不过我要继续去物色那样儿一个男子——

切尔孔　　你好对他低头？

丽狄雅　　在他一旁走着。可不，这世上真就没有人做英雄——大祭司——生命在他们就是伟大的创作？不可能没有！

切尔孔　　（声音喧窒，绝望地）这儿就没有可能保存自己。你必须明白这个——不可能。这种生活，这种污臭的影响——

丽狄雅　　（怒）我到处遇到的只有贪婪的可怜虫——到处！

　　　　　〔外边传来一声枪响。

切尔孔　　（疲倦地）啾，又来啦！现在又是什么？

　　　　　〔安娜跑出房间，后面随着包嘉耶夫斯喀雅。

安　娜　　叶高尔！那是什么响？啾，我的上帝！

　　　　　〔她倒进沙发。

丽狄雅　　（走向门）我去看看。

包嘉耶夫斯喀雅　我方才正想上床哪——

契嘎诺夫　　（在过厅门口）别出去——

切尔孔　　谁在放枪？

契嘎诺夫　　（苍白，髭也垂了下来）她——娜结日达·波里喀尔波芙娜——

切尔孔　　打谁？

契嘎诺夫　　（颤栗）打她自己——就当着我——和她丈夫——还那样安详——那样简单——家伙！

包嘉耶夫斯喀雅　（走向过厅）她不是傻瓜吗？谁会想到这个？

安　娜　　（奔向她丈夫）叶高尔——不好怪你。不好怪你的，叶高尔。

切尔孔 那个医生——在什么地方？

〔进来莫纳号夫。

莫纳号夫 用不着医生——什么也用不着——你们好好儿杀死了一个活人。为什么？

安　娜 不是你干的，叶高尔，不是你——

莫纳号夫 （平静地，带着一种恐怖的表情）你们一向干的是些什么呀？告诉我，你们一向干的是些什么呀？

〔没有回答。外边传来风的吼号。

幕

后　记

　　高尔基在一九零六年写成《野蛮人》。按说应当译做"多数"才是。剧本的背景是外省一个偏僻小县份，名字叫做外尔号波里 Verkhopolye，含有"高头"的意思，大约在中俄一带什么地方罢，离渥尔嘎河不怎么远。这个县城有一家客栈，住满了臭虫，街车统共只有三辆，桥坍了永不再修——自然是因为议长立下了摆渡要做生意的缘故。文化程度是这样的：女子中学居然会有一所，此外就是全县不曾出过一个大学生；不对，出过一个，搞政治受到开除的处分，后来又被那位卫道的"贤人"告密便自杀了，另外还有一个，同样受到开除的处分，就是年轻乐观的鲁金。土地肥沃，生活平板，就像一个关在山谷中间的死水池子。人民是愚昧，幼稚，自大，而且可笑。正如鲁金所谓，看到这些应该摆在博物馆的本地人，你不由自己就要怀疑俄罗斯会有未来了。

　　于是他们中间来了两位工程师，计划修筑铁路。无论在哪一方面，契嘎诺夫和他的副手切尔孔都算得上标准的知识分子，工作把他们安排到这个小地方过一下牧歌的单调生活，然而习性是老早就从城市的世面学会了的。穷苦出身的切尔孔似乎并不了解穷苦。他是红头发，似乎多的是热情。然而失望得很，他有的也就是一种快意，一种报复的快意，盲目而且残忍，活在感情上自私的小我圈子里面。他的直率只是一阵冲杀：不含一丝丝真诚的，人类的爱。他破坏，但是不负责任。契嘎诺夫等而下之。无所谓地消耗他的才情，喝酒，玩儿女人，把人事看做游戏，工作丢给别人，过去的资望做成他的地位，他用"闲来无事"的态度四处走走，腐化人心是他生存哲学的最大的行动。他同样不负责任，所不同于切尔孔的是，一个随和，一个严肃，其实两个全是空心汤团。

他们骂本地人是野蛮人。然而赖道汝包夫气透了这两位自由思想的先生，也把他们叫做野蛮人。

到底谁是野蛮人？

是根本没有受过高深教育在文化上落伍的外省人？还是受过高深教育的文化人？一个是一下子就把无知露在外面，一个是把邪恶慢慢传给别人。大概都是罢。这出沉痛的喜剧把我们带到戈郭里的十九世纪中叶。但是不像戈郭里那样完全绝望，因为高尔基究竟活进了二十世纪，让年轻的一代用他们的恳挚走出了一片空虚的出口。值得一叹的是那位税官太太娜结日达，带着一颗浪漫的心，拿男女之爱做为人生真正的意义，于是左右扑空，自杀以殉。直直的像一座沉重的石像，没有一个庸人经得起它的分量，空里缺一双手接住，她倒下去便硬碰硬在铁冷的地面上碎掉。

·仇 敌·

人　物

雅哈耳·伊万诺维奇·巴尔秦	四十五岁。
波莉娜·德米特里耶芙娜	他的太太，四十岁上下。
雅考夫·伊万诺维奇·巴尔秦	四十岁。
塔杰雅娜	他的太太，二十八岁，一位女演员。
娜嘉	波莉娜的内侄女，十八岁。
撒切涅高夫	一位退休的将军，巴尔秦的叔叔。
米哈·瓦西里耶维奇·史克罗包陶夫	四十岁，一位商人，巴尔秦的合伙人。
克莱奥巴塔·彼特罗芙娜	他的太太，三十岁。
尼考莱·瓦西里耶维奇·史克罗包陶夫	他的兄弟，三十五岁，检查官。
辛曹夫	一个书记。
波劳吉	一个书记。
康	一个老兵。
格赖考夫	工人。
列夫深	工人。
雅高秦	工人。
赖雅布曹夫	工人。
阿基莫夫	工人。
阿格辣芬娜	女管家。
包包耶道夫	警局一位队长。
克瓦奇	一位班长。
一位连长	
警官	
警卫	

若干宪兵，兵士，工人，书记，仆人。

第 一 幕

　　一座花园,满是高大古老的菩提树。花园深处立着一个军用的白帐篷。右手,树底下,一条宽宽的土凳子,当前一张桌子。左手,菩提树底下,一张摆好了早点的长桌子。一个小茶炉在沸腾。围着这张桌子是好几张柳条椅子。

　　阿格辣芬娜在煮咖啡。康站在一棵树底下,吸着烟斗,和波劳吉谈话。

波劳吉　　(一边谈话,一边做出可笑的手势)当然,你的话对——我是一个小人物,我的生命是一个无足轻重的生命。可是每一条黄瓜都是我亲手调理大的,问也不问我就来偷呀,我不答应。

康　　　(悻悻然)没人要你答应。

波劳吉　　(手捺着他的心)然而,听我讲!假如你的产业叫人抢了,难道你没权利请求法律保护?

康　　　请好了。今天偷的是你的黄瓜,明儿偷的就许是你的脑袋瓜子。这就是你的法律!

波劳吉　　我必须声明一句。听这种意见,不但奇怪,简直危险。你当过兵,得过圣·叶高尔勋章,说起话来,怎么可以小看法律?

康	天下就没什么法律不法律。有也就是命令。向左转——开步走！你就走。人家喊：立正！你就立正。
阿格辣芬娜	康，你不好在这儿抽你那种粗烟丝。叶子闻到了也要鬈鬈的。
波劳吉	假如他们偷，为了饥饿，我可以原谅他们，那我倒懂啦。饥饿可以解释许多事情。你不妨说人干坏事就为满足饥饿。一个人要吃东西，那么，当然——
康	天使不吃东西，可是撒旦照样儿反抗上帝。
波劳吉	（欢然）对呀，这类事我就叫做捣乱——

〔雅考夫·巴尔秦进来。他低声说话，神气像在细听自己讲话。波劳吉对他鞠躬。康冲他随随便便行了一个军礼。

雅考夫	喂。你在干什么？
波劳吉	我对雅哈耳·伊万诺维奇有一个小小的要求。
阿格辣芬娜	他告状来的。昨儿晚晌，厂里有人偷了他的黄瓜。
雅考夫	有这种事。这得告诉家兄。
波劳吉	对呀。所以我才去见他。
康	（吵架的声调）你什么地方也没去——你尽站在这儿呜唧。
波劳吉	我想我没碍着你什么罢？假如你是在看报纸呀什么的，那，当然喽，你可以说我在搅你。
雅考夫	康，过来。
康	（走向雅考夫）波劳吉，你是一个小气鬼，一个贪小的师爷。
波劳吉	你犯不上说这种话。人生舌头是为诉苦的。
阿格辣芬娜	住口罢，波劳吉——你呀，不像一个人，倒像一只蚊子。
雅考夫	（向康）他在这儿干什么？他为什么一死儿不走？

波劳吉	（向阿格辣芬娜）既然我的话吵你的耳朵，没打动你的心，我就不作声好了。
	〔他顺着一条小路走动，闲散的样子，走来走去，伸出手去摸摸树。
雅考夫	（不好意思）好，康，我好像又——得罪人啦，昨儿晚晌？
康	可不。我怕你是得罪人啦。
雅考夫	（走动）嗜！真怪。康，为什么我喝醉了酒就常常要得罪人？
康	人是这样子。有时候，一个人喝醉了酒，要比清醒的时候好，勇气也多啦。他什么人也不怕，就是自己也不怎么放松。我们队里有一位长官。清醒的时候，他打野食，播是非，喜欢用拳头。可是他一喝醉了呀，他就哭得来像个小娃娃。弟兄们，他讲，我跟你们一样，也是一个人——唾我的脸，弟兄们。于是真就有人唾他。
雅考夫	昨儿我跟谁说话来的？
康	那位检查官。你告诉他，他是一个木头脑壳。你还告诉他，经理太太有一堆爱人。
雅考夫	想想看！这管我什么事？
康	我不知道。你还——
雅考夫	好，康，这就够啦。你再说下去的话，我会以为我对人人讲脏话来的。是呀，全是渥得喀，①这个该死的东西！（他走向桌子，盯住酒瓶子，然后斟满一杯渥得喀，啜着。阿格辣芬娜用眼角看着他，叹气）你有点儿替我难受，不是吗？

---

① 渥得喀：俄国人最爱饮的麦酒。

阿格辣芬娜	是呀,非常难受。你跟人人都是直来直往的,不像一个主子。
雅考夫	康现在就不替人难受。他也就是发发议论。要一个人动脑筋呀,你得一个劲儿地欺负他,对不对,康?(听见将军在帐篷里面呼唤:"嗨,康!")我猜你一辈子受气受够了——所以你才十分聪明?
康	(走开)我的眼睛一遇到将军,我就变成傻瓜。

〔将军走出帐篷。

将 军	康!到河那儿去!才好!

〔他们消失了。

雅考夫	(坐下,在一张椅子里面摇来摇去)我太太还在睡觉?
阿格辣芬娜	不,起来啦。她已经游过水啦。
雅考夫	那么,你可怜我!
阿格辣芬娜	你应当帮自己医医。
雅考夫	好,给我来一滴高雅克。①
阿格辣芬娜	雅考夫·伊万诺维奇,你还是不喝的好。
雅考夫	干么不喝?不给我酒喝,不见得就帮得了我。

〔阿格辣芬娜叹了一口气,给雅考夫倒了一大杯高雅克。米哈·史克罗包陶夫进来:匆匆忙忙。他受到刺激,揪着他的黑尖胡须,手里捏着他的帽子玩。

米 哈	雅哈耳·伊万诺维奇起来了没有?还没有?自然喽。给我——你有冷牛奶吗?谢谢。早安,雅考夫·伊万诺维奇。你听见新闻了没有?那些浑账东西要我辞退监工狄奇考夫,我不辞,他们就拿不干活儿要挟——鬼抓了他

---

① 高雅克:法国白兰地酒,逐渐成了通称。

们去!

雅考夫 那,就把他辞掉好啦。

米 哈 那倒简单,可是你看,问题不在这个。要紧的是,让步等于放纵他们。今天他们要求辞退监工,明天为了满足他们,我自己就得上吊。

雅考夫 (柔和地)你以为他们等到明天才要求这个?

米 哈 你以为这好玩儿!你去调理调理这些倔强的先生们看——近一千多人——各色人等纠缠他们,你哥哥和他的自由论调,还有那些贼骨头在散传单,他们的头已经变了样儿喽。(看一眼他的表)快十点钟啦,他们说下了的,用过午饭就闹笑话给我们看。是的,雅考夫·伊万诺维奇,我不在厂的期间,你那位好哥哥把我们的厂搞了个稀糟——他缺乏坚定,工人全跋扈啦——

〔右边进来辛曹夫。看样子他有三十。他的面貌显出一种平静和吸人的神情。

辛曹夫 米哈·瓦西里耶维奇!工人代表已经到了办公室。他们要求见东家。

米 哈 要求?告诉他们地狱里去!

〔波莉娜从左边进来。

波莉娜·德米特里耶芙娜,原谅我。

波莉娜 (和悦地)你一来就骂人。这回又为了什么?

米 哈 为了那个"普罗列塔亚①"。他们"要求"。从前,他们低头下气"请求"。

波莉娜 你待人一点儿也不放松。

---

① 普罗列塔亚:无产阶级。

米　哈	(伸出两手做了一个没用的姿势)听听看!
辛曹夫	我对代表们说些什么?
米　哈	让他们等着。你去好啦。

〔辛曹夫不急不忙地走出。

波莉娜	那个书记有一张动人的脸。他在这儿有多久?
米　哈	我想,大概一年罢。
波莉娜	他给人的印象,受过教育。他是什么样儿人?
米　哈	(耸耸肩)他一个月赚四十卢布。(看一眼他的表,叹一口气,向四外望,注意到树底下的波劳吉)你在这儿干什么?是看我来的?
波劳吉	不是的,米哈·瓦西里耶维奇,我等着见雅哈耳·伊万诺维奇。
米　哈	干什么?
波劳吉	为了产权侵犯。
米　哈	(向波莉娜)这位——我来介绍——又是一个我们雇用的新人——一心就好园里种点儿青菜。他坚决认定,世上样样儿东西创造下来,唯一目的就为侵犯他的利益。样样儿东西和他为难——太阳,英国,新机器,蛤蟆——
波劳吉	(微笑)蛤蟆一叫唤,允许我说,人人听了讨厌。
米　哈	回办公室去!一来就丢下工作来告状,这叫什么习惯?我可不喜欢这个。赶快给我走罢。

〔波劳吉鞠躬,走开。波莉娜,微笑着,用她的长柄望远镜打量他。

波莉娜	你真严厉!他这种人也真有意思。我觉得,人在俄国,比在别的国家花样儿多。
米　哈	说歪心眼儿多,我就跟你同意了。我管理人管理了十五

229

年。那些书记作家们所描绘的高贵的俄罗斯人，是什么样儿我才清楚。

波莉娜　　书记？

米　哈　　当然。所有你那些切耳尼设夫司基们，道布罗雷由包夫们，日拉陶夫辣磁基们，由斯潘司基们。（看他的表）雅哈耳·伊万诺维奇怎么这半天还不见来？

波莉娜　　你知道他在干什么？他同令弟在接着下完昨儿晚晌那盘棋。

米　哈　　有这种事！可是那边，他们计划用过午饭就停工！相信我，俄罗斯永远好不出来。这是事实。一块无法无天的土地！天生就厌恶工作，完全没有能力维持治安。一点点也不尊敬法律。

波莉娜　　不过这也是自然的。在一个没有法律的国家，人怎么能够尊敬法律？单你我说说看，我们的政府——

〔阿格辣芬娜走出。

米　哈　　那，当然。我不帮谁辩护。包括政府在内。就拿盎格鲁-萨克逊①来看罢。

〔雅哈耳·巴尔秦和尼考莱·史克罗包陶夫闲闲而来。

想建筑一个国家，没比这更好的材料。英国人站在法律前面，就像马戏班子一匹有驯练的马。骨子里头，肌肉里头，他对法律就有感觉。——早安，雅哈耳·伊万诺维奇。好，尼考莱。让我报告你知道你对工人宽大政策的最近的结果：他们要求立即辞退狄奇考夫，不然的话，用过

---

① 盎格鲁-萨克逊：英国人种。英国人以守法知名。

	午饭他们就停工。好，你也喜欢这个？
雅哈耳	(挠挠他的额头)我？嗯——嗯。狄奇考夫？爱动拳头爱跟女孩子们捣乱的那个家伙？那，当然，我们必须辞退狄奇考夫。那也只有公道。
米　哈	(奋然)行啦，我所尊敬的合伙人，我们要郑重其事。我们在讨论事务，不是讨论公道。公道是尼考莱的差事。我不妨再说一遍——你所理解的公道，对事务只有坏处。
雅哈耳	对不住，你的话似是而非。
波莉娜	整整一早晨当着我的面讨论事务，也真是的！
米　哈	一千个饶恕，可是我还要继续下去。这次谈话我认为有决定性。在我请假出门以前，我抓牢这个厂，就像这个——(露出一个握紧的拳头)冒出头来叫一声都没人敢！所有那些星期天的娱乐，读书会和那类无聊的东西——这些，你知道，对于他们那种人，我一向认为没用。理知的火就点不着俄罗斯的生硬的脑壳，知识的火花落到上头——反而闷住了，也就是冒烟。
尼考莱	说话应当平心静气才是。
米　哈	(简直不能控制自己)谢谢你的劝告。很有道理，不幸，我办不到。我用了八年工夫辛辛苦苦建立的坚固机构，雅哈耳·伊万诺维奇，仅仅六个月，就让你对工人的态度给搞松了，摇动了。大家尊敬我，把我看做主子。现在，人人清楚，公司有两个主子，一个和气，一个恶毒。和气的主子，当然喽，你是那个和气的。
雅哈耳	(窘迫)可也，真的——你讲话何必气成这样子？
波莉娜	米哈·瓦西里耶维奇，你的话很怪气。
米　哈	我这样讲，我有理由。我让你摆到一种愚蠢的地位。前次

	我告诉工人，我宁可关厂，也不辞退狄奇考夫。他们明白我这人说到做到，也就静下来了。上星期五，雅哈耳·伊万诺维奇，你对格赖考夫那小子讲，狄奇考夫是一个坏蛋，你打算辞掉他——
雅哈耳	（修好地）不过，我亲爱的朋友，他打人家的下巴颏子，一来就出乱子，又怎么办？你一定同意，我们不能够允许这种事。我们是欧罗巴人。我们是有文化的人。
米 哈	什么人也好，我们是制造商。每逢假期，工人就你打我，我打你——那管我们什么事？可是你现在必须延缓一下教工人们礼貌。就在眼前，工人代表就在办公室等你。他们一定要求你辞退狄奇考夫。你说该怎么办？
雅哈耳	你以为狄奇考夫真就那么少不得？
尼考莱	（干涩地）就我所理解的来讲，现在成为问题的不是人，而是原则。
米 哈	正是！问题在：谁是工厂的主子——你我还是工人们？
雅哈耳	（崩溃）是呀，我明白。不过——
米 哈	假如我们现在接受他们的要求，用不着问，就知道他们下一回要求什么。他们是一群不要脸的东西。星期日学校还有些别的已经收到效果，那就是六个月以后，他们看着我活像一堆饿狼，他们已经在散传单。我闻到社会主义的味道。可不，是这样子。
波莉娜	这样一个偏僻的地方，会有社会主义！简直有点儿滑稽，是不是？
米 哈	你这样想？我亲爱的波莉娜·德米特里耶芙娜，孩子们小的时候都好玩儿，可是，等他们慢慢儿长大了，你就会忽然发现自己面对面当着一群羽翼丰满的恶棍。

雅哈耳	你打算怎么办？
米　哈	关厂。让他们挨挨饿——他们就冷静啦。

〔雅考夫站起，走到桌子跟前，斟了一杯酒，慢慢走开。

工厂一关门，女人们就要干涉了。她们一定哭呀闹的，女人们的眼泪落在一个劲儿做梦的男人身上，效果就跟闻到一阵嗅盐一样灵。他们马上就清醒了。

波莉娜	你的办法惨忍极了。
米　哈	是的，惨忍。生活要求这样惨忍。
雅哈耳	不过——这样一个步骤——你看，真有绝对地必要吗？我觉得——未免有点儿太——
米　哈	你有更好的建议？
雅哈耳	假定我去同他们谈谈，哎？
米　哈	当然喽，你接受他们的要求，这样一来，我的地位就越发困难了。你饶恕我，不过我必须说，你这样三心二意对我是一种侮辱！还不说那些坏处。
雅哈耳	（情急）不过，我亲爱的朋友，我并不反对，我是试着往明白里想。你知道，我虽是一个实业家，其实更是一位乡绅。这一切对我是这样新，这样复杂。我喜欢看见公道。农民比工人脾气好，文静多了——我跟他们很合得来。有些工人还不错，不过，整个儿来看，我同意你的意见，他们蛮横得很。
米　哈	特别是从你答应下他们种种好处以后。
雅哈耳	不过，你看，你一走开，我就发现工人们有点儿情绪不安——甚至于直在闹事。也许我做事不够小心——不过我必须使他们安静。报纸上有文章说到我们——很不客气，

	我必须说。
米　哈	（不耐烦）现在十点过了十七分钟。问题必须解决。结论就是这个：或者我关厂，或者我辞职。假如我们关厂，我们并不遭受损失。我已经采取必要的步骤。紧急的命令准备好了，我们的仓库也是塞得满满的。
雅哈耳	嗯——嗯。我看，现在，问题必须解决。尼考莱·瓦西里耶维奇，你有什么意见？
尼考莱	我想家兄是对的。我们要想保留文化，我们就得牢牢守定若干原则。
雅哈耳	那就是说，你也以为我们应当关厂？真糟！我亲爱的米哈·瓦西里耶维奇，别见我的怪——我回头就答复你——十分钟以内。成啦罢？
米　哈	承情。
雅哈耳	（急忙向左走去）波莉娜，请，跟我来。
波莉娜	（随着她丈夫）上帝！真是不愉快极了。
雅哈耳	年月一久，农民对贵族自然而然就养成一种尊敬的心思。
	〔他们向左走出。
米　哈	（咬牙）懦夫！农民在南方暴动以后，他还说得出这种话！傻瓜！
尼考莱	米哈，放冷静。你何必一定这样大发脾气？
米　哈	我的神经受到刺激，粉碎了，难道你不明白？我到厂里去，看！——（从他的衣袋取出一管连响）他们恨我——都是这个白痴。不过，我不能够放弃。我要是这样做，你会头一个怪我。我们的财产统统放在这里头。我离开的话，这个秃头傻瓜会把事情全毁了的。
尼考莱	（安详地）假如你没有过甚其辞的话，的确是糟。

〔辛曹夫出现。

辛曹夫　　工人要你来见见他们。

米　哈　　我?什么事?

辛曹夫　　他们听见谣言说,午饭用过就要关厂。

米　哈　　(向他的兄弟)听见了没有?可是他们打那儿听到的?

尼考莱　　说不定是雅考夫·伊万诺维奇告诉他们的。

米　哈　　妈的!(盯着辛曹夫,他控制不住自己的激动)可为什么单单是你,辛曹夫先生,感到十分关切,来这儿问?——存了什么心?

辛曹夫　　是会计叫我来找你的。

米　哈　　有你说的!你打哪儿来的那种皱眉头的怪习惯,嘴唇抽成个鬼样子?我可否问一声,你干么这样开心?

辛曹夫　　我想这是我自己的事。

米　哈　　我不这么想。我忠告你将来见了我更有礼貌些。听见了没有?(辛曹夫注目看他)啊?你等什么?

〔塔杰雅娜从右边进来。

塔杰雅娜　啾,经理。你有急事?(高声向辛曹夫)嗨,马提外·尼古莱耶维奇!

辛曹夫　　(热诚地)早安。你觉得怎么样?不累得慌?

塔杰雅娜　不,我不累。也就是胳膊,摇桨摇疼了。去工作?我陪你走到门口。你知道我想告诉你什么吗?

辛曹夫　　自然不知道。

塔杰雅娜　(在辛曹夫旁边走着)昨儿你说的话,句句都有见地,而且,感情有点儿太重,像是先想好了的。有些语言,我觉得,感情越少,越好说服人——

〔他们的谈话消逝了。

米　哈	好啊，这就是你的局面！你的雇员，不懂规矩，你才给了他一个没趣，马上就当着你的面，没上没下，和你合伙人的弟媳妇有说有笑。那位兄弟是个醉鬼，太太是个女戏子。家伙，他们来这儿干什么？也就是鬼知道。
尼考莱	一个古怪女人——好看，懂得打扮，同时跟一个穷光蛋打交道。邪行，可是愚蠢。
米　哈	（嘲弄）民主呀。她是一个村学究女儿，你知道，她说她对老百姓总有好感——我会跟这些乡绅搅在一起，一定是受了鬼支使！
尼考莱	那，我说，也不就坏到哪儿去。你是事务上的头目。
米　哈	将来是。现在还不是。
尼考莱	我觉得把她搞到手，容易。好像非常肉感。
米　哈	那位自由主义者什么地方去啦？上床啦？不，我告诉你，俄罗斯没希望搞得好。人都乱在一起，没人知道自己的地位，人人溜来溜去，做梦，说话。政府也是一堆半调子组成的——愚蠢，恶毒，什么也不懂，一无所能。
	〔塔杰雅娜重新进来。
塔杰雅娜	你做什么嚷嚷？人人有理儿没理儿地开始在嚷嚷。
	〔阿格辣芬娜进来。
阿格辣芬娜	米哈·瓦西里耶维奇，雅哈耳·伊万诺维奇请你过去。
米　哈	可盼着啦。
	〔他走出。
塔杰雅娜	（坐在桌子跟前）他急些什么？
尼考莱	我看你不会感到兴趣的。
塔杰雅娜	（安详地）他让我想起我从前认识的一位警察。这位警察在考司特罗马我们的戏园子站岗——又长又瘦，眼睛膙着

	像龙睛鱼。
尼考莱	我看不出他同家兄那儿像来。
塔杰雅娜	我说的不是身体相似。这位警察也总是急急忙忙的。他不走路,他跑路;他不吸烟,他吞香烟;他就像不是活着,仅仅是跳来蹦去,翻跟头,冲到什么地方去——什么地方,他不清楚。
尼考莱	你以为他真不知道?
塔杰雅娜	我敢说他不知道。一个人有一个明显的目标,一定安安静静走了过去。可是那位先生只会赶,还是一种特殊的赶。有东西在内里打着他,于是他跑呀跑的,撞进人人的道路,连自己的道路也算在里头。他不贪利,——不是那种窄狭的意义。他也就是贪着做完他该做的事,尽量往快里赶,为了解除全部责任——受贿赂的责任也在内。他不接受贿赂——他顺手一抓。谢也忘记谢你一声。终久马跑过他的身子,把他踩死了。
尼考莱	你想暗示家兄的力量没有目的?
塔杰雅娜	我暗示来的?我没那个意思。我不过在说,令兄让我想起那位警察。
尼考莱	我敢说,可也不就怎么恭维家兄。
塔杰雅娜	我没心思拿话恭维他。
尼考莱	你单有一套卖弄风情的路数。
塔杰雅娜	真的?
尼考莱	是的,不过也不怎么快活。
塔杰雅娜	(安详地)难道会有女人跟你在一起快活?
尼考莱	啾喝!

〔波莉娜进来。

波莉娜	今儿样样儿都像不对岔儿。没人来用早点,人人碰一碰就光火儿,好像大家全没睡够。娜嘉一清早儿就跟克莱奥巴塔·彼特罗芙娜到树林子拾麻菇——昨儿我还叫她不要去。天呀!活下去越来越难。
塔杰雅娜	你吃得太多。
波莉娜	塔妮雅,干么这种口气?你对人的态度简直反常。
塔杰雅娜	真的?
波莉娜	你没事,又没责任,那是容易安静。可是上千的人吃饭靠你,——就不好玩儿啦。
塔杰雅娜	别喂他们,他们要怎么样过活,由他们去好啦。拿东西全给他们——工厂,土地——就不发愁了。
尼考莱	(燃起一枝香烟)这是哪出戏里的?
波莉娜	塔妮雅,你干么讲这种怪话?我不明白你。你应当看看雅哈耳心有多乱。我们决定把工厂关一阵子——等工人静了下来再开。可是你想想看,这多要人命!成千成百的人无工可作。全有儿女——才叫怕人!
塔杰雅娜	既然这样怕人,就别关厂!何必自讨苦吃?
波莉娜	啾,塔妮雅!你烦死我啦!假如我们不关,工人就要罢工,那就更糟啦。
塔杰雅娜	怎么个糟法?
波莉娜	样样儿糟。我们当然不能够接受他们所有的要求。再说,那也不就是他们要求。完全是社会主义者们教的,要他们嚷嚷什么,他们嚷嚷什么。(带着感情)我不懂这个!在外国,社会主义有地位,领袖们公开活动。可是到了俄罗斯,把工人们拉到街犄角,悄悄耳语,好像就不明白它在一个君主国家不相宜。我们需要宪法,可不是社会主义。

	尼考莱·瓦西里耶维奇,你是什么意见?
尼考莱	(干笑了一声)我的看法有点儿不同。社会主义是一种非常危险的现象。一个国家缺乏独立的,或者,譬方说,种族的哲学,一个样样儿事抢着跑着来的国家,外国东西马上就生了根。我们走极端。这是我们的弱点。
波莉娜	对极啦!我们走极端。
塔杰雅娜	(站起)特别是你同你丈夫。还有检查官。
波莉娜	塔妮雅,你知道什么!在我们本省,人家把雅哈耳当做赤色份子。
塔杰雅娜	(走上走下)我想,他变成赤色份子也就是由于害臊,也不见得常常是。
波莉娜	塔妮雅!你是怎么的啦?
塔杰雅娜	怎么,我说话得罪人啦?我就不知道。我觉得你的生活就跟业余演出一样。角色没分配好,演员没天才,演技糟不可言。戏是一点儿意思也没。
尼考莱	你这话有点儿道理。人人抱怨,戏腻透了。
塔杰雅娜	可不,我们拿戏糟蹋啦。我觉得,外行和内行开始在了解这个。有一天他们会把我们从戏台子上赶下来的。
	〔将军和康进来。
尼考莱	你没把话讲得有点儿过分?
将 军	(呼唤)波莉娜!给将军来点儿牛奶!喝,喝!冷牛奶。(向尼考莱)嗨,法律的老棺材!我可爱的侄媳妇儿,你的手!康,回答你的功课:一个兵是什么?
康	(口气厌厌的)老爷,长官要他是什么他是什么。
将 军	一个兵可以变成一条鱼吗?
康	一个兵必须什么也成。

塔杰雅娜	亲爱的叔父,这场戏您昨儿演给我们看来的。难道我们天天儿得看?
波莉娜	(叹气)天天儿在他游泳以后。
将　军	是呀,天天儿。而且永远有点儿不同。这个老丑儿得想透问题,亲自回答。
塔杰雅娜	康,你觉得这好玩儿吗?
康	老爷觉得好玩儿。
塔杰雅娜	你呢?
将　军	他也喜欢。
康	我跑马戏嫌老了点儿,不过,要吃饭嘛,你得受着。
将　军	你这滑头老坏蛋!向前看!开步走!
塔杰雅娜	老拿这个老头子开心,您也不嫌腻得慌?
将　军	我也是一个老头子。可我对你就发腻。一位女演员一定好玩儿,可你就不。
波莉娜	您知道,叔父——
将　军	我什么也不知道。
波莉娜	我们要关厂。
将　军	什么?好极啦!不拉笛子!大清早儿,你睡得正香——忽然呜——呜——呜——呜!关了它!

〔米哈快步进来。

米　哈	尼考莱,过来一下子。(旁白)好,关厂。不过,我们得防备任何意外——打一通电报给副总督;简简单单说说这边的情形,请派兵来。署我的名字。
尼考莱	他也是我的朋友。
米　哈	我去打发这些代表见鬼去!别同任何人讲起电报的事。需要的时候,我自己宣布。明白了罢?

尼考莱　　明白。

米　哈　　人一得心应手，就觉得痛快。我岁数比你大，不过精神比你旺——你不觉得？

尼考莱　　那不叫年轻。我看也就是神经作用。

米　哈　　好罢，我叫你看看是不是神经作用。你就看见的！

〔走出，笑着。

波莉娜　　尼考莱·瓦西里耶维奇，他们决定啦？

尼考莱　　（走开）我想是罢。

波莉娜　　上帝！

将　军　　他们决定什么？

波莉娜　　关厂。

将　军　　啾，这个——康！

康　　　　有。

将　军　　把钓鱼家伙放在船里头。

康　　　　已经放好啦。

将　军　　我宁可跟鱼寻寻乐子。比待在这儿受人气好多了。（笑）妙罢？什么？

〔娜嘉跑进来。

啊，我好看的蝴蝶儿！怎么的啦？

娜　嘉　　（快乐地）想不到的一件事！（她转开了，呼唤克莱奥巴塔和格赖考夫，他们就随在后面）来呀，请！格赖考夫！别放他走，克莱奥巴塔·彼特罗芙娜！姨姨，我们走出树林子，忽然钻出三个喝醉了酒的工人——

波莉娜　　哎呀！我一直对你讲——

克莱奥巴塔　你们就想不出有多厌恶！

娜　嘉　　干么厌恶？好玩儿极了！姨姨，三个工人，微笑着，说：

"我们亲爱的夫人们！"

克莱奥巴塔　我一定要叫我丈夫把他们毙掉。

格赖考夫　（微笑）为什么？

将　军　（向娜嘉）他是谁——这个扫烟筒的？

娜　嘉　爷爷，是他救我们的，您看不出来？

将　军　我看不出来。

克莱奥巴塔　（向娜嘉）照你那个说法儿，就没人能够懂。

娜　嘉　我也就是照原来那个样儿。

波莉娜　可是，娜嘉，我就听不出个头绪来。

娜　嘉　那是因为您一直在打断我的话！——他们来到我们跟前，说："夫人们，干么不跟我们一起唱唱歌？"

波莉娜　天呀！也忒浑账！

娜　嘉　才不。"我们听说，"他们说，"你们唱得很好。当然，我们有点儿醉，不过我们一喝醉酒，就特别好啦。"这是真的，姨姨。他们一喝醉酒，看上去，就不像平时那种气忿忿的模样。

克莱奥巴塔　幸而我们遇到这位年轻人——

娜　嘉　我比你讲得好！克莱奥巴塔·彼特罗芙娜眼看就要骂他们——根本你没必要，真是没有必要——于是，他们中间有一个人，又高又瘦——

克莱奥巴塔　（恐吓地）我知道他是谁！

娜　嘉　抓住她的胳膊，用一种非常忧郁的声音说："你是一位有教养的美人儿。看你就是一种快乐。可你骂我们。难道我们真得罪你来的？"他讲得很好，完全是心里的话。可是另一个人，一肚子怨气，对头一个人讲："跟她们讲个煞子？倒像她们能懂！她们不是人，她们是野兽。"那就是我们——野兽。她跟我。

〔她笑了。

塔杰雅娜	（讽刺地）你像喜欢这个头衔。
波莉娜	我对你说什么来的，娜嘉？你要是再到处乱跑呀——
格赖考夫	（向娜嘉）我好走了罢？
娜　嘉	噢，别走。请停停。你喝茶吗？牛奶？好罢？

〔将军笑了。克莱奥巴塔耸肩膀。塔杰雅娜看着格赖考夫，静静地哼着什么歌儿。波莉娜低下头，拿一条手巾仔细揩干调匙。

格赖考夫	（微笑）不啦，谢谢你，我不用。
娜　嘉	（劝他）请，用不着害羞。——他们全是好人，真的。
波莉娜	（抗议）噢，娜嘉！
娜　嘉	（向格赖考夫）别走。我还没讲完哪。
克莱奥巴塔	（不开心）总之，这个年轻人来得正巧，劝他的醉鬼朋友好好儿离开我们。我请他送我们到家。如此而已。
娜　嘉	噢，看你那个说法儿！要是都像这样子呀——我们全腻死啦。
将　军	好，现在，我们怎么着？
娜　嘉	（向格赖考夫）请坐！姨姨，您为什么不请他坐呀？你们干么都这么阴沉沉的？
波莉娜	（在她坐着的地方，向格赖考夫）我谢谢你，年轻人。
格赖考夫	不值得。
波莉娜	（更干涩了）保护年轻的妇女，你太好啦。
格赖考夫	（安详地）她们不需要保护。没人伤害她们。
娜　嘉	噢，姨姨！您怎么这样说话法儿呀？
波莉娜	我没请你教我。

娜　嘉	不过您不明白——当时就没人保护我们。他仅仅对他们说："离开她们，朋友们，这不顶好。"他们看见他，非常高兴，嚷着："格赖考夫，跟我们来呀，你是一个聪明人！"真的，姨姨，他聪明——你必须原谅我，格赖考夫，不过，真是这样子。
格赖考夫	（微笑）你把我搁到一个困难地位。
娜　嘉	真的？我可没这意思！不是我，格赖考夫，是他们这样说的。
波莉娜	娜嘉！你知道我看不惯你这种兴高采烈的样子。你那样子也就是可笑。够数儿啦！
娜　嘉	（受了刺激）那么，笑呀！你们干么全坐在那儿像猫头鹰？笑呀！
克莱奥巴塔	多无谓的小事，娜嘉也有本领编成有声有色的故事。现在特别合适，当着一个生人，你们看见的，人家正在笑她。
娜　嘉	（向格赖考夫）你在笑我吗？为什么？
格赖考夫	（率直地）我没笑你。我在赞美你。
波莉娜	（不知所措）什么？叔父——
克莱奥巴塔	（干笑一声）看你！
将　军	好，够啦！好事拉长了，人要腻胃的。这儿，年轻人，拿着这个，走罢。
格赖考夫	（转开）谢谢——不需要。
娜　嘉	（用手遮住脸）噢，你们怎么这样子！
将　军	（止住格赖考夫）等一下！这是十卢布！
格赖考夫	（安详地）好，做什么？
	〔有一分钟人人不言语。
将　军	（窘迫）哎——可——你是什么东西？

格赖考夫　　做工的。

将　军　　铁匠？

格赖考夫　　装配。

将　军　　（严厉地）反正一样。你为什么不拿这份儿钱，哎？

格赖考夫　　因为我不需要。

将　军　　（激烦地）我呀，把这叫做无聊。你需要什么？

格赖考夫　　什么也不需要。

将　军　　也许你想跟这位年轻小姐求婚？哎？

〔他笑着。——人人显得窘迫。

娜　嘉　　噢——您在说些什么呀！

波莉娜　　叔父，请——

格赖考夫　　（向将军，安详地）你多大年纪？

将　军　　（未免一惊）什么？我？——多大年纪？

格赖考夫　　（同样声调）你多大年纪？

将　军　　（向四围张望）这是什么意思？六十一——怎么样？

格赖考夫　　（走开）活到这个岁数，应该更懂事啦。

将　军　　什么？——应该更懂事？——我？

娜　嘉　　（追赶格赖考夫）请——请别生气。他是一位老年人。他们全是好人，他们真是！

将　军　　什么鬼东西！

格赖考夫　　你用不着难过——这是非常自然的。

娜　嘉　　这是天热的缘故——天一热，大家脾气就变坏了——我把故事说得那么糟。

格赖考夫　　（微笑）不管你怎么样对他们讲，相信好了，他们不会懂的。

〔两个人不见了。

将　军　（不知所措）他居然敢对我说这个——哎？

塔杰雅娜　你不该拿钱给他。

波莉娜　啾，娜嘉！这个娜嘉呀！

克莱奥巴塔　可不得了啦！多骄傲的一个西班牙人①哟！我一定要请我丈夫把他——

将　军　那个小狗？

波莉娜　娜嘉简直不像话。就这样儿跟他走。她真把我难过死了！

克莱奥巴塔　你这些社会主义者呀一天比一天胡闹——

波莉娜　怎么会想到他是一个社会主义者？

克莱奥巴塔　我看得出来。文质彬彬的工人全是社会主义者。

将　军　我要告诉雅哈耳——今天就拿这小暴发户给我打工厂捧掉。

塔杰雅娜　工厂关啦。

将　军　没关系——捧掉！

波莉娜　塔妮雅，去喊娜嘉来。求你啦。告诉她，我气死啦。

〔塔杰雅娜走出。

将　军　浑账东西！你多大年纪，哎？

克莱奥巴塔　那些醉鬼在我们后头吹口哨子——你们直纵容他们——读书会呀什么的。什么意思？

波莉娜　是呀，是呀，这是真的。想想看，上星期四，我坐车到村子去——忽然就听见口哨子响！他们甚至于在我后头吹口哨子！可不，粗野不说，马会受惊的！

克莱奥巴塔　（谴责地）这呀，都得怪雅哈耳·伊万诺维奇。我丈夫说得

---

① 西班牙人以傲慢著名。并非格赖考夫真是西班牙人。

好，他和这些人的距离呀，他没好好儿隔开。

波莉娜　　他心肠太软啦。他想对人人和气。他相信对人和气，双方有利。农民证明这种观点对。他们租地，到时付田租，事事儿顺利。可是这些——

〔塔杰雅娜和娜嘉回来。

娜嘉！亲爱的，你明白这多不应该——

娜　嘉　　(使气地)不应该的是你们！——你们！天一热，你们就失了理性——你们又病，又恶毒，什么也不懂！还有您，爷爷，您呀真蠢！

将　军　　(兜上火来)我！蠢！再说一回！

娜　嘉　　您为什么要说那个——说什么向我求婚？您不臊得慌？

将　军　　臊？好，够点儿的啦！这一天活活儿够我受的啦！(走开，大声嚷着)康！鬼抓了你这批家伙，你把你的死脚巴鸭子搁到哪儿去啦，驴，蠢东西？

娜　嘉　　还有您，姨姨！——您到外国住过，一来就谈政治！——请也不请人家坐下，茶也不端一杯给人家！

波莉娜　　(跳起，扔下一把调匙)真要命！你明白你在说些什么吗？

娜　嘉　　还有你，克莱奥巴塔·彼特罗芙娜！——回来在路上你对他那样甜蜜，那样有礼貌！可是我们一到了这儿——

克莱奥巴塔　　你要我怎么着？香他？对不住，他先得洗洗干净。再说，我也没意思听你责备！波莉娜·德米特里耶芙娜，你看见了没有？这就是你所谓的民主，要不就是什么——人道主义？闹来闹去都落到我可怜的丈夫头上。可是，也会落到你们头上的，看好啦！

波莉娜　　克莱奥巴塔·彼特罗芙娜，我为娜嘉的行为向你道歉——

克莱奥巴塔　　那倒不必。问题不全在娜嘉——你们全有不是的地方！

〔她走出。

波莉娜 娜嘉，听我讲。你母亲临死要我照管你——

娜　嘉 别提我母亲！您从来没说过她一句好话！

波莉娜 （惊）娜嘉，你病啦？想想你在说什么。你母亲是我妹妹。我比你更清楚她。

娜　嘉 （止不住眼睛流下泪来）您是什么也不清楚。穷人跟阔人就是两个世界——我母亲穷虽穷，可是人好——您不可能了解穷人。您连塔妮雅姨姨都不了解。

波莉娜 娜结日达，你就马上给我走开罢。立刻！

娜　嘉 我走。——反正是我对。不是您，是我！

〔她走出。

波莉娜 天呀！一个健康结实女孩子，忽然就犯病，一阵子歇斯底里！塔妮雅，原谅我，不过，我看出这里头有你的影响。你是什么话也对她讲，拿她当做一个大人看。你把她带到雇员堆里——那些办公室书记——那些怪样儿工人堆里。你明白，简直荒唐。甚至于还跟他们去划船。

塔杰雅娜 你先静静。你还是喝点儿东西的好。你待那个工人有点儿蠢，没什么好说的。你请他坐下来，他不见得就会坐坏你的椅子。

波莉娜 不对，你错。没人好讲我对待工人不好。不过，我的亲爱的，凡事有个界限！

〔雅考夫在后面出现。

塔杰雅娜 还有，随你怎么说，我并没有带娜嘉到什么地方去。她是自己去的——我不认为有什么必要加以干涉。

波莉娜 她自己去！倒像她懂得她去什么地方！

〔雅考夫慢慢走了过来，微微有些酒意。

雅考夫	(坐下)工厂那边要闹事。
波莉娜	(受够了苦)啾,雅考夫·伊万诺维奇,别让他们闹!
雅考夫	是的,要闹——要闹事的。他们会放火烧掉工厂,连我们也烧到里头——像烧兔子。
塔杰雅娜	(厌烦地)你像已经喝了酒来的。
雅考夫	我在这个钟点儿,总是喝酒。我方才看见克莱奥巴塔——她这人才叫恶毒!不是因为她有大堆大堆的情人。是因为她胸脯里头,有的不是一颗心,而是一条肮脏的老狗。
波莉娜	(站起)天呀!眼看一切走上轨道,忽然就这么一下子—— 〔她开始在花园走动。
雅考夫	一条小狗,一身疥疮,贪吃——坐在那儿,露出牙来。吃到没可吃的啦——可是还想吃。不知道要什么东西吃,坐立不宁——
塔杰雅娜	雅考夫,静着!你哥哥来啦。
雅考夫	我哥哥跟我有什么相干!塔杰雅娜,我明白你爱我下去是不成功的啦。我难受。就是难受,也挡不住我爱你的——
塔杰雅娜	你应该冷一下子才是。到河里泡泡去。 〔雅哈耳进来。
雅哈耳	(走拢)他们已经宣布关厂了吗?
塔杰雅娜	我不知道。
雅考夫	他们没有宣布,不过工人知道啦。
雅哈耳	怎么知道的?谁告诉他们的?
雅考夫	是我。我去告诉他们的。
波莉娜	(过来)你为什么这样做?
雅考夫	(耸耸肩)也就是为了好玩儿。他们觉得有意思。只要他们听我讲话,我就什么话也告诉他们。我想,他们喜欢

	我。看见他们东家的兄弟是一个醉鬼，他们开心。这样子，他们就想到人是平等的了。
雅哈耳	哼，雅考夫，常去工厂，当然啦，我并不反对。不过，米哈·瓦西里耶维奇说，你跟工人讲话，有时候批评厂方的管理。
雅考夫	他说谎。我根本就不懂什么管不管的。
雅哈耳	他还说，有时候你带渥得喀去喝。
雅考夫	他说谎。我不带，我派人去取，不是有时候，是一向这样子。我要不喝渥得喀，他们对我就不感兴趣了，这你还不明白？
雅哈耳	可是，雅考夫，想想看——你是东家的兄弟。
雅考夫	这不是我唯一的缺陷。
雅哈耳	（生气）好，我不说啦。不说啦。一种敌对的气氛，我还莫明其妙，就把我围住了。
波莉娜	真是这样子。你应当听听娜结日达方才讲了些什么话！

〔波劳吉冲进来。

波劳吉	让我——就是方才——就是方才，他们把经理打死啦！
雅哈耳	什么！
波莉娜	你——你说什么？
波劳吉	打死他——当场——他倒下去了——
雅哈耳	谁？——谁拿枪打的？
波劳吉	工人们——
波莉娜	捉住了没有？
雅哈耳	那儿有医生吗？
波劳吉	我不知道——
波莉娜	雅考夫·伊万诺维奇！快去看看。

雅考夫	（摆出一种无济于事的姿势）哪儿去？
波莉娜	是怎么发生的？
波劳吉	经理生了气——踢一个工人的肚子——
雅考夫	他们到这儿来啦。

〔骚乱。米哈·史克罗包陶夫进来，两旁扶着他的是他的兄弟尼考莱和列夫深，一个有点儿秃头的中年工人。他们后面走着几个书记和工人，和一个警卫。

米 哈	（气力衰竭的样子）让我——让我躺下。
尼考莱	你看见谁拿枪来的吗？
米 哈	我累——累的不得了。
尼考莱	（坚持）你注意到谁放的枪？
米 哈	你叫我难受——一个红头发人——让我躺下——一个红头发人——

〔大家把米哈放在土凳上面。

尼考莱	（向警卫）你听见了没有？一个红头发人——
警 卫	先生，听见啦。
米 哈	啊！现在反正一样。
列夫深	（向尼考莱）眼前先别烦他，好不好？
尼考莱	住口！医生在哪儿？——我问你们医生在哪儿？

〔人人开始耳语，无目的地走动着。

米 哈	别叫啦——疼——让我歇歇。
列夫深	这就对啦，歇歇，米哈·瓦西里耶维奇。人事呀全是钱的事。毁人的是钱。一个人为钱生下来，为钱死掉！
尼考莱	警卫！叫不相干的人们全走开。
警 卫	（低声）走开，朋友们。这儿没什么好看的。
雅哈耳	（平静地）医生在哪儿？

尼考莱	米沙！米沙！（俯向他哥哥，别人随着他）我怕——他完啦。
雅哈耳	不会的。他也就是晕了过去。
尼考莱	（慢慢地，平静地）不，他死啦。雅哈耳·伊万诺维奇，你明白后果吗？
雅哈耳	不过——你许弄错啦。
尼考莱	不，我没弄错。是你把他逼到这条路上的——你！
雅哈耳	（不知所措）我？
塔杰雅娜	多残忍——多愚蠢！
尼考莱	（攻击雅哈耳）是的，你。

〔警官跑入。

警官	经理在那儿？伤严重吗？
列夫深	他死啦。总是催着人朝前赶，冲呀冲的，现在好啦，看看他自己。
尼考莱	（向警卫）他临死以前说，打他的是一个红头发人。
警官	一个红头发人？
尼考莱	是的。你必须立刻采取必要的步骤。
警官	（向警卫）马上就把红头发人全拘在一起！
警卫	是，长官。
警官	一个不许放走。

〔警卫下。克莱奥巴塔进来，跑着。

克莱奥巴塔	他在哪儿？米沙！怎么？晕过去啦？尼考莱·瓦西里耶维奇，他晕过去啦？（尼考莱拿头转开）他死啦？是吗？
列夫深	他现在静下来啦。他拿手枪吓唬大家。可是手枪打了他自己。
尼考莱	（怒，低沉）滚出去！（向警官）把这家伙带走。

〔娜嘉进来。

克莱奥巴塔　医生——医生怎么说?

警　官　　（向列夫深,平静地）走。

列夫深　　（平静地）我在走。用不着推。

克莱奥巴塔　（平静地）他们打死他的?

波莉娜　　（向克莱奥巴塔）亲爱的!

克莱奥巴塔　（平静地,然而报复地）走开! 是你们干的——你们!

雅哈耳　　（绝望）我明白——这对你是一种重大的打击——不过何苦——何苦这样儿讲呢?

波莉娜　　（含着眼泪）啾,我的亲爱的,想想你说的话多伤人!

塔杰雅娜　（向波莉娜）你还是离开这儿的好。医生在那儿?

克莱奥巴塔　是你们软弱无能拿他杀了的!

尼考莱　　静静,克莱奥巴塔。雅哈耳·伊万诺维奇不能够不承认他的过错。

雅哈耳　　（绝望）先生们——我什么也不清楚。你们在说些什么呀? 你们怎么可以这样血口喷人?

波莉娜　　真可怕! 天呀,这样缺少感情!

克莱奥巴塔　缺少感情? 你们放工人跟他作对,你们破坏他对他们的势力——他们原先一直怕他,看见他就打哆嗦。现在他们把他杀啦。你们脱不了干系——脱不了! 他的血染着你们的手!

尼考莱　　够啦,够啦。不要嚷嚷。

克莱奥巴塔　（向波莉娜）你在哭? 对! 哭罢! 让他的血打你的眼睛淌出来!

警　卫　　（进来,向警官）长官——

警　官　　你轻点儿!

警　卫　　　我们拿红头发全圈起来啦。

〔将军从后面走进花园。他把康往他的前面推着，纵声笑着。

尼考莱　　　哗！——哗！

克莱奥巴塔　谁是那些——凶手？

　　　　　　　　　　　　　　　　　幕

第 二 幕

　　一颗晶明的月亮拿又重又厚的阴影散在花园。桌子上面，零乱无次，丢着面包，黄瓜，鸡蛋，啤酒瓶。蜡烛在灯笼里头照着。阿格辣芬娜在洗盘子。雅高秦坐在一张椅子里面，握着一根手杖，吸着烟。塔杰雅娜，娜嘉和列夫深站在左手。全压低了声音说话，好像用力在听什么声响。一般的心情是一种焦切的等待。

列夫深　　（向娜嘉）亲爱的小姐，样样儿有人性的东西都中了铜毒。所以你年轻轻的心才感到沉重。人全叫铜钱拴住了，不过你还自由，所以你插不进来。钱在这个地球上叮叮啴啴对每一个人说：爱我跟爱你自己一样——这跟你不相干。鸟儿不下种，也没收获。

雅高秦　　（向阿格辣芬娜）叶菲米奇又在开导他的主子们了——这个老傻瓜！

阿格辣芬娜　　有什么不好？他对他们讲真理。一点儿真理不会对主子们有害处的。

娜　嘉　　叶菲米奇，你日子过得很苦罢？

列夫深　　不很苦。我不苦。我没孩子。我有一个女人——就是说，太太。不过我的孩子全死啦。

娜　嘉	塔妮雅姨姨！有人在家里死了，人人低着声儿说话，是什么缘故？
塔杰雅娜	我不知道。
列夫深	（微笑）那是因为，小姐，在死人前头，我们全有错儿。人人有错儿。
娜　嘉	也不总是这样子——叫人杀死。可是不管谁死，人就低着声儿说话。
列夫深	我的亲爱的！全是我们杀死的！有人用子弹，有人用字句。我们不是这样，就是那样，杀死每一个人。我们想不到，也没看见，就拿人打太阳地赶到土里头——不过，等我们临了儿拿人丢进阴曹地府，我们开始明白自己有点儿不是了。我们开始为死人难过，觉得惭愧，心里怕了上来。因为，你知道，我们自己照样儿在被人赶着；我们自己也是朝着坟墓奔。
娜　嘉	是的，这种想法儿真可怕。
列夫深	别就难过。今天可怕，明天也就忘掉了。人又开始你推我，我推你，有一个人倒下去了，人人安静一分钟，显得不舒服。然后，他们叹口气，没多久，就又样样儿开始了。样样儿都是这样子，愚昧无知！不过小姐，你不觉得有罪。死人不跟你为难。你可以当着死人大声讲话。
塔杰雅娜	我们怎么样才可以换一个样子过活？你知道吗？
列夫深	（神秘地）我们先得毁掉钱。我们先得拿它埋掉。没了钱，何必挤来挤去？何必做仇敌？
塔杰雅娜	这就——够啦？
列夫深	开头儿能这样子，也就够啦。
塔杰雅娜	娜嘉，花园走走，高兴吗？

娜　嘉	(思维地)好罢。

〔两个人到往花园深处。列夫深走向桌子那边。将军。康和波劳吉在帐篷入口出现。

雅高秦	叶菲米奇，你拿种子撒在石头地，你这个老傻瓜！
列夫深	为什么？
雅高秦	想开导她们呀白搭。倒像她们能懂。工人可以懂，上等人呀，就没治。
列夫深	她是一个可爱的姑娘。格赖考夫讲她给我听来的。
阿格辣芬娜	你还要茶吗？
列夫深	要。

〔静默。于是听到将军洪亮的声音；娜嘉和塔杰雅娜的白衣服在树木中间闪烁。

将　军	要不你拿一根绳子，横在路上——就像这样子——别叫人看见。有人走过来了，忽然一下子就——扑通！
波劳吉	将军，看一个人跌跤，顶开心啦。
雅高秦	你听见啦？
列夫深	我听见啦。
康	我们今儿不好这么做，房子里头躺着一个死人。死人当前，您不好开玩笑的。
将　军	别教训我！你死的时候，我跳舞。

〔塔杰雅娜和娜嘉走到桌子跟前。

列夫深	这叫返老还童。
阿格辣芬娜	(走向屋子)他还就爱跟人开玩笑！
塔杰雅娜	(在桌子旁边坐下)告诉我，叶菲米奇！你是一个社会主义者？
列夫深	(率直地)我？不是。我和提冒菲——全是织工。我们是也

	就是——织工。
塔杰雅娜	你们认识社会主义者吗？有没有听人讲起过？
列夫深	听见过。——我们不认识。可是我们听人讲起来的。
塔杰雅娜	你们认识办公室的辛曹夫吗？
列夫深	当然，认识。办公室的人，我们全认识。
塔杰雅娜	你从来跟他谈过话吗？
雅高秦	（不安地）有什么好谈的？他在上头干活儿。我们在底下。我们来到办公室，他告诉我们经理要他说的话，就是这个。我们的交情到此为止。
娜　嘉	叶菲米奇，你们像是怕我们。用不着怕。我们怪关心的——
列夫深	我们做什么害怕？我们没干下什么错事儿。他们叫我们来维持治安，我们就来了。那边儿人全疯啦。他们赌咒要烧掉工厂烧个净光——除掉一堆灰，什么也不留下。可我们不赞成这样儿胡闹。我们不该放火烧掉东西。何必烧掉？全是我们自己盖出来的，我们的父和我们的祖——可是一下子——就全烧掉！
塔杰雅娜	我希望你们别以为我们问你们话有什么恶意。
雅高秦	要恶意做什么？我们不希望伤害任何人。
列夫深	我们的想法儿是这样儿的：是人盖来的就神圣。你得宝贵人力，不该拿东西烧掉。不过，他们爱玩儿火。而且他们在发疯。不错，死人待我们刻薄。不过，为死人呕气，太没意思。他拿他的手枪乱指着——吓唬我们。
娜　嘉	我姨父是不是好些？
雅高秦	雅哈耳·伊万诺维奇？
娜　嘉	是的。他——和气吗？还是——也待你们恶毒？

列夫深	我们不这么讲。
雅高秦	（悻悻然）单就我们来说，他们全一样。严厉也罢，和气也罢。
列夫深	（柔和地）严厉是主子，和气也是主子。癌呀要生就生，不挑人的。
雅高秦	（腻烦）当然啦，雅哈耳·伊万诺维奇是个好心人——
娜　嘉	你的意思是他比史克罗包陶夫好些？
雅高秦	（轻柔地）经理已经不算活人啦。
列夫深	小姐，你姨父是一个好人。可惜——这不会让我们过好日子。
塔杰雅娜	（激烦地）走，娜嘉。你就看不出他们不要了解我们吗？
娜　嘉	（轻柔地）是的——

　　〔两个人默然走出。列夫深看着她们出去，然后瞥了一眼雅高秦；他们全微笑着。

雅高秦	她们一死儿缠住你不放，是不是？
列夫深	你没听见？她们非常关心。
雅高秦	她们也许以为我们可以泄漏点儿秘密出来。
列夫深	小姐是一个好女孩子。可惜是她阔。
雅高秦	我们顶好告诉马提外·尼考莱耶维奇——这位太太试着盘问我们来的。
列夫深	应当告诉。我们也要告诉格赖考夫。
雅高秦	事情怎样啦？他们应当接受我们的要求——
列夫深	他们接受。过后儿再把我们挤到墙跟头。
雅高秦	连肠子也给我们挤出来。
列夫深	可不。
雅高秦	哼。啾，能好好儿困一觉就好啦。

列夫深	等会儿。将军来啦。
	〔将来进来。波劳吉在他旁边必恭必敬地走着,后面跟着康。波劳吉忽然揪住将军的胳膊。
将 军	什么事?
波劳吉	地上有一个洞眼。
将 军	啾!桌子上头成了什么?乱七八糟。你们在这儿吃东西来的?
雅高秦	是呀,老爷——跟小姐一起用的。
将 军	你们是帮我们守卫房子的,哎?
雅高秦	是呀,老爷——我们是在看守。
将 军	你们走运!我拿你们讲给总督听。你们这儿有多少人?
列夫深	两个人。
将 军	傻瓜!我会数两个。你们合起来有多少人?
雅高秦	三十个。
将 军	有火器吗?
列夫深	(向雅高秦)提冒菲,你那管手枪搁在哪儿?
雅高秦	这儿是。
将 军	别拿枪口!傻瓜蛋!康,教教这些蠢东西怎么样拿枪。(向列夫深)你有没有连响儿?
列夫深	没——有。我没有。
将 军	暴徒来了,你们要不要放枪?
列夫深	将军,他们不会来的。他们先前是受了刺激,现在全好啦。
将 军	万一真来了怎么办?
列夫深	他们难受,您明白——因为厂关啦——有的还有孩子——
将 军	偷?

波劳吉	正是。我求法律保护，可是，本地代表法律的那位督察，对居民的要求就一点儿也没搁在心上——
塔杰雅娜	（向波劳吉）你说话干么要用那样一种愚蠢的语言？
波劳吉	（窘迫）我？对不住。可是我上过三年专科，天天儿都看报纸。
塔杰雅娜	（微笑）啾，那就勿怪乎啦！
娜 嘉	波劳吉，你这人很滑稽。
波劳吉	只要您喜欢，我就开心。一个人应当尽力叫自己识趣。
将 军	你喜欢钓鱼吗？
波劳吉	将军，我没试过。
将 军	（耸肩）好怪的答话！
塔杰雅娜	你没试过什么——钓鱼还是做爱？
波劳吉	（窘迫）头一个。
塔杰雅娜	第二个呢？
波劳吉	我试过第二个。
塔杰雅娜	你结婚啦？
波劳吉	我也就是梦想那种幸福。然而，薪俸只有二十五卢布一个月，我没胆子做这种决定。

〔尼考莱和克莱奥巴塔匆匆进来。

尼考莱	（怒）简直气人！整个儿一团糟！
克莱奥巴塔	他怎么可以！他怎么敢！——
将 军	出了什么事？
克莱奥巴塔	（大声）你侄子是一个活小人！暴徒们的要求，那些杀死我丈夫的凶手们——的要求，他全答应啦！
娜 嘉	（轻柔地）也不见得全是凶手。
克莱奥巴塔	他就没拿死人，拿我，搁在心上！想想看！为了关厂，那

	些坏蛋把人弄死,现在还没入土,就要开厂!
娜　嘉	可是姨父怕他们把东西全烧掉!
克莱奥巴塔	你是个小孩子,没你说话的份儿。
将　军	你扯到哪儿去啦!我问你们放不放枪?
列夫深	那,将军,我们准备好啦。为什么不放?只是,我们不懂得怎么个放法儿,再说也没家伙放。这要是一管来复枪——或者一尊炮——
将　军	康,去教教他们——到河那边儿去——
康	(悻悻然)回禀大人,现在是夜晚。我们一放枪,会惊动人的。全要来看出了什么岔子。不过,随您吩咐。我没什么。
将　军	明天再教!
列夫深	明天就全安静啦。工厂也开啦。
将　军	谁开?
列夫深	雅哈耳·伊万诺维奇。他如今就在跟工人谈判。
将　军	妈的!依我呀,要关就永远关。清早的臭笛子,去它妈的!
雅高秦	笛子拉得晚点儿,我们先欢迎。
将　军	我呀,把你们统统饿死。看你们还闹不闹!
列夫深	我们闹什么来的?
将　军	少废话!你们待在这儿算个嘛?你们应当沿着篱笆走动走动。万一有人爬过来——开枪!我负责。
列夫深	来,提冒菲。拿着手枪。
	〔列夫深和雅高秦走出。
将　军	(冲着他们嘀咕)手枪!蠢驴!连个枪名儿都叫不上来!
波劳吉	回禀将军,这些老百姓一向就是又粗又野。不妨拿我的例

	子来看。我有一块园子，种了些青菜，亲手培养——
将　军	证明你勤。
波劳吉	我在休息期间工作。
将　军	人人都得工作！

〔塔杰雅娜和娜嘉拢近。

塔杰雅娜	(在远处)您为什么嚷嚷?
将　军	她们把我烦死。(向波劳吉)怎么样?
波劳吉	然而，几乎每天夜晚，工人抢我勤劳的果实——
尼考莱	还有那年轻小伙子的演说！显然是在宣传社会主义！
克莱奥巴塔	有一个书记是他们的头儿，帮他们出主意。他居然厚着脸皮说，是死人自己找死。
尼考莱	(往手册里面写着什么)这家伙是一个可疑份子。他太精明了，不像一个书记——
塔杰雅娜	你们是在讲辛曹夫?
尼考莱	是——的。
克莱奥巴塔	我觉得像有人在唾我的脸。
波劳吉	(向尼考莱)许我插一句话：每逢看报纸的时候，辛曹夫先生总是批评政治，说到当局，决无好感。
塔杰雅娜	(向尼考莱)你对这种话也感到兴趣?
尼考莱	(挑衅地)非常感到兴趣！——你打算作难我?
塔杰雅娜	我想波劳吉不够格儿在这儿讲话。
波劳吉	(惶愧)请您饶恕——我就走。

〔急忙走出。

克莱奥巴塔	他来啦——我不要看见他。我受不了他！

〔急忙由左走出。

娜　嘉	怎么的啦?

将　军	我太老啦,我受不了这个。暗杀。暴动——雅哈耳请我来这儿休养之前,先应当想到这一切才是。
	〔雅哈耳进来,样子激动,然而高兴。他看见尼考莱,窘了,站住,整理他的眼镜。
	听我讲,我亲爱的侄子——你明白你在干什么吗?
雅哈耳	叔父,等一下——尼考莱·瓦西里耶维奇——
尼考莱	是——是——
雅哈耳	工人们激动的不得了——我怕他们捣毁全厂,答应了他们的要求。还有关于狄奇考夫的要求。我有一个条件:交出罪犯,他们已经开始在搜寻他了。
尼考莱	(干涩地)他们大可不必操心。不用他们帮忙,我们找得到凶手。
雅哈耳	我觉得顶好还是让他们自己寻找——这样好些——我们同意明天用过午饭开工——
尼考莱	谁是我们?
雅哈耳	我——
尼考莱	啊哈!谢谢你的通知。不过,我觉得,家兄死后,他的权利就过给我和他太太,假如我没弄错的话,你应该和我们商量一下,先别你一个人就做决定。
雅哈耳	可是,我请你来的!辛曹夫来请你。你拒绝来。
尼考莱	你必须承认,家兄去世的一天,我没有心情考虑事务。
雅哈耳	不过,你去工厂来的。
尼考莱	是的,我去来的。听听讲演。算得了什么?
雅哈耳	可是你明白不明白?令兄好像打了一通颁兵的电报到城里头。回电到了,说是兵士在明天上午以前开到——
将　军	啊哈!兵士?那好多啦!兵一到,就没得捣乱啦!

尼考莱	一个非常聪明的步骤——
雅哈耳	我不敢说。兵一开到,工人们一定格外紧张——工厂要是不开,上帝知道会出什么乱子!我认为我的干法儿对。至少可以避免流血的冲突。
尼考莱	我的看法儿不一样。你不应当顺从这些……人,哪怕单为了尊重死者的记忆也应当。
雅哈耳	可是天呀,你就不提一句可能发生更大的悲剧!
尼考莱	跟我不相干。
雅哈耳	当然。不过我怎么办?我得跟工人一直活下去!万一他们流血——他们会捣毁全厂!
尼考莱	我不相信。
将 军	我也不相信。
雅哈耳	(绝望)那么,你谴责我的决定?
尼考莱	当然谴责。
雅哈耳	(真诚地)何苦……何苦这样对立?我要的也就是一件事——避免太有可能发生的惨剧。我不要流血。难道完成一个充满和平,有理性的生活方式真就那样不可能?你带着怨恨看我,工人们带着疑心看我——我要的是往对里做。也就是往对里做!
将 军	谁知道什么是对的?这算不得一个字。也就是一堆字母儿罢了。东一个字母儿,西一个字母儿。可是事情还是事情。难道不是这样子的吗?
娜 嘉	(充满眼泪)安静点儿,爷爷。姨父——别难过。他不明白。啾,尼考莱·瓦西里耶维奇,你怎么会不了解?你那样聪明——你为什么不相信我姨父?
尼考莱	原谅我,雅哈耳·伊万诺维奇,我走啦。谈论事务,有小

孩子参预，我不习惯。

〔他走出。

雅哈耳　看见了没，娜嘉？——

娜　嘉　（握住他的手）没什么。最要紧的是让工人们满意——他们那么多人，比我们多许多。

雅哈耳　等等——我有话同你讲。我非常不喜欢你，娜嘉，非常不喜欢。

将　军　我也是。

雅哈耳　你同情工人。在你这种岁数，也是自然的，不过，我的亲爱的，你不应当失去分寸。可不，今天早晨你带那个格赖考夫到桌子跟前。我知道他。他是一个懂事孩子。不过你没权利为他跟你姨妈瞎吵一场。

将　军　对！把分寸给她！

娜　嘉　可是您不知道这是怎么发生的。

雅哈耳　相信我，我比你知道的多。我们的人民又粗，又没教养。给他们一个手指头，他们要一条胳膊。

塔杰雅娜　（平静地）像一个要淹死的人抓一根草。

雅哈耳　他们像走兽一样贪，不好宠他们，要么也就是教育。正是这个。你仔细想明白了。

将　军　现在，我说话。鬼知道你怎么样对我，你这个小狐狸！我得叫你记住，你想跟我摆平呀，打现在起，还得四十年。我答应你跟我像一个平辈讲话呀，有得日子磨哪。明白了没有？康！

康　　　（在树木中间）有。

将　军　那儿是那个——他叫什么来的？——那个软木钻子？

康　　　什么软木钻子？

将　军　　那——他叫什么名字？滑溜溜的那个瘦家伙——

康　　　　噢，波劳吉？我不知道。

将　军　　（走向帐篷）找他来！

〔雅哈耳来回走动，低着头，拿手绢揩着他的眼镜。娜嘉坐在椅子上，用心在思索。塔杰雅娜站着望他们。

塔杰雅娜　谁弄死史克罗包陶夫的，晓得了吗？

雅哈耳　　他们说，他们不知道，但是要把他找出来。他们当然知道。（向四外瞥了一眼，放低他的声音）他们早就商量好了。是一种阴谋。说实话，他逼得他们这样子。他对他们怎么样，他就没搁在心上。爱好权力在他成为一种病了。所以他们——当然可怕，可怕到了最简单的程度——就是拿他杀死。眼睛看着你，爽爽亮亮，坦坦白白，好像他们就没觉得他们犯罪来的。真简单得吓的死人！

塔杰雅娜　听说史克罗包陶夫要开枪，可是有人从他手里抢去那管连响儿——

雅哈耳　　不相干。是他们杀死人——不是他。

娜　嘉　　（向雅哈耳）您干么不坐下来？

雅哈耳　　他为什么要叫兵来？他们一下子就打听出来了。本来也是瞒不住人的，加快送了他的命。当然，我得开厂；不然的话，我跟他们的关系有得坏哪。眼前对付他们，你得表示分外关切，尊重——谁知道这是一个什么了局？到了这种关口，一个感觉锐敏的人应当到老百姓里头交交朋友才是——（看见列夫深在后面走动）来人是谁？

列夫深　　是我们——巡逻。

雅哈耳　　好，叶菲米奇，你们杀死了人，所以现在你们温柔，和顺啦，哎？

列夫深	雅哈耳·伊万诺维奇,我们一向就——和顺。
雅哈耳	(申斥地)啾,是的。和和顺顺地把人杀死,哎?倒说,列夫深,你在传播什么道理,什么新原则,说我们用不着钱,用不着东家,什么什么的。就列夫·托尔斯泰①来说,这还可以原谅——就是说可以谅解——不过,我的朋友,你顶好还是别传播了罢。说那种话对你没好处。

〔塔杰雅娜和娜嘉向右手走出。那边传来辛曹夫和雅考夫的声音。雅高秦从树木中间探出身子。

列夫深	(安详地)什么话呀?我在活,我在想,所以说说我想到的东西。
雅哈耳	东家不是野兽。这你先得清楚。你知道,我作人并不恶毒,我一向就有心帮你们的忙。我要往对里做。
列夫深	(叹一口气)难道有人要拿自己往错里搞?
雅哈耳	可是你们就不明白我要为你们往对里做?
列夫深	我们明白,当然——
雅哈耳	(打量列夫深)不,你听错啦。你不明白。你们这些人真也怪气——有时候你们像野兽,有时候像小孩子。

〔他走出。列夫深从后面望着他,靠住他的手杖。

雅高秦	(过来)他又给了你一回教训?
列夫深	一个中国人。一个真正中国人。他打算说什么?除掉自己,他就什么人也了解不来。
雅高秦	他讲他要往对里做。
列夫深	是呀。

---

① 列夫·托尔斯泰(1828—1910):《战争与和平》的作者,是一位贵族,大地主,提倡解放农奴,以身作则,对当时影响很大。

雅高秦	我们走罢。他们到这儿来啦。
	〔他们退到后面。塔杰雅娜，娜嘉，雅考夫，辛曹夫从右手进来。
娜　嘉	我们走上走下，转来转去，跟在梦里一样。
塔杰雅娜	马提外·尼考莱耶维奇，你要吃点儿东西吗？
辛曹夫	给我点儿茶喝就好。我今天讲话讲得太多，喉咙都疼啦。
娜　嘉	你就什么也不怕？
辛曹夫	(坐在桌边)我？什么也不怕。
娜　嘉	我可真怕。忽然一下子，乱做一团，现在我就搞不清什么人对，什么人错。
辛曹夫	(微笑)就会不乱的。你只要不怕想就成。无所惧地想下去，想到头。天下没什么好怕的事。
塔杰雅娜	你相信事情平定下来了吗？
辛曹夫	我相信。工人们打仗很少赢过，就是小胜他们也大为满意。
娜　嘉	你喜欢他们吗？
辛曹夫	话不那么讲。我跟他们在一起待过一个长久时期，我知道他们，认识他们的力量。我相信他们的智慧。
塔杰雅娜	相信未来也属于他们，是吗？
辛曹夫	也相信。
娜　嘉	未来——我就想像不出是个什么样子。
塔杰雅娜	(微笑)狡猾着哪，你们那些普罗先生！娜嘉跟我试着同他们谈话，就甭想他们开口。
娜　嘉	的确不怎么好。老头子说起话来，就像我们两个人全是什么——坏人奸细呀什么的。可是还有一个人，格赖考夫——他看人就两样儿啦。老头子只是微笑，好像可怜我

	们,好像我们有病。
塔杰雅娜	雅考夫,酒别喝得太多。看着你可不怎么开心。
雅考夫	我有什么好干的?
辛曹夫	真就没事好干?
雅考夫	我对事情和业务感到一种厌恶,一种克服不了的厌恶。你明白,我属第三类——
辛曹夫	什么?
雅考夫	第三类。人可以分成三类:有人工作一辈子,有人会攒钱,第三类人不要赚面包吃,因为那没意义,也不能敛钱,因为那愚蠢——可不,总像不大对似的。我就是——第三类人。所有懒人,游民,和尚,乞丐和其他现世的食客都属这类人。
娜 嘉	姨父,听您说话呀真真无聊。您一点儿也不像那种人。您也就是良善——心慈。
雅考夫	换句话说,全无用处。我在学校的时候就这么觉得啦。人打小时候起就分成三类。
塔杰雅娜	雅考夫,娜嘉说你无聊,一点儿不错。
雅考夫	我同意。马提外·尼考莱耶维奇,人生有一张脸,你看有吗?
辛曹夫	可能有。
雅考夫	有的。这张脸永远年轻。还是不很久以前,人生无所谓地望着我,可是现在严厉地看着我,直问:"你是谁?你到哪儿去?" 〔有什么东西让他害怕,想微笑,但是牙打颤,不从命,脸扭成一副可怜的苦相。
塔杰雅娜	啾,雅考夫,别说下去啦——检查官来啦——我不喜欢你

当着他讲这类话。

雅考夫 好罢。

娜 嘉 （轻柔地）人人巴着什么事情发生。人人又怕。为什么他们禁止我和工人们来往？真蠢。

〔尼考莱进来。

尼考莱 我好要一杯茶喝？

塔杰雅娜 当然。

〔静了几分钟。尼考莱站着，搅动他的茶。

娜 嘉 我很想知道为什么工人们不相信我姨父，总之——

尼考莱 （悻悻然）他们仅仅相信那些对他们演说的人们，说些什么："全世界的工人们，团结起来！"他们相信这个！

娜 嘉 （耸耸肩，平静地）我一听见这些话——这种向世界各地发出的呼声——我觉得像我们这种人全成了多余——

尼考莱 （渐渐激动）当然！每一个有文化的人必然这样感觉。不久，我相信，就要听见另一种呼声："全世界有文化的人民，团结起来！"该是嚷嚷的时候了。野蛮人眼看就要把几千年的文化果实踩在脚底下。他们来了，一肚子的贪婪！

雅考夫 他们拿灵魂放在他们的肚子里头，空肚子里头。这张画儿呀，叫你流哈喇子。

〔给自己倒啤酒喝。

尼考莱 暴徒们来了，一肚子的贪婪，挤做一团，只有一个欲望——拼命往饱里塞！

塔杰雅娜 （思索地）暴徒——什么地方都有暴徒——戏园子里面——教堂里面——

尼考莱 这些人带得了什么来？什么也没，也就是毁灭。而且，你

	们记住,毁灭在这儿,在我们中间,比在任何地方都更可怕。
塔杰雅娜	我一听见他们把工人说做前进的人民,我就觉得奇怪。我对他们的了解完全不是这样子。
尼考莱	可是你,辛曹夫先生,你,当然,不同意我们的看法儿喽?
辛曹夫	(安详地)不同意。
娜　嘉	您记得,塔妮雅姨姨,老头子怎么样说起钱来的吗?简单的不得了。
尼考莱	辛曹夫先生,你为什么不同意?
辛曹夫	因为我的想法儿不一样。
尼考莱	一个十分有理的回答。不过,你也许可以把你的观点讲给我们听听?
辛曹夫	不,我无所谓。
尼考莱	真是失望之至。我唯一的安慰,是希望我们下次相遇你的态度已经改变过来。雅考夫·伊万诺维奇,假如你不介意,我请你陪我回去。我的神经真要粉碎啦。
雅考夫	(好不容易才站起来)奉陪——奉陪。
	〔两个人走出。
塔杰雅娜	这位检查官顶顶惹人反感。为了跟他同意呀,我总得费大了心思。
娜　嘉	(站起)那你为什么要跟他同意?
辛曹夫	(笑)是呀,塔杰雅娜·潘夫劳芙娜,你为什么?
塔杰雅娜	因为我跟他感觉一样——
辛曹夫	(向塔杰雅娜)你跟他一样想,可是感觉呀,不一样。你想了解,他就没这个心思——他用不着了解。

塔杰雅娜　　我想他很残忍罢。

〔娜嘉走出。

辛曹夫　　是的，很残忍。他在城里经手政治案件，待犯人坏透了。

塔杰雅娜　　倒说，他方才在他的手册里面记下点儿你什么事。

辛曹夫　　（带着微笑）还用说。他跟波劳吉谈话来的。总之，他找对了人——塔杰雅娜·潘夫劳芙娜，我想请你帮我个忙。

塔杰雅娜　　我高兴我可以效劳。

辛曹夫　　谢谢你。宪兵大概是叫来啦——

塔杰雅娜　　来啦。

辛曹夫　　这就是说，他们要挨家挨户搜查——你能帮我藏点儿东西吗？

塔杰雅娜　　你以为他们要搜你的住宅？

辛曹夫　　一定搜。

塔杰雅娜　　他们会捉你？

辛曹夫　　我想不至于。做什么？因为我演说来的？不过雅哈耳·伊万诺维奇知道，我说那些话是号召工人们维持治安——

塔杰雅娜　　你过去没留下什么把柄？

辛曹夫　　没——你肯帮我这个忙吗？我本来不想麻烦你，不过我一想，可以收藏这些东西的那些人明天家里也要挨搜的。

〔心平气静地笑着。

塔杰雅娜　　（窘迫）我说话应当坦白——我在这家的地位不许我把我住的屋子看做我自己的。

辛曹夫　　换句话说，你不能够？噢，那就——

塔杰雅娜　　千万别生我的气。

辛曹夫　　当然不。你的拒绝是可以理解的——

塔杰雅娜　　不过等等，我同娜嘉谈谈看。

〔她走出。辛曹夫看着她的后影,用手指敲着桌子。小心谨慎的步子传了过来。

辛曹夫　　（轻柔地）谁在那边?

〔格赖考夫进来。

格赖考夫　　是我。就你一个人?

辛曹夫　　是的。不过四围有人走动。工厂那边儿怎么样?

格赖考夫　　（干笑一声）你知道,他们同意寻找那开枪的人。现在他们正在调查。有的嚷嚷:"社会主义者杀死他!"总之,人人在想臭法子救自己的皮。

辛曹夫　　你知道——是谁?

格赖考夫　　阿基莫夫。

辛曹夫　　当真!哼——我说什么也想不到是他。那样儿一个有见识的好人——

格赖考夫　　他是一个急性子。他想自首——他有太太,他们眼看又要添一个——我才同列夫深说起。他,当然喽,讲了些无聊的话——说,我们应当想法子找个不及阿基莫夫重要的人顶替。

辛曹夫　　怪人一个!可是也真够讨厌的!(停了停)听我讲,格赖考夫,你得把东西统统埋到地底下——没别的地方掩藏。

格赖考夫　　我找到一个地方。电报生答应把东西拿走。马提外·尼考莱耶维奇,你顶好离开这儿。

辛曹夫　　不,我哪儿也不去。

格赖考夫　　他们会捉你的。

辛曹夫　　有什么关系?我要是一离开,工人们的印象可就坏啦。

格赖考夫　　这也是真的。不过这对你可太坏啦。

辛曹夫　　瞎扯。我觉得难受的倒是阿基莫夫。

格赖考夫	是呀,我们想不出法子帮他忙。他打算自首。你充老板产业的守卫,实在滑稽。
辛曹夫	(微笑)这叫身不由己。我猜我那些人手都睡了罢?
格赖考夫	没,他们聚在一起考虑怎么办。夜晚真好。
辛曹夫	我要不是等人来,我倒想跟你一道儿走。他们说不定也要捉你的。
格赖考夫	那样一来,我们的官司吃在一起啦。我走啦。

〔走出。

辛曹夫	再见。

〔塔杰雅娜进来。

塔杰雅娜·潘夫劳芙娜,你甭麻烦啦。事情安排好啦。再见。

塔杰雅娜	我真是对不起你。
辛曹夫	晚安。

〔他走出。塔杰雅娜平平静静地走上走下,眼睛盯着她的鞋尖。雅考夫进来。

雅考夫	你怎么还不上床?
塔杰雅娜	我不想。我在想着离开这儿。
雅考夫	嗯——嗯。至于我,就没地方好去。我已经走过所有的大陆和岛屿。
塔杰雅娜	这儿阴惨惨的。样样儿东西都在动摇,摇得我的脑壳都昏啦。我必须撒谎,偏偏我就不喜欢撒谎。
雅考夫	嗜。你偏偏就不喜欢撒谎。我不走运。真不走运。
塔杰雅娜	(自言自语)可是前不久——我撒谎来的。自然,娜嘉会答应藏起那些东西的。不过,我没权利把她撺到那条路上——

雅考夫	你在说什么？
塔杰雅娜	我？没事。可也真怪。前不久，人生还是清楚的，我知道我需要什么——
雅考夫	（平静地）唉，有才分的醉鬼，好看的闲人，和其他快活职业的人员，不再引人注意了。只要我们站在人生的骚乱之外，人家就觉得我们好玩儿。但是如今骚乱越来越戏剧化。有人已经在嚷嚷："喂，你们，做丑儿的，做戏的，滚开戏台子！"不过塔妮雅，戏台子是你的省分。
塔杰雅娜	（不安地）我的省分？我原先以为自己站在戏台子上头，站得牢牢的，可以上得高高的。（用力地，痛苦地）如今我觉得窘，不快活，当着这些拿静静的冷眼看着我的人们，眼睛似乎在说："我们全知道。又老又腻烦。"我感觉软弱，在他们前头被解除了武器——我抓不住他们，激不起他们的情绪。我要害怕得发抖，快活得发抖，我要说出来的字有火，有热情，有恨——刀一样锋利，火把一样明晃晃的字——我要在他们前头吐出字来，泉水一样往外涌。激动我的观众，嚷嚷，逃走——可是就没那种字。我巴不得止住他们，再拿美丽的字眼儿丢给他们，花一般，充满了希望，爱情和喜悦！他们哭，我也哭。我会哭出非常可爱的眼泪来！他们会冲我喝采！把我淹到花里头，举在他们的手上。我足有一时拿我的力量把他们吸住，这一时一定就是生命。全部生命集中在那一时！可是就没那种有生命的字。
雅考夫	我们知道的也就是在一时生活。
塔杰雅娜	人生最好的东西也就是在一时出现。我多希望看见不同的人——更多的回应！一种不同的生活——不那样空虚！

在生活里面，对每一个人，艺术永远成为一种必需。这样一来，我在人生里面会有一个位置——

〔雅考夫凝望着黑暗，眼睛大大的。

你为什么喝酒喝得那么多？你把自己害啦。你本来是一个美男子。

雅考夫　忘了罢。

塔杰雅娜　你明白这在我是怎样痛苦吗？

雅考夫　(恐怖地)不管我怎么样醉，我全明白。这正是我的不幸。我的脑筋一直活动下去，魔鬼一般坚持下去。永远这样。永远我看见一张宽大的脏脸，眼睛大大的，一直在问我："怎么样？"就是这句话，"怎么样？"

〔波莉娜跑进来。

波莉娜　塔妮雅！请过来，塔妮雅。是克莱奥巴塔——她疯啦！她侮辱所有的人——也许你能够让她安静安静。

塔杰雅娜　(苦恼地)别拿你们的吵闹搅我。快点儿，把彼此吞掉，别往别人脚底下乱跑。

波莉娜　(惊退)塔妮雅！你怎么啦？你说什么？

塔杰雅娜　你们需要什么？你们要怎么着？

波莉娜　看看她呀。她到这儿来啦。

雅哈耳　(在台外)放安静，我求求你。

克莱奥巴塔　(在台外)当着我，应当放安静的是你！

波莉娜　她要到这儿闹来啦，四围全是工人——真可怕！塔妮雅，我求求你——

〔雅哈耳进来，克莱奥巴塔紧紧跟在后面。

雅哈耳　听我讲——我怕我要疯啦。

克莱奥巴塔　你别想逃得开我。我要叫你听听——你讨好工人，因为你

	需要他们的尊敬。你拿一条人命丢抛给他们，像丢一块肉给狗。你们是人道主义者，拿别人牺牲，流别人的血。
雅哈耳	她瞎扯些什么呀？
雅考夫	（向塔杰雅娜）你还是走开的好。
	〔他走掉。
波莉娜	我的好太太，我们是上流人，不能够允许有你那样儿名声的一位妇人冲我们嚷嚷——
雅哈耳	（惊）波莉娜，放安静，千万放安静！
克莱奥巴塔	什么让你们以为自己是上流人的？因为你们嘀咕政治？因为人民痛苦？因为进步和人道主义？是不是这个缘故？
塔杰雅娜	克莱奥巴塔·彼特罗芙娜！够啦！
克莱奥巴塔	我没跟你说话。你不属这儿。不关你的事——我丈夫是一个忠厚人——正直，坦白。他比你们更懂老百姓。他也没像你们到处穷嘀咕。可是你们出卖了他，害死了他，因为万分愚蠢！
塔杰雅娜	（向波莉娜和雅哈耳）走罢，二位。
克莱奥巴塔	我走！我厌恶你们——个个儿厌恶！
	〔她走出。
雅哈耳	这个疯女人！
波莉娜	（含着眼泪）我们拿东西全扔了，走掉——这样儿侮辱人——
雅哈耳	她在犯什么神经？——她要是爱她丈夫，跟他要好，倒也罢了——可是她一年换两回情人——她现在倒也到处嚷嚷！
波莉娜	我们一定卖掉工厂！

雅哈耳	（苦恼地）瞎扯——卖掉！这不像话。我们必须再想一过——好好儿再想一过。方才我正在跟尼考莱·瓦西里耶维奇商量，这个女人就冲进来，打断了我们的谈话。
波莉娜	他恨我们——尼考莱·瓦西里耶维奇。他才恶毒。
雅哈耳	（镇静下来）他也就是生气吃惊。不过，他是一个聪明人，他没有理由恨我们。米哈一死，实际的利害关系反而拿他跟我们拴在一起了。
波莉娜	我怕他，我不相信他。他会骗你的。
雅哈耳	噢，波莉娜，没得话。他的判断力很好——可不，很好。事实上是，就我和工人的关系来说，我的确站在一个成为问题的地位。我必须承认这个。当天晚晌，我跟他们谈话的时候——噢，波莉娜，这些人敌意才深！
波莉娜	我老早就对你讲来的。可不，他们是仇敌，永远是。
	〔塔杰雅娜走出，静静地笑着。波莉娜看着她的后影，故意提高声音讲下去。
	人人是我们的仇敌。人人妒忌我们，所以全跟我们作对。
雅哈耳	（快步走着）是的。你这话也有一部分道理，当然。尼考莱·瓦西里耶维奇讲，这不是阶级之间的斗争，而是种族之间的斗争：黑和白——当然，这话有点儿勉强。未免过甚其辞——可是你要是不想一下我们是那有文化的人民，创造下来科学，艺术，等等——平等，生理学上的平等，哼——好罢。不过，先得让他们变成人，有了文化——然后，我们再谈平等。
波莉娜	（注意地）这在你是一种新想法儿——
雅哈耳	这还只是个大概，需要仔细想过。重要的事是我们必须学着了解自己。

波莉娜	（握住他的胳膊）我的亲爱的，你呀心肠太软。你的麻烦都是打这上头来的。
雅哈耳	我们知道的太少，所以常常受惊。譬方说，辛曹夫罢。他先让我一惊，叫我喜欢他——这样一个简单的人，想点儿什么的，逻辑非常清楚。结果，他是一个社会主义者，这就是他的简单和逻辑的来由。
波莉娜	是的，他招人注意。那样儿一张不愉快的脸！不过，你需要休息。我们回去好罢？
雅哈耳	（跟着她）还有一个工人，格赖考夫。一副盛气凌人的样子。尼考莱·瓦西里耶维奇跟我正在回想他的讲演。年纪不到一把，可是说起话来呀，才叫蛮横——

〔他们走出。静默。远远传来歌声。雅高秦，列夫深和赖雅布曹夫进来。赖雅布曹夫是一个年轻小伙子，有一张大好人的圆脸，和一种头往后扬的习惯。三个工人在树底下停住。

列夫深	（平静地，秘密地）为了一个共同原因，派烧克。
赖雅布曹夫	我知道——
列夫深	为了一个共同原因，一种人性的要求。目前，兄弟，每一个伟大的灵魂都得付出高价。人在提高他们的心灵。他们在听，读，想。谁能够进一步了解，谁就价值更高——
雅高秦	派烧克，这是真的。
赖雅布曹夫	我知道。做什么罢，我干。
列夫深	你千万别因为好玩儿才做。你先得了解。你年轻，这件事等于徒刑。
赖雅布曹夫	好。我可以逃的。
雅高秦	也许到不了。派烧克，你还年纪太轻。不会判徒刑的。

列夫深	我们就算徒刑好啦。越往坏里想,越好。假如一个人愿意吃大苦头子,那他就算行啦。
赖雅布曹夫	我行。
雅高秦	不急。再想想看——
赖雅布曹夫	还有什么好想的?我们杀死一个人,总得有人抵命才是——
列夫深	对。得有人抵命。一个人不承当,许多人就要吃苦。他们要叫我们最好的人去承当,派烧克,他们在工作上比你需要,派烧克。
赖雅布曹夫	我没什么话讲。我也许年纪小,不过我明白。我们得牢牢连在一起——像条链子。
列夫深	(叹一口气)对。
雅高秦	(微笑)我们连起手,围住他们,往前冲,就是这个!
赖雅布曹夫	好啦。我的主意定啦。我是一个单身汉,所以该我去承当。可惜的是,这样搞就为了一堆烂肉,不值得——
列夫深	是为你的同志,不是为了那堆烂肉。
赖雅布曹夫	我的意思是说,他那个人太可恶——太可恨。
列夫深	他就死在可恨上。好人寿终。不碍别人的事。
赖雅布曹夫	好,没别的话啦?
雅高秦	没啦,派烧克,那么,明天早晌你出面?
赖雅布曹夫	干么迟到明天?
列夫深	不必,还是迟到明天的好。夜晚跟母亲一样,帮人出主意。
赖雅布曹夫	随你——我现在好走啦。
列夫深	上帝和你在一起!
雅高秦	去罢,兄弟。要坚强——

〔赖雅布曹夫不慌不忙走掉。雅高秦旋转他的手杖，看着。列夫深望着天空。

列夫深　　（平静地）提冒菲，现下有成堆的好人在往大里长。

雅高秦　　好天气，好收成。

列夫深　　假如这样下去的话，我们也许会跳出这个烂泥坑的。

雅高秦　　（忧郁地）对这孩子可太坏了。

列夫深　　（平静地）是呀，太坏！我心疼他。就这样儿……下了监牢。还是为了糟糕的事。唯一的安慰是——他这样做为了他的同志们。

雅高秦　　是——是的。

列夫深　　我们顶好别谈这个。呲！呲！安德赖干么要扳枪机？杀人有什么用？一点儿用处也没有。你杀一条狗，主子再买一条——也就了啦。

雅高秦　　（忧郁地）我们有多少人就这样儿被牺牲啦！

列夫深　　走，看守！我们得去保卫主子的财产！（他们正往外走）噉，主——

雅高秦　　什么事？

列夫深　　日子难熬！我们能够快点儿把死结儿打开才好！

幕

第 三 幕

　　巴耳秦家里一间大厅。后墙有四个窗户和一扇门,通到门廊。穿过玻璃窗,可以望见兵士,宪兵和一群工人,包含列夫深和格赖考夫在内。房间显出没人住过的样子;家具稀少,又旧又不成对;墙纸脱落。一张大桌子贴住右墙。左右墙全有一副宽大的双连门。

　　康在移动椅子,生着气,摆在桌子四围。阿格辣芬娜在扫地板。

阿格辣芬娜　你犯不上跟我生气!

康　我不是生气。他们全叫鬼抓了去我也不在乎——谢谢上天,我就死快啦——我的心已经不灵啦。

阿格辣芬娜　我们全要死的,没什么好夸口的。

康　我受够啦——什么我也厌恶。活到六十五岁,你就抵不住他们那些子醒醍啦。就像核桃,牙没啦,咬不动——想想看,把这些人全圈在外头,在雨里头淋着!

　　〔从左边进来包包耶道夫队长和尼考莱。

包包耶道夫　(愉快地)这儿就是法庭? 好得很! 我想,你以检查官的身份出席?

尼考莱　不错。康,喊班长来。

包包耶道夫	我们这样进行我们的任务：中间是——他叫什么名字？
尼考莱	辛曹夫。
包包耶道夫	辛曹夫——挺动人。围着他的是世上的工人，哎？心呀碰上这个准热和！我们的主人是一个非常可爱的人，非常可爱。我先还不这样想。我知道他弟媳妇儿，在渥罗涅日演过戏。演得真不赖歹。

〔克瓦奇从门廊进来。

怎么样，克瓦奇？

克瓦奇	队长，我们统统搜过啦。
包包耶道夫	好。找到什么？
克瓦奇	什么也没找到。回禀队长，警察局督察急急忙忙的，不大尽职。
包包耶道夫	不足为奇。警察向例如此。被捉的人的房间找到什么东西没有？
克瓦奇	找到的，在列夫深房间，神像后头。
包包耶道夫	东西全放到我的房间。
克瓦奇	是，队长。那个新打骑兵队来的年轻宪兵，队长——
包包耶道夫	他怎么啦？
克瓦奇	也不尽职。
包包耶道夫	好，你瞧着办。去罢。

〔克瓦奇离开。

克瓦奇是个干手儿。貌不惊人，像有点儿蠢，可是鼻子尖，活似一条猎狗。

尼考莱	我劝你特别注意一下那个书记，包格丹·带尼叟维奇。——
包包耶道夫	噉，一定。我们有他受的。

尼考莱	我不是说辛曹夫,我是在说波劳吉。我觉得他可能对我们有用。
包包耶道夫	啾,我们方才同他谈话的那家伙?当然,我们不妨提携提携他。

〔尼考莱走向桌子,细心整理文件。从右边进来克莱奥巴塔。

克莱奥巴塔	(在门口)队长,你要不要茶喝?
包包耶道夫	谢谢。不麻烦的话,我要。这地方挺美。一个可爱的地方——想不到我认识鲁高渥伊夫人。她常到在渥罗涅日演戏,不是吗?
克莱奥巴塔	是罢——搜查的结果找到什么了没有?
包包耶道夫	(漂亮地)找到。没找不到的。放心。你明白,我们总会找到东西的。哪怕没东西,我们也找得出。
克莱奥巴塔	先夫不拿那些传单搁在心上。他一来就说,文字成不了革命。
包包耶道夫	哼。这当然不就怎么对。
克莱奥巴塔	他认为传单是傻瓜发给白痴的秘密命令。
包包耶道夫	(笑)很聪明——可也不怎么对。
克莱奥巴塔	现在你看,他们不散传单了,进一步采取行动。
包包耶道夫	你可以放心,他们一定受到严厉的处分——非常严厉。
克莱奥巴塔	这我就心安啦。你一来,我就觉得心宽。
包包耶道夫	鼓舞人民是我们的责任。
克莱奥巴塔	健全满意的人目下简直难得看到。所以看到这样儿一个人,我就没法子形容我的愉快。
包包耶道夫	啾,我们的宪兵全是上选的人才。
克莱奥巴塔	我们到饭厅去。

包包耶道夫	（随着她）奉陪！嗯，你也许可以告诉我，鲁高渥伊夫人这一季在什么地方演戏？
克莱奥巴塔	我不知道。

〔他们走出。塔杰雅娜和娜嘉从门廊来。

娜　嘉	（激动地）你有没有注意到列夫深老头子看我们的那个样子？
塔杰雅娜	注意到的。
娜　嘉	我不知道——这种作法儿真可怕——也真可耻！尼考莱·瓦西里耶维奇，你为什么一定要这样做？干么非捉这些人不可？
尼考莱	（干涩地）捉他们的理由多得很。我请你们别走门廊，那些家伙——
娜　嘉	啾，我们也不高兴走！
塔杰雅娜	（看着尼考莱）辛曹夫也在逮捕之中，是不是？
尼考莱	辛曹夫先生也在逮捕之中。
娜　嘉	（在屋里走来走去）十七个人！他们的女人站在大门外头哭——兵把她们推来推去，冲她们笑。告诉那些兵举止至少也该放斯文。
尼考莱	那不是我的事。兵受史特赖撒陶夫连长指挥。
娜　嘉	我去问他。

〔她从右门走出。塔杰雅娜走向桌子，微笑着。

塔杰雅娜	听我讲，法律的坟地，将军这样称呼你——
尼考莱	我不觉得将军有什么了不起的才情。他的玩笑话我决不重复。
塔杰雅娜	可不，我搞错啦。法律的棺材——他这样叫你。你不喜欢听？

尼考莱	我现在没心情跟人开玩笑。
塔杰雅娜	你是说你这人非常严肃?
尼考莱	我不妨提醒你一声——家兄昨天才让人杀死。
塔杰雅娜	那管你什么事?
尼考莱	对不住,可是——
塔杰雅娜	(微笑)别假招子啦。你并不为你哥哥难受——你从来不为任何人难受——好比说,我就是这样子。死亡——这就是,暴死,对人有一种坏影响。不过我相信你,你就没有一分一秒为你哥哥真心地,人性地难受——你没这个。
尼考莱	(勉强地)有趣。你说这话为了什么?
塔杰雅娜	你没注意到你和我精神上有些地方相同?没有?真可惜。我是一个女演员——一个冷血动物,只有一个欲望——把戏演好了。你也是铁石心肠,只想把戏演好了。告诉我真话,你真就想做检查官?
尼考莱	(平静地)我不要你再讲下去。
塔杰雅娜	(停了停,然后笑着)我就没办外交的才分。我跟你谈话有一个目标——我希望愉快,可爱——可是我一看见你,就拿话侮辱你。你一来就让我挖苦你——不管你是走着,歇着,说话,或者静静地批判别人。我本来想求你——
尼考莱	(干笑一声)我猜得出来。
塔杰雅娜	也许罢。不过,我想,是不是有点儿太迟啦?
尼考莱	不管什么时候,你都求晚啦。辛曹夫先生的嫌疑太重。
塔杰雅娜	你告诉我这个有一种快感,对不对?
尼考莱	我不否认。
塔杰雅娜	(叹息)这正表示我们彼此非常相像。我这人是极其小气,恶毒。告诉我——辛曹夫完全捏在你的手心——我是说,

	单在你一个人手心?
尼考莱	当然。
塔杰雅娜	假如我请你放他,怎么样?
尼考莱	没用。
塔杰雅娜	甚至于我非常恳切地求你?
尼考莱	没什么两样儿——你真邪行!
塔杰雅娜	真的?为什么?
尼考莱	你是一个美妇人,不用说,见解奇特。你是一个人物。你有无数的机会让你得到舒适奢华的生活——偏偏你倒注意这个无足轻重的人。古怪是一种病。任何一位有教养的人都为你的行为生气——没一个景慕妇女,珍重美丽的男子能够饶恕你这个。
塔杰雅娜	(好奇地看着他)你就这样儿把我判决啦!——唉!还有辛曹夫?
尼考莱	这位先生今天晚晌进监牢。
塔杰雅娜	决定啦?
尼考莱	是的。
塔杰雅娜	难道为一位女子也不让步?我不相信!我要是死乞白赖地求你,你会放辛曹夫的。
尼考莱	(紧促)试试死乞白赖地——你就试试看。
塔杰雅娜	我做不来——我不懂怎么样做——不过,告诉我真话——一辈子你就说一回真话,不见得就那样难——你会不会放他?
尼考莱	(稍缓)我不知道——
塔杰雅娜	我知道!(稍缓,叹气)我们俩全够腐烂的!——
尼考莱	不过,就是女人也有些地方不可饶恕。

塔杰雅娜	（信口说来）啾，什么地方？就是我们两个人——没人听得见。我有权利告诉你跟我自己，我们俩都——
尼考莱	请——我不要再听你讲下去——
塔杰雅娜	（坚持地，安详地）事实是，你把你的原则看得比一个女人的亲吻低。
尼考莱	我已经告诉你啦，我不要听你讲下去。
塔杰雅娜	（安详地）那么走呀。我相信我没拉着你。

　　〔尼考莱连忙走掉。塔杰雅娜拿围巾包住自己，站在屋子中心，望着门廊。娜嘉和连长从右边进来。

连长	士兵决不侮辱一位妇女，我拿我的名誉担保。对于兵士，妇女是神圣的——
娜　嘉	你去看好啦。
连长	不可能。只有在军队里头，尊敬妇女的态度保留下来。

　　〔他们穿出左门。波莉娜，雅哈耳和雅考夫进来。

雅哈耳	你看，雅考夫——
波莉娜	可是别的还有什么办法？
雅哈耳	我们必须面对现实，环境的需要——
塔杰雅娜	你们在谈什么？
雅考夫	他们在冲我唱挽歌——
波莉娜	真是太也没感情啦！人人责备我们，就是雅考夫·伊万诺维奇，一向那样温和，——好像兵来是我们的错！根本也没人去请宪兵。他们向来是不请自到。
雅哈耳	逮捕人犯也责备我们——
雅考夫	我没责备你。
雅哈耳	话不多，可是我觉得出来——
雅考夫	（向塔杰雅娜）我在坐着，雅哈耳走过来对我讲，"怎么样，

	兄弟？"我就说，"糟，哥哥。"我就说了这么一句话。
雅哈耳	可是你就不明白，在俄罗斯，宣传社会主义的方式，到了任何地方都不可能吗？根本就不可能发生！
波莉娜	人人应当关心政治，可是社会主义要政治干吗？雅哈耳这样讲，他对。
雅考夫	（悻悻然）老列夫深算哪类社会主义者呀？活儿干过了梢，累啦，他也就是说糊话罢了。
雅哈耳	他们全说糊话。
波莉娜	先生们，你们必须同情同情。我们苦透啦！
雅哈耳	你以为拿我的房子变成法庭我不在意？都是尼考莱·瓦西里耶维奇的主意，可是出了那件惨事以后，你就没法子跟他理论。

〔克莱奥巴塔急忙进来。

克莱奥巴塔	你们听见了没有？凶手找到啦——他们这就带他到这儿来。
雅考夫	（唧哝）噢，为了上天的缘故——
塔杰雅娜	是谁？
克莱奥巴塔	一个年轻小伙子——这下子我喜欢啦——也许这不大人道，不过我喜欢也是真的，他是一个年轻小伙子，我要他每天挨打，一直挨到受审那一天——尼考莱·瓦西里耶维奇哪儿去啦？你们没看见他？

〔她走向左边的门，正好遇见将军。

将　军	（悻悻然）这下子你们好啦，站了一堆，全像雨打的母鸡。
雅哈耳	叔父，很不愉快——
将　军	宪兵吗？是呀，那位队长是个小胆子货。我想开他玩笑——他们在不在这儿过夜？

波莉娜　　　我想不罢——他们做什么在这儿过夜？

将　军　　　真可惜。他要是留在这儿的话，等他上床的时候，拿桶冷水浇在他身上。在我那一团，我就这样儿对付那些小胆儿新兵。光赤条条一个人，滴答着水，直跳直叫，没比这好玩儿的啦。

克莱奥巴塔　（站在门道）老天爷晓得你干么说这种怪话，将军。队长做人庄重，精力非常饱满。他一到这儿，就把坏人圈起来啦。这我先欣赏。

〔她走出。

将　军　　　哼——在她眼睛里头，男人一有大髭就庄重。可是人必须知道自己的身份。对了。庄重的秘诀就是这个。（走向左门）嗐，康！

〔下。

波莉娜　　　（平静地）她跑来跑去，真还把自己看做当家子的了。看她那副行径！粗野，没有礼貌！

雅哈耳　　　只要他们快着点儿结束也就好了！我多盼着和平，平静！

〔娜嘉跑了进来。

娜　嘉　　　塔妮雅姨姨，那位连长蠢透了！我猜他在打他的兵士。他走来走去，喊着，做着可怕的怪脸——姨父，他们应当允许那些被捉的人看看他们的女人——里头有五个人有太太，您去对那位宪兵讲讲——这归他管。

雅哈耳　　　你看，娜嘉——

娜　嘉　　　我看呀，您就没动——去罢。去告诉他——她们在哭——去，我告诉您。

雅哈耳　　　我怕没用——

〔他走出。

波莉娜	你呀,娜嘉,总帮人添事。
娜 嘉	帮人添事的是你们。
波莉娜	我们?什么话——
娜 嘉	(激动地)我们全体——您,我,姨父——是我们给人添事。我们什么事也不做,可是正因为我们,来了兵士,宪兵,麻烦都来啦。那些人被捕,女人们哭——全为了我们!
塔杰雅娜	这儿来,娜嘉。
娜 嘉	(走向她)好,我过来啦——怎么样?
塔杰雅娜	坐下,放安静——你不懂事,也帮不了忙——
娜 嘉	你看,你连话也没得讲。我不要安静。我不要。
波莉娜	你可怜的母亲说你的话对,你这孩子难办。
娜 嘉	可不,她对——她工作,赚面包吃。可是您——您做什么来的?您吃得谁的面包?
波莉娜	这孩子又犯劲儿啦!娜结日达,我一定要你换个声调儿讲话。冲长辈乱喊,你怎么敢?
娜 嘉	你们就不是长辈。你们算哪类长辈呀?——也就是年纪大些罢了。
波莉娜	塔妮雅,都是你的影响,你一定要告诉她,她是一个蠢女孩子——
塔杰雅娜	你听见了没有?你是一个蠢女孩子——
	〔她拍着娜嘉的肩膀。
娜 嘉	你们就没别的话说啦?什么也没!连替自己辩护都不会——真有这种人!你们呀。一无用处,连在您自己家里也没用处。
波莉娜	(严厉地)你明白你在说些什么吗?

娜　嘉	人家全来啦——宪兵，兵士，长着大髭的傻瓜，发命令，喝茶，拍着他们的刀，响着他们的刺马距，走来走去笑着——捉人，骂人，吓唬人，逼女人们哭——你们呢？你们在这儿有什么用处？一下子就叫人家搡到墙犄角——
波莉娜	你明白不明白你在胡说八道？这些人是来保护我们的。
娜　嘉	(忿忿地)啾，姨姨！兵没法子保护人不蠢！
波莉娜	(怒)什——什么？
娜　嘉	(伸出她的胳膊)别生气。我说的话指人人而言。

〔波莉娜急忙走出屋子。

好呀，她逃开了。她要对姨父抱怨我粗野，不受管教——姨父给我来上一篇大议论，就是苍蝇听了也要腻死。

塔杰雅娜	(思维地)你在这世上怎么活下去？我想不出！
娜　嘉	(拿胳膊比了一个大姿势)不像这样儿活！说什么我也不要这样儿活！我不知道我该怎么做——不过我决不照你那种做法儿做。我方才跟那位官儿穿过门廊，格赖考夫在那儿吸着烟，看着我们，他的眼睛在笑。可是他知道他就要去坐监牢。你看出来了没有？照自己喜欢的方式生活的人们，什么也不怕。他们永远快活。我一看见列夫深和格赖考夫就难为情——我不认识别人，可是这两个人——我永远忘记不了他们。啾，那个有髭的傻瓜来了——啾——啾——啾！

〔进来包包耶道夫。

包包耶道夫	真怕人！你想吓唬谁？
娜　嘉	我怕你们——你放女人们见见她们的丈夫，成不成？
包包耶道夫	不成，我不放。我是——一个恶人！
娜　嘉	自然是喽。你一当宪兵就算完啦。你为什么不许女人见

见她们的丈夫？

包包耶道夫　（有礼貌地）现在不成。随后，押男人们走的时候，我许她们告别的。

娜　嘉　可是为什么不成？只要你肯，不就成了吗？

包包耶道夫　我肯——那就是说，要法律肯。

娜　嘉　哦，法律跟这有什么关系？放她们进来，求你啦。

包包耶道夫　你是什么意思——法律跟这有什么关系？难道你也不承认法律？好啊，好啊！

娜　嘉　别跟我那样子讲话。我不是一个小孩子。

包包耶道夫　我不相信。只有小孩子和革命家才不承认法律。

娜　嘉　那，我就是一个革命家。

包包耶道夫　（笑）哦喝！那就该我把你丢进监牢——捉了你，关进监牢！

娜　嘉　（忧郁地）别开玩笑啦。放她们进来。

包包耶道夫　我不能够。法律！

娜　嘉　无聊的法律！

包包耶道夫　（严肃地）哼——千万别说这话。假如像你讲的，你不是一个小孩子，你必须知道，法律是最高当局造出来的，没有法律，国家就不可能存在。

娜　嘉　（热烈地）法律，当局，国家——老天爷！难道不全是为人民才有的？

包包耶道夫　哼——当然。这就是说，第一先为治安。

娜　嘉　假如有了它们只为叫人民哭，也就不值分文。我们用不着你们的当局和你们的国家，假如它们叫人民哭的话。国家！——多蠢的一个蠢东西！我要它干什么？（走向门）国家！懂自己也不懂，瞎吹个什么？

〔走出。

包包耶道夫　（有点儿狠狈，向塔杰雅娜）一位非常古怪小姐。不过，思想里头有危险的倾向——她姨父像是一个自由论者。我这话对不对？

塔杰雅娜　你应当比我清楚。我不知道自由论者是什么意思。

包包耶道夫　你这是什么意思？人人知道。蔑视当局——就叫自由主义。——不过事实上，鲁高渥伊夫人，我在渥罗涅日见过你。真的，我非常欣赏你的演技。简直好透啦！你也许注意到我，——我总坐在副总督旁边。当时我在区司令部做副官。

塔杰雅娜　我不记得——大概是罢。每一座城都有宪兵，我相信。

包包耶道夫　噢，是这样子。每一座城，没例外！让我告诉你，我们做官的顶懂艺术。或许，商人们也懂。譬如说，我们喜欢的女演员要有慈善演出，我们就捐钱来买礼物——每一本捐册上你都看得见宪兵队官员的名字。这在我们成为传统了，好比这么说。我好不好问你，下一季你打算上哪儿演戏？

塔杰雅娜　还没决定。自然要在一座有真懂艺术的人们的城市喽。我想，这没法子避得开罢？

包包耶道夫　（听不出弦外之音）噢，当然。每一座城都有。说到临了儿，人是越来越文明。

克瓦奇　（在门廊）队长，开枪的那个人带到这儿啦。把他带到哪儿？

包包耶道夫　就是这儿——全带进来。喊检查官来。（向塔杰雅娜）原谅我。我得料理一下我的事务，也就是一会儿工夫。

塔杰雅娜　你就要审问他们啦？

包包耶道夫　（有礼貌地）一点点。浮面地——也就是跟他们认识认识。

点点名，好比说。

塔杰雅娜　我可以旁听吗？

包包耶道夫　哼——照规矩讲，政治案件——不可以。不过，这是一个刑事案件，我们又不在办公室，我想我就答应了你罢——

塔杰雅娜　没人看得见我——我在那边看就成。

包包耶道夫　好极！看你演戏的快乐，如今能够稍稍回报一下，我觉得高兴。我得去取点儿文件来。

〔他走出。两个中年工人带赖雅布曹夫进来。康走在一旁，不时瞥一眼赖雅布曹夫。列夫深，雅高琴，格赖考夫，和另外几位工人，随在后面。宪兵们。

赖雅布曹夫　（发怒）你们干么捆我的手？解开！来啊！

列夫深　朋友，打开他的手——何必伤他的感情？

雅高秦　他不会逃的。

第一个工人　那是规矩。法律要我们捆他的手。

赖雅布曹夫　我偏不要捆！解开！

第二个工人　（向克瓦奇）长官，你看怎么样？他怪安静的——我们就搞不清楚怎么会是他——

克瓦奇　好罢。就解开好啦。

康　（忽然）你们捉他捉错了人！——开枪的时候，这小子在河那边儿——我看见他来的，将军也看见他来的！（向赖雅布曹夫）说呀，傻瓜。告诉他们，开枪的不是你——你怎么不开口？

赖雅布曹夫　（坚定地）的确，是我。

列夫深　兵老爷，我想他本人顶清楚——

赖雅布曹夫　是我干的。

康　（嚷嚷）你撒谎！捣乱鬼！

〔进来包包耶道夫和尼考莱·史克罗包陶夫。

出事的时候,你在河上头铲船,唱歌儿,你能够否认吗?

赖雅布曹夫	（安详地）是我后来干的。
包包耶道夫	这家伙?
克瓦奇	是,队长。
康	不对,不是他干的。
包包耶道夫	什么?克瓦奇,把老头子拉走。这老头子哪儿来的?
克瓦奇	队长,他是将军的跟随。
尼考莱	（仔细打量赖雅布曹夫）包格丹·带尼叟维奇,等一下——克瓦奇,由他去。
康	拿开你的手!我自己也是兵。
包包耶道夫	够啦,克瓦奇!
尼考莱	（向赖雅布曹夫）经理是你杀的?
赖雅布曹夫	是我。
尼考莱	为什么?
赖雅布曹夫	他待我们可恶。
尼考莱	你叫什么?
赖雅布曹夫	派外尔·赖雅布曹夫。
尼考莱	好——康,你方才在说什么?
康	（心里很乱）他没杀他!出事的时候他在河上头铲船!——我可以赌咒。将军跟我都看见他的——将军还讲:我们要是能够把船弄翻了,浸他一下子,不挺好玩儿吗?——这话是他讲的。听见了没有,你这不怕死的?你打的什么主意?
尼考莱	康,你怎么拿得那么稳,行凶的时候,他在河上头?
康	打工厂到他待的地方得走好一个钟头儿。

赖雅布曹夫	我跑来的。
康	他在摇桨,在唱歌儿。杀了人,你不会唱歌儿的。
尼考莱	(向赖雅布曹夫)你知道,法律严厉处罚任何做假证,企图掩护犯人的人吗?——你知不知道这个?
赖雅布曹夫	我不在乎。
尼考莱	好罢。这么看来,是你杀死经理的喽?
赖雅布曹夫	不错,是我。
包包耶道夫	活活儿一个野小子!——
康	他撒谎!
列夫深	朋友,你是个局外人!
尼考莱	什么?
列夫深	我说他是个局外人,偏一死儿打岔——
尼考莱	你为什么不说自己是个局外人?也许你跟凶杀有牵连?
列夫深	(笑)我?我有一回拿手杖弄死了一个兔子,足足一个礼拜心里不好过。
尼考莱	那你就少废话!(向赖雅布曹夫)你打人的连响儿放在什么地方?
赖雅布曹夫	我不知道。
尼考莱	什么个样儿?形容形容看。
赖雅布曹夫	(困惑地)什么个样儿?——寻常的样儿。
康	(欢然)家活!他就没见过连响儿!
尼考莱	多大?(用手表示一尺的长度)这样大吗?
赖雅布曹夫	是——不,还要小点儿。
尼考莱	(向包包耶道夫)包格丹·带尼叟维奇,请这边儿来。(放低他的声音)这里头有鬼把戏。这孩子得加严对付。先放下他,等法官到了再说。

包包耶道夫	不过,何必呢?——他全招啦。
尼考莱	(加强印象)你我怀疑这孩子不是真正的凶手,是一个替身,明白了没有?

〔雅考夫,显然喝醉了,小心在意地走进靠近塔杰雅娜的那扇门,静静地看着。有时候,他的头软软地搭拉下来,好像他在打盹,忽然拿头往上一扬,一脸的惊惧望着四周。

包包耶道夫	(不了解)啊——啊——嗯——嗯。是,是。想想看!
尼考莱	这是一种阴谋。一种共同罪行——
包包耶道夫	坏蛋!
尼考莱	目下先叫班长把他带开,当心要完全隔绝。我出去一会儿——康,来。将军在哪儿?
康	在挖虫子——

〔尼考莱和康走出。

包包耶道夫	克瓦奇,把这家伙带走,仔细看好了!小心在意!
克瓦奇	是,队长。来,小家伙!
列夫深	(感情地)再见,派烧克。再见,朋友——
雅高秦	(忧郁地)再见,派烧克——
赖雅布曹夫	再见。——没什么——

〔他们带赖雅布曹夫下。

包包耶道夫	(向列夫深)老头子,你认识他?
列夫深	自然啦。我们在一起工作。
包包耶道夫	你叫什么名子?
列夫深	叶菲穆·叶菲冒夫·列夫深。
包包耶道夫	(向塔杰雅娜平静地)注意发展。列夫深,告诉我真话——你是一个懂事的老头子。你对长官应当永远讲真话——

列夫深　　　我何必撒谎？

包包耶道夫　（狞视）好。现在老老实实对我讲，你在家里神像后头藏了些什么？记住，真话！

列夫深　　　（安详地）没什么东西。

包包耶道夫　这是真话？

列夫深　　　是真话。

包包耶道夫　别不要脸啦，列夫深！头都秃了，头发也成了灰的，还像一个小孩子扯谎——当局不单知道你在做什么，连你想些什么也知道。列夫深，这不像话。我手里拿的是些什么东西？

列夫深　　　我看不见——我的眼力不好。

包包耶道夫　我告诉你是什么。是政府禁止的小册子，号召人民反对他们的沙皇。这些小册子在你家里神像后头找到的——现在你还有什么好说的？

列夫深　　　（安详地）没。

包包耶道夫　你承认它们是你的？

列夫深　　　也许是我的——看起来全像一样。

包包耶道夫　那你，活到这么大年纪，为什么撒谎？

列夫深　　　队长，我告诉你的是真的真话。你问我什么东西在神像后头。你是现在问我，我清楚那儿没什么东西，因为老早就让你们拿掉了。所以我方才讲——没什么东西。你何必骂我不要脸？我没做下什么不要脸的事。

包包耶道夫　（堵住）这就是你的看法儿！可是我呀，请你少讲废话——我不是一个轻易就受得了骗的人。谁拿这些小册子给你的？

列夫深　　　可你为什么要知道这个？我不能够告诉你。哪儿来的，我

	不记得了——你就不必在这上头操心了。
包包耶道夫	什么?——好罢。很好!阿列克塞·格赖考夫!哪一个是格赖考夫?
格赖考夫	是我。
包包耶道夫	从前史冒冷司克的技工散发革命传单,你也牵涉进去受询问来的?
格赖考夫	受询问来的。
包包耶道夫	这样年轻,这样有才气!认识阁下,非常愉快——宪兵,把人犯统统带到门廊那边!——这儿气闷得慌。维芮巴耶夫,雅考夫?好——史维司陶夫,安德赖?——
	〔宪兵们把逮捕的人犯带往门廊。包包耶道夫,手里拿着名单,随着他们。
雅考夫	(柔和地)我喜欢这些犯人。
塔杰雅娜	我明白,不过,他们为什么那样简单?——他们为什么说起话来那样简单,看起人来那样简单?为什么?难道他们没有热情?没有英雄气概?
雅考夫	他们对自己的事业有信心,所以安静。
塔杰雅娜	他们不是没有热情——也不是没有英雄。不过,你觉不觉得,这儿的人他们个个儿看不上眼?
雅考夫	叶菲米奇是真行——他的眼睛那样懂事,那样忧郁,那样亲切!他好像在说:"这全为了什么?只要你们走开,拿自由给我们就成!——只要你们不碍我们的事就成!"
	〔雅哈耳在门边往里窥探。
雅哈耳	这些代表法律的先生们简直是蠢透啦!问了半天还就是那么回事!——尼考莱·瓦西里耶维奇那副神气活像一位世界征服者——

雅考夫	雅哈耳，你唯一的反对是：在你家里开庭。
雅哈耳	是呀，他们很可以不必给我这种愉快！——娜嘉简直是疯啦——对波莉娜跟我尽说些目无尊长的话，把克莱奥巴塔叫做野猫，现在她倒在我屋子沙发上头，滚来滚去直哭——也就是天晓得怎么的啦！——
雅考夫	（思索地）我一想到要怎么的啦，雅哈耳，我就越来越厌恶。
雅哈耳	这我明白。——可是有什么办法？你受人攻击，就得防卫。这所房子就没一个角落像个家呀什么的——好像样样儿东西站在它的头上，雨又来得个冷，来得个湿——真是赶上了早秋！

〔雅哈耳走出。进来尼考莱和克莱奥巴塔。两个人都很激动。

尼考莱	我现在相信，他是受了贿赂来干这个的！
克莱奥巴塔	他们自己想不出这个来的——这儿一定有一位能手儿帮他们出主意。
尼考莱	你怀疑——辛曹夫？
克莱奥巴塔	还有谁？啊，包包耶道夫队长——
包包耶道夫	（从门厅进来）伺候您啦！
尼考莱	我完全相信那孩子受了贿赂——

〔耳语。

包包耶道夫	（轻柔地）啾！哼——
克莱奥巴塔	（向包包耶道夫）你明白了罢？
包包耶道夫	哼，——真想不到！一群浑蛋！

〔继续紧张的谈话，尼考莱和包包耶道夫走出双连门。克莱奥巴塔望望四围，发见塔杰雅娜。

克莱奥巴塔　啾——原来你在这儿!

塔杰雅娜　出了什么新岔子?

克莱奥巴塔　我想对你没什么两样儿——你听人讲起辛曹夫了没有?

塔杰雅娜　听说啦。

〔雅考夫离开。

克莱奥巴塔　(挑衅地)是呀,他被逮捕啦。工厂这些莠草总算全叫拔掉啦,我很高兴——你呢?

塔杰雅娜　我想对你没什么两样儿——

克莱奥巴塔　(带着一种恶意的喜悦)你同情这位辛曹夫。(她一看塔杰雅娜,脸反而变柔了)你的样子真怪——好像你难过来的——为什么?

塔杰雅娜　我想由于天气罢。

克莱奥巴塔　(走向她)听我讲——这也许蠢,不过——我是一个直性子人——我经见的事情多啦——所以总是一肚子恨。我知道只有一个女人可以做一个女人的朋友。

塔杰雅娜　你有话问我?

克莱奥巴塔　是告诉你,不是问。我喜欢你——你的姿态总是那样自由,衣服总是那样合身——也知道怎么样对付男人。我妒忌你——说话走路的样子——不过,有时候我不喜欢你——甚至于恨你。

塔杰雅娜　怪好玩儿的。为什么?

克莱奥巴塔　(怪怪地)你是什么样儿人?

塔杰雅娜　这个——

克莱奥巴塔　我搞不清楚你是什么样儿人。我喜欢看人看到点儿,知道他们需要什么。我觉得搞不清楚自己需要什么的那些人危险。不好信任他们的。

303

塔杰雅娜　　一片怪话。你要我听你这个有什么意思？

克莱奥巴塔　（猛烈地，带着惊恐）人应当和好，靠拢在一起，才可以相互信任！你就看不出他们开始在杀害我们，打抢我们吗？你就没看出那些犯人长着一副什么样儿的强盗面孔？他们知道他们需要什么，一定！他们靠拢在一起，相互信任——我恨他们。我怕他们！可是我们哪，多的是敌意，什么也不相信，什么共同的联系也没有，人人为自己打算——我们靠着兵士和宪兵——他们仅仅靠着自己——所以他们比我们强壮！

塔杰雅娜　　我也有一句鲁莽的话很想问你——你同你丈夫在一起快活吗？

克莱奥巴塔　你为什么问这个？

塔杰雅娜　　也就是好奇。

克莱奥巴塔　（稍缓）不快活。他总是忙着外头的事——

〔波莉娜进来。

波莉娜　　你们听说了没有？辛曹夫那个书记原来是一个社会主义者。雅哈耳一向对他公开，甚至于还想叫他做助理会计！当然啦，不关重要，可是想想看，人生有多复杂。你天大的仇敌就在你身子一旁，你想也没想到！

塔杰雅娜　　谢谢天，我不是阔人。

波莉娜　　你人一老，你也就不这么说啦。（向克莱奥巴塔，温柔地）克莱奥巴塔·彼特罗芙娜，裁缝要你再去试试衣服——他们把黑纱给你送来啦——

克莱奥巴塔　好罢。怎么的啦——我的心直跳。我就恨生病。

波莉娜　　我有药治你的心病。挺灵。

克莱奥巴塔　谢谢你。

〔她走出。

波莉娜 （在她后面）我就跟你过来。（向塔杰雅娜）对她必须温和，一温和，她就安静啦。我喜欢你跟她说说话儿——总之，我妒忌你，塔妮雅，——你永远有本事采取一种舒服的中立地位。——我去拿药给她。

〔波莉娜走出。塔杰雅娜望着外面门廊排齐的囚犯。雅考夫往门里窥探。

雅考夫 （逗她）我一直站在这儿偷听来的。
塔杰雅娜 （心不在焉）人家讲，偷听不好的。
雅考夫 总之，偷听人家说话是不愉快的——反而叫你可怜他们。好，不管怎么样，塔妮雅，我走啦。
塔杰雅娜 那儿去？
雅考夫 什么地方——我还不知道——再见。
塔杰雅娜 （感情地）再见——给我写信。
雅考夫 这地方简直讨厌。
塔杰雅娜 你什么时候离开？
雅考夫 （带着一种奇怪的微笑）今天——你说不定也要走啦罢？
塔杰雅娜 是的，我也想走。你做什么微笑？
雅考夫 没什么了不起的理由——我们也许永远见不着啦——
塔杰雅娜 瞎扯！
雅考夫 饶恕我。（塔杰雅娜吻着他的前额。他柔柔地笑着，把她推开）你亲我活活儿就像我是死尸。

〔他慢慢走出。塔杰雅娜看着他的后影，打算跟他出去，但是手轻轻挥了一下，止住这种冲动。娜嘉进来，拿着一把雨伞。

娜　嘉 跟我到花园儿来——请。我头疼——我方才哭了又哭——

	像一个傻瓜。我要是一个人走,我会又哭的。
塔杰雅娜	孩子,有什么好哭的?没什么好哭的。
娜 嘉	样样儿事气人——我简直搞不出个头绪来。谁对?姨父说他对——可是我不觉得他对。姨父仁慈吗?先前我相信他是——现在我不敢说啦。他跟我说话,我好像觉得自己恶毒,愚蠢——可是我一拿他——拿样样儿事问一下自己——我就没一样儿懂得的!
塔杰雅娜	(忧郁地)你要是尽问自己的话,你就要变成革命家了——我的小宝贝儿,你就要在这混乱之中毁灭掉——
娜 嘉	可,我总得变成个什么,不是吗?(塔杰雅娜柔柔地笑着)你笑什么?我当然得变。你不能够活着光眨眼睛,什么也搞不明白!
塔杰雅娜	我笑,因为今天人人在讲这话——全忽然一下子在讲这话。
	〔她们出去,将军和连长进来。连长彬彬有礼,给她们让路。
将 军	连长,必须动员。这有两种目的——(向娜嘉和塔杰雅娜)你们到那儿去?
塔杰雅娜	散步去。
将 军	你要是遇见那个书记——他叫什么来的?连长,我方才给你介绍的那个人叫什么来的?
连长	波喀提,将军。
将 军	(向塔杰雅娜)叫他到我这儿来。我在饭厅,和连长喝茶,加点儿高雅克——哈,哈,哈!(向四外张望,手掩住他的嘴)谢谢你,连长!你记性真好。非常需要。一位军官必须记住队里每一个人的名字和面貌。募来的新兵呀,简

直是个狡诈的畜牲——狡诈，懒惰，愚蠢。军官钻进他的灵魂，拿他重新摆布一下，把畜牲变成人——一个懂事，知道责任的人——

〔雅哈耳进来，忧心的样子。

雅哈耳　叔父，您看见雅考夫没有？
将　军　我没看见——那边有茶吗？
雅哈耳　有。

〔将军和连长走出。康，头发乱乱的，生气的样子，从门廊进来。

康，你看见我兄弟没有？

康　　　（悻悻地）没有。从命以后，我再也不做声啦。就是看见人，我也不讲——就是不开口——我这辈子讲够啦——

〔波莉娜进来。

波莉娜　种田的又来啦，要求地租延期付。
雅哈耳　他们挑得真是时候！
波莉娜　他们抱怨收成坏，缴纳不出。
雅哈耳　他们一向就在抱怨！——你在什么地方碰见雅考夫没有？
波莉娜　没有。我对他们怎么讲？
雅哈耳　种田的？叫他们到办公室去——我不想见他们。
波莉娜　可是办公室就没人。你也不是不知道，整个儿成了无政府。快是用饭的时候了，可是那位班长直要茶喝——茶炉打早响起就没端出饭厅，我们好像活在疯人院！
雅哈耳　你知不知道，雅考夫忽然下了决心，去了什么地方？
波莉娜　原谅我说这话，不过，他走开了也好。
雅哈耳　当然，你对。他最近变得性子——挺坏——尽说些没边没际的话。就是方才，他死乞白赖问我，我的连响儿好不好打老鸹。他直拿话气我，临了儿拿着连响儿走了——总是醉醺醺的——

〔辛曹夫从门廊进来，克瓦奇和两个宪兵押着他。波莉娜拿起她的望远镜静静地望了他一眼，走出。雅哈耳显得有点儿窘，移移他的眼镜，闪到一边。

（责备地）辛曹夫先生，真是不幸之至。我非常为你难过——非常。

辛曹夫　　（微笑）我不希望你操心——不值得。

雅哈耳　　的确难过！人应当彼此同情——甚至于我信任的一个人不配我的信任，无论如何，看见他遇到不幸，我觉得同情他是我的责任。这是我的看法儿。辛曹夫先生，再见。

辛曹夫　　再见。

雅哈耳　　你对我有什么——有什么怨望吗？

辛曹夫　　绝对没有。

雅哈耳　　（窘迫）那就好。再见。你的薪水会给你送过去的——（离开）简直受不下去。我的房子变成宪兵司令部啦。

〔辛曹夫忍住不笑出声来，克瓦奇一直深切地研究他，特别注意他的一双手。辛曹夫觉出来了，也眼睛定定地看了他几分钟。克瓦奇微笑了。

辛曹夫　　怎么？你这人怎的啦？

克瓦奇　　（快活地）没事——一点儿没事。

〔包包耶道夫进来。

包包耶道夫　辛曹夫先生，你这就进城。

克瓦奇　　（快活地）队长，他根本就不是辛曹夫先生，完全是另一个人。

包包耶道夫　怎么不是？往明白讲。

克瓦奇	我认识他。他一向在布赖安司克工厂工作,那儿他叫马克西穆·马尔考夫!——队长,两年前我们在那儿逮过他——他的左手,大拇指,没指甲盖儿——我知道的!他换了一张假身份证,一定是打那儿逃出来的。
包包耶道夫	(意外高兴)辛曹夫先生,这话当真?
克瓦奇	队长,全是真的。
包包耶道夫	那么,你不是辛曹夫——好,好,好!
辛曹夫	不管我是谁,你待我要有礼貌——别忘记这个。
包包耶道夫	噢喝!你这人不好对付,一看就看得出来!克瓦奇,你亲自送他进城——当心看好!
克瓦奇	是,队长!
包包耶道夫	(快活地)那么,好啦,辛曹夫先生,随你姓什么,你到城里走走。(向克瓦奇)一到城里,就把你知道他的事全报告上去,马上调出警察局的档案——算啦,这我自己去。克瓦奇,等一下——

〔匆忙走出。

克瓦奇	(欣然)我们总算又遇着啦?
辛曹夫	(微笑)你开心?
克瓦奇	为什么不?一个老相识。
辛曹夫	(厌恶地)我还以为你吃够这碗饭了哪。头发都灰白啦,还像条猎狗追人——你不觉得下流?
克瓦奇	(欣然)没关系,我惯啦——这行子我干了二十三年啦。可也不就是狗!承上司看得起我——答应赏我圣·安娜勋章。这回他们要给我啦,一定!
辛曹夫	为了我?
克瓦奇	当然。你打哪儿逃出来的?

辛曹夫　　　到时候你会发现的。

克瓦奇　　　我们一定发见。你记得布赖安司克工厂有一位先生——黑头发，戴眼镜儿？他是一个教书的，我想——沙维磁基。最近也被捕啦。不过死在牢里——病很重。总之，你们没多少啦。

辛曹夫　　　（思索地）我们多的是——你等着罢。

克瓦奇　　　噢喝！好得很。政治犯越多，我们越好。

辛曹夫　　　奖赏更多？

〔包包耶道夫，将军，连长，克莱奥巴塔和尼考莱在门道出现。

尼考莱　　　（看着辛曹夫）我早就觉出来啦。

〔他不见了。

将　军　　　这小子真有他的！

克莱奥巴塔　谁教唆出来的，现在人明白啦。

辛曹夫　　　（嘲弄地）听我讲，队长，你就看不出你怎么个蠢法儿吗？

包包耶道夫　别——别打算教训我！

辛曹夫　　　（坚持）是的，我要教训你！停止这种无聊的展览！

将　军　　　听听他看！

包包耶道夫　（嚷着）克瓦奇！带他出去！

克瓦奇　　　是，队长。

〔带走辛曹夫。

将　军　　　活活儿一条老虎，哎？看他那个吼劲儿，哎？

克莱奥巴塔　我相信毛病全是他发动的。

包包耶道夫　可能——很可能。

连长　　　　把他送到法庭？

包包耶道夫　（微笑）我们吞掉他们，不用酱油——就挺好。

将　军	俏皮极啦。像吃牡蛎——(牙床喀嚓一响)嗄嗄!
	〔康进来。
包包耶道夫	啊——啊! 好,将军,我们这就结束这场游戏,没多久磨烦你啦。尼考莱·瓦西里耶维奇,你在那儿?
	〔除掉康,全走了。警官从门廊那边进来。
警　官	(向康)犯人在这儿问口供?
康	(悻悻然)我不知道——我什么也不知道。
警　官	桌子——文件——显然是这儿。(向门廊那边呼唤)带他们进来。(向康)死人搞错啦。他讲一个红头发人打死他的,结果是棕色头发。
康	(嘀咕)连活人都搞错啦——
	〔人犯又被带了进来。
警　官	让他们在这儿站成一条线。老头子,你站在末尾。你要不要脸,老鬼?
格赖考夫	干么骂人?
列夫深	随他去,阿列奥沙。没关系。
警　官	(恐吓地)住口,家活!
列夫深	这是他的职业——侮辱别人。
	〔尼考莱和包包耶道夫进来坐在桌子后面。将军坐在犄角的扶手椅里面。连长站在他后面。克莱奥巴塔和波莉娜站在门道,塔杰雅娜和娜嘉随后过来和她们站在一起。雅哈耳由她们的肩上望过去,一脸不愉快的表情。波劳吉也从什么地方来了,小心翼翼地斜着身子进来,向尼考莱和包包耶道夫鞠躬,在屋子中央停住,手足无措的样子。将军拿手招他,波劳吉踮起脚尖,走向将军,站在一旁。宪兵带进赖雅布曹夫。

尼考莱	开始罢。派外尔·赖雅布曹夫——
赖雅布曹夫	怎么?
包包耶道夫	傻瓜,别说怎么,说是,老爷。
尼考莱	那么,你坚持是你杀死经理的?
赖雅布曹夫	(厌烦地)我已经对你们讲过了——你们还问什么?
尼考莱	你认识阿列克塞·格赖考夫?
赖雅布曹夫	哪一个人是他?
尼考莱	站在你旁边的那个人。
赖雅布曹夫	他在我们厂里做工。
尼考莱	那么,你跟他相识?
赖雅布曹夫	我们全相识。
尼考莱	自然。不过你去过他家,空下来就跟他在一起?——换句话讲,你跟他很熟,你是他的朋友?
赖雅布曹夫	我空下来跟谁也在一起,我们全是朋友——
尼考莱	真的?我怕你讲的不是真话。波劳吉先生,请你好好儿告诉我们——赖雅布曹夫和格赖考夫之间有什么关系?
波劳吉	密切友谊的关系——这儿分做两群。年轻人的头目是格赖考夫,眼睛里头顶没上司的一个年轻人。年纪大的归叶菲穆·列夫深带——说话古怪,姿态好似狐狸的一个人。
娜 嘉	死鬼!
	〔波劳吉瞥了她一眼,然后疑问地望着尼考莱。后者也瞥了一眼娜嘉。
尼考莱	好,讲下去。
波劳吉	(叹一口气)帮他们联系的是辛曹夫先生,跟他们都过得来。这人不大类似头脑正常的一般人。他读各式各样的书,对一切都有他自己的见解。在他房子,正好跟我的房

子面对面,有三间屋子——

尼考莱 你不妨删去枝节。

波劳吉 请您饶恕,不过,真理要求形式完整。他的房子,有各式各样的客人,里面就有这儿一位先生——格赖考夫。

尼考莱 格赖考夫,他这话对吗?

格赖考夫 别拿话问我,我拒绝回答。

尼考莱 没用——

娜 嘉 (高声)好啊!

克莱奥巴塔 岂有此理!

雅哈尔 娜嘉,我的亲爱的——

包包耶道夫 咝——咝!

〔门道那边起来一阵骚乱。

尼考莱 没关系的人待在这儿,我认为没有必要——

将 军 哼。你所谓没关系的人都是哪些人?

包包耶道夫 克瓦奇,去看看外边吵闹什么。

克瓦奇 队长,有一个人想冲进来。他想砸开门,直骂人,队长。

尼考莱 他要什么?他是谁?

包包耶道夫 看看去!

〔克瓦奇走出。

波劳吉 您愿意我讲下去,还是停止作证?

娜 嘉 肮脏骨!

尼考莱 停止——我得先请没关系的人离开!

将 军 请问——我该怎么着?

娜 嘉 (使劲儿嚷嚷)你们才是没关系的人!不是我,是你们!哪儿都没你们的份儿!——这是我的家!我有权利要求你们滚出去——

雅哈耳	（向娜嘉，气死了）马上走，听见了没有？——马上！
娜　嘉	您真是这个意思？——好罢。这就是说——这儿的确没我的份儿。我走。不过，我呀先要告诉你们——
波莉娜	拦住她，她会讲出可怕的话来的！
尼考莱	（向包包耶道夫）吩咐宪兵关上门。
娜　嘉	你们呀没良心——没心肝！你们全卑鄙龌龊——

〔克瓦奇回来。

克瓦奇	（欢然）队长，又发见了一个。
包包耶道夫	什么？
克瓦奇	又有一个凶手露面啦。

〔进来阿基莫夫。一个年轻人，红头发，一把长髭，不慌不忙走向桌子。

尼考莱	（不由自己就立了起来）你做什么？
阿基莫夫	是我杀死经理的。
尼考莱	你？
阿基莫夫	我。
克莱奥巴塔	（平静地）死鬼！——你倒还有良心！——
波莉娜	天呀！这些人真真可怕！
塔杰雅娜	（安详地）这些人临了儿一定赢！
阿基莫夫	（悻悻然）好，是我。你们开心了罢！

〔全觉得窘。尼考莱赶快向包包耶道夫耳语，后者听他讲，露出一种困惑的微笑。犯人们动也不动，静静地站着。娜嘉站在门道，看着阿基莫夫，哭了。波莉娜和雅哈耳直在耳语。静默中听到塔杰雅娜的平静的声音。

| 塔杰雅娜 | （向娜嘉）别哭；这些人临了儿一定赢—— |
| 尼考莱 | 好，赖雅布曹夫先生！你有什么话讲？ |

赖雅布曹夫	（窘迫）我不——我没。
阿基莫夫	住口，派外尔。闭牢你的嘴。
列夫列	（欢然）啊，兄弟们！这才算得真人！
尼考莱	（用拳头捶着桌子）肃静！
阿基莫夫	（安详地）你别嚷嚷。我们没嚷嚷。
娜 嘉	（向阿基莫夫，高声）听我讲，你以为是你把他杀死的？杀死人的是他们，人人让他们杀死！——他们贪婪，懦怯，连生命也给杀死啦！——（向全体）你们，你们才是杀人犯！
列夫深	（热烈地）小姐，你对。不是动手的人杀人，杀人的是那造成仇恨的人！——我的亲爱的，你完全对！
	（一致骚乱）不过，阿基莫夫，你不该那样做——
包包耶道夫	肃静！
娜 嘉	（向阿基莫夫）你为什么那样做？为什么？
列夫深	队长，别嚷嚷。我比你年纪大。
阿基莫夫	（向娜嘉）你没法儿明白这儿的事的。你还是离开这儿的好。
克莱奥巴塔	那个糟老头子，看他装的那副圣人模样！
包包耶道夫	克瓦奇！
列夫深	好，阿基莫夫，你还等什么？说罢。告诉他们，他拿枪对着你的胸膛，你这才——
包包耶道夫	（向尼考莱）这个撒谎的老家活！你听见他在教他吗？
列夫深	我没撒谎！
尼考莱	好，赖雅布曹夫，你现在有什么话讲？
赖雅布曹夫	我不——
列夫深	住口！闭住你的嘴。他们鬼得很。他们比我们会扳字眼

儿——

尼考莱 （向包包耶道夫）把他扔出去！

列夫深 啾，不成，你扔不出去！你扔我们呀扔不出去！可是别急，总会有人让扔出去的！我们让人压在黑地里——什么权利也没有——够久的啦。我们现在自己发出了火，你们的恐吓呀甭想吹得灭。永远也甭想吹得灭！休想！

幕

后　记

　　劳资冲突的好戏不是高尔基头一个写。远在一八九二年，郝普特曼 Hauptmann 根据一八四四年的职工暴动，写出他的杰作《织工》，为自然主义在舞台上竖起大纛，把饥寒交迫的男女老少成群摆到观众前头。郝普特曼用在这出社会悲剧的功力，好像大画家鲁奔斯 Rubens 的煊耀的油色，但是画的不是王公福晋，而是无衣无食的苦人。他的职责止于呈现：他的同情没有使他跨过客观的门限。材料的时代先是一个限制。受剥削的气闷，挨饥饿的痛苦，造成这群手工业者暴动的事实。他们怒了，捣毁资方富丽的宅邸，当着军警的刀枪，不顾一切冲了过去，盲目地，无组织地，好像堵在谷底的驯鹿朝外冲，生死根本没有搁在心上。惨，然而动人。郝普特曼拿大刷子蘸着颜色往画布上刷。

　　高尔基在一九零六年写成《仇敌》。他拿眼前的时代做他劳资冲突的背景：天是灰的，然而人是亮的，也照亮了灰灰的天。工业在十九世纪末叶已经进展到了大规模企业的阶段，工人用不着从家里扛着货色去零沽，根本就全家大小住在工厂附近，把时间气力整个儿卖给资本家使用。但是活在一起，他们不仅团结，而且有了组织。郝普特曼的织工看不见社会主义，但是信奉马克思思想的工人，不仅为了应付生活有了组织，而且有了信仰。信仰加强组织。他们和摩西一样，已经清清楚楚看见未来的南迦将要属于他们。高尔基懂得他们。他们不是一种客观的存在，而是他所想望的一个理想社会的即将实现的构成份子。他和他们站在一起。

　　《仇敌》是一个伟大的预言，而且是一个已经应验了的预言。大批工人在这出悲剧的末尾关进了监牢，而且事实上，一九零五年此起彼伏的继续不断的工潮和这正相吻合。但是尽管工潮在沙皇压制之下一次又一次地失败了，高尔基看出一个铁打的真相：最后的胜利不久就会到来。不过十一年的短短时距，二月革命起来，十月革命起来，工人翻了身，给自己建立了一个真正的祖国。正如尤饶夫斯基所指：这里"有两个世界，调和是不可能的"。两个中间一定有一个要倒，但是高尔基的明确的艺术的笔墨立刻就让我们明白：没落的一定是资产阶级，甚至于是地主兼厂主的那些自由主义者（雅哈耳）和活在他们四周的有心无力的知识分子（雅考夫和塔杰雅娜）。列夫辛，这位工人阶层中间的世故老，告诉年轻有良心的娜嘉："先得毁掉钱。"他替高尔基说出了人欺人的世界必须摧毁的理由。钱是私有制度的罪恶的根源，巴尔扎克早已指出金钱是社会构成的两大条件之一，但是少了一个理想的王国，他没有指出必须"拿钱埋掉"。苏联的建国证实了高尔基在这出悲剧里面留下的真理——沙皇怕透了的真理。

官方审查这个剧本，发现不可能像《底层》那样删掉几个地方就好上演，索兴加以全部禁止：

"因为这出戏尖锐地加强劳资之间的可怖的仇恨，因为工人在这里成了坚决的斗士，清醒地奔向他们的目标，铲除资本主义，同时又把资方表现成了窄狭的利己者和工人的仇敌，所以高尔基的《仇敌》禁止公演。"

最先上演这出戏的倒是柏林一家剧院。但是今天，苏联工人在这里看到他们的父兄，他们自己，《仇敌》成了他们最心爱的自己的作品。

·怪人·

人　物

尼考莱·波铁辛医生

康斯坦丁·鲁吉奇·马斯塔考夫　　一位作家。

奥耳嘎·夫拉狄罗芙娜

汝考耳·波铁辛　　医生的父亲,一位土地视察员。

萨莎　　马斯塔考夫家中的使女。

米隆·萨冒克瓦扫夫　　一位在军界警界做过官的人。

伊娜·麦德外借娃

叶列娜　　马斯塔考夫的太太。

瓦西雅·土芮秦　　伊娜的未婚夫。

麦德外借娃　　伊娜的母亲。

泰席雅

演员备考

　　马斯塔考夫——任何时间是真挚的。兴奋上来,语言简单,不激动,不造作,眼睛看定谈话者的脸。发怒的时候,失去张支,有些可笑。手势文雅,身体柔和,往往不自觉地做着媚态。听别人讲话,头耸向一边,拿一只眼睛望着对方,好像一只鸟。

　　汝考耳·波铁辛——看上去像他丢掉什么东西,但是并不希望别人注意。说起玩笑话来,平常稀松。他用心娱乐别人,为了掩藏他做老年人对他们的冷谵。觉得寂寞,机会来了的话,又把机会送给他四周的人们。别人用心听他讲话,他就高兴了,显得年轻,变得简单,招人喜欢了。

尼考莱·波铁辛——是一肚子的气闷。对待别人漠然,像要征服他们,炫示他的愠怒。把自己看做深沉复杂。过分自私,不可能作爱。他对叶列娜的态度是肉感的耽溺和对马斯塔考夫妒忌的双重结果。到了他的最后一场戏,有一个战败者的真诚。

萨冒克瓦扫夫——仁慈,缺乏性格。厌倦自己,物色一个人来料理他。决不忘记他的过去,第一次和人相遇,切近了反而感到窘迫,觉得了解困难。波铁辛医生引起他的反感,到了身体发生反应的情形。举止像一位军人,往往过分加重。

瓦西雅·土芮秦——眼睛闭成一条线,希望自己显得更聪明,更辛辣。

叶列娜——爱她的丈夫,深深地,忠诚地。相信在她的地位,她能够做的她全做了。也知道在这种游戏里头,她迟早要丧失一切。她的拘谨仅仅留在表面——内心上,她无时不在燃烧。体态轻盈,衣着朴素而有欣赏力。

奥耳嘎——三十以上。一个女冒险家,急急忙忙为自己寻找牢固的依靠。经验太多,不大相信别人,也不会因为失败就心碎。当着叶列娜感到茫然,不能够了解她的自卫方法。她的急遽使她失却稳定——看不清叶列娜的战略。决不喧嚣,比叶列娜更有风格,当然,更有经验。

伊娜——一个没有勇气来做自己的女孩子。可爱,动人。

萨莎——有一个饱经忧患困乏者的严重,差不多严厉的面貌。

第 一 幕

　　松树林里一所避暑房子。穿过距离宽大的树木,可以看见房子的前脸,两个挂着纱帘的窗户,一扇门和一座低低的阳台。靠近台口,一张桌子环绕着一棵高大的松树的树身,一张摇椅,几把柳条椅和一架吊床。

　　一个有月光的深夜。幕起来的时候,看见尼考莱·波铁辛医生的灰身影在树木中间。他穿着一件宽适的上衣,戴着一顶帽子。他朝房子那边望着,谛听了好几分钟,然后,耸耸肩膀,不急不慌向左走出。过了几分钟,马斯塔考夫和奥耳嘎在阳台出现,下来,照直向右穿过。

马斯塔考夫　（低声,欢欢喜喜吻着奥耳嘎的两只手）你真和气——真甜蜜——

奥耳嘎　（向四外瞥了瞥）静!我听见脚步——

马斯塔考夫　没人进来。尼考莱在城里,叶列娜在麦德外借夫家里。只有土地视察员在他的屋子。但是他正忙着找寻矛盾,此外他都不感兴趣。（吻着奥耳嘎的颊）你看好了,我要拿他写成一篇快活小说的——

奥耳嘎　好,我走啦。别送我走——

马斯塔考夫　等一下。跟我坐一会儿。我很想告诉你——

奥耳嘎	（搜索地）你难道不怕有人看见我们？
马斯塔考夫	我跟你在一起快乐——舒服——我不高兴放你走——
奥耳嘎	真的？你过了好久期间才注意到我在爱你。现在该轮着我躲你了——
马斯塔考夫	啾，这一切真是了不得地简单，容易，美丽！
奥耳嘎	（抽出她的胳膊）好，再见——明天见！
马斯塔考夫	不，等一下——让我告诉你点儿事——
奥耳嘎	放安静。别嚷嚷。

〔他们向右走出。使女萨莎从房子角落旁边探出身来，望着他们。马斯塔考夫回来，柔柔地微笑着，做着手势。左边来了波铁辛医生，帽子拉在眉上，手在背后。

波铁辛医生	（怀疑）你方才送谁出去？
马斯塔考夫	（稍停，微笑着）我不知道。
波铁辛医生	还亲嘴来的？
马斯塔考夫	（窘，笑着）亲嘴！我的朋友，这种问话不好问的。
波铁辛医生	（坚持）我相信我方才看见——
马斯塔考夫	（迅快）你常常看见怪东西。你才从城里回来？那儿有什么新闻？
波铁辛医生	用不着说，没事。
马斯塔考夫	报纸上呢？
波铁辛医生	倒有两篇关于你的论文——
马斯塔考夫	恭维？
波铁辛医生	（微笑）那，不，不很恭维。倒是谩骂来的。
马斯塔考夫	（坐在吊床里头）那我就不必读啦。
波铁辛医生	（声调不大清楚）你只看赞扬的文章？
马斯塔考夫	人家煎你炸你，读了等于自讨苦吃；人家赞扬你，读了也

有害处。赞扬招引危险的观念——你知道我是什么意思——(拿手指在他的头上画着圆圈)头一回人家把我称做一位有才分的作家，我给自己买了一条难看的领带，我太太——(叹息)拿话怄我，简直怄出我的性命。

波铁辛医生   她在哪儿？

马斯塔考夫   (向四外瞥了瞥)到麦德外借夫家里去了。伊娜的未婚夫情形很坏。

波铁辛医生   他就死。

马斯塔考夫   也许。你到了时候也一样。

波铁辛医生   (想着别的事)那，对于你我还不就那么快。可是对他呀，也就很快了。年轻轻就死，真不开心。

马斯塔考夫   (稍稍有些厌烦)我相信，我从前听到过这句格言。

波铁辛医生   (声调如前)特别不开心，死后还留下一个自己订婚的女孩子——

马斯塔考夫   你怎么知道的？你这个人又腻烦，又特别。瓦西雅知道他没有多少日子好活。可是他不哼唧，不抱怨——难道他抱怨来的？他想法子藏起他的痛苦——这种高贵精细的约制仿佛刺激你——也刺激别人，你兜着他走，兜着他叫唤：他就死——他在死——

波铁辛医生   (忍着不笑出来)你是瞎子——或者，跟平常一样，用心弥补。

马斯塔考夫   你知道，假如这个瓦西雅欢欢喜喜地大笑而亡，你也许要恨他的。

波铁辛医生   (唧哝)信口开河——

马斯塔考夫   你一定要说，他发狂啦——

波铁辛医生   (若不在意)伊娜是什么时候在这儿来的？

马斯塔考夫	(疲倦地)五点——左右。
波铁辛医生	(向下看)叶列娜·尼考莱耶芙娜跟她一道儿走的?
马斯塔考夫	是的。
波铁辛医生	还没有回来?
马斯塔考夫	没有。
波铁辛医生	这样的。哼。那么你——(低声)康斯坦丁,你我是老同学——
马斯塔考夫	(手一挥)去歇着罢,老同学。你累啦。你就饶了你自己罢。你的文明的活动——
波铁辛医生	(悻悻然)别装蒜啦!
马斯塔考夫	跑罢。我清楚你的。你想谈谈文学的任务,同情——
波铁辛医生	听着——这是严重的——忘掉文学——
马斯塔考夫	除掉文学,什么也没意义。你父亲来啦。

〔汝考耳·波铁辛,短上身,长靴子,戴着一顶帽子,站在阳台那边,仰望天空。

你到哪儿去?到月亮那儿去?

汝考耳	(朝他们走来)去捉鹌鹑。
马斯塔考夫	你是一位活动的人。我卖你的账,视察。捉鹌鹑怎么个捉法儿?
汝考耳	在裸麦地,撒网,捉鹌鹑——捉人么,看准矛盾的地方。
马斯塔考夫	你好发明格言,活像一位大师。尼考莱,听听看,学学看! 你口袋里头有一本书吗?

〔医生燃起一枝雪茄,利用火柴不显明的亮光,聚精会神地研究马斯塔考夫的脸。雪茄燃着了,他向右走近树林,肩膀昂起,头低了下去。

汝考耳	我有。天一亮我就洗一个澡,躺到有露水的草上,念上一

点来钟的书。美，对不对？

马斯塔考夫　好极啦——对你的寒腿特别好。

汝考耳　鸟要唱歌，履行自然的法则，同时一位先生——（拍他的书响）告诉我些令人安慰的故事，关于神圣的俄罗斯——（马斯塔考夫笑着）关于贫困的工程师，一个警察有一颗善良的心，虚无主义者的灵魂简单而伟大，神圣的牧师，高贵的上流人，还有——妇女，聪明的妇女！在我们这黑暗无望的时间，念念这类故事该多愉快，你不以为然吗？

马斯塔考夫　（感到兴趣）你喜欢这位作者？

汝考耳　他是一位伟大的故事家！他的心因为绝望和愁苦已经干了，但是他还安慰他的邻居！我念着他，忍不住微笑了——（眨眼）怎样一位和善的人！我知道这全是编的，不会使你感觉更好。但是，除掉走兽和寄生虫，一个人在自己的周围，什么也没有看见，偏要对自己讲：我要坐下来，为他们描画一番高尚模范人士的形象：读这样儿人的书，确实愉快——

马斯塔考夫　（思维地，严肃地）你这样感觉？很有味道——

汝考耳　他把自己的灵魂撕成了线，织成一个熨帖的谎——（眨眼，微笑）他以为这会鼓舞俄罗斯的心情。鼓舞我？可怜虫就没做到，离我有一哩之遥——

马斯塔考夫　没做到？怎么会的？

汝考耳　（举起他的手，好像发誓）我不相信他！

马斯塔考夫　老虚无主义者！

汝考耳　我不相信他。俄罗斯这所庙堂，原先就盖坏了，如今一半儿坏掉。墙上涂涂画儿就补救得来，真是做梦。假定我们

	真画。假定我们盖住肮脏东西和危险的裂缝。我们有什么光好沾？肮脏东西要渗过来，好好的画儿都给毁掉——你再度回到腐烂和毁灭。
马斯塔考夫	（用严肃的眼睛看看汝考耳，头垂下来像一只鸟）我看——
汝考耳	我不相信他！可是，一个人不顾明显的事实，只为给他的邻居带来鼓舞和安慰，我一想到他这种仁慈的目标就好不景仰，心不软也软了下来。说到临了儿，我们并不依照逻辑活下去，全看精神怎么样推动我们。现在你也和这位作者一样，违反事实。
马斯塔考夫	我？
汝考耳	（眨眼）是呀，你。你写了些正人君子，在俄罗斯就找不到他们的化身，不是吗？难道你没有写？
	〔萨莎走下阳台，站在树底下。她用忧悒，责备的眼睛，看着马斯塔考夫。
马斯塔考夫	（跳出吊床）不对。你把生命关在若干概念的笼子里面，相信这样子你可以了解得更好。可是，偏就不对。（越来越热烈）没有东西好编得出来，也没有必要编什么东西——
汝考耳	（笑）没有东西？没有必要？
马斯塔考夫	我相信良善，欢悦，人类的意志在最后胜利。我在我的周围寻找这类事实——人生慷慨大方，拿它们给我——
汝考耳	它给你什么？考排克？①落花生？
马斯塔考夫	（具有热诚的信心）我喜欢指出生命里面，人心里面什么是良善的，光明的——我说，生命含有美丽的东西——它们展延开了，往上生长——让我们以爱护的心情育养人性的

---

① 考排克等于中国一分钱。

生长。因为人性是我们的——我们一向就把自己造成这个样子。

汝考耳　　没人会相信你。俄罗斯人不喜欢相信你——信仰就得感激。他宁可投降环境——他太懒啦。我们爱说,这没有办法,别一死儿拿你的头放到狮子的嘴里。我们一年只活六个月。另外六个月我们这样消磨掉:梦想我们永远搞不到手的良好岁月,幸福的未来。

马斯塔考夫　(注意到萨莎,重新上了吊床)什么事,萨莎?

萨　莎　　(吓了一跳)太太吩咐我端茶给你——

马斯塔考夫　(惊惶)她回来啦?

萨　莎　　没有。她走的时候,吩咐我在九点钟问问你。

马斯塔考夫　悲观论者,你用不用茶?拿两杯来,萨莎——还要面包。

汝考耳　　你太太真是当心你!

马斯塔考夫　(平静地)是——是的——

汝考耳　　她是一位顶顶好的女人。

马斯塔考夫　(向四周瞥了瞥)带我跟你一起捉鹌鹑去——

汝考耳　　成。来好啦。

马斯塔考夫　萨冒克瓦扫夫人很有趣,我相信,不是吗?

汝考耳　　我们为人全很有趣。(萨莎捧来茶盘)我们对你全一定有趣。

马斯塔考夫　(拿手伸到汝考耳的头上)求你啦,就这样好!

汝考耳　　(好笑,喝茶)是的,萨冒克瓦扫夫——家伙,丢换他的社会关系。在军队做队长,为了帮他妹妹,改行到警察方面作事。后来一九零五年,在革命动乱的时期,辞掉他的职位——说他再也干不下去了——现在他又懊悔辞职。

马斯塔考夫　（感到兴趣）懊悔？

汝考耳　好像是。他一来就说自己愚蠢——他来啦。

〔萨冒克瓦扫夫进来。他穿着一件军服样式的上装，戴着一顶军官的尖顶帽子，穿着长筒靴子。肩膀搭着一个鹌鹑网，手里拿着一个有帆布盖头的笼子。他看见马斯塔考夫，鞠躬。

萨冒克瓦扫夫　晚安！视察员，我们为我们的远征排了一个顶好的时辰。你看过报纸吗？

汝考耳　你知道，我不喜欢报纸。

萨冒克瓦扫夫　收回你的不喜欢罢。我也不喜欢，不过，我照样儿咽下它们的龌龊的毒药。

汝考耳　好，你难过为了德意志人。没人跟我难过。我不相信德意志人，也不相信日本人。

马斯塔考夫　（极其彬彬有礼）用茶。萨莎！

〔萨莎静静地走向房子。

萨冒克瓦扫夫　谢谢你。你对国际政治也感到兴趣？

马斯塔考夫　我？不。报纸叙写它们的文章坏到极点。

汝考耳　永远是散文。（向马斯塔考夫，指着萨冒克瓦扫夫）他怕极了德意志人，日本人，我想，也怕女人。你怕女人，米隆，难道你不怕？

萨冒克瓦扫夫　我不怕，不过——我想现在不是说笑的时候——现在是我们俄罗斯人以严肃的方式检讨我们在欧洲的地位的时候了。（微微显得有些紧张）俄罗斯以前从来没有发见自己到了这样一个危险，这样一个无望的境地。你，一位作家，好譬说，国家的一位精神卫士——（马斯塔考夫微笑地盯着他看，头俯向另一边。这窘住了萨冒克瓦扫夫，简直激恼了他)你应当知道所有威胁我们祖国的危险——

马斯塔考夫　（向汝考耳微笑）你看——这儿我又来了一份责任——

萨冒克瓦扫夫　（带着感情）别的国家想利用我们抵挡蒙古人的时候，我们自己还该取笑吗？欧洲舒舒坦坦地坐在那儿，东边有俄罗斯这堵厚墙保护，等我们和黄种人打得精疲力竭了，德意志就会抢去波兰和我们保耳底各省，①穿过巴尔干来到爱琴海——

汝考耳　　　占领火星，金星，北极星——

萨冒克瓦扫夫　假如你当心——

汝考耳　　　你当心惯了，发号施令惯了。你管理街市交通惯了，现在你扩展到国家方面。算啦！

萨冒克瓦扫夫　你要不要了解，你这个邪行人——

汝考耳　　　丢开你的政治，去买一架六弦琴。弹弹六弦琴。这是一种忧郁的乐器，不至于搅扰平静。像你这样一位先生，大丈夫，一把髭，夕阳西下的辰光，坐在窗户底下，带着一颗痛苦的心，弹着这架哀愁的乐器——

马斯塔考夫　好啊，视察员。可爱。

萨冒克瓦扫夫　（忧悒地）啾，先生们！

汝考耳　　　当一滴沉重的寂寞之泪慢慢流下你的脸，流进你的灰长的髭——

　　　　　　　〔马斯塔考夫笑了起来。

萨冒克瓦扫夫　什么时候我们才可以严肃？

汝考耳　　　我们一动手捉鹌鹑就严肃了。

马斯塔考夫　（向萨冒克瓦扫夫）你知道我跟你们一起去吗？

---

① 保耳底 Baltie 是一个内海，在丹麦和俄罗斯之间。

萨冒克瓦扫夫　我听了高兴。无论如何,我们必须注意德意志人——

马斯塔考夫　真的?你不知道欧洲人责备我们过分喜好严肃的谈话?

汝考耳　太太小姐们来啦。

萨冒克瓦扫夫　他们责备的是你们作家。

〔从左进来叶列娜和伊娜。萨冒克瓦扫夫朝她们鞠躬。

伊　娜　(向萨冒克瓦扫夫)别害怕——拿你的爪子给我。我对你并不怨恨。

汝考耳　再说,那也算不了你们最后一回吵嘴。

伊　娜　当然不算。

萨冒克瓦扫夫　(窘)我——很,很喜欢!

〔叶列娜平静地走向她丈夫。他带着一种犯罪的微笑,本能地把手向她伸出。

马斯塔考夫　你一出去就出去了这么久!

叶列娜　你觉得寂寞啦?

马斯塔考夫　这两位先生一直在虐待我,尽谈政治,哲学,天文学,和类似的深刻学问。(他注意到她手里捏着一串圆圆圈的钥匙和一只女人的手套,皱起眉头)你拿的是什么?谁的东西?

叶列娜　(表面上并不介意)或许是奥耳嘎·夫拉狄罗芙娜的东西。我在路上拣到的——踩着它们。她到这儿来的?

马斯塔考夫　是的,她来过。视察员,我们就快走了罢?

汝考耳　(看了看表)再——再有半个钟头。

马斯塔考夫　我这就换衣服去。

〔他进去了。

萨冒克瓦扫夫　(向伊娜)在我这方面,值得原谅。我有时候搞不清字的意思。譬方说，我常常看见 Myth 这个字。①这是什么意思？

伊　娜　　Myth? 那就是你。

萨冒克瓦扫夫　不，要严肃。

伊　娜　　我是严肃——就是你。

萨冒克瓦扫夫　不，我怎么会是？人家讲起希腊神话——那怎么好用到我身上？我是俄罗斯人。

伊　娜　　（笑）啾，莱娜！听听这个看！

萨冒克瓦扫夫　（激起）是的，我明白，一个四十多岁的人提出幼稚的问话，在一个受过教育的二十岁的女孩子看起来——是一个好笑场面。

〔他快步走进树林。

叶列娜　　（出神思索，摇钥匙响）什么事？（平静地）像又有什么事把他惹恼啦？

汝考耳　　小姐把他叫做 Myth。叫他！

伊　娜　　（微笑）这话也得罪人？

叶列娜　　（柔柔地，向汝考耳）让他感觉在我们中间生生的，有这个必要吗？

汝考耳　　嗜！我跟他算得上朋友。你也太——心细啦！

叶列娜　　（微笑）你不也太心硬——你待他那个样子？

汝考耳　　这跟我没关系。有人总在逗他。

〔叶列娜不急不慌，朝萨冒克瓦扫夫那边走出。

看见了没有？为了你，我受人责备。（伊娜不加解释）好，

---

① Myth 这字是希腊来源，荒古英雄的叙述，通常译做神话，伊娜紧接着拿这个字挖苦萨冒克瓦扫夫，说他缺乏真实的生存，等于神话人物。

	病人怎么样？
伊　娜	（生气）你并不是真心想知道。
汝考耳	为什么不？
伊　娜	因为你是一位没有感情，铁石心肠先生。
汝考耳	（想不到）那，你要怎么着！
伊　娜	（有些被她的爆发窘住）生活就够厌烦的了，你这儿——
汝考耳	我亲爱的孩子！活到我这份儿岁数，依照自然法则，没人很幸福。可是你呀才二十岁就要厌烦——
伊　娜	我不是厌烦，我的神经受了刺激！
汝考耳	就没你受得了的东西。
伊　娜	（愤恨）你不明白。我卖了两年死气力来救一个人，把我母亲也连累坏了，现在怎么样？他是——一条破船，一个半死的病人——你可会在二十岁上经过这个？

〔波铁辛医生走近。

你经过吗？

汝考耳	哼——
伊　娜	（向波铁辛医生）他怎么样？
波铁辛医生	他睡着了。他的体温降低了。谁在那边走来走去的？
伊　娜	是叶列娜和萨冒克瓦扫夫。
波铁辛医生	（淡漠地）我这位宝贝父亲跟平常一样，又逗你啦？
伊　娜	怕是我对他放肆。
汝考耳	（体谅地）别为这个难受。我的神经结实。（往后退）米隆！是走的时候了。
波铁辛医生	（低声）有时候，跟父亲谈话，挺折磨人。
伊　娜	我相信人人都在演戏。他演的是一个忿世嫉俗的角色。
波铁辛医生	（谛听叶列娜在台后的声音）他也就是招人腻烦。

〔叶列娜和萨冒克瓦扫夫回来。

萨冒克瓦扫夫　我不明白这种生活。

叶列娜　彼此多多考虑一下，没事不可以了解。

〔马斯塔考夫从房里出来。

马斯塔考夫　好，干什么？鹣鹣还是哲学？（向叶列娜）我去啦。别担心。

叶列娜　（意想不到）担心什么？

萨冒克瓦扫夫　好，走罢！

马斯塔考夫　（有些窘）担心什么？担心我，当然喽。（吻叶列娜的手）再见。

叶列娜　到天亮？

马斯塔考夫　是的。

〔马斯塔考夫，萨冒克瓦扫夫和汝考耳向右走出。叶列娜好像想不到丈夫亲吻，慢慢放下她的手，盯着手，带着一种怪样儿的微笑。波铁辛医生吸着一枝雪茄，看着她脸上的表情。伊娜用心思索，摇着她的座椅，静静地唱着有些哀伤的歌。远远传来马斯塔考夫的笑声。

波铁辛医生　一个可爱的夜晚，这样想——

叶列娜　是呀，好得很。

波铁辛医生　（低声）这是第三晚晌我在外头睡觉——在窗户底下，阳台上头——

叶列娜　没有蚊子搅你？

波铁辛医生　没有。

〔他叹息，向周围瞥了瞥。使女萨莎在树木之中走动，专心致志地望着叶列娜。

伊娜　（坐在椅上）我回家啦。唉，我累啦——可是我必须走。

叶列娜	你喜欢的话,医生和我陪你走下去。
伊　娜	(轻轻地打呵欠)你们愿意就成——好在不太麻烦你们——
波铁辛医生	(有了生气,然而也有些窘)没什么。倒是一种愉快——可不,一定是。
伊　娜	忽然彬彬有礼起来,也真是的!
波铁辛医生	为什么彬彬有礼?是我不觉得困罢了。
伊　娜	(站起)当真?请你原谅我的错误——
叶列娜	(微笑)可怜的医生。——他脸红啦。倒说,这位萨冒克瓦扫夫是一位有趣的人——不过他在我们中间不大舒适。
波铁辛医生	他有些地方跟我父亲相同——
伊　娜	(嘲弄)两个人难过,由于腻烦——因为无事可为。由于腻烦,他们才想出好些复杂的问题——
叶列娜	我们全有点儿腻烦,伊娜,我们思想,全由于腻烦。
波铁辛医生	好,人到乡间为了休息——休息本身,可不就是一种充满喜悦的职业。

　　〔他们全走了。萨莎向前,理净桌子。她拾起奥耳嘎的一串钥匙和手套,显出一种厌憎的表情,仍旧把它们扔到桌子上面,朝叶列娜跑去。

萨　莎	(呼喊)叶列娜·尼考莱耶芙娜!回来,请——就是一分钟!

　　〔她在树木之中消失,立即又和叶列娜回来,声音里面含着痛苦,流着眼泪,快快说着。
　　原谅我——我爱你,不过我还是走了的好——我受不下去了——

叶列娜	(用力掩藏她的惊恐)出什么事啦?说呀,萨莎。有谁冤枉你来的?

萨　莎	不，不是这个。我不知道怎么说才是。你教我往好里想康斯坦丁·鲁吉奇，现在——我害怕说——
叶列娜	你害怕我？
萨　莎	（跑到桌子跟前，拾起钥匙，扔到叶列娜的脚边）你看见这个没有？是她的钥匙——她忘记拿啦。
叶列娜	（低声）不。不对。我把它们拿到这儿来的。我在路上捡到的。
萨　莎	（伤痛，平静地）没关系。她是在这儿来的——他们亲嘴——我都不好意思讲我看到什么——他们——
叶列娜	（靠住一棵树，挺起身子，平静地说着，声音里面带着忿怒和骄傲）走开！你怎么敢离间我跟我丈夫，你这糊涂孩子？你说的话也就是谎！
萨　莎	（哀求）不是谎——你自己知道——你知道！
叶列娜	我什么也不要知道——你走罢。
萨　莎	（倒进一张椅子里面，哭着）啾，上帝！啾，上帝！
叶列娜	（看女孩子看了好几分钟，然后走到她跟前，把手放在她的头上）原谅我，萨莎——我说那话由于害羞——软弱——我全知道——原谅我。我方才难过死了，差不多有好半天什么也想不出来。在你面前表示骄傲，真是蠢透了——
萨　莎	啾，上帝！为什么——为什么他那么做？难道她比你好？你人那样好——
叶列娜	我们就别研究这个了——有什么好说的？我伤了你，我很难受——
萨　莎	啾，你什么人也没伤！受伤的是你！
叶列娜	要我相信，我说什么也不要相信——我不要面对真理——

萨　莎	不过我得告诉你——
叶列娜	是的，我亲爱的孩子——
萨　莎	（疲倦地）为什么他那么做？
叶列娜	我们不要谈这个——我就没法子想——
萨　莎	你看着这要发生。为什么你不打断他们？
叶列娜	我？别说下去，萨莎。我没法子说话——给我拿杯水来——一条围巾。

〔萨莎快快走出。叶列娜慢悠悠地走来走去，像是她瞎了眼一般，低声同自己说话。

你盼这个来的——难道你没有？你知道这个——怎么样？

〔右边传来一阵轻柔的口哨。叶列娜直起身子，朝声音那边射出一种严厉的视线。从树后出来马斯塔考夫。他急忙走到他太太跟前，说话带着温柔和喜悦。

马斯塔考夫	散步？一个人？好极啦。我们坐一会儿，我有点儿累得慌。（叶列娜做了一个离开他的动作，但是他没有注意）我甩了他们。我受不了。一位仅只看见处处是德意志的阴谋，另一位一心就想说点儿重要，不同凡响的话，把自己累得要命——两个人全是疯子，鬼跟着他们！（他挽起叶列娜的胳膊，把她带到一张座椅，决未注意她的抵抗的软弱尝试）我在田地里面走来走去，一直都在想你——
萨列娜	（平静地）想我？你想我？
马斯塔考夫	是的。我想你真好——
叶列娜	得啦，康斯坦丁——别——
马斯塔考夫	为什么不？我一定要说。有时候我觉得直想把我所知道的温柔话全撒在你身上——

叶列娜　　　（望着他的脸，害怕上来）你为什么说这种话？

马斯塔考夫　因为我想说，你就别打搅我啦。

叶列娜　　　（焦灼地）你想告诉我些话？是吗？等一下——请你等一下。不，你还是说了罢——赶快说！

马斯塔考夫　（拿着她的手指玩）当然我要说。你明白。我爱你的爱情是那样优美，那样平静——有时候我觉得你好像是我的母亲，虽说你和我的年龄相同。怪不怪？不过，这是真话，列娜！

叶列娜　　　（准备接受打击）是的。怎么样？

马斯塔考夫　坐下来，我要躺平了，拿头放在你的怀里。

叶列娜　　　（无可奈何，坐在长凳上）等一下——我帮你说——

马斯塔考夫　没关系。我现在好啦。谁在跺脚？

〔萨莎一副惊奇的模样，手里端着一杯水，忽然停住了。

叶列娜　　　萨莎——把水给我——你好走啦。

〔萨莎走出。

马斯塔考夫　萨莎这个女孩子真好。那样经心，懂事，活像一块磁器。你把她带在身边，等于做一桩好事——帮她在一个迅快的速度了解她的作人的尊严——这非常可贵。我有一个迫切的要求，对全世界说些温柔话——因为我觉得自己有无尽的宝藏。你把水洒在我身上了，列娜，好像眼泪在落——

叶列娜　　　对不住——

马斯塔考夫　好，我方才在那儿一边走路，一边想你。忽然一个故事在我心里头成了形——真的，故事相当好。（他快乐地笑着）听我讲。有一位老太太，聪明，看见她周围的男女全是奴才。但是她相信一个更好的世界会来的——模模糊糊的样子——她也有好笑的特征。她丈夫跟别人一样是一个奴才。她女儿是一个缄默，虔笃的女孩子，完全活在她自己的世界。他们村子来了一个男子。他是一个流浪汉，一个无家可归的苦工，但是他有一颗反抗的灵魂，火一般发光——他引起老太太的注意。她看出他不是一个奴才，也不就是一个坏蛋，而是一个往好里想望的男子。所以她就对她的女儿讲，"看呀——一个好人到了我们村子。"（马斯塔考夫跳起来，坐着，望着他的前面，说着，做着手势，癫狂的样子）她是一个高大的老太太——黑皮肤，瘪胸脯，薄嘴唇，浅绿眼睛——很是一位人物，我告诉你。她相信她女儿和这个男人的子女会是真正的人，勇敢，骄傲——她向流浪汉建议娶她女儿。她丈夫当然反对，那个汉子当然也不愿意丧失他的自由——他不愿意，然而女孩子动了他的心。于是老太太，在祷告过上帝以后——你明白！——答应他和她女儿不结婚就在一起过活。我知道怎么样叙述这段枝节——噘，是的！夜晚她跪下来，祈求上帝把女儿过失的重量移到她身上：噘，主！愿你的形象并不因人而堕落，而受到诽谤——不恰好就是这几句话，列娜，可是观念正对！她爱上帝，看见神圣的成分因人而受到践踏，她觉得伤心生气——我知道这有意义！我知道这种感情！噘，是的！随后父亲听到他女儿的故事了。他要打她。老太太就讲："你敢！怪也只好怪我！我是做母亲的，我不要我女儿，我的亲生血肉尽生些无意义的可怜东西。"我是做母亲的！有道理，列娜，是不是？

叶列娜　　（平静地）是的，有道理。

马斯塔考夫　可能吗？

叶列娜	（低声，具有信心）是的。必须变成可能——将来会可能——你就牢牢说下去罢。
马斯塔考夫	母亲！列娜，人就很少说起她来——少到可耻的地步。歌德们的母亲们始终没有被人了解。①可是每一位做母亲的女人几乎就是一个征象。我们为母亲写许许多多东西——你知道，你对我的态度就有些母亲的味道？我有时候感到这个，极有力量，清楚。你偶而太严肃——有点儿腻烦，你知道。你笑得不够，列娜。但是，话说回来，跟你在一道，非常心平气静，非常容易。啊，谢谢你，列娜！你所践的土地又坚固又稳定——
叶列娜	（因为喜悦和哀愁而喘吁）听我说——看上帝的名义——为了自己的灵魂，永远——永远告诉我全部真话！谎话在你是那样庸俗——那样不相宜！
马斯塔考夫	真话？有时候也就是完全无聊的东西，像一只蝙蝠，兜着你的头摆来摆去——一块灰灰的，惹人厌恶的小脏东西——这些琐细的真话济得了什么用？它们帮得了什么忙？我从来不能够了解它们的目的。好，它们告诉我——我知道它们告诉我些什么：——你的老太太是一个谎，它们会嚷嚷道，没有那种女人。可是，列娜，今天没有，明天就有。你相信将来会有吗？
叶列娜	我相信。给她们生命，将来就有。不过这不是我方才说起的真话。也许有时候，可怜我，有些话你不想告诉我。为了你深深钟爱的美的缘故，别冲我表示怜悯！这羞辱——

---

① 歌德有一部小说叫做《选择的情谊》Elective Affinities，叙述一位太太由于名望，和世俗的顾虑，拆散丈夫的恋爱，也把自己的情人遣走，并未得到良好结果。

马斯塔考夫	（带着真切的诚挚）我不可怜你——一点儿也不！（他又拿头放在她的胸怀）我的列娜心肝，今天我觉得特别和你近——
叶列娜	（焦灼地）今天？为什么特别今天？
马斯塔考夫	（闭拢他的眼睛）我不知道——我不要告诉你——虽说我可以猜得出来为什么。真好，听着你的活泼的心跳——
叶列娜	你要不要我帮你——替你把话说了出来？
马斯塔考夫	（打盹）等一下——我要静。真好——平静——同时一颗优异的心，对我非常忠实，是在跳着——跳着——我也正在想着你——我永远找到新东西——一个新主题——观念——神透啦，列娜——

〔他睡熟了。萨莎走来，拿着一条白围巾。

萨　莎	（高声）对不起——我把这个忘了——
叶列娜	（低声）哗——哗！他睡啦。（萨莎看见马斯塔考夫的姿势，低下了头。叶列娜锁住眉头）盖住他的脚——别出声。（不由自己微笑了）看，什么样儿一张——亲爱的脸——

〔萨莎慢慢退出。叶列娜轻轻摇着怀里丈夫的头。波铁辛医生从左边走来，看见长凳上的人影，聚精会神地盯着看了看，然后，挺直身子，一副阴沉的面容，拖着脚走向房子。叶列娜焦灼地细声道：

静点儿——

〔波铁辛医生朝她尖锐地扭转头，像有话要嚷嚷，但是没有嚷嚷，摇摇手，走进去了。

幕

第 二 幕

黄昏。夕阳西下。在松树底下,围桌而坐的有叶列娜,面前摆着绣活;伊娜;瓦西雅,坐在一张安乐椅里面,毡子包着他;还有马斯塔考夫,捧着一份稿本。波铁辛医生站着,靠着一棵树,吸着烟。萨莎坐在叶列娜后面,缝什么东西,俯在她的活计上面,好像要人不注意她。萨莎不时隔着叶列娜的肩膀,瞥一眼马斯塔考夫——她的脸和平常一样忧悒,眼睛也和平常一样责备人的样子。

马斯塔考夫　（拿稿本敲了几回桌子,兴奋,微笑地看着每一个人）好,现在你们可以宣判啦。

瓦西雅　我最后说,因为我是一个已经判了刑的。这是我的特权。

伊　娜　（把脸一皱）那,那！你真会开玩笑！（向马斯塔考夫）我很喜欢——特别是那女儿。

萨　莎　（低声）我喜欢那老太太。

马斯塔考夫　（高兴）当然,你自己就是一个老巫婆。（向医生）现在轮到你啦。（歪着头）批判罢,恶人。

波铁辛医生　（不情愿）你知道我在艺术方面是一个可怜的裁判。

马斯塔考夫　我看我的脖子要挨一刀！

波铁辛医生　故事对我就没印象。

叶列娜	什么故事？
马斯塔考夫	安静，列娜。你千万别开口。说下去，尼考莱。让我听听看。
波铁辛医生	别催我。我是你的读者。你写的时候，我并没有催你。
伊　娜	主，声调可真阴沉！
瓦西雅	医生有意认真处理一下。(向马斯塔考夫)显然，你害的病危险。他害什么病，尊敬的医生？
波铁辛医生	(笑)视力弱。
瓦西雅	他要瞎眼？
伊　娜	别尽打岔。
波铁辛医生	你知道，康斯坦丁，我父亲谈起你们作家，也许是对的。(忽然怨，几乎恨了上来)你欺骗你的读者，你干的就是这个。你给他们的不是每天吃的面包，而是甜点心——
瓦西雅	你像动了肝火，医生。
波铁辛医生	(有力地)你们作家打算提高希望，反而滋生痛苦的失望。你们有一时描绘人民像在等着真理和良善的先知们。先知们相信你们，去了人民那里。他们被出卖，被害死了。你们无所畏惧，再来一遍——欺骗那些相信你们的人。你们表扬伟大的人民，我们遇见的只是那同一古老，落伍的野兽——
伊　娜	(气忿)医生，你说的话快离庸俗不远了。
瓦西雅	(阻拦她)等等——耐着点儿——
波铁辛医生	(稍稍恢复自制，手在脸上一晃)别着急——也别粗鲁！我警告过你们——难道我没有过——这不是我的见解，是我父亲的见解。

瓦西雅	你叙述别人的意见，用了那么大的力气，虽然，听你本人的见解一定有趣。
波铁辛医生	（悻悻然）我本人没有见解。这种事实今天有许多人隐瞒，我没有心思隐瞒。我没有才分很快就把思想搞成——我对装假这套把戏也厌倦了，什么虚无主义者变成宗教狂，什么宗教狂变成虚无主义者。
瓦西雅	就像谚语里面的英国人，你还阔到不够买坏料子的衣服？值得赞扬。
伊 娜	（向叶列娜）讨论简直沾染上了歇斯底里症的调子。

〔叶列娜给了她一个眼色，叫她不要说下去。

马斯塔考夫	（有点儿沮丧）我还是头一回看见你这样子——怎么的啦？
波铁辛医生	我对一切感到厌倦。我不需要撒谎——任何甜浆——或者玫瑰图画！我也不需要你，康斯坦丁，宣示一切，快快活活，全不在意。我不相信你这关于一位母亲的故事——
萨 莎	（声调受惊）老天爷！他怎么可以说这个话！
瓦西雅	（向波铁辛医生，嘲弄地）现在你是表示你自己的见解了罢？
波铁辛医生	（沉郁地）是的，这是我自己的见解，尼考莱·波铁辛的见解。（他忽然扫了一眼叶列娜，她静静地绣着，俯向她的女红。她的外表像有什么东西照准他的头重重一击。他耸起肩膀，一边说，一边要走的模样）假如我的话粗鲁——对不住——我不是有意如此。

〔他走出。

瓦西雅	（笑）哎！泥脚的大石像坍啦——啾，我的祖国！
叶列娜	（瞥一眼瓦西雅，然后瞥一眼马斯塔考夫）你们知道这儿谁的见解最有价值？萨莎的见解。

萨　莎	（把自己藏到后头，怕人看见）啾，请——
叶列娜	她在这篇小说描写的那种人中间长大的。
瓦西雅	（低声，向伊娜）只有一个郝吞陶提①才能够欣赏从郝吞陶提的生活里面提取出来的小说。
伊　娜	（疲倦地）啾，别说下去啦！
瓦西雅	沙斗布芮昂②把他的《婀达娜》的稿本送给印第安人看，一直等到他们告诉他全对了，他才决定拿书发表。
马斯塔考夫	（和悦地，轻柔地）是我撒谎？我？从来没有过。
叶列娜	何必解释？
马斯塔考夫	那些看不见人生里面良善和美丽的人们——那些对明天没有信心的人们——我所以解释，因为我为他们难受，感到痛苦——我并非没有看见龌龊，庸俗，残忍——我看见人们的愚蠢。可是我不就完全需要这个。是的，这招我厌恶——不过，我不是一个讽刺家。我在这以外还看见别的东西——新，真正有人性，美丽的微弱的生长——我爱这个——打心里爱起。我没有权利给人们看我爱什么，相信什么？这就是撒谎？
瓦西雅	（微笑，一种讲演的声调）好，当然，这是你习有的观念——你常常说起。不过你忘记这儿有东西就不可抗拒——在它之前，我们所有的人力，良善的，恶劣的，统统失掉意义——命里注定毁灭——

---

① 郝吞陶提 Hottentot 是非洲的土著黑人，聚居在西南与极南角。
② 沙斗布芮昂 Chateaubriand（1768—1848）是法国浪漫主义的先驱，《婀达娜》Atala 是他的一本小说，一八〇一年发表，故事发生在北美洲，两个部落冲突，婀达娜救下一个俘虏，因为宗教不同（她是基督徒），以为不能和他结婚，便自尽了。

马斯塔考夫　主！这些话我简直听厌了！

瓦西雅　（嘲弄地）厌？仅此而已？

马斯塔考夫　你知道洗死人的身子的习惯吗？赶我们活着的时候，让我
　　　　　们就把我们整饬的庸俗和懒惰洗掉。让人类在命运最后的
　　　　　时间显得干净，美丽——让人类忍受毁灭，具有一种勇敢
　　　　　的简单——带着微笑！

瓦西雅　啾，浪漫主义！我怎么样死同我有什么相干？

马斯塔考夫　（忧悒地）不相干？对你全都一样？

叶列娜　（安详地）死得美丽岂不更好？

瓦西雅　不，不好。我不是一个浪漫主义者。

伊　娜　（差不多绝望了）为上天的缘故，就停住这场丧事辩论罢。
　　　　我们方才听完一篇热烈地真挚的小说——在作家之前，说
　　　　实话，你该感到惭愧才是。

瓦西雅　在作家们之前，就不会有惭愧。一位作者必须具有勇
　　　　敢——特别在他传道的时候——一种快活的吃苦精
　　　　神。（笑）算得上 mot①，不是吗？

　　　　〔萨冒克瓦扫夫过来，拿着一捧花。看见瓦西雅，他
　　　　止住步，皱眉，揪他的髭。

叶列娜　（有了生气）啊，来——来！

萨冒克瓦扫夫　你好？（打算把花为两位女子分开，有些花落在地上）我
　　　　可不可以献给你——和你——（他窘上来）我上了年纪，人
　　　　也笨了——

　　　　〔马斯塔考夫站起来，走到舞台一边，望着天，轻轻
　　　　吹着口哨。瓦西雅也站起来，预备走开。看见这种情形，

---

① mot 是法文，妙语惊人的意思，例如把"快活"和"吃苦"拼在一起。

萨冒克瓦扫夫越发感觉窘了。

叶列娜 把花放到水里头，萨莎，好罢？

伊娜 （跟着瓦西雅——向萨冒克瓦扫夫）谢谢你。花挺美。（向瓦西雅）你喜欢鸢尾花吗？

瓦西雅 （低声）我喜欢退休的警官。他爱你——你明白吗？

伊娜 瓦西雅，你何苦说这种话？

瓦西雅 他一定会向你求婚的——

伊娜 别说下去啦。

瓦西雅 我死了——你会嫁他的——

〔他们走出。同时叶列娜一直在和萨冒克瓦扫夫讲话，词句活泼，脸上显出一种煦和的微笑。

萨冒克瓦扫夫 是的——不过你看——

叶列娜 （声音更高了些）你也言过其实！人们愚蠢，缺乏教养，远在他们恶毒以上——

萨冒克瓦扫夫 说到临了儿，我活了四十岁，可是差不多连活也还没有活过的人，把你看做——你是难受。

〔麦德外借娃进来。

麦德外借娃 晚安！我的病人在什么地方？

叶列娜 （望了望周围）就在附近罢。

麦德外借娃 （坐下）是他回家的时候了。太阳落了以后，医生禁止他出来散步，可是他故意要这样做。

萨冒克瓦扫夫 （哼唧了一声）哼——为什么故意？

麦德外借娃 他就是这种人嘛。我明白他在干什么把戏——（摇动他的手指）我是一个心地简单的女人，可是我全明白——

马斯塔考夫 （走到她跟前）可是，你犯不上生气。我们全知道你是最良善的灵魂！

麦德外借娃　我忍不住。我是做母亲的,我女儿在毁她的性命。你是一位细心人,一位好人,可是做母亲的感情,你说什么也不知道,也不了解。你不知道我的痛苦,我的没完没了的忧虑,你看不见我的眼泪——我丢过一个儿子。现在眼看着我要丢掉我的女儿——难道这对做母亲的算不了一回事?

　　　　〔萨冒克瓦扫夫皱着眉,走开。

马斯塔考夫　你要丢掉你的女儿?那为什么?

麦德外借娃　(粗野地)你一定注意到她近来有多么累,多么疲倦,多么神经过敏,你说不是?一夜又一夜,她躺在那儿,睁着眼,哭。可是他哪,一个劲儿地谈着死——永远说着一件事——他,一个年轻人,就要死啦,同时她嘛,要活下去——

马斯塔考夫　(意想不到)他这样来的?我原先以为他是——不是这样的。

麦德外借娃　她变得也多厉害!她一向是安静的,强壮的,快活的。有时候她会一整天笑着唱着——

马斯塔考夫　我原先的印象是,他非常了解人的尊严,决不至于——

麦德外借娃　他决不至于!那样一个自私的人会帮别人考虑?那不是他。可不,他是世上最重要的人物。听他讲话,你会以为他死了之后,全世界一定也死——甚至于太阳也一定熄灭。他喜欢这个,他真喜欢。而且,我的上帝,他甚至于有时候不断有心思去亲她!他把病过给她怎么办?这难道不叫欺负?她该受这个?

萨冒克瓦扫夫　(咆哮)这——我必须说——这是——我不知道拿什么叫这才是——

麦德外借娃　啊,我的好先生,你们男子全一样——

叶列娜　　　（惊告地）你责备他们不也太严了点儿？

〔她拿眼睛指着萨冒克瓦扫夫。

麦德外借娃　（改变声调）也许我太严了点儿。我就不清楚我在说些什么——因为我是做母亲的。我为我女儿成了疯子，不是为我自己。我不在乎自己。不过保护我的孩子，是我的责任——看见有人拿生死的苦恼来折磨她的灵魂，我心都碎了——我成了这样儿一个人。

萨冒克瓦扫夫　（向马斯塔考夫）你喜欢这种局面，哎？一个人应该怎么办？我很想知道。

〔看上去激动的样子，他走向一边。

马斯塔考夫　（向萨冒克瓦扫夫，低声）一个死人没有权利把活人拖进坟墓。

萨冒克瓦扫夫　可是你看，他就是这样子。我恨瓦西雅这家伙。他多的是俏皮话，不过，他是一个没有价值的坏蛋。

麦德外借娃　我想，我要水喝——

萨　莎　　（在树后）我马上就拿水来。

麦德外借娃　我的心烧得慌。噢，主！我们慈悲的主！救救年轻人！可怜可怜他们！愿您把欢乐赐给他们！

〔全不作声，感到难过。萨莎拿来水。汝考耳打着呵欠，从阳台那边过来。

汝考耳　　（走近）我躺下去，一睡就睡了十一小时！八点钟上床，七点钟起床。（向四外望望）我原先以为你们在喝茶。（向麦德外借娃）我的聪明太太，你的样子看下去怎么那样凶狠？

麦德外借娃　（起立）可不是——我在这儿——唠唠叨叨，刺外人的耳朵，招人家讨厌——请原谅我——我现在就回家。

叶列娜　　　等一下——

汝考耳　　　你们好像都挺不开心的样子。

麦德外借娃　（顺从地）不，我就走。伊娜一个人在那儿——

汝考耳　　　瓦西雅在什么地方？

　　　　　　〔没有人回答他。萨冒克瓦扫夫生气的样子扫了他一眼。

　　　　　　我什么也不懂啦。一定是睡得太久啦。（向萨冒克瓦扫夫）我觉得，米隆，你想喝点儿冷啤酒。

萨冒克瓦扫夫　我？（毅然）是的，我们走罢。我还是真想喝——就一般而言——

　　　　　　〔快步走开。

汝考耳　　　（跟着他）站住，你到哪儿去？

叶列娜　　　（向麦德外借娃）你一定要多跟我们待一会儿——

麦德外借娃　他在那儿把她往死里折磨——不，我还是去的好。请原谅我——也许我方才就不应当那样讲——

叶列娜　　　我们没有理由怪罪你。

麦德外借娃　噢，我的亲爱的，做一个女人可真苦啊，难道不苦？你还不知道这个——你的孩子是一个大人——（她冲马斯塔考夫点头）不过，等你有了好几个孩子，开始往大里长——

　　　　　　〔麦德外借娃和叶列娜走出。马斯塔考夫吹着口哨，望望他的手表。叶列娜马上就回来了。

马斯塔考夫　她真是一位惹人喜欢的老太太，不是吗？

叶列娜　　　她是。一个打里到外的俄国人。

马斯塔考夫　（向四外望了望，低声）你以为，列娜，她会——为了爱她女儿起见——为了年轻的生命起见——犯罪吗？可能的，是不是？

叶列娜	（微笑）我相信可能。
马斯塔考夫	（激动地）伟大！啊，真伟大，列娜！没有东西比可能再有趣啦，可能是无限的。
叶列娜	我不以为她真会那样做——请明白这一点。不过有的是母亲为她们子女的幸福犯罪，这你自己也知道。
马斯塔考夫	（思维地）不过我倒真还喜欢她会犯罪——例如——毒死瓦西雅那家伙。她真是一个好女人。噉，这是一个了不起的主题。只有母亲们能够想到未来——因为她们把未来生在她们的子女身上——（停了停）现在，什么事？噉，是的——我得走啦。

〔叶列娜望望他的脸，向房子那边移动。马斯塔考夫皱眉，拿眼睛随着她走，然后低声说话，有些不大愿意。你问也不问我到什么地方去？

叶列娜	（并不回身看他）不问啦。可不，何必问？你要是觉得有必要的话，你自己会告诉我的。
马斯塔考夫	我会？等一两分钟。
叶列娜	（回来）好，就一两分钟。
马斯塔考夫	（声调沮丧）你知道，我要去撕掉那篇小说。小说不好。
叶列娜	（声音暗示严肃）为什么不好？
马斯塔考夫	噉，他们要说这是一种幻想，一种制造，对人生不真实。他们要说这话的。我后悔我读给他们听。他们只有减人勇气。尼考莱好像带着点儿什么——
叶列娜	（走近他，说话有抑制，但是用了很大的力量）你管这些人的意见做什么？他们是失败者，已经让人斫倒，不过还没有咽气就是了。由于精神的贫乏，信仰的缺乏，他们命里注定毁灭。你管他们做什么？假如你必须研究，就研究他

们好了，不过，让他们也就是黑暗的背景，相映相比，你自己的精神的火光，你的想像的火花，只有照得更亮。你必须明白，他们永远不会听见你——永远不会了解你——正像死人永远听不见活人说话。你就别指望他们夸赞了。他们夸赞也就夸赞那些把心糟蹋在可怜他们的人身上——爱他们就根本不可能！

马斯塔考夫　（吻抱她，看进她的眼睛）你说这话，列娜，你是又仁厚又多情——甚至于你有点儿使人害怕——你从哪儿搞来这种——这种力量的，列娜？

叶列娜　从你引起我的那种对于未来的信仰。

马斯塔考夫　（快乐地）我引起的？真的？那么，我可以把我的信仰传给别人？

叶列娜　噢，可以。

马斯塔考夫　这叫我——很高兴！（望望四外，低声说话）你知道，有时候我觉得整个儿俄罗斯这个国家的人民被斫倒，可是还没有咽气。是的，整个儿俄罗斯。

叶列娜　（焦灼地，责备地）你在说什么？羞也不羞！你真想的不是这个。

马斯塔考夫　（又看进她的眼睛）是——是的——你的确有信仰！动摇不了的信仰！我也可以这样子——不过，不是永远。有时候我是一个这些愁苦的印象的囚犯——我不把这些印象制服，我就丢了我的个别的自我——我就再也看不见我在什么地方——我跟那些人有什么差别。（他拿胳膊围着她的肩膀，同她慢慢走着）他们走进我的灵魂，好像走进一间空屋子，拿凋零的字句和卑鄙的思想把它从下到上铺起，就跟石头一样沉重。我开始感到我胸脯里头有了秋天——

353

	于是，我就不管任何人或者任何事了。当然，秋天里也有美丽和颜色——
叶列娜	可是这不是你那类美丽。
马斯塔考夫	（望望四外）对，不是我的，列娜——你知道，我们到这儿来就错啦。便宜，可是坏。我们就像住在街上。没有朋友来看我们。有两个多星期了，我就没有跟一位作家谈过话——

〔波铁辛医生在树木中间出现。

单你一个人跟我在一起——你，我亲爱的女孩子——

〔萨莎从房里出来。

叶列娜	（迟疑地）只要你愿意，我们就走，好不好？
马斯塔考夫	到哪儿去？哪儿来钱？
萨 莎	（向马斯塔考夫）这儿有一封信。
马斯塔考夫	（稍为窘迫，声调唧哝）啾，你这个坏鬼！
萨 莎	（一边走出，一边低声）我不坏。
马斯塔考夫	（他拿信在手里翻了翻。叶列娜不看他，看别的地方。他忧悒地说着）是的——列娜——这儿是——
叶列娜	（急急忙忙，好像不愿意听她丈夫说话）是你吗，医生？

〔波铁辛医生进来。

波铁辛医生	是呀，是我。我打搅吗？
叶列娜	当然不。
马斯塔考夫	一点也不，我的朋友。

〔他打算把手里的信塞进衣袋，但是不注意它落在地上了。医生看到了，朝前走，反而把马斯塔考夫逼开了。

波铁辛医生	我的心情非常低沉。
马斯塔考夫	就你的表情来看，你并不夸张。

波铁辛医生	今天晚晌,方才我在这儿谈话——当然,说起话来声调也就不同了。我希望我方才没有给你印象:我私人对你没有任何恶感。我实在恨我方才的作为。
叶列娜	(笑)啾,医生!你想到哪儿去了!
马斯塔考夫	秩序,请!别打岔人家说话!
波铁辛医生	好。就是这个,我要说的话我真地全说了。请,别想——
马斯塔考夫	不,我做不到。我总在想。这是一种职业习惯,我的朋友。
波铁辛医生	(悻悻然)你开玩笑,我很高兴。
马斯塔考夫	(后退,鞠躬)大人,看见您欢喜,我就快活。
波铁辛医生	(踩着信,微笑)你是一个怪物!
马斯塔考夫	这回你说对啦。(他停住,出神思想,拿手绢拭脸)好,列娜——我走啦。你跟我一道儿走?
叶列娜	(坚定地)不啦。
马斯塔考夫	为什么不?
叶列娜	我要看麦德外借娃母女去。
马斯塔考夫	(低下眼睛)我也许拜望奥耳嘎·夫拉狄罗芙娜。你要不要跟我一同去?
叶列娜	我不去。
马斯塔考夫	(咳嗽一声)好,随你便罢。
	〔他走出,步子并不急切,好像等谁止住他。叶列娜拿眼睛随着他。医生捡起信来,看了看,脸上露出一片宽大的微笑。
叶列娜	(望着医生)什么事你这么开心?
波铁辛医生	(挥挥手)就是这个——(害怕说下去,顿住)我等父亲,麦德外借娃和萨冒克瓦扫夫斗牌。

355

叶列娜	原来是这个。

〔她往外走。

波铁辛医生	告诉我——
叶列娜	什么？
波铁辛医生	你常常遇见不说谎的人吗？
叶列娜	不，不常常遇见。

〔仔细看着他的手。

波铁辛医生	你以为——康斯坦丁——
叶列娜	（枯涩地）对不住，你手里拿着谁的信？
波铁辛医生	（拿出信来）我方才在这儿捡到的——是写给他的——
叶列娜	（接过信来）是吗？你方才当着他捡起来的？
波铁辛医生	（窘）是的——那是——不——他已经走开了。
叶列娜	信像是奥耳嘎·夫拉狄罗芙娜写的。（呼唤）萨莎！（向医生）不像有什么要紧事——
波铁辛医生	（悻悻然）我不知道。我怎么说得上来？你看好了。

〔萨莎进来。

叶列娜	（哄着）萨莎，好孩子，去追我丈夫，拿这个给他——他还没有机会看，就把它丢了——

〔萨莎跑出，叶列娜走进房子，看也不看医生一眼。

波铁辛医生	（冲她摇着手指，打着口哨）傻瓜！等着看好啦。演一出高贵的喜剧，哎？等着，你就要哭的！

〔汝考耳和萨冒克瓦扫夫进来，全醉了。

汝考耳	你要是想捉一只好鹌鹑呀——
萨冒克瓦扫夫	（愉快地）你就不要喝好酒——可你就没做到。
汝考耳	不，你听我讲——你需要的是头等母狗——可是你那只狗呀，不作声，糟透了——这是一种矛盾——

萨冒克瓦扫夫　叫你一看呀,样样儿东西和样样儿东西矛盾。

汝考耳　好玩儿正在这个地方——真正有趣不过。试想想看——人受尽辛苦,把尖犄角全掩藏起来,把粗地方全遮盖好了——忽然,汝考耳·波铁辛坐了下来,四外一望,告诉他们——

萨冒克瓦扫夫　瞎扯!

汝考耳　不见得。他四外一望,样样儿东西揭开,统统露在外头,就说——这是一种欺骗——一种把我们人类拉低的欺骗!

波铁辛医生　(尖锐地)我不斗牌了。

萨冒克瓦扫夫　为什么?

波铁辛医生　我头疼。

　　　　　　〔他走进房子。汝考耳和萨冒克瓦扫夫不作声,交换一下眼色。

萨冒克瓦扫夫　(感到侮辱)随你说什么,非常不人情。他自己提的议,难道不是?现在,再有几分钟。麦德外借娃也就要来啦。你去对他讲,这种作风不合适。

汝考耳　(走开,勉强地)他挺固执。

萨冒克瓦扫夫　他简直是——一个坏伴儿。

汝考耳　(唧哝着,走进房子)头疼——才三十岁——

萨冒克瓦扫夫　(摘下他的尖顶帽,吐一口气,拿手绢拭脸。萨莎进来)我的小鸟儿,你到哪儿去?

萨莎　到麦德外借娃那儿去。

萨冒克瓦扫夫　告诉老太太,不斗牌了。啾,他们来啦!(他变紧张了,走着轻快的步子,迎住走近了的麦德外借娃和伊娜)你知道,马特芮影娜·伊万诺芙娜——

麦德外借娃　(她在听萨莎对她耳语)我就跟你来——等一下。

萨冒克瓦扫夫　（向伊娜)脸为什么这样发愁？出了什么事吗？

伊　娜　　（沉郁地)你有一张可笑的脸。

萨冒克瓦扫夫　可笑？我想——过了四十的人全有可笑的脸。是的！

伊　娜　　全有？我先前不晓得——你千万别生我的气。

萨冒克瓦扫夫　说实话——你现在对我讲话真像——

伊　娜　　我对你讲话真像？

萨冒克瓦扫夫　像自上而下——一个高高在上的地方——可是我——方才你母亲告诉我们瓦西雅·土芮秦怎么样折磨你——

伊　娜　　（大出意外)什么？我母亲——方才告诉你们？

萨冒克瓦扫夫　（害怕，受伤，不顾一切地讲下去)他怎么样折磨你，让你内心苦恼，你这样儿一位美人儿——

伊　娜　　（恼怒)你怎么——敢——谁把权利给你的？你呀算不得人，是也就是一个野蛮人——要不然，是你疯啦！（她专心致志地看着他，说起话来柔和多了)你怎么的啦？你为什么要说那话？

萨冒克瓦扫夫　（笨拙地往后退，把话往里咽)请原谅我——当然，我没有权利——我是一个没有受过文化的人——诸如此类——

伊　娜　　（低声)不，不是因为这个，而是因为——像那样说起一个病人，未免残忍——可怕——

萨冒克瓦扫夫　先那样说的是你母亲——允许我解释——我不是一个可怕的坏人——我也就是一个不快乐的寻常的俄罗斯人。我不知道怎么样测量善恶——我一无所知——我已经把我顶好的部分糟蹋掉——现在我成了一个没有价值的人——一直过着一种白痴生活。相信我，我完全为自己害羞。于是我认识到你和你那些位朋友——过着清净，严肃生活的人——对别人感到一种仁厚，不自私的兴趣。我觉得这像什么新东西，真正有人性的东西——对我的灵魂有一种凉爽的效果。现在，忽然，我看见你在拿你自己牺牲——

伊　娜　　（严肃地）我不许你讲这个！

萨冒克瓦扫夫　请，听我讲，看上帝的名义！我看到太多没有用的牺牲——

伊　娜　　（声调柔和了许多）请你了解我——我不能够，我不要听，假如你——你想说什么？

萨冒克瓦扫夫　我们走开这儿——拿你的仁厚赏给我几分钟。

〔伊娜点头，表示同意。他们一边走出，她一边变得很感兴趣，听他说话，显出十分注意。

我有你两倍年纪，我知道人生，我想告诉你——看重你自己！我们只有很少诚恳，健康的人——有好血的人——

汝考耳　　（走到阳台上）米隆！巡警！

萨冒克瓦扫夫　（走出）我就回来！等着好啦！

汝考耳　　（唧哝）好——现在，这家伙又跑掉啦。鬼把你们全抓了去！

〔奥耳嘎从右边进来。她显出心乱，但是打算掩饰住。

奥耳嘎　　你在冲谁嚷嚷？

汝考耳　　（戏谑）嗷，我美丽的邻居——我简直快有六十年没看见你啦，并且——

奥耳嘎　　并且什么？

汝考耳　　你没有让我把话说完。我嚷嚷，因为我心里沉甸甸的，像一位内阁总理焦忧急虑——我的牌摊不出来。

奥耳嘎　　扑克牌？你的机智真叫了不起——这样独特，这样精致——都在家里吗？

359

汝考耳	谁？我儿子？
奥耳嘎	还有别人。
汝考耳	我不知道。我儿子在。他头疼——今日之年轻一代哟！此外全散开了。
奥耳嘎	作家也散开啦？
汝考耳	这位先生一直在散开。
奥耳嘎	好！你长大啦。我必须承认——越来越有机智。（她注意到马斯塔考夫在左边树林里面。汝考耳没有看见他）你好不好问一下医生——给我——他打我那儿借去的书——劳驾。
汝考耳	（走进房子）任何事，任何时间——伺候你。

〔奥耳嘎做手势叫马斯塔考夫过来。叶列娜和麦德外借娃来到阳台，但是没有看见奥耳嘎，房子犄角和树木把她挡住了。

麦德外借娃	我一想到磨烦我们女人的那些事，我的心就往下沉！
叶列娜	（瞥见她丈夫，掩藏不住她的欢悦）你——回来啦？

〔马斯塔考夫朝前走来，慢慢走过房子。

马斯塔考夫	是的——这是说，不就全是。我要溜达一会儿。
叶列娜	你要不要喝茶？
马斯塔考夫	不要。
奥耳嘎	（耳语）干么这么久？脸那么沉？
马斯塔考夫	（不安地）走。
奥耳嘎	你怎么的啦？
马斯塔考夫	我说不出口——我有点儿累。
奥耳嘎	是吗？就只为了累？

〔他们往右溜达出去。波铁辛医生来到阳台，看见叶列

	娜和麦德外借娃,同时在远处望见奥耳嘎和马斯塔考夫。
波铁辛医生	(高高的,严重的声音)奥耳嘎·夫拉狄罗芙娜,你要的是什么书呀?我就没冲你借过书。也许你借过,康斯坦丁?
	〔瞥了叶列娜一眼,肩膀一拱,他退进房子去了。
叶列娜	(激动地把披肩往紧里一拉)这位医生的声音可真难听!
麦德外借娃	我不喜欢这些神学生。他们粗野,自视太高。
叶列娜	(带着夸张的兴趣)他从前在神学院念书?
麦德外借娃	当然。他是他叔叔带大的,一位牧师。他父亲,你知道,从前流放在一个挺远的地方,西伯利亚一个地方——
叶列娜	(侧耳倾听)真是这样子?(停了一刻)你听见什么响声没有?
麦德外借娃	什么?
叶列娜	(靠近她)笑声。有人在笑——
麦德外借娃	(过了一时)没有,我像什么也没有听见。这一带谁有心思笑?只有奥耳嘎·夫拉狄罗芙娜——她能够笑——
叶列娜	是吗?
麦德外借娃	她是一个快活女子,我必须说——也许含着恶意,不过,快活也是真的——
叶列娜	快活?什么样儿一种快活?
麦德外借娃	好,她活泼,开心——她拜访我们的时候,甚至于我们的瓦西雅也微笑了,露出他的绿牙齿。有一两回他打算把她搞个垂头丧气——你可知道,他说,我们人是命里注定全要死的?她回答他,不到我死的时候,就没有事,没有事可以让我死的——
叶列娜	她这人不顶认真,是不是?

麦德外借娃　她是那样儿一个人。不过,话说回来,并非个个儿女人关切深刻严肃的思想。此外,她也没有什么不对,一脑门子的机智——要什么得到什么——而且,她才懂得她那些男相好!

〔伊娜从左边出来,看上去累了的样子。她倒进扶手椅,看看她母亲和叶列娜,带着一种歪扭的微笑。

麦德外借娃　(转向她,惊惶)老天在上,你怎么的啦?

伊　　娜　我累啦——

麦德外借娃　嗷,他要害死你的!

伊　　娜　不是他,母亲!而且——当着外人,你不该拿他嚷嚷出去。列娜,庆贺我罢——我收复了萨冒克瓦扫夫的心!

叶列娜　(真诚地)嗷,可怜的人!

麦德外借娃　好,就是他,我要说,也好多了——至少他没病。

伊　　娜　并且他也有错,母亲!想想看!我不知道,列娜,是谁更不快乐——他呀,还是我。他真会说话。他跪了下来——愿意拿钱送瓦西雅到南方去,请一位医生和一位看护陪着——他哭得就跟一个小孩子一样——

麦德外借娃　(唧哝的声调)他们作爱的时候全成了小孩子。我才知道!那么你对他说些什么?

伊　　娜　(转来转去)母亲!你怎么好问这个?

〔沉重的寂静。

叶列娜　(思维地)他是一个很不快乐的人。他有一回告诉我他的生平故事——听了才叫怕人。他心好——可是他从前尽做可怕的事——他就像住在梦里头。有时候他睡醒了,直恨自己——不过他照样儿又干那些怕人的事情去了。他说起女人来,又是热烈,又是敬重,不过他跟她们在一起,他就

　　　　　　　活活儿像一只走兽……噘，这些奇怪的，没有脊椎的，没有意志的人——他们会不会永远消灭？

麦德外借娃　你看，列娜，你的话正是我的话。他们掐死我们！

伊　娜　　（疲倦地）我的两位亲爱的——我怎么做才好？（声调害怕，几几乎不比耳语高）真正的真话是——我不爱瓦西雅——我厌恶透了他啦。

麦德外借娃　（反而轻适了）谢谢上帝，可出口啦。

伊　娜　　静着，母亲！这不好的——你不明白！

叶列娜　　（枯涩地）人可以明白。

伊　娜　　我为他感到难受——难受到了我心碎。不过我——我捱不下去了——那双冰冷的，黏湿的手——那种气味——单听他的声音我就办不到——那些恶毒的，没有生命的字句——列娜，单有怜悯，没有爱情，才不好过——不诚实——侮辱人。他说话的时候——就像是别人——不是他自己——在说话——而他所说的是恶意的，庸俗的毁谤。他恨每个继续活下去的人。而且，啊，他有时候说了些什么话！我的上帝！他就是我从前心爱的男子——（她哭）我再也办不到了！他一拿手碰我，我就哆嗦——我就讨厌！

麦德外借娃　我的女儿——我也可怜他——可是你——你，话说回来，你必须继续活下去！

伊　娜　　噘，我的上帝，我的上帝！从前作爱真好。当你爱别人的时候，是多好呀！

叶列娜　　（俯向她，抑住自己的呜咽）是的——当你爱别人——当我们爱别人的时候——我们就不再是自己——我们就活在别人身子里头——

　　　　　　　　　　　　　　　　　　　　　　　　　　　　幕

第 三 幕

  同一房子，更移近台口了些。一个灰灰的，低沉的黄昏。汝考耳·波铁辛坐在阳台上一张高背柳条椅子里面，读着一本书，脚放在另一张椅子上。隔着纱窗，可以望见波铁辛医生在屋内走来走去，吸着烟。

汝考耳　　　（昂起头，动动嘴唇，打呵欠）尼考莱！

波铁辛医生　啊？

汝考耳　　　什么是定命论？

波铁辛医生　（沉郁地）定命论——好，神定——命定——命运——①

汝考耳　　　别告诉我字。那我全知道。我要你把观念说个一清二白！

波铁辛医生　请，别烦我。这种发狂的谈话！太无聊啦！

汝考耳　　　这不叫发狂，我的朋友，这叫老。（稍缓）你喜欢萨渥纳罗拉吗？②

波铁辛医生　谁？

汝考耳　　　萨渥纳罗拉。

----

① "定命论——好，神定——命定——命运"一句的原文解释字源，中文不可能表达，勉强译成这样子。
② 萨渥纳罗拉 Savonarola(1452—1498)是意大利文艺复兴的一位僧侣，严酷，热烈，主张改革，引起当时甚大的骚动，最后教皇把他驱逐出教烧死。

波铁辛医生 不。我不喜欢。

汝考耳 （思索地）你为什么不?

波铁辛医生 骂那个晓得的!

汝考耳 （显出一种满意的神情）好,我也不喜欢。我看他的书也看的不多。你呢?

波铁辛医生 没看过。

汝考耳 哼——你算不得一个读书人,我必须说。读者不是你的行艺。（阖起手里的书）书真是怪东西——搅乱人心的东西。我手里是一本席勒。我年轻的时候喜爱他。现在我把他拿起来——想到你母亲。我们在一起读他的《钟之歌》——那在我们结婚以前。我们全是红党——思索着人类的命运——成天嚷嚷。五年以前,你也冲人人嚷嚷——连我也包括在内。（显出一种满意的神情）今天你沉默了——你做戏——你嚷嚷——疲倦了,我的朋友!何以这样快就疲倦了?

〔波铁辛医生出来,手里拿着一顶帽子。

你到哪儿去?

波铁辛医生 去看一个病人——瓦西雅·土芮秦。

汝考耳 我跟你一起去。一个人太沉闷了。我那位警察像是没影儿啦。

波铁辛医生 那边他来了。

汝考耳 啊!那我就不走啦——

〔医生望望他父亲,好像弄不清楚他的真意,然后回到他的房间。

我明白啦!当然——够清楚的啦——（向进来的萨冒克瓦扫夫）好,警备力量怎么样啦?德意志人在对我们搞什么阴谋？

萨冒克瓦扫夫 （挥手）啊，去它们的！

汝考耳 你搞掉德意志啦？工作真快。现在你要检举谁？一九零五年以前，你检举政府——后来，就放弃了。之后，你检举革命家——那也放弃了。然后你揭发德意志人——这如今也完了。下次是谁？现在你怎么样着手才是？

萨冒克瓦扫夫 （忿懑地）我要检举自己。

汝考耳 一种没有害处的任务——而且一种容易的任务。也一千二百分地简单，又用不着交代。

萨冒克瓦扫夫 我像是一条驴——

汝考耳 一动手就走对了方向？（教授似的）不过，你应当知道，驴是一条怀意不良的走兽——有用，一点也不蠢——

萨冒克瓦扫夫 （从窗户往里窥探）我不妨告诉你一个故事——

汝考耳 说罢——坐下。

萨冒克瓦扫夫 （低声）到别的地方去。

汝考耳 成。过后儿有风湿病做伴儿，一定。才难受！

〔他们往外走。

萨冒克瓦扫夫 跟我为难的是羞耻——和疲倦。

汝考耳 （微微跛着）疲倦？自有史以来就是我们美丽的伴侣——不过，羞耻，不——那是你想出来的花样儿，我的朋友。完全是心里头作祟！请问，我们往常什么时候感到羞耻来的？格言说的好，"羞耻不是烟，不害人眼睛的"——人人相信这个。

〔叶列娜从门里出来，头上蒙着一幅闪缎肩巾，手里一顶阳伞。她静静地点头。

你好！你怎么啦？你不舒服？

叶列娜　　　可，我挺好。

汝考耳　　　可是你的小脸蛋儿苍白，你的小眼睛——

叶列娜　　　（微笑，坚挺起来）你看错啦——

汝考耳　　　我高兴我错。愉快的错误正如快活的人一般少——

萨冒克瓦扫夫　今天你的舌头派到用场啦。

汝考耳　　　风湿病要你哲学——你真还没法子拒绝，我的朋友。一位健康的人就没有机会来哲学一番——

〔他们消失了。叶列娜慢慢往前走去。波铁辛医生出来，追住她。

波铁辛医生　停一会儿，请！

〔叶列娜看着他，不出声地问询。

我必须同你谈谈——我用不了多久——只两句问话。到我的屋子来——请！

叶列娜　　　你的屋子全是雪茄烟味道。

波铁辛医生　雪茄烟？好——没关系——

叶列娜　　　你到底急点子什么？

波铁辛医生　（低声）我？现在，注意——你一定看出——

叶列娜　　　（枯涩地）是看出。

波铁辛医生　他对你不忠实——

叶列娜　　　我说过我知道！

波铁辛医生　你就这样安详？你预备怎么着？你不觉得人家侮辱你——你这样骄傲？

〔气为之促。

叶列娜　　　（短声一笑）这多的问话！你为什么问，我根本就不搁在心上——不过，我回答你——也许这么一来，你就安静了。我要回答你，也因为你有一时对我丈夫有友谊的感情。

波铁辛医生	我仍然有。
叶列娜	我们犯不上争论这个——你知道我爱他。
波铁辛医生	我不明白——我不能够——
叶列娜	(柔柔地)那是你的不幸。我不妨再说一遍,我爱他——请你记住。
波铁辛医生	(未免粗鲁)可是他把你踩在烂泥里头——同一个偶而相逢的好看的随便的女人——
叶列娜	(脸色苍白了,严厉地)我丈夫不会爱一个坏女人。
波铁辛医生	家活,怎么啦!你疯啦?
叶列娜	假如你允许自己继续用这种声调——
波铁辛医生	不——我沉默。不过,解释给我听。说到最后,我是一个人——我爱你——我有权利问你这个——
叶列娜	我已经告诉过你了——我丈夫的工作,比起我一个做女人的幸福——比起我的爱情——比起我的生命自身,重要多了,珍贵多了。别笑。不很久以前,你自己就非常看重他。那是——你要原谅我的坦白——在你开始对我做戏以前——在你还是一个健全的人的时候——
波铁辛医生	是你的铁石心肠害了我——
叶列娜	话多凶狠!现在,注意——这是末一回,我同你谈论这个题目——我希望你了解我。我要失去康斯坦丁——也许——不过我知道我自己的价值——我觉得他需要我——只因为我是一个人!(带有热烈的信心)我爱他的思想和感情的全部特殊世界——我爱他的生机勃勃的灵魂。他说起那种对苦难的蔑视,人的力量和生命的美丽,我看着他,充满了景慕,恨不得就祷告:噢,上帝,赐福我丈夫的欢悦和胜利的道路!我比你更知道人

生，我看过更多的忧患——不过我学会了蔑视忧患——了解忧患的无足轻重。

波铁辛医生 话——他的话！我不相信你——你仅仅是别人的话的回声！

叶列娜 他对我不就是别人。无论如何，我知道我们怎么样习惯于忧患——我们怎么样越过越爱忧患——是的，爱，因为它使我们看见自己重要。（带着不安）我一看见忧患就要靠近他——就要碰着他——我就怕了起来。他是那样不坚定——那样精致——那样容易破碎——

波铁辛医生 （激起）干脆全是幻想！你想像了这样一个人，变成他的奴隶。你为你的灵魂创造了一个偶像，一个主子。你也就是对他感到腻烦，因为他的头脑——比不上你的头脑——还因为你要娱乐，叫自己扮演被牺牲者这个角色，扮来扮去也扮腻烦了。

叶列娜 （忍耐地）我要重复一下你自己对他的话。三年以前你讲：我一看见他，听见他说话，我就变年轻了——我对一切有信仰，人生在我似乎是轻松的，简单的。难道你没说这话？

波铁辛医生 我那时看错了人——跟你现在一样。

叶列娜 有一回你警告我。亲爱的朋友，你说，尽可能少妨碍他的自由——到死他也会是一个青年。这是你当时的劝告——一位朋友和一位正人君子的劝告。现在那位先生什么地方去啦？

波铁辛医生 从前你给他致命的伤，如今你催他咽气。

叶列娜 （微笑）你打哪儿搞来这种话？（思索地）我们彼此不像有了解。现在，我同你讲话，我觉得我好像在同所有的妇女讲话——也许，我想在她们眼前帮自己辩护——对她们讲，我觉得我的行为没有什么羞侮的地方——虽说这在一个女人挺苦。可不——是苦！另外一句话我喜欢告诉她们听的是：爱一个诚实的好男子，保护他不受伤害，是怎样必要——

波铁辛医生 （激怒）一个看不起你的男子！

叶列娜 他决没那种心思。

波铁辛医生 他已经那样做了。

叶列娜 就本身来讲，一种肉体上的不忠实并不就是看不起。这可以有一打理由。一个人可以不真实而不丧失他对另一方面的敬重。

波铁辛医生 可能这样——你就不是人！你也只是一个头脑——一个抽象的思想——没有肉，没有心——

叶列娜 你还应当添上一句我不是走兽，不是美丽高贵的野兽，等等，等等，男人们一说起这个来，就变得非常流畅，为的是拿他们的话麻醉妇女，好激起她更多的热情。（直起身子，她用了绝大的力量说话，放低声音）你也许想不到，不过，我全有——野兽和热情——

波铁辛医生 别逗我——你用不着。你这样磨难自己是什么意思？

叶列娜 难道我没把话说清楚？

波铁辛医生 噢，全是话！要不然，全是一种姿态，一种扮演出来的角色？

叶列娜 你愿意怎么样想就怎么样想。也许我在卖弄姿态——也许我在扮演角色——为了高尚的赌注——（酩酊的样子）假如我损失，生命会通过他的欢悦胜利的。

波铁辛医生 诅咒他——和全部那种白痴的生命！

叶列娜	我听你这些奇奇怪怪的长篇大论和诅咒，耳朵直不舒服。你打哪儿搞它们来的？我们把这段谈话结束了罢——我要走——
波铁辛医生	真怕人——你那些话。里头就没有妇女的存在。
叶列娜	你又来啦！就这样结束了罢，请。话全说完了。你不必再同我谈起我的丈夫和你的爱情——可以吗？（微笑）再说，我这人理性十足，对浪漫这种事怎么成？
波铁辛医生	不过，假如——我想了解你——假如你的小孩子没死怎么样？
叶列娜	那我仍然不要干涉他。假如我不得不离开他的话，他一定会让我把孩子留下来的——孩子只有妨害他。
波铁辛医生	不。我不相信你！你打算掩藏你受到的羞侮——你的绝望——可你什么也掩藏不住。我看见你在痛苦！
叶列娜	可我说过容易来的？

〔泰席雅，麦德外借娃的使女，过来，跑着，喊着，跑近了。

泰席雅	医生——快呀，请！
波铁辛医生	（推开一把椅子）噢，地狱！什么事？
泰席雅	他忽然变坏了——嘴里直冒血——
叶列娜	（声音疲倦）你顶好去罢。

〔波铁辛医生不作声，走出。

泰席雅	（随着医生）你把帽子忘下了——

〔叶列娜倒进左边椅子里面，在另一张椅子后面。萨莎来到阳台上，拿着报纸和书信。看见叶列娜，她站住，愣了一下。

萨　莎	你没去？你觉得不舒服？

叶列娜　　　信来啦？有没有我的？

萨　莎　　　没有。只有医生的。(把信放在窗台上)也许你回到你的房间好点儿？

叶列娜　　　不。我在这儿就好。

萨　莎　　　叶列娜·尼考莱耶芙娜——我真怕！你不会出什么岔子罢？

叶列娜　　　用不着担心，萨莎，没事——我觉得累——气力不怎么足——帮帮我，噢，主！我就没有气力——

萨　莎　　　(谛听)噢！她到这儿来啦！

叶列娜　　　(站起一半，又跌入椅子，像是晕了过去)离开我，萨莎——请——我回头就进来——

　　　　　　〔萨莎进去。传来奥耳嘎的声音，一种平静的怨尤的声调。不久，奥耳嘎和马斯塔考夫从右边过来。

奥耳嘎　　　一个人——一个说他爱我的人，听见他说这种话！你难为情也不！

马斯塔考夫　可是我怎么可以干这个——快到这种地步！

奥耳嘎　　　还有什么好等的？让人人知道你在爱我。难道我没有权利为这个骄傲？

马斯塔考夫　这跟那有什么关系？真全邪门儿极了。

　　　　　　〔他心乱了，他的神经质的手势，零乱的外表和笨拙，让人看上去，稍微有些可笑。

奥耳嘎　　　(惊动，声音显出烦躁和惊慌)我不喜欢神秘！

马斯塔考夫　我再想一过看。

奥耳嘎　　　想什么一过？

马斯塔考夫　我真不知道——想不出——我怎么样去告诉她这个。

奥耳嘎　　　(恼怒地)现在，注意——这都算什么呀？你没有对我说你

	爱我吗？还是你在开玩笑？
马斯塔考夫	（无精打采地）怎么玩笑。不过，我决想像不到会这样复杂——无论如何，我要进去告诉她——也就是几句话——过后，我们就好——你还是走开的好，假如你不介意的话。我马上就回来。
奥耳嘎	好吧。我到树林里头走走。
	〔马斯塔考夫拿手弄正他的帽子，坚决的样子，朝阳台走去。叶列娜站起来面对着他。她是安详的。
马斯塔考夫	（停住，摘掉他的帽子，拿在手里摇着，说话的时候眼睛直射着她）好，列娜——我来告诉你——虽说我自己并没有准备——总之——现在，请别生我的气——想法子了解——
叶列娜	（走到阳台的台阶，呼唤奥耳嘎）别走——
	〔奥耳嘎站住。
马斯塔考夫	（惊慌）不好怪她的——我对你赌咒！
叶列娜	（约制地）放安静——请离开我们。她认为哪些话有必要，请奥耳嘎·夫拉狄罗芙娜告诉我，你再走——
	〔奥耳嘎慢慢走到阳台跟前。她显得窘，但是做出一副勇敢的模样。她看着叶列娜，眼睛又是狐疑又是惊奇。
奥耳嘎	有什么好告诉的？你像了解这种情形——也就没什么好说的啦。
马斯塔考夫	你看，列娜——意想不到这就发生了——（他握着手，做出哀求的姿势）彼此千万别把话说难听了——我们千万别戏剧化。你们两位全极有——
	〔不等话说完，她挥挥手，走进屋子。叶列娜站在阳台的上层台阶，奥耳嘎站在地面，靠近栏杆。停顿了一下。

奥耳嘎	（微笑）好——你没话讲？我可以走了罢？
叶列娜	（柔柔地）用不着胜利的微笑。我们两个人全是好人——记住这个。今天我站在你前头受人嘲笑。你就拿得稳明天，或者一星期以后——
奥耳嘎	别想吓得了我——白费辰光。自然喽，你生我的气——看不起我。
叶列娜	我？不。我为什么？
奥耳嘎	啾，我清楚你知道这不是我的头一桩恋爱故事——
叶列娜	（莫名所以，未免出乎意外）干么说这个？
奥耳嘎	（激动直在增加）你一定知道，人家看我——远比我看你——要严酷多了，表示胜利的优越之感也大多了。现在我总算出了一口小气。说老实话——看见把一个较低的价值放在你这样聪明的人身上，并非放在我身上，我觉得痛快。（她停了一会儿，嘴唇上显出一种奇怪的微笑）可不，人生就是这样子。别以为我感觉自己有罪——真地，我简直不知道我为什么说这种话。你像是有点儿激我说的——
叶列娜	（迅快地）我倒没有这种意思。我怎么会有？
奥耳嘎	（像在侦察她）啾，没什么真不好。你说过我们两个人全是女人。你说这话倒很相宜——我差不多要说倒很聪明。我想我现在好走了罢？
叶列娜	（走下来）现在你既然把话说到这种样子——
奥耳嘎	（狐疑地）什么样子？
叶列娜	我的意思是——这样简单。
奥耳嘎	啾！何苦把心用在这上头？事情原本是明明白白的。
叶列娜	你这样想？
奥耳嘎	当然。

叶列娜	（坚定地）你相信康斯坦丁对你的好感认真，深沉，是不是？
奥耳嘎	（嘲弄地）什么样儿一句问话！你凭什么想知道我想什么？
叶列娜	（低声，和蔼地）你一定同意，他的生命在我不就毫不相干。
奥耳嘎	（气势稍微一挫）啾，是这个——他的生命！这么看起来，你关切他的态度？不过，这个你应当问他自己——他势必知道他认真到什么程度。
叶列娜	他不知道。
奥耳嘎	（不相信地看着她）你要原谅我，假如我不相信你——假如我问你要我怎么着？
叶列娜	你不妨假定一下，同你谈话的是他的母亲或者长姊——
奥耳嘎	（微笑）假定你是他的长姊——是呀，这倒不怎么难。可是，你到底是他太太呀——我不能够相信一个感觉自己受了伤的人。
叶列娜	（枯涩地）我谈话是为了你。
奥耳嘎	我的真诚的感谢。你不以为这好笑吗？
叶列娜	不，我不觉得。我是要警告你——他自己不大很清楚，他活着就像全在做戏——
奥耳嘎	（掩藏她的惊慌）我自己就喜欢这类生活——
叶列娜	他恨一切不愉快，使人消沉的东西——所以，它们靠近他，他就不晓得怎么办才好——
奥耳嘎	听你这话，我做什么结论才是？
叶列娜	想想看。
奥耳嘎	（神经质地笑着）对任何别的女人，我就许说些非常粗野的话——（有心伤害）不过，我替你难受。（等待回答）你想吓

嘘我——我奇怪你倒没有说起他的才分——他对社会的责任，他对艺术的服务，等等——

叶列娜 （安详地）我认为没有必要谈这个。假如你在他的身旁待下来，你显然相信你维持得住他那迷住了你的发亮的精神。当然，你也一定承认在任何方面，就他来说，你作伴儿要比我作伴儿好多了——

奥耳嘎 （声调激怒）我没有一点点欲望做学校校长给他看——我不是一个女作家！你把他说成了一个小孩子。啾，啦，啦！我知道这些小孩子！（乱了上来）现在，你看着我，活像我偷你的衣袋来的。当然喽，你觉得我俗——（停住，等待回答）你不该跟我捣乱——你把我搅在和我不相干的思想里头——你要怎么着？木已成舟，也好怪我？

〔马斯塔考夫在门口出现。

你从来没有遇到他那样一个男子——从来想不到会有一个男子对我这样必要——

叶列娜 你——对他也必要？

奥耳嘎 （差不多在嚷嚷）那不关你的事！你怎么敢问我？

叶列娜 （激起，冷静地）我不再需要问你——

〔奥耳嘎怒极了，看着她，要说话。

你觉得不舒服？

〔奥耳嘎拿手盖住脸，匆忙走出。严厉的面容，叶列娜拿眼睛随着她。等她转回身来，她看见她丈夫，他正在看着她，苍白的脸上呈出又惊又惧的表情。她说下去，坚定地，差不多粗鲁地。

假如她还要坏，或者还要好，她就会比我强壮——

马斯塔考夫 上帝，叶列娜——上帝，你真了不起！你是哪一类人呀？

叶列娜　　（走过他的身边）一个女人在爱。

　　　　　　〔她进去了。他拿眼睛随着她，摸摸他的额头，快步走下台阶，然后转回身子，又往上跑。

马斯塔考夫　（自言自语）不——我先应当——叶列娜！（叶列娜出来）等一下。你到哪儿去？

叶列娜　　到麦德外借娃家里去。

马斯塔考夫　听我讲——我以我的荣誉作证——

叶列娜　　（忽然提起精神）你就别管我啦，你这个年纪轻轻的傻瓜！

马斯塔考夫　（抱着头）来啦！悲剧！现在！请你放安静一点——

叶列娜　　（焦灼地）真要命！也真庸俗！你是又直率又干净——居然允许自己乱追——追谁？她要损害你的心灵，破坏你——

马斯塔考夫　（绝望）噢，魔鬼！我怎么会知道这变得这样认真？

叶列娜　　对你这样的人，女人就是台级，你踏在上面，越走越高。可是，她比我低——你要明白这个。而且她对你并不必要——是你对她必要。我不能够答应这个。没人可以把你用做私人的娱乐——决不可以！

马斯塔考夫　噢，你在拿你的头思想——可是鬼知道——

叶列娜　　是的，我是在拿我的头思想——为了我们两个人——为我自己，好不至于妨害你，为你，因为你活着就不思想——

马斯塔考夫　永远是衡量，永远是测量——真受不了！

叶列娜　　可你自己既不衡量，又不测量，怎么办？你活在感受痛苦而又互相招致痛苦的活人当中，就不能够不这样做。为了不要你受到不必要的侵害，我才不得不思想，不得不衡量——防御任何东西可以分裂你的内心的世界，破坏它的特殊的性质。你以为这在我容易做吗？是什么涸竭了我的灵魂，杀害我的喜笑和欢悦？就是这儿，我忽然看见有东

377

	西会杀害你！我也许可以了解，假如你爱上了萨莎——她有一个非常纯洁，非常凉爽的人格——
马斯塔考夫	（低声）萨莎——亏你怎么想到的！一个人需要自由，叶列娜，我是一个人——
叶列娜	你不妨假定一下我也是人——
马斯塔考夫	你有时候就像一个老和尚，我就像你新收的小和尚——虽说我可能错——因为我不大清楚和尚的。我必须说，比我先前所想的，整个儿事情是复杂多了，一点也不愉快。我不喜欢戏剧化，可是眼前你跟她，两个人就全不开心——
叶列娜	（不微笑也做不到）你真是一个滑稽孩子！想想你在说些什么。你怎么可能跟别人在一起游戏？
马斯塔考夫	现在，说实话，叶列娜，我心里头就没有空当子容纳那些严肃的思想——和冗长的独白——（热烈上来）我是一百二十分地喜欢活着——喜欢俄罗斯在我周围，嗜嗜作声，心在跳动，一个非常亲爱的，可爱的国家——那些滑稽的俄罗斯面孔，那样入人的心，那样富有人性，不断在你眼前闪烁着——小孩子们长大了，跟着他们一起长大的又是那样刺激人心地不同——难道你没有注意到？还有那些俄罗斯母亲——奇怪的老顽固，没有用处，可又那样动人，你心里对她们充满了高尚的，不得罪人的怜悯。活着是一种欢悦，列娜，说真话！旧火在灭，可是新火在亮——你有一股子力量要你作诗，写得——说些阳光一般亲切的语言——冲人们眨眼睛："看呀，弟兄们！我们活着，还使性子！"你想到这个，说到这个，你就自然而然，不知不觉，觉得和坐在你旁边那样靠近——你的心朝他流了过去，不管是谁坐在你旁边，不管穿的什么衣裳——是男装

还是女装——

〔汝考耳跛着脚，走过来。

汝考耳　　康斯坦丁！叶列娜·尼考莱耶芙娜！

叶列娜　　(惊)等一下——他怎么样？很坏？

汝考耳　　糟透啦——全不知道怎么办才好——一个劲儿地哭——

马斯塔考夫　你去看看，列娜——(她急忙走出)我也要去吗？

叶列娜　　(冲后嚷嚷)不，别去！

汝考耳　　瞎扯！你当然去——

马斯塔考夫　什么理由？

汝考耳　　哼——你知道有人在死——假如你喜欢的话，去是一种礼貌——再说，你是一位作家——你必须样样儿全看——这是你的责任。

马斯塔考夫　(叹息)好罢——我们就去。

汝考耳　　(一同往外走)好，名单上又少了一位。人死了，但是矛盾留了下来。你不妨拿这写成一个寓言！

马斯塔考夫　(唧唧哝哝)倒像我只写这个！我恨寓言——

幕

第 四 幕

夜，麦德外借娃的避暑房子的前脸园子。绣球花和紫丁香花把小房子遮盖了大半去，有两个窗户，小小的走廊拿玻璃封住。走廊右手的窗户用一块床单或桌布挡住。门道过厅燃着一盏油灯，一道亮光从开着的门射到台阶上。

萨冒克瓦扫夫和伊娜坐在台级上，医生在他们前面走来走去，吸着烟。从房里传来搬动家具和碟子的响声。

伊　娜　　（平静地）今天早晨他还说他觉得好多了——

波铁辛医生　（沉郁地）化学家在死以前全这样讲。

萨冒克瓦扫夫　（劝解地）我有一个妹妹——一个了不起女人——把一生用在丈夫身上。当然，他有病，可是也不相干。她伺候了他整整九年——想想看——一个女人最好的年月，她的全部气力，送给一个怪脾气的病人糟蹋！真可怕！才三十岁，她的头发差不多就白了，她做了寡妇，手边带着一个五岁大的小孩子——一个气死人地神经质的孱弱的孩子——

波铁辛医生　（走近些）你也贬责孱弱？

萨冒克瓦扫夫　一点儿也不——

波铁辛医生　要贬责也轮不到你——

萨冒克瓦扫夫　（受伤）你这话是什么意思？

〔医生走开。汝考耳出来，停在走廊上。

我从来没有说过那种话。

波铁辛医生　（在远处）你讲的那些原理太晚了点儿——现在不合潮流啦。

萨冒克瓦扫夫　（向伊娜）他这人怎么啦？他为什么这样酸溜溜的？

伊　娜　（站起，往里走）我不知道。他一定是累了。

汝考耳　（下来，赶到台阶上）我那位少爷苛待你们啦？（坐在萨冒克瓦扫夫旁边，叹息）我的脚直跟我作难——好，米隆，命运帮你把路扫干净啦——

萨冒克瓦扫夫　（声调痛苦）住口——你怎么可以？

汝考耳　（低声）你以为她心里真就不欢喜吗？哈！我知道女人们，我的朋友——

萨冒克瓦扫夫　不对，汝考耳。关于这个，你我都不懂。（稍缓）拿我做譬方罢，我从来没有任何欲望——持久的，热情的欲望——去了解事情。然而这是必要的，结果是——

汝考耳　哼——你说这话是什么意思？

萨冒克瓦扫夫　我的意思是这样。我，我这个人，四十二岁了，我就不明白一个比我年纪轻的人——我就不明白他的生活和思想的方式——甚至于他的语言。上了四十，会遇到这个！这个国家真好，人人在这儿都是一个陌生人。现在，一位欧洲人——

汝考耳　（打着一半呵欠）无聊！你根本就不懂什么欧洲人不欧洲人的。你从前把什么欧洲人关在囚房过没有？所以，讨论的主题是妇女，你就不必谈起欧洲人——

波铁辛医生　（走来）你有火柴吗，父亲？

汝考耳　　　（递给他一匣火柴）要还我的。你借一盒火柴，不见了，我就得颠着我的坏脚到处找火柴。

波铁辛医生　你要是闹风湿，你应当上床才是。再说，活到你这种年纪，赶着夜气，你会招凉的。

〔走出，忘记归还火柴。

汝考耳　　　（拿肘子顶萨冒克瓦扫夫）看见了没有？你还是赶快结婚的好。活到七十岁，你有一个医生儿子，一个受过教育的人——就很不方便了。他要拿走你的火柴，你就只有——是，是的——（稍缓）倒说，我们这半天说的都是些什么怪话。好比说：招凉。倒像我们追着它跑。就算是罢，要追也得换一条路。或者好比说——他念过大学——（向儿子的方向点头）他念过，而且念完啦——不过，对他不见得就有什么影响——

萨冒克瓦扫夫　（不情愿地）你是——

汝考耳　　　一个话匣子？

萨冒克瓦扫夫　不——像你所说的——一位忿世嫉俗派。

汝考耳　　　（带着若干骄傲）我不是一位忿世嫉俗派，我的朋友——我是一位怀疑派。我们的怀疑派太少——这表示我们不太聪明——

萨冒克瓦扫夫　（忍着没有笑出来）你说话，可是，我不能够明白为什么——

〔叶列娜和伊娜走出房子。萨冒克瓦扫夫立起，让她们走过。

叶列娜　　　你好不好帮康斯坦丁移移箱子？

萨冒克瓦扫夫　当然。你就在你待着的地方待下罢，怀疑派。

〔走进。

汝考耳　　（随着他）这儿潮湿。我那位少爷说得对。

叶列娜　　（关切地）去躺躺罢——你就会睡着的。

伊　娜　　不，我不要——我怕我会睡着的。

叶列娜　　怕？

伊　娜　　我觉得羞。我没有忧愁的感觉，离弃的感觉——我是这样奇怪地，这样可羞地安详。活结儿解开了——现在我用不着说谎，歪扭自己的感觉——我用不着显得温柔，可爱——这是一种轻适，不过，也算一种过错。

叶列娜　　（微笑）我希望康斯坦丁听得见你——

伊　娜　　不，别告诉他。我不要他想我心狠——我对他极其敬重。

波铁辛医生　（走来）你必须有一张死亡证明书。我替你写一张。

〔走进房子。

伊　娜　　看他那种说法！每回他一走近了，我就觉得有重量往下压我——莱娜，你觉得我没有心肝吗？

叶列娜　　别说这个啦。你才二十岁。

〔马斯塔考夫在门口出现。

马斯塔考夫　这儿来，叶列娜。（等她过来，他烦激地同她耳语）听我讲，是什么鬼，尼考莱干么直冲我哼哼？他兜着我转，直拿眼睛瞪我。他要怎么着？

叶列娜　　（进去）我去去就来陪你，伊娜。

马斯塔考夫　（随着她）岂有此理！

〔伊娜感到疲倦，伸伸身子，把一个垂下来的枝子拉近脸来闻着。她瞥了一眼遮住的窗户，惊了一下，害怕的样子，揩掉手上的泥土。萨冒克瓦扫夫出来，拿着一条围巾。

萨冒克瓦扫夫　披上这个——夜里潮湿。

伊　娜　　谢谢你。你真细心。

萨冒克瓦扫夫　（光彩奕奕）不，不是我想到的，是你母亲吩咐我拿来的。你有一位好母亲。

伊　　娜　（点头）是的。

萨冒克瓦扫夫　（激乱地）就一般来讲，妇女是我们有的最好的东西——特别是现在，男子全变得有些柔，有些酸。我说这话，你可以相信我，因为我经见过妇女。我一直过活得又坏，又粗野——我一回想起来，就没有多少我可以不害羞的——不过，在我的生命里头，要是有什么良善洁净的话，那就是妇女。我准备好了祷告上帝保全她们，因为在我们俄罗斯人当中，上帝就没有比她们更好的东西了。

〔波铁辛医生走出房子。

波铁辛医生　啾，我说！真是这样子吗？

萨冒克瓦扫夫　（转向他）啾，是你。你不同意，当然喽？想证明我错吗？

波铁辛医生　证明的话，不是时候，也不是地点。

萨冒克瓦扫夫　（激昂地）这儿是一个做嘲弄的叫喊的地点，可是做真实的证明倒不相宜？

波铁辛医生　（从他身边走过）你那副急样子活像失恋的罗蜜欧。你犯什么毛病？

萨冒克瓦扫夫　没病，谢谢你！你觉得怎么样？伊娜，你对这个要感到兴趣的。从前有一个期间，医生劝人朝前冲，和命运作战。今天，就像歌儿唱的，过去所有的诱惑不再激动得了他失望的心！

伊　　娜　你犯不上恼。

萨冒克瓦扫夫　可是，这——这是欺骗。这是拿人命当做儿戏——

波铁辛医生　（喷出雪茄的烟）你有什么好急的？只要你肯，人家会再在警局赏你活儿干的。

〔走出。

伊　　娜　　（声音痛苦）啾,医生——你怎么好说这种话?

萨冒克瓦扫夫　　（出不来气）这就是你所谓受过教育的人——哎?说这种漂亮话——哎?

伊　　娜　　也许他不舒服?

萨冒克瓦扫夫　　不像害病——害也就是害灵魂的麻痹。不,随你怎么说,我们全腐恶,粗野——我们不爱什么人,连自己也不爱,我们的祖国也不爱。我们血管流的是奴才的坏血——我们还没有走出农奴制——我们在内心上还是奴隶。

〔汝考耳走出房子。

汝考耳　　（向伊娜）你母亲叫你。什么事,米隆?

萨冒克瓦扫夫　　（摇他的拳头）你儿子——

汝考耳　　原来是这个。

萨冒克瓦扫夫　　有一天我要给他点儿尝尝——

汝考耳　　（往远里望）没人爱我儿子。

萨冒克瓦扫夫　　他倒爱来的?他爱谁?他能够爱?

汝考耳　　我不知道。从来没问过他。

萨冒克瓦扫夫　　问问他看。

〔医生走来。萨冒克瓦扫夫表示厌恶哼了一声,走进房子。

汝考耳　　你为什么欺负人?

波铁辛医生　　我们散散步,父亲。

汝考耳　　我这只脚反对散步。

波铁辛医生　　啾,是的。现在,听我讲——我要走啦——乘五点一刻的火车。（取出他的皮夹）这儿是钱。我过后再汇。

汝考耳	那你要出去很久。你的职务又怎么着？
波铁辛医生	我辞职。
汝考耳	你会不会到高加索去？
波铁辛医生	为什么高加索？
汝考耳	在从前，人像这种情形，总到遥远的荒野的高加索去。
波铁辛医生	我不明白。
汝考耳	你在闹恋爱？
波铁辛医生	（皱着眉头，瞥了一眼他父亲，随即笑了起来）怎么样？
汝考耳	没希望？
波铁辛医生	说下去。
汝考耳	（接过钱来）你顶好去西伯利亚。
波铁辛医生	做什么？
汝考耳	你可以弄一堆钱。一个人就恨看见人，感到需要许多钱。
波铁辛医生	别开玩笑啦。告诉大家，我收到一份电报，要我立刻进城去看一个病人。
汝考耳	干么撒谎？
波铁辛医生	你对。滚他娘的！再见。
汝考耳	让我亲亲你。

〔他们吻抱。

波铁辛医生	再见。人生是一个坚韧的干果子，老头子。
汝考耳	没熟就掉啦！
波铁辛医生	你自己也不怎么成功。
汝考耳	好，走最好的运！你没想打死自己，没罢？
波铁辛医生	（轻轻笑了起来）不，我还没有到这个地步。
汝考耳	注意！我的劝告是恋爱棕颜色女人——她们气质比较厚，决定起来也比较快。

波铁辛医生	别开玩笑啦。
汝考耳	我挺当真。我根据观察而言。你娶一个犹太女人——没比这更舒服的了。她们多产——你有一群儿女,人生转着转着就像一个轮子。
波铁辛医生	(笑)你话说完了吗?
汝考耳	(放开医生的手)我说的是好话。再见。

〔医生走出。老人坐在台级上,摇着他的头,朝他儿子的后影呢喃着什么。麦德外借娃走出,看上去疲倦的样子。

麦德外借娃	你要不要吃点儿东西?茶好啦。没人要上床。医生哪儿去啦?他真累啦——
汝考耳	是的,他累啦。其实年纪还轻轻的,不过他是累啦。
麦德外借娃	啾,你总在打谜语——
汝考耳	他走啦——希望大家记住他这个人。他去了西伯利亚。
麦德外借娃	你不是疯啦?
汝考耳	(挥了挥手)去了高加索。
麦德外借娃	到底什么地方?
汝考耳	我不知道。
麦德外借娃	你们是一群怪人,全是。我一看你们就觉得难受。还开玩笑,好像你们全都快活——故意做出聪明和骄傲的样子,在彼此面前又对自己的软弱感到羞愧——你们应当做的倒是聚在一起像好朋友,推心置腹地谈话,并且——别拿羞愧搁在心上——为自己好好儿哭上一场。你们到了停止做戏的时候了——戏园子是空的,除掉你们自己就没别人——只有你们自己!
汝考耳	我就没有参加演出。我一直是观众。

麦德外借娃　剩下自己一个人了，你们人人焦忧急虑，懊恼万分——可是当着别人——不得了，真不得了！你们就臜胀胀的，脸摆出一付严肃的神情！我说的是——忘掉这一切——彼此多往近里凑——

汝考耳　够啦，我的聪明的女人。这跟我不相干。不过我告诉你，我的好老巫婆，我的儿子还是真不见了——

麦德外借娃　（漠然）去了什么地方？

汝考耳　或许是非洲——或许见鬼去了！

麦德外借娃　（有些不相信）可不，你同你儿子好像就爱搞点子花样儿玩玩。你还是进去喝茶罢。

〔两个人向门走去，正好马斯塔考夫和伊娜出来。

你们听见医生的事了没有？他走啦。

马斯塔考夫　倒也是一件好事。这儿没人需要他。（向伊娜）我们去散散步，好罢？

伊　娜　我无所谓。这儿窄闷得慌，我有点儿头晕。

马斯塔考夫　（不晓得说什么话好）也许你应当服点儿药水？

伊　娜　（微笑）哪类药水？

马斯塔考夫　我不知道。（叹气）叶列娜从来不吃药。可是奥耳嘎·夫拉狄米罗芙娜——她就服一种什么药水。有时候她身上发出一种强烈的气味，好像以太。她用的香水也刺激你——

伊　娜　（感到兴趣）你喜欢她吗？

马斯塔考夫　她？好，我说什么好？不见得总喜欢，我想。（从从容容地有了生气）啊，多美丽的一个夜晚！让你想唱歌。

伊　娜　（责备地）什么？在这儿唱歌？

马斯塔考夫　你对。这种念头愚蠢——再说，我不会唱歌——（试着配合伊娜的声调）当然——人全有生有死——白天夜晚——

伊　　娜　　（不由自己微笑了）你说这话像责备他们这个。

马斯塔考夫　（窘）我？你怎么想到的，真是！（简单地）我猜想，这是因为房子有了死人，我不知道怎么说话的缘故。我太常常读到死亡的恐怖，永远写得坏透了，我对这种主题失掉敬重，简直失掉兴趣。关于死亡写得太多了——好像一位捧过分了的女演员。女演员总是那一套，可是人人嚷嚷，"啊，什么样儿的天才！"（说上了劲儿，他拿起伊娜的胳膊）自然，我也要死——总有那么一天。不过，在那一天到来以前，亲爱的女孩子，我要活千千万万美丽的日子——你明白吗？——千千万万。每天太阳都有新脸，新经验，新颜色。（严肃地）你知道太阳一天一个样子？你没有念过斯拉夫的太阳神和他的鱼人女儿们？你喜欢神话吗？

伊　　娜　　我不知道。

马斯塔考夫　啾，你应当喜欢！真是美丽极了——正和任何儿童似的东西一样，简单，聪明，并且表现不出地生动。你必须读读——你自己就是一个小鱼人儿。有时候我看着你，我想——你所爱的男子一定快乐。我假定我就是他——才叫神妙，充满了最最意想不到的惊奇——

伊　　娜　　（窘）现在，真地——简直不是谈这个的时候——

　　　　　　〔奥耳嘎穿着黑衣服，拿着一捧花，走进门前园子。她在树木当中停住，听他们讲话。

马斯塔考夫　（说上了劲儿）你想假装什么，你就能够帮自己想得出来，你只要知道这多快乐也就好了——国王，扫烟囱的，丑儿！你活着成打成打的生命，感到男女所有的悲欢——老年人的郁闷沉重的思想，小孩子灵魂的亲爱的乳色似的混淆——

伊　　娜	这一定有趣极了。
马斯塔考夫	离这儿不远躺着一块石头——一块坟似的老石头，一身的皱纹——我知道若干年代以前，它在山头，星星要比现在离它近得多。它追想过去，感觉无聊——你明白吗？我可以用四行话说出这块石头的故事——只要四行就成。你看出来了没有？这就叫做活。我可能一下子就爱上了你，整天想着你——把你的形象带在我的心里，同时它对我唱着可喜的，神奇的歌——
伊　　娜	（离开他）老天爷！你怎么好同我讲这个——今天？
马斯塔考夫	（惊）我不应当？

〔她快步走开，转眼不见了。

那么，我什么时候可以？好怪的女孩子。

奥耳嘎	（走来，嘲弄地）你太急了点儿。
马斯塔考夫	（畏惧）你又来啦？当心，叶列娜在这儿。
奥耳嘎	这就是你不来看我的理由？这就是你腾不出闲来的作品？
马斯塔考夫	（声调低而惊惧）你们两个人一碰见，我不知道我该怎么做了——
奥耳嘎	（试着保持她的平静）你不知道？当真？
马斯塔考夫	说实话——
奥耳嘎	你——老实？
马斯塔考夫	人一瞪起眼睛，彼此盯着看，我就觉得害羞，我——我觉得我完全多余。
奥耳嘎	你明白你在说什么吗？
马斯塔考夫	啊，明白——明白！我不明白——我做的总是蠢事！
奥耳嘎	别打算哄得我过！
马斯塔考夫	请，别嚷嚷。

奥耳嘎	做什么?打算把你我的关系就这样开玩笑开掉?这种心计玩得可怜,也下流。
马斯塔考夫	现在,你说话干么要用这种调子?我怎么对你不住了?你不是一个天真的姑娘——我根本就不能够一下子娶你。那才可笑!真地,那才可笑!
奥耳嘎	(声调较低)请,别再说看不起我的话。我要求解释,我不知道——说到临了儿,这残忍,龌龊!现在,听我讲,良善与美丽的布道人,或者,不管他们怎么样称呼你——

〔叶列娜走出房子,

马斯塔考夫	(开始不耐烦)我对你解释得够清楚的了——
奥耳嘎	(指着叶列娜)啊,我亲爱的先生,现在我要给你来点儿笑话——叫你过不去。
马斯塔考夫	你要做什么?家活,你要怎么着?
奥耳嘎	(扔掉花)叶列娜·尼考莱耶芙娜——允许我拿你自己的话来提醒你——我们两个人全是女人——
叶列娜	(拿围巾把自己包住,走过来,低声说话)请,我们离开这儿。
奥耳嘎	不过你比我聪明——你想法子把事情安排得叫我——我觉得我要发疯!
艾莱娜	康斯坦丁,你挑了一个坏地方。
马斯塔考夫	(粗鲁地)我什么也没挑。我什么也不懂。她要我怎么做才是?去马上就结婚?听牧师讲:啾,新郎,愿你兴奋如亚伯拉罕一般——同时,新娘,愿你兴奋如撒拉一般?①

---

① 亚伯拉罕和撒拉是《旧约·创世记》里面一对贤夫贤妇,牧师证婚时常常引用他们作例。

马斯塔考夫　（意外）我？

奥耳嘎　他把她的形象带在他的心里，他还告诉她——

马斯塔考夫　这回，可真太蠢啦。

奥耳嘎　（疯狂地）不是蠢。还有一个名子——调情，好色——我自己都臊得慌——我一辈子还没有处过这种可笑，白痴，羞辱的地位——是的，我不承认也得承认。

马斯塔考夫　（轮流看着每一个女人）好，我捱够啦！你们爱说什么就说什么，爱做什么就做什么——我不管——我走定啦。哪怕就是上天，我也不要人家拿绳子往上拉。我没有伤害任何人。叫任何人难受——难受的是我自己！

奥耳嘎　（向叶列娜）脸皮真厚！

叶列娜　（安详地）我们别把话说凶了——无济于事。

马斯塔考夫　什么凭据也没有，你们一死儿责备我，为什么——什么——你们自己就有份儿，假如我还没忘记的话——一会儿工夫。我已经被判决啦？好极啦。我走，叶列娜——我去包扎我的东西——我不在，你们也好收拾我了。

奥耳嘎　简直荒谬！一个正常人作起事来会这样子？还是他太聪明啦？我不明白！

马斯塔考夫　（激忿地）别瞎吵啦！我走。我不能够这样活下去——人人以为自己有权利把我当做一个农奴看——再说，跟伊娜有什么关系？你自己要我，叶列娜，帮那个寡妇姑娘解解闷！（声调比较安详，简单）假如我真有错儿，我道歉——是的，诚心诚意地道歉。不过，我有话说——关于女人有人说过真理——我忘记他说什么了——你们吵得人把什么也忘掉！

〔他迅快地走出门前园子。奥耳嘎拿眼睛随着他，不知道怎么了解才是，叶列娜沉下脸来，出神思想。

奥耳嘎　　（平静地）他真走吗？

叶列娜　　我不这样想。

　　　　　　〔一顿。

奥耳嘎　　（声调低沉）我们又面对面站在一起啦。你到了儿把我摆在一个可笑的地位。是你这样做的，难道不是？

叶列娜　　（平静地）不，我什么也没做。

奥耳嘎　　哼——我现在该走啦。（叶列娜不作声）听好了，你从前谈了许多妇女的共同兴趣和崇高的观念——不过，你怎么能够饶恕他这个——这些下流的胡闹——这种放荡行径？

叶列娜　　前次我一定没有把话讲清楚。是我错，我对不住你。

奥耳嘎　　（有心伤她）你应当听听他同伊娜谈爱就好了！

叶列娜　　明天他也许对别的女孩子或者对你重复——

奥耳嘎　　（忿然）啾，不！我才不要听他这种取笑人的怪话。

叶列娜　　我早就对你说过——他像一个梦行人——他活在梦里头，信心也在梦里头——

奥耳嘎　　那就该治治他。把他送进医院。拿链子拴住他。

叶列娜　　你用不着那样凶。你不也喜欢听他的小说来的？

奥耳嘎　　现在也就是叫我想起我的羞辱。你听这话觉得快活？（叶列娜不作声，看了看她）你是一个怪人——相信你先就难。（思维地）我原先以为他非常纯洁，非常忠实——

叶列娜　　他的确是。

奥耳嘎　　（轻轻一笑）他是吗？可是我不相信。你不觉得人家侮辱你？好，反正跟我不相干。

叶列娜　　我们不要说到我。假如他或者我引起你任何痛苦，为他并且为我，我准备好了请你饶恕。

奥耳嘎	（出乎意外，不相信地）你，一个女人，请我饶恕——我是——我不能够相信你，我不能够！这算什么？基督教的柔和？慷慨？请告诉我。
叶列娜	我是一个女人，不过我有理性。
奥耳嘎	我不相信。你的话太邪行啦。他一定打击你的精神，失了常态——一定的，这个小丑！有些时候我觉得你是一个真诚女人——在这些时期，说实话，我的心为你痛苦——（思索地）或许因为我们女人真是互相切近——不过，这种野蛮谈话我要是继续下去的话，我也会疯的。再见。（走出，但是立即回来，严肃地，简单地说下去）听我讲，我有几句话告诉你——好像我非告诉你不可。虽说我不知道为什么——一定是有点点疯的现象。无论如何，我决不后悔。你明白，我同他调情——急想把这一个人收服了——我不知道我为什么需要这样做——也许单是我想跟你站在一个平等的地位，或者甚至于在你之上——看见你这样庄严，这样安详，像你所谓的这样有理性，我就心烦——理性，这也许就是一种新女性的狡计——一种我不熟悉的方法。（像对自己说话）许久许久他没注意到我进攻——你知道，当然喽，这多伤我们女人的心——他同我总是讲着关于印度，桦树，《喀莱外拉》，[①]俄罗斯农人的故事——他有时候说起话来动人极了——就像他不是人。好，显然我是真心真意让他激动了——所以，急着赶快来赢这副牌——输啦！（她觉得心乱，痛苦地窘迫，试着说

[①] 《喀莱外拉》Kalevala 是芬兰的史诗，在农民中间流行，直到十九世纪中叶，才由诗人收成一编，叙述喀莱外拉地方上三位英雄的事迹。

话随便，率直，来掩饰这种情形)很快我就了解这个——特别是跟你谈过话以后——你的声调和你的眼睛比你说话还要叫人相信——不过你的话——你那些怪话我不是一直都懂。(轻轻笑了笑)你比我年轻——可是你的心在谢——你看出这个没有？我不想伤你，不过，说实话，你刺激我。有谁对待女人像你那样的？真是太滑稽了，无言可表。不过你那位做梦的先生——什么样儿一个人！他就像一条鳗鱼——他当然不是傻瓜——同时也不像一个坏演员。他有一种弹性——一副强韧的弹簧，我简直说不上来是什么——我必须说，他很狡诈。有时候人家痛苦，他倒挺滑稽——我想在他这是一种自卫的方法——你说不是吗？(走出梦想)啾，我把话说得太多了。

叶列娜 (平静地)谢谢你。

奥耳嘎 (滑稽地，忿恨地)谢我什么？不过，假如你这样感觉的话——你的手，同志！我希望你有一天跟我一样吃这样儿一个大败仗。(带着自信的好奇)和这样一个滑溜溜的魔鬼住在一起，一定不好过，是不是？不过，有趣的不得了，对不对？

叶列娜 (一时软弱，用同样的热诚回答)啾，对的！

奥耳嘎 (退缩)啊！原来你是这种女人？好，这样看起来——他是一个傻瓜！再见。你这个女人莫明其妙到了极点。我也把自己变成一个傻瓜了。好，我走啦。你喜欢我走，是不是？

叶列娜 (微笑地看着她)你走能够变得了什么？

奥耳嘎 真的！不过，要安静点儿。

叶列娜 (骄傲地，有些痛苦)他一辈子都是那样子——他决不

奥耳嘎 （看她看了许久）不，我不了解你——我不能够。

〔她慢慢走出。叶列娜疲倦地倒进花园一张座凳。麦德外借娃从走廊探出头来，然后迟疑地走下来，坐在叶列娜旁边，拍着她的头发。

叶列娜 （低声）真还受不下去——你全听见啦？

麦德外借娃 没关系——一会儿就好的。她说话的声音太高啦。汝考耳竖直了耳朵，这个老鬼，一直就微笑个没了。我想法子谈话，不要他偷听，萨冒克瓦扫夫看出我的用意，直帮我忙。一个顶有心机的人，这个萨冒克瓦扫夫。伊娜睡去了，谢谢上帝——躺在沙发上，衣服也不脱——（拿肘子顶了一下叶列娜）萨冒克瓦扫夫一直待在旁边给她赶蚊子——嗷，人哟！你们这些亲爱的人哟！（稍缓，出神思索）是她带来这些花吗？丁香，石竹——美丽的花。她把花全扔在地上——干什么？（拾起花来）她一定是一个没家的人——心里全是饥饿——别看她有钱！可不，钱喂不了你的灵魂——她也把脾气搞得坏透了——我听得见——她比你大八岁或者十岁，可是那份儿样子！这份儿神气！有人来。看——你男人！

〔马斯塔考夫走进花园。帽子往后一推，衣服不整。左手有一个手指用手绢绑着。他的表情是板滞的，沉郁的。

马斯塔考夫 （拿手指给叶列娜看，悻悻然）看，叶列娜，我把手指头弄破了。

叶列娜 给我看。坐下。

马斯塔考夫 （自信地）萨莎是一个恶毒的，懒惰的傻瓜。一种极不愉快

	的性格。一点儿也不聪明——做起事来有点儿像猫。我骂她来的。
麦德外借娃	（站起，微笑着）我家里有药膏。我去拿来。
叶列娜	麻烦你。
	〔麦德外借娃进去。
马斯塔考夫	当心，列娜——我不是石头做的。
叶列娜	你在家里干什么？
马斯塔考夫	什么？我在打包——这个地方人人在我耳边吵着，"你是我的"，"你是我们的"，我怎么好活得下去？
叶列娜	（皱眉）别瞎编排，请。我从来没对你说过这种话。
马斯塔考夫	没什么不一样。你也有收养奴才的本能。（稍缓）我已经把我书桌的东西包扎好了——不过，我洒了一瓶高劳涅水，又得把东西全拿出来。（吹着胡哨）我拿墨水也洒在沙发上。萨莎翻了那个浅红脏瓶子——当然，她要怪罪我。瓶子砸了我开心。我不喜欢浅红东西——和红头发人。（拿眼角瞥着叶列娜）你不在乎我走？这不搅你，是不是？（叶列娜不回答）鬼晓得我四围尽搞些子什么，我就没法子工作！人人发出一种悻悻的微笑。尼考莱不断在哼唧。"你太太是一位圣贤。"你圣贤，哈！他是一只夜猫子，那位医生——他爱上了你，这在我也不是秘密——这是一切的原因——（宽洪大量地）我没有心思堵住别人的路子，你不会听见我责备的——
叶列娜	（平静地）别尽瞎扯了！你跟我用不着做戏。
马斯塔考夫	（稍缓）你们吵来的——你跟她？
叶列娜	没有。她离开这儿。
马斯塔考夫	（有了生气）当真？

叶列娜　　　是的。

马斯塔考夫　（为之一松）好，真是好极啦，列娜！随她到什么地方去——是的，随她。她是一个很好的女人——心也仁厚——不过，她专制得人就受不了。

叶列娜　　　（平静地，有一点怨恨）你得罪了的女人，你那样说人家，你也不羞得慌？你就不明白你在欺负她？

马斯塔考夫　（聚精会神地看着叶列娜）她？你说我欺负她？（稍缓，然后简单地，热忱地继续下去）听我讲！列娜——我顶惭愧的是我对待你的样子。怪只怪我自己，别以为我不知道！不过，困难就在我做不了主——关于这件事，我就没时间往你身上想，甚至于连我自己也没时间想。我胸脯里头有一条大路，琐细的思想和一群五颜六色的琐细的人不断在上头移动，你碰我，我碰你，喊着，活着——所以，我就拿你忘啦。这不应该，我承认——不过，说实话，我没法子换一个样子，这在我的能力以外。看你的脸多沉！当然喽，你在跟我生气——觉得我的行为不可饶恕——诸如此类——

叶列娜　　　（尖锐地）可我埋怨来的？我指摘你什么来的？我要你做的也就是对别人——对生人多加一点考虑。别帮弱者和不幸的人搞出一腔怨恨——这不会叫他们强壮，也不会叫他们幸福。

马斯塔考夫　你看，假如她走，我顶好留下，哎？我不要在路上碰见她。

叶列娜　　　（不由自己微笑了）难道离开这儿只有一条路好走？

马斯塔考夫　（受伤）你要我走？可不，列娜，我们的愿望总在冲突——你看出来了没有？

叶列娜	（拿起他的手）别这样讲话——你现在就不心诚，打算小丑儿一番，脱掉肩架——是的，你是这种心思。现在，用心听我讲——我现在对你要讲的话——你相信我——我不会重复的，永远不！只要东西丰富你的内心的世界——把更大的美丽给它，我不要堵住你的道路。我对上帝明誓，这是真话！
马斯塔考夫	（严肃地）我相信你。我总相信你。我明白我招你痛苦来的——我不是有意——有时候就很难知道人在什么地方结束，女人在什么地方开始！总之，这是事实，叶列娜，谈也无济于事——话医治不了心——这我知道！
叶列娜	（焦灼地，带着感情）我要你明白——我一看见无聊庸俗的东西靠你太近——碰着了你——我就怕——
马斯塔考夫	（笑，柔柔地吻着她的手）哦，别怕。我是一个狡诈的人！你要是不装假，人生就会非常刁难。我时常装做傻瓜和无辜的人，不知道自己在干什么——这帮我拒绝掉一切无聊和庸俗。有时候我显得可笑——由不了自己——这我知道。不过我注意到自己可笑，正因为知道，我就加以利用，做成一种自卫的方法。你以为这不对？也许不对。不过，这帮人免除一些无聊的苦恼。（停了一停，思索着）生命比人还要有趣，还要诚实。我们人类这个生命具有惊人的美丽，太阳升起的时候，做一滴反映阳光的露水都是喜悦。列娜，我的朋友，我的好朋友，我觉得所有人——你我四周任何人——都在活着他们的第二或者第三代生命。他们是生来就老，而且太懒惰，活不下去。是的，他们生来就老。不过，我只生了一次——我来到这个世界，像一个小孩子，我为我的年轻幸福——我以一种浩瀚的爱来爱

这一切——活着的样样儿东西！

〔麦德外借娃拿着药膏来到门阶。她看看马斯塔考夫和叶列娜，微笑了，静静地退了回去。

我高兴我在活着，活着的欢乐让我酩酊，我觉得自己想对所有第一回生下来的人讲我多么幸福——你明白我，列娜？

叶列娜 我明白。

马斯塔考夫 不要饶恕我过去的作为，而是忘掉——你愿不愿意？

叶列娜 愿意。

幕

后　记

  高尔基在一九一零年写成《怪人》。或者，准确些，应该多数，译成《怪人们》。人物不多，一位有童心的作家，活在他的热情和梦想里头，活在他为人类安排的未来里头，和他住在一起的还有一对父子，一位土地视察员，七十岁了，从前，闹无政府主义，现在不是捉鹌鹑，就是捉狭——挑剔人生的矛盾。和一位跌进了爱情旋涡的医生，时刻寻人怄气。再有一个，就是一个年轻人，眼看自己害肺病要死，所以妒忌活人，特别是他的未婚妻。还有一位在军警界混过的忠厚人，此外便是几位妇人。人物不多，而且都是知识分子，但是一个人一个世界，聚在一起，其实远哉遥遥，彼此之间隔着老大的距离。那位关心女儿幸福的真诚的老母亲就指摘他们，特别是那位怀疑派的视察员道：

  "你们是一群怪人，全是。我一看你们就觉得难受。不开玩笑，好像你们全都快活——故意做出聪明和骄傲的样子，在彼此面前又对自己的软弱感到羞愧——你们应当做的倒是聚在一起像好朋友，推心置腹地谈话，并且——别拿羞愧搁在心上——为自己好好儿哭上一场。你们到了停止做戏的时候了——戏院子是空的，除掉你们自己就没别人——只有你们自己！"

他们应当"彼此多往近里凑"才是。

  高尔基非常恳切地，直率地，帮游离的知识分子寻找道路。这里是一位活在爱里的作家，像一个小孩子，热恋着一切，一切俄罗斯，一切生命，一切属于真正健康的未来，也被一位母亲似的太太爱护着。她爱护他，因为他不是她一个人的，因为他的理想需要加意维护。他写了一篇知识分子贬斥的小说，里面有一位母亲帮女儿私下找了一个健康的男子相姘，因为他们不可能结婚——别人认为这不近情理，然

而只有受过苦难的使女,一个下等人,真正欣赏她的真实的可能。马斯塔考夫想把小说撕掉,太太叶列娜劝住了他:

"你管这些人的意见做什么?他们是失败者,已经让人斫倒,不过还没有咽气就是了。由于精神的贫乏,信仰的缺乏,他们命里注定毁灭。你管他们做什么?假如你必须研究,就研究他们好了,不过,让他们也就是黑暗的背景,相映相比,你自己的精神的火光,你的想像的火花,只有照得更亮。他们永远不会听见你——永远不会了解你——正像死人永远听不见活人说话。你就别指望他们夸赞了。他们夸赞也就夸赞那些把心糟蹋在可怜他们的人身上——爱他们就根本不可能!"

她帮丈夫指出他心爱的美丽永远不是秋天的颜色。这是一个淘气的小孩子,她不是妻,而要兼做一个伟大的母亲的角色,还不够,兼做有头脑的角色。她不仅有理性,思想是健康的,就是身体也是健康的,"从来不吃药。"

所以分析下来,这对夫妇,特别是叶列娜,实在正常。他们"四周任何人——都在活着他们的第二或者第三代生命。他们是生来就老,而且太懒惰,活不下去"。他们自己是怪人,觉得这对夫妇是怪人。奥耳嘎这位虚荣的社交之花就永远抓不住叶列娜的存在——一种取消自我的母爱的理性,她为了丈夫的赤子之心而感到骄傲,而取得勇敢:人类的消息在这里下了种子:"我们人类这个生命具有惊人的美丽,太阳升起的时候,做一滴反映阳光的露水都是喜悦。"

瓦莎·谢列日诺娃

(一名 母亲)

人　物

杜妮雅　　　　　　　　　　谢列日诺夫一姓的一位远亲。
丽　巴　　　　　　　　　　谢列日诺夫家中一个使女。
瓦莎·彼特罗芙娜·谢列日诺娃　雅哈耳·谢列日诺夫的太太。
米哈·瓦西里耶夫　　　　　谢列日诺夫公司的经理。
派外尔·谢列日诺夫　　　　瓦莎的儿子。
娜塔莉雅　　　　　　　　　西米昂·谢列日诺夫的太太。
西米昂·谢列日诺夫　　　　瓦莎的儿子。
蒲罗号耳·谢列日诺夫　　　瓦莎的夫弟。
丽屋德米娜（丽屋达）　　　派外尔·谢列日诺夫的太太和米海·瓦席里耶夫的女儿。
安　娜　　　　　　　　　　瓦莎的女儿。
安妮席雅　　　　　　　　　谢列日诺夫家中一个使女。

第 一 幕

　　谢列日诺夫家里一间大屋，用做瓦莎的卧室和她的私人办公室。犄角有一张床，一个帘子挡住。左边，一张书桌，乱七八糟，堆满了纸和瓦，瓦用来压纸的。近旁，一张长腿的高书桌。后边，窗户底下，是一张沙发。几盏蒙着绿罩子的灯。右犄角是一座瓦炉；近旁是一个保险箱和一扇通私人小礼拜堂的门。帘子上面拿针钉着好些纸张，人一走过，纸张就发出响声。后面，一个宽大的敞开的门道，显出一间饭厅，有一张桌子，上头垂着一盏烛台。书桌上面燃着一枝蜡烛。

　　一个冬季的早晨。杜妮雅布置桌子用茶。丽巴进来，端着一个冒汽的茶炉。

杜妮雅　　（平静地）她回来没有？

丽　巴　　没有。

杜妮雅　　我的上帝！现下要出什么事？

丽　巴　　我怎么知道？

　　　　　〔她下来走进瓦莎的屋子，四下里张望。瓦莎从教堂门进来，理好她的眼镜和太阳穴上的头发。她望着书桌那边墙上的钟。

瓦　莎　　你怎么迟啦？你看，八点过了一刻。

丽　巴　　　快到早晨的时候，雅哈耳·伊万诺维奇又觉得沉重啦。

瓦　莎　　　（走向书桌）我有电报来吗？

丽　巴　　　没有。

瓦　莎　　　人统起来了吗？

丽　巴　　　派外尔·雅哈罗维奇还没上床哪——

瓦　莎　　　他不舒服？

丽　巴　　　丽屋德米娜·米哈劳芙娜没在家睡觉。

瓦　莎　　　（低声）当心，丽巴。我要——叫你知道！

丽　巴　　　（畏惧）我做错什么啦？

瓦　莎　　　没什么大了不起，也就是告诉我不愉快的消息老显着高兴。

丽　巴　　　瓦莎·彼特罗芙娜！我告诉你也就是为了——

瓦　莎　　　去罢——喊大家用茶。杜妮雅，把我的茶送到这儿来。等等，丽巴。要是丽屋德米娜还在睡觉，别喊醒她，你明白吗？她在她父亲那边过的夜。请他过来跟我谈谈——

杜妮雅　　　（端来一杯茶）早安，亲爱的瓦莎——

瓦　莎　　　早安。

杜妮雅　　　啾，亲爱的瓦莎——雅哈耳这一夜才叫难受——

瓦　莎　　　他没说什么？

杜妮雅　　　说什么！他也就是眨眼睛——没别的。

瓦　莎　　　当心在那边听听大家说丽屋德米娜一些什么。喝你的茶去。

　　　　　　〔杜妮雅回到饭厅。瓦莎把肘子放在书桌上面，往上推推她的眼镜，皱着眉，嘴唇直动。米哈进来。

米　哈　　　早安。

瓦　莎　　　你女儿在什么地方？亏你怎么做父亲的！

407

米　哈	我没办法——那在我的能力以外。
瓦　莎	我们把男孩子毁啦。
米　哈	女的也毁啦。
瓦　莎	叫大家以为她在你那边过的夜。
米　哈	我明白。
瓦　莎	我要拔掉她的头发——(微笑)那也不抵事,抵事吗?
米　哈	(叹一口气)不抵事。也不好怪她。她不是自己愿意嫁给派外尔的。你自己也知道,那没效验的。
瓦　莎	(柔和地)可不,可不——淘气精。雅哈耳怎么样?
米　哈	不好。
瓦　莎	(低声)他不能够把那张纸签了?
米　哈	不能够。我得让他签。
瓦　莎	牧师同意了吗?
米　哈	同意啦。要花五百。
瓦　莎	噢,好。他的机会到了嘛。别人呢?
米　哈	全布置好了。
瓦　莎	(叹一口气)等全好了以后,我们再决定办孩子们的事。
米　哈	是得办。搞不好,会有麻烦出来。
瓦　莎	(思索地)安娜还没有来——她也没打电报来。杜妮雅,再拿点儿茶。(派外尔走进饭厅)谁在那边?
派外尔	是我。
瓦　莎	噢,派外尔——你干么躲着?你应当对你妈说早安——
派外尔	(走进瓦莎的屋子)很好。早安!啊,您在这儿,岳父!您女儿那儿去啦?
米　哈	(粗暴地)我要问你哪——教堂和法律让她成了你的——你应当问你自己才是——

瓦　莎	走罢，米哈·瓦西里耶维奇——
	〔米哈走出。
派外尔	（向他的后影）我自己？真是这样子吗？（冲到母亲那边）心肝妈妈。我觉得腻的慌——我受不了啦——帮帮我的忙——您爱我，不吗？我知道您爱我的。
瓦　莎	好啦，好啦——别为这个发急。等着。
派外尔	还等什么？我再也受不下去啦。
瓦　莎	我告诉过你来的，她不衬你。你该娶一个文静姑娘——
派外尔	一个怪物？我自己是怪物，我就得娶一个怪物做太太？跛子，残废？
瓦　莎	（吹熄蜡烛）别说啦。现下人听了哭哭啼啼的故事也就是笑。别说啦，儿子。
派外尔	我的上帝！谢列日诺夫的太太是一个不守妇道的女人！母亲，您听了这个，心里不难过？不觉得腻的慌？
瓦　莎	我叫你别说啦。成不成？喝你的茶去。（她走进饭厅。向杜妮雅说话）你怎么不把灯熄掉，你这道院出来的小傻瓜？
派外尔	母亲！给我点儿钱！我到城里去——我在这儿待不下去——我待不下去。
瓦　莎	父亲躺在床上就要咽气，你好进城？你还要怎么着？你那么聪明！
派外尔	那么，您要我怎么着？
	〔他倒在沙发上，哭着。娜塔莉雅来到饭厅，走向瓦莎，吻着她的手。
瓦　莎	睡过足啦？
娜塔莉雅	我陪父亲陪到三点钟。（听，畏惧的声音说话）谁在哭？

瓦　莎	派外尔，羞不羞！你那样子，就像一个歇斯底里的蠢娘儿们。
娜塔莉雅	（走进瓦莎的屋子）派外尔，什么事？杜妮雅，拿一杯水来。
瓦　莎	噢，上帝！（杜妮雅看着她，有话要问的样子）好，我对你怎么说来的？给他点儿水——噢，派外尔，我要是能够把你在什么地方藏起来也就好了——
派外尔	是的，我知道——您不为我遭的事害羞，您为我害羞。别看着我，娜塔莉雅，由我去——我什么东西也不要。
娜塔莉雅	到你的房间去——你是一个男子汉，不好哭的。
派外尔	别碰我——你讨厌我——我是一个跛子——我女人是一个不守妇道的女人——

〔派外尔走出，米哈正好走进饭厅。揪着他的髭，米哈拿眼睛跟着他，不开心的样子。

瓦　莎	什么事？
米　哈	（一直走进瓦莎的屋子）请到这儿来。
瓦　莎	怎么？杜妮雅，你走开。
米　哈	丽屋德米娜跟叔叔走——
瓦　莎	（拿手顶住墙，支住自己）跟蒲罗号耳？到什么地方？
米　哈	到田场——
瓦　莎	跟他——我这一会儿以为他们逃走了哪。你吓了我一大跳——派外尔知道不知道？
米　哈	他会听人讲起的——我又难受，又害怕。我女儿是毁了，我帮了一辈子的生意眼看也要拆台了——
瓦　莎	（厌烦的声调）别这样烦叨下去——我就没像你那样，难道像来的？

米　哈　　我没希望,只要他——

瓦　莎　　(思索地)那么,蒲罗号耳决心要——

米　哈　　他是人人的仇敌。

瓦　莎　　我告诉你,别学老鸱叫唤。我们的生意要拆台——我们要分外当心!

米　哈　　(带着强烈的情绪)人家说他和善,一个有良心的人——我知道这些东西——良心跟和善。我领教过了——在生意上,就跟机器有了沙子。完全只是胡闹。谁需要和善?没人。我值多少,给我多少,这样办就好。你就留起你的温存语言和游戏路数罢。一个人没有东西吸引别人注意了,才拿良心要把。围着他的人全哭,就为了他在要把——生意也没法子正正经经干下去了——是的,他这人碍事——

瓦　莎　　(好像醒了过来)那你怎么对付他?

米　哈　　什么?啊——

瓦　莎　　好,说下去。

米　哈　　(稍缓)我等一下——你应当去看看你丈夫——

瓦　莎　　你对。安娜还没打电报来。

米　哈　　你为什么这样信赖她?

瓦　莎　　(往外走)别讲了——你不清楚她。

米　哈　　(跟着瓦莎)人生艰苦——

瓦　莎　　要人生轻适也很简单。怕只怕,听人家说,人经不起风波,一下子先变蠢了——

〔他们走出。杜妮雅静静地进来,坐在桌子那边,做了一个十字,自己呢喃着。

杜妮雅　　噢,主,无论您的奴婢做什么事,愿您加以庇护,加以怜悯——噢,主!

〔丽巴冲入。

丽　巴　　太太在哪儿？她来啦。

杜妮雅　　谁？安娜？

丽　巴　　丽屋德米娜跟她叔叔出去了一整夜——真，真是的！成什么话！

〔西米昂进来。

西米昂　　出了什么事？

丽　巴　　（跑开）啾，没事！也就是这个那个！

西米昂　　这个那个！呷，呷！白痴！来，杜妮雅，给我倒点儿茶。

杜妮雅　　早安，亲爱的西尼雅①。

西米昂　　你好。父亲怎么样？

杜妮雅　　啾，快不行啦。

西米昂　　哼——他受罪受的太久啦。（打呵欠）大家都用过茶了吗？

杜妮雅　　派外尔碰也没碰——他女人在外头过的夜。

西米昂　　（欣然一惊）她真这样来的？

杜妮雅　　（激动地倾诉）真这样来的！跟蒲罗号耳，他们讲。啾，是的！

西米昂　　不罢，真的？你晓得什么！这位叔叔，活活儿一个鬈鬈头发魔鬼！他要的东西，他搞到手啦！相信我，他是一个漂亮人物！

杜妮雅　　搞到手，像是搞到手啦。可是，什么样儿的羞辱——

西米昂　　啊，派外尔现在要成个什么脸相儿出来！

〔蒲罗号耳进来。

蒲罗号耳　（进来的时候自言自语）等着，看我不打你耳光子的——

---

① 西尼雅：西米昂的亲昵的称呼。

西米昂　　谁的耳光子？

蒲罗号耳　跛子的。浑蛋！又把猫放到我的鸽子窝里头。这个迤里歪斜的芮高莱陶！①他把我气死，腿一直在哆嗦——

西米昂　　（露着牙笑）你干么眼睛红，衣服乱七八糟？你连衣服困觉的？

蒲罗号耳　（看看自己）我？是的，我没脱。妈的！我还得去换。

西米昂　　你一定得换。

蒲罗号耳　给我倒点儿茶，我的小鼍狗。啊，那个稻草人，派外尔！猫弄死三个我最好的鸽子。

西米昂　　奇怪他恨你什么呀？

蒲罗号耳　好，够啦！话到嘴边留三分，别扭了脖子！他是一个傻瓜。他女人应当演戏去，要不，像这类的事——当他的太太呀，她委曲。

〔丽巴进来。

　　　　　什么事？

丽　巴　　经理问——

蒲罗号耳　你就拿经理跟我磨烦一个没完。别在这儿探头探脑的——滚！

西米昂　　（向丽巴）他干什么？

丽　巴　　（畏怯地）他问他可不可以见见——

蒲罗号耳　我？他见不到。我也没人看得见。告诉他，他是一个傻瓜，一个坏蛋。

---

① 芮高莱陶 Rigoletto：是意大利同名歌剧的主人公，外尔狄 Verdi 谱曲，三幕，故事采自雨果 Hugo 的悲剧《游龙戏凤》Le Roi S'amuse。芮高莱陶是公爵宠幸的一个驼背滑稽人物，陪伴公爵微服游幸，不料女儿和公爵相爱，气忿之下，定计谋害公爵，死的却是女儿。

〔丽巴走出。

西米昂　　（笑）坏蛋做得了傻瓜？

蒲罗号耳　　在我们这个国家，我的孩子，就是坏蛋也聪明不到那儿去。

西米昂　　我喜欢看见你发脾气——你就好玩儿极啦！

蒲罗号耳　　谢谢你。你有一颗政治家的头脑，我的朋友，你真有。

〔丽屋德米娜进来，穿着一件睡衣。

丽屋德米娜　　早安。（杜妮雅不出声地鞠躬；西米昂露着牙笑，鞋跟碰鞋跟响；蒲罗号耳扭动他的髭，猪似地哼着）我要牛奶。你怎么这样快活，西米昂？

西米昂　　大自然看见你全欢喜。

蒲罗号耳　　走兽也欢喜。

西米昂　　（笑）我是走兽？

蒲罗号耳　　你说大自然，走兽自然也算在里面——连你也包括在里面。

西米昂　　（放声狂笑）家伙！笑死我啦！

丽屋德米娜　　（向杜妮雅）你看，他父亲要去世，他呀在笑。（西米昂立刻换了一副严肃的神情）你应当教他规矩才是，杜妮雅，像你平常教我一样。

杜妮雅　　我——

西米昂　　（辩解地）父亲病到现在有七个月啦——

蒲罗号耳　　像他那样一个有主意的人，打定不了主意去死——

杜妮雅　　（不由自己）哦，主——

蒲罗号耳　　怎么啦？

杜妮雅　　我也就是——

蒲罗号耳　　也就是什么？

丽屋德米娜	（向杜妮雅）你明白这儿就没你待的地方。蒲罗号耳叔叔是一个不道德人，像你这样一个女孩子和他坐在一起，太也不相宜了。（杜妮雅走出）我不喜欢奸细。（向蒲罗号耳）听我讲，西班牙人！①
西米昂	像极啦！
蒲罗号耳	你从未见过一个西班牙人？小傻瓜！
西米昂	我见过。我见过一个西班牙人在马戏班子跳舞。
丽屋德米娜	（向蒲罗号耳）我现在睡去了。我睡到四点钟起来，你把一切计划好——同意啦？
西米昂	骑马去？
丽屋德米娜	是的——坐特瓦喀。②
蒲罗号耳	你也来？带你太太，我们全去。
西米昂	（挠挠头，沮丧的声调）她不会去的。再说，派外尔——
蒲罗号耳	他什么事？
西米昂	那——别扭——
丽屋德米娜	你觉得别扭？为什么？

〔西米昂带着窘，忍住不笑出声来。蒲罗号耳盯着看他，没有希望的样子摇着头。瓦莎进来。

瓦　莎	西米昂，到办公室去。

〔西米昂走出。

蒲罗号耳	（向西米昂的后影）别像你上一回，吩咐人话的时候，摆出太聪明的样子。
瓦　莎	（向丽屋德米娜）你今天见过我来的？

---

① 西班牙人以傲慢著名。并非蒲罗号耳真是西班牙人。
② 特瓦喀 Traika 是平驾着三匹马的车。

丽屋德米娜　没有。

瓦　莎　你为什么不说早安?

丽屋德米娜　(感情地)啾,饶恕我。我忘记——

蒲罗号耳　(站起)早安。

瓦　莎　(闪避丽屋德米娜吻她的尝试,安详地,严厉地说着)你在干什么,丽屋德米娜?

丽屋德米娜　(稍缓)我不知道,母亲——真地不知道!我不知道——
〔赶快走出。

蒲罗号耳　嗵!

瓦　莎　(柔和,妥协的声调)蒲罗号耳·伊万诺维奇,你是一个明白事理的人,没有恶意——

蒲罗号耳　明白事理,要紧不过。

瓦　莎　那么,你一定明白,你的行为给我们全家和我们的老生意带来羞辱——

蒲罗号耳　我听萨哈耳哥哥讲这种话不止一次了,我总是回答他,教训我是太迟啦——

瓦　莎　(低声)你一点也不尊敬那个年轻女人——实际上,一个女孩子?她有的是日子要过——

蒲罗号耳　对不住!我比你更懂年轻女人和女孩子。我可以进一步说,我也看穿了许多上了年纪的女人——

瓦　莎　(慢慢地)派外尔是你侄子。

蒲罗号耳　那么,你可否行行好,告诉他一声,他要是再放猫来咬我的鸽子,我就打他的耳光子。

瓦　莎　(稍缓)那么,你成了一家人的仇敌?

蒲罗号耳　请,丢开家这个字眼儿罢。家!蒙你好意提示,我害病的哥哥差不多快把我毁了——你没忘记那个,没罢?家?

不，谢谢你。你们吞了我三万块钱——够数儿啦。哈！

瓦　莎　（平静地）那么，你要比斗一下？

蒲罗号耳　什么？你这话是什么意思？跟谁比斗？

瓦　莎　跟你的侄儿们，就我所了解的看来。

蒲罗号耳　别冲我弹你诡诈的逃亡曲，①你溜不掉的！我用不着比斗。瓦莎·彼特罗芙娜，世上还有法律，还有东西叫做罗马法，那上面说：我的就是我的！雅哈耳一离开这个苦海，我们就和和气气把家产分了，用不着你那些滑溜溜的唱腔儿。现在，原谅我——我的心在作难我——

〔走出，拿拳头顶住他的胸脯。瓦莎盯着看他的后影，怪样儿向前俯着，像要冲他跳过去。娜塔莉雅进来，坐在桌子那边，为自己斟茶。

瓦　莎　派外尔怎么样啦？

娜塔莉雅　他安静了点儿。（静。瓦莎在屋里来回走动）我替他难受。

瓦　莎　什么？

娜塔莉雅　我说，我替他难受——

瓦　莎　（稍缓）是呀，我替那些罪犯难受——有些关在牢里的罪犯是无辜的，没有工作好做——从前他们自由的时候，他们也是惯于工作的。那些需要工作，得不到工作的人们，我替他们难受。

娜塔莉雅　有些人活着比罪犯还糟。

瓦　莎　（思索地）从前就没人替我难受过。萨哈耳决定宣布破产的时候，我怀着派外尔——六个月——事情可能吃官司，

---

① 逃亡曲 Fugues 是一种复杂的乐曲，因为唱声不同，交互为用，所以勾起逃亡的感觉。

坐监牢——当时我们私下里放钱给人，拿值钱的东西做抵押——我们的行李塞满了珍贵的东西，我们不得不把样样东西藏了起来。所以我说，亲爱的萨哈耳，等一下子——让我先把孩子生下来再说。可是他呀——他冲我大发雷霆，吓得我站着直哆嗦。足有两个多月，我一边怀着孕，一边提心吊胆就怕恶运上门。

娜塔莉雅　也许是这个缘故，派外尔生下来成了跛子。

瓦　莎　那是后来发生的——他五岁大的时候，我开始留意他歪着身子走路——是的——还不提我遭受的其他种种！

娜塔莉雅　您有没有跟您前天歇掉的那个人谈过话？

瓦　莎　有什么好谈的？你干不了活儿，你就得请！

娜塔莉雅　您同他谈到生命来的吗？

瓦　莎　谁的生命？

娜塔莉雅　所有生命——人人的生命。

瓦　莎　我听不懂你讲的些什么。

娜塔莉雅　(信服地)好，他说件件活儿或者样样事儿是一种罪过。

瓦　莎　(想不到)什么样儿一个傻瓜！

娜塔莉雅　为什么？

瓦　莎　我不知道为什么——我就知道他是一个傻瓜。

娜塔莉雅　您是人人看不上眼。

瓦　莎　(带着微笑)那么，做事是一种罪过？工作是一种罪过？为了给懒惰找藉口——人们什么没有想到！我记得一位香客常到我们家来——在你嫁过来以前——他一来就坐在厨房，逢人讲演——就像这位——人手干出来的活儿统统是罪过。所以我就对他讲，你把那块面包放下来，我的好老头子，别碰它，别吃它，那是拿手做的。别犯罪，我的朋友，走出这儿——于是他就出去了。

娜塔莉雅 （低声）不过，他也许对——

瓦　莎 （不听娜塔莉雅讲话，捻铃）人们用脑筋玩儿诡计。雅哈耳不这样玩儿，所以才打一个简单的农夫升到他现在这个地位。

娜塔莉雅 （站起）临了儿一死。

瓦　莎 好，他活过了他的生命。

娜塔莉雅 您直抱怨他来的。

瓦　莎 抱怨他的是我的女性。他轻佻了一辈子，死也死在轻佻上头。除掉这个不说，拿金子铸一个他也值，对他就没什么称赞好嫌过分。

〔丽巴进来。

娜塔莉雅 （走出）您总是一天一个说法儿，第二天又是一个说法儿。

瓦　莎 （轻轻地）傻瓜。（向丽巴）谁昨儿早半夜跟蒲罗号耳在一起的？

丽　巴 是一个他叫做叶夫吉尼·米罗尼奇的。

瓦　莎 城里的律师。他们说些什么？

丽　巴 我没听见。

瓦　莎 怎么听不见？

丽　巴 他们把门锁啦。

瓦　莎 他的炉子不有风眼？您忘记啦？

丽　巴 他们说话的样子很平静——

瓦　莎 当心，丽巴！

丽　巴 可，瓦莎·彼特罗芙娜，我一向——

瓦　莎 别忘记你是什么人！

丽　巴 （绝望）看上帝的名义，放我走！我要进一家道院——

瓦　莎	一家道院？（稍缓）我有道院给你看的。
丽　巴	（哭）我没法子活下去。——我害怕——
瓦　莎	（声调放柔和）你在这儿有人当心你。揩干你的眼泪——来。我要是放你走，你走也就是把自己毁掉。待在这儿，你做事做对了我的心眼儿，你不会看见我不大方的。现在去罢——别呜呜唧唧的。请米哈来。（派外尔在门口出现）派外尔，怎么啦？
派外尔	也就是那么回事。
瓦　莎	永远就是那么回事。这是什么意思？
派外尔	不怎么回事。
瓦　莎	（看着他，莫明其妙）万能的上帝！你们怎么全成了这个样子？懒鬼，废物——
派外尔	我有什么好做的？我能够拿我自己怎么样我都不晓得——我的心就像铅——
瓦　莎	你要是管不了女人，就搁起来——先搁上一会儿——
派外尔	多长的一会儿？母亲，您是一个狠心女人。
瓦　莎	我？哼——
派外尔	您为了多搞钱，会拿儿子当铣来掘地——
瓦　莎	（平静地）派外尔，你干么不当和尚去？
派外尔	（吃了一惊）我？做什么？
瓦　莎	你还能够拿你自己怎么样？
派外尔	（惊惧）母亲，您这话顶真？
瓦　莎	顶真。
派外尔	（怨抑地）噢，不——您就甭想办得到——您怎么喜欢这个？噢，不！
瓦　莎	你在对谁讲话？

派外尔	对您。
瓦　莎	滚出去！
派外尔	（走出）我不怕你——多大气性！

〔瓦莎下来，走进她的屋子，坐在她的书桌前面，整理纸张，手颤颤索索把它们举到眼边。

瓦　莎	（自言自语）我这些年操劳些什么？为谁？

〔她把纸张丢在书桌上面，移开眼镜，坐着，动也不动，一张严厉的脸，疲倦地凝目看着远处。米哈进来。

米　哈	（乖戾地）你叫我来的？
瓦　莎	你怎么这样跟我讲话？
米　哈	怎么啦？
瓦　莎	脾气未免太大啦。忍着点儿，先生，我现在还是这儿的女东家。
米　哈	（垂头丧气）我就想不出我在干什么。我的神经。西米昂一直在冲我笑——
瓦　莎	好啦，别理他。你晓得蒲罗号耳有一位律师拜访吗？
米　哈	是的，我晓得。丽巴，你那个丫头——
瓦　莎	是的，她就没偷听。
米　哈	我们要好好儿吓唬吓唬她——
瓦　莎	她像忘记什么是害怕了——
米　哈	不会的。弄死一个小孩子不是说笑话。
瓦　莎	可是那对我们一样危险。说到了，孩子是西米昂的。
米　哈	那也没法子证明。孩子没公司的火印。一个孩子罢了。现在母亲是在这儿，孩子不见了——
瓦　莎	我希望你跟她谈谈——对她要厉害。
米　哈	成。

瓦　莎	要做好。男人做起来容易多了。先吓唬，后仁慈——好，我跟蒲罗号耳谈过一次话。
米　哈	结果？
瓦　莎	说他要毁我们——
米　哈	他办得到——
瓦　莎	（眼睛放低）是呀——我们落到这种地步！
米　哈	（平静地）这需要严重的步骤。
瓦　莎	（不看他）你是什么意见？
米　哈	我只有一个希望——他心脏衰弱。这种人说死就死——
瓦　莎	瞎扯。他比你我全活得长。
米　哈	上帝决定这个。他现在更常常服药了——我看药店的账单就知道了。雅考夫，医生的助手，说是危险的药——
瓦　莎	药不会危险。雅考夫喝酒喝的太多了——他在撒谎——
米　哈	药是两种——一种治心脏病，另一种——原谅我讲——给他力气应付女人——
瓦　莎	（微笑）你知道什么！是不是西班牙虫？①
米　哈	像那类东西，不过还要危险。
瓦　莎	老鬼！
米　哈	雅考夫直担心——他说，药性互相反对，千万不要使用过度。你要是增加分量——
瓦　莎	醉鬼爱嘀咕，赶着你爱听——好啦，你去跟丽巴讲？
米　哈	我去，一定。假如他现在死了的话——
瓦　莎	（笑）你说起话来像你要毒死他——你别瞎搞！
米　哈	上帝禁止！你怎么说这话？我从来没往这上头想过——

---

① 西班牙虫当是斑蝥一类东西，有壮阳补肾的作用。

瓦 莎	你还是加意小心的是——你讲的那些——
米 哈	（倒吸一口气）听你这话，我倒真怕了——
瓦 莎	没什么好怕的——
米 哈	尤其是，我觉得受伤——
瓦 莎	我并没说什么伤你感情的话。我没心思伤你。我唯一心平气静的时候就是跟你讲话的时候——
米 哈	别忘记我伺候了你一辈子——忠心到底——我甚至于把我女儿，我唯一的孩子给了你，除去你，她就是——
瓦 莎	好啦，好啦，我的朋友。谢谢上帝，我们还有日子要活下去。忍忍罢。别为丽屋达一来就责备我。我爱她——我在先就反对她嫁——
米 哈	（郁怒爆发）都是他！我知道，是他搞的！个个儿坏蛋工于心计。我把他看穿啦。她是一个女孩子，他害怕叫她做他的姘头，所以他让她嫁给他的侄子——我知道！
瓦 莎	（低声）就跟丽丽巴谈话，别往后推——
米 哈	放心——我对自己赌过咒啦！
瓦 莎	你自己要放安静——
米 哈	谁又兴奋来的？
瓦 莎	好，好——快去罢。别忘记遗嘱——

〔米哈恭恭敬敬地鞠躬，吻瓦莎的手。她吻着他的眉毛，敲他的头敲了两下。他走出，挺直身子像一个兵。瓦莎看着他出去，然后重新坐到书桌前面，翻看纸张，低声呢喃。小心翼翼，安娜进来。她看着母亲，显出一种嘲弄的表情，很快就变成一种温柔和忧郁的表情。

安 娜	母亲——
瓦 莎	（转过她的头）安娜！亲爱的安娜！

安 娜	一个人,跟往常一样——我灰头发的心肝母亲。您好呀?
瓦 莎	我好,谢谢上帝。你进来的样子——真懂事极了。电报怎么的啦?我一直在等电报——
安 娜	不在等我?父亲怎么样?
瓦 莎	(望着饭厅)他也就快啦。没人看见你进来?
安 娜	有个年轻小伙子给我开门,跑开啦——连问我是谁都没问。
瓦 莎	那是米提喀,办公室的——一个白痴!好,我喜欢。等一下,我把门关好——就我们娘儿两个讲话——我好对你一五一十全讲啦——啊,一位军官太太!看看你呀!(她关上门,显然兴奋着,拉住安娜的手,坐到沙发上她的旁边)好,安娜——
安 娜	(平静地)那么父亲——
瓦 莎	一直就没下床。(立刻言归正传)安娜,我们遇到了困难。叔叔要打生意里头把他的钱提走——这个钱是谁帮他赚的?是谁卖力气他才发的?仗着雅哈耳跟我。蒲罗号耳唯一的工作就是追女人,或者开戏馆子——他要钱干什么?他就是孤零零一个人——
安 娜	(皱眉)等一分钟——
瓦 莎	你听我讲!西米昂是个怕老婆的货,太太是个傻女孩子,也在劝他退出公司。派外尔是个小可怜儿——他女人——你认识的——他娶的是丽屋德米娜——对他没有好感,人家直疑心她在外头和男人们瞎搞。我不相信这个——她额头骨高着哪。安娜,我是样样儿不懂。所以我才把你请了来。你从外边来——也许你想得出应该怎么样子做——至少应该怎么样子岔子才会少——

安　娜	（注意）到了这种地步？我们眼看就要毁啦？
瓦　莎	整个儿生意要垮，三十年的心血都要变成灰——艰苦的年月，经过好些回浩大的损失。我们有许多继承人，可是没有工人照料生意。父亲跟我辛苦，为了什么？为了谁？谁来赎回我们的罪过？我们费了许多年搭盖，现在几天就全坍了下来——这好像不公平——也叫人受不下去。
安　娜	父亲立好遗嘱了没有？
瓦　莎	（稍缓，简短地）遗嘱？——我不知道。
安　娜	（不相信）您不知道？您？
瓦　莎	他一定立来的——不过，想想看，生意就要全垮——
安　娜	是的——
瓦　莎	那么好啦。你和你的弟兄们谈谈——他们不相信我，我这些儿子。他们以为我要把样样儿东西抓在自己手里头。不过，你，安娜，他们一定相信。你在这里头没利害。你父亲把你赶出去的时候，把你那份儿财产已经给了你——
安　娜	（站起）我那一份？他扔给我一万，就像我是一个叫化子。难道我就只分那么一点点？
瓦　莎	（带着微笑）你写了一张收据的——说你全部收到你那一份。
安　娜	收据算得了什么？母亲，把那当礼物还我罢。
瓦　莎	（好像取笑）我亲爱的太太，你帮我干什么活儿来的？
安　娜	（思索地）活儿？好罢，先让我把事情在心里头摆摆平——
瓦　莎	（看着安娜）全摆平，女儿，摆得平平正正的。你这一向还好？
安　娜	（不愿意说到）也就是那样子。
瓦　莎	你丈夫好？

安　娜	夏季阅操之后，他升做陆军中校——给了一营兵带——	
瓦　莎	他喝酒吗？	
安　娜	哪一个军官不喝？他在生病。看样子不久我就许要做寡妇了。	
瓦　莎	（带着微笑，平静地）这么看起来，你的爱情已经成为过去的事了，不是吗？（安娜不作声，微笑着）看你！当时你多热呀！我早就告诉你——	
安　娜	母亲，我们不必讲这个。	
瓦　莎	（打量她）你说起话来坚定了——直挺挺坐着，交着腿——也抽烟啦。	
安　娜	是的，我抽烟。	
瓦　莎	做太太怕不合适。	
安　娜	跟我合适。	
瓦　莎	你打扮得像位贵妇人。	
安　娜	我有那样才分。	
瓦　莎	孩子们都好？	
安　娜	（骄傲地）我的孩子们全结实，全快活——	
瓦　莎	你头一个孩子活得并不久。	
安　娜	不久——他身子弱，一个病孩子——	
瓦　莎	（微笑）我明白啦。头一个有病——后来几个，谢谢上帝，全康健——丈夫有病，孩子倒——	
安　娜	（羞了，瞥了她母亲一眼，静静地笑着）母亲，您真聪明。	
瓦　莎	（高兴）好，我去喊你兄弟来——	
安　娜	他们知道我来吗？	
瓦　莎	（向门走去）干么要他们知道？	

〔瓦莎打开门。派外尔正在偷听，吓了一跳，就见往

远里跳。倒在一张椅子上。瓦莎看着他。他显得窘，直揉他的膝盖。

派外尔　（低声）我就什么也没能够听见——

瓦　莎　你没能够？真叫不要脸！

派外尔　（酸酸地）我是不是家里人？我听说来了一位太太，带着行李——

瓦　莎　你只要敲门，我就会帮你开的。

安　娜　（向前）喂，派外尔！

派外尔　（向母亲）我真该死！我永远想不到是她。安娜，你好？

瓦　莎　问他为什么偷听他母亲讲话，他真还答不出个所以然来——他就不清楚自己的。

〔走向饭厅。

派外尔　瞎话三七！谁偷听来的？

安　娜　（微笑）看见我你高兴吗？

派外尔　当然。你真是来到一所疯人院啦。

安　娜　（瞥了一眼饭厅那边，压低声音）母亲还跟往常一样？

派外尔　更糟。她什么全要霸在手里头。

安　娜　可是她已经把什么全搞到手啦——

派外尔　父亲一死，就不对啦！不成。我们已经不是小孩子啦——我二十四，西米昂大三岁——

安　娜　你们弟兄俩好吗？

派外尔　看情形。西米昂有点儿蠢——

安　娜　你们的太太呢？

派外尔　他女人有的是鬼心眼儿。胖，可是有鬼心眼儿。你美多啦。衣服也不同啦——我喜欢。这儿，人人穿的是黑条纹，好像成了一家医院。

427

安　娜　　你娶了丽屋达?

派外尔　　不差。再说,这儿,人也没事好做。我从前到河对岸信仰①那边买旧神像。母亲把我挖苦的要死,她讲:你不祷告上帝,可是你花钱就跟流水一样。她就不明白,做这种生意,你花一个卢布,能够赚十个卢布。最有利的生意是古董。城里一个商人花九个卢布买了六个盘子,一卖就卖了三百二十——你看!这儿哪,我们就忙着砖呀,瓦呀,木材呀,泥炭呀——那个鬼来啦!啊!

〔蒲罗号耳进来。

蒲罗号耳　伟大的司各德!②什么样儿一位漂亮太太!(胳膊举起一半,他站着端相他的侄女,嘴舌头表示满意)好!来,香我一个!

安　娜　　叔叔,你千万别窘我。

蒲罗号耳　窘你?嗜——长着这样一对眼睛,打那儿窘去——你不是这个意思罢!

〔西米昂和娜塔莉雅进来。

安　娜　　啊,西米昂!看他这个胖劲儿!

西米昂　　(看见安娜,他高兴了)安娜!好极啦。上帝,我才叫开心,说真话——我们自打上次见面以后,有多少年没见啦?

安　娜　　你顶好还是把我给你太太引见引见。

西米昂　　一定,娜塔莉雅——这是安娜。记得我对你讲,她一来就打我吗?

蒲罗号耳　没打够。

---

① 信仰是一家专售圣物的店铺的名称。
② 司各德 Scott:当系指十九世纪苏格兰大小说家而言。他写了许多历史传奇,促成浪漫主义的胜利。

安　娜	（向娜塔莉雅）我很高兴遇见你——让我们成为朋友。
娜塔莉雅	是啦，您！
蒲罗号耳	嗯！
西米昂	好，她是一个文静女孩子。她是信仰的一个信女，在盆子里头领得洗——
蒲罗号耳	那一定大的不得了。
安　娜	（向派外尔）丽屋德米娜在哪儿？
派外尔	（没有想到）我不知道——（西米昂忍着不笑出声来。别人静了一分钟）她睡觉啦。
西米昂	你认识她。
安　娜	她一向好看。
蒲罗号耳	哈！你应当现在看看才是。活活儿一个女妖精！
西米昂	什么样儿的称赞！
派外尔	他那么说为了气我。他们全在笑我——
娜塔莉雅	别那样想！
派外尔	安娜，他们要活活儿把我赶进坟去。
安　娜	啾，真可怕！
	〔她拿胳膊围着他，把他领到一个犄角，一边对他说着点儿什么。他唧唧咕咕回答，挥着他的两只手。
蒲罗号耳	（向西米昂）一位漂亮太太，你姐姐，不是吗？
西米昂	我相信她是——
娜塔莉雅	就是眼睛太亮了些——
西米昂	她像母亲——
蒲罗号耳	什么样儿的身段！一位 Grande Dame！①

---

① 法文，意即"贵夫人"。

西米昂	嗷,从前才叫吓人!她一来就打我!
娜塔莉雅	丽屋德米娜不来,可真缺礼。这显着不敬重安娜·雅哈罗芙娜——

〔米哈进来。

米　哈	让我给你道喜,安娜·雅哈罗芙娜,你回到你自己家来啦——
娜塔莉雅	(低声)她的家?怎么回事?
米　哈	所以我非常快活——
安　娜	您一点儿没见老,米哈叔叔——这对您就好!我看见您很高兴——
米　哈	我也高兴——打心窝儿里起高兴。
西米昂	(向娜塔莉雅)你喜欢她?
娜塔莉雅	她挺好。就是点子显得多——
西米昂	怎么,她穿的衣服是单色,你这个蠢东西!
娜塔莉雅	我看见啦。不过我的印象——
蒲罗号耳	那是你眼睛前头有了点子——

〔丽屋德米娜进来,头发蓬散,看上去还有睡意,然而挡不住美丽。

丽屋德米娜	(奔向安娜)宝贝安娜!
安　娜	(吻着她)丽屋达——
丽屋德米娜	嗷,安娜,我真高兴——
安　娜	你看上去——
丽屋德米娜	你像一道阳光——
派外尔	她要呜唧啦——

〔瓦莎在门道出现。

瓦　莎	安娜!看你父亲来。

蒲罗号耳	他的情形是不是更坏？
派外尔	别就哇哇乱叫——你怕是太早了点儿。
蒲罗号耳	我问你来的，跛子？

〔派外尔跑到饭桌后面，冲蒲罗号耳吐舌头。

丽屋德米娜	（带着眼泪在笑）父亲，看呀。
蒲罗号耳	（走向派外尔）派外尔，我要打你耳光子！
派外尔	你碰我呀——
米 哈	（向丽屋德米娜）你还是出去罢——
西米昂	（兴奋地）叔叔，拿椅子堵住他的道儿。派外尔，躲到桌子底下！

幕

第 二 幕

饭厅。丽屋德米娜站在火炉前面。安娜在屋里走上走下,手里拿着一枝香烟。屋子在半黑之中。黄昏。

安　　娜　　可惜你没写信给我——
丽屋德米娜　　那——我连你的地址都不知道。
安　　娜　　只要你想写——
丽屋德米娜　　我丈夫守着我——还有我父亲——而且我对你有什么好写的,什么是你关切的?
安　　娜　　关切你——关切人人——
丽屋德米娜　　这儿我是什么也不懂——过去这两年,我变的是又愚蠢,又怨恨——
安　　娜　　你干么嫁派外尔?
丽屋德米娜　　不得不嫁。
安　　娜　　不得不?
丽屋德米娜　　是呀。
安　　娜　　你怎么搞的?你平常那样小心——
丽屋德米娜　　赶着时候不正常,别扭。到处紊乱,罢工——好像人人在准备过假期,天天准备,一天又一天,就是假期不见来。我无意之中遇到一个人——他差不多还是一个小孩子——

又一脸的天花，可是漂亮的不得了——

安　娜　　他如今在那儿？

丽屋德米娜　我不知道。他不见啦。

安　娜　　派外尔晓得他的事吗？

丽屋德米娜　不晓得。没人晓得——只有叔叔——

安　娜　　你怎么对付过去的？

丽屋德米娜　我对付过去了。蒲罗号耳叔叔教我的——他好的不得了——那个长天花男孩子——十分柔和，愉快——对人人全这样子——

安　娜　　蒲罗号耳叔叔是哪种人？

丽屋德米娜　噢，也就是一种生意人，喜欢玩儿就是了。人也好玩儿。开头儿对你挺好，可是过后儿你得还他——加上利息。（改变声调）好，上帝裁判他。我不要说他的坏话。无论如何，他总算帮过我一次忙。我们不是叫化子——我们必须记住人家帮过我们的忙——不是吗，安娜？

安　娜　　（无所谓）是的——当然——

丽屋德米娜　（微笑）这儿唯一接近我的是你母亲。奇怪——我一向就不大跟她讲话。她也从来没话问我——除非有时候为了派外尔的缘故，她责备我两句。不过我心里知道她是唯一为我难受的人，爱我的人。不是她呀，我不晓得我会干点子什么出来！

安　娜　　（皱着眉）真是这样子？

丽屋德米娜　（愉快地）好，春天一到，我就跟她到花园工作去了。啊，安娜，帮大地拿花儿给它打扮起来，那才叫开心。太阳一出来，母亲就敲我的门，气汹汹的声音讲："你怎么着，起来！"于是我们两个人走出来，不作声，差不多干一整天

433

活儿，直到太阳下山才住手。现在要是夏天的话，你不会认识花园的。长得才叫蓬勃，才叫美丽。去年春天，单单花籽儿，我们就买了值一百多卢布的花籽儿。你应当看看我们的树——梅子，苹果，樱桃。我学会了接树枝子。我甚至于帮村里的农夫接树枝子——我变成一位正常的园丁了。母亲给我买了一本讲园艺学的书。读书，她说，是一件规规矩矩的工作。农人们看见我们把花园和菜园子搞成功了，打发他们的女人到这儿来讨种籽或者接芽儿——他们现在对我很尊敬。春天，夏天，秋天，生命在这儿是一种喜悦。不过冬天对我和母亲就没意思了。房间好像太挤了。我们不说话，可是我们两个人知道我们的心里在想些什么——你怎么没精打采的样子？

安　娜　　我不知道——我觉得有点儿忧愁——你这么美，这么年轻——

丽屋德米娜　今年春天我开始工作的时候，你不妨来看看，啊！我们的花园！早晨你进来的时候，洒遍了露珠，在太阳里头闪烁，你觉得你像踏进了一座教堂。你昏，你晕，你开始歌唱，跟你醉了一样！我一停住不唱，母亲就冲我嚷嚷，"唱呀，唱下去！"于是就在一丛小树上面什么地方，我望见她的脸，一张和悦的，温存的，慈爱的脸。

安　娜　　（低声怀疑地）和悦？温存？

丽屋德米娜　正是我的意思。怎么？你记得我们也一来就在那座花园玩儿吗？

〔派外尔进来。

派外尔　　你在闲扯什么呀？

〔把烛台的蜡烛燃亮。

丽屋德米娜　　点蜡烛做什么？

派外尔　　　　为呀，为我赞赏你的美丽！

丽屋德米娜　　吹掉。

派外尔　　　　我偏不。

丽屋德米娜　　瘸子！

派外尔　　　　安娜，这就是他们要我忍受一辈子的活怪物！

丽屋德米娜　　你撒谎！你跪着求我嫁给你，像一个叫化子——

安　娜　　　　别说啦。

丽屋德米娜　　你看，他拿我没办法，就想出种种卑鄙花样来气我。人家送了我一只西伯利亚猫——他拿它毒死。

派外尔　　　　它一来就抓我。而且，说什么也不是我毒死的——它吃多了胀死的——

丽屋德米娜　　（跳了起来）住口，你这个狒狒！我看见你就恨——

〔赶快走出。

派外尔　　　　（低声）你跑掉，啊？你看见我就恨？

安　娜　　　　派外尔，你想怎么着？

派外尔　　　　（露着牙笑）不怎么着。我苦，也要她苦。（忽然又是真诚，又是热烈）为上帝的缘故，安娜，帮帮我的忙。你喜欢什么，我就给你什么——钱，假如你需要，父亲一死，我就给你！基督，我什么也给你——什么也给！

安　娜　　　　（想了想）我帮什么忙？

派外尔　　　　你结婚为了爱情。教她爱爱我——求你啦！你要是知道我多爱她也就好啦！常常她睡着了，我跪在她床旁边，轻轻道，"丽屋达，我的心肝，没人爱你像我这样爱你的！"我这样子整整一夜，直到天亮。"人人活着有点儿东西，单单我是怪物。我不为什么人活，除非为你，"我对她

	讲，她呀，一直睡着。帮帮我的忙，安娜！
安　娜	（匆忙）心放静——有人来。
派外尔	我不在乎。让他们全来好了。他们全知道这个的。
	〔娜塔莉雅进来。
娜塔莉雅	派外尔，母亲在喊你。（看着两个人，起了疑心）快，她在发脾气。
派外尔	（走出）她总在发脾气。
娜塔莉雅	（跟着他）你打一个办公室的孩子——
派外尔	那有什么？你不得不打——
安　娜	（向娜塔莉雅）娜塔莉雅，停停再走。
娜塔莉雅	（回来）好，安娜。
安　娜	嗐！我觉得他像在打我。
娜塔莉雅	他在埋怨他太太？
安　娜	你像跟他过得来。
娜塔莉雅	我跟谁都过得来。
安　娜	你倒不觉得沉闷？
娜塔莉雅	为什么？
安　娜	你这样年轻——你在这儿没有娱乐——
娜塔莉雅	我有丈夫。
安　娜	（微笑）这就够啦？
娜塔莉雅	他尽他的力量不让我觉得无聊——想法子叫我笑呀什么的。再说，现在也不是畅怀大笑的时候——
安　娜	（感到兴趣）不是？
娜塔莉雅	（信服地）当然不是。像以往那样子过活，现下就不可能。现下一个人应当搬到城里住——那就大不相同了——
安　娜	（严重地）你是什么意思？

娜塔莉雅	我还解释不出来——这我想了许久,可是我自己还不清楚。不过,我们应当住在军警保护的有防御的城市——(热上来)经过那些可怕的岁月,安娜姐姐,好人越来越少。他们全开始在思想,在彼此私下里谈话。有些人一个又一个地方走动——前不久一个人到这儿来,直打算叫人相信任何工作都是罪过,一个人应当什么也不做才是!当时我在害怕——想想看,他们要是又都停止工作,天下要乱成什么样子——
安　娜	你的想法儿是怪。
娜塔莉雅	我的孩子有病,所以我很少睡觉,夜晚我有机会想东想西的。不过我还很年轻,没人听我讲话。你听我讲话,我真得谢谢你。这叫我非常快活。

〔蒲罗号耳进来,样子像受了气。

蒲罗号耳	瓦莎在哪儿?
安　娜	我不知道。
娜塔莉雅	她到厂里去了。
蒲罗号耳	女鬼!
安　娜	你到哪儿去来的,怎么成了这样子?
蒲罗号耳	你的意思是说这样子脏?我到鸽子房来的。浑蛋!我要他们修理梯子有三个月了,他们不睬理。故意这样子,安娜,我没弄错。我要是有一天跌进地窖子,摔断脖子,你相信我的话好了,一定是事先安排,一定是派外尔的猴子把戏。
安　娜	噢,叔叔,你怎么可以这样讲?
蒲罗号耳	我知道我在说什么——假如你不知道。前天我在鸽子房坐着,有人静静地打开地窖子的门,把梯子移到边边头,

437

	把通后院的门关住。天挺黑。地窖子上头的地板挺滑。我没摔下去，真还神啦。这你做什么解释？是谁不怕犯罪在搞这个？
娜塔莉雅	把派外尔逼急了，他是会惹出滔天大罪的，我方才就对丽屋德米娜说——
蒲罗号耳	听见没有？巴兰的驴①也这样讲——
娜塔莉雅	你不可以拿我比做一条驴——
蒲罗号耳	瞧，瞧！你不记得是谁借驴嘴讲话的啦？
娜塔莉雅	反正一样——我是一个生意人女儿。
安　娜	娜塔莉雅，你犯不上拿话激叔叔，一心就想气你。
娜塔莉雅	一个人心想气人，不必瞒着。你自己知道，倒霉的人向来是一肚子的恨——
蒲罗号耳	（欢然）你喜欢这个？她是不是一只鸽子长着蛇的脑壳？
娜塔莉雅	（受了伤）对不住，我的脑壳是很平常的——是一个真正人的脑壳——
	〔她走出。
安　娜	噢，叔叔——你何苦这样对待她？
蒲罗号耳	没关系，她照样儿咽下去。我不喜欢这位穿黑衣服的小黑人儿。（笑）你知道，我有一回听见她同她男人说起她对未来生活的梦想。（模仿娜塔莉雅）"亲爱的，我躺着，穿一件亮紫丝绒睡衣，里头只有一件沿花边衬衫——要不

---

① "巴兰的驴"见于《旧约·民数记》第二十二章。先知巴兰接受摩押王的贿赂，骑着他的驴，到边境去诅咒以色列人，上帝大怒，派遣使者拦阻，驴几次躲避使者，撞伤了巴兰，"巴兰发怒用杖打驴，耶和华叫驴开口，对巴兰说：'我向你行了什么，你竟打我这三次呢？'"

呀，我也许正坐在一张那种 quelque chose①。"

安　娜	（微笑）那一定是 chaise longue。②
蒲罗号耳	反正一样。（又模拟娜塔莉雅）"各色人等都来看我——警察局长，市长，法官——总之，全城人都来看我！于是他们一看我呀，人人妒忌你——席里日诺夫是条走运的狗！家伙，他女人真叫标致！我嘛，移移脚，要不呀，把肩膀露出点儿来——看他们吃醋吃得直咬牙！"（笑）好梦，不是吗？西米昂那个傻瓜笑的跟打雷一样——
安　娜	（严重地）她是一个怪女人。我不了解她。你大概以为她不怎么聪明——
蒲罗号耳	鬼知道她是个什么东西。你应当看看她有时候怎么样转她的眼睛——啊，这群该死的东西，我真还是又腻又讨厌！
安　娜	你干么和他们住在一起？
蒲罗号耳	嗐！也亏你问！怎么，我的钱全拴在这儿——谢谢雅哈耳。等我把钱全提出来——然后，永别了我这些骗人的亲戚。
安　娜	你到哪儿去？
蒲罗号耳	到莫斯科——到京都去！（俯向她，神秘地）我有一个不幸的爱情故事结了果子。安娜，一个好果子正在那边熟哪。
安　娜	你的孩子？
蒲罗号耳	嗐！他已经在读书了——活活儿一个可爱的无赖！
安　娜	他母亲呢？

---

① 法文，意为"一些东西"。
② 法文，意为"长椅"。"椅"在法文和"东西"有些近似，娜塔莉雅可能弄错了。

蒲罗号耳	（稍缓）死啦——不幸的很。（恢复他的欢乐神情）他把我叫做一个想不到的父亲——这快活鬼！什么也不问我要。你要他怎么着？他不是我们的血，不是的。小子喝酒喝多了点儿——他就是一个戏包袱，知道个个儿女演员——他研究神话学——
安　娜	语言学。
蒲罗号耳	不是的，我对。有这么一种学问——神话学。他详详细细给我解说来的，我自己也念了些关于一次希腊战争的诗——《伊利阿德》——最近，还念了些关于尤里席斯①的诗。可不，那个尤里席斯，可真是一个坏小子。真会撒谎！他让人相信他去过地狱——你明白吗！——地狱的生活一点也不可怕，就是要人命一样闷——我那儿子，彼奥特，也是一个撒谎的好手！
	〔瓦莎进来。
瓦　莎	别演说啦。谁把娜塔莉雅逗急啦？
安　娜	娜塔莉雅？
瓦　莎	是呀。她站在客厅当中，撕她的围巾的繸子。她脸都气青了。（向蒲罗号耳）你那个卖鸽子的在外头问你。
蒲罗号耳	（在屋里走来走去）他好等的。
安　娜	（使眼色，还小心做出手势，要她母亲离开房间。瓦莎看着她，露出不信任的神情）西米昂从城里回来了没有？
瓦　莎	我不知道。我也有事要找他。我还是看看去。
	〔走出。

---

① 《伊利阿德》Iliad 是世界著名史诗，尤里席斯 Ulysses 是另一著名史诗《奥狄赛》Odyssey 的英雄，全是大诗人荷马的作品。

蒲罗号耳	我们来斗牌罢。我们喊丽屋德米娜,娜塔莉雅——
安　娜	我们这样儿就好。这么说起来,你决定退出生意不干啦?
蒲罗号耳	我要退出的。我年纪太大啦——再说,这算什么生意呀?你知道,我开始感到害怕啦。从前我在村子走路,觉得自己是主子。今天,虽说他们跟从前一样冲我低低鞠躬,我清楚他们这样做,只为藏起他们眼里的忿恨——还有当局——人数太多了——让我感到点儿窘。不,这不是生活。这像那本希腊的《伊利阿德》——人人打算敲碎别人的脑壳。再说,干生意我不在行,从来不在行——我现在何必一定要干什么生意?

〔西米昂进来。

西米昂	你问我来的?
安　娜	是母亲问你。
西米昂	她说是你。那么,没人问我?妙啦。
蒲罗号耳	嗐!我去找丽屋德米娜来。斗牌玩儿,西米昂?
西米昂	我无所谓。上帝,住在城里真好。石头房子——样样儿东西看起来牢实,发亮,干净。人也不一样——无所不谈,无所不知。有市议会,政治——种种好玩儿的事——
蒲罗号耳	(一边走出)漂亮女人——
西米昂	去你的罢——寻艳的猎手!
安　娜	你真以为他和丽屋德米娜——他跟她有什么把戏?
西米昂	(开心的样子)有什么把戏?哈!我一直在等着听你怎么解释。你倒说对了。这就是城市的好处——什么全教给你。当然,叔叔跟她有把戏——管他辈分不辈分的!我亲自听见他有一回帮她出主意——我差不多气炸啦,太惊奇啦——

安　娜	哪类主意？
西米昂	我不好对你讲——太难出口啦。
安　娜	我是一个结婚的女人。
西米昂	那不相干。再说，我没有听全——是关小孩子的话——怎么样不要他们生下来。啊，他真还不值得人说他。他是一个寻乐子的——心就不在生意上——
安　娜	可是你——心就在生意上啦？
西米昂	我？好，瓦呀砖的是没什么趣味——现在这儿来来往往的人，样子也气狠狠的——到处是守卫——严格的命令——酗酒——打架——我可看够啦。父亲一死，我就搬到城里去——四围一是和自己一样的人，你看自己也就完全另是一番景象了——
安　娜	那谁照料生意呀？
西米昂	生意？也该拆啦——切泥炭就切不出利来。拆剩下的，由母亲跟米哈瞒搞去好啦。至于我，我要到城里开一家珠宝店——是的，就开在大街上——招牌上写着"西米昂·谢列日诺夫——珠宝店"——这三个字声音多柔和——珠宝店！我的住家就在楼上头——买一架风琴——弹弹——唉！
	〔丽屋德米跑进来。
丽屋德米娜	安娜，叫他们别打下去。
西米昂	（惊）谁打架？
丽屋德米娜	蒲罗号耳叔叔在打派外尔。
西米昂	是这个呀！好，安娜，你怎么不去？
安　娜	我是一个女人。我许挨打的！你去。
西米昂	（走出）我能怎么着？我不是警察——

丽屋德米娜　我的上帝，什么样儿生活，什么样儿生活！

安　　娜　　丽屋达，别搁在心上。

丽屋德米娜　倒不如叔叔把派外尔弄死——他真可怜——真讨厌！

安　　娜　　他们怎么打起来的？

丽屋德米娜　派外尔说他不要我斗牌。我笑，他把我推开，直说气话。于是叔叔就抓住他的头发——

安　　娜　　(安详地)一群乡下人！

丽屋德米娜　我真厌烦。

安　　娜　　你当然活不下去。

丽屋德米娜　幸福再小，你想得到，也得付老大的价钱。(思索地)不过，我一想到那个男孩子，我就觉得安易多了。安娜，一个男人在你跟前因为快活呼喊，你实在觉得好受——他真招人爱，真是一个可爱的人——你从来有过这种感觉吗？

安　　娜　　(拿胳膊围住丽屋德米娜)是呀，我有过。你宝贝心肝——

丽屋德米娜　在那时候，你觉得自己就像世上最有钱的皇后——不是吗？什么你也不在乎，就是死，你也心甘情愿。

〔瓦莎进来。

瓦　　莎　　我听见的是什么响声？

丽屋德米娜　(奔向她)啾，母亲，务必劝劝罢！

瓦　　莎　　好，你们在搞些什么？

丽屋德米娜　不是什么。是派外尔跟叔叔——您明白——我就没法子顺他的心。您自己也这样说来的，一个人不能够骗一个人——

瓦　　莎　　好，跑过去——说说他们——这两个傻瓜——

丽屋德米娜　(走出)我有什么用？

安　　娜　　这种事这儿常常发生？

瓦 莎	（在炉旁坐下）两三年了。有时候我烦死了，我觉得我像能够把他们全都——我替派外尔难过——非常难过，安娜。
安 娜	对丽屋德米娜也苦。
瓦 莎	她？她只好忍着。
安 娜	现在她跟蒲罗号耳叔叔究竟怎么样？
瓦 莎	蒲罗号耳是个流氓。他想法子探出女孩子的秘密，一直利用到如今。跟绑匪有什么两样！
安 娜	（平静地）记住，您上床的时候，我会来看您的。
瓦 莎	（当心）怎么？为什么？
安 娜	我们得把事情谈谈。他们把心里的话都在这儿讲给我听了。
瓦 莎	蒲罗号耳？
安 娜	他也讲啦。您知道他有一个儿子。
瓦 莎	不止一个，我敢说。怎么样？
安 娜	有一个他打算承认。
瓦 莎	（站起）你说这话就为吓唬我？
安 娜	话是他说的。
瓦 莎	好，那就到了末日啦。我们为什么操劳——拿什么夸耀？不成，我们不能够答应这个——这呀，不成。
安 娜	西米昂要搬到城里去。
瓦 莎	好。还有什么？
安 娜	派外尔也想走。
瓦 莎	（尖锐地）安静着罢。我会帮他找到一个位置的。（放低声音）可我到什么地方去？他们把我打发到哪儿去？
安 娜	让我把话讲完了——
瓦 莎	别说啦。这就够啦。

〔蒲罗号耳，西米昂和娜塔莉雅进来，紧张地。

西米昂　　　娜塔莉雅，别说下去啦。

蒲罗号耳　　就没人肯堵住这傻瓜的嘴吗？

娜塔莉雅　　我要是不讲真话，这儿有谁肯讲？

西米昂　　　娜塔莉雅，放冷静。那跟你有什么关系？闲事少管！

瓦　莎　　　乱些个子什么？

蒲罗号耳　　你的宝贝儿媳妇疯了——就是这个！

娜塔莉雅　　（向蒲罗号耳）是你把派外尔逼急的——

蒲罗号耳　　西米昂，你这个糊涂虫，叫她别说下去啦！

安　娜　　　看呀，叔叔，您在这儿是最懂事的人了。

蒲罗号耳　　我？他们老早就把我搞糊涂啦。你知道那个小老鼠直打算拿刀子戳死我——你也喜欢这个？

〔丽屋德米娜进来。她坐在一个角落，动也不动，盯着别人看。

娜塔莉雅　　要怪也就是怪你自己——

瓦　莎　　　西米昂，你对太太的威权哪儿去啦？

西米昂　　　母亲，算啦。您一来就说威权，可是您就不许别人听我吩咐！

娜塔莉雅　　你拦不住我。我全讲出来。是你害得丽屋德米娜。

蒲罗号耳　　你这小傻瓜！那，她没结婚就叫人害了——（发见丽屋德米娜）安娜！你喜欢这个？

丽屋德米娜　说下去，告诉他们我嫁人以前干了点子什么。

瓦　莎　　　（低声，严厉地）丽屋达！放安静——你疯啦？

蒲罗号耳　　火把你们全烧了！

丽屋德米娜　你已经举起了手，不妨砍下来罢。

蒲罗号耳　　（走出）等着！我总有一天制住你的舌头的！

丽屋德米娜	居然吓住啦——哈！
瓦　莎	住口，我告诉你！
丽屋德米娜	反正一样。母亲！现在派外尔眼看就要知道——自然人人都要知道。
西米昂	（向娜塔莉雅）我们走——趁我们还没搅在里头。
丽屋德米娜	我打赌娜塔莉雅封不住口的。
娜塔莉雅	你这是什么意思？我不是隐瞒谎话的人。
西米昂	来。忘掉了罢。没什么。哙！

〔他和娜塔莉雅走出。

丽屋德米娜	噢，我情愿把我的皮留在后头，只要我能够离开这儿！
瓦　莎	好，安娜——看见了罢？谁对谁都无所谓。抓人一下子，跑掉，他们要的就是这个。
丽屋德米娜	我没什么要抓人的。我什么也不需要。我唯一要求的是把我的生命给我！

〔派外尔进来，头捆着绷带。

派外尔	母亲，我要钱用。
瓦　莎	这儿又来了一个。
丽屋德米娜	（半哭半笑）亲爱的天，眼前可真好看啦！
派外尔	（平静地）难道您不是我的母亲？告诉她，安娜，放我走——
瓦　莎	（奇怪的声调）我会帮你找到一个地方去的，派外尔，不久。
安　娜	母亲，我劝您还是放他走的好。天晓得叔叔会做出——
派外尔	我不怕他。
安　娜	您看见他打派外尔——
派外尔	他说谎！

安　　娜	派外尔软弱——可是气了起来，就是一个软弱的人也能够——
瓦　　莎	（看着安娜，深切地）别说啦。
丽屋德米娜	你把话说的呀，安娜，像你帮他提示——
瓦　　莎	丽屋德米娜，离开屋子。派外尔，你也离开。我回头看你。（两个人走出。瓦莎兜着屋子走动，然后在安娜前面站住）你存的是什么心？
安　　娜	（并非谲诈）我？怎么啦？
瓦　　莎	别装假啦。我看得出。（又在走动）派外尔是我的儿子——你忘记这个啦？
安　　娜	（窘）我不晓得您是什么意思？
瓦　　莎	那是谎话。你真是太简单了。你心想，你兄弟搞掉你叔叔——
安　　娜	母亲，您想到哪儿去啦？真也是的！
瓦　　莎	那你就好收渔人之利啦？
安　　娜	可，我就从来没往这上头——
瓦　　莎	（阴沉地）不，你不很聪明，不。谁在那边？

〔进来米哈。

米　　哈	晚安。
瓦　　莎	好，他怎么样啦？
米　　哈	不好。呼吸很困难——
瓦　　莎	但愿上帝不久把他带到他那边去就好啦！他这样张着口出气，有了五个星期。他的眼睛清楚——他显然是什么也懂。只要他停住不受罪——
米　　哈	看样子他现在不会久了。
瓦　　莎	（离开屋子）你在这儿等一下我。

安　娜	米哈·瓦西里耶维奇，这家子简直是搞不好啦。
米　哈	也不会再坏的。样样儿事乱成一团，样样儿事。
安　娜	那么，到哪儿才打住呢？
米　哈	我看不出来——
安　娜	母亲太苦啦。蒲罗号耳叔叔好像也没意思帮她。
米　哈	（垂头朝气）他？帮她？
安　娜	你干么这样惊奇？
米　哈	（嘲弄地）也就是这样。
安　娜	好，告诉我为什么。
米　哈	我惊奇的理由很简单。像你父亲，雅哈耳·伊万诺维奇，常常说的，一个俄国人往往错把愚蠢当做他的良心——（丽巴进来）你要什么？
丽　巴	安娜·雅哈罗芙娜，你叔叔要你到他房间去。
安　娜	你知道他为什么要我去吗？
丽　巴	他的心跟他作难。
安　娜	（向米哈）这是怎么回事？
米　哈	（安心）他隔些日子闹一回心脏病。
丽　巴	他张开口直喘——
米　哈	（看着丽巴）不错——他喘——丽巴时常看见他这样子——（安娜匆匆走出。米哈做了一个手势，止住丽巴）怎么？
丽　巴	什么？
米　哈	你不知道？
丽　巴	我不愿意。
米　哈	为什么？
丽　巴	我不能够。我怕。

米　哈	以为这个犯罪?
丽　巴	难道不? 他是一个人呀。
米　哈	对。把自己小孩子掐死不算犯罪,可是临到弄死一个生人,倒是犯罪啦?
丽　巴	(怨抑地)小孩子! 您提醒我这个? 可是我那么做为了可怜他——
米　哈	(声调放柔)当心,蒲罗号耳全知道——
丽　巴	您也知道。难道我也把您毒死?
米　哈	你嚷嚷什么? 故意嚷嚷? 当心,我的朋友! 我的舌头也不牢靠,能够吐出一句两句话的。——(走近)好啦,别固执。到他屋子去。你的机会不会再好啦。你做的事也就是打两个瓶子里头倒一大口药出来,递给他吃。你还不明白? 那不是毒药,那是药。这以后,你喜欢到哪儿就到哪儿去,你就自由了。记住,你不犯罪,你就不能够忏悔,你不能够忏悔,你就不能够救你的灵魂。现在跑罢。你要自由,不是吗? 好,你就要可以自己作主啦——你可以得到一份好的酬报。你年轻,你还有日子要活。可是你不犯罪,你就不能够活——你不能够,丽巴,听我的话。许多人试来的,失败了。(丽巴吓住了,走出。米哈回来,自言自语)哈! 值得这样作戏! 像她那种废物! 骗子!

〔派外尔伸进头来。

派外尔	母亲在哪儿?
米　哈	她看你父亲去了。
派外尔	您在同谁说话?
米　哈	同我自己。
派外尔	真是好伴儿。当心,他会欺骗你的。

米　哈	谢谢你的警告。我把这当做我为你效劳的酬报收了下来。
派外尔	你喜欢怎么样收下就怎么样收下——你愿意的话，做为施舍好了。

〔他不见了。米哈朝他的后影摇拳头，在屋内走来走去。手放在背后，手指响着。瓦莎，西米昂和娜塔莉雅进来。

瓦　莎	（向米哈，阴郁地）我们亲爱的主子，快到尽头了，像是——
米　哈	（低下头）蒲罗号耳·伊万诺维奇又在闹心脏病——
瓦　莎	（向她的子媳）你们俩——干什么直走个不停？
西米昂	您不也在走个不停？
瓦　莎	对——顶嘴！请叶高尔神父来——还有你，娜塔莉雅——你要什么吗？
西米昂	（走出）娜塔莉雅——哙！
瓦　莎	他讲的是什么？
娜塔莉雅	那是——我不知道是什么。
瓦　莎	你不知道。你还是回你的房间去罢。
娜塔莉雅	我待在那儿怕。
瓦　莎	什么？
娜塔莉雅	我怕——我听得见他咽气——
瓦　莎	跑罢，跑罢。没什么好怕的。我们全注定要死的——我比你年纪大，我就不怕死——

〔娜塔莉雅慢慢走出，拿她的围巾更往紧里兜住她的肩膀。

怕！你倒不怕吃面包——（向米哈）你说蒲罗号耳在闹心

脏病？

米　哈　（平静地）是呀——（一惊）什么事？

〔安娜冲了进来。

安　娜　（恐怖，耳语）不得了——丽巴给叔叔毒药吃。

瓦　莎　他死啦，好，米哈——

安　娜　我不知道——还没有——

米　哈　（乱跑）我们得喊警察——是的，我们得喊警察——

瓦　莎　等一下——你到哪儿去？站住，安娜。

安　娜　她待在那边叫唤——

瓦　莎　米哈，把她带到这儿来——

安　娜　我们得找医生来——

瓦　莎　（严厉地，低声）等一下，我告诉你。（丽巴跑进来，撞着安娜）你闯出什么乱子，你这无法无天的女人？

丽　巴　（奔向瓦莎）是他干的——全是他干的——

瓦　莎　住口！难道你以前没给他吃过药？你不知道分量？

丽　巴　放我走！为了上帝的缘故，放我走！

瓦　莎　你不知道搁错了药要关进监牢吗？你怎么可以搁错的？

丽　巴　（不可能了解一切）要出什么事？噢，我要出什么事？

米　哈　噢，白痴！让我同她谈——

瓦　莎　（把丽巴推进她的房间）待在这儿，静着。（向安娜）你又怎么啦？哎？你干么直哆嗦？药分量搞错啦——女孩子把药给错啦——平常极啦，难道不平常？一家主子就要死，人人跑来跑去，女孩子累得要死——

安　娜　（平静地）我明白——

瓦　莎　没你明白的事！这事跟你不相干。现在，好啦，看看他去，他要人帮忙——

〔娜塔莉雅冲了进来。

娜塔莉雅　　快来呀！蒲罗号耳叔叔——
安　　娜　　（不由自己）死啦？
娜塔莉雅　　（畏缩）啾，没死，为什么？
瓦　　莎　　（看着娜塔莉雅）安娜，你真会说怪话。他干么要死？这个冬天他犯过两次心病，到头都好过来啦。
娜塔莉雅　　上帝，吓死我啦。他滑下床来——如今他躺在那儿抽搐，打嗝——
瓦　　莎　　打嗝！这就可怕啦，真的？我用过饭有时候也打嗝，可是谁也没叫我吓着。看看他去，你们两个人都去。
娜塔莉雅　　来，姐姐。

〔安娜畏惧地瞥了她母亲一眼，随娜塔莉雅走出屋子。瓦莎走进她的房间，走向坐在那里发呆的丽巴，摇着她。

瓦　　莎　　醒过来，你这鬼东西！他活着，听见了没有？活着！剥你的皮！给我滚出去！
米　　哈　　（向丽巴）这一错呀，你要受——
瓦　　莎　　别招理她！
丽　　巴　　（跪下）瓦莎·彼特罗芙娜！我是诚心诚意干的——他叫我这么——无辜！可怜可怜我！
瓦　　莎　　到你的屋子去——去！你听见了没有？
丽　　巴　　（站起）该责备的不是我——啾，主！

〔她摇摇摆摆走了出去。瓦莎和米哈互相看着。米哈认罪地低下了头。

瓦　　莎　　傻瓜！
米　　哈　　那话不对，像是——

瓦　莎　　你那位医生的助手也是一个傻瓜！

米　哈　　我也这样讲——一定是什么地方错啦——

瓦　莎　　我也真是一个傻瓜——信赖你。好，现在我们该怎么办？这儿来。我们要仔细谈过。（走向她的房间）第一件事是丽巴——看好她！别让她讲给别人知道。懂罢？

幕

第 三 幕

饭厅。门关着。瓦莎穿着孝服,坐在火炉前面。安娜在屋子里面走来走去,吸着烟。西米昂坐在饭桌那边。

西米昂　　（打呵欠）是我们喝茶的时候了。

瓦　莎　　太早啦,还有四十分钟。

西米昂　　吊死这四十分钟。这是谁的生命？我自己的。假如我愿意,我可以去掉四十分钟或者一整点钟——甚至于一个月。

〔他拿脚放在一张椅子上。

瓦　莎　　怎么,犯病啦？

西米昂　　我腻死啦。我太太不舒服——我不好斗牌。我的血差不多停住不流啦,上帝在上！

瓦　莎　　父亲死了没有四十天,你——哼！——想斗牌——

西米昂　　四十天,四十分钟——真叫够人受的,不瞒您说！火上加油,娜塔莉雅倒了下来——

瓦　莎　　神经！我四十八——

西米昂　　又是四十。

瓦　莎　　我从来就没害过神经病——

安　娜　　（把香烟丢进火炉）我的神经也不结实。样样儿东西在这

		大房子发回声——夜晚我听见崒崒缪缪的响声——
瓦　莎	老鼠——和蒲罗号耳的鸽子。
安　娜	轧轧的声音——
瓦　莎	木料干了。
安　娜	我看见影子动活——
瓦　莎	那是丽巴走路——没别人。
西米昂	算啦，母亲，别叫我们想起她来——
瓦　莎	（思索地）她一直在走——在走——
安　娜	可是您就不信吊死鬼会回来。
瓦　莎	我不知道。我怎么会知道？
西米昂	对啦。母亲也就是相信一样东西——卢布。
瓦　莎	（并非严酷）西米昂，你是一个白痴。我们攒钱做什么，还不是为了孩子们？临了儿怎么着，他们不值一个净光卢布。你，譬方说，应当放安静才是——你就给我养不出一个壮实孙子。
西米昂	（急遽地）这是谎话！
安　娜	西米昂！
西米昂	我有过一个壮实孩子——
瓦　莎	女用人养的。
西米昂	有什么区别？我有过一个孩子。说到她是女用人，你自己帮我找的。
瓦　莎	孩子可一生下来就死啦。这，安娜——
西米昂	（跳脚）才不是这么回事！不是生下来就死！她自己把他弄死的——她把话告诉娜塔莉雅了，撒谎也没用。您拿话吓她，活着的时候您一来就拿孩子吓唬她。所以她才吊死自己。

瓦　　莎　（平静地）这，安娜，听听看——

安　　娜　（声调气忿）西米昂，你怎么好说这种可怕的话？真是岂有此理！

瓦　　莎　安娜，你就受着罢。你也是当母亲的，这会对你好的。

西米昂　安娜·雅哈罗芙娜，你巴结母亲，那叫白糟蹋时间——你的计划实现不了！

〔走出，使力把门一关。

瓦　　莎　（笑）看他呀！

安　　娜　啾，母亲！现在我明白你对付这些事多烦难啦——

瓦　　莎　我不在乎。我不就这么容易受伤。不过，你明白了也好——你需要了解——

安　　娜　有时候我甚至于——为您害怕——

瓦　　莎　那倒不会——

安　　娜　我明白的还不够。

瓦　　莎　好，我相信没有人能够样样儿明白。我脑子里头涌着种种念头——嗡嗡，跟蜜蜂一样，可是我得不到任何答案，任何解决——（停）你从来想过，男人们怎么样——从生下来起——就永远成了父亲一部分，再也不和母亲相干？好，有一天你也会想到这上头的。看，为了保护这个傻孩子的健康，我许他在家里搞一个姘头，我为他把罪过搁在我的灵魂上头，现在他拿这个扔还给我。没用的东西还是照样儿把身子毁了——在村子里头打点儿野食——

安　　娜　（低声）当真那个孩子是——

瓦　　莎　真又怎么着？有什么办法！叫我怎么办？

安　　娜　我不知道。我看不出干么——

瓦　　莎　你也来啦。你一样在谴责我。不过万一你遇到这种事，安娜，你不会两样儿的。

安娜　　那太远啦。我还用不着往那上头想。

瓦莎　　你会想到的，我的亲爱的——你会样样儿事想到的。

安娜　　倒说，母亲，叔叔写了两封信给他儿子。

瓦莎　　（一惊）他信里说些什么？

安娜　　他叫他到这儿来。

瓦莎　　到我们这儿来？那个男孩子？你没弄错？

安娜　　（拿出信来）这儿是信。

瓦莎　　你拿着信！好。没寄出去。不过等一下——你现在拿这两封信怎么办？

安娜　　我想不应该寄。

瓦莎　　对，我的朋友！不应该寄。千万不该。你真聪明。你看，你到了儿还是女人！不，看家的不是狗，是我们女人——（走向安娜，把手放在她的肩膀上）拿它们卖了罢！

安娜　　啾，母亲！您怎么啦？

瓦莎　　两封信卖一百——一百。

安娜　　拿去罢——母亲，你叫我厌气。

瓦莎　　安娜，我没叫你厌气。我知道什么叫人厌气。愚蠢叫人厌气。记住，你是母亲——只要是为了儿女，就没什么可耻——记住这个。也不是罪过。你必须知道这个——没什么罪过！

安娜　　您真——了不起！

瓦莎　　（把信藏掉）天下母亲都了不起。我们全是有罪的人——也全是殉难的人。主将来审判我们一定可怕，不过当着我眼前的男人们，我决不下跪。记住，人类仰仗我们才活了下去。我一五一十讲给我们的圣母娘娘——她全明白的。她怜惜我们这些有罪的女人。她不是对大天使讲过："要求，哀求我亲爱的儿子把我也下到地狱和那些犯大罪的人们一同受罪"吗？她就是这类女人！

安　娜　（感动地微笑）我到这儿来，先还心想比您聪明，比您好——

瓦　莎　没关系。这样想下去好啦。我知道——应当这样的。假如你弄错了，我会帮你改过来的。那就好，女儿。

安　娜　由您说。不过等一下——怎么办他的信？他会好了起来，以后有信亲自寄出去的。或者他让我发挂号信——我到那儿找收条儿去？

瓦　莎　我们办公室多的是旧收条儿。米哈会搞对的——他会把城市名姓——还有图章，改过来的。用不着操心，以前就做过。没事。你父亲在城里有姘头的时候，我们搞过许多次了。你还是当心蒲罗号耳烦别人寄信才是。

安　娜　当然——我要当心。

瓦　莎　看好丽屋达。她是一个小孩子。

安　娜　他们吵翻了。再说，她有话就告诉我。

瓦　莎　当心。记住，我们要是能够留得住蒲罗号耳的银钱，你的子女将来就有份儿。

安　娜　（低下眼睛）母亲，别谈这个的好。

瓦　莎　别假招子啦。我戴着眼镜儿哪。我看得清。

安　娜　您呀总是——这么愣。

瓦　莎　当然。我要你跟我谈话也是这样子。

安　娜　我觉得我好像是头一回看到您。

瓦　莎　看，我对你，也对你的子女，全是母亲。等一下——有人来。（门静静地开了，进来娜塔莉雅，样子苍白，软弱）你干么到处走动,你这个小傻瓜?

娜塔莉雅 他们喊我用茶,可是桌子还没摆好——

瓦　莎 好,丽屋德米娜在哪儿?

娜塔莉雅 跟叔叔在一起。

瓦　莎 是啦,好——(她使眼色给安娜,叫她离开屋子,但是安娜不了解她的意思)安娜,去问问蒲罗号耳,他要不要跟我们在一起用茶。

安　娜 (走出)我就去。

瓦　莎 (注意娜塔莉雅)好点儿啦?

娜塔莉雅 我睡不着——心乱的不得了——让你卸了工的那个人的太太又看我来啦。

瓦　莎 她白糟蹋时间。

娜塔莉雅 她直哭。

瓦　莎 那也没用。眼泪连块破布也洗不干净。

　　〔杜妮雅进来。她不作声地鞠躬,从娜塔莉雅手里接过杯盘,往桌子上摆。瓦莎兜着屋子走来走去,眼镜推到她的额头上。

娜塔莉雅 (坚持)您应当原谅他——算是纪念死了的人。

瓦　莎 死人不过问生意。你也别过问才好。

娜塔莉雅 (激起)我可架不住帮别人难过。

瓦　莎 他们要是不肯干活儿,单帮他们难过没什么用。那个懒奶妈儿你不就干脆把她回掉了吗?

娜塔莉雅 那不一样。我得想着我的孩子。

瓦　莎 人人有孩子。我有我的孩子,他们需要好工人。我要是把他们丢给醉鬼懒鬼不管,我就算不得他们的母亲了。(安妮席雅,新丫头,端着一个茶炉进来)嗐,你这个

	笨牛,你把水全撒啦。
安妮席雅	(向杜妮雅)把伙食房的钥匙给我。
杜妮雅	(平静地)去!我自己开。
	〔两个人走出。
瓦 莎	一个好姑娘——结实,手也灵活——看着就开心!(派外尔进来,有点儿醉醺醺的。他坐在桌子那边)我的天,你应当揩干净你的脚。看你搞得这个乱样子。
派外尔	那么我搞乱——搞乱了什么?
瓦 莎	真有你的!
	〔安娜在门边出现。
安 娜	(呼唤)母亲!
瓦 莎	我来啦。什么事?
	〔走出。
娜塔莉雅	(嗅)有酒味道。
派外尔	当然有。
娜塔莉雅	(稍缓)丽屋德米娜——
派外尔	好,说呀。
娜塔莉雅	跟蒲罗号耳叔叔又和好啦。
派外尔	我知道。
娜塔莉雅	啾,派外尔,我真替你难过——
派外尔	你替人人难过——有什么用?
娜塔莉雅	我们两个人一样——
派外尔	你也歪腿?这我倒不知道。
娜塔莉雅	我们的命一样。我们两个人全都聪明。
派外尔	你聪明。我呀,连聪明也不知道。
	〔杜妮雅在门边出现,正要进来,但是,听见谈话正

	在进行，把自己藏了起来。
娜塔莉雅	别开玩笑。母亲把我当做一个笨蛋，待我就像外人。我丈夫在这儿是一个主子，可是我活着，就像一个女用人。我吩咐什么就没人理。
派外尔	我才不在乎！
娜塔莉雅	你不在乎？可是你跟我在一条船上——你也没自由。
派外尔	（室内的温暖加重他的酩酊）那过去啦，完啦！现在我好作主张啦。我要到城里去——到莫斯科去——全走遍了。你们滚到地狱里去——房子，地，整个儿生意——我不干啦。我就是这个！

〔西米昂进来，瞥见杜妮雅。他悄悄溜到背后，抓牢她的肩膀，大声嚷嚷。

西米昂	好啊，你偷听别人讲话？
娜塔莉雅	母亲教她这样的——
杜妮雅	噢，请，你怎么好诬赖人？
西米昂	那你在门后头干什么？
派外尔	捶她的脖子！老妖精！
杜妮雅	我没什么意思。我听见你们在谈话，不想吵扰你们，我连你们说些什么都没打算往细里听。
派外尔	你骗不了我！
西米昂	是啊，你骗不了他。他自己就是偷听别人讲话的圣手。

〔蒲罗号耳进来，安娜和丽屋德米娜扶着他。

蒲罗号耳	好啦！吵些子什么？
娜塔莉雅	她在偷听人讲话。
丽屋德米娜	西米昂，放她走。你可真爱折磨人！
娜塔莉雅	跟你什么相干？

蒲罗号耳	静！不许打架！
西米昂	我们得想点儿什么惩罚她。
派外尔	拿她的鼻子撞门——她就知道——
丽屋德米娜	活讨厌！
西米昂	不，让她喝点儿神像前头的灯油。
派外尔	行。
安　娜	（严厉地）西米昂，放她走。够啦！去，杜妮雅。

〔杜妮雅离开屋子。

娜塔莉雅	（向派外尔）现在好啦，她倒吩咐起我们来啦——
派外尔	那也久不了的。没事会久的。
西米昂	看呀，安娜，你打哪儿来的这种心思？
蒲罗号耳	你算临了儿等着啦！傻瓜！
派外尔	我今天晚上放两只猫到鸽子窝里。
安　娜	派外尔！别气叔叔啦，听见了没有？
派外尔	你以为你是谁？
安　娜	你的大姐。
蒲罗号耳	甭跟他理论！我让他！
西米昂	安娜，这儿没你的份儿——
娜塔莉雅	单就眼前家里的人讲，你呀好比是一块切掉的面包。
派外尔	由她说去——不会久的。没事会久的。
西米昂	你早就拿到你那一份儿了——你现在吹啦！

〔瓦莎和米哈在门道出现。

蒲罗号耳	（向丽屋德米娜）你想像得出来，一两个星期以后，这儿，成什么样子吗？家伙！
丽屋德米娜	没什么样子成。
派外尔	（向蒲罗号耳）这我拿稳了，请你打这儿滚它妈的开。成什

	么样子,这个样子。
蒲罗号耳	你小杂种!倒像有谁留得住我!
安　娜	少说一句,叔叔!派外尔,你死心眼儿要气叔叔的话,就许——
蒲罗号耳	犯不上讲给他听!他存心这样子搞。
安　娜	(向派外尔)就许气坏他的身子——医生说的,他就许心跳跳死的。
蒲罗号耳	你怎么啦!你说这话是什么目的?啊!
丽屋德米娜	安娜,你不应该讲这个——
蒲罗号耳	现在他们要故意这样做了——
安　娜	您别急——
娜塔莉雅	你那样说我们,什么意思?派外尔难道是一个罪犯?你怎么也好暗示这个?
蒲罗号耳	(向安娜)听听她看!活活儿一位金枝玉叶的贵夫人,不像吗?
瓦　莎	(和米哈走进屋子)她是急忙之中说的。

〔全不作声了。

米　哈	(向蒲罗号耳)早安。
蒲罗号耳	啊,狄司赖利,①每天菠菜,鱼要鳞多!早安!早安!

〔西米昂笑。派外尔看着他叔叔。

瓦　莎	(坐下)是你,西米昂,吩咐那个书记克里雅穆星复职的?
西米昂	是的,我吩咐的。他是一个好人。至于他好喝酒——
瓦　莎	不成问题,我想是?特别有太太说情。不吗?

---

① 狄司赖利 Disraeli 是英国维多利亚女皇的首相,写了许多政治小说。攻击贵族以改革政治与社会为职志。蒲罗号耳喻米哈为狄司赖利,讥笑的意思。

西米昂	娜塔莉雅跟这事没关系。
瓦　莎	我是说那位书记的太太。
丽屋德米娜	西米昂，你太好说话啦。
派外尔	你少开口！
娜塔莉雅	（向丽屋德米娜）用不着瞒。我要西米昂这样做来的。
蒲罗号耳	（摇头）瓦莎！艰难的时期冲你来啦。我可怜你。
瓦　莎	（安详地）谢谢。别忘记留点儿可怜给你自己。
蒲罗号耳	（带着恶意的喜悦）家伙，罪有你受的！今天人全变成什么啦！他们讲俄罗斯人温柔和善——
娜塔莉雅	你总以为俄罗斯人下贱！我们并不下贱。
丽屋德米娜	（向安娜）你以为他们下贱？
安　娜	我不知道。
丽屋德米娜	我相信她对——俄罗斯人并不下贱。
蒲罗号耳	我可不这样儿想。
丽屋德米娜	（热情地）不对，俄罗斯人也就是苦。而且他们受苦，就因为他们心里头没爱——
派外尔	你撒谎！我就有！我就爱！
西米昂	（向娜塔莉雅，睒眼）哈！
丽屋德米娜	他们就没一个人知道什么东西好。
蒲罗号耳	你这话说对啦。他们就不知道。
瓦　莎	（沉郁地）那么，什么东西好，我的聪明人？
米　哈	（瞥了女儿几眼，要她当心）是——是呀！你当然——
丽屋德米娜	您的花园就好，母亲！我打小孩子起就爱它，现在我一在里头散步，我就爱您，因为您把美好给了大地。
瓦　莎	（骄傲地，向安娜）你听见了没有？一个女人懂！
丽屋德米娜	有时候跟您在一起我觉得怕——

米　哈	丽屋德米娜，你还是——
瓦　莎	让她说下去。
丽屋德米娜	父亲，别怕。好，每回我一看花园，我就记起您躬着背，忙着料理苹果树，果子和花。您，母亲，您就知道什么东西好！您知道，可是这儿除掉您，就没人——
蒲罗号耳	好，我说什么也不会——
西米昂	娜塔莉雅——哙！
丽屋德米娜	而且他们永远不会知道。样样好东西打他们眼前走过——穿过另一条街——是的，样样东西。
娜塔莉雅	活活儿一个预言家！
蒲罗号耳	她打的是什么主意？
西米昂	（低声）她跟安娜，两个人全在母亲跟前作戏。我纳闷儿她们是不是想问她要点儿什么的。
瓦　莎	好孩子，你一个人这样想就好，犯不着高声讲了出来。
娜塔莉雅	他用不着害怕别人。
西米昂	哙！
瓦　莎	你一来就"哙"，蠢蠢的，什么意思？
西米昂	哙？噢，就是哙！
蒲罗号耳	说呀，丽屋达，再讲点儿别的。
丽屋德米娜	不说啦，我不高兴说啦。
瓦　莎	你也用不着说。愿上帝赐你一群好孩子，丽屋德米娜。
丽屋德米娜	（向她丈夫点头）就冲他？谁能够冲他养什么好孩子啊？
	〔人人一惊。
娜塔莉雅	我的天！
米　哈	什么样儿一条舌头！
派外尔	（抓起一个茶杯）我要你死！（瓦莎轻轻一推他的胳膊，茶

	杯就掉了)干什么?您倒跟她一个心思?那么,好罢——把我那一份儿给我,我的钱!把钱给我,你们全好滚——
瓦　莎	(推了他一下子)咄——咄!
派外尔	(一边说,一边感到噎窒)我恨你们!我要烧了这个房子!你们对我算什么?(差不多在哭)母亲——你是母亲吗?叔叔吗?老婆吗?哥哥吗?你们对我算什么?
瓦　莎	(沉郁地)可你对别人又算什么?
派外尔	你们引诱我,就像狗追一个兔子——我做下了什么?把我的给我,我就走——一定走!
瓦　莎	可这儿什么东西是你的?
娜塔莉雅	那,样样东西是他和西米昂的。
安　娜	别开口,娜塔莉雅。
娜塔莉雅	凭什么不开口?
瓦　莎	照人家话做,虫子,放安静。
娜塔莉雅	(哭)我做下了什么,西米昂——
安　娜	真是要命——
丽屋德米娜	那是因为你还没过惯了。
米　哈	(向丽屋德米娜)我不要你搀在这里头。
蒲罗号耳	(向安娜)我也不要搀在这里头——我受不了。
娜塔莉雅	难道我们是小孩子?人人应当照自己喜欢的样子过活。
蒲罗号耳	安娜,我觉得不舒服——这种乱喊乱叫的——
安　娜	(匆忙走向瓦莎的房间)只一会儿,叔叔。母亲!
	〔瓦莎随着她。
西米昂	(瓦莎穿过屋子的时候)我必须说,母亲——
蒲罗号耳	丽屋德米娜——你帮我一下,好罢?
瓦　莎	(在她的房间呼唤)丽屋德米娜,这儿来!

丽屋德米娜	（跑过饭厅）叔叔，一会儿就来。你看，派外尔，叔叔又不舒服啦。
派外尔	（嚷着）我在这儿是主子！我，瘸子！让他跟狗一样死掉！你们呀全都跟狗一样死掉！
蒲罗号耳	（脸变紫了，从他的椅子站起一半，喘着气说话）啊——这样？米哈，把我搀开——他要我死！
派外尔	（在他前面跳跃）赌赌看，那是我要！赌赌看呀！只要一下子——
	〔全体骚动。娜塔莉雅打算把蒲罗号耳带回他的座椅。西米昂抓住派外尔的胳膊，冲他嚷嚷。
娜塔莉雅	派外尔，别跟他闹。
米　哈	请——你们自己静静！
西米昂	派外尔，别闹啦！走罢，叔叔！母亲！他们在打架！
派外尔	我早就要给你个好看的了——冲你待我那些浑账——尝尝这下子！
	〔他拼命推他叔叔的胸脯。蒲罗号耳往里一缩，拿脚踢派外尔。派外尔痛得直叫，坐在地板上，同时蒲罗号耳重重地往椅子里面一倒。安娜拿着一瓶药跑进来。瓦莎和丽屋德米娜连忙从瓦莎的房间出来。瓦莎奔向派外尔。他抱住腿在地板上打滚。安娜俯向她叔叔。西米昂一直站在他太太旁边。米哈抓住丽屋德米娜的胳膊，哀求地同她耳语。
西米昂	（向娜塔莉雅）我们还是离开这儿好！快！
瓦　莎	（向派外尔）他拿什么打你的？
安　娜	派外尔，我告诉过你——
娜塔莉雅	等一下。

派外尔　　母亲，您别管。

安　娜　　拿点儿水来。

米　哈　　你听懂我的意思了没有？

丽屋德米娜　（向米哈）走。您过后儿好对我讲的。

瓦　莎　　（站起）热水？

丽屋德米娜　是的，他的胸口用。

米　哈　　你到他的屋子去弄。

丽屋德米娜　不，不！这儿！

安　娜　　你父亲对。抬着他走。西米昂，帮帮忙！

娜塔莉雅　（看着大家忙，神经质地）西米昂，别碰他！噢，我怕死啦！他们故意放派外尔跟叔叔闹。你到那儿去？

〔米哈，安娜和西米昂抬走蒲罗号耳。

瓦　莎　　你在散什么毒呀？

娜塔莉雅　怎么？我是蛇？

瓦　莎　　你说什么话？

娜塔莉雅　那是真的，母亲！

瓦　莎　　真的，瞎扯！怎么样？

娜塔莉雅　我们不是底下人——我们现在是主子。

瓦　莎　　（低声）走开！

〔西米昂回来。派外尔从地板上站起，拖着他的脚，扶住木器，走向瓦莎。

娜塔莉雅　不必拿那种声气对我讲话！西米昂，她要把我的脑壳咬掉。

西米昂　　（试着说话引人重视）现在，母亲，可以不必啦！我二十七，他二十四——您这样子理论不下去的。（瓦莎把眼镜往眉上一推，眼睛盯着他看）您盯着我看干什么？不管您怎么样子看法儿，有成人法——儿子是合法的继承人——所以——用不着理论。

瓦　　莎　　（向派外尔）去看叔叔怎么样了——

派外尔　　我不要去——我不去。

西米昂　　是呀——现在，我们高兴怎么做就怎么做。

瓦　　莎　　（叹一口气）西米昂，你是一个天生的傻瓜。

西米昂　　（激起）您侮辱我也侮辱够了。我也许是一个傻瓜，可是依照法律，我有权利。所以，请——

安　　娜　　（匆忙进来）母亲！我怕叔叔死啦——

〔全静了下来。派外尔坐在一张椅子上，头顶住椅背。西米昂站着不动，眹着眼，仿佛惊呆了。娜塔莉雅贴紧他，直哆嗦。瓦莎转向台口角落的神像，手放在两边，头低着，嘴唇静静地开合。安娜看着她母亲，不由自主，手指在胸前移动着。娜塔莉雅脸上的畏惧的表情逐渐变成喜悦的表情。

西米昂　　（耳语）你喜欢这个！

娜塔莉雅　　（同样耳语）现在——你明白吗？——全是我们的啦！

安　　娜　　哟——哟！安静。

瓦　　莎　　（柔和地）好，派外尔，现在你称心啦。

派外尔　　不好怪我的——我喝醉啦。

西米昂　　啊，派外尔！替你难过，孩子。

〔瓦莎和安娜离开屋子，但是，才走过门限，安娜就站住了。

娜塔莉雅　　（讨好地）说真话，派外尔——是他们叫你打叔叔的，不是吗？

派外尔　　（疲倦地）走开——别说蠢话！

469

西米昂	（向娜塔莉雅）你在这儿搞些子什么？
安　娜	（又进来）派外尔，你看你惹出什么乱子了罢？我警告你别碰他，我没吗？
娜塔莉雅	（怀疑地）我倒觉得像是你们在怂弄他做。
派外尔	不好怪我的。
娜塔莉雅	上帝会决定怪谁的。他无所不知！

〔米哈，丽屋德米娜和瓦莎回来。米哈的手用手绢包扎着。丽屋德米娜走向角落，坐下，静静地哭着。

瓦　莎	（严肃地）他过去啦。
娜塔莉雅	（向西米昂，耳语）看他的手——
西米昂	（一惊，高声）哪儿？谁的手？
瓦　莎	（向娜塔莉雅）你在说什么？
娜塔莉雅	谁，我？我对西米昂讲，米哈·瓦西里耶维奇的手——
米　哈	（带着讽刺，几乎并不遮掩）我的手？受了点儿伤——我碰到一个门扶手，我们抬死人的时候。怎么？我不疼，假如你关心的话——一点也不——不过，谢谢你关切！
瓦　莎	请你们全安静。丽屋德米娜，别哭。好，派外尔，现在该怎么着？我们怎么办才是？（她的声音颤索着。她停住，动着她的嘴唇）你知道，我们这个家，人心不合，有了丑事就会传到外头的。恶毒的谣言会围着我们散开来的——
派外尔	甭管我——
瓦　莎	（放低她的声音）警察也许要插进一脚的——里头有钱的问题。蒲罗号耳叔叔在我们公司放着十万以上——
西米昂	（向娜塔莉雅，耳语）好家伙！可真——哙！
瓦　莎	人人知道，他直想把钱提出——所以，你明白，事情就有了另外的看法。人家警告你——别碰他——你会气死他

	的——可是你不管，照样儿闹下去，存心跟他过意不去——你明白你惹的乱子——是什么样儿一个可怕的罪过吗？
派外尔	(呢喃)别说了。别折磨我，拿命给我折磨掉！(忽然明白他眼前的危险，恐惧上来，跳了起来，瞪着每一个人)我亲爱的人！别讲出去！我不要——怎么办好，母亲？西米昂？
瓦 莎	当然，我们帮你——当着别人。不过，你怎么样到上帝面前帮自己辩护？所以，这就是我为你想的主意——假如你惹的这个乱子能够好好儿收场，你就进寺院去罢。

〔人人一惊。丽屋德米娜好像瞎子一样，向瓦莎移动，嘴唇上带着微笑。

娜塔莉雅	(向西米昂)啾，可好啦！你明白，不吗？
派外尔	(不知所措)我不要去！怎么想到这上头的？西米昂，我不要去！
瓦 莎	(更坚定地说下去)我可以为你捐一笔大款，你住在那儿，心平气静，不受危险，慢慢儿也就学会祷告上帝，你还可以为我们祷告——
派外尔	(疲倦地)丽屋德米娜——开心啦！你就不可怜可怜我，丽屋德米娜？看他们在怎么样对付我——(惊于丽屋德米娜脸上的表情)你的样子多幸福！谢谢你，母亲！您给我找的多好一个太太！
瓦 莎	你自己要她。
米 哈	当然是你！
瓦 莎	你从前要割喉咙吓唬我们，还记得？
娜塔莉雅	当然。我也听到来的。
瓦 莎	(严厉地)你就住口！(柔和地，但是坚决地)那么，好啦，

派外尔，发一个愿，当和尚去罢——这样一来，对你，对我们全好——没人批评家，也没人开你的玩笑，因为你不——漂亮。至于我，我知道我的儿子住在一个安静的地方，受大家敬重。这你就好啦。好，想想看，明天我希望听你说你同意。

派外尔　　（向丽屋德米娜）看我毁，你微笑？我要记着的！

丽屋德米娜　不对，派外尔。看见我自由，我微笑——（她在她站着的地方跪下去，靠近瓦莎，离派外尔很远）你是一个人，派外尔——你心里头有一点仁厚，难道你没有？放我走！凭上帝的名义，放我走！我要永远感激你的。我向上帝发誓，我将来想起你来，心里只有亲爱——也许世上就是这么一个人像这样想你——是的，除掉你母亲，就是这么一个人！不过我不能够——跟你在一起活下去！碰着你，我就难受，特别是从今天以后——派外尔！（全不作声。瓦莎坐着，低下了头。安娜对她耳语着）亲爱的派外尔！好人！放我走！

派外尔　　（一阵颤栗）别！别这样说！好——我走！没关系。你要离婚？好，反正全没关系——（丽屋德米娜站起，走向他，不拿手碰他，吻着他的眉。派外尔朝后一惊，离开她）上帝！活像亲一个死人！干么这样子？你是一个女巫。母亲，我不要进寺院！让他们带我过堂好啦——警察还有什么的——鬼抓了你们去！您在撒谎！您不过是想骗我的钱罢了。拿我的钱给我，我就离开您——远走天涯——你永远也听不到我的音信——永远也不！有一天我也许发财，谁知道，您会下来，出来，求我施舍。我要叫我的用人赶开您，在窗边看着他们照我的吩咐办理。把我的钱

	给我。我们互相愚弄够长久的啦！
瓦 莎	（安详地）我一个钱也不给你。
娜塔莉雅	（难过）什么？有这种事！
派外尔	嗷，是的，您得给！
西米昂	（柔和地，平静地）母亲，有法律在！这是承继遗产！
瓦 莎	（叹一口气）你们没有遗产承继。你们父亲的遗嘱写好了的，样样儿给我——
米 哈	完全是这样子——
娜塔莉雅	（向西米昂，绝望地）是他们假造的！
瓦 莎	（望着娜塔莉雅）享有全部，不得析离。
米 哈	（生意人的声调）见证人有——叶高尔神父，安提蒲·史泰潘诺维奇·穆诃叶道夫，你们知道他的，还有地主芮希夫——
西米昂	（垂头丧气）母亲，您也许搞错了罢？干么一定要这样对付我们？拿遗嘱给我们看——在什么地方？
米 哈	（拿出许多纸张）原来那张在公证人那边。样本，两份，在这儿——一份儿给你——一份儿给你——
派外尔	（把纸推开）我不要看！没关系——我从前就不相信我会得到自由——什么也没有得到——（稍缓）将来永远也得不到——
	〔娜塔莉雅哭着，拿手蒙住脸。
瓦 莎	（低声）好啦，派外尔？
派外尔	（向四外看）你们把我兜住啦——好罢。和尚不就住在地狱里头，说到了，也住在地上头——就这么着罢——
米 哈	（安慰地）他们活得很好！
派外尔	（忍住笑）再见，丽屋德米娜——嗷，对，你已经跟我说过

再见了。好，就算行好，再亲我一回——

丽屋德米娜　（走向他）不过别拿手碰我——

派外尔　　我不要！走开！你们这些鬼！

〔跑出。

瓦　莎　　（向米哈）看好他。快！

米　哈　　（走出）我好不好给蒲罗号耳·伊万诺维奇报丧？

瓦　莎　　早就应当报。你在想着什么？

西米昂　　（忧愁地）那么，母亲——

瓦　莎　　（挥手让他走开）去罢，儿子。没母亲在旁边照料，你怎么活得下去，特别是娶了那样一个愚蠢的女人？

娜塔莉雅　（低低鞠躬，不愿意地）饶了我罢，母亲，万一我做下什么——

瓦　莎　　你也去罢。倒像我没得事干，只有跟你怄气——

〔西米昂和娜塔莉雅走出，显然很颓丧。瓦莎站起，失去平衡，像要晕过去。

安　娜　　（扶住瓦莎）怎么啦？什么事？

瓦　莎　　（沙哑地）来点儿水——冷水——我的心口发烫——

〔丽屋德米娜跑出。

安　娜　　您担心思把您担累了——

瓦　莎　　（多少恢复过来）我累——拿儿子这样办，真叫为难——你明白——说到临了，他是我的儿子。

安　娜　　您方才灵机一动，想到寺院，真有您的！简直神啦！

瓦　莎　　灵机一动！我好些年——上天知道多少夜晚睡不着觉——想着拿他怎么办。对我这种人，没什么神不神的——没，小姐！我们样样儿得操劳——

丽屋德米娜　（冲进）喝——快！（瓦莎喝着水）哦，上帝！家里停着一个死人，悲哀——我可什么也没感到！母亲，您真了不起——您那些作法儿——就像一个神仙妈妈。

瓦　莎　　　（平静地）你喜欢了罢？

丽屋德米娜　现在我要过一种新生活了——

瓦　莎　　　跟我一起过。找一个好人，我给你嫁妆。你会找到的，我拿稳啦。养孩子——养一群——我拿他们当我的孙孙看——我挺喜欢你——还有你，安娜，你也来跟我一起过——把你的孩子们也带来——我的儿子全不成功——所以，我拿外孙来娱乐我的晚年。（听）花园不会荒。你们的小宝宝——甜蜜的小把戏——要在里头跑来跑去的——听，那是什么？

安　娜　　　我什么也没听见，母亲。

瓦　莎　　　你没听见？我想我听见了的。啾，我的女儿们——我做了许多坏事——我犯罪——真的，为了应付那些一文不值的人们；可是——等你比赢了，你又替他们难过。爱我，我的女儿们——分一点点心给我。我不多要——一点点就成。说到了，我是人——我这样儿对付我的儿子，——我的亲血肉——（惊跳）他在哭？他在哭？

丽屋德米娜　没，没！是您在想！

安　娜　　　（温和地）什么响声儿也没有。您就放心好啦。

瓦　莎　　　（疲倦地）我像听见了什么——（稍缓）我再也不会心平气静——再也不会啦！

〔安娜和丽屋德米娜交换一下眼色，俯向瓦莎。瓦莎摘掉她的眼镜，仰起头来看着她们，带着严酷的微笑。

幕

后 记

在《母亲》这出戏里面，高尔基让我们看到了一位真正的母亲，活在丑恶现实之中，重重失意，然而强壮，操劳，不认输，甚至于犯罪，然而也要争到一个合理的理想（也就是现实）。他在他的另一出戏《怪人》里面，就利用主人公（他是一位作家）拿这个主题提了出来，说他很想看到一位慈母把她害肺痨的未婚姑爷毒死，为了救出她的无辜的女儿。高尔基在一九一零年一连写成他的《怪人》和他的《母亲》。

这样一位母亲，还有这样一种母爱，连溺爱也牺牲了的母爱，是不大容易一下子就让庸庸碌碌的传统剧评家所可以了解的。他们看不出这种伟大的无私的母爱，因而连整个儿这出戏也想给抹杀掉，问："这个家庭有些什么？"当然永远也抹杀不掉。伟大的作家不仅指出现实的病，还要为未来设想。

事实上证明，在建设社会主义社会的过程中，这种崇高的母爱我们经常看到。单说中国，一出新现实主义精神的《不要杀他》就是一个凭据。做母亲的牺牲自己不值一文的子女的时候，的确心狠，然而，等她胜利了以后，看！她是什么样儿身心交瘁，痛苦万分啊！她是人，同时也是英雄。她进行着一种英勇的斗争：和那些懒惰而贪安逸的男人们斗争，其中有她的夫弟和她的儿子，这不算，还得和自私的天性斗争，因为她不仅仅是子女的母亲，更应该去做整个儿人类的母亲。

・日考夫一家人・

人　物

安娜·马尔考芙娜·柴劳瓦涅耶娃
苏菲雅·伊万诺芙娜　　　　　安提派·日考夫的妹妹，一位寡妇。
派拉皆雅　　　　　　　　　　女仆。
米哈（米莎）　　　　　　　　安提派·日考夫的儿子。
孝　辛　　　　　　　　　　　一个看林子的。
安提派·伊万诺维奇·日考夫　一位木材商。
派芙拉（派莎）　　　　　　　安娜·马尔考夫娜·柴劳瓦涅耶娃的女儿。
瓦西里·派夫劳维奇·穆辣陶夫　一位森林管理员。
马提外·伊里奇·塔辣喀诺夫　安提派·日考夫的司账。
史提姚浦喀　　　　　　　　　一个小姑娘。
古斯塔夫·叶高罗维奇·海外恩　安提派·日考夫的合伙人。

第 一 幕

　　柴劳瓦涅耶夫一姓的本分,小中产的房子,一间看上去发暗的屋子。屋子中心有一张放好茶具的桌子。贴墙又有一张桌子,放着酒和点心,在两个门(一个通厨房,一个通安娜·马尔考夫娜的房子)的中间。右边,靠墙是一架小风琴,上面放着有框子的照像和两瓶干花。墙上挂着许多明信画片和一幅水彩肖像:派芙拉做道院女歌唱员的装梳。两扇窗户望着街和前面花园。

　　安娜·马尔考夫娜,一位整饬的四十以上的女人,看上去温顺的样子,坐在茶桌一旁。一望而知她有些不安,时时往窗外望,拿手调动桌上的杯子。苏菲雅,出神在想,在屋里走上走下,嘴里嚼着一根灭了火的纸烟。

安　娜　　(叹息)他们晚啦。
苏菲雅　　(望望手表)是的。
安　娜　　苏菲雅·伊万诺夫娜,奇怪你就没有再嫁。
苏菲雅　　我寻不到我喜欢的男人。一寻到,我就嫁。
安　娜　　在这死水滩子,难得几个男人有意思。
苏菲雅　　找得到一个有意思的男人,但是遇见一个认真的男人,可就难了。
安　娜　　假如我可以说的话,你自己就是一个性子认真的女人——

	打这方面看，就像一个男人。你应当为自己物色一位安安静静的丈夫。
苏菲雅	（回答得有些勉强）他安静有什么用？捉老鼠？
	〔安娜微笑了，透出窘来。她和苏菲雅在一起，好像不大安适——不知道怎么样同她谈话才是。手放在背后，苏菲雅看着她，皱着眉头。
	告诉我，谁给派莎散的谣言——说她有点儿喜欢一个人待着？
安　娜	（向四外一瞥，低声，急遽地）那是我死去的丈夫干得——我也这样附和，好让大家不吵扰她。派莎一向太爱讲话，想什么说什么。自然喽，没人喜欢这个。你明白了罢？再说，我丈夫直疑心派莎不是他的女儿——
苏菲雅	当真？
安　娜	他的确疑心。人人知道这个。他一喝醉酒，就不管三七二十一嚷嚷出来。他妒忌地方上一个人——一个自成一派的宗教家——
苏菲雅	孝辛的父亲？
安　娜	你看，你也清楚。
苏菲雅	跟你可没关系。我只知道本地有一个搞宗教的遭受迫害。
安　娜	（叹息）好，我就不知道什么关系不关系的。（低声）不过，上帝，是受迫害。（很快扫了苏菲雅一眼）我男人有时候瞪着看她看半天，忽然就吼叫起来——这不是我女儿！我是一个低等人，你——指我说——是一个傻子——她不是我女儿！
苏菲雅	他喜欢拿自己戏剧化，对不对？

安　娜	上帝知道！
苏菲雅	他打你吗？
安　娜	当然。不过我不为自己担心。我焦心的是派莎。总算我哄住了他，把女儿藏到一家道院——你知道，除掉她，我就没有别的指望。

〔派拉皆雅女仆在厨房门口出现。

派拉皆雅	他们来啦！
安　娜	鬼东西，吓了我一跳！你大概以为是仇人来了哪。你有什么事？
派拉皆雅	我端茶炉进来好吗？
安　娜	要的时候会告诉你的。去罢。

〔米哈进来。他微微有些酩酊，热得直冒汗，光光无须的脸上挂着一个疲倦的微笑。

米　哈	娘儿们，别堵着门。把你的体积移移。

〔他掐了一下女仆，她叫喊着，哭笑不得地笑着。安娜闭紧嘴唇，显出不高兴的样子。苏菲雅站在风琴一旁，皱着眉，看着她的内侄。他走到桌子跟前。

	真热，我的未来丈母娘！你们在这儿忙着茶杯，糖缸——
安　娜	我们的派拉皆雅有点儿蠢——
米　哈	谁？
安　娜	女用人。
米　哈	嗷，这个。单她一个人？我倒要记下来参考参考。

〔他转到点心桌子。苏菲雅在风琴上弹了几个低键。

安　娜	（声调搅扰不安）你干什么要记下来？
苏菲雅	他在开玩笑，安娜·马尔考夫娜。
安　娜	嗷，我就怎么也听不懂人家的话。

派拉皆雅　　（在厨房）有人骑马来啦。

苏菲雅　　那是孝辛。为我来的，安娜·马尔考夫娜。

〔孝辛在门口出现。

孝　辛　　孝辛来啦。

苏菲雅　　（态度严厉）我还是出来见你的好，雅考夫。

孝　辛　　（鞠躬）没关系！喂，大家好！

安　娜　　（退到窗户那边）不要把我搁在心上——

苏菲雅　　（向孝辛）怎么样？

孝　辛　　他吩咐我对你讲，他会给你写信的。

苏菲雅　　没别的啦？

孝　辛　　没啦，就是这个。

苏菲雅　　谢谢你。

〔她的一串腰链挂着一个小记事本子，她在上面写了几句话。米哈对安娜挤眼睛，给孝辛倒了一杯渥德喀。孝辛偷偷地喝掉酒，做了一个怪脸。

米　哈　　雅考夫，你为什么总是这样阴惨惨的？

孝　辛　　我挣的钱不够。苏菲雅·伊万诺夫娜，我有话跟你讲。

苏菲雅　　什么？

孝　辛　　（朝她走去）管林子的昨天告诉我们的技师，照我们看守林子那个样子，全得吃官司。他说，因为我们，河水浅了，地全荒了——

苏菲雅　　好。你去罢。

米　哈　　去罢，奴才！

〔孝辛走出。

安　娜　　他是在讲那管林子的？

苏菲雅　　是的。

安　娜	这人呀，是个硬汉子。他跟人人吵架，把人人送上公堂，自己可一来就醉，尽拿闲工夫去斗牌。他是一个单身汉子，事由儿好——他干么不成亲？现下人呀，满不拿家庭生活当回子事。
米　哈	不当回子事？我又怎么着？我这就成亲。
安　娜	你成亲，当然——照你父亲的吩咐去成亲。

〔话滑出了她的舌头。她窘了，唧咕着，赶快走进厨房。

苏菲雅	（向米哈）你不该那么撒野。
米　哈	我？我再也不啦——您喜欢我的未婚妻吗？
苏菲雅	她长得好看，简单——信得过人。你喜欢她吗？
米　哈	那，是的，我甚至于有点儿替她难受——我对她算哪类丈夫呀？
苏菲雅	你这话顶真？
米　哈	我不知道。我相信自己顶真。
苏菲雅	那就好。也许她会叫你多考虑考虑自己的。也到时候啦。
米　哈	我可一天就干这个。
苏菲雅	你尽在周围瞎搞，总在玩儿——
米　哈	这是人性。看看我的未婚妻——她也在玩儿——拿单纯，和善在玩儿——
苏菲雅	（用心看着他）你这是什么意思？她真信得过人。
米　哈	猫也信得过人。不过骗一只猫试试看。
苏菲雅	这跟欺骗有什么关系？
米　哈	您知道什么？假如父亲娶她，我拿到我的退职书，倒也好了。

苏菲雅　　你简直是胡说八道！

米　哈　　不管怎么着，他要是现在不娶她，过后儿他总会带她走的。她信得过人。

苏菲雅　　少说两句罢。你的想法儿真也叫人恶心！

〔她显然激动了，离开他。

米　哈　　（斟了一杯酒，静静地笑着，吟着：

一朵花照在水里，

引我的手去抓；

不过手指抓住的，

只是泥泞的绿沙。

苏菲雅　　你这是什么呀？

米　哈　　没什么，说笑罢了。

苏菲雅　　当心，米莎，人生是一件严肃的事。

〔从厅房进来安提派·日考夫和派芙拉。安提派将近五十，黑胡须微微带些灰，黑眉毛，鬈鬈头发，太阳穴露在外头。派芙拉穿着一件非常简单的蓝衣服，不系腰带，像一件袍子。头和肩膀搭着一幅洋纱围巾。

派芙拉　　我说的总是真话。

安提派　　你？我们看好了。

派芙拉　　你看好了。母亲在哪儿？

安　娜　　（在厨房）我来啦。

〔安提派走向摆点心的桌子。派芙拉微笑着，走到苏菲雅那边。

苏菲雅　　累啦？

派芙拉　　天热。我渴。

苏菲雅　　你自己做得衣服？

派芙拉	是的。你为什么问?
苏菲雅	跟你挺合适。
派芙拉	我喜欢自自如如的——
安提派	(向米哈)别喝啦,你也喝得太多啦,要丢丑的。
米 哈	一个就要结婚的人必须各方面表示表示自己。

〔安提派抓住他儿子的肩膀,绷着一张严厉的脸,同他耳语着。米哈笑,没有笑出声来。

苏菲雅	(向派芙拉,低声,忽然)两个人谁好看?
派芙拉	老的。
安提派	住嘴!
苏菲雅	(平静地)你怎么啦,安提派?
安提派	(窘)你一定要原谅我,派芙拉·尼考莱耶芙娜。我说你是为了你自己好。
派芙拉	什么?
安提派	是这样的——

〔安娜进来,端着一盘糕。

安 娜	来吃点儿东西,小姐们,先生们——请。
派芙拉	(向安提派)你得和善些,要不然,我会怕你的。
安提派	(微笑着,和悦地)你一来就弹你的老调——和善。啊,孩子——

〔他低声在她耳边说话。

米 哈	(虽说有些醉,也看出他在这儿多余,在屋内走来走去,暗自笑着。走过苏菲雅,他对她讲)这儿像个鸡窠——就没地方走动。
安 娜	(受了刺激地看着大家,走到苏菲雅跟前)到桌子这边来,请。喊大家过来——他们不听我的。

苏菲雅	（思维地）我喜欢你女儿。
安　娜	啾？愿上帝让你一直喜欢她！我希望你照料她，叫她别出岔子——
苏菲雅	是啦，当然。我们女人总得紧紧靠在一起。
派芙拉	（向安提派，惊奇的声调）外人可怎么看？
安提派	他们怎么看？
派芙拉	他们要怎么样想呢？
安提派	（带着感情）我才不搁在心上！他们爱怎么样就怎么样想。外人！我欠他们什么？也就是苦难和侮辱。帮我建立我的生活的是这个——我自己的胳膊！外人管我什么屁事？（他吞了一口渥德喀，拿手巾揩净他的嘴）现在，你是我的未来——的女儿，我们不妨这么讲罢。你总说，一个人必须温柔，和善。我见到你，这是第四回了，你的话总是这样子。那是因为在一家道院住过，过的是纯洁的生活。假如你也到了非跟外人在一起不可的时候，我的亲爱的，你就又是一个调调儿了！有时候你看够了这座城，巴不得上天许你放把火把它烧掉——
派芙拉	那呀，我也在里头烧掉。
安提派	啾，我会把你——不，你不会挨烧的。
安　娜	米哈·安提坡维奇，你干么不吃点儿喝点儿东西？
米　哈	父亲不许我——
安提派	什么？
米　哈	我的未婚妻也不拿给我。
派芙拉	（脸红，鞠躬）请过来，我就给你倒——
米　哈	给你自己也倒。
派芙拉	我不喜欢——

米　哈	我可非常爱喝渥德喀。
派芙拉	他们讲，喝酒对人不好的。
米　哈	这么一下子就坏啦！你别信这话！你的健康！
安提派	健康！今天人就不知道什么是强壮，健康。我对吗，安娜·马尔考芙娜？
安　娜	我不知道。我的派莎——
安提派	当然，我不是讲她。不过，你喜欢的话，不妨看看我儿子——他喝得不算多，不是吗？可是他的眼睛烂了，脸也发呆——
苏菲雅	你说话可得当心。
安　娜	（惊）你儿子还年轻。
安提派	（向苏菲雅）我说的是真话。安娜·马尔考芙娜知道人在从前怎么喝酒。她老公一连几个礼拜，也就是拿舌头舔舔酒。（向安娜）说到年轻，这并不很重要，青春是暂时的，说过去就过去。
	〔空气紧张，人人等着什么事发生，互相观察。苏菲雅相当公开地看着她哥哥和派芙拉。米哈吸着烟，醉眼矇淡，盯着他父亲看。派芙拉的视线显得害怕，东张张，西望望。安提派在有点心的桌子那边。派芙拉端起炉上的茶壶。她母亲兜着桌子瞎忙，跟她耳语："噘，亲爱的派莎，我真怕。"
苏菲雅	（向安提派）你喝酒不也喝得太多了点儿？
安提派	（悻悻然）你不知道我，好像——
苏菲雅	不管怎么样，你还是当心一下你的儿媳——
安提派	少管闲事。我知道我干什么。
苏菲雅	你拿得稳吗？（他们互相看着）你心里在盘算什么？

安提派	他对她算个什么丈夫呀?他不会改的,可是人家女孩子就白白地毁了——
苏菲雅	(往后退)当心哪,你不好这样干的!
安提派	放安静。别拿念头给我。你只有把事弄得更糟。
米 哈	(忍着没有笑出来)这场订婚一点也不愉快。人人说话交头接耳——
安提派	是你姑妈交头接耳——她太认真。啊,真可惜,这儿人不多。
派芙拉	你看,你也需要人。
安提派	你算逮住我啦!派芙拉·尼考莱耶维奇,你这人在思想上真固执。好,女人本来应该这样子——她必须坚持她的观点对付旁人。
派芙拉	男人哪?
安提派	男人?男人就不同了。他野。什么东西伤他的心,他会冲过去,不管是什么东西在前头——就像一条狗熊朝一管刺枪冲过去。生命在男人似乎不那么值钱。
安 娜	请,喝茶。
安提派	现在喝点儿冷的才好。
米 哈	我建议香槟。
安提派	我头一回听到你的建议有意义。拿酒去。
米 哈	这我成。(步履不稳,走向厨房。喊着)喂,美人儿,你!
安提派	(向派芙拉眨眼)你看见了罢?他有什么,我比他多三倍。我样样儿像这个——比别人都大。
派芙拉	那你为什么害怕?
安提派	(意想不到)害怕?我不明白你的意思。

〔苏菲雅低声在和安娜·马尔考芙娜谈话,激动地,

	但是一直竖起耳朵留心她哥哥在说什么。
派芙拉	(注意到苏菲雅关切)那么,你为什么用心要我未婚夫显得没有出息?
安提派	要他显得没有出息?可,我没忘记他是我儿子。
派芙拉	(放低声音)你为什么老这样看我?
安提派	我们就要在一个屋檐底下过活——所以我想知道你是个什么样儿。可不,你方才讲道院生活平静,美好。我们的家也像道院。仅仅苏菲雅随时把灰踢踢起来罢了。
派芙拉	你这人心里头,倒像真和善。
安提派	噢,我不知道!当然,别人看我们,比我们自己看自己清楚。不过,你这样坚持你的学行,我觉得倒也好玩。不,我不以为我可以夸口自己和善。(激起)也许我心里头有什么东西和善,良好,可是在我有什么用,什么地方我好运用?这需要一个合适的地方安置,可是在人生里面,就没有地方好放和善——没有地方,你明白,可以让你把你那一部分好心塞进去。送给叫化子没有意义——他会喝酒全给喝掉!不,派芙拉,我不喜欢人。我家里头只有一个好人,塔辣喀诺夫,他从前一向在乡下做副警长——
苏菲雅	谢谢你。
安提派	你?你还是少开口为是。你另是一类人,一个外人。只有上帝知道你是什么,妹妹。你和善吗?我们正在讲和善,你是既不和善,也不残忍——
苏菲雅	你可把我形容够啦。
安提派	可也不就是坏人。看,安娜·马尔考芙娜——她差不多比我小二十岁,可是到了险要辰光,我朝她奔去,就像她是

	我妈。
苏菲雅	你犯什么神经?邪门儿——你变得这样唠唠叨叨的。
安提派	我唠叨,因为我有理由。好——塔辣喀诺夫那个家伙——因为和善,叫人家歇了职——真是这样子!他有头脑,知道得也多,可是什么活儿他也做不来——就是做不来。他没有用处,要有也就是给人看看——像什么少见的,好玩儿的东西——在从前,人家也许派他在宫里做滑稽之士——
苏菲雅	你居然说出这种话来!为什么滑稽之士?
安提派	我就这样看他。至于你,苏菲雅,你也不再属于日考夫这个窠了。你嫁了一位贵人,嫁了六年——你有贵人的血在你身上——
苏菲雅	安提派,你应当住口才是。
安提派	不,等等,你聪明,样样儿事搞得来。可是,你是一个女人,跟鸟儿一样自由——你可以远走高飞——没人拦得住你。现下,就剩下我一个人啦。假如一个男人不总知道他明天会成什么样子,像你这种性格的女人一定知道得更少——你听好了,我就是这个看法!
安　娜	米哈·安提皮奇怎么样?
安提派	(悻悻然)我儿子?好——要我讲真话呀,我就不知道他有一点点用处。我们既然在这儿要抖底,索性就抖个干净。米哈没有一点点东西表现自己。他写诗,弹六弦琴——离开学校——因为才具缺乏——其实才具还不就是耐心。可不,我也吹不来牛,夸自己有耐心——
派芙拉	(深为激动)假如你对你儿子和我未婚夫都这样想,那么,你对我该怎么样想呀?

安提派	（低声，好像同自己讲话）问着啦——
安　娜	我亲爱的人们，请听我讲——我是母亲——
苏菲雅	（严厉地）你在干什么，你仔细考虑过了没有？
安提派	（站起，动人地）我说不出道理。别人高兴搞，他们去搞出道理来。我仅仅知道我需要什么。派芙娜·尼考莱耶芙娜，跟我出去一分钟——

〔三个女人立起。派芙拉像在做梦，走进贴近厨房的屋子。安提派跟着她，神情又沉重，又抑郁。门开着一半，听得见安提派说："坐下——等等，我得敛敛神。"

安　娜	（跌进一张椅子）我的上帝！他干什么？苏菲雅·伊万诺芙娜，这怎么可以？
苏菲雅	（激动地，绕着房间行走）你女儿是一个极懂事的女孩子——假如我看对了的话——

〔燃起一枝香烟，向四外看一个地方好扔火柴。

安　娜	是呀，他自己就在追她——
苏菲雅	别就发急——
安提派	（在另一房间）他对你会成功那类丈夫？你跟他年纪一样大，可是你的灵魂比他成熟。嫁我！他比我年纪大，他软。像一个年轻人爱你的是我。我会的！我要拿锦缎，金子银子把你装扮起来。我一直过的是苦日子，派芙拉，还不是正常日子。帮我另过一种生活——帮我到好东西当中寻找喜悦，把我的心靠在和善的东西上面。你肯吗，派芙拉？
苏菲雅	（心乱）你听见了没有？他真会讲话！活到他这种年纪的人爱了起来呀才叫强烈——
安　娜	我什么事也不明白。嗷，大慈大悲的上帝的母亲！我的

	希望全看您啦——可怜可怜我的孩子,让她别遭到忧患——我为我女儿跟我自己已经受够了忧患。
苏菲雅	试着别就这么急。我跟你一样纳闷。虽说他的性子就是这样子。可不,人就别想能够拦得住。你女儿好像也并不反对。
安 娜	你们没一个我懂得的。你们来为了你们的儿子和你们的内侄订婚,可是忽然一下子——出了什么事?(走向派芙拉和安提派待着的屋子)我要听——我是母亲——我不能够允许——
安提派	(在另一间屋子里面)上帝把你摆在我的道路——安娜·马尔考芙娜,听我讲——

〔门关了。苏菲雅在屋子里面走来走去,咬住她的嘴唇。穆辣陶夫的脸伸进窗户——一张玩世不恭的脸,眼睛底下有肉疙瘩,一把尖胡须,头发稀薄。

苏菲雅	(一个人)哎,我的上帝!
穆辣陶夫	你好!
苏菲雅	哎!你怎么来这儿的?
穆辣陶夫	为什么?你忠实的随从孝辛对我讲你在这儿,所以我想表示一下我的敬意是我的责任。
苏菲雅	隔着窗户?
穆辣陶夫	好,你知道我们是老实人。
苏菲雅	相信生活简单?
穆辣陶夫	真有你挖苦的!是呀,我们相信生活简单。你就要成亲了罢?
苏菲雅	是不是人人知道这个?
穆辣陶夫	当然。人人也知道新娘子不就——

苏菲雅	你自然也听见你我恋爱那档子事的传说喽？
穆辣陶夫	听见啦。人有先见之明。
苏菲雅	你否认这种谣言来的？
穆辣陶夫	我为什么要否认？我倒觉得骄傲。
苏菲雅	不是你自己捏造出来的？
穆辣陶夫	你这句话呀，就叫砸钉子砸到头上，砸了个正着。不过人家这样跟我讲话，我倒变神气啦。
苏菲雅	可是我倒要请你，打窗户走开。
穆辣陶夫	好罢，我走。我好不好星期天看你来？
苏菲雅	行。不过你不来也一样。
穆辣陶夫	我还是来得好。我现在表示敬意——希望你能够成功——事事成功！
苏菲雅	我问你要的清单，别忘记给我带来。
穆辣陶夫	我从来没忘过东西——

〔米哈回来。

米　哈	在这鬼地方，你就别想找到一瓶香槟。看呀，那是谁！
穆辣陶夫	新郎官，你不带缰绳，跑来跑去，在干什么？
米　哈	（摇手。要他走）今天晚晌看你。
穆辣陶夫	我同样希望。你欠我们一回公鹿会告别。①
米　哈	当然。

〔穆辣陶夫不见了。

人都哪儿去啦？

苏菲雅	（盯着他望）在那间屋子。

---

① 独身男子的聚会叫做公鹿会。米哈快要成亲了，所以穆辣陶夫要他最后和独身男子的朋友们来一次宴会，再去结婚。

米　哈	把我挤出去了,是不是?我方才听见父亲的讲话。
苏菲雅	(差不多轻视的样子)好像处处你都多余。
米　哈	我老早对您讲过,就这样顶好。不过他们为什么搅乱我的和平,我的安静?来个告别会!苏菲雅姑姑,您像腻得慌?
苏菲雅	是呀,我腻透了你们这群人!比腻还厉害——我嫌弃。

〔派芙拉和安提派进来,安娜·马尔考芙娜紧紧跟在后头,流着泪。

安提派	(严肃地)看,苏菲雅妹妹——我们决定——

〔拿手捺住他的心。

派芙拉	苏菲雅·伊万诺芙娜,请你了解,原谅我。
苏菲雅	(拥抱她)我不知道说什么才好——我不了解你——
安提派	米哈,你千万别觉得难过。你知道,你年轻,多的是女孩子给你挑选——
米　哈	说实话,我非常开心,真是这样子。派芙拉·尼考莱耶芙娜,我说我非常开心,不过你千万别生我的气——我知道我配不上你!
安提派	安娜·马尔考芙娜,你看,我不给你讲来的。
派芙拉	(向米哈)我们在一起过活,就跟朋友一样——
米　哈	(点头)我们一定——
安提派	安娜·马尔考芙娜,你千万别伤心,我对上帝鸣誓,你女儿不会因为我的缘故流一滴泪。
安　娜	(跪在他前面)你从前也有母亲——她爱你。好先生,想想你母亲看!为了你母亲的缘故,可怜一下我女儿!

〔安提派和派芙拉打算搀她起来,苏菲雅朝墙转了过去,拿手帕拭着眼睛。米哈心里一乱,一杯又一杯喝着渥

　　　　　　德喀。
派芙拉　　请你别难过，亲爱的母亲。样样事会好的。
安提派　　随你要什么担保，我什么咒也可以赌——你千万起来。我拿她的名字往银行存两万五千卢布——好啦！
苏菲雅　　这成，我的朋友们。倒酒，米沙！你跟我，安娜·马尔考芙娜，做主婚人，虽说我有点儿太年轻，养不出这样一个一把胡须的儿子。（向安提派）你怎么的啦？你直哆嗦，活像人家拷问你。
安　娜　　我亲爱的孩子——
　　　　　　〔她拥抱着她女儿，静静地哭着。
安提派　　我觉得自己像要出一趟远门，欢喜先坐下来，不言不语待些时候。
苏菲雅　　好，好。这儿太憋闷。派芙拉，带大家到花园坐。
派芙拉　　（向安提派和她母亲，握起他们的手）来罢——
　　　　　　〔安提派，派芙拉和安娜·马尔考芙娜走出。
米　哈　　你方才要喝一杯——
苏菲雅　　现在不要啦——过一会儿再喝。你这可怜的孩子！（拿胳膊围住他的肩膀，敲着他的头）觉得怎么样？
米　哈　　我挺好，苏菲雅姑姑——说实话，我不在乎。
苏菲雅　　我们到花园去。
米　哈　　不，我不到那儿去。
苏菲雅　　为什么不？
米　哈　　我不要去。
苏菲雅　　（看进他的眼睛，静静地）你还是在意？
米　哈　　（忍着没有笑出来）我为父亲感到一点窘。他是一个那样好看的男人，那样强壮，那样扎实：好像一个铁模子。看

	他也吃蜜饯,就觉得怪——
苏菲雅	(走开,微笑着)你要怎么着?人总在追寻一点点幸福—— 就是一点点——

幕

第 二 幕

日考夫家的花园，左边露出房子的宽大的阳台。对着阳台，派芙拉坐在一棵菩提树底下的一张桌子跟前，绣着什么东西；米哈拿着一架六弦琴；塔辣喀诺夫，一个胡须长长的老头子，穿着一身亚麻布，看上去古怪，有些好笑。靠近台里，正在阳台尾梢之外，安娜·马尔考芙娜在做果子酱。和她在一起的是年轻姑娘史提姚浦喀。

塔辣喀诺夫 这全都由于观念凌乱，所以就没有一个人知道自己怎么样搞才对。

派芙拉 （思维地重复着）观念凌乱。

塔辣喀诺夫 正是。

米 哈 （胡乱弹着六弦琴）你为什么不对我们讲点儿打生活来的东西，马提外·伊里奇，把哲学撇掉？

塔辣喀诺夫 你就丢不开哲学，因为样样儿东西全有意义包在里头，我们必须知道。

米 哈 为什么必须？

塔辣喀诺夫 你这话是什么意思？

米 哈 假定我什么也不想知道又怎么办？

塔辣喀诺夫 你办不到。

米　哈	可是我偏不要。
塔辣喀诺夫	年轻人就好这样一意胡闹。
派芙拉	别辩论啦,你们两位,光说说话儿罢。
塔辣喀诺夫	假定人家叫你走开,偏偏你就听不懂——
米　哈	怎么样?
塔辣喀诺夫	怎么样——人家揍你。
米　哈	我可总是走开,马提外·伊里奇,我这人太抠门儿——
派芙拉	(瞥了他一眼)别发急——这档子人顶容易谈论别人。
塔辣喀诺夫	我不明白抠门儿什么意思。
安　娜	好啦,就别拿阴惨往开里铺啦!派芙拉,你要不要尝尝果子酱?
派芙拉	不,谢谢您啦,现下不要。我要在饭时抹饼吃,假如您给我做饼的话。
米　哈	干么单为你一个人做?我就许也喜欢饼抹果子酱。
派芙拉	(叹一口气)喝酒的人不喜欢甜东西。
米　哈	这句话早就成了格言。
派芙拉	什么话?
米　哈	你方才说的这句话。
派芙拉	为什么是格言?
米　哈	骂我晓得的。
塔辣喀诺夫	你是一个怪人,米莎。
米　哈	人类全怪,全拒绝了解。你也怪。你应当在政府干活儿,骗骗东西——偏偏你不,尽讲哲学。
塔辣喀诺夫	我不需要骗东西。我是一个老实人。
派芙拉	我听说你有一个儿子?
塔辣喀诺夫	我已经不认他啦。

派芙拉　　　完全不认啦？为什么？

塔辣喀诺夫　是的，完全否认——因为他不爱俄罗斯。

派芙拉　　　（叹一口气）我不懂。

米　哈　　　马提外·伊里奇自己就什么事也不懂。

安　娜　　　今天对老年人讲话多没规没矩呀！

米　哈　　　老年人自己承认他们活在观念凌乱之中。结果，他们教训别人以前，先应该等等。

安　娜　　　我教训？看你把话说的！

〔走向阳台，出去。史提姚浦喀四外张望了一下，抓了几小把糖，放到口袋里头。

派芙拉　　　（心乱）请，别吵！你们干么吵？

塔辣喀诺夫　大部分为了消遣。

米　哈　　　这话对。

派芙拉　　　米莎，唱唱你那首关于一个女孩子的歌。

米　哈　　　我没兴致。

派芙拉　　　噢，请，米莎——

米　哈　　　（瞥了她一眼）好罢，我父母叫我怎么着，我得怎么着——

〔正六弦琴。塔辣喀诺夫装烟斗，燃起。米哈拿六弦琴为自己轻轻做着伴奏，用吟诵的调子唱着：

一个姑娘在地里溜达，
　我不知道她叫什么。
　我的心中了忧郁的魔，
　等的难道就是她？

塔辣喀诺夫　这姑娘是谁？

派芙拉　　　（厌烦）别打岔。这是梦。

塔辣喀诺夫　（叹息）这么说起来，这个姑娘是一般的。我懂。这样的

	话,一个人成亲才是。
派芙拉	噢,请,别打岔。

〔在米哈吟诵的时候,穆辣陶夫来到阳台上。他穿着骑马的衣服,拿着一条鞭子。他听米哈吟诵,嘲弄地把脸往上一收。

穆辣陶夫	(下来走进花园)多有诗意的一个场面!做果子酱,读甜蜜的诗——你好,派芙拉·尼考莱耶芙娜?你是一天比一天更好看!你好,真与善的退休了的布道人。喂,米莎——

〔大家静静地向他致意,他坐在派芙拉一旁——她往远里溜开。塔辣喀诺夫和穆辣陶夫交换了一下静默的点头,往花园里面走出,朝这位森林管理员抛出怨抑的视线。

我打房子一直穿出来——就没一个人在里面!

派芙拉	苏菲雅姑姑在里头——
穆辣陶夫	于是我听见一架六弦琴的柔柔的声音。你念的是谁的诗,米莎,你自己的?
米 哈	是的,问这干嚜?
穆辣陶夫	不怎么高明。不过,家里用用,也许不差。
派芙拉	我去喊苏菲雅姑姑来好吗?
米 哈	(轻轻一笑)——你待在这个地方。我喊她去。
派芙拉	还是我去的好——
穆辣陶夫	为什么好?
派芙拉	我不知道。好,就叫米莎去罢——

〔米哈走进房子。穆辣陶夫拾起他的六弦琴,把头仰向派芙拉。

穆辣陶夫	漂亮人儿,队伍上的书记们。勇敢,有一手儿侍奉太太小姐——你不这样想吗?

派芙拉	我什么也不知道。
穆辣陶夫	队伍上的书记,还有理发师,非常喜欢弹六弦琴。
派芙拉	是吗?
穆辣陶夫	你是一个可怜的夏娃——缺乏好奇心。为什么我变成这儿一位常来常往的客人,你就没有兴趣想知道?
派芙拉	(窘)是,我是没有兴趣。
穆辣陶夫	可惜。我希望你在这上头用用心。
派芙拉	你是苏菲雅姑姑的一个老相识——
穆辣陶夫	我是一个老相识。不过我的心年轻,让另一颗年轻的心吸了过来,好比说,你让米莎吸了过去,一个顶蠢的家伙——
派芙拉	(激起)他一点也不蠢——
穆辣陶夫	我知道他,比你清楚——我们总在一起喝酒——
派芙拉	我也没有让他吸了过去。
穆辣陶夫	(低声歌唱)"啾,老丈夫!啾,严厉的丈夫!"
派芙拉	(站起)不是真的!
穆辣陶夫	什么不是真的?
派芙拉	全不真!你说的话全不真。我也不要听你讲下去!你诚心——
穆辣陶夫	诚心什么?
派芙拉	我不知道怎么讲才是。你在拿我开玩笑。
	〔匆匆走出。
穆辣陶夫	(取出他的烟匣,眼睛跟着她,叹一口气)小傻瓜!
	〔穆辣陶夫挥着鞋子尖儿,轻轻敲着六弦琴的弦。安娜·马尔考芙娜在阳台犄角往外窥探了一下,立即缩回去了。从房里走出苏菲雅——她在阳台的上层台阶站住,深

	深吸了一口气。
苏菲雅	多好的一个晴天!
穆辣陶夫	(站起,朝她走来)又是热又是尘土!你好?
苏菲雅	你做什么搞急了派芙拉?
穆辣陶夫	我?
苏菲雅	别装模作样啦。你知道我不相信你。
穆辣陶夫	我觉得她挺好玩儿。

〔安娜·马尔考芙娜和史提姚浦喀在门外暖房那边出现。

你看要多久田园诗才会变成戏剧?

苏菲雅	(尖锐地)少胡说八道!你到了儿把文件带来啦?
穆辣陶夫	没带来。我那位公事房的书记懒得怕人。
苏菲雅	你自己也不见其就太勤劳。
穆辣陶夫	我懒有原则。那些野蛮人没有能耐欣赏我的工作,我何苦为他们操劳?
苏菲雅	你这话以前说过。
穆辣陶夫	这证明我认真。
苏菲雅	也不打算说点儿特别词儿?
穆辣陶夫	我活在不老实,懒惰和不文明的人中间。我不要为他们做任何事——我觉得没有意义。我希望我把自己解说清楚了罢?
苏菲雅	够清楚的啦,不过,不怎么吸引人。

〔安娜·马尔考芙娜揪住史提姚浦喀的耳朵,把她拉走了。

穆辣陶夫	这我就没办法了。不过,你那位海外恩——
苏菲雅	我们甭谈他——

穆辣陶夫	凭什么不？
苏菲雅	我不要么。
穆辣陶夫	你不要我谈他？
苏菲雅	对喽。
穆辣陶夫	嗷，当真？哼！我来这儿，一部分就是想冲你讲点儿这位先生的事。
苏菲雅	那位先生有个名字——居斯塔夫·叶高罗维奇。我非常尊敬他。
穆辣陶夫	假如他偏偏是一个骗子手怎么着？
苏菲雅	（站起，声音坚定，大怒地）你要怎么着？
穆辣陶夫	（有点儿让吓住）你好不好允许我——
苏菲雅	我方才就对你讲过，我怎么样敬重他这个人——
穆辣陶夫	不过，你一定也有搞错的日子！
苏菲雅	我要是错呀，我自己认。而且，你有本事打量人，我也一样有。
穆辣陶夫	可是你就觉不出我对你的态度，难道你觉得出？
苏菲雅	这话不对。（笑了一声）我知道你既不相信我也不尊敬我——
穆辣陶夫	（叹一口气）嗷，你可真错得厉害！
苏菲雅	请，别嗷啦！我就没错。你把我看做商人那类人，地主是丈夫，让他给败坏了，搞累了——一个有钱女人，一个狡诈女人，有坏心思，不过胆怯——还蠢。你在我面前摊开你那玩世不恭的心眼儿，以为我蠢，会上当，对不对？
穆辣陶夫	我并不玩世不恭。我是一个怀疑派，聪明人全是。
苏菲雅	我记得清清楚楚你头一回的尝试——那时候我丈夫还活着——（叹一口气）你要是知道当时我多么需要同情就好

了——多么需要一种诚实的关切就好了。

穆辣陶夫　我当时能够怎么样诚实，就怎么样待你。

苏菲雅　可不，你就没有多少能够。那时候我倒有些喜欢你。我相信你是一个好人，一个聪明人——

穆辣陶夫　我那时候不及现在聪明。

苏菲雅　我当时没有答应你，于是这有一时期燃起你的骄傲，你的固执。

穆辣陶夫　不是固执——是热情！

苏菲雅　噢，请！你也有热情！

穆辣陶夫　难道我们还要吵嘴？

苏菲雅　对不起。我禁不住我的性子——

穆辣陶夫　（鞠躬）这就好。我准备好了听下去。我们需要这种谈话！

苏菲雅　你这样想？我同意。

穆辣陶夫　（向四外瞥了瞥）好，说下去。

苏菲雅　（看着他）有一回我差不多信了你——

穆辣陶夫　那在什么时候？

苏菲雅　这对你没关系。

　　　　〔站起，来来去去走着。

穆辣陶夫　（稍缓）知道你对我怎么样一种想法，一定有趣。

苏菲雅　没什么好——我不妨告诉你。

穆辣陶夫　好，就这么着。万一伤透了心——

苏菲雅　那就怎么着？

穆辣陶夫　我不知道。要出乱子罢。

苏菲雅　（想了一过）你知道，我的结论是：你假想跟我亲热，只为掩饰你的懒惰，只为回护你的无聊的存在。

穆辣陶夫　　好一个开篇——

苏菲雅　　　你是一个顶不老实的人——

穆辣陶夫　　（站起，微笑）这，可真——

苏菲雅　　　（走到他跟前）是的，一个不老实的人。一个老实人拿什么东西，要是没出代价，决不随便就拿——

穆辣陶夫　　我不记得打你这儿拿过什么东西——

苏菲雅　　　他们讲你执行法律挺严格。我相信你欺负别人，只因为你不喜欢别人——因为他们惹你讨厌，于是你就把你的琐细，辛辣的忿恨朝他们丢了过去。你使用那交给你的权力就像一个醉鬼，或者像我死去的丈夫，一个病鬼——我没有把话说清楚，话到舌头上对我也像生生的——不过我的感觉再清楚不过，我不妨坦白告诉你——我对你没有好感——

穆辣陶夫　　那我也就不必多谢了——

苏菲雅　　　你把日子过得真可怕——

穆辣陶夫　　我？

苏菲雅　　　你不爱什么人，也不爱什么东西——

穆辣陶夫　　这话不假。我不喜欢别人——

苏菲雅　　　你连你的工作也不爱。

穆辣陶夫　　也不爱我的工作。保养森林？不，这兜不起我的兴致。此外？

苏菲雅　　　不过你从前学的正是这个——保养森林。

穆辣陶夫　　的确是。

苏菲雅　　　看你把话解释的！

穆辣陶夫　　我从前犯了一个错误——俄罗斯人常有的错误。一个俄罗斯人最先切求的是离开他生长的环境。到哪儿去和怎么去，统不搁在心上。不过这就是我们俄罗斯人的本色：不拿就丢。好啦，你要说的话你全说了罢？

苏菲雅　　全说啦。

穆辣陶夫　结论是什么？

苏菲雅　　你自己可以下结论的。

穆辣陶夫　你也许希望，我听过这套哲学式的议论，拿枪打死我自己？不，我才不干。成千成万的人跟我一样，可是人生是我们的菜肴，夫人。像你这样的人，一个手就数得了——你在这种生活完全多余。你简直就不知道拿自己怎么办才好。从前你一定闹革命，不过今天没人需要革命——所以道理你自己明白。

苏菲雅　　（微笑）说到临了，我似乎伤透了你的心。

穆辣陶夫　伤透了心？没有。

苏菲雅　　不过，这样一理论，我们以后吹了是不是？

穆辣陶夫　（朝她皱着眉）我先前没想到你这样聪明。想不到你受得下去这一切——你四周的庸俗。（叹息）无论如何，我心里头有点儿东西逼着我朝你——

苏菲雅　　这对你对我全没好处——

穆辣陶夫　你看人的方式真是太简单，夫人，真是太基本了！

苏菲雅　　（激昂地）噢，得啦，别再摆你那种复杂啦。你应当臊死才是。这也就是一块布，遮掩你撒谎好色罢了。

穆辣陶夫　你发脾气？那我走。我自己也喜欢生气。不过看别人，特别是一个女人，一个劲儿地生气骂人，我可不怎么高兴。（走向房子，并不急忙，在阳台的台级上面停住）不管怎么样，我不把这看做争吵——假如你不在乎的话？

苏菲雅　　（低声）随便。

507

穆辣陶夫	我就不在乎。所以,我们下回再谈,我相信,下回好受多了。
	〔走出。苏菲雅一个人在花园走来走去,耸着肩膀,微笑着。史提姚浦喀从犄角那边出现。
史提姚浦喀	苏菲雅·伊万诺芙娜,外婆打我耳光子——
苏菲雅	(并不看她)你做错什么啦?
史提姚浦喀	我拿一点儿糖——
苏菲雅	你应当先问问——
史提姚浦喀	您没在。
苏菲雅	你应当等我回来。
史提姚浦喀	我就欠那么做。我是一个傻瓜。
苏菲雅	(敲敲她的头)你是一个小傻瓜。
史提姚浦喀	什么时候我才聪明?
苏菲雅	到时候就聪明了。耐着性儿罢。有人骑马来。去看看是谁。
史提姚浦喀	(跑着)看呀——是您那个德意志人!
苏菲雅	(微笑,朝阳台犄角那边窥出)安娜·马尔考芙娜,你做什么躲着?
安　娜	(出来)你们方才在这儿谈话——我的果子酱烧过时啦。你太也宠着那个女孩子——她偷糖——
	〔派芙拉在阳台上出现。
派芙拉	苏菲雅姑姑,有人来看你。
苏菲雅	我知道,我就来啦。干么这样忧愁?
派芙拉	米莎在讲他学校的生活——
安　娜	啾!——
苏菲雅	我得把冷点心准备好。

〔走进房子。

安　娜　　我开始觉得后悔,亲爱的派莎,我们不该卖掉我们那所小房子。

派芙拉　　啾,母亲,没什么。

安　娜　　有家总是好事。(放低声音)苏菲雅在这儿把管林子的折腾了个够。那样勇敢的一个女人。她一定打好了主意要嫁这个德意志人——

派芙拉　　(思索地)她做人真好——

安　娜　　他们做人全好——为他们自己好!可是你,派莎——你不好尽跟米哈在一起过——

派芙拉　　别说下去,母亲。您干么老嘀咕这个?真讨厌。您变成了一脑门子官司。您跟谁闹气?我真不懂。

安　娜　　好啦,好啦?你还是自己当心的好——看看自己现在成了个什么样子。

〔她在犄角那边消失了。派芙拉怂怂地推开六弦琴。孝辛拿着一捆东西,走下阳台。

派芙拉　　你找谁?

孝　辛　　不找谁。我送糖来啦。

派芙拉　　你就是孝辛?

孝　辛　　对,孝辛,看林子的头儿。

派芙拉　　(低声)你杀死过一个人?

孝　辛　　(不是立刻)是——是的。

派芙拉　　啾,上帝!你这可怜人——

孝　辛　　(平静地)已经宣告我无罪了。

派芙拉　　这有什么两样?当着你的良心,你也好宣告无罪,你?你怎么样——

孝　辛	拿一把斧子——把子——
派芙拉	慈悲的上帝！我不是问你这个——
孝　辛	好——我把这放到什么地方？（把一包东西放在桌上，尖锐地，匆促地爆发了）你知道他们在一九零七年干什么？他们来到树林子，要拿树木斫掉——
派芙拉	你就在后头搜索他们？
孝　辛	人家雇我就为这个。
派芙拉	嗷，我的上帝！人怎么好为这个杀死别人？
孝　辛	人把别人杀死为了更小的——
派芙拉	（盯着他看，发出一种怜悯的，童稚的声音呼唤）母亲！
孝　辛	（受了伤，低声）用不着为这个叫唤！我没有意思伤害——

〔房子里面起了喧哗。孝辛四面望望，跑掉。安提派进来，一身尘土，疲茶的样子。

安提派	（四面张望）谁跑开啦？
派芙拉	孝辛——
安提派	为什么？
派芙拉	我不知道。
安提派	米哈在哪儿？
派芙拉	我想，在他的屋子——
安提派	（走下台阶，拿一只胳膊围住她的肩膀）样子干么这样忧忧的？
派芙拉	是孝辛——
安提派	你说什么？
派芙拉	他杀过一个人——
安提派	（阴郁地）是的，他杀过一个人——傻瓜！我帮他雇了一位律师，救了他——现在他对我忠心得像一条狗。不过，你

	要的话，我好歇掉他的——
派芙拉	噢，不！他要那样对付我的——
安提派	别糊涂。
派芙拉	要不，就是别人——不，不要歇掉他。
安提派	噢，好。上帝，我一看你——心里头就有老大的话开始在动——不过我不知道怎么样说出口来。假如你只要明白——用不着说话！
派芙拉	（羞怯地）只要你等下去——我会明白的——
安提派	我在等。（叹一口气）可也得当心。我没有太多的辰光。我在匆忙之中过活，我喜欢样样东西立刻冲我开开。
派芙拉	他们讲你变了——
安提派	（悻悻然）我？我怎么变法？为了什么理由？
派芙拉	我不知道理由——
安提派	谁说的这话？
派芙拉	别人。
安提派	（蔑视地）别人！
	〔吹着口哨。
派芙拉	他们讲，你搁着你的买卖不管——
安提派	这是我的事。管不管，看我高兴。（聚精会神地看着她，拿胳膊围住她）听你讲这话怪不像腔——才一个小孩子，你可也谈买卖！
派芙拉	（向四围瞥了一眼，平静地）他们还说，苏菲雅姑姑在把全部生意往她手里抓——
安提派	（激起，发怒）我要是找出说这话的人，看我不掰断他的脖子的。你也不要重复这些龌龊的闲话——这是我的命令——你听见了没有？谁想叫我和我妹妹吵架，简直做

	梦——就甭想有这种机会！（轻轻推了她一下）想想看，这些人有多恶毒！
派芙拉	（感情受伤，慢慢走开）看你又来啦——发脾气——可你自己说：把你想的事统统讲给我听——
安提派	（揪住她的肩膀）等等。当然，我要你跟我谈话，无所不谈。千万别生我的气。我方才是心烦。不过你说话呀——顶好就只说说你自己的心思，别人的话不必讲。他们讲话大都由于怨恨、妒忌。人是柔弱，可怜的——所以他们才妒忌——
派芙拉	米莎软弱，可是他并不怨恨，也不妒忌——
安提派	（由她身边缩开）什么话？你干么谈起他？
派芙拉	因为你说别人的话并不就对。
安提派	并不就对？因为我儿子不是——哼，真怪，一桩事牵上另一桩事——
派芙拉	（不安地）请，你千万别想到——
安提派	（眼睛盯着她，急遽地）想到什么？
派芙拉	（窘）你上星期四所说的话。我对他没一点点兴趣——
安提派	（又拥住她，看着她的眼睛）我向上帝发誓，我不是这个意思！我相信你。你把你的回话给了我，这就够了——谢谢你！我爱你，派芙拉——我真爱你，力量大的不得了，差不多要噎死我。我们到池子那边去——去好啦，我要在那儿香香你——
派芙拉	（低声）啾，别在白天。那不好——
安提派	（挽着她）好的！来，我的亲爱的——来——我天上珍贵的星星——

〔他们走出。海外恩走到阳台上，眼睛朝上一溜，看

着他们出去。史提姚浦喀提着一个放着冰和酒瓶的银桶。苏菲雅最后出来。

苏菲雅　好，前头走——

海外恩　你今天的神气太快活了，我简直摸不着边儿。

苏菲雅　当真？你倒是更喜欢忧郁的妇女？

海外恩　你知道我喜欢谁——

苏菲雅　（微笑）你要是钱再多些，我对你就会格外认真的——假如你不介意我这样讲的话。

海外恩　（脸上微微显出一副怪模样）这是你的一种很有价值的特征——说话永远坦白。不过我钱会更多的。我已经阔了。我清楚在俄罗斯什么也跟不上阔要紧，没有一个地方比得过俄罗斯，只有钱可以让人独立，受人尊敬。我知道我活到四十岁，我可以有十万卢布。我现在三十四岁。

苏菲雅　你往生活里头带进太多的算术。

海外恩　噢，必须这样子。一个人不得不会数数儿，这样子活到五十岁，不至于娶一个二十岁女孩子。这决不是真正的匹配，对自己的生意只有妨害。

苏菲雅　（冷然）你这样想？

海外恩　我拿稳了这个。在俄罗斯，晚结婚向来不成功。一个人急急忙忙往家里赶，生意就要受害；他的急不可耐也会损害第三方面的利益。

苏菲雅　譬方说，我就是。

海外恩　你的利益。还有我的——

〔米哈出来。他和海外恩握手，给自己倒了一杯酒，在上层台阶那边坐下，迎着光研究酒。海外恩从上面望着他，同时苏菲雅吸着烟，看定了海外恩。

513

海外恩	米莎,你今天早晨捉鲈鱼来的没有?
米　哈	捉来的。
海外恩	捉到了没有?
米　哈	捉到啦。
海外恩	你捉到几条?
米　哈	一条。
海外恩	大吗?
米　哈	一磅重的样子。
海外恩	没意思。没再比钓鱼糟踏时光的啦。(向苏菲雅)昨天我跟你那位贵族元帅谈话来的。他这人性格挺怪。
苏菲雅	是吗?怎么样一个怪法?
海外恩	是的,他这人性格挺怪。他去过外国,对艺术有兴趣,参观博物院,可一次也不去德意志众议院!他不明白社会主义是一个历史现象,应当研究的东西他加以取笑。一个个人主义的有产者,仅仅仰仗本能的力量,不可能打败社会主义。你想作战成功,必须熟悉你的敌人。
苏菲雅	是的,必须知道敌人的优点和弱点。不过我对社会主义并不感到兴趣。
海外恩	嗷,这对女人并不主要!是的,一个怪人,这位贵族元帅。他一说起贵族对俄罗斯的真诚的贡献,真是热烈极了——美丽极了。不过,假如你献给他两千五百卢布,他会把他的良心放在他的口袋里头——
苏菲雅	(笑)为什么正好两千五?
海外恩	也就是一个例子罢了。
苏菲雅	你送他这数目来的?
海外恩	(一种不许讲下去的声调)没有,凭什么?(向米哈)你跟派

	芙拉·尼考莱耶芙娜像朋友一样过得来，是不是？
米　哈	她是一个好女人，正直，良善——
海外恩	是吗？很好。不过，我觉得许多俄罗斯人良善，仅仅因为他们性格软弱——难道不是这样子的吗？
米　哈	我不知道。你是一个外国人，判断起来一定更好。

〔安提派和派芙拉穿过花园走进。他们分开走，模样显得消沉。看见他们，别人不作声。

安提派	（不开心的模样，唧哝着）心不冒火，要冒也就是冒烟，这还不好就算真正的生命。你别一来就尽着想——
派芙拉	（疲倦地）你一时说我愚蠢，一时说我千万别想——
安提派	（厌烦地）你还不明白？我说的不是一件事——（发见米哈，挺直了身子，声调尖锐地问着）报告好啦？
米　哈	还没好。
安提派	为什么？我没告诉你——
米　哈	避暑的房子的账还没送来。
安提派	还没送来？扯谎。
苏菲雅	别嚷嚷。账在我这儿。还得对一遍——
安提派	（走向阳台）你总帮别人辩护——其实不必需。假如应该对一遍，为什么他不自己来？

（苏菲雅严厉地同他耳语着，他哼哼唧唧地回答着。

海外恩	（向派芙拉）你好？
派芙拉	挺好，谢谢你。
海外恩	我很高兴。
派芙拉	当真？
海外恩	当真什么？
派芙拉	别人好，你真是打心里高兴？

海外恩	（意想不到）当然！自然。不又怎么着？我四周的人都好，我也有好处——
派芙拉	这多简单，多正确——
海外恩	我爱样样事简单。简单的事才正确！
安提派	我们看草案去——
海外恩	自然。
安提派	米哈，你跟我们来——来。我们买下元帅的森林，苏菲雅——你知道这个，是不是？
苏菲雅	不，我不知道。
安提派	（向海外恩）你为什么不先告诉我们的女合伙人？
海外恩	（皱眉）我当时以为——
苏菲雅	（向安提派）多少钱？
安提派	两万三——
苏菲雅	你用不着给这么高的价钱，一万八足成了。
安提派	我用不着，可是我非给不可——
苏菲雅	为什么？
安提派	钻出一个新买主。我随后告诉你，我们去罢。来，米哈。

〔他们走出，海外恩落在最后。苏菲雅吸着烟，思维着，眼睛随着海外恩。派芙拉倚着栏杆，低着头。

苏菲雅	什么事你这样忧愁？
派芙拉	我累得慌。
苏菲雅	你们谈了些什么？
派芙拉	跟平常一样——他永远说着他爱我爱得厉害——好像我不知道。可是他没完没了地说下去——
苏菲雅	到这儿来，你——你这天真无邪的人！
派芙拉	不，真的。假定我爱——可是一个人不能够老拿时间来谈

	这个。
苏菲雅	(忧郁地)我的孩子，假如一个人不能够老拿时间来谈这个，那就坏啦。
派芙拉	而且男人们全都一样。他看起你来多么怪模怪样！
苏菲雅	谁？
派芙拉	古斯塔夫·叶高罗维奇。
苏菲雅	啾，他呀！他看什么事也是这个样子。老牌儿经理！
派芙拉	你喜欢他吗？
苏菲雅	他人不坏——一个靠得住的绅士。他应当是一个出门的好旅伴——有他在一起，你不会错一趟火车。
派芙拉	我听不懂你的话。你不是在开玩笑？
苏菲雅	有许多事你不懂，我的朋友——
派芙拉	(哀愁地)一定是了。我指望的东西一样也没变出来。
苏菲雅	告诉我——你为什么要嫁我哥哥？
派芙拉	我以为这会两样儿的。你明白，我对什么事都害怕的不得了——永远害怕有乱子出来。在我十二岁以前，父亲吓坏了我。后来，五年的道院生活。那儿，人人活在恐惧之中。开头我们怕枪。在闹乱时期，我们有高加索队伍和我们驻扎在一起，见天儿夜晚吹口哨。他们一来就喝醉酒，高声唱着歌。他们对道姑一点也不表示尊敬，事情简直糟透了。人人破坏规律，一肚子怨恨，害怕别人——也害怕上帝，就不爱他。所以我对自己讲——我必须躲到什么人的壮实的胳膊底下——照我自己的情形看来，我一个人单独过活就不可能——
苏菲雅	(思维地)你以为安提派壮实？
派芙拉	他说他壮实。米莎不拿事情或者任何人搁在心上——他

	对我们整个儿是生人。在他以前想娶我的那些人——他们要的全是钱——
苏菲雅	（抚慰她）开头我就没拿你往好里想——派芙拉，你记得吧？
派芙拉	记得。不过，我不喜欢坏事情——我怕这个。你一向看起我来，眼睛怪噤人的，我藏在角落头哭着。我想到你跟前讲；我不坏，我不贪，不过，我没那份儿勇气。
苏菲雅	你这可怜的小姑娘。但愿上帝保佑你！你会觉得苦的——
派芙拉	我已经觉得苦了。孝辛总在四围打转转。他杀过一个人，走来走去就像没这回事！
苏菲雅	别为他难过。他不是坏人——他也在受苦。
派芙拉	我希望平平静静地过活，人人围着我，良善，微笑，相信我巴望人人好——
苏菲雅	可是他们不相信——不相信。
派芙拉	不过为什么，他们不肯相信？
苏菲雅	（站起，走来走去）也就是不肯相信罢了。你方才说的真好——人人微笑着——
派芙拉	就像快要过节了——样样事安排好，你累了，没什么再要准备的了，以一种平静的喜悦，等着神圣的日子。
苏菲雅	节日离得还老远老远，我的亲爱的，就是准备也还差得远着哪。
派芙拉	啾，上帝！苏菲雅姑姑，教我——
苏菲雅	什么？
派芙拉	教我怎么样就跟别人过得来。
苏菲雅	我自己就不知道。人生是七零八碎地往前走，就像在一片雾里头——

派芙拉　　　你的心愿是什么?

苏菲雅　　　我的心愿?(她停了停,然后用了大力气,低声说话)我想放开了,乱搞,犯所有的罪,破所有的规律,样样事弄它个乱七八糟。然后,高过了所有的男子汉,再把自己扔在他们的脚边,我就说:听我讲,亲爱的人们,我不是你们的统治者——我只是一个低贱的罪犯——比任何人全低贱——你们上头就无所谓统治者,你们也不需要统治者——

派芙拉　　　(声调平静而畏惧)为什么要这样子?有什么理由?

苏菲雅　　　为的是人们彼此不要害怕。今天没人好怕。可是人人害怕,颓丧——人人活在恐惧之中。你自己看见的。没人有勇气把自己要说的话说个清楚。

　　　　　　〔安提派在门边出现,站在那里听着。

派芙拉　　　我不明白。你那样子不会祸害自己吗?

苏菲雅　　　孝辛的父亲常说,上帝为人类祸害了自己。

安提派　　　你们说些什么呀?

派芙拉　　　啾!

安提派　　　(走到她跟前,声调受伤)有什么你好怕的?你心里没鬼,你就没什么好怕的。你们在谈论什么?

派芙拉　　　啾,各样儿事情。

安提派　　　(向苏菲雅,有些粗率地)你应当少说话才是。

　　　　　　〔苏菲雅走来走去,并不看他,藏起她所受的刺激。

派芙拉　　　(抚慰地)你应当少嚷嚷才是。你一来就嚷嚷——用不着——

安提派　　　(温存地)这不是因为脾气坏——只是我的嗓门儿大就是了。太太,来点儿茶喝,好罢?去把茶烧好。叫他们端到

	这儿来。也要点儿甜东西吃。跑罢，亲爱的。（派芙拉走进去。安提派看她走出视线，声音里头带着恼怒，转向妹妹）你把她给我毁啦——（苏菲雅不作声，走过他面前。他坚持地重复着）我说，你把我女人给我毁啦。
苏菲雅	（忽然，尖锐地）住口。
安提派	（退缩）说——怎么的啦？
苏菲雅	好，你觉得娶一个年轻太太安逸，舒泰吗？
安提派	（倒在一张椅子里头，平静地）她抱怨来的？
苏菲雅	（恢复她的自制）没有。我告诉你，她没抱怨。你得原谅我。我正在闹脾气。有事情搅我。请原谅我。
安提派	（平静地）你方才吓了我一跳。主可怜我们，我爱她爱极了——我对你就说不出爱她爱到什么田地。
苏菲雅	（又走来走去）尽管这样子，你并不更其幸福——你不，她也不。
安提派	好——等等看！（稍缓）苏菲雅！
苏菲雅	怎么样？
安提派	告诉我——她跟米哈怎么样？两个人有没有勾当？
苏菲雅	（在他前面站住）干脆把你脑子里面这种心思去掉——听见了没有？也别鼓励自己往这上头想，也别鼓励别人往这上头想。海外恩哪儿去啦？
安提派	（挥手）在里头——埋头在搞计划。鬼抓了他去——我腻透了他。
苏菲雅	你对他变成了一个太有利可图的合伙人。
安提派	（加小心）怎么会的？
苏菲雅	就这么会么。你睁开眼睛看好了。
安提派	（宽适地微笑）啾，这个？我原先心想你跟他在闹别扭——

苏菲雅	想着你不必想的。
安提派	（叹息）苏菲雅，你这人真难捉摸。
苏菲雅	当着派芙拉，你千万别骂米哈——明白吗？
安提派	好，好。这孩子招我气闷——太气我啦。他见天儿怎么过的？
苏菲雅	你想想自己罢。
安提派	（思维地）我不会伤害派芙拉。
苏菲雅	别尽取笑她母亲。
安提派	我不喜欢这女人。
苏菲雅	（扶住栏杆）我觉得累得慌——
安提派	（急忙朝她跳过去）哪儿不舒服？我给你取点儿水来？
苏菲雅	（靠住他）我觉得难过——
安提派	怎么样？上帝！到底怎么啦，苏菲雅？
苏菲雅	等等——噢，我的上帝——
安提派	（拿胳膊围住她）啊，我聪明的小女孩子！来，躺躺，歇歇——
	〔他搀她出去。塔辣喀诺夫从花园那边闲闲而来，同时米哈，在阳台上面出现，赶到桌子这边，给自己斟酒。
塔辣喀诺夫	那个德国人走了吗？
米哈	他是一个瑞典人——要不也是希腊人。
塔辣喀诺夫	这还不一样，一个外国人。他走了没有？
米哈	他留下来用饭。
塔辣喀诺夫	哼！真叫邪行！
米哈	什么？
塔辣喀诺夫	就没人看出他是个骗子？

米　哈	噢,好——叫你一看,人人是骗子。
塔辣喀诺夫	不见得人人是,不过有一半人是。苏菲雅·伊万诺芙娜在什么地方?她全懂。
米　哈	我不知道——我当真不知道。

〔米哈坐在台阶上,燃起一枝香烟。塔辣喀诺夫走出,向自己唧哝着,打着手势。派芙拉从房里出来。她微笑着,在米哈背后停住,拿她的围巾末梢弄他的脖子发痒。米哈不转身子看她,说着话。

当心。父亲要是看见这个,会出事的。

派芙拉	(做了一个怪脸)我就是逗逗也不成。我年轻,我起腻——
米　哈	人人起腻。
派芙拉	轻快的生活一定在什么地方有。
米　哈	不妨寻寻看。
派芙拉	我们到花园去。
米　哈	我得回公事房去。我吸完我的香烟,就要进去卖气力赚我的面包吃——
派芙拉	(走下台级)那我就剩下一个人了。像这样子,我走开了,走了又走,一个星期,或者一个月。再见。你为不为我难受?
米　哈	我为你难受了好久啦。
派芙拉	不对。我不信你的话。(走开。往回看,冲他摇她的手指)不对。

〔米哈思虑地拿眼睛跟着她,弄灭他的香烟,站了起来。他父亲站在他的背后。

安提派	你到哪儿去?
米　哈	到公事房去。

安提派　她说"不对"这话是什么意思?

米　哈　我不知道。我没在意。

安提派　你没?(皱着眉,看着他儿子,要说什么话,但是没有说,挥挥手,叫他走开)跑罢。

　　〔他弯着腰,缓缓尾随着派芙拉。安娜·马尔考芙娜从犄角那边偷看,朝他摇着她的拳头。

幕

第 三 幕

苏菲雅的书房和办公室——一间大屋子,有一张大书桌,右边一个壁炉,左边两个门,一个门通苏菲雅的卧室,另一个通其他内室。后墙有两个窗户,和一个开向阳台的门。

苏菲雅拿着一些纸张,站在书桌跟前。穆辣陶夫正要告辞,拿着一顶不入眼的旧帽子在腿上弹着。

一个秋季的灰色的天,穿过树木的摇曳的枯枝,往窗户里面看。

苏菲雅　　(集中思维的样子)还有一个问题。

穆辣陶夫　(点头)一打,假如你喜欢。

苏菲雅　　告诉我,要简单,要坦白——是什么指使你收聚这些文件的。

穆辣陶夫　我的感情——

苏菲雅　　我们还是撇开感情的好。

穆辣陶夫　那我有什么好告诉你的?(耸耸肩,忍着不笑出口来)你待我太狠,我简直受不下去。我连什么样的感情还没有讲——

苏菲雅　　妒忌?

穆辣陶夫　不是!你想不到的。

苏菲雅	成心气我?
穆辣陶夫	也不是这个。我怕我一解释你会跟我生气的。(稍缓)可不,你不会明白的。连我自己都搞不清楚。
苏菲雅	假定你试试看。
穆辣陶夫	(叹息)好,我们俩闹意见,是不是?(她点头,牢牢地看着他)这些文件就是事实的证明,我对,你错。
苏菲雅	(叹一口气)一种逃避的回答。
穆辣陶夫	允许我告辞。
苏菲雅	(看他一过)再见。你穿得为什么这样少?风挺厉害,像要下雨。
穆辣陶夫	(柔柔地笑着)不必担心。
苏菲雅	你为什么笑?
穆辣陶夫	我有一个理由——我有,夫人。好,我走啦。
苏菲雅	原谅我不送你啦。你在办公室停停吗?请告诉塔辣喀诺夫来一下。

〔穆辣陶夫走出。苏菲雅把纸张往书桌上一丢,拿手绢揩着手,用手指捺着眼睛。安提派从花园门进来,他看上去不健康,头发蓬乱,穿着一件厚上身,没有背心,领扣散开,脚穿着呢拖鞋。苏菲雅激了起来。

你应当问一声,你可不可以进来。

安提派	(无动于衷)你哪儿来的这个?我不是生人。
苏菲雅	你要什么?
安提派	什么也不要。

〔向四围看。

苏菲雅	(仔细打量他。声调放低)这样乱七八糟的往外跑,你是什么意思?

安提派	（倒在壁炉旁边一张椅子里面）我死了，你给我穿衣服。
苏菲雅	你瞎扯——
安提派	我不喜欢这些文文雅雅的老房子。它们不是房子，它们是棺材。它们甚至于有一种特殊的气味。我搬到你这边来住就错。我把自己同人世割绝了。
苏菲雅	别说了，请。我没有时间听这种无聊的话。

〔塔辣喀诺夫进来。苏菲雅从书桌上拿起一个厚纸夹给他。

马提外·伊里奇，算算避暑的房子和尤塞克公司的账目，请。就在这儿算——

〔她坐在书桌前面，写着。塔辣喀诺夫在壁炉旁边一张小桌子那边给自己找了一个地点，戴上他的眼镜。安提派微笑着，看着他。

安提派	新闻讲些什么？
塔辣喀诺夫	中国发兵了——
安提派	打谁？
塔辣喀诺夫	打我们，受了德国人的挑拨。
安提派	你不爱德国人，哎？
塔辣喀诺夫	简直不爱。
安提派	为什么不爱？
塔辣喀诺夫	因为他们比我们聪明。
安提派	人应当尊敬聪明人。
塔辣喀诺夫	我尊敬。可是我不喜欢他们。
安提派	你是一个怪人。
塔辣喀诺夫	在俄罗斯，懂事的人都怪。
安提派	你这话也许对。（稍缓）虽说不怎么懂事，可你照样儿怪。

塔辣喀诺夫	不对。
安提派	不对？你干么脱掉你的军服，辞职不干？
塔辣喀诺夫	这我对你已经解释过——
安提派	不错，你一直在解释，可是你从来没有解释清楚。
塔辣喀诺夫	据说，离开恶，你就可以创造善——
安提派	（拿手打他的座椅的扶手）瞎掰！离开恶，你就什么也创造不出来！是的，你必须照直朝恶走去，攻打它的心脏，放倒了，踩着，连根带枝子毁掉，不认输，不要它占了你的上风。这才是你应该做的！我这话对不对，苏菲雅？
苏菲雅	你对。不过，你别打扰我。
塔辣喀诺夫	那仅仅是嚷嚷，字句，锣鼓喧天。你等恶带着全份重量朝你压了过来，你就要尽你的能力躲开它了。
安提派	我？不见得罢。我不是那种人。我知道我们的生活是什么——是一种肉搏。不，我不会跑开的。
塔辣喀诺夫	看好了。

〔史提姚浦喀在左边门道往里窥探。

史提姚浦喀	安提派·伊万诺维奇，农民们来啦。
安提派	什么农民们？
史提姚浦喀	喀门史考叶那边的。
安提派	我倒要叫这些浑蛋看看！
苏菲雅	别就这么急。不是他们错。我知道是海外恩的命令——
安提派	他的命令？你拿稳啦？
苏菲雅	我告诉你啦。
安提派	（走出）这个糊涂德国人！
塔辣喀诺夫	比我们任何人都不糊涂。
史提姚浦喀	给我点儿东西念，苏菲雅·伊万诺芙娜。

苏菲雅	问米莎去要。
史提姚浦喀	他把我撵开啦。他正冲年轻主妇的耳朵唱歌——
苏菲雅	什么?
史提姚浦喀	他们肩靠肩坐在沙发上,他为她在唱一支歌。
苏菲雅	好,你走罢。别拿这些琐碎事情烦叨。
史提姚浦喀	我也就是同你谈谈。

〔她走出。

塔辣喀诺夫	(向自己唧哝)年轻主妇。她是哪类主妇?
苏菲雅	你认识穆辣陶夫有多久?
塔辣喀诺夫	我?十年光景。
苏菲雅	你对他这人怎么样一种看法?
塔辣喀诺夫	(从眼镜上头看着她)早期我认为他很好。他在他那一行搞起许多有用的东西,他那一行是森林,例如种什么新东西这类事情。他允许农民们捡柴火,扫除干净林子里头许多空地。过后,忽然之间,像有什么东西打在他的头上——他变成了一个最不愉快的人物。我们男子汉全像这样,——好像是草做的——点着了,冒出许多烟来,不过发不出光,也发不出热。
苏菲雅	(注意在听,肘子挂着书桌)他这样不愉快,你觉得是怎么回子事?
塔辣喀诺夫	我觉得是怎么回子事?正和人人一样。他不爱任何人,逗人人发怒,挑拨是非,讲闲话。同时对女人也有点儿乱。不过,他是一个聪明人——怪的就是这个——

〔派芙拉进来。

派芙拉	我好进来吗?
苏菲雅	当然。

派芙拉	到处全冷。
苏菲雅	吩咐他们点火好啦。
塔辣喀诺夫	（递过一捆纸张）这儿是那些文件。我好走了罢?
苏菲雅	谢谢你。过路，请叫史提姚浦喀来一下。还有米莎。

〔塔辣喀诺夫走出。

派芙拉	干么穿得这样周正?
苏菲雅	我等一位客人。
派芙拉	好，米莎又写了一首诗。
苏菲雅	好吗?
派芙拉	好。关于松树的。
苏菲雅	他喝酒来的没有?
派芙拉	（叹一口气）打早晨就喝起。

〔安娜·马尔考芙娜在门边出现。

安　娜	自然喽，这孩子喝呀喝的，把自己喝成了一团烂泥。
苏菲雅	他为什么?
安　娜	因为他被人欺啦。
苏菲雅	被人欺的人多啦。
安　娜	他们全喝酒。你以为是什么让人喝酒的? 你自己的父亲喝酒，因为他被人欺。他聪明，不过没人承认这个。于是他就在别人身上耍坏主意，证明他聪明，管林子的都这样做。当然，他们把他送到法庭，不过，这只有让他更坏。一个人需要多少? 一个人的灵魂就像一个小孩子的灵魂，永远那样动人——噉，我到这儿来干什么的? 噉，是的。你给了史提姚浦喀一条黄带子，苏菲雅·伊万诺芙娜?
苏菲雅	是的，怎么啦?

安　娜	那就成啦。你知道，他把带子搁在拖布里头，对着镜子冲自己做眉眼。
派芙拉	母亲，别说下去啦。
安　娜	有什么不好说的？我说的是——你当心别人的东西，比自己的东西还得当心。

〔史提姚浦喀进来。

她来啦，我们的美人儿——

史提姚浦喀	你们喊我来的？
安　娜	（走出）当然她们喊你。生活没你，还算生活？
苏菲雅	点上火，孩子。
史提姚浦喀	（跑出）主呀，老太太多恨我——她的脾气可也真是的！
苏菲雅	一个可爱的女孩子——
派芙拉	房子里头唯一快活的人。只是她太冒失了。
苏菲雅	（走向派芙拉）你应当叫安提派带你到莫斯科去。
派芙拉	做什么？
苏菲雅	你在大城市就看到生活了。
派芙拉	（无动于衷）好罢，我问问他看。
苏菲雅	（把手放在派芙拉的头上）你不想到那儿去？

〔米哈从内室出来，看看她们，静静地溜进一张椅子。他坐在那边打盹，挂着的东西差不多把他遮住。

派芙拉	不想。我倒喜欢困上一两年，醒过来，看见样样儿东西变啦——
苏菲雅	这是孩子气，派芙拉。你得学着怎么样建筑你自己的生活。你不能够尽等别人当心你的需要。
派芙拉	请别跟我生气。
苏菲雅	你年轻，心慈。你为别人难受，是不是？

派芙拉	我知道你要讲什么了。不过真的,米莎在我心里头一点儿感情也激不起来。我也就是喜欢听听他罢了。
苏菲雅	(惊退)我不是在说这个。不过,现在你提出这个题目,我必须对你讲这话——你不好跟他老在一起。他不是一个小孩子,结局对你会不好的。
派芙拉	可是我腻极了,他又那样好玩儿。叫我怎么着?
苏菲雅	跟安提派走开,我会照料米哈的。
派芙拉	也许我顶好跟母亲走?
苏菲雅	你觉得跟你丈夫在一起不好过?

〔不回答,派芙拉拿身子贴近年长的女人。苏菲雅抬起女孩子的头,看进她的眼睛。

我明白你,亲爱的。我告诉过你,我也有过丈夫——

〔史提姚浦喀冲了进来。

史提姚浦喀	苏菲雅·伊万诺芙娜!那个德国人来啦。他那样子可神气啦!
苏菲雅	这——(拿手摸摸派芙拉的脸)现在,好,请让我单独跟他谈谈,派芙拉——
派芙拉	(跳起)噢,上帝,我多希望你——
苏菲雅	谢谢你,亲爱的。请他进来,史提姚浦喀。

〔派芙拉走出,苏菲雅拿一本书盖住书桌上的文件,在镜子前面理理她的头发,随后发见米哈坐在一张椅子里头。

米莎!你在这儿久吗?

米 哈	久。
苏菲雅	你听见我们讲的话了吗?
米 哈	我听见了点儿。那个德国人来啦。那个道姑在翻什么花

	样儿。
苏菲雅	翻花样儿？
米　哈	是呀，当然。她总在翻呀翻的。她活着就像她在玩洋囡囡。我是她的一个洋囡囡，父亲是一个，你也是。她会一辈子像这样活下去——
苏菲雅	你知道，你的话就许含着真理。
米　哈	你方才做什么要见我？
苏菲雅	现在不成啦。你先走开。我回头叫你。
米　哈	（站起）好。你嫁这个德国人，姑姑，把我们一股脑儿全打发到地狱里头——我们全体，连浪漫的爸爸跟他的再度青春也包含在内——
苏菲雅	请，走罢。
米　哈	咝——咝！你得完完全全管治自己的感情——欢迎，你这位文明和文化的持有者！

　　　〔海外恩和米哈静静地握手。米哈走出。海外恩吻着苏菲雅的手，随她来到书桌跟前。

海外恩	（他穿着一身考究的礼服，有一个金刚钻别针和一个金刚钻戒指）你也许猜得出我为什么要你今天接见我。
苏菲雅	（坐下）我相信我猜得出。
海外恩	这在我很称心。
苏菲雅	称心？
海外恩	许多解释都可以不必需了。我可以吸烟吗？
苏菲雅	当然。

　　　〔朝他移动烟灰盘和火柴匣。

海外恩	我有点儿激动——
苏菲雅	你要点儿水吗？

海外恩	不了,谢谢你。我的激动就环境来看是自然的。
苏菲雅	今天你的外表挺动人。
海外恩	我希望为了赢取你的信心,我的思想同样能够打动你。
苏菲雅	好,也许你会告诉我都是些什么思想。
海外恩	这正是我拜访的目的。(燃好他的雪茄)你知道我非常尊重你的见解——完全切合我的目标。
苏菲雅	我听了高兴。
海外恩	(鞠躬)是的。我十分真诚。当然,你一定不否认我对俄罗斯和俄罗斯人的认识——我是一个细心的观察者,我在俄罗斯人当中住了十八年,我研究他们研究得很仔细。我的结论是这样——俄罗斯痛苦,首先由于缺乏有能力追逐刻划分明的目标的健康人民。
苏菲雅	讲下去。
海外恩	是的,你们很少人民相信自己,相信他们的能力。你们有太多的形而上学,太少的数学——
苏菲雅	这话你以前说过许多回了。
海外恩	我正这样想!现在来谈你。你是一位有智慧有性格的女子。
苏菲雅	谢谢你。
海外恩	真的。我甚至于用寓言的方式想着你——苏菲雅·伊万诺芙娜是新的,精神上健康的俄罗斯,在配得上她的条件之下,可以成就任何事业,可以完成大量的文化工作。
苏菲雅	你过分夸奖我。
海外恩	我是一百二十分地严肃。所以,我现在提议的结合,你我的结合,有一种深沉的意义。这不止是一种简单的婚姻。我的能力和你的能力——可不,一定全大得不得了。两个

强壮人物实现了他们的目标——非常重要。特别是在今天的俄罗斯,把所有那些——梦丢掉,必须转向人生的简单事务,把脚牢牢立在地上。你哥哥一心只在他的家庭生活,把买卖也忽略了,我曾经帮你指出,不止一次,为了保护你的权利——

苏菲雅　你这是头一回谈爱情罢?

海外恩　(未免折退)饶恕我——是两样点儿。我同你已经有四回谈到我的感情了。

苏菲雅　四回?你没搞错?

海外恩　没。我记得清清楚楚的。第一回是在贵族元帅的花园,在他寿诞的宴会上——下雨,你的脚淋湿了。第二回是在这个地方,坐在池边一条板凳上。你当时,挺开心,说蛤蟆也为爱情在叫唤,我听了很不好受。

苏菲雅　我记得第三和第四回。

海外恩　当然,说蛤蟆是对的,不过,我要可以说的话,这个玩笑开得并不恰当。一个人的心正在要求——

苏菲雅　我们结束这次谈话罢,古斯塔夫·叶高罗维奇。

海外恩　(惊)做什么?

苏菲雅　还用得着解释吗?

海外恩　(站起,声调受伤)对方不明白,当然需要解释。假如你拒绝,我把这看做一种侮辱——

苏菲雅　这样吗?很好,那么——(站起,在屋里走动)你对我提议我们一同来救俄罗斯——

海外恩　你在嘲笑我的说法。

苏菲雅　好,反正你的提议有点儿这个意思。我认为自己不配这样一种艰巨的工作。这是第一点。第二,我认为你,也不

	配这个角色——
海外恩	什么角色?
苏菲雅	就算一种文化工作者的角色罢——
海外恩	(微笑)当真?凭什么?
苏菲雅	因为你是一个可怜的打劫者。
海外恩	(吃惊过于受伤)饶恕我!这——这我真没想到。我也不明白。
苏菲雅	我考虑了许久才说。这儿,在我的书桌上,我有文件证实你干过一串欺人的事——
海外恩	(坐下,尖锐地)不可能有这种文件。
苏菲雅	(站在书桌前边,安详地,沉重地)我有一份你和布雅诺渥农民们订立的合同。我也晓得你同贵族元帅的交易——
海外恩	(耸耸肩膀)那是生意。
苏菲雅	(放低声音,用力地)你逼塔辣喀诺夫准备一份假清单——
海外恩	塔辣喀诺夫精神错乱。
苏菲雅	(声音放得更低)还有孝辛,你打算贿赂他——难道他也精神错乱?
海外恩	这全是误解。
苏菲雅	你拿手伸进我哥哥的口袋,越来越深,也越来越大胆无耻——照你说来,这种活动在俄罗斯也是必要?
海外恩	(拿手绢揩着脸)你可否让我解释给你听?
苏菲雅	(在屋里走来走去)好啦,我亲爱的先生,还有什么好解释的?样样事清清楚楚。
海外恩	(小心在意弄熄他的雪茄)那么,就你看来,我是一个坏人,不配做你丈夫?
苏菲雅	(站住,一惊,笑了)你这人真是了不起地天真,你知道!

海外恩	（微笑，摊开了手）好，我要是把话说远了，那是因为我过去以为你对我很好。
苏菲雅	我听不懂你的意思。
海外恩	我相信你拿我当你的朋友看，拿我的商业利益当你的看。
苏菲雅	嗷，我明白啦。好，你弄错啦。
海外恩	误会值得原谅。我觉得，看你哥哥那样照管生意，你不但不骂我，一定还会赞成我有先见之明——
苏菲雅	（朝他走去，说话的声音平静而坚定）滚出去！

〔海外恩动了气，朝她走了一步；她从书桌上拿起什么东西。他们站着，不作声，彼此盯着看了好几分钟。

海外恩	（后退）你是——一个极无礼貌的女人。而且滑稽可笑！

〔他走出，迅速地，在出去以前，戴好他的帽子。苏菲雅坐在书桌的一角，拿一只手盖住脸，同时用另一只手使劲儿磨蹭她的膝盖。史提姚浦喀在门口出现。

史提姚浦喀	（看见苏菲雅，叹息）你要我把火点着吗？
苏菲雅	（低声）不用。嗷，好罢，就站起来罢。
史提姚浦喀	孝辛问你见不见他。
苏菲雅	嗷，让他等等。
史提姚浦喀	他得回林子去。
苏菲雅	别麻烦我！好，叫他进来——快！

〔史提姚浦喀急忙走出，在门道蹭过安提派。

安提派	跑来跑去，急点子什么？苏妮雅，怎么的啦？那个德国人在客厅冲我梆地把门一带，呲呲地使气，脸发青——不说一声再见就走了。
苏菲雅	（声调粗里粗气，玩世不恭的样子）他今年搞了你一万去，我的孩子。

安提派	真的？小子真有他的！任何机会也不放松。啾，世上的人呀！派芙拉还说一个人应当和善——她说，人全盼望自己得到别人的热烈的信心。派芙拉在那儿——你知道吗？
苏菲雅	你应当到远处走走——
安提派	真的！为什么应当？
苏菲雅	（移开书桌上的纸张）你变得太懒，安提派。看着你都不怎么快活。现在请你离开我。你这一整天空着两只手跑来跑去算个什么？
安提派	（粗率地，走去）我给自己找一个地方——

〔苏菲雅在屋内走来走去，理好她的头发。史提姚浦喀抱着一堆柴火进来。孝辛在门口出现。苏菲雅看着他。

孝　辛	孝辛来啦。
苏菲雅	好。什么事，雅考夫？快。
孝　辛	请歇掉我。放我走。
苏菲雅	成。等一下——怎么想到这上头的？
孝　辛	有缘故的。
苏菲雅	好——我很难过。
孝　辛	我也难过。
苏菲雅	谁得罪你来的？
孝　辛	没人。
史提姚浦喀	他在撒谎。那位圣人，那位神圣的道姑，把他得罪啦——
孝　辛	叫她出去——
史提姚浦喀	我会自己出去。

〔跑出。

孝　辛	缘故是我不能够跟年轻主妇待下去——我怕她。

苏菲雅	什么？
孝 辛	她让我觉得不舒服——她一来就可怜的样子看着我。我受不了。当然，我是一个罪人。不过，天天挨审，这不公道，这是活折磨。自打她来到这家子以来，就像她拿沙子撂到我们的机器里头。跟她在一起，人觉得不好过。就是你也嫌累——
苏菲雅	（盯着他，但是不听他讲，平静地说着）那样温柔，文静的眼睛——
孝 辛	她的眼睛？别相信它们。相信她的行动。她将来要做的事不会好的。
苏菲雅	我不是在说她。
孝 辛	那些安静的人，爬到跟前蜇你，才准。蛇就安静。
苏菲雅	好啦，雅考夫。
孝 辛	也别相信那个德国人。他是一个外国人，不会要脸的。至于我射死的那个人，我的意思是说他女人跟他的孩子们——
苏菲雅	你甭焦心，我会在意的。不过，你到哪儿去？
孝 辛	到城里去。以后——我就不知道了。
苏菲雅	我替你难过。
孝 辛	我也替你难过。你这儿就是一个人。老板不喝酒，在发酒疯。愿上帝应许你凡事成功。再见，苏菲雅·伊万诺芙娜。
苏菲雅	再见。（她拿手给他。他握住了，眉聚在一起，瞪着她）也许你会改换心思？
孝 辛	不会。她不死，我还是躲开的好。
苏菲雅	她？为什么她必须死？

孝　辛	为什么她必须活着？她没什么好活的。再见。
	〔退出。
苏菲雅	（看着他，揩揩眼睛，呢喃着）一场恶梦。
	〔她看见镜子里面派芙拉和米哈的身影，他们在门外经过，派芙拉闹着玩地伏在他的肩膀上面。声音平静而惊恐，她喊着："派芙拉！"两个人并排进来，米哈难为情地微笑着。
米　哈	噢，有火！好极啦。
派芙拉	你的脸样儿干么那样阴沉？（拿胳膊围住苏菲雅）听听米莎写的东西——
苏菲雅	（看着她的脸）当心，我的孩子。就是方才不久，今天，我对你讲——
米　哈	噢，严重的谈话！
苏菲雅	我要你出去走走。
米　哈	（坐在壁炉一旁地板上）不，我偏不出去。
苏菲雅	（声音疲倦）你似乎决心逼我发疯——真是的！
	〔安娜·马尔考芙娜进来。
安　娜	（向苏菲雅）我到处在找你，你应当把自己藏起来才好，因为今天安提派·伊万诺维奇神志不很正常——把人人骂开了——
苏菲雅	安娜·马尔考夫娜，我想同他们私下里谈谈。
安　娜	（声调受伤）好，我走。虽说我是母亲——
	〔她走出。
米　哈	不过，真的，没什么好说的，苏菲雅姑姑——没什么新东西。你还是听我念念我的诗罢。
派芙拉	（使劲儿看着苏菲雅，摇着她的脚）任么儿事情我也不要

谈——

苏菲雅　　（看了他们一遍，走向书桌）很好。那么，我们安安静静地坐下来，心先放平。

派芙拉　　来，米莎，念罢。

米　哈　　我准备好了，母亲。

派芙拉　　又来啦？我想我请过你不要叫我这个。

米　哈　　这是你合法的地位。

苏菲雅　　（不耐烦）念罢，米哈。

米　哈　　（微笑）成。让我想想怎么样开始。

派芙拉　　我记得。

　　　　　　〔安娜·马尔考芙娜在门边出现。

安　娜　　（高声耳语）父亲来啦——别说下去啦。

苏菲雅　　安娜·马尔考芙娜，你不应当——

安　娜　　我又犯错儿啦——

　　　　　　〔派芙拉贴紧了苏菲雅。米哈在地板上，皱着眉，移到阴影里头坐。安提派进来。怨怨的眼睛看着每一个人，胳膊垂在两旁，手指头动着。

安提派　　你们干么不说下去？假定你们聚在一间屋子，念诗，谈话——凭什么不？这不犯什么错儿——（忽然，苦恼上来）别怕我，妈的。我像每一个人，是一个人！

苏菲雅　　嗓门儿别这么高，安提派。

安提派　　住口。你干么老拦着我？干么人人看见我就跳？我是野兽呀还是什么的？就剩下一个人了——自然他就变成野——

米　哈　　父亲！

安提派　　说呀？

米　哈	给孝辛升升工。
安提派	（慢慢地）怎么的啦？拿我开心？
米　哈	不，不，上帝做见证，真的！升升工，他就起劲儿啦。
安提派	怎么回子事，苏菲雅？
苏菲雅	没事，米莎在哄你。孝辛要离开我们。
安提派	他？到哪儿去？
苏菲雅	我不知道。
派芙拉	他走我高兴。我就怕他——
安提派	你是什么也怕。这正是你误解的地方——（稍缓）那么，雅考夫要走？怪事。他干什么走？
米　哈	我不知道他要离开。
安提派	你知道什么？父亲卖木材，儿子搞诗。滑稽透顶——
米　哈	看又来啦——
	〔人人不作声。派芙拉向苏菲雅耳语。
安提派	我以为耳语欠礼数。
苏菲雅	（疲倦地）你干么不做点儿事？没事，哪怕喝酒也好。安娜·马尔考芙娜，给我们弄点儿茶，好吗？
安　娜	喝茶太早。
苏菲雅	我要你对对海外恩的账，米莎。
米　哈	马上来？
苏菲雅	是的。
米　哈	你想出这些门道把我们全撑掉。你拿走家里最好的屋子，谁往这儿一坐你就反对。
苏菲雅	胡说八道！
米　哈	不是胡说八道。
安提派	（向派芙拉）你干么这样安静？

安　娜	看你这人。她耳语——错。她安静——又错。
安提派	女人，住口！
安　娜	噢，我的上帝！亲爱的派莎！
安提派	你总在这儿挑是非，存什么心？
苏菲雅	性子敛敛，安提派！
安提派	放安静，妹妹。我全看穿啦。你是瞎子——
派芙拉	（平静地，非常坚定地）安提派·伊万诺维奇，我请你别朝我母亲嚷嚷！
安提派	我嚷嚷不会把她嚷嚷掉的。
派芙拉	（朝他走近了些）你是一个恶毒的坏人。我不爱你——我怕你。
安提派	凭上帝的名义，派芙拉，你这会儿怎么的啦？
苏菲雅	等一下，派芙拉，听我讲——
派芙拉	不，你们听我讲。我爱米莎。
米　哈	噢，别瞎扯！（越发缩到阴影里面）别相信她，父亲。她存心翻花样儿，因为她腻烦。
	〔安提派跌进一张椅子，不作声，瞪着他女人。他的模样怪可怕。
派芙拉	（退闪）好——噢，上帝——杀我罢——我不在意！我知道米莎不爱我——我知道这个。有什么关系？我爱他——他比任谁都好。好——杀我罢！
安　娜	亲爱的派莎，别这样说话——
苏菲雅	安娜·马尔考芙娜，请走。
安提派	噢，派芙拉！走！快走！妹妹，把她带走——快！
	〔苏菲雅拿胳膊围住派芙拉，带她出去。安娜·马尔考芙娜静静地跟着她们，像一个影子。米哈坐在地板上，

格外靠紧了壁炉后面的墙。安提派坐在那边，石人一般，公牛一般，瞪着地板，唧哝着：

原来是这样子——原来是这样子，哥儿们——你是一个老头子——是的，你是——

〔在椅子里面动来动去，拉开他的领带，从书桌下拿起一管尺，弄碎了，扔到火里头。拿起一本书，瞥了瞥，丢到地板上。找到一管小手枪，微笑，斜着一只眼睛，望着枪筒里面。最后脸上显出一种安详的严肃的表情，坐在那里动也不动，闭住眼睛，右手拿着手枪放在膝头，左手抓住胡须。米哈站起，害怕上来，静静地朝他走去，想抢手枪，但是安提派握得紧紧的，跳起来，发话了。

你？

米　哈	听我讲，父亲——
安提派	走出这儿——快。
米　哈	（向门走去）没什么好怪我的。我是什么也不要。她方才自己也说来的。你听见她——
安提派	没什么两样——反正一样——
米　哈	我知道你想——
安提派	想什么？
米　哈	（指着手枪）这——
安提派	（把手枪朝门那边一丢，落在地板上）傻瓜！你以为我会为了你的缘故干这个？你这个醉鬼！滚出去！
米　哈	别往坏里想我。我知道我是一个没用的病人。当着你，当着人——我就觉得羞得慌。我对你讲实话，我对派芙拉没心思。
安提派	（恼怒）出去，你要是不想我——弄死你！我会忘记你是我

543

	儿子的——(忽然冲过去,抓住米哈的领带摇他)所以,你这腥腥脑壳在想这个?
米 哈	是你在想这个——
安提派	我?
米 哈	我比你大——内里。我没做错事。
安提派	你把心给我拿走了。
	〔苏菲雅跑进。
苏菲雅	放开他!放他走!跑呀,米莎!
	〔米哈跑去,顺路拾起手枪。
安提派	(头垂下,拿胳膊围住苏菲雅的肩膀)苏菲雅,亲爱的——快!叫他们全离开家——把她藏到什么地方去。把米哈打发走。我怕我会干出什么事来,苏菲雅——我心里头直想犯大罪。快去!我的心——由不得我啦——(苏菲雅扶他坐到一张椅子里面,把门关上)这害死我——
	〔传来枪声。安提派跳起,瞪着地板,站着,说不出话来。
苏菲雅	(瞥了瞥书桌,向门冲去)他拿走桌子上的手枪!
安提派	(结结巴巴)是米莎——我儿子——

幕

第 四 幕

同一屋子。安提派坐在壁炉旁边的扶手椅里面,喝醉了的模样。穆辣陶夫在他后面走来走去,静静地,吸着烟,想着。

安提派	医生说什么?
穆辣陶夫	我怎么会知道?我也不过是才跟他来到这儿。
安提派	噢,是的。
穆辣陶夫	(被打搅了的样子瞥他一眼)他也许还没有时间看他。
安提派	苏菲雅把我推出屋子。(稍缓)你来干么?
穆辣陶夫	我对你讲过——孝辛来的时候,医生在我那边——
安提派	孝辛——他也杀过一个人。
穆辣陶夫	所以我就跟着医生一道儿来了,心想我也许有点儿用处。
安提派	你?
穆辣陶夫	可不,有点儿用处。
安提派	孝辛在哪儿?
穆辣陶夫	他到城里买包扎伤口的东西去了。
安提派	这样子。样样事你都有一个解释。
穆辣陶夫	这儿没有事情要解说的。
安提派	(冷笑)没有事情,哼。你不怎么爱我,贵人,是不是?
穆辣陶夫	(停了一下)现在简直不是谈爱的时候。

安提派	（慢慢地重复）简直不是谈爱的时候。什么样的话！我说我不爱任何人，现下我不害怕说啦——除掉苏菲雅——我极其尊敬她。（稍缓）说"我爱"——是很危险的。医生喝醉了没有？
穆辣陶夫	不很厉害。跟平常一样。
安提派	他不会妨害米哈罢？
穆辣陶夫	不会——你知道他是一个好医生。
安提派	是的。他也是一个好人。只是你把他弄成一个醉鬼罢了。人人在这儿叫你给教坏了——包含米哈在内——你是一个有害的人。等一下！

〔从椅子上惊起。进来苏菲雅。

苏菲雅	（匆匆走进，袖管挽起）好，伤并不危险。你听见了吗，安提派？
安提派	不危险？真的？
苏菲雅	当然真。
安提派	（倒进一张椅子）谢谢你。
苏菲雅	（走向她的屋子，一边同穆辣陶夫说话）别叫他到任何地方去。
穆辣陶夫	（向她点头。转向安提派）你听见罢？
安提派	她跟你耳语些什么？

〔苏菲雅回来，拿了一些手巾。

苏菲雅	我告诉他，你一时也不应当到外头去。
安提派	你应当告诉我，不该告诉他。
苏菲雅	（走出）这没关系——
穆辣陶夫	好，米莎就复元了。
安提派	我可病得要命。

穆辣陶夫　噢,会好的。

安提派　是的——等我们死了就好了。你也甭打算鼓励我——我用不着。没什么好安慰我的。

〔稍缓。穆辣陶夫站住,从眼角看他。

你是一个受教育的人,你知道事物的法则。帮我解释解释这个。我健康——我好工作——也许我搞到一手麻烦,就因为我这样健康。可是我儿子软弱,对样样儿事不关心——这怎么会的?这儿运用的是什么法则?

穆辣陶夫　(不情愿,也拿不稳)好——一代工作,另一代疲倦,或者生下来就疲倦——

安提派　我不明白——

穆辣陶夫　子女显然表示父母在血里传下来的疲倦——

安提派　一代——你说的话似乎在暗示什么——

穆辣陶夫　我没暗示。

安提派　好,可不——有的工作,有的把自己闲死。这似乎不对罢。

穆辣陶夫　你年轻时候酒喝得多不多?

安提派　我?不多。我父亲喝。我太太也好这个——她娘家人全是醉鬼。她腻烦我们的生活,因为我难得在家里待着。她总带着薄荷或者干茶叶味道——她吃这些东西,为了沉掉酒味道。至于米哈,是苏菲雅把他宠坏的——他跟她在一起住,这你知道——她教他读书,作诗。他说,钟摆就像一把大斧子——把分的头斫掉——一种好笑的想法儿,分会有头——有点儿像蚂蚁,我想。可是,谁知道,这也许就不怎么好笑。

〔他闭住眼睛,似乎在打盹。苏菲雅在门边出现,向

	穆辣陶夫做手势。穆辣陶夫瞥了瞥安提派，朝她那边走过去。
苏菲雅	米莎想见他。我把派芙拉带出屋子。不过她可能回来。去叫她别来。她现下千万别遇到安提派——你明白。
穆辣陶夫	当然。不过，你尽在琐碎事情上头糟蹋自己——真是可怕。
苏菲雅	好啦，跑罢。
穆辣陶夫	我服从。不过，想想看——像你这样儿的人，也合适来——
苏菲雅	（枯涩地）你去不去？
	〔穆辣陶夫鞠躬，走出。苏菲雅在镜子里面看着他。
安提派	（稍稍把头举起）你要他做什么？
苏菲雅	我什么也不要他。
安提派	这才像你。宁可求，宁可偷，也比和这类人在一起过活强——
苏菲雅	（走向他）听我讲——
安提派	苏菲雅，怎么会有这种事？父亲工作，我工作，我们聚了足够一千个人吃喝的，可是我们干瞪眼，没办法。挣扎全为了什么？米哈是一个死灵魂。你没孩子——
苏妮雅	现在是谈这些事的时候吗？
安提派	你怎么会喜欢这个？管林子的说："现在是谈爱的时候吗？"
苏菲雅	你居然找他那样一种人讨论爱情——你这个滑稽人。
	〔她拿手放在他的肩上。他握在自己手里，看着她的手指。
安提派	你的手小，可是强壮。啊，你不应当做我妹妹，应当做我

	女人才是——
苏菲雅	（抽回手）听着——米莎想见你。
安提派	（退缩，站起一半）是他自己想见我，还是你提醒他的？
苏菲雅	他自己想见你。
安提派	你敢赌咒？
苏菲雅	我说的是真话，你相信好了。
安提派	（立起）要我见他，难。
苏菲雅	去罢。
安提派	看他在我总不舒服。我有什么对不起他？他对人生疲倦，我不疲倦。她在不在那儿？
苏菲雅	不在。她没什么好责备的。
安提派	我知道。她这类人总是天真的。责备的总是我这类人。苏菲雅，她是什么——是谁，这个派芙拉？
苏菲雅	问也太晚啦。她只是一个年轻女孩子，活在她的青春的梦里——
安提派	这就是我寻找的幸福和休息。
苏菲雅	你买幸福必须付大价钱。
安提派	我也就是要一点点。
苏菲雅	幸福让你握在手里的时候，看上去总像小，但是一松手，你马上就会知道它有多大，多珍贵。（匆忙地）这跟你的情形并不相干。
安提派	随它去罢。我原先希望有孩子来的。
苏菲雅	你是现在才想到的。
安提派	不，我是希望来的，朝前看来的。一个不生孩子的太太——有什么喜悦好说？

〔苏菲雅想回答，但是挥挥手，转开了。

	怎么的啦?
苏菲雅	我在等你。你来不来?
安提派	我来。告诉我,苏菲雅,为什么女人们跟我在一起,总感到腻烦,害病害得要死?看上去她们像爱你,可是她们决不拿心摊给我看。什么缘故?
苏菲雅	别呜唧啦。
安提派	我不呜唧。我一向就是一个美男子——
苏菲雅	在女人眼睛里头,你总也只是半个男人——
安提派	撒谎。
苏菲雅	你细想一想,你就觉得我对了。
安提派	(瞥了一下墙上的钟)可我对米哈讲点子什么?
苏菲雅	你得找一个题目。
安提派	钟摆就像一把大斧子——你看,我并不为他难过——我只是为自己害羞为自己难过罢了——因为我作难自己,什么也不为。

〔苏菲雅出神思索。

好,去罢。

苏菲雅	(决然)不。不必去。还是不去的好。
安提派	不过他会怎么想?
苏菲雅	我对他讲,你不舒服——要不就是睡着了。
安提派	不过也许还是我去得好?
苏菲雅	(厉声)我说过不。
安提派	那么,我在一点钟里头或者什么的——等我觉得平静点儿的时候,我看他来好了。我就像喝醉了酒,思想在如今是一片乱。我心里头进行着一种可怕的骚动,苏菲雅。
苏菲雅	你话说得太多!

〔匆匆走出。

安提派　（在屋内走来走去，然后来到书桌跟前，看了看文件，指着门唧哝）你也什么全不明白，我的朋友。不明白。（拿起一种文件读，扔掉，皱眉，又拾起来读，向自己唧哝）是的——噉，这样子！（忍着不笑出来）啊，苏菲雅！原来是这样子！

〔孝辛抱着几捆东西，小心翼翼地进来。发见安提派。他往后退。

谁在那儿？

孝　辛　孝辛来啦——带着包扎伤口的东西。

〔好几分钟，他们不作声，互相注视着。

安提派　噉，雅考夫，我也杀了一个人。

孝　辛　人在这儿没别的路走——

安提派　还是一个儿子——

孝　辛　太挤啦。你看不清谁是谁。

安提派　我听说你要走。

孝　辛　是呀，不过我不抱怨。

安提派　我们一道儿走。

孝　辛　哪儿去？

安提派　你到哪儿去？

孝　辛　我还不知道。

安提派　好，我跟你一道儿走。

孝　辛　你真有意的话，我等着你。你把买卖交给苏菲雅·伊万诺芙娜做，我猜是罢？

安提派　凭什么不？她办得了。

孝　辛　当然。

安提派　　我们可以到所有的圣地去。

孝　辛　　我不大怎么会祷告——

安提派　　你父亲从前为你当心来的——

孝　辛　　像是这样子。我把这些东西放到什么地方？

安提派　　什么东西？包扎伤口的东西？拿到那边里头去。

孝　辛　　我有点儿怕——

安提派　　从前有一时你什么也不怕。

孝　辛　　凡事都有一个限度。

安提派　　跟人在一起过活不容易，雅考夫。

孝　辛　　麻烦在，你看到他们不是人——他们全是审判，或者辩护人。

安提派　　那么，决定了——我们走？

孝　辛　　好，只要你认真的话，我没什么。

〔史提姚浦喀冲了进来。

史提姚浦喀　爷们儿，你在这儿干什么？把包扎的东西给我，快。

〔她发见主人，叫唤一声，不见了。

安提派　　看见没有？我变得这样可怕。

孝　辛　　她是一个蠢孩子，不过也是好孩子——

安提派　　吓唬好孩子，对吗？

孝　辛　　（走出）这话没意思。

〔剩下他一个人，安提派有几分钟看着苏菲雅书桌上面挂着的一幅画像，熄了桌灯，然后又捻亮桌灯。派芙拉跑进来。

派芙拉　　苏菲雅·伊万诺芙娜——

〔发见安提派，退后，站在那里，头垂下来。

安提派　　（慢慢走到她跟前，拿手心摸她的头，朝后推，看着她的眼睛)怎么样?

派芙拉　　（平静地）来好了——打我。

安提派　　你这条柔顺的小毒蛇——

派芙拉　　别折磨我——打我好了——

安提派　　我做什么打你?

〔举起拳头。

派芙拉　　要打快打，啾，主!

安提派　　我做什么打你?

派芙拉　　我不知道——因为我年轻——因为我做错了事，以为你是另样儿一个人——因为不爱你——

〔盖住她的脸。

安提派　　（抓住她的手，把它们分开，继续握住，粗声粗气地说着）走——走开! 你有什么对不住我?

派芙拉　　（倒在地板上）我没什么——

〔安提派放松她的手，她倒下去的时候，他慢慢举起他的脚，像要踢她的样子。他制住自己，蹲在地板上，把她的头放在他的怀里，轻轻敲着耳语。

安提派　　别怕，我的孩子——我不会碰你一碰的——醒过来! 我甜蜜的孩子——

〔台外传来苏菲雅和穆辣陶夫的声音。

苏菲雅　　别胡说八道了。

穆辣陶夫　可是你过后儿怎么办?

〔苏菲雅和穆辣陶夫进来。

苏菲雅　　（奔向她的哥哥）你干什么啦?

穆辣陶夫　（吓得倒退）鬼抓了——

安提派　　放安静。

苏菲雅	（摸派芙拉）她晕过去啦？
安提派	我不知道。
穆辣陶夫	我去喊医生来。
苏菲雅	快，他在塔辣喀诺夫家。
派芙拉	（醒转，往四外看。先对安提派讲话）走开，请。苏菲雅，带我走。
安提派	好罢。

〔退到阳台门的阴影，站在那边，背向别人。

苏菲雅	出了什么事？
派芙拉	他要打我——
苏菲雅	（向安提派）请离开屋子。
安提派	我不想离开。
派芙拉	（站起，紧紧贴着苏菲雅）安提派·伊万诺维奇——你知道，我过去直想爱你来的。
安提派	别说这个。
派芙拉	我直想你更慈和点儿。
安提派	哼——
派芙拉	可是你从来不可怜也不爱任何人。你凭什么不爱你儿子？你凭什么妒忌他，凭什么把他打你身边撑开？他是一个可怜的病孩子——难道是他的错？
安提派	我身子好难道是我的错？我不同情那些游手好闲的人们，难道是我的错？我爱事业，我爱工作。这世界盖在哪些人的骨头上面？是谁的汗血浇灌着大地？他和你这类人没这么干过。他能够拿我的活儿扛在他的肩膀上头？
苏菲雅	够啦——
安提派	仗着我的工作和我前头我父亲的工作，成百的人活着不

缺东西，成百的人来到世界。他干什么来的？有的事我做错了，不过至少，我总在朝着什么目的工作。听你们这些心地仁厚的人们讲话，样样工作全是一种罪过。这话不对。我父亲一来就说，你要是不杀死贫穷，你就洗不掉罪过，这才是真理。

派芙拉　　没人说你好话。

安提派　　那算得了什么？他们因为眼红，骂我有钱。依我说呀，人人应当有钱，人人应当有权力，这样一来，就不至于再有人当着别人低头或者伺候他们。让人独立生活，没有妒忌，他们自身就会好起来的。不让他们达到这种境地，他们就会在下流之中毁灭的。这些是苏菲雅的话，话还真对。

〔苏菲雅聚精会神地看着她哥哥。

派芙拉　　米莎又怎么样？

安提派　　这我没有办法——我无能为力。说到我和他，我没什么好责备自己的。（放低声音）也许我对你有些不是——我是说，我看见你，你占住我的心——我觉得我需要和你一同尝尝欢乐，休息休息——难道我还不该休息？

派芙拉　　主！我们就不能够平平静静地，和和平平地住在一起，彼此相爱——爱所有的人？

〔苏菲雅想着心事，从她这边走开。

我们得改改我们生活的样式。

安提派　　（阴沉地）好，开始——把路指出——

派芙拉　　我亲爱的人们，我们不能够——我们必须不再这样活下去，不爱也不可怜任何人。我亲爱的人们，我们真就恨每一个人吗？噢，上帝！噢，上帝！话说回来，我们全有什么东西相信,什么地方总有公道。

安提派　还没有为你预备好。

派芙拉　不过,我们一定得想到公道,寻找公道——

苏菲雅　(低声)我们不可能把公道想出来,我们得把公道做出来。工作,这是我们应当做的,派莎,不光是寻找什么东西而已。你仅仅找到你原来有的而且丢掉的东西。

安提派　(阴惨地)一个人的灵魂的和平是毁了。

苏菲雅　和平不是公道。

派芙拉　(疲倦地)我不明白你们——我什么也不明白。

〔进来安娜·马尔考芙娜,挽着米哈。脸上一片微笑,他的步子相当稳定,一只手抓住安娜的肩膀,另一只手伸出,显出一种让步的姿势。

苏菲雅　(焦灼地跑过去,帮着搀住他)你干么起来?你不应该让他起来。

安　娜　他说,带我去——我想见见父亲。

米　哈　没什么,苏菲雅姑姑。

安　娜　他说,父亲不会来看我的。

派芙拉　可是你就不明白——

安　娜　你倒明白的多!对,骂你母亲骂个没完!

米　哈　就是一会儿——别嚷嚷。全是我的错。

〔苏菲雅帮他坐到一张椅子上。

安提派　(走向他儿子,不冲他看,低声说话)你不该这样做。我自己会来的——缓一时就来的。我正要来,不过——我们在这儿谈话——

米　哈　听我讲,父亲——

苏菲雅　说话对你不好。

米　哈　　不说话更坏。

安提派　　你伤自己伤得厉害吗?

米　哈　　你必须饶恕我,父亲——

安提派　　噢,好——忘掉罢!我们正不知道责备谁才是——

米　哈　　我知道。

派芙拉　　那么是谁?

安　娜　　不是可怜,没有保障的人们,还有谁是?

苏菲雅　　你不该说这种话,安娜·马尔考芙娜。

安　娜　　别挑我的眼儿,我的好女人。

安提派　　你这个老鸹,为了基督的缘故,就安静些罢,要不然我要——

苏菲雅　　收敛收敛,安提派。

安提派　　(喘吁)呼!活折磨!

米　哈　　把牢,父亲,别刺激自己。这真没什么可怕的——顶多也就是滑稽——

安提派　　你也会说这种话!噢,米哈——全错,我告诉你——全错。

米　哈　　你别为这心烦。

〔穆辣陶夫在门口出现,向苏菲雅招手。她走过去。他们说话挺激动的样子。

苏菲雅　　医生?当真?

穆辣陶夫　当真。他说全是胡闹,无聊。他说这儿的人闲着没事,瞎冲瞎撞——所以就走了。

苏菲雅　　可是我们这儿必须有一个医生。请打发孝辛叫他立刻回来——

〔穆辣陶夫做了一个怪脸,走出。

557

安提派	（向米哈）好，你笑什么？
米　哈	我觉得我想告诉你些好话，父亲，打心里来的真话——
安提派	（窘）好，好——什么话？你放安静——养息养息罢。
米　哈	你看，父亲，我明白你——有时候，静静地，站在远处，我甚至于景慕你。景慕——意思就是喜欢。
安提派	（意想不到，不大相信）你听见没有，苏菲雅？听他讲些什么——
派芙拉	（向苏菲雅）可是对他，说话不好的。

〔苏菲雅头动了动，止住她说下去。

米　哈	你是上帝手里一把斧子——创造的伟大的手——你和苏菲雅姑妈。她比你还要锐利。同时我和所有像我的那些人——我们什么也不是，是也只是锈。我想说的，父亲——我思虑了许久——就是——没有没用的人——有只有有害的人。所以你千万不要折磨自己。
安提派	（感动。弯下腰，他吻着儿子的眉，然后挺直了身子）好，上帝赐福你，儿子。谢谢你。这让我觉得好受。你说这话，愿上帝帮助你。一个父亲，米哈——一个父亲也不光就是一堆肉——他是一个活人，有一个灵魂——他也爱。一个人怎么能够不爱？他不能够不爱——欢乐全在爱里头——
派芙拉	（静静地哭着）噢，亲爱的，我不明白——
安提派	（向派芙拉，胜利地）你懂了罢？（向米哈）而且，是你父亲，我也非常清楚你。可不，在你能够说话以前，我就已经为你担足了心思，儿子——我想——有一个人要在这儿长大，跟我关系最近——他要拿我的辛苦和我的罪过搁在他身上——他要说明我这一辈子——

米　哈	（深深地激动起来）我可什么也没拿——苏菲雅姑妈，我想——
	〔他晕了过去。苏菲雅朝他奔来。派芙拉吓坏了，跳开。安提派跪下。安娜·马尔考芙娜守在女儿一旁。穆辣陶夫在门边出现。
派芙拉	（高声耳语）他死啦。
苏菲雅	别乱说。
安　娜	他们到了儿把他害啦。
安提派	他怎么的啦，苏菲雅？医生在那儿？
苏菲雅	医生离开啦。拿水来——
派芙拉	（受了刺激）那儿。他们怎么不到他屋子去？噉，没心没肝的人！
穆辣陶夫	（低声）你不好这样乱嚷嚷。
派芙拉	（发怒）离开我。你想怎么样？我不喜欢你。
穆辣陶夫	（鞠躬）实际，你这话在我心头不起作用。
米　哈	（醒转）帮我——
苏菲雅	（向安提派和穆辣陶夫）举起他。
米　哈	没什么。我可以——
	〔安提派和穆辣陶夫带他出去。他笑着。
	小心照料——我真叫光荣！
	〔三个人走出。
派芙拉	（拦住苏菲雅）我怎么办好？告诉我——
苏菲雅	等等。我得料理一下米莎。
派芙拉	我觉得我自己也要死。告诉我，我怎么办好？我哪儿去好？
苏菲雅	你自己安排。你不是安提派的太太，不是米哈的妹妹——

安　娜	我对你讲过，我们不应该把我们的房子卖掉——
派芙拉	放安静些，母亲。
安　娜	你现在藏到哪儿好？
苏菲雅	你说了一大堆关于爱的话，派芙拉，但是你不知道怎么样去爱。一个人爱什么人的话，样样儿清楚——到那儿去，做什么——自己就当心自己，用不着为了任何事去问任何人。
安　娜	现在你知道，你喜欢怎么样活就怎么样活。是的，你给她的忠告挺好——
苏菲雅	在一个有太阳的日子，你不问为什么明光闪闪。太阳还没有在你的灵魂里头升起，派芙拉。
安　娜	别听这番大道理，派芙拉，别听。
苏菲雅	你害你女儿害得不轻，安娜·马尔考芙娜。
安　娜	当然，谁会比母亲更有害？啾，不，我的好女人，允许我说——
苏菲雅	（朝门转去）我知道同你这样谈论没用的——对不住，是我说溜了嘴——

〔走出。

安　娜	跑，快跑到你爱人那边去。
派芙拉	不对。她没有一个爱人。
安　娜	没关系。她会有一个的。
派芙拉	（在屋里走来走去）太阳还没有在你的灵魂里头升起——
安　娜	你倒真也相信她的话！别想太阳，想想你自己——怎么样过一种平静，快乐的生活。人人要一种快乐的生活。你必须离开那个强盗，还有那位贵夫人，也不是你的伴儿——她是同一强盗血里出来的货色。我们是安分守己的人。

你自己有钱——两万五千——只要你开口，还会多的。拿着自己的钱，一个人愿意怎么样过活，就怎么样过活，一个卢布是你自己的，比一个兄弟还亲些——然后，带着我——我在这家子过的算什么日子呀？该是我休息的时候啦——我四十一啦，我待在这儿算个什么？

派芙拉　噢，你说的话跟事情全不相干。噢，我为什么离开道院？
安　娜　自己有钱，你能够像一位贵夫人过活，就是在道院也成。你好带我去的。世上没再比母亲更忠心的朋友啦——她样样儿懂——样样儿都会隐瞒。
派芙拉　等一下——有人来。
安　娜　我们离开这儿，好不好？巡警不多久就要到这儿来。
派芙拉　巡警？
安　娜　一定。我喊他们来的。

〔穆辣陶夫进来。

派芙拉　他怎么样？
穆辣陶夫　他累啦，睡过去啦。
派芙拉　他不会死罢？
穆辣陶夫　随时可能——一定。
派芙拉　可是什么时候！不会是现在？
穆辣陶夫　我说不准什么时候。
安　娜　先生，我们简单无知，你不好开玩笑的。
派芙拉　忘记了罢，母亲。伤口不危险，是不是？
穆辣陶夫　这管手枪口径小，没有多少火力——子弹攒过一条肋骨，打腰旁边穿出去——本身并不危险。
派芙拉　谢谢上帝！谢谢上帝！瓦西里·派夫劳维奇，我相信我今天对你粗野——

穆辣陶夫	别为这难受。我知道你的基督情绪。
派芙拉	我连我说什么都不记得了。
穆辣陶夫	我告诉你,没什么。
安　娜	你把事情搞了个乱七八糟,派莎——
派芙拉	(瞥了瞥镜子)天!你干么不早告诉我?
安　娜	我过去太忙。
派芙拉	对不住,我得离开你。
穆辣陶夫	随便好了。
派芙拉	这样看起来,米莎不久就会好的。
穆辣陶夫	我不知道。医生说,他喝酒喝得太厉害,生活不检点,身体机构不灵了。
派芙拉	啾,这话——
安　娜	你就走罢。这些事跟你不相干。

〔两个人走出。穆辣陶夫坐在书桌前面的椅子里头,弯着身子,拿手抱住头。他的样子很是消沉。苏菲雅进来。一看见穆辣陶夫,她的疲倦的脸变得严厉了。穆辣陶夫仰起头,坐直了。

苏菲雅	我猜你累了罢?
穆辣陶夫	你呢?
苏菲雅	我有点儿。
穆辣陶夫	你应当歇歇。我回头就走。不过,在我走以前,我可不可以问你一个问题?
苏菲雅	(稍缓)问罢。
穆辣陶夫	我想请求调到夫拉狄金森林区。你知道那边管林子的自杀了——
苏菲雅	是的,我知道。

穆辣陶夫　　可是，我也可以打主意在这儿待下去，只要我能够拿得稳——

苏菲雅　　（拿什么东西拍了书桌一下，毅然）不成。

穆辣陶夫　　不过，你让我把话说完了——我想问的是，我能不能够拿得稳你对我改变态度。

苏菲雅　　我不听你的问题，就也明白了。

穆辣陶夫　　（站起，微笑）孝辛杀过一个人，可是比起我来，你待他真是和善多了。

苏菲雅　　（稍缓）可能——或许——孝辛算什么？他是一个忠实的走兽。他从前以为杀那些偷他主子的人们是他的责任。不过他看出他干下了什么。只要他活下去，他就不会饶恕自己。他现在看人两样了。

〔她坐下。

穆辣陶夫　　你跟从前一样，总错。

苏菲雅　　在过去七年里头，孝辛那种人在你的森林区杀伤了好几打人。

穆辣陶夫　　没那么多——

苏菲雅　　还有多少人被丢进了监牢，多少家庭被拆毁了，为了一小捆柴火！你把这些都算进去了没有？

穆辣陶夫　　当然没有。我看不出你跟这些统计有什么关系。夫人，这全是浪漫主义。你怎么可以跟贼打交道？

苏菲雅　　我不知道，不过，也不就像那种看法。譬方说，他们偷的不是我们。

穆辣陶夫　　他们没偷我们？夫人，这不合事实，也就是表面这样子，就像我们的医生，另一位你这样的浪漫主义者，爱好这样讲。

苏菲雅	我们应当把这种讨论告一个结束。我们回回遇见，回回讨论。
穆辣陶夫	你完全没有必要跟我讨论。
苏菲雅	（站起）现在听我讲，瓦西里·派夫劳维奇。在我眼睛里头，你比孝辛还坏——比任何闹酒的农民全坏。一个农民可以往好里变成一个人。你没希望。我对你说这话并不好过——
穆辣陶夫	浪漫主义对你这种做生意的女人不相宜。
苏菲雅	是的，看你像现在这样子，并不好过。一个聪明受过教育的人，不爱人民——没心思工作——我一看就起反感——我看着火熄掉，我看着你粉碎，又去败坏别人——
穆辣陶夫	五分钟以前，我在另一间屋子，听见安娜·马尔考芙娜说出一句聪明话来——她讲，人人需要一种快乐生活。这真对极了。那些人，你内侄也算在里头，据说是我败坏的——他们值个什么？是我压倒他们，还是别人压倒他们，还是他们慢慢自相压倒，都有什么关系？
苏菲雅	在外省做一个麦非斯陶非里斯①并不难。你应当试试做一个忠厚人。
穆辣陶夫	说得好。不过，怎么样才算一个忠厚人？
苏菲雅	我们没话说了。
穆辣陶夫	换一句话讲，你不能够回答我。你这人多孤单——寂寞，没有权力！
苏菲雅	不对。总有地方有人和我一样看待生活。说到最后，人拿到自己灵魂里面的只有生活里面存在的东西——没有

---

① 麦非斯陶非里斯是诱惑浮士德的魔鬼。

别的。我的灵魂里面就有善良，辉耀的东西。所以这一定也在我的灵魂外面存在。我相信一种不同的生活是可能的。所以，就是别人也有这种优异的信仰。不过我觉得生命是一种赐福，人是善良的——你可向来说到人就撒谎——甚至于说到自己也撒谎。

穆辣陶夫　我说的向来是真理。

苏菲雅　那些懒惰，拿自己做中心，感情上受了伤的人们的真理——有罪恶和腐朽含在里头——一种死亡的真理。

穆辣陶夫　到今天为止，人一直看做不朽。

苏菲雅　不对，另有一种在活，在生长——另有一个俄罗斯，不是你说的那个。你跟我只是生人。我不是你旅行的伴当，现在，我希望，我们结束这个题目了。

穆辣陶夫　（从壁炉的板架上拿起他的帽子）不幸。不过，我相信，在到另一种真理的路上，你要扭断脖子。我说，破开这些光怪陆离的幻梦，接受我的求婚，一个有见识的人的求婚——成不成？

〔苏菲雅不作声，看着他。穆辣陶夫向门走着。

想想看。我们可以到外国去，到巴黎去——这比你的米雅穆林小城好玩儿多了。你年轻，你美。他们懂得怎么样欣赏欧洲的美人儿——数说不清的快乐在等着你！我不吃醋——你的小小的调情，只有让我高兴——我们可以让生活亮晶晶地燃烧。你是什么意思？

苏菲雅　（闪避，平静地，带着厌恶说话）请走。

穆辣陶夫　这叫我发愁——

〔安提派在门道和他撞在一起。

安提派　让我过去，好罢？

穆辣陶夫	好,再见。
	〔走出。
安提派	再见。(向苏菲雅)米哈睡了没有?我同他那番谈话挺好。(仔细打量她,瞥了瞥门)那醒酲鬼又拿话折腾你来的?你何必对他那样文雅?
苏菲雅	许久以前——往回数,六年了——我喜欢过这个人——
安提派	你那时候年轻。你要我走吗?
苏菲雅	等一下——没关系,随你好了。
安提派	(稍缓)现在,也许米哈要少喝酒了——你以为怎么样,苏菲雅?
苏菲雅	什么?
安提派	好,没关系。想你自己的——我走啦。
苏菲雅	你问什么来的?
安提派	我方才说,米莎也许要戒戒酒。
苏菲雅	我不相信。不见得罢。别烦他。把他交给我。
安提派	我准备好了把样样儿事交给你。可是她怎么着?
苏菲雅	由她去。
安提派	(平静地)去哪儿?
苏菲雅	要哪儿就去哪儿。
	〔安提派坐下,陷入沉默。苏菲雅朝他走去。你想她有什么地方好去?
安提派	(悻悻然)在我们这样人里头,不作兴离掉太太的。
苏菲雅	她算你哪类太太呀?跟她待下去,你这一辈子就甭想安宁。
安提派	不,那不好。还是我走的好。我把样样儿事交给你,然后脚带我哪儿走,我就哪儿去。现在我没什么好活的了。

	啊,太可惜了,你没子女。
苏菲雅	(冷冷地离开他)从前谁叫我嫁一个要死的人的?
安提派	好,是我。我知道。不过,这使你阔,成了区里第一个女人,比哪一个使小钱儿的贵夫人也有势力。至于子女,也不单全靠丈夫才有——
苏菲雅	你的善意的考虑来得太晚!
安提派	啊,苏菲雅,苏菲雅——
苏菲雅	你"啊"些什么?你哪儿也不去。简直胡闹么。
安提派	(思索地)我觉得害羞。完全不应该——完全不应该!我不怕罪过,可是我不喜欢痛苦。我现在痛苦的不得了,躲也躲不开。你一痛苦,活不下去,工作也工作不下去。
苏菲雅	忘掉好了。一个人逃不开自己的。我并不觉得自己比你好过,我的痛苦比起你的痛苦还要厉害,可是我并不把自己藏掉。你只要知道对一个男子丧失尊敬,有多难受——一个人怎样心碎——你只要知道我多急着寻找善良的男子,我对于寻找抱着什么样的信心,也就好了。可不,我到今儿还没找到。可是我还要找下去——我要找下去的。
安提派	我们全不走运,你同我,苏菲雅。我们周围只有仇敌。
苏菲雅	只要他们聪明也还罢了。一个聪明的敌人永远是一位善良的教师。
安提派	他有什么好教的?
苏菲雅	教你怎么样抵抗。譬方说,我丈夫就是。他是我的一个仇敌,可是我尊敬他——他教了我许多!(走到安提派跟前,拿手放在他的头上)好,不说这个了,现在就剩下我们自己了,你跟我,我们以后要单独活下去了。谁知道,好人也许会来,教我们,帮我们。说到临了,好人的确存

	在,不是吗?
安提派	(思索地)假如你不表示自己善良,你就找不到任何善良的东西。这是你自己的话——
苏菲雅	那么,表示好了。让自己坚强。记住——你从来向任何人认输过没有?难道你倒要向恶运认输?当然你决不干。
安提派	(站起,肩膀往后一挺,看着他妹妹,微笑)样样儿事碰到你就简单了,苏菲雅。你打哪儿来的这个,上帝赐福你。让我抱抱你,我唯一的亲人——谢谢你!(他们拥抱在一起。安提派揩掉眼泪)好,活下去,辩论下去。现在,我要叫东西发出声——连地也动活。
苏菲雅	这才像话!现在去罢。我要一个人待着——去罢,亲爱的!我们是朋友——我很开心。
安提派	别说了,再说我就要哭。

〔孝辛在门道出显。

孝 辛	警长来啦。
安提派	(发怒)什么?做什么?
苏菲雅	谁请他来的?
孝 辛	安娜·马尔考芙娜打发瓦西里叫他来的。
安提派	我要让她——
苏菲雅	住口。我自己去看看。别管,待在这儿。
安提派	不,我要把她扔出窗户去,连她女儿一道儿去。

〔孝辛宽宽适适地冷笑着。

苏菲雅	孝辛,别放他走。(向安提派)你听见我的话了没有?安安静静地坐下。
安提派	(在屋里跑来跑去)她们喊巡警来——我要让她们看看!你冷笑些什么?

孝　辛	没理由。
安提派	没理由顶好！你以为我真跟你一道儿走呀？不干，别人要走，走他的——我属哪儿，我待在哪儿。叫巡警来吓唬我，哎？（在孝辛前面站住）还有你。你哪儿也不许去——忘了罢。你对人民犯过罪，你得当着他们赎回来。
孝　辛	可我现在是要待下去——
安提派	这就好。兜着圈子乱转悠，是一件可耻的事。看我们的主妇苏菲雅·伊万诺芙娜多挺得住，她才称得起一个女人。

〔派芙拉跑进。

派芙拉	安提派·伊万诺维奇，那儿有一个客人——
安提派	（挥挥手，止住她）我知道。是巡警。你用不着怕——是你母亲喊他来的。走你的罢。离开我们。
派芙拉	（惊惧）我到哪儿去？
安提派	（从她身边转开）这是你的事。再见。
派芙拉	可我哪儿好去呀？
安提派	你母亲会指给你的。再见。

〔派芙拉慢慢走出，同时孝辛低下头，让路给她。安提派走到阳台门边，站在那儿，头贴住玻璃窗。孝辛叹了一口大气。地位不变动，安提派低声重复着：

再见。

幕

后　记

高尔基在一九一四年写成他的《日考夫一家人》。这一家人只有三个人，兄妹和兄的儿子。父子在这里做成强烈的对比，老头子壮实，顽强，爱好工作，年轻人软弱，酗酒，唯一的本领就是写诗。妹妹站在两代中间，尊敬哥哥，爱护内侄，然而感情和思想都在哥哥这边，她没有可能帮他们解决冲突，于是机会来了，冲突爆发，自己解决了自己。

安提派是一个在生活里面煎熬出来的老战士，他拿一双手给自己打出一份家私，粗暴，充满了自信心，从来没有碰到善良，于是来了他儿子的未婚妻，一个新从道院出来的年轻姑娘，把善良看做一种原则，而自己也显出一副和平景象，好像没有见过阳光——不对，没有经过风雨的暖房的鲜花。安提派奋斗了一生，看见这个安娴文静的姑娘，觉得羸弱的儿子配不上她，而且自己的幸福和休息似乎可以在她这里得到，于是老实不客气——他过惯了直来直往的生活，早就不懂什么叫做客气。儿子把未婚妻让给父亲，但是父亲最后得到的是失望和加深的愤懑。

因为口头上的善良，不就是生活里头磨炼出来的善良，等到安提派发见了这个真理的时候，他已经牺牲了儿子。他应当为自己寻找一位真正的女子。正如他妹妹苏菲雅一个又一个拒绝所有的求婚者，因为他们不是真正的男子。派芙拉，他年轻的太太，责备他不可怜他有病的儿子——但是等这快死的儿子仅仅晕了过去，她就"吓坏了，跳开"。——安提派以一种强横的情调提出抗议：

"我身子好难道是我的错？我不同情那些游手好闲的人们，难道是我的错？我爱事业，我爱工作。这世界盖在哪些人的骨头上面？是谁的汗血浇灌着大地？他和你这类人没这么干过。他能够拿我的活儿扛在他的肩膀上头？"

高尔基显然有些同情这个靠手起家的倔强的骄傲的老头子。他遭到了悲剧，因为他错把伪装的善良当做可靠的归宿。派芙拉要人"想到公道，寻找公道"，但是苏菲雅立刻指出她的愚妄："和平不是公道。"——公道必须我们亲手把它"做出来"，假如你去寻找，世上有的只是"你原来有的而且丢掉的东西"。

　　这出现实悲剧为我们提供了许多指示。最重要的一个便是抵抗，永远不认输，"好人的确存在"，如苏菲雅所说，然而，我们明白，先要自己坚强。高尔基在这里对托尔斯泰的基督精神——不抵抗的教训提出反面的答复。高尔基往前走了一步。真理是拿血肉换来的，简单得很。安提派复活了。他不出走，他要工作下去："现在，我要叫东西发出声——连地也动活。"真理，连和平也在内，是斗争来的。

· 叶高尔·布雷乔夫和他们 ·

人　物

叶高尔·瓦西里耶维奇·布雷乔夫	
克谢妮雅·雅考夫列芙娜	他的太太。
娃尔娃娜·叶高罗芙娜	他的女儿，克谢妮雅所生。
阿列克散德娜(修娜)	他的私生女儿。
麦拉妮雅	一位女住持，克谢妮雅的姐姐。
安德列·彼特罗维奇·日封曹夫	娃尔娃娜的丈夫。
史泰潘·吉雅丁	日封曹夫的表弟。
冒开·彼特罗维奇·巴实金	布雷乔夫的经理。
瓦西里·叶菲冒维奇·道斯提嘎耶夫	布雷乔夫的商业合伙人。
叶丽莎外塔(丽莎)	道斯提嘎耶夫的太太。
安陶妮娜	道斯提嘎耶夫的前妻的儿女。
阿列克塞	
潘夫林·萨外里耶夫	一位教士。
尼奉派·格芮高芮耶维奇	一位医生。
喇叭手	
饶布诺娃	一位女巫。
浦罗波铁	半痴。
格拉菲娜	一个使女。
泰席雅	麦拉妮雅的侍从，一个小尼。
冒克卢骚夫	一位警察。
雅考夫(雅实喀)·拉浦铁夫	布雷乔夫的义子。
道纳提	一个看林子的。

第 一 幕

　　一位富商住宅的饭厅。木器笨重。一张皮面的宽榻,邻近二楼的楼梯。右角内缩,两层落地大窗,开向花园。
　　一个明亮的冬天。
　　克谢妮雅坐在桌边洗杯盏,格拉菲娜在窗边安排花卉。阿列克散德娜(修娜)进来,披着睡衣,赤着脚,穿着一双拖鞋。头发没有梳理,红颜色,像她父亲叶高尔·布雷乔夫的头发。

克谢妮雅　　啾,修娜,你可真能够睡——

修　娜　　少说我一句罢。没用。格拉莎,咖啡!报纸在哪儿?

格拉菲娜　　我给娃尔娃娜·叶高罗芙娜拿到楼上去啦。

修　娜　　那么,拿下来。见鬼,一大家子人就订一份儿报纸。

　　〔格拉菲娜走出。

克谢妮雅　　你叫谁鬼?

修　娜　　父亲在家吗?

克谢妮雅　　不在。他看伤兵去啦。谁是鬼?日封曹夫两口子?

修　娜　　是的。(打电话)一七——六三。

克谢妮雅　　好罢,我告诉日封曹夫两口子,你骂他们。

修　娜　　(电话)喊陶妮雅听电话!

克谢妮雅　　你到底要怎么着?

修　娜	是你吗，安陶妮娜？我们溜冰去好不好？不去？为什么？你得听戏去？说你去不了！噉，你这不合法的寡妇！——好，就这样罢，算啦。
克谢妮雅	你怎么好把姑娘家叫做寡妇？
修　娜	难道她未婚夫没死？
克谢妮雅	可她照样儿还是姑娘家呀。
修　娜	你怎么知道？
克谢妮雅	噉，你这孩子可真不害臊！

〔格拉菲娜回来。

格拉菲娜	（递茶）娃尔娃娜·叶高罗芙娜会自己把报纸带下来的。
克谢妮雅	你小小年纪，知识开得也忒早了些。当心——你越知道的少，你越睡的好。我在你这岁数呀，一无所知。
修　娜	跟你现在一样。
克谢妮雅	噉，你呀！

〔娃尔娃娜走下楼来。

修　娜	姐姐来啦，一步一步下来，庄严着哪。Bonjour, Madame. Comment ca va? ①
娃尔娃娜	都十一点啦，你还没换衣裳，头发乱七八糟的……
修　娜	又碍着你啦！
娃尔娃娜	你呀。看父亲宠你，又赶着他害病，越发利用机会，老着脸皮瞎搞——
修　娜	这调调儿唱个没完啦？
克谢妮雅	父亲健康不健康她哪儿摆在心上？
娃尔娃娜	我一定要拿你的行为告诉父亲——

---

① 法文，意思是："日安，夫人。好吗？"

修　娜	预先谢谢。完了罢？
娃尔娃娜	你是一个傻瓜！
修　娜	别拿你的话当真。有傻瓜，不是我。
娃尔娃娜	你这红头发的白痴！
修　娜	娃尔娃娜·叶高罗芙娜，你这叫白费唾沫。
克谢妮雅	你想开导她呀，白搭！
修　娜	性情也变坏啦。
娃尔娃娜	噉，好啦，好啦，我的亲爱的！母亲，我们到厨房去，厨子在那儿大发脾气——
克谢妮雅	他儿子打仗死啦，所以他人两样儿啦。
娃尔娃娜	可，也不好就做为发脾气的理由。这年头儿为打仗死了的多的是——

〔她们走出。

修　娜	家伙，要是她的漂亮的安德路莎丢了脑袋壳呀，她会把天也吵得坍了下来。
格拉菲娜	你何苦尽这样逗她们？赶快喝你的咖啡，我得把这儿收拾干净。

〔走出，端走盛茶的器皿。

〔修娜坐在椅子里头，往后靠着，眼睛闭住，一双手在脑后梢一挽。日封曹夫穿着拖鞋，走下楼梯，悄悄溜来，从后把她抱住。

日封曹夫	小红辣椒，你在想什么？
修　娜	（眼睛仍然闭住，动也不动）别碰我。
日封曹夫	为什么不？你喜欢，不是吗？说，是。你喜欢，对不对？
修　娜	不喜欢。
日封曹夫	你为什么不喜欢？

修　娜	算啦。别装蒜啦。你不喜欢我。
日封曹夫	可是你愿意我喜欢你,不是吗?
	〔娃尔娃娜在楼梯上出现。
修　娜	要是娃尔娃娜晓得了啊——
日封曹夫	噢,(走开,以一种教训的声调说话)是——是的,你应当发奋努力。你必须用功。
娃尔娃娜	她宁可没规没矩,跟安陶妮娜一块儿吹肥皂泡泡。
修　娜	可,我为什么不该?我喜欢吹泡泡。你不心疼肥皂,难道心疼?
娃尔娃娜	我没什么,顶多也就是替你臊得慌。我真不知道你这样下去怎么过活。学校实际已经把你开除了。
修　娜	这话不真。
娃尔娃娜	你的女同学是个半疯子。
日封曹夫	她想学音乐。
娃尔娃娜	谁?
日封曹夫	修娜。
修　娜	这话不真。我根本就不想学音乐。
娃尔娃娜	你打哪儿来的这个见解?
日封曹夫	修娜,你没告诉我,你想学音乐来的?
修　娜	(走出)我从来没说过那种话。
日封曹夫	嗯——邪门儿。我自己不见其就会想到这上头。娃芮雅,你待她太凶——
娃尔娃娜	你太温柔。
日封曹夫	"太温柔",你这话什么意思?你知道我的计划是什么。
娃尔娃娜	我不管你的计划,不过,我觉得你是有点儿太温柔。
日封曹夫	你想到哪儿去了——

娃尔娃娜	我？
日封曹夫	想想看——在这严重的时候，也好争风吃醋地吵闹？
娃尔娃娜	你做什么下楼来？
日封曹夫	我？这儿——报上有一段广告。看林子的来啦，他说乡下人圈住了一头熊。
娃尔娃娜	道纳提在厨房。广告上说什么？
日封曹夫	说话得有个分寸！你怎么好对我这样讲话？我是什么——小妹妹？家伙——
娃尔娃娜	得啦，先别急！我想父亲回家啦。看你自己这身儿打扮！

〔日封曹夫慌忙奔上楼梯。娃尔娃娜回身去迎她父亲。修娜进来，朝电话机奔。她现在穿了一件温暖的绿呢运动衫，戴一顶绿便帽。布雷乔夫进来，截住她的去路，静静地把她搂在怀里。潘夫林神父穿着一件艳紫色法衣，跟随布雷乔夫进了屋子。

布雷乔夫	（坐在桌边，手围着修娜的腰。她敲着他的发灰的红铜似的头发）断腿的，缺胳膊的，许许多多，看上去可真怕人——
潘夫林	你好，修娜——我看，出脱得越发俊啦！我进来的时候没跟你拉手，你原谅我才是——
修　娜	我早就要跟您拉手，潘夫林神父，不过爹爹抱牢了我像头熊——
布雷乔夫	别讲话，修娜，静着。这些人现下该怎么办？我们在战前，没用的人就够多的了，根本不该叫人拉进这个战争——
潘夫林	（叹息一声）最高当局有最高当局的道理——
布雷乔夫	我们从前跟日本人打仗的时候，什么道理不道理的就扑了

	个空,当着全世界人现眼——
潘夫林	不过,话说回来,战争不光引起破坏,也可以丰富一个人——的经验和——
布雷乔夫	是呀,有人打仗,有人打抢——
潘夫林	再说,世上事都有上帝的旨意——我们埋怨抵得了什么事?
布雷乔夫	现在,好啦,潘夫林·萨外里耶夫,你就别布道啦——修尔喀,你是去——溜冰?
修 娜	是的,我在等安陶妮娜。
布雷乔夫	好吧!你要是还在家的话,我过五分钟喊你。

〔修娜跑出。

潘夫林	女孩子长得真快——
布雷乔夫	可不,她身材倒好,怪灵活的,可惜是脸有点儿难看。她母亲就丑。魔鬼一般聪明,就是丑。
潘夫林	阿列克散德娜·叶高罗芙娜的脸——嗯——不俗气——而且——也有可爱的地方。她母亲是哪儿人?
布雷乔夫	西伯利亚人。你说起最高当局,上帝的旨意——这类话。好,参议会又算什么?这打那儿来的?
潘夫林	参议会——好,你不妨这样讲——是当局自贬威信的结果。许多人简直把这当做一种严重的错误,不过这类事似乎还轮不到教会方面人来讲话。何况今天做牧师的,责任是激励信心,加深君国的爱戴——
布雷乔夫	你们激励的结果是,自己跳进了烂泥塘!
潘夫林	你知道,我说服了我们教堂的长老,把歌唱班扩大,我还跟毕特林将军谈过一次话,说到送钟给新教堂的事,教堂是献给你的同名圣者叶高尔的——

布雷乔夫	我猜他没捐钱给你造钟罢？
潘夫林	没，他拒绝啦，而且还来了一句不中听的笑话，他说："军乐队的铜喇叭，我都受不了。"倒说，你身子有病，你在钟上头布施布施，怎么样？
布雷乔夫	（站起）病不是钟响治得好的。
潘夫林	谁说得上来？科学搞不清楚病的来源。外国医院拿音乐来治病，我听人这样讲的。我们有一个救火员——吹喇叭帮人看病——
布雷乔夫	（忍着没笑了出来）什么样儿喇叭？
潘夫林	一个铜喇叭。挺大的一个铜喇叭，人家讲。
布雷乔夫	那，当然喽，喇叭要是大的话——拿病看好了没有？
潘夫林	他们讲，看好啦。样样儿事可能，我亲爱的叶高尔·瓦西里耶维奇！样样儿事可能！我们活在神秘之中，数不清的，不可解的神秘的黑暗之中。我们以为自己看见了光，光由我们自己的理性发出，其实光不光的，也只是对我们的肉眼是光，而我们的心灵说不定就为了我们的理性陷入黑暗，可能还许全盘毁灭。
布雷乔夫	（叹息）唉，你说起话来真长！
潘夫林	（更加兴奋）譬方来说罢，真神附身的浦罗波铁，愚人把他喊做傻瓜，可是他本人，活在多大的喜悦之中！
布雷乔夫	啊，又来啦——布道！再见。我累啦。
潘夫林	我真心诚意希望你恢复健康！我为你向上帝祷告—— 〔走出。
布雷乔夫	（摸摸他的右胁，向榻走去，呢喃着）胖猪！拿基督的身子和血填饱肚子——格拉菲娜！喂！ 〔娃尔娃娜进来。

娃尔娃娜	什么事？
布雷乔夫	没事，我在喊格拉菲娜。喝，你可真打扮得花哨！到哪儿去？
娃尔娃娜	为医好的伤兵募捐义演。
布雷乔夫	鼻子上头还戴着镜子？我不相信你的眼睛需要这个，你戴眼镜儿也就是为了赶时髦。
娃尔娃娜	您应该跟阿列克散德娜谈谈，父亲，她的行为才坏！简直让人受不下去啦。

〔娃尔娃娜下。

布雷乔夫	你们都够瞧的，个个儿够瞧的！走罢！（呢喃着）受不下去。等我病好了点儿，我让你们看看什么叫受不下去！

〔格拉菲娜进来。

格拉菲娜	您喊我来的？
布雷乔夫	是的。啊，格拉喀，你真好看！合适！结实得像一口钟！娃尔娃娜一比呀——活活儿成了个稻草人！
格拉菲娜	（瞥了一眼楼梯）那是她走运！她要是一长好看了啊，您先会把她拉上您的床去。
布雷乔夫	什么？我自己的女儿？糊涂虫，想想你在说些什么！
格拉菲娜	我知道我说些什么！您把修娜搂得紧紧的，就像她是一个生人——您是一个兵。
布雷乔夫	（惊呆）你简直疯了么，格拉菲娜！难道你还吃我女儿的醋？当心别拿修娜这样想！像一个兵——像一个生人！你自己什么时候经过大兵手来的？哎？
格拉菲娜	说这种话呀，现下不是时候——也不是地点。您喊我来做什么？
布雷乔夫	打发道纳提这儿来。等一下！拿你的手给我。话说回来，

583

别瞧我有病，你照样儿爱我是不是？

格拉菲娜 （拿胳膊搂住他的脖子）啾，你要把我的心撕烂了！——别再病下去啦！别生病啦。

〔她硬起心肠，摔身跑出。布雷乔夫微笑着，虽说眉在一起皱得紧紧的。他舔舔他的嘴唇，然后摇摇他的头，躺下。进来道纳提。

道纳提 希望您身子健康，叶高尔·瓦西里耶维奇！
布雷乔夫 谢谢。有什么消息？
道纳提 好消息。我们圈住了一头熊。
布雷乔夫 （叹息）啊，这呀——不怎么欢喜，也就是让我妒忌。今天么熊兜不起我开心了。树木锯完了没有？
道纳提 不怎么上劲。人手不够。

〔克谢妮雅进来，手指上戴着戒指，打扮得花枝招展。

布雷乔夫 什么事？
克谢妮雅 没事。你可千万别叫捕熊这事勾了去。叶高尔，你不相宜打猎的。
布雷乔夫 等一下。没人手，你说？
道纳提 留下的只有老头子，小孩子。他们给了王爷五十个俘虏，可是砍树他们不在行。
布雷乔夫 我敢说，他们搞女人倒在行。
道纳提 是呀，有点儿这样子。
布雷乔夫 可不，现下女人全成了饿狼。
克谢妮雅 我听说现下村子淫风很盛——
道纳提 阿克西妮雅·雅考夫列芙娜，为什么叫做淫风？男人们死了，孩子们得生，对不对？所以结局是——杀人的就得也

	做养人的——
布雷乔夫	似乎该这样子。
克谢妮雅	可不得了，俘虏给女人们添孩子，该是什么样儿的孩子呀？当然喽，男人要是身子结实，健康的话——
布雷乔夫	可女人要是一个傻瓜呀——他根本就没意思要她养孩子。
克谢妮雅	我们女人不是傻瓜。困难是结实男人全让轰到前线上去了，家里就没男人留下来——除非是参议员！
布雷乔夫	那，好，剩下的人可以过好日子了。
克谢妮雅	这种蠢话呀也就是你说！
道纳提	做皇帝的总嫌人民不多。
布雷乔夫	你这话什么意思？
道纳提	我说，做皇帝的总嫌人民不多。我们喂自己都没粮食，可是还要征服外国人。
布雷乔夫	对。这话挺对！
道纳提	找不出别的话来说明这种英勇作战的意义。所以，就为我们贪心重，现在拿自己套进去了。
布雷乔夫	道纳提，你这话挺对！雅考夫——我的义子——也是这个话：贪心是所有罪恶的根源。他在那边还行？
道纳提	行。他是一个聪明孩子。
克谢妮雅	哼！聪明大发啦！他呀，也就是脸皮厚罢了，一点儿也不聪明。
道纳提	阿克西妮雅·雅考夫列芙娜，是他的聪明让他脸皮厚的。他捉住了一打来的逃兵，叶高尔·瓦西里耶维奇，派他们工作，他们干起活儿来就跟好人一样。不然的话，他们会做贼做下去的。
布雷乔夫	好——那——冒克卢骚夫要是听见这话呀——不闹才怪。

道纳提	冒克卢骚夫知道。他倒挺高兴。这让他容易办多啦。
布雷乔夫	好,当心才是——

〔日封曹夫走下楼梯。

道纳提	好,我方才说过——关于那头熊——
布雷乔夫	熊——是你走运。
日封曹夫	让我转送给毕特林将军好不好?您知道,——他很有用——
布雷乔夫	是的,我知道,我知道。送给他好啦。要不送给主教,随你的便!
克谢妮雅	(笑)我倒想看看主教猎熊。
布雷乔夫	好,我累啦。再见,道纳提。事由儿不怎么顺手,是不是?自打我有病以来,章法全乱啦。

〔道纳提不作声,鞠躬,走出。

阿克西妮雅,给我喊修尔喀来。现在,安德列,你有什么事?说出来好啦,干脆!

日封曹夫	跟拉浦铁夫有关系。
布雷乔夫	怎么样?
日封曹夫	我听说他跟那些——捣乱分子搞在一起,还在考波骚渥集上对农民做反对政府的演说来的。
布雷乔夫	瞎扯!现在还有什么集?什么农民?而且你为什么老抱怨雅考夫?
日封曹夫	无论如何,他总算家里一分子啊。

〔修娜跑进来。

布雷乔夫	总算!——你不见得就拿他当家里一份子看罢。所以甚至于礼拜天他都不来用饭——现在,去罢,安德列,你过后儿再同我讲。

〔日封曹夫下。

修　娜　　讲雅考夫的闲话?

布雷乔夫　跟你不相干。坐在这儿。大家都也在抱怨你。

修　娜　　大家都是谁?

布雷乔夫　阿克西妮雅，娃尔娃娜……

修　娃　　嗷，她们说什么也算不了大家。

布雷乔夫　我在正经讲话，修娜孩子。

修　娜　　不，你正经讲话的时候不是这样子。

布雷乔夫　你对她们都很狂妄，一点事儿也不做——

修　娜　　可，我一点事儿也不做，打那儿狂妄起呀?

布雷乔夫　你对谁都不听话。

修　娜　　我听人人讲话。我听她们都听腻啦，红毛儿爸爸。

布雷乔夫　你红毛儿丫头——你比我毛儿红多啦。你就是跟我讲话也没个谱子！我应当好好儿训你一顿，不过我不高兴。

修　娜　　你要是不高兴，那就是你没这个需要。

布雷乔夫　我喜欢这个！你要是不高兴——你就是没这个需要，真的！这样儿过活下去，一定很容易，不是吗? 不过，偏就这样儿不成！

修　娜　　谁拦着你?

布雷乔夫　人人——人人拦着我。可是这话说给你听，你也不懂。

修　娜　　好，教教我，让我懂懂看，赶明儿别让他们把我也拦住——

布雷乔夫　这种事呀，教是教不来的。

〔克谢妮雅进来。

你又来啦，阿克西妮雅? 你转来转去的干什么? 你找什么东西?

587

克谢妮雅	医生来啦。巴实金也等着见你。放下你的裙子,阿列克散德娜。坐也没个坐相!
布雷乔夫	(坐起)好罢,请医生进来。

〔克谢妮雅走出。

躺躺我也不舒服,觉得难过。啊噫!——跑罢。修尔喀!当心别扭了脚后跟。

〔修娜离开屋子。医生进来。

医　生	早晌好!你今天觉得怎么样?
布雷乔夫	不怎么挂劲。你医我可没医出起色来,尼奉派·格芮高芮耶维奇。
医　生	好,好,那,来,我来检查检查看。
布雷乔夫	(和他一同往外走)给我开点儿你知道的最猛最贵的药;我不好真还不成。你要是治好我的病,我盖一所医院,请你做院长,你可以为所欲为——

〔他们走出。进来巴实金和克谢妮雅。

克谢妮雅	医生说什么来的?
巴实金	是癌,他说,是肝癌。
克谢妮雅	上帝保佑我们!简直想到那儿去啦!
巴实金	一种险症,他说。
克谢妮雅	啾,当然,他要这样说。人人以为自己的活儿顶难。
巴实金	赶在这时候生病,也真是的!钱,往四外流,就像口袋叫人撕破了一样,昨儿还是叫化子,今儿发了大财,他这儿——
克谢妮雅	说的是呀,许多人阔得不得了,不得了——
巴实金	就说道斯提嘎耶夫罢,人直发胖,纽子一个甭想扣得上,挂在嘴上头的不是万千就是千万。叶高尔·瓦西里耶维奇,你要是问我的话——看上去像是有点儿头脑不清。前

天他说："我活是活下来了，"他说，"可是我把真正的东西全错过了。"他说这话什么意思？

克谢妮雅　嗷，我也看到了，他说的话呀——全不对岔儿。

巴实金　他仗着你跟你姐姐的钱起得家，他应当往上添才是。

克谢妮雅　我嫁错了人，冒开，我老早就看出来啦——可不，我嫁错了人。我嫁给我父亲铺子里头一个助理——偏偏就没挑对了人。我要是嫁给你也好——我们在一起该要活得多么安逸。可是他呀——我的天！他那些事由儿呀！我在他手上吃的那个苦呀！带了一个私闺女进家，给我气受。他选的那位姑爷——坏到不能够再坏。我真还怕，冒开·彼特罗维奇，他们把我蒙糊住，骗我，娃尔娃娜跟这位姑爷，把我搞成一个叫化子——

巴实金　我不觉得奇怪。这是战时啊。在打仗的时候，人就寡廉鲜耻，没怜惜。

克谢妮雅　你——你是我们一个老家人，我父亲帮你成家立业的——如今也该帮我打算打算。

巴实金　我正在帮你计划——

〔日封曹夫出现。

日封曹夫　医生走了没有？

克谢妮雅　没，还在那儿。

日封曹夫　好，冒开·彼特罗维奇，布怎么样？

巴实金　毕特林不要。

日封曹夫　我们得送他多少钱才成？

巴实金　五千——只有多，没少。

克谢妮雅　强盗！还是一个老孩子。

日封曹夫　交贞妮给他送过去？

巴实金　　是的——跟往常一样。

克谢妮雅　　五千卢布！做什么？哎？

日封曹夫　　钱现在不值钱。

巴实金　　是的，进了别人口袋的时候——

日封曹夫　　我岳父同意吗？

巴实金　　我来就为问他——看他同意不同意——

〔医生进来。

医　生　　（揪住日封曹夫的胳膊）好。是这样子——

克谢妮雅　　嗷，告诉我们点儿好的，帮我们打打气——

医　生　　病人要尽量躺着不起来。任何生意，刺激和烦难的事由儿对他都不顶好。他必须完全安静。然后——

〔他向日封曹夫耳语。

克谢妮雅　　为什么不能够讲给我听？我是他太太。

医　生　　有些事情不便对妇女们讲。（又向日封曹夫耳语）我们就今天晚晌举行。

克谢妮雅　　你们举行什么？

医　生　　约几位别的医生一同研究。

克谢妮雅　　嗷，我的上帝！

医　生　　没什么好怕的。好，再见。

〔走出。

克谢妮雅　　这位先生真也是的——五分钟五个卢布。六十卢布一小时——一丝儿不差！

日封曹夫　　他说必须施行手术。

克谢妮雅　　什么，开刀？没的事！我不答应——

日封曹夫　　哎呀——简直是愚昧无知。外科是科学——

克谢妮雅　　去你科学一边儿的！好啊！你对我也没礼貌起来啦。

日封曹夫	我现在不是在讲礼节——我是在讲您精神上的黑暗——
克谢妮雅	你自己不见得就光明到哪儿去!

〔日封曹夫挥挥手,一绝望,走开了。同时格拉菲娜跑进来。

克谢妮雅	你到哪儿去?
格拉菲娜	卧室铃响!

〔她们走进布雷乔夫的卧室。

日封曹夫	我岳父病得不是时候。
巴实金	可不。增加事情的困难,像现在这时候——聪明人就跟魔术家一样,直打空里拾钱。
日封曹夫	对。又赶上革命要爆发。
巴实金	我不赞成这个。一千九百零五年有过一回。毫无意义。
日封曹夫	一千九百零五年有过一回造反——不叫革命。当时农人工人全在家乡,现在——全在前线。这一次,革命的对象是官僚,省长和部长。
巴实金	要是这样的话,上帝赐福!这些作官儿的才坏!只要有上这么一回钻进你的皮肤,你就别想把他们甩得掉——
日封曹夫	皇上显然没本事治理。
巴实金	买卖人中间也有流言。说是一个乡下人什么的把皇后迷上了。

〔娃尔娃娜在楼梯出现,停住听他们讲话。

日封曹夫	是的,格芮高芮·辣斯浦丁。[①]

[①] 他的真名姓是格芮高芮·伊菲冒维奇·诺维(Grigori Ifimovitch Novy, 1864—1916,)原来是一个乡下人,在西伯利亚偷马为生,愚昧,放荡,一九一零年来到彼得堡,以圣者的身份取得皇后的信心,第一次大战时做德国的奸细,后为大臣所杀。辣斯浦丁 Rasputin 的意思就是"荒唐"。

巴实金	我可有点儿不相信符呀咒的。
日封曹夫	难道你也不相信情呀爱的?
巴实金	我觉得邪行。她有上百的将军伺候。
娃尔娃娜	你们瞎扯些什么!
巴实金	人人在讲这个,娃尔娃娜·叶高罗芙娜。就我来说,我以为我们没皇上真还办不了。
日封曹夫	我们需要一位皇上,不是彼得堡,是我们自己的脑壳。(向娃尔娃娜)会散啦?
娃尔娃娜	不是散,是延期。来了一位督查;今天晚晌要送来一队伤兵,靠五百人,没地方收留。

〔格拉菲娜进来。

格拉菲娜	冒开·彼特罗维奇,他要见你。

〔巴实金把他的便帽放在桌上,走出。

娃尔娃娜	你跟他有什么好说的? 你知道他帮母亲做我们的奸细。吝啬鬼! 这顶便帽他足足戴了十年,又油腻又肮脏。我不懂你凭什么跟这种骗子打交道——
日封曹夫	啾,算啦! 我想跟他借钱贿赂毕特林——
娃尔娃娜	我不是对你讲来的,丽莎·道斯提嘎耶夫会请贞妮帮我们安排! 钱要少用许多——
日封曹夫	叶丽莎外塔不骗你才怪。
克谢妮雅	(在布雷乔夫的卧室)来劝你躺躺! 他走来走去,直骂冒开——我的天呀!
日封曹夫	你去,娃芮雅——

〔进来布雷乔夫,穿着睡衣,毡拖鞋。

布雷乔夫	好,还怎么样? 这倒霉的战争?
巴实金	(跟着他)可谁又说不是来的?

布雷乔夫	对谁不幸？
巴实金	对我们。
布雷乔夫	你说我们——意思指谁？你说有人靠战争发了大财，什么意思？
巴实金	我是说，老百姓——
布雷乔夫	老百姓，乡下人，死呀活的在他们还不都是那么回子事。这才是你的实情！
克谢妮雅	别急。这对你不好——
巴实金	你这话是什么意思？算哪类实情？
布雷乔夫	真正的，实在的东西。这就叫实情。我干脆说了罢：我的事是赚钱，乡下人的事是——种田，办货物。我倒想知道，除去这个，还有别的什么是实情？
巴实金	当然，是这样子，不过仍然——
布雷乔夫	好，你说"不过仍然"是什么意思？你打劫我的时候做什么打算？
巴实金	你怎么好这样侮辱我？
克谢妮雅	娃芮雅，你在想着什么？劝劝他，好不好？医生叫他躺躺。
布雷乔夫	你想到老百姓来的？
巴实金	当着大家的面侮辱我！我打劫你，真的！你得证明一下。
布雷乔夫	用不着证明。人人知道做贼是一种合法的事业。我根本也没想到侮辱你。侮辱不会叫你更好，也不会叫你更坏。而且也不是你打劫，是卢布。卢布是顶顶大的贼——
巴实金	这话只有雅考夫·拉浦铁夫讲。
布雷乔夫	是他说的。好，你现在好去啦。再也不送贿赂给毕特林。我们送他送够啦，够买他的棺材跟他的寿衣啦，老不死！

〔巴实金下。

你们在这儿干什么？你们等着什么？

克谢妮雅　　我们不等着什么——

布雷乔夫　　哼——不等着什么，干各人的活儿去。难道你们没事儿干啦？阿克西妮雅，叫人把我的屋子走走气。堵得慌——酸酸的，全是药味道。是的，吩咐格拉菲娜去给我取蔓越橘克瓦司①来。

克谢妮雅　　你喝不得克瓦司。

布雷乔夫　　去，去！我知道我该喝什么，不该喝什么。

克谢妮雅　　（走出）只要你知道就好——

〔人人走出屋子。布雷乔夫一个人，手扶住桌子，走了一圈，然后就镜子照照自己。

布雷乔夫　　（声音比前低不了多少）你的事由儿不怎么顺利，叶高尔。就是你这份儿嘴脸，看上去也不像你的。

〔进来格拉菲娜，托着盘子，上面是一杯牛奶。

格拉菲娜　　这是您的牛奶。

布雷乔夫　　给猫吃去。给我拿克瓦司来——蔓越橘克瓦司。

格拉菲娜　　他们叫我别给您克瓦司。

布雷乔夫　　别管他们怎么吩咐你——拿酒来。站住！你觉得怎么样——我会死吗？

格拉菲娜　　不会的。

布雷乔夫　　为什么？

格拉菲娜　　我不相信！

布雷乔夫　　你不相信？可，我的亲爱的，我的事由儿不好！很坏。我

---

① 克瓦司是一种俄国特有的裸麦酒。

　　　　　　　知道。

格拉菲娜　我不相信。

布雷乔夫　固执到底,你就是这样子。好,给我拿克瓦司来。

　　　　　　〔格拉菲娜走出。

　　　　　　我先喝它一口橘子渥得喀——这对我好。(走向碗橱)他们拿橱锁上啦,妈的。真狗屎。把我看得严严的。我简直成了囚犯么。

　　　　　　　　　　　　　　　　　　　　　　幕

第 二 幕

布雷乔夫的客厅。日封曹夫和吉雅丁坐在角落一张小圆桌子旁边,上面有一瓶酒。

日封曹夫　　（燃起一枝香烟）懂了没有?
吉雅丁　　　说实话,安德列,我不喜欢这个——
日封曹夫　　可是——你喜欢钱。难道不?
吉雅丁　　　我喜欢,就是这点儿可惜。
日封曹夫　　你可惜谁?
吉雅丁　　　当然,我自己。
日封曹夫　　不值得。
吉雅丁　　　不过,你知道,我唯一的朋友就是我自己。
日封曹夫　　你还是多想想,少发空议论。
吉雅丁　　　我是在想。她是一位宠坏了的娇小姐;我跟她不好处的。
日封曹夫　　你好离婚的。
吉雅丁　　　可钱在她手里头——
日封曹夫　　我们想法子叫你把钱弄到手。至于修娜,我会驯顺她的。
吉雅丁　　　说实话,我——
日封曹夫　　我把事情安排一下,陪嫁的数目提高,赶快把她嫁掉。
吉雅丁　　　想法儿聪明!陪嫁多少?

日封曹夫　　五——

吉雅丁　　万？

日封曹夫　　不。纽子。

吉雅丁　　当真？

日封曹夫　　可是你得给我写一张期票，一——

吉雅丁　　万？

日封曹夫　　不。一个卢布！笨驴！

吉雅丁　　数目可真——真不小——

日封曹夫　　那，就不必谈啦。

吉雅丁　　你——这话顶真？

日封曹夫　　到了钱上不顶真，只有傻瓜。

吉雅丁　　（忍着不笑出来）家伙！亏你怎么想到的！

〔道斯提嘎耶夫进来。

日封曹夫　　你似乎有点儿了解，我挺开心。像你这样一位无产阶级知识分子，在如今这种荒乱年月，不能够——

吉雅丁　　是的，噢，是的，当然。好，我现在得到法庭去啦。

道斯提嘎耶夫　　史泰潘，你急些什么？

日封曹夫　　我们在谈辣斯浦丁。

道斯提嘎耶夫　　什么样儿一个命啊，哎？一个寻寻常常，西伯利亚的乡下人——居然跟主教跟部长下棋。上千上万的卢布一定经过他的手。贿赂少过一万都不要收！我从可靠的消息来源听到的——一个考排克也少不得！你们喝的是什么酒？布尔甘狄？①这酒可凶，也就是饭时好喝，你们两个糊

---

① 布尔甘狄或者布尔高涅 Bourgogne，欧洲中世纪一个王国，后来并入法国，成为一省，以葡萄酒知名，也就成了酒名。

涂虫。

日封曹夫　你觉得我岳父怎么样？

道斯提嘎耶夫　看他挺容易，他没藏着。你不妨给我取只杯子来，史泰潘。（吉雅丁不慌不忙走了出去）布雷乔夫——我老实对你说了罢——看上去不好。他的情形危险——

日封曹夫　我也这样觉得——

道斯提嘎耶夫　是的。是的。正是这样子。而且他害怕死。这就表示他一定要死。你心里可要有数。赶上这种日子，你不能够闲溜达，手放在口袋，张着嘴发愣。那不抵事。政府的篱笆处处都让猪拱出了口子，就是本省的省长也清楚革命要来了。

〔吉雅丁回来，拿着一只杯子。

吉雅丁　叶高尔·瓦西里耶维奇起来啦，在饭厅。

道斯提嘎耶夫　（接过杯子）谢谢，史泰潘。他出来啦，你说？好，那，我们过去看看。

日封曹夫　实业家好像知道他们该怎么搞——

〔娃尔娃娜和叶丽莎外塔进来。

道斯提嘎耶夫　你是说莫斯科那些实业家？那是他们知道！

叶丽莎外塔　他们坐在这儿喝酒，活像一堆小麻雀，可是那边布雷乔夫，吓得死人地吼着——

道斯提嘎耶夫　为什么美国兴旺？因为在那边，当权的是老板自己——

娃尔娃娜　毕特林的贞妮十分认真地相信，在美国，厨子出去办货也坐汽车。

道斯提嘎耶夫　很可能。不过看上去，怕是胡说八道。娃卢莎，我猜，你跟往常一样忙着那些军人？想在什么上校底下谋事做？

娃尔娃娜　又弹老调儿啦！你在寻思什么，吉雅丁？

吉雅丁　　　　啾——嗯——没什么——

叶丽莎外塔　　（在镜子前面）昨儿个，贞妮对我讲了一个好玩儿极了的笑话！妙不可言！

道斯提嘎耶夫　好，来，讲给我们听。

叶丽莎外塔　　在男人们面前我讲不来。

道斯提嘎耶夫　那一定是妙——不可言了！

〔娃尔娃娜向叶丽莎外塔耳语。

叶丽莎外塔　　好，丈夫！你坐在这儿怎么着，要等酒喝光了才走？

道斯提嘎耶夫　我没碍着谁罢？

叶丽莎外塔　　（向吉雅丁）史泰雅浦实喀，你知道圣诗里面说得好："这人有福了，不在恶人的会议行走，不在罪人的道路站立！"①

吉雅丁　　　　是的，我似乎记得有这样儿话来的——

叶丽莎外塔　　（挽起他的胳膊）这儿这些人呀，全是恶人罪人，你是一个温文尔雅的青年，要的是月光，爱情和其他一切，不是吗？

〔领他走出。

道斯提嘎耶夫　这个女人呀，就叽里呱啦个没完！

娃尔娃娜　　　瓦西里·叶菲冒维奇，母亲和巴实金把麦拉妮雅姨母邀来啦。

道斯提嘎耶夫　女住持？啾——有好戏看啦！她会反对道斯提嘎耶夫和日封曹夫公司的，一定会。她来为了把招牌换成："克谢妮雅·布雷乔夫和道斯提嘎耶夫。"

日封曹夫　　　她可能打铺子收回她的股份。

---

① 《旧约·诗篇》第一。

道斯提嘎耶夫　麦拉妮雅有多少钱在里头？七万？

日封曹夫　九万。

道斯提嘎耶夫　数目不小！是她的钱还是寺院的钱？

娃尔娃娜　这你怎么打听得出来？

道斯提嘎耶夫　啾，打听得出来的。天下没打听不出来的事。好比德国人，他们不单知道我们前线上有多少兵，就是每一个兵身上有多少虱子，他们也知道。

娃尔娃娜　你就没正经话好说啦？

道斯提嘎耶夫　我亲爱的娃卢莎，你要是不会计算你口袋里的钱，你就做不了生意，打不了仗。你可以用这个方法打听麦拉妮雅的钱：有一位太太，谢克列皆雅·波卢包雅诺娃，帮主教大人尼看德尔整夜做祈祷，尼看德尔就有种种法子去知道别人的钱。再说，教士会议上就有一个人——我们不妨拿他也搁在心上。娃卢莎，你必须跟这位波卢包雅诺娃太太谈谈，万一打听出来这个钱是寺院的——好，你自己心里有数！——我的贤妻溜到哪儿去啦？

〔格拉菲娜进来。

格拉菲娜　（在门口）他们要我请各位到饭厅去。

道斯提嘎耶夫　我们这就来。走，我们全去。

娃尔娃娜　（装做她的衣缘在扶手椅子里面挂住）安德列，帮我把这揪出来！——你信他的话吗？

日封曹夫　难道我是傻瓜？

娃尔娃娜　啾，他这人可真坏！姨母那边，我安排得挺好，是不是？吉雅丁又怎么样？

日封曹夫　我会劝服他的。

娃尔娃娜　你可得赶趁着点儿——

日封曹夫　　为什么?

娃尔娃娜　　为什么,因为落在丧事后头,再办喜事就得等上一大阵子才成。父亲的心又弱——再说,我还有别的理由。

〔他们走出,半路遇见格拉菲娜。她看着他出去,一脸的恨,开始收拾小桌上面杯盏等物,拉浦铁夫进来。

格拉菲娜　　昨儿有个谣传,说你让捉去了。

拉浦铁夫　　有这种事? 当然不确实。

格拉菲娜　　你呀,永远开玩笑!

拉浦铁夫　　吃的东西嘛,没——可是好玩儿的事嘛,多。

格拉菲娜　　你呀,总有一天拿性命好玩儿掉了的。

拉浦铁夫　　开一个好玩笑赢得人家一句赞美,只有坏玩笑才给自己招惹是非。

格拉菲娜　　有你的。你知道谁跟修娜在一起吗? 陶喀·道斯提嘎耶夫。

拉浦铁夫　　去她的! 我可不感兴趣。

格拉菲娜　　要我喊修娜出来吗?

拉浦铁夫　　要的。布雷乔夫怎么样?

格拉菲娜　　(生气)他不是你的布雷乔夫。他是你的义父。

拉浦铁夫　　别恼,格拉莎姨姨。

格拉菲娜　　他很不好。

拉浦铁夫　　很不好? 等一下! 我的伙伴儿全饿得要命,格拉莎姨姨,你能不能帮他们搞两普德①面粉? 要不一袋也行。

格拉菲娜　　你巴着我打我主人家为你偷呀?

修　娜　　我去帮你弄。

---

① "普德"等于四十磅重。

拉浦铁夫	倒像是头回这样做!你从前就把坏事做下来了——坏事归我担当。孩子们是真没东西吃,上帝做见证!想想你在这家里干的活儿,你比主人的权利还应该多。
格拉菲娜	你这种论调儿我先前听过。明天早晌,他们送面粉给道纳提,你好跟他要一袋的。

〔走出。

拉浦铁夫	好极了!谢谢。

〔坐在榻上,打呵欠。打到眼泪有了,拭干,看看四围。克谢妮雅进来,唧哝着。

克谢妮雅	人人跑开了,好像魔鬼看见烧香——
拉浦铁夫	您好?
克谢妮雅	噢!你坐在这儿干什么?
拉浦铁夫	那么,我还是走着好?
克谢妮雅	他要不是没地方找,就是忽然冒出头来!倒像捉迷藏。你义父躺在那儿生病,你满不搁在心上——
拉浦铁夫	我该怎么才是?自己也生病?
克谢妮雅	你们全都疯了,你们打算把别人也逼成疯子。我简直不明白这是什么世道!说是要把皇上关到笼子里头,跟关叶麦里安·浦嘎切夫[①]一样,你听见了没有?你是读书的——告诉我,这是真的还是假的?
拉浦铁夫	样样儿事可能!样样儿事。
格拉菲娜	(在后台呼唤)阿克西妮雅·雅考夫列芙娜,来一下。
克谢妮雅	好,什么事?我就难得一分钟安静——上帝可怜我!

---

① 叶麦里安·浦嘎切夫 Emelyan Pugachev (1726—1770) 是俄国十八世纪出名的农民革命领导者,哥萨克兵出身,聚众称雄,自命彼得三世,最后为部属出卖,打入站笼,擒到莫斯科,被砍而死。

〔走出。修娜立即跑了进来。

修　娜　　喂!

拉浦铁夫　亲爱的修娜,我要去莫斯科,一个考排克也没——帮帮我的忙!

修　娜　　我有三十卢布——

拉浦铁夫　你能不能加到五十?

修　娜　　我去帮你弄。

拉浦铁夫　我坐夜车。你来得及吗?

修　娜　　成。听我讲:会有革命吗?

拉浦铁夫　可已经发生了啊!难道你不看报纸?

修　娜　　报上的话我搞不明白。

拉浦铁夫　那,问吉雅丁。

修　娜　　雅考夫,告诉我真话,吉雅丁是个什么样儿人?

拉浦铁夫　真有你的!你跟他天天儿在一起,也近半年啦。

修　娜　　他人老实吗?

拉浦铁夫　是——可不——没问题。

修　娜　　你像不怎么拿得稳他?

拉浦铁夫　啵,他就是那么个软人儿。雾腾腾的。一肚子委曲似的。

修　娜　　谁委屈他啦?

拉浦铁夫　他在二年级上让大学开除了。给他表哥做书记,而他表哥——

修　娜　　难道日封曹夫是一个坏蛋?

拉浦铁夫　他是一个自由党,一个民主立宪派,差不多都是坏蛋。你把钱交给格拉菲娜,她会递给我的。

修　娜　　格拉菲娜和吉雅丁帮你的忙吗?

拉浦铁夫　你指哪一方面?

修　娜	别装傻，雅实喀！你才明白。你听好了，我也想帮忙！
拉浦铁夫	（想不到）姑娘，你怎么啦？你这样子像今天才醒过来。
修　娜	（生气）你别妄想寻我开心！你是一个傻瓜！
拉浦铁夫	我也许是一个傻瓜，不过我还是想问明白——
修　娜	娃尔娃娜来啦！
拉浦铁夫	啾，我不要见她。
修　娜	那，来，快点儿！
拉浦铁夫	（拿胳膊围住她的肩膀）倒说，你到底怎么啦？

〔他们走出，从后把门关住。娃尔娃娜从另一个门进来，听见锁响，走过去，转动扶手。

娃尔娃娜	是你吗，格拉菲娜？（稍缓）谁在那边？非常神秘——

〔很快走开。修娜回来，拉着道纳提。

道纳提	修娜，你把我拉到哪儿去？
修　娜	等一下！告诉我：城里人尊敬父亲吗？
道纳提	有钱人处处受人尊敬。你这孩子可真淘气！
修　娜	他们是尊敬他，还是仅仅怕他？
道纳提	他们要是不怕他，也就不会尊敬他了。
修　娜	他们喜欢他为了什么？
道纳提	喜欢他？那我就不知道了。
修　娜	可是他们喜欢他吗？
道纳提	他？好——嗯——马车夫好像喜欢他；他决不难为他们，他们要多少付他们多少。一个马车夫，当然，告诉另一个马车夫，于是——
修　娜	（跺脚）你是不是寻我开心？
道纳提	凭什么？我告诉你的是真话。
修　娜	你性子变坏了。你跟从前成了两个人。

道纳提	我跟从前成了两个人!怕是来不及了罢。
修　娜	你一向总是在我跟前夸父亲好。
道纳提	我现在也没作践他。一个人有一个人的长相儿。
修　娜	你们这些人呀,个个儿说谎。
道纳提	(叹气)别恼,发脾气证明不了什么的。

〔格拉菲娜进来。

修　娜	去你的!(道纳提下)听我说,格拉菲娜——噢,有人来!

〔躲到门帘子后头。进来阿列克塞·道斯提嘎耶夫。他是一位花花公子,穿着骑马裤子,一件瑞典式上身,有数不清的皮带和口袋。

阿列克塞	格拉莎,你一天比一天好看。
格拉菲娜	(悻悻然)我喜欢听。
阿列克塞	可是我不喜欢。(挡住她的去路)我不喜欢好东西,除非成了我的。
格拉菲娜	放我过去,请。
阿列克塞	当然。

〔格拉菲娜下,阿列克塞打呵欠,看看他的表。进来安陶妮娜。

修　娜	(从帘子后头出来)你连丫头也追,像是。
安陶妮娜	他才不在乎,就是一条鱼也行。
阿列克塞	衣服脱光了呀,女用人不见得比不过太太们。
安陶妮娜	听听看!他说起话来呀,就像他不是在前线,是在下三烂的小酒馆子。
修　娜	是的。他懒呀还是跟从前一样懒,可是说起话来呀勇敢多了。
阿列克塞	我行动上也勇敢。

安陶妮娜	�，瞎扯！他才小胆儿，小极了！直怕他后妈勾引他。
	〔吉雅丁进来。
阿列克塞	你在造什么谣？白痴！
安陶妮娜	而且贪的厉害。你知道，我要他不对我说脏话，见天儿给他一卢布二十考排克。他居然拿！
阿列克塞	吉雅丁，你喜欢不喜欢安陶妮娜？
吉雅丁	很喜欢。
修 娜	我呢？
吉雅丁	说真话——
修 娜	那，当然，要真话！
吉雅丁	好，不怎么喜欢。
修 娜	当真？这是真话？
吉雅丁	是的。
安陶妮娜	别信他的话，他也就是个应声虫儿。
阿列克塞	吉雅丁，我希望你娶安陶妮娜。我腻透了她。
安陶妮娜	你这个蠢驴。走罢！你活像一个大肚子洗衣服女人。
阿列克塞	（拿胳膊围住她的腰）你可真是一位千金小姐。Ne munchez pas① 向日葵子儿，最亲爱的。C'est mauvais ton.②
安陶妮娜	走开。
阿列克塞	遵命！
	〔他开始同她跳舞。
修 娜	吉雅丁，或许你根本就不喜欢我罢？
吉雅丁	你做什么想知道？

---

① 意思是："别嚼"，法文组织，但"嚼"字是英文。
② 法文，意思是："有失身份。"

修　娜	我要知道嘛。怪好玩儿的。
阿列克塞	吉雅丁，你兜什么圈子！人家小姐想法子叫你向她求婚，这你还看不出来？现下姑娘们全急着要做英雄们的寡妇。有好配给，有光圈儿，有抚恤什么的。
安陶妮娜	他以为他在说漂亮词儿哪！
阿列克塞	好，我现在该走啦。陶喀，送我送到过厅，行不行？
安陶妮娜	不干！
阿列克塞	我有要紧话同你讲。说正经，来。
安陶妮娜	我猜，蠢话。

〔他们走出。

修　娜	吉雅丁，你人诚实吗？
吉雅丁	不。
修　娜	为什么？
吉雅丁	没好处。
修　娜	你说这话，你人一定诚实。现在告诉我，别用心眼儿想——他们劝你娶我来的没有？
吉雅丁	（稍缓，燃起一枝香烟）劝来的。
修　娜	你明白不明白这劝告没什么好？
吉雅丁	明白。
修　娜	原来你——好，我决没料到这个。我以为你——
吉雅丁	你一定往坏里想我，是不是？
修　娜	没，你这人——真了不起！不过也许你很狡猾，哎？也许你只是假装直率，好来愚弄我？
吉雅丁	你把我说的也太难啦。你聪明，脾气坏，固执——活脱脱儿跟你父亲一样。说实话，我怕你。再说，你跟叶高尔·瓦西里耶维奇一样，长了一头的红头发。像救火员用的

火把。

修　娜　吉雅丁，你真成！不然的话，你这人心眼儿坏透啦——

吉雅丁　你的脸样儿挺惹人眼——

修　娜　你说起我的脸样儿，打算减轻打击，对不对？啵，话说回来，你心眼儿坏透啦！

吉雅丁　你高兴怎么样想就怎么样想。我的意见是，你一定会犯罪的。可是我——我过惯了爪子朝里的生活——你知道，像闯了祸的小狗。

修　娜　闯下什么祸？

吉雅丁　我不知道。大概就因为是小狗，没牙咬罢。

〔安陶妮娜回来。

安陶妮娜　阿列娜实喀这个白痴拧了我耳朵一下，真疼。还把我的钱全拿走了——活像一个骗子！你们知道，她会变成一个酒鬼的——一定。我们姐儿俩呀，活活儿一对不中用的买卖人的子女。你们觉得好笑吗？

修　娜　陶妮雅——我对你讲起他的坏话，你忘了好啦。

安陶妮娜　吉雅丁的坏话？你说他什么来的？我不记得啦。

修　娜　喽，他想娶我——

安陶妮娜　这坏在哪儿？

修　娜　为我的钱。

安陶妮娜　啵，是的！你这个心眼儿可真龌龊，吉雅丁！

修　娜　你没听见他怎么回答我的问话，真可惜。

安陶妮娜　你在"瓦路穆"啊？你记得舒柏尔提的《瓦路穆》①吗？

---

① 舒柏尔提 Schubert（1797—1828）是奥地利人，世界知名的作曲家。"瓦路穆" warum 这个字是德文，意思是"为什么"。"你在瓦路穆啊？"就是说："你在盘问啊？"

吉雅丁	是舒柏尔提写的？①
安陶妮娜	"瓦路穆"的声音挺像"马辣布②"，你们知道，非洲出的那种严肃的怪鸟。
修　娜	你可真会瞎扯！
安陶妮娜	我特别爱好吓唬人的东西。一挨吓，你就不腻烦啦。我喜欢坐在黑地方，等一条大蛇爬过来——
吉雅丁	（忍着不笑出来）你的意思是指乐园里头那条蛇！

---

① 《为什么》虽是德文，的确不是舒伯尔提的作品，倒是俄国著名音乐家蔡伊考夫司基 Tchaikovsky（一八四零年——一八九三年）所谱的一首短歌，作于一八七五年，歌词大致如下：

　　为什么你在梦里到我跟前来，
　　你远方的爱人，
　　告诉我为什么？
　　我为你醒了过来，
　　眼泪淌在枕头上！
　　啊，离开我，离开我！
　　做什么到我跟前来？

　　你那惺忪的亲爱的眼睛，
　　你阳光一样闪灿的金黄头发，
　　你骄傲的嘴唇，又美又可爱，
　　整个儿你自己，在梦里成了我的！
　　可是破晓的黎明一来，
　　就全消失了，剩下孤零的心，
　　我为我神圣的梦忧悒！

　　为什么你在梦里到我跟前来，
　　你远方的爱人，
　　告诉我为什么？
　　我为你醒了过来，
　　眼泪淌在枕头上！
　　啊，离开我，离开我！
　　做什么到我跟前来？

② 马辣布 marabou 是非洲产的一种水禽，鹳科，长足，大尖嘴。

安陶妮娜	不是，还要可怕多了。
修　娜	你这人真有意思。人人说的老是那一套儿：战争，辣斯浦丁，皇后，德国人，或者是战争，革命——你总有新鲜话儿造出来。
安陶妮娜	你有一天不做戏子就做尼姑。
修　娜	尼姑？想到哪儿去啦！
安陶妮娜	做尼姑一定非常困难——你成天演的总是这个角色。
修　娜	我想做一名 cocotte，①就像左拉的娜娜。
吉雅丁	我的天！真有你说的！
修　娜	我想把人全引坏了，帮我出气。
吉雅丁	出谁的气？为什么？
修　娜	为我一头的红头发，为父亲生病——为一切！等革命开始，看好了——我一定做给你们看——你们到时候看好啦！
安陶妮娜	你相信会有革命吗？
修　娜	是的，我相信！我相信！
吉雅丁	是的，革命会发生的。
	〔进来格拉菲娜。
格拉菲娜	修娜，麦拉妮雅师傅来啦，叶高尔·布雷乔夫要在这儿跟她谈话。
修　娜	哦——麦拉妮雅姨母！到我屋子去，孩子们！吉雅丁，你对日封曹夫是不是很敬重？
吉雅丁	他是——我表哥。
修　娜	这跟没回答一样。

---

① cocotte 的意思是"社交花"。

吉雅丁	我觉得，就一般而言，亲戚很少彼此敬重的。
修　娜	得，这才算回话！
安陶妮娜	别再讲那些腻人的事啦。
修　娜	吉雅丁，你这人真叫好笑。
吉雅丁	我有什么办法不？
修　娜	衣服穿得也好笑。

〔他们走出。格拉菲娜打开一扇藏在厚帘子后头的门。同时布雷乔夫在年轻人走出去的过道出现。麦拉妮雅女住持进来，步子慢而庄严，拄着一根锡杖。格拉菲娜站在一旁，掀起帘子，头低低垂着。

安陶妮娜	你这小淫妇，还在这儿打转转？他们还没把你赶出门去？好，也就快啦。
布雷乔夫	那你把她带进寺院，收做尼姑好了——她有钱。
麦拉妮雅	啊——你——在这儿？噢，叶高尔，看你病成了什么样子，上帝怜悯你！
布雷乔夫	格拉喀，关上门，叫他们别朝里头闯。坐下，师傅。你有什么事要跟我商量？
麦拉妮雅	医生们没怎么帮你的忙，哎？你看：主多给一天就是一天，多给一年就是一年，多给一代就是一代——
布雷乔夫	我们随后再谈主不主的——我们先谈生意。我知道你来为了谈谈你的钱。
麦拉妮雅	钱不是我的，是寺院的。
布雷乔夫	全一样，寺院，妓院，盗院。你对钱有什么不放心的？难道你怕我一死，钱会跑掉？
麦拉妮雅	那倒不至于，不过我不希望它落在生人手里头。
布雷乔夫	那么，你想提走？在我全一样——你要提就提好了。不过

	你要当心——你一提可就把钱丢啦。卢布现下繁殖起来，就跟虱子在兵身上一样快。而且我不会就死——我还没病到那一步。
麦拉妮雅	你不知道你哪一点钟，哪一天死！你写好遗嘱了没有？
布雷乔夫	没有！
麦拉妮雅	是时候啦！写罢！假定主忽然把你召去，怎么办？
布雷乔夫	他召我去做什么？
麦拉妮雅	别没轻没重地胡说啦！你知道，我不喜欢听这种话——我的神圣的职位不——
布雷乔夫	噉，得啦，马拉莎！你清楚我，我清楚你，用不着装蒜。你想把钱提出，你就提好啦——布雷乔夫有的是钱。
麦拉妮雅	我不要拿我的钱提走，我只要把我的股份过到阿克西妮雅名下。我来就为这个。
布雷乔夫	我明白啦。这是你的事。不过这样子，我要是死了的话，日封曹夫会骗阿克西妮雅的。而且，娃尔娃娜一定帮着他搞——
麦拉妮雅	噉，你现在也这样讲啦？怪新鲜的。听不出一点点儿怨毒来。
布雷乔夫	可不，我的怨毒现在换了一个方向走啦。好，我们不妨谈上帝，主，灵魂。 　　青春在抢劫和犯罪里头消磨， 　　到了老年我们营救我们的灵魂。
麦拉妮雅	好，说罢。
布雷乔夫	就拿你来说罢，你昼夜侍奉上帝，好比格拉菲娜侍奉我——

麦拉妮雅	不要触犯上帝？你想到什么地方去啦？格拉菲娜夜晚怎么侍奉你的？
布雷乔夫	要我告诉你吗？
麦拉妮雅	我对你说过，不要触犯上帝！放明白！
布雷乔夫	别喊叫啦！我说的只是寻常的人话，不是刻板的祷告。你对格拉菲娜讲，她就快要让人撵出去啦。你还相信我就快要死啦。你凭什么？瓦斯喀·道斯提嘎耶夫比我大几岁，心眼儿坏多啦，可是身子结实，切要活下去。他娶了一位第一流女人。当然，我是一个罪人，我欺负过人——就一般而言，就种种而言，我算得上一个罪人。可是，话说回来，我们全是你欺负我，我欺负你。人生是这样子嘛，你能够拿它怎么样？
麦拉妮雅	你要忏悔，不该当着我，当着众人，而是当着上帝！众人不会饶恕你的，但是上帝仁慈。你知道——从前强盗抢东西犯罪，可是只要他们拿上帝的东西还给上帝，他们就得救啦！——
布雷乔夫	当然，偷东西算不了什么，只要你拿出点儿来送教堂，你就不是贼，就成了一位正人君子。
麦拉妮雅	叶——高——尔！你要是尽触犯上帝，我不往下听啦！你不是傻瓜，你应当明白——主要是不答应的话，魔鬼就诱惑不了你。
布雷乔夫	好，承情。
麦拉妮雅	这话什么意思？
布雷乔夫	经你这么一说，我心安理得啦。原来是——上帝把诱惑我们的自由给了魔鬼，意思就是我犯罪的话，上帝和魔鬼和我都有份儿——

麦拉妮雅　（起立）像这种话——像你这种话——我要是讲给主教尼看德尔听呀——

布雷乔夫　可，我这话又哪儿不对啦？

麦拉妮雅　异教徒！你这不健康的脑壳尽是些什么思想？你一定明白，要是上帝允许魔鬼诱惑你的话——不就是说，上帝舍弃你了吗？

布雷乔夫　舍弃了我？可是为什么？难不成因为我爱钱，尤其是爱玩儿女人，娶了你那个傻瓜妹妹贪她的钱，做过你的爱人，所以他就把我丢了不管吗？——你这个张着嘴的乌鸦，站在那儿叫唤，一点儿也不懂事！

麦拉妮雅　（惊呆了）可，叶高尔，你疯啦？上帝宽恕——

布雷乔夫　寺院钟一响，白天夜晚祷告，可你对谁祷告——你就一点儿也不清楚！

麦拉妮雅　叶高尔！你要一直摔进无底的深坑，地狱的底层！——像这种年月，眼看样样儿东西要毁灭——罪恶的势力摇动皇家的宝座——如今就是反基督的日子①——也许末日审判就离现在不远啦——

布雷乔夫　你才记起这个来，是不是？末日审判！基督复临！哎，你——你这个乌鸦！飞到这儿乱叫唤！得啦，去你的罢，回你的窠，对你那些歌唱班女孩子做爱去罢！至于你的钱呀，这就是我给你的——看罢！

　　　　　〔拿手指比了一个淫荡的姿式。

麦拉妮雅　（惊退，几乎倒进扶手椅）啾，浑账东西！

布雷乔夫　格拉菲娜是一个淫妇——对不对？你呢？你算什么？哎？

---

①　反基督 Antlchrist：中世纪认为世界末日之前，将有一个反对基督的敌人出现。

麦拉妮雅　　胡说——胡说！（跳起）你这个骗子！你快死啦！就跟蛆一样！

布雷乔夫　　滚！滚出罪恶的道路！

麦拉妮雅　　毒蛇——魔鬼——

〔驰出。

布雷乔夫　　（一个人，哼着，摸摸他的右肋，喊着）格拉菲娜！嗨！

〔克谢妮雅进来。

克谢妮雅　　出了什么事？麦拉妮雅哪儿去啦？

布雷乔夫　　飞啦。

克谢妮雅　　你又跟她吵嘴来的？

布雷乔夫　　你打算在这儿坐多久？

克谢妮雅　　叶高尔，给我机会说句话。你近来简直不跟我讲话啦，好像我变成了一件木器。可不，你这样儿看着我算个什么？

布雷乔夫　　说罢，讲下去！

克谢妮雅　　这家成了个什么样子？世界末日，还是什么？你那位姑爷拿他的房间变成了一个酒馆子。客人们坐在四周，说着，没日没夜地胡搞下去。昨儿他们喝了七瓶红酒，渥得喀不算在里头——我们的门房，伊史马，直在抱怨，说警察直磨烦他，不停在问——谁到我们家来的。楼上头这些位呀，总在谈着皇上跟他的部长。见天儿这样子——活活儿成了一家酒馆子。你干么低着头总不做声？

布雷乔夫　　搞下去，搞下去好啦！我年轻时候，我就爱在酒馆儿待，喝喝酒，听听音乐。

克谢妮雅　　马拉莎做什么？

布雷乔夫　　你可真不会撒谎，阿克西妮雅！你撒谎呀本来嘛也太笨啦。

615

克谢妮雅	我撒什么谎来的？什么时候撒过谎来的？
布雷乔夫	就是如今。麦拉妮雅来这儿谈他的钱,是跟你串通好了的。
克谢妮雅	我根本就不知道——你说到哪儿去啦？
布雷乔夫	啾——那就算啦,你别提啦!

〔道斯提嘎耶夫,日封曹夫和潘夫林神父进来,样子有点儿紧张。

道斯提嘎耶夫	叶高尔,听听潘夫林神父去莫斯科带来的消息——
克谢妮雅	叶高尔,你该去躺躺才是!
布雷乔夫	我在听哪,潘夫林神父。
潘夫林	我没好消息讲,就我看来,好也够坏的,我们战前过活的样子就不好,现在一直没人想得出更好的样子。
道斯提嘎耶夫	不,不,我不这样儿想。不!

〔日封曹夫向他岳母耳语着。

克谢妮雅	在哭？
道斯提嘎耶夫	谁在哭？
克谢妮雅	女住持。
道斯提嘎耶夫	她受了什么气？
布雷乔夫	去看看是什么吓着她啦。坐下,神父,说说你的消息。
道斯提嘎耶夫	我奇怪什么事这么伤心,麦拉妮雅居然会哭。

〔克谢妮雅,日封曹夫和道斯提嘎耶夫走出。

潘夫林	莫斯科乱成一片。甚至于成熟的心灵也认为皇上软弱无能,应当废掉。
布雷乔夫	他足足能干了二十多年。
潘夫林	时间拿人力消磨掉了。
布雷乔夫	一千九百一十三年,罗马诺夫皇族庆祝登基三百年,尼考

	莱跟我握手。①全国欢乐。全城欢乐。
潘夫林	是呀，是这样子。人民欢乐——事实是这样子。
布雷乔夫	后来怎么着？我们来了一个参议会——所以，毛病不在皇帝，是根本上有什么地方不对——
潘夫林	算得上根本的——是专制的力量。
布雷乔夫	人人维持自己——用他自己的力量——是的，不过哪儿是这种力量？战争一来，连影儿也不见了。
潘夫林	我们失掉力量，参议会要负责。
	〔叶丽莎外塔在门口出现。
叶丽莎外塔	潘夫林神父，你在让他忏悔吗？
潘夫林	不是的。你想到哪儿去啦？
叶丽莎外塔	我丈夫哪儿去啦？
潘夫林	他方才在这儿来的。
叶丽莎外塔	你今儿个可真严厉啊，潘夫林神父。
	〔不见了。
布雷乔夫	神父——
潘夫林	你要问什么？
布雷乔夫	我们全是父亲。上帝是父亲，皇帝是父亲，你是父亲，我是父亲。我们没一个有气力，我们全活着活到死。我不是说自己，我是说战争，说那巨大的死亡。好像马戏班，猛虎脱了柙，四处咬人。
潘夫林	叶高尔·瓦西里耶维奇，你要安静——
布雷乔夫	我拿什么让自己安静？谁让我安静？怎么样让我安静？

---

① 一六一三年二月二十一日，米晒耳·罗马诺夫 Michel Romauov 当选为俄皇，以迄于尼考莱二世。

617

	好,你就安静安静我罢——神父!显显你的本事!
潘夫林	读《圣经》。读《旧约》——《约书亚记》,拿来背背也是好的——战争是合法的——
布雷乔夫	得啦。这算哪种法?整个儿扯淡。你没法儿停住太阳不走。你说谎嘛。
潘夫林	抱怨天父是一种大的罪过。我们的生活充满了罪恶,所以遇到惩罚,我们必须想法子心平气和地顺受一切才成。
布雷乔夫	阿列克塞·古宾长老得罪你的时候,你顺受来的没有?没有。你把他告到法庭,你请日封曹夫做你的律师,主教帮你说话,是不是这样子?可是我——我有什么法庭控告我的病去?控告我的短命?你愿意柔柔顺顺地死吗?心平气和地死吗?哎?不见得罢,你也要嚷嚷,也要哼唧的。
潘夫林	我的职位禁止我听这种话。因为这种话——
布雷乔夫	得啦,潘夫林!你是一个人。你的道袍只是一种保护色——可是道袍下面的你,跟我一样是人。倒说,医生说你心脏不好,肥胖而退化的结果——
潘夫林	你说这话打算怎么着?多想想,要畏惧才是。从远古起就立下了——
布雷乔夫	立下了,是的,不过,似乎不牢。
潘夫林	列奥·托尔斯泰是一个异教徒。因为不信教,教会把他赶出去了,他怕死只好跑进树林子,像一只野兽——
	〔克谢妮雅进来。
克谢妮雅	叶高尔·瓦西里耶维奇,冒开来啦——他说昨儿夜晚警察把雅考夫给捉住啦,想问你——
布雷乔夫	好,潘夫林神父,谢谢你的教导!我改天再吵闹你罢,我想。克谢妮雅,喊巴实金这儿来。叫格拉菲娜拿我的稀饭

送来。是的，还有橘子渥得喀。

格拉菲娜　你喝不得渥得喀——

布雷乔夫　我好喝的——什么也好喝！你走罢。

〔潘夫林和克谢妮雅下。就是他一个人了，四面望望，好笑，唧哝着。

神父——潘夫林——蘑菇林——叶高尔，你应当吸烟才是。烟雾腾腾的，东西看不清切，你就好过多啦——

〔巴实金进来。

怎么样，冒开？

巴实金　叶高尔·瓦西里耶维奇，你身子好？

布雷乔夫　这阵子好多啦。说是雅考夫被捕啦？

巴实金　是呀，昨儿晚晌。乱子惹大啦！

布雷乔夫　单单他一个人？

巴实金　他们说，有一个修表的，还有喀耳米考娃，一向给阿列克散德娜·叶高罗芙娜上课的女教员，还有火伏耶芮郝诺夫，一个有名儿捣乱分子，据说一总有十个人。

布雷乔夫　他们都是"打倒皇帝"那派人吗？

巴实金　他们分好些派。有的反对皇帝，有的反对有钱人，要工人治理国家——

布雷乔夫　扯淡！

巴实金　是真的。

布雷乔夫　他们会把国家喝干了的。

巴实金　那一定。

布雷乔夫　是——可假定他们不喝，怎么着？

巴实金　他们没老板会干得出什么好来？

布雷乔夫　你对。没你跟瓦斯喀·道斯提嘎耶夫，他们就永远搞不成功。

巴实金　你也是老板——

布雷乔夫　当然！我是。你说，他们唱些什么？

巴实金　（叹气）"我们不要旧世界……"

布雷乔夫　还有什么？

巴实金　"要拿它的灰尘去掉……"

布雷乔夫　倒像一种祈祷词儿——

巴实金　算哪类新祷告词儿呀？他们说，我们恨皇帝，皇宫。

布雷乔夫　啊哈，原来如此！——可不——地狱的魔鬼！（想了一下子）好，你有什么事？

〔格拉菲娜端进粥和渥得喀。

巴实金　我？啾，没事。

布雷乔夫　那，你来做什么？

巴实金　问我谁代雅考夫。

布雷乔夫　谢尔结·波塔波夫。

巴实金　他也是那种见解——不要上帝——不要皇上——

布雷乔夫　啾，他也是这样子？

巴实金　我可否建议——冒克卢骚夫。他巴望给你干活儿。他受过教育，懂得料理事。

格拉菲娜　你的稀饭要冷啦。

布雷乔夫　一位警察？一个贼？他存什么心？

巴实金　现下干警察危险，许多人不干啦。

布雷乔夫　原来如此！危险，是吗？跟老鼠一样逃啦——好罢，明儿早响叫波塔波夫来见见我。你去罢——格拉哈，吹喇叭的来了没有？

〔巴实金走出。

格拉菲娜	他在厨房坐着。
布雷乔夫	我吃完稀饭,你打发他进来好啦。家里怎么这样静?
格拉菲娜	他们全在楼上。
布雷乔夫	(喝渥得喀)好——不错。你下巴为什么拉得这样长?
格拉菲娜	别喝酒,别祸害自己,别生病!拿东西全丢了,离开他们。他们要把你活吃了——像蛆——他们要拿你的性命一点儿一点儿咬掉。我们走开——到西伯利亚去——
布雷乔夫	算啦——你叫我难过——
格拉菲娜	我们到西伯利亚去,我做工——你为什么要待在这儿?图什么?没人关心你——他们也就是在等着你死——
布雷乔夫	住嘴。格拉哈——别烦我——我全明白——我全看在眼里——我知道你——你跟修尔喀——我这辈子就落下你们俩——别人全巴我死——不过我就许还活下去——好,喊吹喇叭的来。
格拉菲娜	先喝完你的稀饭。
布雷乔夫	啾,鬼抓了稀饭去!喊修尔喀来——

〔格拉菲娜走出。布雷乔夫,一个人,一杯又一杯地贪着渥得喀喝。喇叭手进来,一个可笑的可怜的瘦鬼,肩上扛着一个袋子,里头装着喇叭。

喇叭手	给老爷请安。
布雷乔夫	(未免一惊)你好。坐下。(呼唤)格拉哈!关上门!你就是——
喇叭手	是的,老爷。
布雷乔夫	好,你的模样儿可不中看!告诉我,你怎么样帮人治好病的?
喇叭手	老爷,我的法子挺简单,不过,吃惯了药房的药的先生们

621

	不大相信我，所以我得请人先付钱。
布雷乔夫	好主意。不过，你真医得好病？
喇叭手	我医好过几百病人。
布雷乔夫	可你也不像在这上头发过财。
喇叭手	没人行好还发财的。
布雷乔夫	啊哈，听听他看，真有他的！你治哪类病？
喇叭手	病全打一个原因上来——肚子里头有恶气，所以我全医。
布雷乔夫	（笑）真不赖歹！来，拿你的喇叭给我赏鉴赏鉴——
喇叭手	你好不好付我一个卢布？
布雷乔夫	一个卢布？我想成罢。格拉哈，你有没有一个卢布？拿去。你真便宜。
喇叭手	这也就是为了开头。

〔打开他的袋子，取出一个铜喇叭。修娜跑了进来。

布雷乔夫	修尔喀，看这个机器——你觉得这医病的怎么样？好，吹给我们听听。

〔喇叭手清清喉咙，吹了一下子——声音不大，咳嗽上来。

这就算啦？

喇叭手	一天四回，每回五分钟——就大功告成啦。
布雷乔夫	病人就粉碎啦——爆掉啦？
喇叭手	没的事！我医好几百人啦。
布雷乔夫	有你的！好，现在告诉我真话：你把自己当做什么，傻瓜还是坏蛋？
喇叭手	（叹气）你也不信这个，跟别人一样。
布雷乔夫	（笑）别就收喇叭。老实告诉我：你是傻瓜还是坏蛋？说了我会给你钱的。

修　娜	别逗他生气,父亲。
布雷乔夫	我没意思气他,修尔喀。医生,你叫什么?
喇叭手	加百列·屋外考夫——
布雷乔夫	加百列?(畅怀大笑)噢,妈的!——你拿稳了是加百列?
喇叭手	这是一个平常名字——以前没人觉得好笑过。
布雷乔夫	好——你是什么:蠢蛋,还是坏蛋?
喇叭手	你肯不肯给我十六个卢布?
布雷乔夫	格拉哈——拿钱来!在卧室——干么,十六个,加百列?
喇叭手	我错啦!我应当多要点儿。
布雷乔夫	原来你是个蠢蛋?
喇叭手	不,我不是傻瓜。
布雷乔夫	那么,坏蛋?
喇叭手	我也不是坏蛋。你自己知道——不骗人,一个人就活不了的。
布雷乔夫	言之有理!不很合适,孩子,可也言之有理。
修　娜	可是骗人不害臊吗?
喇叭手	假如人家信这个,我干么害臊?
布雷乔夫	(激动地)这话也有道理!修尔喀,你明白吗?他完全对!潘夫林牧师永远说不出这话来。他也不敢!
喇叭手	我说了真话,你应当多加几个。而且,我可以赌咒,我的喇叭确实有点儿效验。
布雷乔夫	说得对。给他二十五个卢布。格拉哈,多给他点儿。全给了他。
	〔格拉菲娜拿钱付他。
喇叭手	太多谢啦!您要不要试试喇叭?鬼知道这是怎么回事,不过,是灵验。

布雷乔夫	不必啦，谢谢。哎，加百列，加百列！（笑）现在，我们听听看，试试灵不灵——来，吹罢！声音还要大！

〔喇叭手吹了起来，震耳欲聋。格拉菲娜看着布雷乔夫，担足了心思。修娜拿手指堵住自己的耳朵，笑着。你使足劲儿吹！

〔道斯提嘎耶夫夫妇，日封曹夫夫妇，巴实金和克谢妮雅冲进。

娃尔娃娜	这是怎么的啦，父亲？
克谢妮雅	叶高尔，你这是干什么？
日封曹夫	（向喇叭手）你喝醉啦？
布雷乔夫	别碰他！千万小心！对，炸掉他们的耳膜，加百列！他是天使长加百列①呀，宣布世界末日到啦！
克谢妮雅	啊——他简直疯啦！
巴实金	（向日封曹夫）你看见了罢？
修　娜	父亲，您听见没有？他们说您疯啦！走罢，吹喇叭的，走罢！
布雷乔夫	不，别走。吹呀，加百列，吹呀！这是审判日！世界末日！吹你的喇叭，吹！——

〔喇叭继续吹到幕落。

幕

---

① 加百列 Gabriel 在希伯来文是"上帝的力量"。《路加福音》记述上帝差遣天使加百列去见童女马利亚，告诉她：耶稣将是她的儿子。布雷乔夫听见这个名字一直暗暗好笑，就因为联想到了天使长的名字也叫加百列。同时他又记起《马太福音》第二十四章记述门徒向耶稣问起了世界末日，他回答："圣子要打发天使们前来，吹着喇叭，发出巨大的声响。"

第 三 幕

饭厅,件件东西像是走出原来的地位。桌子还没有收拾,摆满了脏碟子,酒瓶和一包一包东西。茶壶立在一端。屋子一角放着几件行囊。泰席雅,一个年轻尼姑,戴着高高的尖筒帽子,打开一个行囊。格拉菲娜逗留在她旁边,手里拿着一个盘子。

桌子上面挂着一盏灯,照亮房间。

格拉菲娜　　麦拉妮雅师傅来这儿住多久?

泰席雅　　我不知道。

格拉菲娜　　她为什么不住到寺院下处?

泰席雅　　我不知道。

格拉菲娜　　你多大啦?

泰席雅　　十九。

〔日封曹夫走下楼梯。

格拉菲娜　　你真就什么也不知道?你还是怎么的啦?你是野人,还是什么的?

泰席雅　　我们不许跟在俗的人谈话。

日封曹夫　　女住持用过茶了没有?

格拉菲娜　　没。

日封曹夫　　还是把茶煮煮好,万一——

〔格拉菲娜捧起茶炉走出。

在寺院那边——兵有没有把你们吓着?

泰席雅 是的。

日封曹夫 他们做什么吓唬你们?

泰席雅 他们杀了一头牛,恐吓大家要烧掉寺院。对不住。

〔她抱着一堆内衣走出。娃尔娃娜在过厅出现。

娃尔娃娜 (在过厅)这个泥泞天气!跟小尼姑在聊天儿?

〔进来。

日封曹夫 你知道,家里住着一位女住持,真还有点儿别扭——

娃尔娃娜 房子还不是我们的,就忍着点儿——吉雅丁怎么样?同意不同意?

日封曹夫 吉雅丁是蠢驴,不然呀,就是假装正经。

娃尔娃娜 等一下——声音像是父亲在喊——

〔在她父亲的屋门前面听着。

日封曹夫 虽然医生们说你父亲头脑清楚,可是经过吹喇叭的那场胡闹——

娃尔娃娜 比这胡闹的,他一辈子也不是没有搞过。阿列克散德娜和吉雅丁彼此像是挺好——

日封曹夫 是的,不过我看不出好处来。你那位妹妹挺有心眼儿——她可能——好,等着罢,真许添麻烦出来。

娃尔娃娜 她跟你打情骂俏的时候,可惜你就没往这上头想过。你倒像觉得挺称心。

日封曹夫 她跟我打情骂俏也就是为了气你。

娃尔娃娜 你是不是遗憾?潘夫林来啦,又探出头来啦。他简直来成了习惯。

日封曹夫 就我看来,这家子未免教士过剩。

〔进来叶丽莎外塔和潘夫林，辩论着。巴实金远远跟在后面。

潘夫林　　　报纸一向撒谎。晚安。

叶丽莎外塔　我告诉你，这不确实。

潘夫林　　　已经证实啦，没疑问：皇帝退位，不是由于自愿，而是受到暴力的压迫，在去彼得堡的路上，让民主立宪党的党员给扣住啦——的确！

日封曹夫　　你的结论是什么？

叶丽莎外塔　潘夫林神父反对革命，拥护战争到底，我么反对战争。我想到巴黎去——打仗打够啦。你不同意吗，娃芮雅？你记得 Henri Quatre① 说过：巴黎比战争好。是的，我知道他的话不就还是这样子，可是，那是他错。

潘夫林　　　我并不坚持，因为如今样样儿东西全不稳定。

娃尔娃娜　　我们需要和平，潘夫林神父——和平！你没看见群众乱搞吗？

潘夫林　　　啊，是的，我看见啦！好，我们的病人怎么样啦？他这儿怎么样？

〔拿手指按着他的眉毛。

日封曹夫　　医生们找不到神经错乱的征记。

潘夫林　　　好，听到这话心宽多了。不过，话说回来，医生们只有收费的时候，才不犯错误。

叶丽莎外塔　您这话刻薄极啦！娃芮雅，贞妮请我们去吃晚饭。

巴实金　　　囚犯一释放，警察受罪啦。

潘夫林　　　可不，是这样子。太出人意外啦。安德列·彼特罗维奇，

---

① 法文，即"亨利四世"。

	你看时局有什么希望。哎？
日封曹夫	社会的力量正在按部就班地发展，不久就要实现他们的号召。所谓社会的力量，我意思是指那些有健全经济基础的人民——
娃尔娃娜	听呀，贞妮请我们吃饭。
	〔把他拉在一旁耳语着。
日封曹夫	你看，这在我有点儿棘手。一边儿是一位女住持，一边儿是一位 cocotte。
娃尔娃娜	低点儿声，行不行？
潘夫林	安德列·彼特罗维奇，冒克卢骚夫来啦，你知道——那位警察督查。
日封曹夫	是吗？他来做什么？
巴实金	他辞了差，因为那太危险，他想帮我们干活儿，管树林子。
日封曹夫	可，这对我们方便吗？
娃尔娃娜	等一下，安德列——
巴实金	非常方便。现下拉浦铁夫看什么也看不上眼，成天制造困难。道纳提——你自己知道——也不相宜。又是一个不信正教的，一来就嘀咕什么真理的法律，现下有什么真理好指望的——好，你自己看得出来！
日封曹夫	嗷，无稽之谈。我们现下亲眼看见真理开始胜利——
娃尔娃娜	等一下，安德列，行不行？
日封曹夫	还有公道。
娃尔娃娜	冒开，你要怎么着？
巴实金	我赞成雇用冒克卢骚夫。我跟叶高尔·瓦西里耶维奇提起来的。

娃尔娃娜　　他说什么来的?

　　　　　　〔日封曹夫皱着眉,走开。

巴实金　　　没一定的话。

娃尔娃娜　　你雇下冒克卢骚夫再说。

巴实金　　　你要不要见见他?

娃尔娃娜　　干什么?

巴实金　　　噢,也就是认识认识他。他——在这儿。

娃尔娃娜　　那,很好。

　　　　　　〔巴实金走进过厅。娃尔娃娜往笔记本子上写了点儿东西。巴实金带了冒克卢骚夫回来。后者是一个圆脸蛋儿的小人,眉毛表示惊奇,永远耸着,虽说挂着一丝微笑,看上去像他就要出口骂人。他穿着警服,臀上挂着一管连发手枪。他后跟一碰,站直了,引起大家的注意。

冒克卢骚夫　允许我介绍自己——冒克卢骚夫——伺候您啦。很感激。我觉得很荣幸。

娃尔娃娜　　我很高兴。你穿着制服? 我听说警察解除武装啦。

冒克卢骚夫　是这样子。我们这些日子穿制服的,在街上一露面,就要遇到危险,所以我只穿了一件普通大衣,别瞧我带着家伙。不过,就是现在,有了没根据的希望,乱民安静下来——所以我才没带刀出来。

娃尔娃娜　　你打算什么时候上工?

冒克卢骚夫　我心里头老早就是您府上的伙计,您要是高兴的话,明天我就好到树林子里头去。我是一个单身汉——

娃尔娃娜　　你觉得这会长久吗,这回造反?

冒克卢骚夫　我想,要整整一个夏天罢。过了夏天,雨呀霜的没个完,荡马路怕不怎么方便。

娃尔娃娜	（微微一笑）也就是一个夏天？革命很少靠天气的，难道要靠天气？
冒克卢骚夫	不过——原谅我——当然会的！冬天有一种冷静的效果。
娃尔娃娜	（依然微笑着）你是一个乐观派。
冒克卢骚夫	警察向例乐观。
娃尔娃娜	当真？
冒克卢骚夫	的确是这样子。因为他们信得过自己的力量。
娃尔娃娜	你在队伍上待过吗？
冒克卢骚夫	是，待过。在布如路克后备队上。我是一个少尉。
娃尔娃娜	（伸出手）好，再见，运气好。
冒克卢骚夫	（吻她的手）我非常感激。

〔背朝外，响着后跟，退出。

娃尔娃娜	（向巴实金）像一个傻瓜，是不是？
巴实金	那不碍事。看看那些聪明人——给他们机会，他们会把世界翻个过儿来，就像翻你的口袋。
潘夫林	（向巴实金和叶丽莎外塔）牧师必须有权利自由传教，否则，无济于事。

〔格拉菲娜和修娜进来，挽着叶高尔·布雷乔夫。屋子静了下来。全看着他。他皱起了眉。

布雷乔夫	怎么啦？干么一下子就住了嘴？你们聊天儿聊得正起劲——
潘夫林	我们想不到看见——
布雷乔夫	看见什么？
潘夫林	看见一个人让人扶着——
布雷乔夫	扶着？腿不中用了嘛，不扶着，他怎么走？扶着，真是的！——雅实喀·拉浦铁夫放出来了没有，冒开？

巴实金	罪犯全放出来了。
日封曹夫	是说,政治犯。
布雷乔夫	所以雅考夫·拉浦铁夫恢复自由啦,皇帝倒做了罪犯?你对这个有什么话说,潘夫林神父,哎?
潘夫林	我对这些事不大在行,不过就我私下看来,最好先搞清楚这些人想说什么,想做什么——
布雷乔夫	当然,挑选一个新皇帝。要是没了皇帝呀,你们不彼此捣蛋才怪哪——
潘夫林	你的脸色今天好多了;显然你拿病压下去啦。
布雷乔夫	对——压下去啦。他们夫妇俩,还有你,冒开,离开潘夫林跟我一会儿。你不必走,修尔喀。

〔巴实金走进过厅。日封曹夫夫妇和道斯提嘎耶夫夫妇上楼。一两分钟过后,娃尔娃娜走下楼梯一半,偷听讲话。

修　娜	躺下罢,父亲。
布雷乔夫	我不要躺下嘛。好,潘夫林神父,我想,你为教堂的钟来的罢?
潘夫林	不。我来看你,也就是希望看见你好,你的确是好多了。不过,想到你过去慷慨大度的施舍,从事城市庙宇的修缮——
布雷乔夫	你没好好儿帮我祷告。你看——我更坏啦。再掏钱给上帝,我不怎么感到兴奋。可不,我凭什么给?我已经给了许许多多钱,可我临了儿得到些什么来的?
潘夫林	你捐的款——
布雷乔夫	等一下!我有一个问题问你;上帝该不该害臊?他打发死来做什么?

修　娜	啵，千万别谈死！
布雷乔夫	你就别开口，听着。我不是谈我自己。
潘夫林	你不好拿这样儿思想折磨自己。灵魂不朽，死不死有什么关系？
布雷乔夫	既然如此，何必挤在一堆肮脏局促的肉里头待着？
潘夫林	教会认为这种问题不仅无聊，而且——
	〔娃尔娃娜在楼梯上拿手绢堵住嘴，不让自己笑出声来。
布雷乔夫	别支吾啦！老老实实说给我听罢。修娜，你还记得那个吹喇叭的，哎？
潘夫林	当着阿列克散德娜·叶高罗芙娜——
布雷乔夫	啵，不相干！她想活下去，就得知道。我活得相当久啦，现在我问你：你为什么活着？
潘夫林	我在教会服务——
布雷乔夫	我知道这个，我知道你在教会服务！你迟早要死的，对不对？这怎么讲？这是什么——我们的死，潘夫林？
潘夫林	你的问题不合逻辑，也没用。并且原谅我——你现在不好尽想着尘世的事——
修　娜	可千万别这样讲！
布雷乔夫	我属于尘世——我里里外外都是尘世。
潘夫林	（站起）尘世只是灰土——
布雷乔夫	灰土！那你这个鬼——那你自己一定明白尘世只是灰土。灰土——可你还穿着一件丝袍子。灰土——一个镀金十字架！灰土——你贪得无厌——
潘夫林	你当着这位年轻姑娘尽说些不该说的话——
布雷乔夫	姑娘，姑娘——（娃尔娃娜急忙上楼）他们训练出你这种傻

瓜，就跟训练出狗来追兔子一样——你靠着基督那个叫化子发财。

潘夫林 你病久了就生气，生起气来就跟野猪一样乱吼——

〔走出。

布雷乔夫 你走啦，哎？啊哈——

修　娜 你不好尽怄气的，父亲，这只有让您情形更坏。看您自己多烦躁呀！

布雷乔夫 没关系！我没什么后悔的！噢夫，我受不了这个牧师！你张开耳朵，睁开眼睛就是了。我是故意这样做的——

修　娜 我全看出来啦——我不是一个小娃娃——也不是一个傻瓜！

〔日封曹夫在楼梯上出现。

布雷乔夫 经过喇叭手那回事，他们决定我疯啦，偏偏医生们都说我没疯。修娜，你信不信医生？

修　娜 我信您——我只信您——

布雷乔夫 好孩子！别怕，我的头脑没问题。医生们知道。不错，我碰上了棘手的问题。不过，人人全想知道：什么是死？要不就是：什么是生？明白了罢？

修　娜 我不信您的病严重。您离开家就好啦。格拉菲娜的话对！您应当认真治疗才是。您是谁的话也不肯听。

布雷乔夫 我是谁的话也听。现在我们要试一下仙姑。万一她真对我有用呢？该是她来的时候了。我在觉得难过——就像心里头盼什么东西盼得厉害！

修　娜 别说下去了。亲爱的！啾，别说下去了——我亲爱的，亲爱的父亲！躺下，躺——

布雷乔夫 我一躺下更糟。这就是表示我输啦。跟比拳一样。而

	且——我想说说话儿。我得告诉你点儿事。你明白——是这样的——我住错了街！我落在一群生人当中——三十年了，我落在生人群中。我不希望你再碰到这个！我父亲一向撑筏子。我哪——看看我——我没法子对你解释。
修 娜	用不着急，慢慢儿讲，像您从前给我讲故事那样子——
布雷乔夫	它们不是故事——我给你讲的总是真理。你明白——那些牧师，皇帝，省长……活见鬼！我要他们干什么？我不信奉上帝。怎么会有上帝呢？你自己看得出来。也没有好人。好人少见——就跟假钱一样少见！你看这些人都像什么？现在他们跟这有福的战争搞在一起——活活儿疯啦！可是我跟他们有什么好搞的？叶高尔·布雷乔夫要他们做什么？可是你——现在，你怎么样跟他们在一起过呢？
修 娜	你甭替我担心——
	〔克谢妮雅进来。
克谢妮雅	修娜，陶妮雅跟她哥哥来看你，还有一个人——
修 娜	他们等着好啦。
克谢妮雅	你去罢。我必须同你父亲谈谈。
布雷乔夫	我必须来的？
修 娜	那，您话别说得太多——
克谢妮雅	教训我！好啊！叶高尔·瓦西里耶维奇，饶布诺娃来啦——
布雷乔夫	修尔喀，回头带年轻人们到这儿来——好罢？
	〔修娜下。
	好，叫您的饶布诺娃来！
克谢妮雅	等一下再叫。我先要告诉你，列克散德娜跟安德列的那个

	游手好闲的表弟非常要好。你自己一定明白，他配不上她。我们收留下了一个叫化子，看看现在他左差遣人右差遣人的那份儿神气。
布雷乔夫	你知道吗，阿克西妮雅，你就像一场恶梦——你呀简直就是！
克谢妮雅	好罢，你高兴羞辱我就羞辱好啦！可是你应该禁止她跟那个吉雅丁好下去。
布雷乔夫	还有话吗？
克谢妮雅	麦拉妮雅住在这儿——
布雷乔夫	做什么？
克谢妮雅	她呀走投无路。散兵攻打寺院，杀了一头牛，偷了两把斧子，一把锄，一捆绳子——真是的，简直不像话！还有道纳提，我们那个看林子的，收留下来一些莫名其妙的怪人，住在木厂子里头——
布雷乔夫	要是我觉得什么人好啊，似乎大家一定都觉得他坏。
克谢妮雅	你应当跟她和好才是。
布雷乔夫	跟麦拉妮雅？干什么？
克谢妮雅	可，当然你应当——你的健康，你知道——
布雷乔夫	好罢——我就跟她和好和好看——"免我们的债"——我拿这话对她讲。
克谢妮雅	对她放和气——
	〔走出。
布雷乔夫	（呢喃着）"免我们的债——如同我们免了人的债。"①处处是谎——活见鬼！

---

① 这句话出自《马太福音》第十六章第十二节，是耶稣教门徒祈祷的词句。

〔娃尔娃娜进来。

娃尔娃娜　父亲，我听见母亲同您讲起史泰潘·吉雅丁——

布雷乔夫　可不——你全听见，你全知道——

娃尔娃娜　吉雅丁做人谦易，他娶阿列克散德娜，要的陪嫁不会大，他跟她正好相配。

布雷乔夫　你真周到——

娃尔娃娜　我从旁看他——

布雷乔夫　你这样儿关切为谁？噢夫，全是一个货色！

〔进来麦拉妮雅和克谢妮雅，泰席雅随在后面，待在门道。

好，马拉莎。我们和好，成了罢？

麦拉妮雅　这好多啦。真是一个火稔子！什么也不为，一心就要侮辱人！

布雷乔夫　"免我们的债"——马拉莎！

麦拉妮雅　我们不是讨论债务。你就别瞎搞啦！看看如今这世道成了个什么世道！皇上——上帝立的——退了位！你知道这是什么意思？主把他这群羊丢到黑暗混乱之中。他们疯啦，在自己脚底下挖坑。老百姓全反啦。考波骚渥的乡下女人们冲着我的脸嚷嚷，她们也是人："我们当兵的丈夫，全是人！"你喜欢这个？你从来听说过当兵的也好算人？

克谢妮雅　雅考夫·拉浦铁夫就一直这样讲——

麦拉妮雅　省长丢了职位，让给公证人奥斯冒劳夫斯基当。

布雷乔夫　也是一个胖肚子。

麦拉妮雅　昨天尼看德尔主教说："我们来到大难的前夕；人民怎么治理得了天下？从《圣经》那时起，就是拿着剑跟十字架的手在统治人民"——

娃尔娃娜	《圣经》那时的人并不信奉十字架——
麦拉妮雅	住口,聪明小姐!《新约旧约》的书皮子是一个,难道不是?而且十字架就是剑!看你连这也不知道!什么时候信什么,我想,主教比你清楚多啦。你们全有野心,看见皇室给推翻了反而开心。当心你们高兴过了头掉眼泪。叶高卢实喀,我盼望跟你私下里谈谈——
布雷乔夫	我们不会再吵一架?很好,我们就不妨谈谈,不过,挪后点儿。治病女人现在来啦。我要拿病医好,马拉莎。
麦拉妮雅	饶布诺娃医病很有名儿。医生们全赶不上她聪明。她医过了,你还可以跟浦罗考皮大仙谈谈——
布雷乔夫	什么,就是小孩子叫做浦罗波铁的那个家伙?我听人讲,他是一个坏蛋。
麦拉妮雅	看,看,这也叫话!你怎么好说这种话?你把他请过来就晓得啦——
布雷乔夫	好,就把浦罗波铁也约得来。今天我觉得好多了,只有腿不大挂劲儿——人像快活多了。样样儿事都好笑,看上去都像好笑。喊巫婆子进来,阿克西妮雅。

〔克谢妮雅走出。

麦拉妮雅	啊,叶高尔,你这人呀……还有救!
布雷乔夫	正是这个——还有救!

〔克谢妮雅回来。

克谢妮雅	她说,要大家离开屋子。
麦拉妮雅	好,那我们就走。

〔全都走出,只有布雷乔夫坐在那里,暗自好笑,打着他的胸胁。饶布诺娃进来。她扭动她的嘴——不很明显,但是也就够觉察出来的了——向右边吹着,同时右手

贴住她的心，左手翻上翻下如同鱼鳍。然后她立定了，右手划过她的脸。

布雷乔夫　　你在干什么——对魔鬼祷告？

饶布诺娃　　（一种单调的唱腔）噢噫，你们这些邪气，病魔！走开，走开，离开上帝的仆人！从今日今时起，我咒你们走，永远，永远，永远一去不返！晚安，尊贵的先生，叶高芮大名！

布雷乔夫　　晚安，姑姑——你是不是在赶魔鬼？

饶布诺娃　　您说到哪儿去啦？我怎么会跟他们打交道？

布雷乔夫　　非打交道不可，你也就打交道啦。牧师冲上帝祈祷，你不是牧师，所以一定是冲魔鬼祈祷。

饶布诺娃　　嗷，您怎么说这样儿怕人的话！也就是没知识的人才说我跟恶鬼打交道。

布雷乔夫　　既然不跟魔鬼打交道，姑姑，你就医不了我的病。牧师为我冲上帝祈祷，上帝不肯帮我忙。

饶布诺娃　　您一定是在开玩笑，亲爱的先生，您说这话因为您不信我。

布雷乔夫　　你要是一直打魔鬼那儿来，我就信你啦。不过你一定听人讲起，当然，我是一个荒唐鬼，待人刻薄，贪财——

饶布诺娃　　我听见来的，不过，我不信您会克着我这点子钱不给。

布雷乔夫　　我是一个大罪人，姑姑，上帝说什么也不管我的事啦。上帝遗弃了叶高尔·布雷乔夫。所以，你要是跟魔鬼没交情，还是走罢，帮乡下姑娘打打胎去。这是你的职业，对不对？

饶布诺娃　　哎，人家讲的话真对，您是呀出口伤人，好乱成性！

布雷乔夫　　好，你有什么谎要扯？扯罢！

饶布诺娃	我从没打过谎语。您告诉我哪儿疼,怎么个疼法儿。
布雷乔夫	我的肚子。疼得厉害。就是这儿。
饶布诺娃	好,您看,是这样子的——我说的话,您可千万别冲任谁泄露一个字儿——
布雷乔夫	我不会的。用不着害怕。
饶布诺娃	病有黄的,黑的。黄的就是医生也治得了,可是黑的呀,牧师跟和尚都祷告不掉的!黑病是有恶鬼作祟,只有一个方子医治——
布雷乔夫	啊?——治不死病也治得死人,对不对?
饶布诺娃	这方子挺花钱的。
布雷乔夫	当然!我懂。
饶布诺娃	遇到这种情形,您势必要跟恶鬼来往。
布雷乔夫	是不是撒旦本人?①
饶布诺娃	那,也不就是直接跟他来往,不过总要——
布雷乔夫	你办得来?
饶布诺娃	只是——您千万别冲人泄露一个字儿。
布雷乔夫	噢,去你地狱里的,姑姑!
饶布诺娃	等一下——
布雷乔夫	出去,要不我给你一个好看的——
饶布诺娃	听我讲——
格拉菲娜	(在过厅)他叫你走——就走罢!

〔格拉菲娜进来。

饶布诺娃	你们这些人是怎么回事?
布雷乔夫	踢她出去!

---

① 撒旦 Satan 在希伯来文是"敌人"的意思。魔鬼的首脑。

格拉菲娜　　你倒好意思——你自己巫婆子！

饶布诺娃　　你自己巫婆子！看看你这张脸——啾，你——你们俩呀，别想睡得着，安静得了！

〔两个女人走出。

布雷乔夫　　（四处望望，出了一口舒适的气）呼——

〔麦拉妮雅和克谢妮雅进来。

麦拉妮雅　　你不喜欢饶布诺娃——她不合你的意？

〔布雷乔夫瞪着看她，不作声。

克谢妮雅　　她自己先就是一个急性子！大家拿她捧上了天，她就夜猫子自大啦。

布雷乔夫　　马拉莎——你怎么样个看法——上帝害过肚子疼吗？

麦拉妮雅　　别胡说八道——

布雷乔夫　　我相信基督害过肚子疼——他吃鱼过活——①

麦拉妮雅　　住口，叶高尔。你是想惹我生气啊？

〔格拉菲娜回来。

格拉菲娜　　饶布诺娃说叫她来，得给她钱。

布雷乔夫　　给她点儿钱，阿克西妮雅！（克谢妮雅下）原谅我，马拉莎，我累啦——我要回屋子里去。跟傻瓜们谈话，没比这再累人的啦。喽，格拉哈，扶扶我——

〔格拉菲娜扶他走出。克谢妮雅回来，疑问地看着姐姐。

麦拉妮雅　　他假装疯子。全是假的。

———————

① 鱼这个字在希伯来文从"繁殖"的意思借来的，"繁殖"自然就和"肚子"有了关联。基督教初期传教，拿鱼形当记号用，或借希腊的鱼字 Ichthus 用，因为这个字正好含着"耶稣·基督上帝之子，救主"的头几个字母。鱼和基督教的关系相当密切。耶稣曾经拿五个饼两条鱼分给五千随从吃，吃饱了肚子。

克谢妮雅　　你这样看？我不大信——

麦拉妮雅　　没关系。尽他闹下去好啦。过后儿法庭上一争论他的遗嘱，正好对他不利。泰席雅是一个证人，还有饶布诺娃，潘夫林神父跟那个吹喇叭的——不少的人。我们可以说他写遗嘱的时候神志不清。

克谢妮雅　　噗——我简直不晓得怎么办才是——

麦拉妮雅　　好，我教你怎么做。噢夫，你呀——都是你那时候急着要嫁人！我告诉你嫁巴实金来的。

克谢妮雅　　可那是远古的事了呀！叶高尔当时活似一只老鹰——你自己就妒忌我。

麦拉妮雅　　我？你见鬼啦？

克谢妮雅　　啊，算啦，现在吵这些个济得了什么？

麦拉妮雅　　大慈大悲！我妒忌她，她说？我？

克谢妮雅　　浦罗考皮怎么着？我们也许用不着叫他进来了罢？

麦拉妮雅　　干么？我们喊他来的，我们商量好了的——现在一下子，你不要他！你甭管。去叫他准备好，领他进来。泰席雅！（泰席雅从过厅进来）怎么样？

泰席雅　　什么也问不出来。

〔克谢妮雅走出。

麦拉妮雅　　怎么回事？

泰席雅　　她是什么也不说。

麦拉妮雅　　你这话什么意思，她是什么也不说？你应当拿话勾她才是。

泰席雅　　我试来的，不过，她跟猫一样，叽里咕噜的——就是骂人。

麦拉妮雅　　她骂什么？

泰席雅　　说他们全是骗子。

麦拉妮雅　为什么？

泰席雅　她说你也就是想拿老爷逼疯了。

麦拉妮雅　她对你讲这话来的？

泰席雅　不是对我，是对浦罗波铁大仙。

麦拉妮雅　他说什么来的？

泰席雅　他坐在那儿，尽说滑稽话——

麦拉妮雅　滑稽话？你这个蠢丫头！大仙是在预言，你这个傻瓜！坐在过厅，别离开那儿——厨房有什么人吗？

泰席雅　冒开在那儿——

麦拉妮雅　好，去罢——

〔泰席雅走出，麦拉妮雅走到布雷乔夫的房门跟前，敲着。

叶高芮，大仙浦罗考皮来啦。

〔克谢妮雅和巴实金带进浦罗波铁，他蹬着一双芒鞋——树木的内皮编的，穿着一件未经漂白的布衫子，搭下来垂到脚踵，胸脯挂着许多铜十字架和小神像。他的容貌启人敬畏：厚厚的头发编在一起，胡须细长稀散，动作痉挛跳蹦。

浦罗波铁　喝，一屋子烟！活活儿拿我的灵魂闷死——

克谢妮雅　师傅，这儿没人抽烟。

〔浦罗波铁模拟冬天的风的吼声。

麦拉妮雅　就是这儿，等他出来——

〔格拉菲娜扶着布雷乔夫进来。

布雷乔夫　倒要看看——就是他呀！

浦罗波铁　别害怕！没什么好怕的！（模拟风声）全是灰烬，全一定过去！格芮莎爬上梯子，爬了又爬，一个跟头栽下去，就让

　　　　　　　路西佛尔拉走啦。①

布雷乔夫　　我猜，他指辣斯浦丁罢？

浦罗波铁　　皇上倒啦，帝国毁啦，现在是罪恶、死亡和腐臭在统治！噢——风雪在号，雷雨在吼。（模拟风声。拿杖指着格拉菲娜）魔鬼变成一个女人在你旁边站着。撵她出去！

布雷乔夫　　我呀撵你出去！说话得有分寸。麦拉妮雅，是你教他这样说的？

麦拉妮雅　　你想到哪儿去啦？附体的人也好教的？

布雷乔夫　　看样子倒像能教——

　　　　　　　〔修娜跑下楼梯，后随安陶妮娜和吉雅丁。接着日封曹夫和道斯提嘎耶夫下来。浦罗波铁不言不语，在地板上，在空里，拿杖画着，头俯下来，站在那里，思索着。

修　娜　　　（跑到父亲跟前）这算什么？是什么把戏？

麦拉妮雅　　闭住你的嘴！

浦罗波铁　　（仿佛说话感到困难）异教徒别想睡得着，钟直在响，滴，滴达！只要上帝会——只要他能够——那就好——哎，哎！罪恶中选，撒旦喜欢，你就尽性儿乐罢！半夜敲啦，鸡叫啦，咯咯——咕咕！滴，达，达滴——异教徒就这样完蛋！

布雷乔夫　　不坏！他们教你总算教出一个章法——

麦拉妮雅　　别打搅，叶高尔，别打搅！

浦罗波铁　　我们怎么做？我们对人说什么？

安陶妮雅　　（遗憾地）啾，他一点儿也不可怕！

---

① 路西佛尔 Lucifer 原来是"赐光明者"的意思，见于《旧约》《以赛亚书》第十四章第十二节："明亮之星，早晨之子啊，你怎么会从天上落下了呢？"后人就错把这位"明亮之星"当做撒旦，说他是反抗上帝败阵下来的魔鬼。

浦罗波铁	他们杀死一个虱子,把它埋了——可是我们也许应当跳舞?那就来啊,跳舞啊,跳个热闹啊!(跺着脚,起初轻轻哼着,随后声音高了,舞蹈)阿斯塔罗提,萨巴坦,阿斯喀法提,伊都买,尼波乃。你不会,喀辣提里,①你就完啦——砰,砰,拿你的头碰坟!嗨,吸呀吸——你拿鼻子吸个什么?熏呀熏——烟没把你呛着?撒旦拿他开了个玩笑!可不,可不,孤孤单,单单孤,世上就他一个人!萨克塔马巫婆拿腿把他勾住,狐狸!他就甭想丢得开淫荡和罪恶!叶高罗,明明白白,生下来就吃苦受难——
修娃	(喊着)赶他出去!
布雷乔夫	原来你——想吓唬我呀,鬼东西!
日封曹夫	这场戏恶心,还是停了的好!

〔格拉菲娜奔向浦罗波铁。他继续旋转,拿杖朝她挥去。

浦罗波铁	希,海,郝,轰!恶鬼,逃!

〔吉雅丁从他手里把杖抢去。

麦拉妮雅	你做什么?你是什么人?
修 娜	父亲,叫他们全走——您干么坐着不言语?
布雷乔夫	(做了一个不耐烦的姿势)等一下——等一下。

〔浦罗波铁坐在地板上又是嘶又是号。

麦拉妮雅	你们千万别碰他!他在入定,他在神游!
道斯提嘎耶夫	像他这样儿神游啊,麦拉妮雅师傅,欠一顿好揍!

---

① 阿斯塔罗提 Astarot, 萨巴坦 Sabatan, 阿斯喀法提 Ascaphat, 伊都买 Idumey, 尼波乃 Neponey, 还有喀辣 Carra.提里 Tili, 应当都是基督教以外的神祇。阿斯塔罗提是一位女神,古时很受小亚细亚一带人膜拜,相当于阴性月神,来到希腊就成了爱神。

日封曹夫　　起来！滚！快！

浦罗波铁　　哎——什么地方？

〔模拟吼号的风声。克谢妮雅开始在哭。

叶丽莎外塔　他做得倒也不易——像是两个声音！

布雷乔夫　　全给我出去——你们在这儿傻待了半天，也该待够啦——

修　　娜　　（冲大仙跺脚）滚，妖精！史提姚潘，赶他出去！

吉雅丁　　（提起浦罗波铁的后颈）来罢，师傅，起来！

〔两个人下。

泰席雅　　他今儿个不算凶。他还可以比这个凶——要是给他一口渥得喀喝——

麦拉妮雅　　谁请你说话来的？

〔给了女孩子一记耳光。

日封曹夫　　你倒是羞也不羞！

麦拉妮雅　　什么？就凭你？

娃尔娃娜　　姨母，别生气——

克谢妮雅　　上天呀！我可怎么好啊！

〔修娜和格拉菲娜帮布雷乔夫躺到榻上。道斯提嘎耶夫凑近了仔细端详他。日封曹夫夫妇拉走克谢妮雅和麦拉妮雅。

道斯提嘎耶夫　（向他太太）回家，丽莎，回家。布雷乔夫情形不好。很坏。外头示威游行——我们应当参加才是。

叶丽莎外塔　他学风学得可真神啦。我说什么也想像不到——

布雷乔夫　　（向修娜）全是女住持的主意——

修　　娜　　您觉得难过不？

布雷乔夫　　她——为一个活人——举行祭礼——

修　　娜　　告诉我——您是不是觉得特别难受？我要不要请医生来？

布雷乔夫	不必,用不着。那点儿关于帝国的话,是他——这个小丑儿——自己给自己安排的:"只要上帝会——只要他能够——"你听见了没?
修　娜	您应该整个儿把这忘掉——
布雷乔夫	我们就忘了好啦!去看看他们在搞些什么——别让他们欺负格拉菲娜——街上在唱什么?
修　娜	您千万别起来!

　　〔她匆匆跑出。

布雷乔夫	这个帝国,发出腐臭的味道——是要毁的。我什么也看不见——(站起,拿一只手抓牢桌子,另一只手揉眼睛)"您的帝国来啦!"——什么样儿的帝国?畜牲们!帝国——"我们的天父是"——不,没用。你在我算是什么父亲,你既然判定了我死?为了什么?人皆有死?可为什么?好,由他们去罢——不过我为什么必须死?(摇晃)怎么样?叶高尔,怎么啦?(喊着,声音沙了)修娜!格拉哈!医生!嗨,来人——魔鬼们!叶高尔——布雷乔夫——叶高尔!

　　〔修娜,格拉菲娜,吉雅丁和泰席雅朝布雷乔夫跑了过来。他摇晃着,打算达到他们,但是几乎倒了下去。外边的歌唱更高了。格拉菲娜和吉雅丁扶住布雷乔夫。修娜驰到窗边,打开窗户。歌声涌进了屋子。

布雷乔夫	是什么响?祭礼——又来啦——要把我唱出这个世界!修娜!是谁?
修　娜	过来,来看啊!
布雷乔夫	啊,修娜——

幕

后　记

　　西伯利亚铁路在一九零一年大功告成，莫斯科和太平洋从此有了直接的迅捷的联系。但是帝国主义的日本感到不安，终于在一九零四年二月，以一种突击的姿态，对大而无当的俄罗斯宣战。战争在进行中一再失败，不仅挫丧国家的荣誉，更且引起人民久已积忿在心的郁怒。暗杀加多了，骚动开始了，政党活动了，沙皇的专制策略也因而时紧时松，一方面敷衍自由主义者们的要求，成立了一个参议会 douma，名义上是各阶层选出来的，其实都是经过相当选择的——这就是说，被沙皇看中了的，自然也就一事无成，反而成了人民的话柄，一方面采取高压的铁腕，屠杀请愿的工人，例如"红星期日"（一九零五年一月二十二日，工人赴皇宫请愿，由一神父领导，横遭骑兵蹂躏）的事变。各地零星的暴动和罢工，缺乏严密的组织，陆续都被政府的军队制服。

　　但是革命的力量一直在成长着，表面似乎消沉，其实虎视眈眈，专等一个最好的机会发动。一九一四年来了，俄罗斯在八月一日参加世界大战。对外战争和动员令应当结束政府内在的矛盾。一位参议员，勒渥夫 Lvov 亲王，民主立宪派，自由党，协助军队，从事医疗组织，享了大名，临到一九一七年二月革命，他就接受参议会的建议，成立临时政府。在《叶高尔·布雷乔夫和他们》这出戏里面，日封曹夫就是他的一个走狗，所以他那位太太常到伤兵医院走动，还为医好了的伤兵募捐。但是拉浦铁夫在第二幕说得好："他是一个自由党，一个民主立宪派，差不多都是坏蛋。"民主立宪派有自己阶级利益的打算，走着官商一体的唯财是发的路线，浑水摸鱼，正如道斯提嘎耶夫之流，"昨儿还是叫化子，今儿发了大财"，于是他："人直发胖，纽子一个甭想扣得上，挂在嘴上头的不是万千就是千万。"商人希望卖给军队大量货色，必须奔走门径，送上大笔贿赂，就像戏里面提起的贞妮，一位将军的情妇，出面拉牵，在双方之间接洽交易。官僚在内腐化，军队在外打败仗，老大的俄罗斯帝国完全陷入饥饿和混乱之中。

革命在积极酝酿着。中产阶级商人如道斯提嘎耶夫之流同样欢迎即将到来的革命。因为沙皇维持不了威信，因为皇族宠信了一个出卖国家利益的奸细辣斯浦丁，因为推翻皇室他们可以赚到更多的利润，所以他们参加游行，而且如潘夫林神父所述，"皇帝退位，不是由于自愿，而是受到暴力的压迫，在去彼得堡的路上，让民主立宪党的党员给扣住啦。"这时正当一九一七年三月（俄历是二月），自由主义者在彼得堡宣布起义，三天的工夫就推翻了不推自倒的沙皇，把摇摇欲坠的政权夺到手心。

他们洋洋得意，然而无产阶级紧紧靠在一起，准备随时把这群无耻之徒赶出祖国的阵营。日封曹夫认为"真理开始胜利"，他的"真理"正和他的良心一样发黑。穷人没有面包，士兵缺少给养，工人的工资小到无可再小，钱是一文不值。他们在大战期间看够了官商牟利的把戏，说什么也不肯和他们在政治上合作。俄罗斯社会民主党在一八九八年成立，到了一九零二年和一九零三年，分别在伦敦和布吕塞耳召集大会，列宁主张必须建立无产阶级政权，获得多数拥护，布尔什维克（俄语是多数的意思）党就起了划时代的作用，在前进份子中间普遍竖起最后胜利的决心。他们如拉浦铁夫永远不会接受日封曹夫之流的"真理"。

这就是《叶高尔·布雷乔夫和他们》的时代背景，二月革命出现了，沙皇被囚，中产阶级商人抢到一时的胜利，但是无产阶级的十月革命跟着就要到来。高尔基想拿这群唯利是图的商人写成一个三扇屏风：在剧烈的革命的不断进展之中，他们现出原形，经不起时间考验，就倒在十月革命的大门外头。高尔基在一九三一年写成了他的屏风的第一扇,布雷乔夫在这里害着一种不治之症——肝癌,不是他在害,是为他的阶层在害。然而即使是布雷乔夫,那样具有强烈的生的欲望,诅咒上帝,反对宗教,甚至于诅咒魔鬼,因为他们对他眼看就要死去的事实束手无策,然而即使是布雷乔夫,一个黑着良心发财的富翁,因为还有人气,因为一向明来明去地打抢,也对他的同类起了厌恶之心,于是活在他们当中,便拿嘲弄做成他最后的慰解。他把同情给了健康的年轻人一代,然而同情救不了自己机构上的险症,尽管不想死,不要死,不肯死,就在游行示威的歌声涌进了窗户的时候,他死了。

这就是他的悲剧,心里不服,死得恨,他自己也明白,新的光明的世界没有他的份儿:"祭礼要把我唱出这个世界!"女儿喊他到窗口去看,可怜人!他倒在地上喊着女儿。心爱的女儿有福了!他应当为她宽宽地咽那口气。

高尔基没有完成他那架巨大的屏风,然而也就够了,《叶高尔·布雷乔夫和他们》本身就是一出杰作。